U0608469

百岁华诞纪念版

叶嘉莹词学手稿集

叶嘉莹 著
闫晓铮 编

收藏编码：0003372

巴蜀书社

图书在版编目（CIP）数据

叶嘉莹词学手稿集：百岁华诞纪念版 /（加）叶嘉莹著；闫晓铮编. — 成都：巴蜀书社，2024.11
ISBN 978-7-5531-2308-0

Ⅰ. I207.23

中国国家版本馆 CIP 数据核字第 2024ZR2605 号

YEJIAYING CIXUE SHOUGAOJI
叶嘉莹词学手稿集（百岁华诞纪念版）　叶嘉莹 著　闫晓铮 编

出 品 人　王祝英
总 编 辑　白　雅
策划出品　远涉文化
项目统筹　袁梓圻　罗婷婷
策划编辑　庄本婷　袁子旃
责任编辑　王　雷
责任印制　田东洋　谷雨婷
营销编辑　杨　洋　代京晶　韩　序
出　　版　巴蜀书社
　　　　　地址：成都市锦江区三色路 238 号新华之星 A 座 36 层
　　　　　邮编：610023
　　　　　总编室电话：（028）86361843
网　　址　www.bsbook.com.cn
发　　行　巴蜀书社
　　　　　发行科电话：（028）86361847
经　　销　新华书店
排　　版　成都完美科技有限责任公司
印　　刷　四川宏丰印务有限公司　（028）84622418　13689082673
版　　次　2024 年 11 月第 1 版
印　　次　2024 年 11 月第 1 次印刷
成品尺寸　230mm × 330mm
印　　张　62.5
字　　数　320 千字
书　　号　ISBN 978-7-5531-2308-0
定　　价　480.00 元

西方文论与中国词学（代序）

叶嘉莹

一、老师的期许和我的经历

对词之美感特质的探索是我多年来所致力的一件事情。说到此一动念之开始，可能要推原到1945年。当时我大学毕业不久，我的老师曾给我写过一封信，其中有一段说：

> ……假使苦水有法可传，则截至今日，凡所有法，足下已尽得之。此语在不佞为非夸，而对足下亦非过誉。不佞之望于足下者，在于不佞法外，别有开发，能自建树，成为南岳下之马祖；而不愿足下成为孔门之曾参也。然而"欲达到此目的"，则除取径于蟹行文字外，无他途也。
>
> ——顾随1946年7月13日致叶嘉莹书信

我的老师名字是顾随，顾随拼成英文念起来像"苦水"，所以他自称是"苦水"。信中非常重要的一句话是："然而'欲达到此目的'，则除取径于蟹行文字外，无他途也。"意思是说真的要想在老师说法的道理以外"别有开发，能自建树"，是要把英文学好，取径于西方的学问。我的老师这样写了，但其实当时我的英文并不是很好，因为我生在一个乱离的年代，当我读初中二年级的时候发生了"卢沟桥事变"，日本占领了北京以后，我们增加了日文课，英文课被减少了很多。我大学读的是中文系，也没有好好地学英文。毕业以后不久，1948年3月我就结了婚，我先生当时在海军工作，所以我就离开了北京到了南京。可是不久，就在那一年的11月，国民党的海军从南京撤退了，我就跟随我的先生一起从南京经过上海坐船来到了台湾左营的海军军区。当时左营的军区刚刚建成，一片荒凉。

曾在我们家外院南房住过的许世瑛先生当时也在台湾，他就介绍给我一个在彰化女中教书的工作。在彰化女中教书的第二年暑假，我生了一个女儿，我女儿三个多月大的时候，我先生就因思想问题被捕入狱了。第二年暑假，我们彰化女中的校长和六个教师，包括我带着吃奶的女儿，都被抓进了彰化警察局，而且要把我们送到台北宪兵司令部。我抱着我的女儿去找了警察局长，说我在台北无亲无故，万一我有什么事，我的女儿连一个可以托付的人都没有。这个警察局长还不错，就把我放出来了。放出来后我无家可归，就只好去左营投奔我先生的姐姐、姐夫。我去到左营，一方面是投奔亲戚，一方面也想在左营可以打听我先生的消息，因为我先生就被关在左营。当时我们居住的环境都很窄，他姐姐、姐夫一间卧室，她婆婆带两个孩子一间卧室，我没有地方可住，只有每天等他们大家都安睡以后，才能在走廊上铺一个毯子带着我吃奶的女儿打地铺。暑假以后，幸而有人介绍我到台南一个私立女中教书，暂时有了一个安身的所在。三年以后，我先生被放出来了，证明我们没有问题，我才找了台北的一个工作。当时许世瑛先生在台湾大学教书，听说我们从台南来到台北了，马上就介绍我到台大去教书了。

我从来没有想过要学什么“蟹行文字”，可是天下有很多事情，有时候我真的觉得上天指引一个人是非常奇妙的。我先是在台大教书，后来台湾成立了淡江大学，许先生做中文系主任，就邀我到淡江去兼课；辅仁大学在台湾复校了，当年辅仁大学教过我的老师戴君仁先生做了系主任，也邀我去兼课。所以我就教了三所大学，而且都是专任，还教了一个教育主管部门负责的大学国文广播课程、一个教育电视台的古诗课程。当时我们中国大陆对外不开放，所以西方很多研究汉学的学者就都到台湾去交流。这时台大的钱思亮校长通知我，说已经答应了密歇根州立大学把我交换出去，要我补习英文。当时来面试的学者是哈佛大学的海陶玮（James R. Hightower）教授，海教授面试以后就要求把我交换到哈佛，请台大另外派一个人到密歇根，但台大的钱校长说已经答应了密歇根，不可以换人。海教授就要求我7月先到哈佛，9月开学再到密歇根。我在密歇根交换了一年，第二年哈佛大学就邀请我去做访问教授（visiting professor）。南开大学出版过上下两册《中英参照迦陵诗词论稿》，是中英对照的我的论文集，就是哈佛大学的海陶玮教授邀我去合作时，我帮他翻译陶渊明的诗，而他就把我很多篇文章都翻译成了英文。海陶玮先生本来是学中文的，他应该跟我用中文对话，可是他跟我讨论的时候总是说英文，所以我就学了很多关于中国诗词的英文术语。

这个时候我已经把我先生跟女儿接出去了，其实主要是我先生一心要出去，而且出去以后就不肯回台湾了。可是我的交换期是两年，两年期满我坚持要回台湾，因为台湾三所大学的中文系负责人——台静农先生、许世瑛先生、戴君仁先生都对我非常好，现在人家开学了，我不能不回去，不能做这样对不起人的事情，何况我还有80岁的老父亲在台湾，我就回台湾去了。回去以后我要把我父亲接出去，但是我并没有能回到哈佛，因为美国说你除非办理移民，否则不能接我父亲出来，所以我过不去美国。海陶玮先生就又把我介绍到加拿大的UBC（不列颠哥伦比亚大学）去教书。我为了养家糊口在UBC教书，可是作为一个专职的教授，我不能只指导两个研究生，学校说我要教大班的本科生的课，所以我就被逼地要用英文讲课，还要用英文看学生写的论文，所以我的英文就慢慢被逼出来了。而且我这个人不但是好为人师，同时也好为人弟子，我就抽了空去旁听UBC的英文诗的课程和英文文学理论的课程。那个时候我没有想到我学这些英文、听这些课程有什么作用。是到若干年以后我才明白，我老师说的“欲达到此目的”必须“取径于蟹行文字”的重要性。

二、西方文论与中国词学

下面我要说到我平生所致力研究的一个问题，就是“西方文论与中国词学”，这不是一个现成的题目，我不是用一个西方的词语或理论来套在我们中国的文学上。以前有些人这样做，比如他说外国的文学很多词语都有一种象征的意思（symbolic meaning），他就说中国诗里边常常说香炉、蜡烛，应该也有象征的作用，香炉就是女性的象征，蜡烛就是男性的象征，可是我们中国诗歌从来没有这样的传统，“蜡烛有心还惜别，替人垂泪到天明”（杜牧《赠别》）并不是男性女性的象征。他们的说法是生搬硬套，而我用西方文论解释中国词学，是我几十年慢慢研究出来的结果。因为中国的词学始终没有建立起来，直到张惠言、王国维也没有建立起来。大家都恍兮惚兮，觉得词里边是有些个诗所未曾表达出来的东西。我们普通说诗词，好像都是韵文，都是抒情写景之作，其实“诗”与“词”两种文类是有着非常大的根本的差别的。

（一）从杜甫的几首诗看诗之言志的特质

诗的根本的作用是言志，“诗言志”的说法是从《尚书·尧典》就开始的，“在心为志，发言为诗”，把你内心的“志”用言语表达出来，这就是“诗”。杜甫是正宗的诗人，是中国诗歌言志传统的代表，所以读杜甫诗是学诗的基础，读诗一定要从杜甫入手。杜甫写过《自京窜至凤翔喜达行在所三首》，写的是自己从沦陷的长安逃到肃宗行在之凤翔的过程，是自己血泪经历的诗篇，这是真正的好诗。判断一首诗是不是好诗，第一，要看其所写的是不是与自己生命生活密切相关的、发自内心的情志；第二，是有了这种生活的体验，有了真挚的感情，你怎么样表达。所以是要能感之，而且能写之，这是杜甫之所以了不起的地方。下面我们就举引他的《自京窜至凤翔喜达行在所三首》中的前两首来看：

其一

西忆岐阳信，无人遂却回。
眼穿当落日，心死著寒灰。
雾树行相引，连山望忽开。
所亲惊老瘦，辛苦贼中来。

他先从自己对祖国后方的怀念写起。“西忆岐阳”，岐阳就是凤翔，在长安的西北，没有一个人从后方回来能够把大后方的信息告诉他，所以“西忆岐阳信，无人遂却回”。“眼穿当落日”，我每天向西方看，望眼欲穿，“心死著寒灰”，心断念绝，所以他忍不住才从长安逃到凤翔去。这是杜甫写的三首诗中的第一首。像我们八年抗战，当时我们沦陷在北平，真是不知道我们的国家政府什么时候回来，我的父亲什么时候回来，我的母亲去世了，我的父亲现在在哪里，都不知道。这是我自己个人的亲身经历，所以对杜甫这类诗，特别有共鸣。

其二

愁思胡笳夕，凄凉汉苑春。
生还今日事，间道暂时人。
司隶章初睹，南阳气已新。
喜心翻倒极，呜咽泪沾巾。

我说过，一个人要能感之，而且能写之。你内心麻木不仁，什么都没有感觉，当然写不出诗；你心里有感觉、有感情，而不能够恰到好处地把它说出来，也不成诗。可是作诗其实没有什么困难，每个人的内心都有感受，把自己内心的感动写出来，这是每个人应该有的权利。杜甫写得真是好，“生还今日事，间道暂时人”，我今天还活着，我真的回到后方见到我的朋友，我才知道我是活着回来的。可是当我在“间道”（就是小路上）偷偷地逃跑的时候，我是“暂时人”，因为我不知道下一刻、下一分钟我会碰到什么，我不知道还能不能活下去。

杜甫的诗真是血泪写成的。他还写过一首题目很长的诗，《至德二载甫自京金光门出间道归凤翔乾元初从左拾遗移华州掾与亲故别因出此门有悲往事》。杜甫投奔到后方，后来肃宗收复了长安，杜甫做了左拾遗。他跟着皇帝回到长安，心里高兴得不得了，这是他平生的志意，要为朝廷做一番事业，看到朝廷的缺失一定要提出谏言。所以他左上一篇奏疏、右上一篇奏疏，今天说你这里不对，明天说你那里不对，皇帝一生气就把他贬出去了。杜甫因此有很深的悲慨：我当年是从这个金光门九死一生地逃出去投奔了我的祖国，现在朝廷把我给赶出去了，我走的就是我当年投奔它时所走的那个门。所以他说“因出此门”，我又走了这个门，“有悲往事”：

此道昔归顺，西郊胡正繁。
至今犹破胆，应有未招魂。
近侍归京邑，移官岂至尊。
无才日衰老，驻马望千门。

第一句他说“此道昔归顺”，我就是走这条路投奔的祖国，“西郊胡正繁”，那时候长安城的西郊都是胡人，都是安禄山他们的兵马，我可能随时被抓，随时被杀死。“至今犹破胆，应有未招魂”，我当年真是心惊胆破地逃出来，我到现在还惊魂未定。“近侍归京邑”，我以亲近皇帝左右的左拾遗的身份返回长安，“移官岂至尊”，现在把我赶走，这难道就是皇帝的意思吗？“无才日衰老，驻马望千门”，我现在要离开我真正关心的国家首都所在的长安，我无才而又衰老，我还能够回来吗？我不忍离开，所以我就停下马来“望千门”，“千门”指的就是都城的宫殿。杜甫从此一去，再也没有能够回来，只能“每依北斗望京华”（《秋兴八首》其二）了，最后死在道路之上。我们看杜甫的《乾元中寓居同谷县作歌七首》，这一组诗是写他从秦州到成都去，经过同谷的时候，天寒，冰雪载途，没有食物吃，杜甫到山上去挖植物的根，他说“长镵长镵白木柄，我生托子以为命”，我现在靠这个铲子活命，可是我铲了一天，没有挖到任何可以吃的食物。杜甫真是历经艰苦，他的诗真的是言志的诗篇，所以杜甫是诗里边的诗圣，而且是正宗。我也喜欢李商隐，可是李商隐的诗绝不是正宗。我们现在说的是诗，后来出现了词，词跟诗是完全不一样的。

（二）词之源起与《花间集》对后世之影响

中国文化曾有几次的进展和转化，都受有外来文化刺激的影响，如果没有外来文化刺激，而是陈陈相因，文化就越来越衰微了。我们知道词最早就是敦煌曲子词，敦煌曲子的产生是因为西域的胡乐传到中国来了，敦煌是个交通的要道，所以传到敦煌，当然它也不完全是新来的，它是把西域的胡乐，跟中国宗教的法曲，与原来的清乐结合起来的一种新的音乐。是因为有外来的因缘，才有了敦煌的曲子。敦煌的曲子是新的音乐，有很多新的调子很好听，就有许多人给这些曲调填写歌词，可是当时来往的主要是商人，文化水平不是很高，所以敦煌的曲子文字都不够典雅，直白浅露，而且还有错字、别字。可是后来有些文人听到这些曲子，就也按照这新的调子填写一些歌词，像白居易就写过《忆江南》。填写歌词的诗人文士慢慢多了，所以后来到了五代的后蜀，赵崇祚就编订了一册《花间集》，欧阳炯为这个集子写的序文说编辑《花间集》的目的、动机就是“将使西园英哲，用资羽盖之欢；南国婵娟，休唱莲舟之引”，要给那些美丽的歌儿酒女编一本歌词的集子，让她们唱一些文人写的美丽的歌词，不要只唱那些庸俗的调子。所以《花间集》本来是搜集了诗人文士所作的一些比较文雅的歌词，给那些歌儿酒女在歌筵酒席之间歌唱的歌本。我们只看《花间集》的名字，表面就是一个书名，其实它的取义如果用英文说就是*Collection of Songs among the Flowers*，在花丛里边唱的歌，花丛里边唱的歌写什么，主要就是美女跟爱情（beautiful girls and love）。所以《花间集》中所收的歌曲都没有题目，只有曲调的名字，这与杜甫那一类所谓言志的诗，实在有很大的不同。但有的时候，世界上一个偶然的事件，有可能会对后来产生极大的影响，西方称之为 Butterfly Affect，就是“蝴蝶效应”，说南美洲森林里面一只蝴蝶扇一扇翅膀，结果大洋彼岸就可以引起一场风暴，这当然是夸张的说法，就是有时候一件小事情，结果在世界上发生了重大的影响。我以为《花间集》的出现在文学史中、在诗歌方面就有这种蝴蝶效应，它使中国的小词有了这么深厚的意蕴，成为一种足以跟诗对立的文体，它的分量、内容、情意可以跟诗站在平等的地位，而它能够写出来诗所不能够写出来的东西，这是非常奇妙的一件事情。

后来的读者从小词里面看到了很多很多的意思，但它在表面上都是写美女跟爱情，可是它可以引起读者很丰富的联想，这是为什么呢？这些联想又是何所指向呢？温飞卿的《菩萨蛮》（小山重叠金明灭），表面所写的就是一个女子早上起床、化妆、换衣服这样的情景，用中国传统的说法，从内涵说起来，温庭筠所写的就是闺怨之词，就是写一个孤独的女子。“小山重叠金明灭”，太阳出来了照在屏风上，有闪烁的光影。“鬓云欲度香腮雪”，这个女子一转头，头发从脸上遮过来了。然后她起来了，“懒起画蛾眉”，而屈原《离骚》曾说“众女嫉余之蛾眉兮，谣诼谓余以善淫”，唐朝杜荀鹤《春宫怨》也曾说“早被婵娟误，欲妆临镜慵。承恩不在貌，教妾若为容”，中国传统诗歌里边一写女子就是宫怨和闺怨，所以一般中国的女子都是思妇、怨妇。而在中国的诗歌里为什么都是思妇、怨妇呢？从《古诗十九首·行行重行行》“思君令人老，岁月忽已晚”就是如此，这是中国的社会伦理的家庭制度所形成的必然的结果。“好男儿志在四方，岂能株守家园，效儿女子之态”，男人是一定要出去，不管你是在文治武功上建功立业，还是行商坐贾，“前月浮梁买茶去”，男人为了谋生，他必须出去；而女人则是一定不可以出去，一定要闭守在家门之中侍奉翁姑、教养子女、料理家事。整个历史的社会的背景就注定了中国诗里面的女人都是思妇、怨妇。男人出去了，女子在家中那当然就是思妇，一天到晚相思怀念，不知道丈夫哪天才回来，“门前送行迹，一一生绿苔……八月蝴蝶黄，双飞西园草。感此伤妾心，坐愁红颜老”（李白《长干行》），这是思妇。如果这个男子在外边另外跟别的女子好了，甚至结了婚，家中的女子就从思妇变成怨妇了，《西厢记》里边崔莺莺就对张生说“若见了那异乡花草，再休似此处栖迟”。温庭筠这首词就是写一个女子化妆、爱美、要好，最后“新帖绣罗襦”，最近帖绣的短袄，绣的花样是“双双金鹧鸪”，这就跟一对鸳鸯的象征是一样的，是用来反衬女子的孤独寂寞。

张惠言以比兴寄托论词，说温庭筠的词是“感士不遇也。篇法仿佛《长门赋》，而用节节逆叙”（《词选》）。但是温庭筠写这个美女，很可能就只是写一个女子因所爱的人不在家的那种寂寞的情怀，有什么贤人君子的用心？所以王国维就反对张惠言，他说“飞卿《菩萨蛮》……兴到之作，有何命意？皆被皋文深文罗织”（《人间词话》）。于是王国维就想自己为词的特质下一个定义，说“词以境界为最上。有境界则自成高格，自有名句”。他说词里有境界，可是王国维也没说明白境界是什么，而且王国维从一开始就混乱了，他说的是词里有境界，可是他后边所举的例证，说“境界有大小，不以是而分优劣。‘细雨鱼儿出，微风燕子斜’，何遽不若‘落日照大旗，马鸣风萧萧’”，都是诗的例证。我初中一年级时，母亲给我买了一套《词学小丛书》，我就读了词，也读了王国维的《人间词话》。我觉得王国维的《人间词话》有几段写得好，就是他评温韦冯李四家词，可是他所说的境界，我从小就没有看明白。大家都觉得词很微妙，可以给读者很多联想的可能，可是你说它是什么？是比兴寄托，太狭窄了；是境界，太广泛了。张惠言、王国维他们都没有把词的真正的好处和作用说明白。

小词里面有一个可以引起读者非常丰富的，而没有一定专指的种种联想的作用。那么这个东西应该叫什么，而且这种作用是从何而来的？这是中国文学史上从来没有回答、没有解决，从来没有人真正解说明白的一个问题，也是我一直在思考的一个问题。直到我去了北美，看了很多西方的理论，才慢慢能够说明。不是说西方的理论就比中国的好，但西方的理论是思辨性的，不像中国的诗词评论只是印象的描述，而且我去到北美的那个年代是西方的文学理论最盛行的一个时代——60 年代，我是 1966 年出去的，1967、1968 年在美国，回到台湾一年，1969 年来到加拿大的 UBC。很多新的理论，而且是非常好的、精华的、扼要的理论都是那个时候出现的。其实现在西方的文学理论已经没有那么精彩了，已经走入一条驳杂而不是很正常的道路去了。我赶上了那个时代，也看了很多西方理论的书，同时因为我要用英文教书，“境界”跟“兴趣”说不明白的，我就尝试用了西方的理论来解说。

（三）从女性主义理论看《花间集》与传统诗歌中女性叙写之不同

20 世纪中期正是女性主义（Feminism）盛行的时候，女性主义兴起之初的旨意本是要追求男女平权。法国女性学者西蒙·德·波伏娃（Simone de Beauvoir）写过一本书——《第二性》（*The Second Sex*）。西蒙·德·波伏娃讲男女平权的书与小词有什么关系呢？因为《花间集》都是写美女跟爱情的，不管是用男子的眼光或者是用女子的口吻写，要研讨词的特质一定要重视《花间集》中的女性叙写，所以要从女性主义谈起。西蒙·德·波伏娃的《第二性》提出女性是第二性，是男性眼中的“他者”（the other），是“被男性所观看的”（being looked at）对象。而且她说男性看女性是一种 male gaze，就是说是带着男子的性趣味的这样的一种凝视，这是西蒙·德·波伏娃站在男女平权的这种思想上所提出来的。我们回到《花间集》，看看中国早期《花间》词中所写的几种女性形象。

第一种就是西蒙·德·波伏娃所说的 being looked at，就是被男性作为观赏对象的女性，像欧阳炯的《南乡子》：

> 二八花钿，胸前如雪脸如莲。耳坠金环穿瑟瑟，霞衣窄。笑倚江头招远客。

“二八花钿”，二八一十六，女子最美丽的年华，这个女孩子头上戴着花钿；“胸前如雪脸如莲”，这是男性的眼光 male gaze 看到的；“耳坠金环穿瑟瑟”，耳朵上戴着黄金的耳环，上面还穿有“瑟瑟”的颜色美丽的珠饰；“霞衣窄”，穿着很窄的紧身的彩霞一样的衣服；“笑倚江头招远客”，一个摆渡船的女子含着微笑在江边招呼客人来上渡船。这是《花间集》里边写的男人眼中的女性。

第二种就是性爱的对象（sex object），像欧阳炯的《浣溪沙》，完全是爱欲的描写：

> 相见休言有泪珠，酒阑重得叙欢娱。凤屏鸳枕宿金铺。　　兰麝细香闻喘息，绮罗纤缕见肌肤。此时还恨薄情无。

以上是《花间集》中的两种女性形象，是从男性的眼光来描写女性。可是《花间集》中的歌词是要交给歌儿酒女去唱的，所以它也有用女性的口吻来写的。那些用女性口吻写的词又是怎样的呢？

《花间集》中第三种女性的形象就是独处之女性的相思期待，像温庭筠的《菩萨蛮》：

> 小山重叠金明灭，鬓云欲度香腮雪。懒起画蛾眉，弄妆梳洗迟。　　照花前后镜，花面交相映。新帖绣罗襦，双双金鹧鸪。

不要轻易地被张惠言用屈原的《离骚》绑架过去，客观上，这首词所写的是一个独处的寂寞女性早晨从她被日光惊醒到起来描眉化妆穿衣照镜的过程，是一个思妇的形象。至于你因为他说蛾眉而想到屈原，那是张惠言的联想，温庭筠所写的是思妇、怨妇的形象。

所以《花间集》所写的三种女性形象可分为两类：一类是用男性的口吻来写的，其中一个是对于女性的 male gaze，一个就是 sex object；另一类是用女性口吻写的思妇、怨妇。那么《花间集》写思妇和怨妇会引起张惠言和王国维这么丰富的联想，总觉得它里边有些东西，为什么会如此呢？

诗里边也写这种孤独寂寞的女子，也是写怨妇，可是词里边所写的怨妇就和诗里边所写的怨妇有了很大的差别。中国诗里边所写的怨妇大多是有家庭归属的，是具有家庭伦理身份的。可是《花间集》里边那些个女性都是歌儿酒女，她们没有家庭的归属，不是妻子，不是女儿，不是母亲，是无所归属的女性。西方女性主义的理论家也讲了各种女性，1980年玛丽·安·佛格森（Mary Anne Ferguson）编有《文学中的女性形象》（*Images of Women in Literature*）一书，分女性形象为五种类型，有妻子（the wife）、母亲（the mother）、偶像（women on a pedestal）、性对象（the sex object）及没有男人的女性（women without men）。这是西方的女性主义归纳出来的西方作品中的女性形象。西方没有词，他们归纳这些形象的根据是西方的小说。

卡洛琳·郝贝兰（Carolyn G. Heilbrun）就提出女性不只是这样的形象，有的女性作者或者有的男性作者是双性人格的。双性人格本来指医学上的雌雄同体（androgyny），或者是身体上的双性同体，或者是心理上的双性同体。卡洛琳·郝贝兰的《朝向雌雄同体的认识》（*Toward a Recognition of Androgyny*）一书讨论的则是文学上的双性同体。

美国学者劳伦斯·利普金（Lawrence Lipking）是一位跟我同时代的理论家，我在哈佛大学教书时，他在西北大学教书。利普金写过一本书《弃妇与诗歌传统》（*Abandoned Women and Poetic Tradition*）。他说弃妇的形象是一个诗学传统，古今东西都是如此，而且写弃妇的作者往往是男性。男子有时不被重用，甚至被同事所轻视，也常常有被抛弃的感觉，而且男人比女人更需要弃妇的形象。如果一个女子被抛弃，“荡子行不归，空床难独守”（《古诗十九首·青青河畔草》），“前月浮梁买茶去”（白居易《琵琶行》），她可以直接说出来；可是男子更要面子，他在外边如果不得意，是不肯说的。所以利普金说其实男子更需要这种被弃（being abandoned）的形象。中国的小词表面上所写的是一个弃妇，可是很多被弃的男性就把自己套进去，而且他不但是读别人的弃妇形象有很深的感受，他自己也写弃妇，也许表面上他的显意识（conscious）里边写的是弃妇，可是他的潜意识（subconscious）之中，其实是表达了他自己失意的感情。所以小词里边所写的弃妇就很可能有男子的托喻，所以张惠言说温庭筠的“懒起画蛾眉，弄妆梳洗迟”是“感士不遇也”，这是一个男子得不到他人的欣赏，不被人家重用，所以他写了一个寂寞的女子形象。《花间集》里的女性形象可以引起男子这么丰富的联想，不管他是把这个女子作为爱情所投注的对象，还是下意识（subconscious）地把自己在仕宦上的不得志代入女子的相思怨别之中。我们现在是从女性主义来看小词的微妙，从基本的理论说明小词为什么可以引起人这样丰富的联想，可以被人解成有很多寄托、很多隐喻。这不是我抄袭的，这些零零碎碎的理论都是我多年来，自己一步一步看书、读书、思考建立起来的。

（四）从诠释学与接受美学看小词的微妙作用

我们用女性主义说明了为什么词的女性叙写可以带给读者丰富的联想，下一步我们要谈的就是这些联想该怎么样解释，所以我们就要从女性主义过渡到诠释学（hermeneutics）的理论。诠释是我们所需要的，一首诗要诠释，一篇文章也要诠释，一首词更要诠释。但是如果按照诠释学的理论来说，我们却永远找不到主体的原意。每一个诠释的人其实都是带着他主观的背景，他的性情、爱好、学识、经历，所以你看这首小词看出这么多意思来，他看这首小词看出那么多意思来，要找到作者原来的意思是什么，那是不可能的，因为每一种诠释都来自诠释者自身的主体意识，这是一个循环，西方的诠释学有一个术语就是诠释的循环（hermeneutic circle）。威廉·燕卜荪（William Empson）有一本书《多义七式》（*Seven Types of Ambiguity*），ambiguity 是模棱两可、不清楚的，诗歌的解释有时候是模棱两可的，他列举了七种模糊不清的、模棱两可的类型。解释一首诗、解释一首词不是那么简单、那么容易的事情，你不知道这是不是作者的意思，而且它有多种解释的可能。比如“感时花溅泪”（杜甫《春望》），花上溅上了我的泪点吗？花瓣落下来像花在哭泣吗？所以在诠释的循环中，你就代表诠释者自己。诗还比较容易解释，因为诗是显意识的言语，可是小词就是写的美女跟爱情，这个作者写这个美女跟爱情的时候，他的显意识或他的潜意识里边是怎么来写的呢？同样写水边的女子，欧阳炯说“二八花钿，胸前如雪脸如莲”（《南乡子》），薛昭蕴说“越女淘金春水上，步摇云鬓佩鸣珰。渚风江草又清香”（《浣溪沙》），欧阳修说“越女采莲秋水畔。窄袖轻罗，暗露双金钏。照影摘花花似面，芳心只共丝争乱”（《蝶恋花》）。同样是美丽的女子，同样穿着美丽的衣服，为什么不一样呢？欧阳炯的容易懂，可是欧阳修到底要说什么呢？“照影摘花花似面”，芳心为什么“只共丝争乱”，是什么使她心乱？小词有的时候在写美女之时有一种很微妙的东西，可以引起读者很丰富的联想，而它不是一种显意识的作为，它是隐意识的，是一种不知不觉的流露。

不管是中国的文学批评还是西方的文学批评，最初都是重视作者，作者写这首诗是什么时间、在什么地点、写给什么人，要考证一番。后来随着时代的演进，西方文学批评的重点转移了，从作者转移到了作品。我们说杜甫缠绵忠爱不是说杜甫这个人缠绵忠爱，是他的作品使我们感到缠绵忠爱，使我们感动。不能因为作者是好人就说作品是一首好诗，而是因为诗的语言文字使它成为一首好诗的。于是就出现了新批评（New Criticism），脱离作者来到作品，说诗的好坏在作品不在作者。T. S. 艾略特（Thomas Stearns Eliot）提出细读（close reading），要一个字一个字去读，这个字给你什么样的 suggestion，什么样的 association，这两个字的结合有什么样的作用（function）。西方的文学批评有几次演变，从作者到作品，从考证到诠释，诠释的依据是符号，他为什么说"美女"不说"佳人"，说"红粉"不说"红妆"，符号是重要的，所以要细读，重视每一个符号的作用。于是西方文论就有了符号学（semiology or semiotics），要以作品为主，以符号为主。你说因为杜甫是忠爱缠绵，所以他的诗就是好诗，这是意图谬误说（intentional fallacy），意图好不见得写出好的作品来，要重视的是作品本身的符号的表现。还有就是感应谬误说（affective fallacy），有人说这首诗写得太好了，我一边看一边流泪，这就代表着这是一首好诗吗？诗自有它艺术的价值，不是说让你哭了就是好诗，affective 同样是一种错误。

后来批评的重点又转移到读者，捷克结构主义批评家莫卡洛夫斯基（Jan Mukarovsky），在《结构、符号与功能》（*Structure, Sign and Function*）一书中，将一切艺术作品（art work）分为两种，一种是艺术成品（artefact），另一种是美学客体（aesthetic object）。如果单独地只是一篇作品的话，它是一个艺术成品，比如杜甫的诗是一个艺术成品，你给不懂诗的人去看，它丝毫不起作用。所以诗是什么呢？诗是当这个作品被读者读到的时候，它才成为一个美学客体，才有了美学的作用，真正把这个作品的价值完成的是读者。如果没有经过读者的阅读，杜甫的诗摆在那里，再好，它也只是一个艺术成品，而不是一个美学客体。所以批评的重点从作者到文本，到读者，读者的接受，读者怎么接受。

德国的沃夫冈・伊赛尔（Wolfgang Iser）就提到接受的美学，他有一篇很重要的文章《阅读活动——一个美学反应的理论》（The Act of Reading: A Theory of Aesthetic Response）。他说阅读的时候有两个极点（two poles），一边是作者（the author），一边是读者（the reader），中间是文本（text），所以从作者到作品到读者都是重要的，缺一不可。没有经过阅读就只是一个艺术成品，阅读以后它才成为一个美学的客体。杜甫的诗再好，"夔府孤城落日斜，每依北斗望京华"（杜甫《秋兴八首》其二），你给一个不懂诗的人去看，他根本不知道这说些什么。所以真正把作品完成，使它有价值、有意义、成为一个美学客体的是读者。按照西方的接受美学来说，读者对于小词可以产生这么多的联想，是因为小词里边有一种 potential effect，我把它翻译成“潜能”，就是潜藏在小词里边的一种能力，你为什么觉得这个作品好，为什么觉得这个作品给你丰富的联想，是因为它的 text，文字的本身给作品一种潜在的可能的潜力。

（五）创造性背离与小词蕴藏的潜能

所以我要说，我努力了这么多年，很想把小词的微妙的作用找寻出来并加以说明。词的特色不要说那是比兴寄托，这是牵强附会；也不能说那是境界，这太浮泛了，都是不可靠的。我说好的词包含了丰富的潜能（potential effect），词的 text 的作品的本身包含了这么多的潜能，而这个作用要读者来完成。是张惠言说蛾眉有屈原《离骚》的托意，是王国维从词里面读出来有成大事业大学问的三种境界，这都是读者在接受的时候提出来的，而作品的本身提供的是一种潜能。

现在我要提出来一个更进一步的理论。我很欣赏一位意大利批评家弗兰哥·墨尔加利（Franco Meregalli），他写了一篇文章《论文学接受》（La Reception Literaire）。在这篇文章中，他提出了创造性背离（Creative betrayal）的说法，这就给了作品的内涵更多、更丰富的可能性：当你读它的时候，你所体会到的可以不是作者的原意；你在接受的时候，可以有创造性的背离。

最近内地要出一本温哥华曾经出过的书，是我的一些诗词的英文翻译。这本书完全是温哥华的翻译家陶永强律师翻译出版的，他给这本书起了一个名字叫《独陪明月看荷花》。我想陶先生之所以选这个名字，是因为他知道我的小名叫小荷，因为我是在荷花的月份出生的。那这“独陪明月看荷花”是从哪来的呢？这是我的梦中得句，孔子说自己老去了，“久矣吾不复梦见周公”，我现在是“久矣不复梦中得句”。我以前会在梦里出现一些诗，有的时候是一句，有的时候是两句，有的时候是一副联语，我觉得梦里出现的断句很有意思。“独陪明月看荷花”是我梦到的一句诗句，我醒来以后想把它凑成一首诗，可是我怎么凑都凑不成功，因为人的显意识的活动跟潜意识的活动是不一致的，我怎么说都觉得被限制了、被拘束了，它本来是活的，你一说明就给它套圈子，它就死了。我平时很喜欢李商隐的诗，自己凑不成功，就忽然想到拿李商隐的诗，拼凑了一首七言绝句（《梦中得句杂用义山诗足成绝句》）：

一春梦雨常飘瓦，万古贞魂倚暮霞。
昨夜西池凉露满，独陪明月看荷花。

前三句都出自李商隐的诗："梦雨"句，是《重过圣女祠》一诗的首句；"贞魂"句，是《青陵台》一诗的第二句；"昨夜"句，是《昨夜》一诗的第三句。我这里完全脱离了李商隐原来的诗意，李商隐的《重过圣女祠》是写传说中神仙一样的女子所住的地方是"一春梦雨常飘瓦"，他写的是雨中的圣女祠的景象，我把它断章取义拿过来了，对的是《青陵台》"万古贞魂倚暮霞"。"一春梦雨常飘瓦"，我所象喻的是一种幽微隐约而飘忽不定的情思；"万古贞魂倚暮霞"，我所取的是一种上冲霄汉的光影，象喻的是坚贞的品节和持守，这两句都是抽象的景象。至于李商隐《昨夜》一诗，全诗是："不辞鶗鴂妒年芳，但惜流尘暗烛房。昨夜西池凉露满，桂花吹断月中香。"首句出于《楚辞》"恐鹈鴂之先鸣兮，使夫百草为之不芳"，当鹈鴂鸟一叫的时候春天就过去了。本来我们都害怕鹈鴂一叫春天就走了，可李商隐说"不辞"，对于这种春天的消逝，我不逃避也不推辞。我的悲哀不在春天的不能挽留，我所惋惜的是"流尘暗烛房"，蜡烛的烛心应该是最光明的，代表一个人心头的光焰的闪烁，可是这点内心的光明被尘土给遮暗了，这是最值得惋惜的。"昨夜西池凉露满"，西方属金，是肃杀的，那么寒冷、凄凉、肃杀的西池，而且是满池的寒露，在这样心断望绝的寒冷的环境之下，古人传说天上的月亮里边有桂花树，八月十五月圆之日，天上的月亮会飘下桂子落在地上，"桂花吹断月中香"是说我那美好的希望和想象已经完全断绝了。我说"一春梦雨常飘瓦"是情思的绵渺，"万古贞魂倚暮霞"是持守的坚贞，"昨夜西池凉露满"，在这样寒冷的环境下，我把我的那句"独陪明月看荷花"加上去，寒风冷露之中的荷花，映着天上的一轮明月。我用的是李商隐的意思吗？不是啊，所以我们用古人的句子，我们的解释可以违背它的原意，把自己创造的情思放进去，就是文学接受中的创造性背离。我将李商隐的诗搬到这里来，是创造性的背离；王国维用成大事业大学问说晏殊、欧阳修的小词，也是一种创造性的背离。词这个东西是很微妙的，从作者到作品，到接受，到诠释，甚至你接受和诠释的时候可以不是作者的原意，这是小词的微妙的作用。我认为在中国的文学史中，《花间集》本来是歌筵酒席之间给歌女编的一个 *Collection of Songs among the Flowers*，可是它却在我们后来文学演进的历史上发展、达成了这么丰富、这么微妙的启示和作用。而我们中国历代的学者曾经努力过、曾经尝试过要给它一个解释，张惠言说它是比兴寄托，王国维说它是境界，都不能使人信服。

三、对老师期许的回答

我既然喜欢词，我一辈子都在教词，我就要把这个问题解决，所以我引了中国的词学，也引了西方的各种文学理论，我要给中国小词的微妙的作用一个说法，我不能限制在比兴，不能漫无边际地说那是境界，我所提出来的是小词中有一种潜能（potential effect），而这个潜能之所以形成，有我上边所说的这么多的原因。所以我一直认为，我一生之中真正努力完成的，是要把词的美感特质，它的原由、作用、理论解说出来，这真正是我自己独立完成的对于词的特质的一个根本的诠释和说明。我以为这在词学领域是很重要的开拓，解决了词学的一大问题，同时对于我的老师给我的书信中所提出的要取径于“蟹行文字”的教导，也可以算是一篇读书报告吧。

（本文由闫晓铮根据叶嘉莹先生 2017 年 3 月 18 日在北京横山书院和 3 月 25 日在天津南开大学寓所两次所讲《西方文论与中国词学》的录音整理。）

手稿时间谱

1982—1983

论二晏词

《论晏殊词》《论晏几道词》是叶嘉莹先生与缪钺先生合作撰写之《灵谿词说》一书中的两篇。《论晏几道词》一文尤其能体现二位先生的旨趣，即从词的发展方面，评述其人其词在词史中之地位，并比较其与类型相近词人的异同。

1984

论苏轼词

本文分析了苏轼天性中所禀赋的两种重要特质，即“用世之志意”与“超旷之襟怀”，并指出其一生中面对诸般遭际所做之抉择与反应，盖亦皆出自此两点特质。叶嘉莹先生认为苏轼之生命历程与词体之发展演进历程是相互交融的，在词体诗化的过程中，苏轼起到了至关重要的作用。

1986

论辛弃疾词

辛弃疾是叶嘉莹先生素所钦赏的一位词人，他既具有真诚深挚之感情，更具有坚强明确之志意，而且能以全部心力投注于其作品，更且以全部生活来实践其作品。本文对稼轩词广博的内容与多变的风格进行了一次“将万殊归于一本”的阐发。

1986—1988

迦陵随笔

1986年10月至1988年9月，叶嘉莹先生应《光明日报·文学遗产》之邀，撰写专栏短稿，引用符号学、诠释学、语言学、现象学和接受美学等西方文论，对中国的传统词学做了一些反思的探讨，名之为《迦陵随笔》。

1989

论王国维词

叶嘉莹先生将自己对传统词学和王国维词论所做的理性的研析，与曾经对王国维词的一点感性的偏爱结合起来，撰写了《论王国维词——从我对王氏境界说的一点新理解谈王词的评赏》，建立起颇具个人风格的古典诗词评赏模式。

1991、1997

对传统词学困惑的思考

不符合大雅之风范的小词却对后世文学与文化的发展产生了深远的影响，逐渐发展形成一种迥异于传统诗文而别具要眇深微之意境的特美。叶嘉莹先生以为中国词学是在困惑之中发展起来的，本章收录的两篇文章正是她对传统词学困惑的思考。

2008

宋代两位杰出的女词人

叶嘉莹先生撰有女性词研究系列文章，从性别与文化的视角为女性词之美感特质的形成演进构建了理论说明与评赏标准。本文即是其中一篇，所论析的正是李清照、朱淑真这两位宋代杰出的女词人。

目录

第一章 论二晏词

叶嘉莹先生与四川大学教授缪钺先生相识于 1981 年在成都杜甫草堂举行的杜甫研究学会第一届年会上，因先有“互读彼此著作的了解与倾慕，所以初逢如旧识”，又因“二人论词都推尊王静安先生，尤其有针芥之合”，所以“互相勉励，计划合作有所撰著”。

1982 年春夏间，叶先生受聘在四川大学讲授唐宋词，同时开启与缪钺先生的合作研究。三个月中，每次上课，缪钺先生都前往听讲，课前课后共同研讨，两人意见多相合或相近，纵有分歧之处，亦能互相辩论商略。于是拟定各抒平日治词心得合撰成书，缪钺先生定名为《灵谿词说》。“灵谿”二字出于晋郭璞《游仙诗》，其第一首有“临源挹清波，陵冈掇丹荑。灵谿可潜盘，安事登云梯”之句。以“灵谿”二字为“词说”之名，盖因此数句诗叙写的意象所表现之境界与词中深婉含蕴的情思和境界有相近之处。

此后，这一合作得到中国社会科学院与加拿大社会人文科学研究理事会（Social Sciences and Humanities Research Council of Canada）的支持与赞助。1983 至 1986 年，叶先生每年暑假期间都留居成都两个月左右，与缪先生商拟计划、研讨文稿。二位先生共同撰写了包括前言、后记在内的四十一篇文稿，辑为一册，于 1987 年由上海古籍出版社出版。

本章便是后来收入《灵谿词说》中两篇文章的手稿，所论为北宋词人晏殊、晏几道父子。

《论晏殊词绝句三首及说明》一文于 1982 年 10 月写于加拿大温哥华，曾与叶嘉莹先生所撰论欧阳修词的文稿一同刊于《四川大学学报》1983 年第 1 期，刊发时题为《灵谿词说（续）》，后收入书中时改题为《论晏殊词》。此份手稿全文 18 页，另有封面 1 页，合计 19 页，相较于《灵谿词说》中其他文稿篇幅不长，盖因叶先生早在 1960 年便撰有《大晏词的欣赏》一文，读者可以比照参看。

《论晏几道词》一文 1983 年 8 月完稿于成都，原载《四川大学学报》1983 年第 4 期，题为《灵谿词说（续六）——论晏几道词》，后收入书中时改题为《论晏几道词在词史中之地位》，盖因缪钺先生先已有两篇论晏殊的文稿，分别发表于《四川大学学报》1982 年第 3、4 期，收入《灵谿词说》时题为《论晏几道词》《论晏几道〈鹧鸪天〉词》。叶先生此文是从词的发展方面，对晏几道词在词史中之地位所做的评述，并将其与其他一些类型相近的词人略作比较。此稿全文 38 页，另有封面及缪钺先生题签各 1 页，合计 40 页。

1982—1983

浣溪沙

晏殊

一曲新词酒一杯，去年天气旧亭台。夕阳西下几时回？无可奈何花落去，似曾相识燕归来。小园香径独徘徊。

本文作于 1982 年。

20×15=300

論晏殊詞絕句三首及說明　一冊

四川大學歷史系　　第　頁

20×15=300

論晏殊詞絕句三首及說明

臨川珠玉繼陽春，更拓詞中意境新。思致融情傳好句，不如憐取眼前人。

（論晏殊詞一）

昔況周頤《蕙風詞話·續編》曾謂「《陽春》一集為臨川《珠玉》所宗」。前論馮延巳詞時，亦曾引劉攽《中山詩話》之語，云「晏元獻喜馮延巳歌詞，其所自作，亦不減延巳」。而馮詞最值得注意之成就，蓋在其詞中感蘊之深厚，可以引起讀者極豐富之感發與聯想。晏殊詞之成就，亦頗有近於是者。昔王國維《人間詞話》即曾摘馮詞《鵲踏枝》之「百草千花寒食路，香車繫在誰家樹」數句，以為有「詩人憂世」之意；又曾稱晏詞《蝶戀花》之「昨夜西風凋碧樹，獨上高樓，望盡天涯路」數句

四川大學歷史系　　第 1 頁

叶嘉莹先生《论晏殊词绝句三首》之一：

临川珠玉继阳春，更拓词中意境新。
思致融情传好句，不如怜取眼前人。

首句“珠玉”，指晏殊词集《珠玉集》；“阳春”，指南唐冯延巳词集《阳春集》。诗谓晏殊在学冯延巳的基础上，拓宽了词的写作意境。

叶嘉莹先生指出，冯、晏二人词作“足以引起读者较深远之联想者，私意以为其主要之原因”共有三点：其一，创作上投入强烈的主观感情，叙写口吻富于感发之力；其二，语言上的宛转含蓄、引人遐想；其三，学识阅历的积累深厚。

20×15=300

，以為有合于「古今成大事業大學問者」之「第一境」，夫馮晏二詞之所寫者，自其表面觀之，原亦不過為傷春、悲秋、念遠、懷人之情思而已，然而却有足以引起讀者較深遠之聯想者，私意以為其主要之原因，蓋有以下數端：一則二人詞作中之所叙寫者，皆帶有鮮明之主觀感情，在叙寫之口吻中，極富於感發之力量，此其一；再則二人对於所叙寫之情事，又並不作直言確指的說明，故乃易於使讀者產生多方面之聯想，此其二；三則二人之學識、志意，及其在政治方面之經歷，又皆足以在其內心醞釀為一種較深厚之意蘊，此其三。是則晏詞与馮詞在作者之本質方面，固早有相近之處，何况馮氏曾一度罷相出鎮撫

第 2 页　四川大学历史系

20×15=300

州有三年之久，而晏氏則正為撫州之臨川人，其詞風曾受有馮氏之影响，亦正有地理方面之因素在。故世之論詞者，多謂晏詞出於陽春，斯固然矣。然而凡文学藝術之創作，又多貴在其能於繼承之外，别有自發。晏詞之所以可貴，即在于其能在继承馮詞之風格以外，更有屬於其一己之特色多端。關於晏詞之特色，如其閑雅之情調，曠达之懷抱，及其寫富貴而不鄙俗，寫豔情而不纖佻諸点，固皆有可資稱述者在（可參看《迦陵論詞叢稿》中《大晏詞的欣賞》一文）。然而其最重要之一点特色，則當推其情中有思之意境。蓋以詞之為體要眇宜修，適於言情而不適於説理，故一般詞作往往多以抒情為主，其能以詞之形式叙寫理性之思致者，則極為罕見。而晏殊

第 3 页　四川大学历史系

叶嘉莹先生指出，晏词之所以可贵，即在于其能在继承冯词之风格以外，更有属于自己的许多特色，其中最重要的特色是情中有思之意境。

晏殊《浣溪沙》：

一曲新词酒一杯，去年天气旧亭台。夕阳西下几时回？　无可奈何花落去，似曾相识燕归来。小园香径独徘徊。

前人评“无可奈何”一联曰：“对法之妙无两。”

第4頁

却獨能將理性之思致，融入抒情之敘寫中，在傷春怨別之情緒內，表現出一種理性之反省及操持，在柔情銷感之中，透露出一種圓融曠達之理性的觀照。如其《浣溪沙》詞之「滿目山河空念遠，落花風雨更傷春，不如憐取眼前人」，及其「無可奈何花落去，似曾相識燕歸來」諸句，便都可以為此一類作品之代表。前者在認知人「念遠」與「傷春」之徒然無益以後，乃表現出「不如憐取眼前人」之面對現實的掌握；後者在對於「花落」之「無可奈何」的哀悼以外，也表現了「似曾相識燕歸來」的一種圓融的觀照，遂使得這二句詞在「自其變者而觀之」的哀感以外，也蘊涵有「自其不變者而觀之」的一種哲思的體悟。這實在是

20×15=300　四川大學歷史系

第5頁

晏殊詞最值得注意的一種特美。

如果以晏詞與馮延巳詞相比較，則二人之詞，固皆足以於其表面所敘寫之情事外，更使讀者體悟出一種感發之深意。然而其所以使人感發之本質，則實在又並不盡同，馮詞是以其盤旋鬱結的深摯之情取勝，而晏詞則別有一種理性清明之致。即如馮詞《鵲踏枝》之寫情，則有「每到春來，惆悵還依舊」及「日日花前常病酒，不辭鏡裡朱顏瘦」之語，其敘寫之口吻，如「每到」、「依舊」、「日日」、「常」、「不辭」等字樣，其所表現之感情，皆極為熱烈執着，有殉身無悔之意；至於晏詞，則如其《浣溪沙》之「滿目山河空念遠，落花風雨更傷春」二句，其敘寫之口吻，在

20×15=300　四川大學歷史系

“无可奈何花落去，似曾相识燕归来”二句，在伤春之哀悼中，隐含了对于消逝无常与循环不已之两种宇宙现象的对比观照。像这种富于理性与思致的词句，在一般词作中，是极为罕见的。

叶嘉莹先生《论晏殊词绝句三首》之二：

诗人何必命终穷，节物移人语自工。
细草愁烟花怯露，金风叶叶坠梧桐。

本节意在论证，并非必须有悲惨的经历，才能写出佳作。留心观察自然界的景物与变化，同样可以写出动人的语句。

引起内心感动的外物，约有两种来源：其一来自人事，其二源于自然界。对于后者，陆机《文赋》、钟嵘《诗品序》皆有叙及。

第 8 页

境界說與中國傳統詩說之關係一文中（見《迦陵論詞叢稿》），便曾說到「由外物而引發一種內心情志上的感動作用，在中國說詩的傳統中，一向被認為是詩歌創作的一種基本要素」。至於可以引起內心感動的外物，則大約可以分為二種來源，其中之一種即為人事方面的感動。如鍾嶸在《詩品·序》中所說的「至於楚臣去境，漢妾辭宮，或骨橫朔野，魂逐飛蓬，或負戈外戍，殺氣雄邊，塞客衣單，孀閨淚盡，或士有解佩出朝，一去忘返，女有揚蛾入寵，再盼傾國，凡斯種種，感蕩心靈，非陳詩何以展其義？非長歌何以騁其情？」所以生活上所遭遇的挫傷憂患，常可以使詩人在心靈中受到一種感發刺激，因而寫出

20×15=300　四川大學歷史系

第 9 页

深摯動人的詩篇，這其間自然有一種密切的因果關係在，所以「詩窮而後工」的說法，便也並非無稽之論。而如果持這種觀念來衡量晏殊之詞，則晏殊之富貴顯達之身世，却既不能滿足讀者對詩人之「窮」的預期，也不能使讀者因詩人之「窮」而獲致一種刺激和同情的快感，因此一般讀者對晏殊之詞都往往不甚予以重視。然而晏殊的詞作中，却實在極富於詩歌之感發的質素。蓋以詩人自外物所獲得的感發，除去源於人事界者以外，原來還可以有源於自然界的一種感發，鍾嶸的《詩品·序》中，對此更是在一開端便曾有所敘及，云：「氣之動物，物之感人，故搖蕩性情，形諸舞詠」，其後又引申其義云：「若乃春風

20×15=300　四川大學歷史系

春鳥、秋月秋蟬、夏雲暑雨、冬月祁寒、斯四候之感諸詩者也」。而早在鍾嶸《詩品》之以前，陸機之《文賦》之中便曾有「遵四時以歎逝，瞻万物而思紛，悲落葉於勁秋，喜柔條於芳春」之言。可見对於一個真正具有靈心銳感的詩人，縱使沒有人事上之困窮不幸之遭遇的刺激，而當四時節序推移之際，便也自然可以引起內心中一種銳敏之感動，而寫出富於詩意之感發的優美的詩篇。而晏殊便正是稟賦有此種資質的一位出色的詩人。如其《踏莎行》詞之「細草愁烟，幽花怯露，憑闌總是銷魂處」。及「小徑紅稀，芳郊綠遍，高台樹色陰陰見」等句，便都寫的是对自然界之景色節物的敏銳而纖細的感受，而此種銳感往往

又可以觸引起詩人一種深蘊的柔情，故前一首之後半闋，便寫有「帶緩羅衣，香殘蕙炷，天長不禁迢迢路。垂楊只解惹春風，何曾繫得行人住」之語，而後一首在後面也曾寫有「春風不解禁楊花，濛濛亂撲行人面」之語，便都表現了由銳感所觸引起的一種纏綿深蘊的柔情。再如其《清平樂》詞之「金風細細，葉葉梧桐墜，綠酒初嘗人易醉，一枕小窗濃睡。紫薇朱槿花殘，斜陽卻照闌干。雙燕欲歸時節，銀屏昨夜微寒」，則較之前二詞所透露之感情更少，幾乎全首都只是寫對於節物氣候的銳感，僅在結尾一句之「銀屏昨夜微寒」的敘寫中，隱約表現出一種淒寒悵惘之情而已。像這一類詞，既沒有甚麼奮發的內容

叶嘉莹先生《论晏殊词绝句三首》之三：

词风变处费人猜，疑想浇愁借酒杯。
一曲标题赠歌者，他乡迟暮有深哀。

第 12 页

，也沒有激言烈響的氣勢，所以很不容易獲得一般讀者的賞愛，然而這一點溫柔悵惘之情卻實在是有使人心動的感發。古人有云「哀莫大於心死」，能引發讀者一種多情銳感的詩心，這正是晏殊這一類詞的可貴之處，較近於王國維所謂「成大事業大學問者」之「第一境」的境界。因為善感的詩心，才是一切好詩的基本根源之所在。而晏殊則正是把這種詩感表現得極為纖精緻的一位作者，這是我們在欣賞晏殊詞之時，所最不應加以忽略的。

詞風變處費人猜，疑想澆愁借酒杯。一曲標題贈歌者，他鄉遲暮有深哀。

（論晏殊詞三）

如我們在前文所言，晏殊詞有清明圓

20×15=300　四川大学历史系

第 13 页

融之理性，不為激言烈響，而常保有一種銳感柔情之意境，此固為晏殊詞一般之風格與特色。然而在晏殊詞中，卻有著一首殊為例外的變調之作。此即為其標題為「贈歌者」的一首《山亭柳》詞。全詞為「家住西秦，賭博藝隨身。花柳上，鬥尖新。偶學念奴聲調，有時高遏行雲。蜀錦纏頭無數，不負辛勤。　數年來往咸京道，殘盃冷炙謾消魂。衷腸事，託何人。若有知音見採，不辭徧唱陽春。一曲當筵落淚，重掩羅巾。」此詞寫一自負才藝，經過盛年得意而轉入遲暮淒涼的歌者，全詞寫得聲情激越，有無限寂寥落寞之感，與晏殊其他作品一貫所具有的曠達溫潤之風格，極不相類。鄭騫所編之《詞選》以為此詞乃晏殊

20×15=300　四川大学历史系

（接前）这首绝句论晏殊《山亭柳·赠歌者》一词。叶嘉莹先生认为，在晏殊词中，这首词风格迥异，应为晏殊“借他人酒杯，浇胸中块垒”之作。

晏殊《山亭柳·赠歌者》：

家住西秦，赌博艺随身。花柳上，斗尖新。偶学念奴声调，有时高遏行云。蜀锦缠头无数，不负辛勤。　数年来往咸京道，残杯冷炙谩消魂。衷肠事，托何人。若有知音见采，不辞遍唱阳春。一曲当筵落泪，重掩罗巾。

「借他人酒杯澆自己塊壘」之作。又說「此詞云『西秦』『咸京』，當是知永興軍時作。時同叔年逾六十，去國已久，難免抑鬱」。鄭氏所言，極為有見。蓋晏殊自十四歲即以神童擢秘書省正字，受知遇於真宗，在仕宦之途上一直非常順利，直至真宗逝世仁宗即位，寵眷不衰，仕至尚書左丞參知政事。而其後則曾兩遭貶斥，第一次在明道二年，三月章獻太后崩，仁宗始知自己為李宸妃所生而非太后所出。而晏殊嘗奉詔撰宸妃墓誌，誌文但言宸妃生女一人早卒，無子。故仁宗恨之。晏殊遂罷參知政事，出知亳州。又徙陳州。五年以後始被召還，自刑部尚書加同中書門下平章事。《宋史·晏殊傳》謂其「及為相，益務進賢材，而

第 14 頁

20×15=300　四川大学历史系

范仲淹與韓琦、富弼皆進用，至於臺閣，多一時之賢。……而小人權倖皆不便」。於是不久後晏殊遂又遭到第二次的貶斥。這次貶斥發生於慶曆四年。據《宋史·晏殊傳》之「孫甫、蔡襄言宸妃生聖躬為天下主，而殊嘗被詔誌宸妃墓，沒而不言。又奏論殊役官兵治僦舍以規利。坐是降工部尚書知潁州」。其後又自潁州移陳州，又自陳州改知許州，又改知永興軍，十年以後始以疾歸京師，次年遂卒。晏殊此首《山亭柳》之詞，所云「西秦」、「咸京」等地，正屬永興軍之地。故鄭騫《詞選》以為此詞「當是知永興軍時作」，當屬可信。暮年失志，感慨自多。何況晏殊之被貶斥，時人又多以為非其罪，《宋史·晏殊傳》即曾為其撰

第 15 頁

20×15=300　四川大学历史系

晏殊被贬斥，时人多以为非其罪。《宋史·晏殊传》即曾隐晦地说明了这一点。

第16頁

李宸妃墓誌不言仁宗為宸妃所生，及其役官兵治僦舍二事作辯解說「殊以章獻太后方臨朝，故誌不敢斥言；而所役兵乃輔臣例宜借者，時以謂非殊罪」。是晏殊乃以非其罪的罪名被罷相，又出知外郡很久，因此在這首《山亭柳》詞中，遂流露出來一種慷慨激越之音，與其一般詞作中所表現的圓融明澈的風格頗有不同，成為了《珠玉詞》集中的一闋變調之作，所以鄭騫以為此詞是「借他人酒杯，澆胸中塊壘」，這自然是十分可信的。只是晏殊為什麼一定要「借他人酒杯」來找一個《贈歌者》的題目呢？我以為這種情形也正好說明了晏殊之為詞之富于理性節制的一點特色，因為他不願把自己激越的悲慨作直接的

20×15=300　四川大学历史系

第17頁

發洩，所以才在遇到一個適當場合的歌者時之借著《贈歌者》的題目，寫出了自己的悲慨。因此風格雖稱變調，但在基本上卻並不失晏殊之富于理性節制的性格特色。像這種相反而又相成的表現，在我們賞析一位作者的作品時，是極當加以留意的。因為任何一位作者，在不同的境遇心情之中，都會寫出風格不同的作品，評賞者就貴在能從其不同的風格中，探索出一位作者的基本特色之所在，如此我們才可以對於這位作者和他的作品，有更為深入的探入其本質的賞悟。以前我在說李煜之詞時，也曾談到李煜之作品雖表現有前後兩期之不同的風格，但其本質則實在同出於其能以純摯之情作全心傾注之一源。如果

20×15=300　四川大学历史系

李煜之词虽然有前后两个时期的不同风格，但其本质则同出于其能以纯挚之情作全心倾注之一源。

第18頁

我們說李煜之詞可以做為純情之詩人的代表，則晏殊之詞便恰好可以做為理性之詩人的代表。李煜詞之好處，正在其不以理性節制，所以才能寫得純真而且任縱；晏殊詞之好處，則正在其能以理性節制，所以才能寫得澄明而且溫潤。昔謝靈運曾有詩句云：「異音同至聽，殊響俱清越」，正可以做為李煜與晏殊兩類不同性質之詩人而各具特美之寫照。

20×15=300　　四川大学历史系

論晏幾道詞（一）（二）

本文完稿于1983年。

此页为缪钺先生题签。

第 页

灵谿词说

——论晏几道词——

嘉莹

艳曲争传绝妙词，酒酣狂草付诸儿。谁知小白长红事，曾向春风感不支。

（论晏几道词之一）

关于晏几道之为人及其词之特质，缪钺先生在其所写的《论晏几道词》之两首绝句及论评中，对之已曾有过甚为精辟的析说。本来我是不敢更为续貂之举。但在拟订撰写计划时，缪先生却一直鼓励我要对历代重要词人做比较有系统的论述。因此我便想从词的发展方面，对晏几道词在词史中之地位再做一些补充的评述，并将之与其他类型相近的词人，略做简单之比较。

谈到词的发展，自晚唐五代以来直到北宋早期的大晏欧阳诸人的作品，他们所使用的牌调，既大多都是篇幅短小的令词，所写的内容，也大多都是闺阁园亭之景，伤春怨别之情

20×15=300　四川大学历史研究所稿纸　第 1 页

叶嘉莹先生《论晏几道词》之一：

艳曲争传绝妙词，酒酣狂草付诸儿。
谁知小白长红事，曾向春风感不支。

（接前）晏几道在为其词集《小山集》所作自序中说道：“叔原往者浮沉酒中，病世之歌词不足以析酲解愠……始时沈十二廉叔、陈十君龙家有莲、鸿、蘋、云，品清讴娱客。每得一解，即以草授诸儿，吾三人持酒听之，为一笑乐而。”“酒酣狂草付诸儿”，当指此事，意谓即兴感悟的艳词创作。“谁知小白长红事，曾向春风感不支”，出自晏几道所作《与郑介夫》诗：“小白长红又满枝，筑球场外独支颐。

，無論就形式或內容而言，從表面看來似乎都沒有顯著的差別。然而事實上如果就本質而言，則詞這種新興的韻文體式，卻實在曾經由不具個性的艷歌，既已轉為了可以抒寫一己情意的詩篇，而且更由於[illegible]方面都卓有造樹的作者之加入，遂使得這種原來本不過是歌筵小篇的詞作，竟然融入了一種極為高遠深摯的意境。隱然流露，作者的性情襟抱，使讀者可以產生無窮之感發與聯想，而已經不再只只限於敘寫艷情所致的艷詞了。不過這種意境與感發的形成，在就作者而言既只是一種無意之間的自然流露，就詞之發展而言，也只不過是一種暗換遞轉的暗流，而就表面之形式與內容而言，則並沒有巨大的明顯的改變。直到柳永與蘇軾的出現，才使得詞在形式和內容

20×15=300　四川大学历史研究所稿纸　第 2 页

兩方面，都有了更為明顯的開拓和變化。關於詞在前一段發展中的潛移默轉的演進，我在以前論述溫、韋、馮、李、大晏、歐陽諸家詞時，已曾對其逐步之轉化做過詳細的說明，茲不再贅；至於柳永與蘇軾對詞之開拓開境的拓展，則我在以後論述二家詞時，自然也將對之做詳細之評述，這裡也不擬在此更為辭費。我現在所要談的，只是晏幾道的父子山詞之在此一發展之過程中，究竟應將之放在怎樣一個地位的問題。

晏幾道之生卒年不可詳考，據夏承燾之《唐宋詞人年譜》中的《二晏年譜》，以為晏幾道約生於仁宗天聖八年左右（一〇三〇），較柳永約小四十餘歲，較東坡則即使年長，也不過數歲而已。這時詞中對長調的使用，在文士中可以說已經[illegible]一

20×15=300　四川大学历史研究所稿纸　第 3 页

（接前）春风自是人间客，主张繁华得几时。”郑介夫即郑侠，少时受知于王安石，因上书指出新法之弊遭到新党排挤迫害。晏几道此诗以开满枝头的花比喻朝中得势者，把自己比作赛场外有所思的看花人，看新法及当权者恰如春风短暂，还能作威作福到几时。叶嘉莹先生于诗的后两句引用此典故，意在与前两句形成对比，指出晏几道词中除诗酒风流的艳词以外，还流露有很深的盛衰今昔之感。

時，而就意境言之，則柳永之羈旅行役的鋪陳，和蘇士生賦的感慨，與蘇軾之逸懷浩氣的胸襟，和辛弃疾的氣度，也已經对詞境有了很大的開拓。而小山詞中所寫的則不僅在形式上多屬小令極少長調，而且在意境上也全然没有柳與蘇的鋪陳感慨胸襟和氣度，小山詞的内容大多不過只「往者浮沉酒中」，在他的友人沈廉叔、陳君龍家裡，聽一些美麗的歌女蓮、鴻、蘋、雲諸人所寫的「每得一解，即以草授諸兒，吾三人持酒聽之，為一笑樂」的歌詞而已。如果就此一点而言之，則小山詞之性質，與《花間集》中的一些艷詞，實在有极為相近之處。所以陳振孫在《直齋書錄解題》中就曾稱小山詞「獨可追逼花間」，其後毛晉在汲古閣本《小山詞》跋文中，也曾稱述説「獨

20×15＝300　　四川大学历史研究所稿纸　　第 4 页

《小山集》直逼《花間》」，這在陳氏與毛氏而言，对小山詞當然原是一種贊美之辭。然而如果就詞之發展演進而言，則小山詞却實在該屬於一種回流之嗣響，我這樣説对之也并無貶意，因為在歷史的演進中，總是既有向新之先驅，也有承前之嗣響的，而且同時在先驅中也有承前的延續，在嗣響中也有開新的拓展。因此晏幾道的小山詞之在性質上雖是屬於承襲《花間》的回流嗣響，但在風格與筆法方面，却也有不少异於《花間》之處的開新。關於此点，我將在下文再对之加以詳論。總之他的詞就一般而言，是不僅未曾追隨柳與蘇的開新的拓創，而且甚至連大晏和歐陽在詞之階段雅轉之演進中所达成的那種引人聯想感發的深遠之意境，也竟然難得一見

第 5 页

明末著名藏书家、出版家、刻书家毛晋在汲古阁本《小山词·跋》中说："独《小山集》直逼《花间》，字字娉娉袅袅，如揽嫱、施之袂。恨不能起莲、鸿、蘋、云按红牙板唱和一过。晏氏父子俱足追配李氏父子云。"

叶嘉莹先生通过对比指出，单就《小山词》的内容与形式来讲，其与《花间集》中的一些艳词极为接近；但就词之发展演进而言，《小山词》既是对过去词作的一种继承和延续，同时又有新的拓展。

。他所寫的聽歌看舞之事，与相思離别之情，就只是聽歌看舞之事，与相思離别之情。如此他的《小山詞》之前面有一篇自序之文，曾說他对詞之寫作，原是因為「病世之歌詞，不足以析醒解慍」而寫的「補樂府之亡」的歌詞，這与《花間集·序》中所謂的以當時流行之歌曲為俚俗，而要彙集一些「詩客」的「曲子詞」，是為了「庶使西園英哲，用資羽蓋之歡，南國嬋娟，休唱蓮舟之引」的編輯詞集的用心，也是非常接近的。因此陳振孫与毛晋二氏之称小山詞以為逼近花間，當然是一種有見之言。

第 6 页

20×15=300　四川大学历史研究所稿纸

不过在歷史的發展中，雖可以有類似的回流，却決不会有一成不变的重複，晏幾道的《小山詞》便也並不曾完全重複《花間》之詞的意境，而却是在回流之中，另闢出了一片深波容与花葉繽紛的美麗的天地。下面我們便將对《小山詞》与《花間集》之中的艷詞的相異之点，以及他在回瀾之中的開新的成就，略加討論和叙述。

《小山詞》与《花間集》之中的艷詞，雖然從表面看來同樣是以寫歌舞愛情為主的酒筵歌席之詞的曲辭，但其間却實在也有許多不同之處。首先是他們所敘寫的对象不同，《花間集》之中所寫的女子，常只是一般的泛指，而《小山詞》中所寫的女子如蓮鴻蘋雲等，則是一種特有的专指，此其一，所寫的对象既有了不同，因此其間所具

第 七 页

20×15=300　四川大学历史研究所稿纸

《小山词》与《花间集》中的艳词虽然相似，但亦有不同，具体表现为以下几点：其一，所叙写的对象不同，前者所写女性为一般泛指，后者则多有专指之对象；其二，创作出发点不同，前者是一种极为世俗和现实的情欲，后者则是一种诗意和美感的欣赏；

20×15＝300

含的感情的品质便自然也有了不同。《花间集》中的艳词，所写的有时往往只是一种极为世俗和现实的情欲，而小山词中所写的则往往是一种诗意和美感的欣赏。此其二；再则文采方面《花间集》的艳词丽句常不免仅只是一种绮采的堆饰，而小山词中的词句则特别是有一种清丽典雅之致，此其三。除去以上这些相异之点以外，还有更为重要的一点差别，那就是在写作之心情与态度方面的不同，《花间集》中的艳词，可能只是在五代之乱世中，一些偷生苟安的士大夫们对于宴乐的耽溺，而晏几道的艳词，却颇有一点有託而逃的寄情于诗酒风流的意味。关于此点，缪先生曾提出过「晏几道不倚贵人之门，而独与小官郑侠友善」

第 8 页

四川大学历史研究所稿纸

20×15＝300

，以为「盖二人皆有正义感，不满意于新政之弊也」。这种提法，甚为有见。原来在赵令畤的《侯鲭录》中曾有以下一段记载，说：「熙宁中，郑侠上书，事作下狱，悉治平时往还厚善者。……侠家搜得叔原与侠诗云：『小白长红又满枝，筑球场外独支颐。春风自是人间客，主张繁华得几时。』裕陵称之，即令释出」（按「张」字读去声，「裕陵」即神宗）。历来征引这一则故事者，都不过只是以之证明晏几道曾与郑侠有交往而已，而对于这一首诗本身所可能含有的隐讽之意，则都未曾加以注意。而其实我以为这首诗却原来有着极可玩味的含意。首句「小白长红又满枝」，从表面看来，其所写的只不过是春天花树上满枝红白各色的花朵而已，而其实他所隐讽的，却可能原是指当时朝廷上那些春风得意的许多新贵。我

第 9 页

四川大学历史研究所稿纸

（接前）其三，语言风格不同，前者多为艳词丽句的辞藻涂饰，后者别具清丽典雅之致；其四，创作心情与态度不同，前者为五代乱世中偷生苟安文人对于宴乐的耽溺，后者则颇有一点有托而逃的寄情于诗酒风流的意味。

第10页

之敢於做這種猜測，主要是由於此詩之第二句「築毬場外獨支頤」七個字，實在極值得人仔細的玩味。因為當春日之時，「小白長紅」的各色花樹，原該是到處可見的，晏幾道如果單純只是寫遊春賞花，則何處園林勝地不可以寫，又何必特別要標舉出是在「築毬場外」？要知所謂「築毬」者，本是宋代一種極為流行的競技之比賽，競者要分為兩隊以互爭勝負。這在兩宋的筆記中，如《東京夢華錄》及《都城紀勝》等書，皆有記敘。而這種勝負之競技，則與朝廷官場中之黨爭的互相排擠傾軋大有相似之處。所以晏幾道遂又在「築毬場外」之下加上了「獨支頤」三個字。「支頤」者何？有所思之貌也。所思者何？則下二句之「春風自是人間客，主張繁華得幾時」也。從全詩通篇之口

第11页

吻看下來，則這二句分明乃是對於當時春風得意之新權貴們的一種隱諷，意謂其作威作福之「主張繁華」，亦不過如人間過客之終不能久也。我自信個人的這種解說，決非強為附會之辭，因為除了這首詩通篇之用字與口吻都可以使人引發此種諷喻之想以外。還有晏幾道與鄭俠平日為詩之態度，也都可以做為此種解說的一些旁證。晏幾道與鄭俠留傳下來的詩都不多，在今宋詩鈔、二集之中，收有鄭俠之《西塘集》之一卷，存詩不過二十八首而已，這些詩，就文學價值而言，也許並不能算是什麼好詩，但就內容而言，則可以說篇篇都是言之有物的作品。尤其對王安石新政擾民之不滿的態度，更是隨處可見，最明顯的如其《和荊公何處難忘酒》一首，所寫的是：「何處難緘口，熙寧政失中，四

郑侠《和荆公何处难忘酒诗》：

何处难缄口，熙宁政失中。
四方三面战，十室九家空。
见佞眸如水，闻忠耳似聋。
君门深万里，安得此言通。

方三面战，十室九家空，见伍畔如水，开忠直似犁，君门深万里，安得此言通」。其不满新政之意，自是显然可见。至於晏几道的诗，则据《宋诗纪事》之所载，其所存不过六首而已。除去前面所引的送给郑侠的标题为《与郑介夫》的一首七绝以外，还有题为《戏作示内》的一首五古，与另外四首题画的诗（三首七绝、一首七律）。诗虽甚少，而值得注意的则是他的诗之风格与词之风格之迥然相异，他的词作是浓丽风流，而他的诗则极善於用意和说理，而最可以窥见他的心志的，则是他的题为《观画目送飞雁手提白鱼》的一首七言律诗。诗中写的是：「眼看飞雁手携鱼，似是当年绮季徒。仰羡知几避缯缴，俯嗟贪饵失江湖。人间感绪闻诗语，尘外高踪见画图。三叹绘毫精写意，

慕冥伤涸两踌躇」。从他在诗中所写的「知几避缯缴」，「贪饵失江湖」，以及「慕冥伤涸」的一些话来看，都可见到他对於官场中得失争逐之营谋的恐惧和轻鄙。而他的「小白长红又满枝」一首七绝，不但全诗口吻使人生隐讽之想，就是按晏几道一般作诗之喜欢言志和用意的作风，以及对官场之态度来看，我们说他的此首七绝有隐讽之意，也该是可能的，何况他所赠诗的对象，又是一向对新政不满的郑侠，则我们说他的这一首诗含有隐讽之意，就该不仅是可能的，而且是可信的了。幸而当年研治郑侠之狱的人，没有像我这样的「深文周内」以求，才使得晏几道不但未曾因此获罪，反而因此得「裕陵称之，即令释出」。这实在不得不说是晏几道的不幸中之大幸了。不过我们现在之

引述這些故实和詩句，还並不是想藉此來判斷晏幾道与鄭俠之獄的干連，而是因為對這一方面有了認識，才能證明我們在前面所提出的晏幾道之艳詞顯有藉詩酒風流以自遣的自託而逃的意味，而這種寫作艳詞的態度，則是形成了他的艳詞中某些長處和缺点的主要原因。而除去詩酒風流的艳詞以外，在晏幾道的詞中还流露有很深的盛衰今昔之感，夏敬观手評小山詞、跋尾就曾說小山詞中有「華屋山邱」之感，這与晏幾道的身世自然有很密切的關係。而這也是影響他的詞之風格与內容的另一項重要因素，因此我們在下一節便將對晏幾道之身世与為人也略加敘述。然後再結合本節所提出的晏幾道對政治實踐之態度，來對其為人与為詞之本質和特色，及其長處与缺点之所在做一整体之評述。

第 14 頁

20 × 15 = 300　　四川大学历史研究所稿纸

人間風月本無常，事往繁華儘可傷，一樣純情兼銳感，叔原何似李重光

論晏幾道詞之二

黃庭堅在《小山詞．序》中，曾經說：「晏叔原，臨淄公之暮子也」。据夏承燾《二晏年譜》之考証，則晏幾道原來是晏殊的第七個兒子。當晏幾道誕生時，晏殊大約在四十歲左右。而晏殊自四十歲到六十四歲逝世為止，在仕途中雖曾一度仕至樞密使加同平章事，有位極人臣之貴，而另一方面則又曾為人所論劾，罷相出知外州軍，輾轉各地有十年之久。在這期間內，對晏幾道而言，則正值其由童年而少年的成長階段。因此在晏幾道的性格方面，自然就免不了曾經受到此一階段之家庭境遇對他所造成的若干影响。晏幾道幼長于富貴之家，無衣食

第 15 頁

20 × 15 = 300　　四川大学历史研究所稿纸

叶嘉莹先生《论晏几道词》之二：

人间风月本无常，事往繁华尽可伤。
一样纯情兼锐感，叔原何似李重光。

第 16 页

生計之憂，這正是他何以能夠沒有營謀爭逐之心，對仕途之得失榮辱都不一顧，而獨具真淳之本性的一個主要原因。但另外則在同時晏幾道却也曾親身經歷了他自己一家由盛而衰的境遇之變化，而且由於他自己之不經意於家人生產之事，常是「面有孺子之色」，所以他一方面既可以有貴公子之「費資千百万」的豪舉，而另一方面則也曾落到竟至於「家人寒飢」之匱乏的境地（以上所引見黃庭堅《小山詞·序》，已見總論晏幾道詞絕句已曾引用，因此不再詳錄）。再加之他又曾親眼見到當年曾与他一起聽歌飲酒的兩个密友，沈廉叔与陳君龍之一個「疾廢」「不偶」，一個「壠木已長」，所以在他的詞中除了寫歡聚相思以外，便不免也常常表露出一種盛衰變化今昔無常的悲歡離合之感傷。如果只從這種人

20×15=300　四川大学历史研究所稿纸

第 17 页

生經歷和詞中之情意來看，則晏幾道与當年「生於深宮之中，長於婦人之手」的「不失其赤子之心」，而却曾身經七國之變的南唐後主李煜，實在大有相似之處。而且在資質方面，晏幾道也与李煜相似，同樣秉賦有純真的多情銳感的天性。不过儘管他們二人有着如許多的相似之点，可是他們二人所寫的詞，却實在無論是風格、意境、及成就各方面，都有很不同的差別。首先從風格方面來說，李煜之詞是純任天然不假雕飾，而晏幾道的詞則是清辭麗句儀美風流；再從意境方面來說，則二人詞中雖同樣寫有盛衰無常之感，李煜的七國以後之作，便往往能以極簡短之小令，直寫出千古人類所共有的無常之苦難与悲慨，而晏幾道詞中的盛衰今昔之感，却不免仍停留在對適時歡宴之歌舞愛情之

20×15=300　四川大学历史研究所稿纸

叶嘉莹先生对晏几道与李煜进行了比较，指出二人在资质、经历方面颇有相似之处，但二人所写之词，却无论风格、意境及成就都有很大差别。

情事的追懷思念之中。因此以成就而言，李煜詞對五代艷詞之發展，實在有開拓之功，而晏幾道之成就則僅在使五代花間之艷詞，在風格上有了一種更為典雅清麗之演化，而在意境方面，就當時詞之發展言之，便不僅未有開拓，反而有轉趨狹隘之嫌了。至於晏幾道與李煜何以在遭際及稟賦方面既有相似之處，而其所表現之成就者又有如此不同的原故，我以為主要約可歸納為以下二種因素，一則李煜所經歷的盛衰之變化，乃是一種破國亡家的急劇的突變；而晏幾道所經歷的盛衰之變化，則是一個顯宦的逐步衰落的徐緩的漸變。再則李煜之天性既更為純任天然，不假雕飾，所以他對一切事物之感受，便經常可以達到一種擺落枝葉直探核心的更為深入的境地，而晏幾道則較重修飾之美，雖然他的修飾仍可以說是[illegible]

勝韻，得之天然」（見王灼《碧雞漫志》卷二），但卻畢竟多了一層美感的阻隔和點綴。因此李煜的詞乃獨能具一種震撼人心之力量，而晏幾道之詞則只表現了一種往事纖細的懷思和感傷，缺少了李煜那種奔瀉和氣象的超越於現實情事以外的更廣之意境。以前我在論南唐中主李璟詞的時候，曾經試將詩歌中的感發感動之作用，分別為三個不同的層次：第一個層次是屬於官能之觸引的感動；第二個層次是屬於情感之觸引的感動；第三個層次則是超越於前二者之上，更足以在心靈及哲思方面引起人深遠之觸引與聯想的一種感發。如果以這三個層次為標準來加以衡量的話，則李煜亡國以後的一些作品，其直搗人心的氣象之力，足以包舉千古有情之人的無常之悲慨者，便可以說是

宋人王灼《碧鸡漫志》卷二论“各家词短长”说：晏叔原、僧仲殊各尽其才力，自成一家。……叔原如金陵王谢子弟，秀气胜韵，得之天然，将不可学。仲殊次之。殊之赡，晏反不逮也。

第20页

已經由感動的層次進入了感發的境界。而晏幾道的一些作品，則卻仍停留在個人情事的追懷憶念之中，便只能算是仍局於情感之感動的層次，而並未進入到可以予讀者以更深廣之觸引和聯想的感發之境界。這是我們就晏幾道之家道中落的貴公子的身分，及其真純銳感之天性，將他與另一位也曾經歷身世之變，並且也同樣具有真純銳感之天性的詞人李煜相比較，就二人詞中所表露的盛衰之感，從詩歌中興發感動之作用的本質方面，所見到的差別。

其次我們將再把晏幾道所寫的一些歌舞留連相思離別的情詞艷曲，來與《花間集》之中的這一類詞，略加比較。在前面一首論晏幾道詞的絕句及討論中，我們已曾舉引了他的一首〈小白長紅又滿枝〉的七言絕句，來說明過晏幾道

20×15＝300　四川大学历史研究所稿纸

第21页

的情詞艷曲，原來頗有一些借詩酒風流以自遣的有託而逃的意味，正因為這種寫作的心情和態度，遂使得晏幾道的情詞艷曲，與《花間集》之中的一些情詞艷曲，有了許多不同的差別。

先就《花間集》而言，我以為在這一部詞集中所收錄的情詞艷曲，約而言之大概可以分為以下三類：其一是如溫庭筠詞之不具個性的客觀純美的敘寫，雖缺少直接的感動的力量，然而卻可以因美感之聯想而引人生託喻之想者；其二是如韋莊的詞之個性鮮明，口吻勁直，其中有人，呼之欲出的真正寫一己之愛情者；其三是如歐陽炯、毛熙震、閻選諸人的艷詞，既無美感，也無個性，更無真情，而只是淺露鄙俗的寫一己之情欲者。而晏幾道的情詞艷曲，則並不屬於此三類中的任何一類。舉例而言，晏幾道

20×15＝300　四川大学历史研究所稿纸

叶嘉莹先生将晏几道所写歌舞留连、相思离别的情词艳曲与《花间集》中这类作品进行了比较，指出《花间集》这部分作品可以分为三类：一为客观纯美的叙写；二为鲜明劲直的情爱表达；三为浅露鄙俗的情欲描写。而晏词不属于这三者中的任何一类。

韦庄《荷叶杯》：

绝代佳人难得，倾国，花下见无期。一双愁黛远山眉，不忍更思惟。　闲掩翠屏金凤，残梦，罗幕画堂空。碧天无路信难通，惆怅旧房栊。

道的詞，如其所寫的「手撚香牋憶小蓮」（鷓鴣天），「阿莘十五腰肢好」（木蘭花），以及「記得小蘋初見」（臨江仙），「小瓊閒抱琵琶」（清平樂）之類，其所寫的人物情事都是確定了指的，這便與第一類溫庭筠詞中所寫的，如「寶鏡與花枝，此情誰得知」（菩薩蠻），及「眉翠薄，鬢雲殘，夜長衾枕寒」（更漏子）一類，並不必有真實之人物情事，而純以美人之美感，引起讀者可以有託喻之想的艷詞有了不同；而如果以晏幾道詞與韋莊之「其中有人呼之欲出」的寫愛情之詞相比較，則韋莊的詞，無論是以女子口吻所寫的「妾擬將身嫁與，一生休」（思帝鄉），或者以男子口吻所寫的「絕代佳人難得，傾國，花下見無期」（荷葉盃），可以說都表現有一種經心相愛的專注之意，而晏幾道詞所

第 22 頁

20×15=300　四川大学历史研究所稿纸

寫的，如「綵袖殷勤捧玉鍾」（鷓鴣天），「小令尊前見玉簫」（前調）之類，便似乎只是歌舞場中偶然相悅的愛賞，無論對蓮、鴻、蘋、雲，或其他一些女子，晏幾道似乎都可以對其容色才藝之美，有一種賞愛和愛賞，而卻缺少了一種專一和奉獻的經心相許的情意，這便使他的詞與第二類像韋莊一樣的情詞，也有了相當的差別；再以晏幾道的詞與歐陽炯諸人的艷詞相比較，則如歐陽炯的「胸前如雪臉如蓮」的一首〈南鄉子〉詞，毛熙震的「暗想為雲女，應憐傅粉郎」的一首〈南歌子〉詞，閻選的「粉融紅膩蓮房綻」的一首〈虞美人〉詞，他們所寫的都是極淺露鄙俗的情欲，而晏幾道的詞則絕無此類的作品，晏幾道所寫的一般都只是纖細宛轉的賞愛和懷思，如其「記得小蘋初

第 23 頁

20×15=300　四川大学历史研究所稿纸

晏几道的词在题材上虽与《花间集》有相似之处，但在意境方面却与《花间集》有很大差别。他虽然寄情于诗酒风流，但隐含着以歌娱逃避自遣的意味，这是欣赏和评价小山词的关键所在。

第 24 页

見，兩重心字羅衣，琵琶絃上說相思，當時明月在，曾照彩雲歸」（臨江仙）之[illegible]個[illegible]想念人難忘的佳人，「醉別西樓醒不記，春夢秋雲，聚散真容易」（蝶戀花）之[illegible]種對聚散無常的離別和懷思，晏幾道的詞莫不寫[illegible]，形象優美，意致纏綿，這與第三類之酣醉倡詠諸人的淺露卻俗的艷詞，自然更有著極大的不同了。而晏幾道的詞，一方面雖是歌筵酒席之情的艷曲，與《花間集》似乎大有相似之處，而另一方面卻在意境方面又與《花間》之詞有著許多不同之差別，其主要的原故，便是由於如我們在前面所曾提到的，他之寄情於詩酒風流，原有著一種有託而逃以歌娛自遣的意味，他所寫的原非空言泛指的無個性的艷詞，所以不同於温庭筠一類的作品；他之本意原也在於

20×15＝300　四川大学历史研究所稿纸

第 25 页

歌娛自遣，也並非真對任何一個女子有了真一片與個人相許的深情，所以也不同於韋莊一類的作品；而他又並不是果然對酣樂縱情的真正耽溺，所以自然也絕不同於酣醉倡詠諸人一類的作品。因此對晏幾道之為人及其寫作艷詞之心情與態度有所了解，實在該是欣賞和評價小山詞，並區別其與《花間集》中艷詞之同異的一個主要關鍵。

以上，我們既然已曾就晏幾道詞中的盛衰今昔之感慨，將他與李煜做了比較，又曾就其詞中的美女戀情的內容，將他與《花間集》之中一些作者做了比較，而除此以外，還有兩個人我們應該提出來與之一做比較的：一個便是晏幾道的父親晏殊，另一個則是晚於晏幾道的，也同樣以纖柔委婉著稱的詞人秦觀。現在我們

20×15＝300　四川大学历史研究所稿纸

二晏词在整体风格及意境方面有着极大差别：就风格而言，晏殊词温润而疏朗，晏几道词秀丽而绵密；就意境而言，晏殊词有一种理性的反省和思致，晏几道词则表现为一种情绪的伤感和怀思。

先談一談晏幾道之詞與其父晏殊之詞的比較。況周頤在《蕙風詞話》中曾經說：「《小山詞》從《珠玉》出，而成就不同，體貌各異，《珠玉》比花中之牡丹，《小山》其文杏乎」。這段話確實不失為有見之言。晏幾道為晏殊之幼子，生長于宰相府中，有一位仕極人臣之貴、而愛好詩詞令曲的父親，則其耳濡目染之所薰習，自必會受到極大之影響，此種密切之關係自不待言。而且在晏幾道的《小山詞》中，也確實留有不少受到他父親晏殊之《珠玉詞》之影響的痕跡。舉例而言，如小晏《蝶戀花》之詞「東野七來無麗句」一首中，有「酒筵歌席莫辭頻」之句，大晏《浣溪沙》之詞「一向年光有限身」一首中，便也曾寫有「酒筵歌席莫辭頻」之句；小晏《鷓鴣天》之詞「碧藕香殘小研紅」一首中，有「花不

第 26 页

20×15=300　　四川大学历史研究所稿纸

盡、柳無窮」之句，大晏《喜遷鶯》之詞一首便也有「花不盡、柳無窮」之句。除去這些全同的句子以外，至於辭意相似的句子就更多了，簡單舉几個例子，如小晏《臨江仙》之詞「長愛碧闌干影」一首中之「霜蕊如舊芳菲」之句，便與大晏《破陣子》之詞「憶得去年今日」一首中之「珍叢又睹芳菲」之句，極為相似；小晏《木蘭花》之詞「小顰若解愁春暮」一首中之「挽斷羅巾容易去」之句，也與大晏同調之詞「燕鴻過後鶯歸去」一首中之「挽斷羅衣留不住」之句，極為相似。如此之類，可謂不勝枚舉（按二晏詞常有互見者，今所引皆以《全宋詞》之所著錄者為準）。總之晏幾道之受有其父晏殊詞之影響，此自為不爭之事實。但值得注意的則是，二晏詞雖從表面字句看來頗有相

第 27 页

20×15=300　　四川大学历史研究所稿纸

晏几道《临江仙》：

长爱碧阑干影，芙蓉秋水开时。脸红凝露学娇啼。霞觞熏冷艳，云髻袅纤枝。　烟雨依前时候，霜丛如旧芳菲。与谁同醉采香归。去年花下客，今似蝶分飞。

第 28 页

似之處，但在整體的風格及意境方面，則二人卻又有極大之差別。一般說來，我以為就風格而言，晏殊詞是温潤而疏朗，晏幾道詞則是秀麗而綿密；再就意境言之，則晏殊詞往往表現有一種理性的反省和思致，而晏幾道詞所有的，則常只是一種情緒的傷感和懷思。而且在晏幾道詞中也常有一些辭句及內容都與晏殊相近似的作品，但在整體的風格及意境方面，也依然有着明顯的差別，這實在是一件極可玩味的事。舉例而言，即如晏幾道之一首《臨江仙》詞，全詞是：

長愛碧闌干影，芙蓉秋水開時。臉紅凝露學嬌啼，霞觴熏冷艷，雲髻裊纖枝。　烟雨依前時候，霜叢如舊芳菲。與誰同醉采香歸，去年花下客，今似蝶分飛。

20×15=300　四川大学历史研究所稿纸

第 29 页

這首詞與晏殊的一首《破陣子》詞，無論在辭句及內容方面，都甚為相近，晏殊的全詞是：

憶得去年今日，黃花已滿東籬。曾與玉人臨小檻，共折香英泛酒卮，長條插鬢垂。　人貌不應遷換，珍叢又睹芳菲。重把一尊尋舊徑，所惜光陰去似飛，風飄露冷時。

如果從表面的辭句及所寫的內容來看，這二首詞確實有不少相近似之處，即如前一首之「碧闌」便相當於後一首之「小檻」；前一首之「芙蓉秋水開時」便相當於後一首之「黃花已滿東籬」；前一首之「霞觴熏冷艷」便相當於後一首之「香英泛酒卮」；前一首之「雲髻裊纖枝」便相當於後一首之「長條插鬢垂」；前一首之「霜叢如舊芳菲」便相當於後一首之「珍叢又睹芳菲」；前一首之內容所寫的是去年曾

20×15=300　四川大学历史研究所稿纸

晏几道《破阵子》：

忆得去年今日，黄花已满东篱。曾与玉人临小槛，共折香英泛酒卮。长条插鬓垂。　人貌不应迁换，珍丛又睹芳菲。重把一尊寻旧径，所惜光阴去似飞。风飘露冷时。

第30页

與一個美麗的女子一同賞花飲酒，而今年則時節景物依然，但卻已人事全非的傷感；後一首之內容所寫的，也同樣是去年曾與一個美麗的女子一同賞花飲酒，而今年則時節景物依然，但卻已人事全非的傷感。不過值得注意的則是，儘管這二首詞有着如此多的相似之處，但在整體的風格和意境方面，則二者之間卻實在有着很不同的差別。首先就風格而言，小晏的「玉容」、「霞觴」、「雲髻嫋纖枝」等字樣，都不免顯得比大晏之「小檻」、「酒卮」、「長條插鬢垂」諸句，更多雕飾之意。再就意境而言，則小晏詞在結尾之處所寫的「去年花下客，今似蝶分飛」，乃是一種情事的實指；而大晏在結尾之處所寫的「重把一尊尋舊徑，所惜光陰去似飛，風飄露冷時」，則能把筆墨宕開，不

20×15=300　　四川大学历史研究所稿纸

第31页

再拘於狹隘的情事，而表現了一種較為超遠的人世無常的蕭然寂寞之感。於此我們可以見到，詩詞之評賞，在辭句及內容等外表的區分以外，實在更當注意其在風格與意境方面的更細微也更深入的一種區分。因為這種區分，才真正是關係到詩歌最重要之本質，也就是其感發之作用的質量的區分。而造成此種區分的主要因素，則是由於作者各人本身所具有的感發之生命，原來就有着深闊、厚薄、廣狹、大小等種種不同之差別的緣故。如果以小晏與大晏相比較，則大晏之學養、襟抱、閱歷，各方面自然都遠非小晏之所能及，所以小晏縱然是頗有多才，但在與其父晏殊相形之下，小晏便不免要顯得狹隘幼稚得多了。況因試把大晏之詞比做花中之牡丹，而把小晏之詞比做花中之文杏，我想這種比擬

20×15=300　　四川大学历史研究所稿纸

诗词之评赏，在辞句及内容等外表的区分以外，实在更当注意其在风格与意境方面的更细微也更深入的一种区分。

秦观，字少游，"苏门四学士"之一，有《淮海词》。他是北宋婉约派的重要代表人物，并因《满庭芳》词中有"山抹微云"句，人称"山抹微云君"。该词全篇为：

山抹微云，天连衰草，画角声断谯门。暂停征棹，聊共引离尊。多少蓬莱旧事，空回首、烟霭纷纷。斜阳外，寒鸦万点，流水绕孤村。　销魂。当此际，香囊暗解，罗带轻分。谩赢得、青楼薄幸名存。此去何时见也，襟袖上、空惹啼痕。伤情处，高城望断，灯火已黄昏。

20×15=300

第 32 页

就其不仅是从外表的辞藻内容而言，而是就大晏词之风格意境，更是有一种高华雍容之风度而言的。

我们将再简单说一说晏几道与秦观之《小山词》与《淮海词》的比较，冯煦在《宋六十一家词选・例言》之中，曾经将二人相提出并论，说："淮海、小山，古之伤心人也。其淡语皆有味，浅语皆有致。"但也有人以为淮海更胜于小山，刘熙载在《艺概》之中，就曾经说："少游词有小晏之妍，其幽趣则过之。"王国维在《人间词话》之中，更曾经说："冯梦华（即冯煦）谓淮海、小山，真古之伤心人也，其淡语皆有味，浅语皆有致。余谓此唯淮海足以当之；小山矜贵有余，但可方驾子野、方回，未足抗衡淮海也。"如果要对这种不同之意见加以详细之比较，则我

四川大学历史研究所稿纸

20×15=300

第 33 页

们便需要对所涉及之诸位词人，都有相当之了解，方能做深入之分析。但如依《灵谿词说》之目录之次第，则以上诸位词人，都要待以后方能论及，因此我们如今所能做的，便只择其要者，先将晏几道与秦观词之异同，略做极简单之说明。约言之，则我们认为小山词与淮海词的相似之处，大概可以归纳为以下三点：其一是二人皆同样是有多情锐感之资质；其二是二人皆同样是有柔婉妍美之风格；其三是二人皆写有伤离怨别之情词。然而他们二人之词在意境之内容方面，却实在并不全同。小山词的伤心之处在外表情事之追怀，淮海词的伤心之处则在中心神志之凄伤。而造成此种区别的主要原因，则根本仍在于秦观之襟怀、志意、身世、遭际，都与晏几道有所不同的缘故。据史传所载

四川大学历史研究所稿纸

（接前）当时歌妓琴操曾对这首词进行改作，一时间红遍钱塘。其改作词曰：

山抹微云，天连衰草，画角声断斜阳。暂停征辔，聊共饮离觞。多少蓬莱旧侣，频回首、烟霭茫茫。孤村里，寒鸦万点，流水绕红墙。　魂伤。当此际，轻分罗带，暗解香囊。谩赢得，青楼薄幸名狂。此去何时见也，襟袖上、空有余香。伤心处，高城望断，灯火已昏黄。

叶嘉莹先生认为，在中国古代诗人中，本不乏一些鄙弃功利、不愿介入仕途的人物，但“不介入”与“不关心”却并不相同。比如陶潜、王绩这类诗人，他们的诗作之所以能有较深之意境，便正因为他们对世事虽然“不介入”，但却并不是“不关心”。

，秦观在少年时代，原是一个「豪隽」、「慷慨」、「好大而见奇」的人物，还曾经写有《单骑见虏赋》，则其具有用世之志意，自可概见一斑。而早年科第不偶，中年以后又坐元祐党籍，历谪数州。故其后期词作乃特多挫伤凄厉之音；而晏几道则不过是一个在富贵显宦之家中长成的贵公子而已。纵有真纯之本性，鄙薄世俗之功利，然而却终不知人世之艰辛。即使不满当时之新政，借诗酒歌舞以为逃避，但同时他便也果然在诗酒歌舞中以自得其乐起来。而究其实则正由於他对於国计民生本来也就并无深切之关怀。我尝以为在中国古代诗人中，本不乏一些鄙弃功利不愿介入仕途的人物，即如晋宋之际的陶潜之归隐田园，隋唐之际的王绩之醉乡自适，便都是对於仕途不愿介入的诗人。然而

第 34 页　　20×15＝300　　四川大学历史研究所稿纸

「不介入」与「不关心」却并不相同。陶潜便曾写有「日月掷人去，有志不获骋，念此怀悲悽，终晓不能静」（《杂诗》之二）的话，王绩也曾写有「弱龄慕奇调，无事不兼修……明经思待诏，学剑觅封侯，……晚岁聊长想……谁知身世虑」（《晚年叙志示翟处士正师》）的话。他们的诗歌中之所以能有较深之意境，便正因为他们对世事虽然「不介入」，但却并不是「不关心」。而陶潜诗中之意蕴较王绩更为深厚，也便因为陶潜之「关心」的感情实在较王绩更为深切的缘故。所以诗歌中所具含之感发意境的深浅厚薄，永远与诗人自己所具含之感发生命的深浅厚薄，有着密切之关系的。晏几道与秦观之词只是在外表上有一些相似之处，但他们在襟怀志意方面却并不相同。冯煦将二人

第 35 页　　20×15＝300　　四川大学历史研究所稿纸

王绩《晚年叙志示翟处士正师》：

弱龄慕奇调，无事不兼修。望气登重阁，占星上小楼。明经思待诏，学剑觅封侯。弃繻频北上，怀刺几西游。中年逢丧乱，非复昔追求。失路青门隐，藏名白社游。风云私所爱，屠博暗为俦。解纷曾霸越，释难颇存周。晚岁聊长

（接前）想，生涯太若浮。归来南亩上，更坐北溪头。古岸多磐石，春泉足细流。东隅诚已谢，西景惧难收。无谓退耕近，伏念已经秋。庚桑逢处跪，陶潜见人羞。三晨宁举火，五月镇披裘。自有居常乐，谁知身世忧。

美称，便是因为只见其外表之同者，而未能见其内含之异者，她所说的「淡语皆有味，浅语皆有致」，如果只就外表辞句之浅淡而言，则这确实是晏几道与秦观所共有的长处。而王国维不同意冯氏之说，便因为王氏之评词，一向并不只重在辞句之外表，而更重在词中内含之意境，王氏所喜爱和称美的词，一般都是在意境方面特别富有感发之力量，能引起人较深远之联想与称赏的作品。而就此点言之，则淮海词之淡语有味浅语有致之处，便远非小山所能及了。因于淮海词之方面的特色，此处不暇详述，等到以后正式讲及秦观词的时候，我们当再对之加以详细的评说。

总之，就一般读词之评赏言之，往往都是外表美丽的辞采，和动人的情事，更容易取

第 36 页

四川大学历史研究所稿纸 20×15=300

得一般读者的喜爱和欣赏，至于诗歌之意境中所内含的感发生命之质量的多少厚薄，其幽微细微的区分，则就一般读者言之，便往往有得有不得了。所以晏几道的词，如就意境之博大深幽言之，虽有不及其父晏殊之处，然而喜爱欣赏小山词的读者，却一直不乏其人。而其主要之长处则一在于形象之优美，二在于音调之铿锵，三在于情事之曲折，四在于口吻之动人。至于辞采之优美，缪钺先生在其《论晏几道词》之评述中，就曾举过他的「彩袖殷勤捧玉钟」一首《鹧鸪天》之词，说他「用了许多漂亮的颜色字面」，「实得兴象韵趣」，又说他用了许多同韵母的阳声字，「仿佛是一个谐美的乐曲」。又说到他前半阕所写的「追忆往事」「似实而却虚」，后半是「真的相遇」，「反

第 37 页

四川大学历史研究所稿纸 20×15=300

晏几道《鹧鸪天》：

彩袖殷勤捧玉钟，当年拚却醉颜红。舞低杨柳楼心月，歌尽桃花扇底风。　从别后，忆相逢。几回魂梦与君同。今宵剩把银釭照，犹恐相逢是梦中。

倒疑是夢中」，這些評析都極能掌握小山詞之特質的長處。至於這首詞中所用的「殷勤」、「捧」、「拚卻」、「舞低」、「歌盡」、「醉把」、「猶恐」等字樣，則皆足以加強其敘寫之口吻，使人有更強烈之感動。因此黃庭堅〈小山詞序〉乃稱其「清壯頓挫，能動搖人心」。然以小山詞之意境，縱不免有失之狹隘之處，然而論其成就，則確實曾在詞之發展中，並未隨流水以俱前，而卻回波一轉，另開出了一片碧波蕩漾花草繽紛之新天地。這種成就自然也是不可低估的。

一九八三年八月完稿於成都

第 32 頁

20×15=300

四川大学历史研究所稿纸

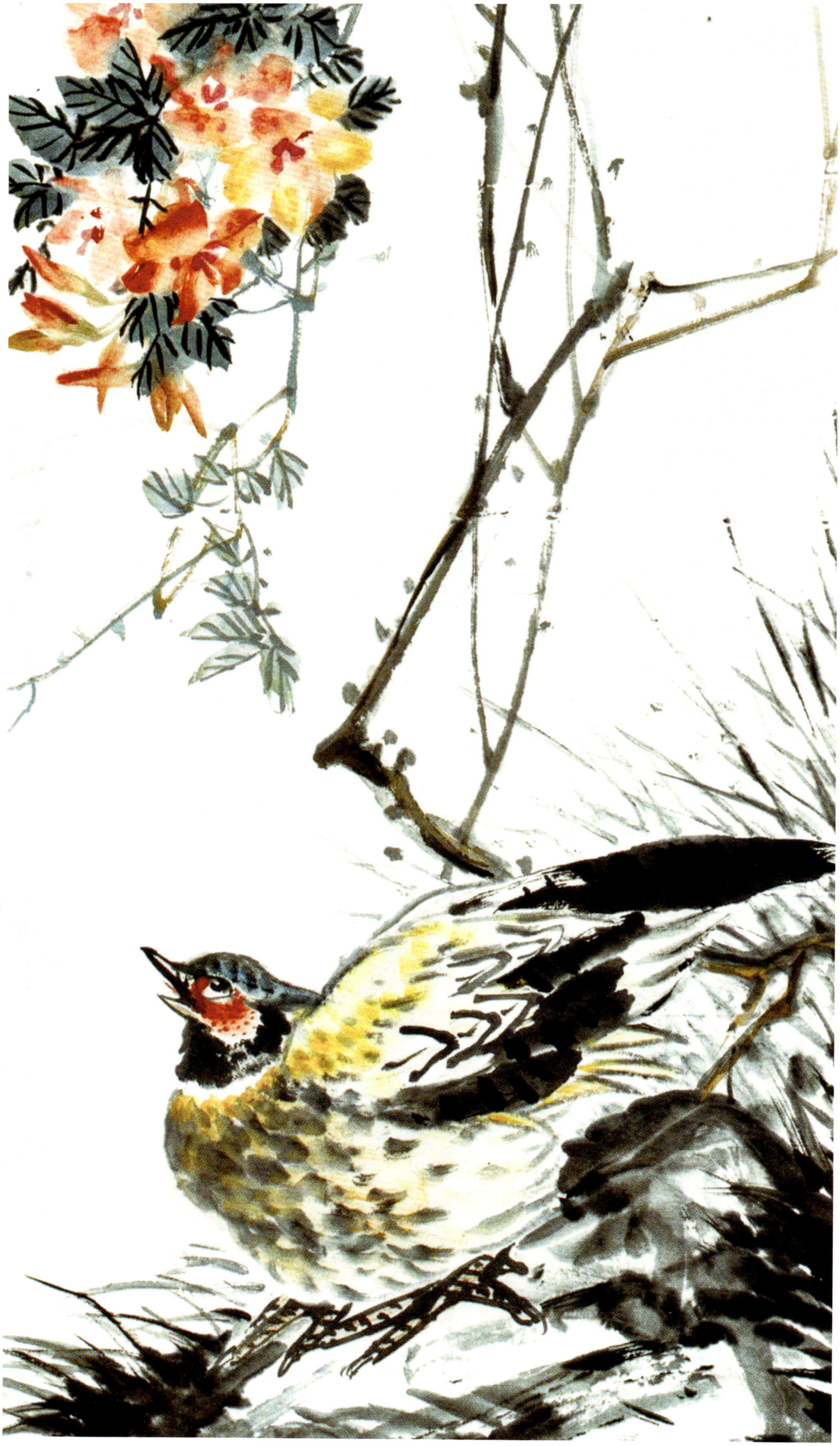

第二章　论苏轼词

叶嘉莹先生《论苏轼词》一文，同样系其与四川大学缪钺教授合著《灵谿词说》中的一篇。本文写于 1984 年 6 月，手稿以四川大学历史研究所稿纸誊写，每节一本，加白纸为封面、封底，装订为三册，三本的落款分别为“一九八四年六月三日写毕此节于成都”“一九八四年六月十二日写毕此节于四川成都”“一九八四年六月廿一日写毕此节于四川成都”，由此紧密的日期，亦可见二位先生当日对此番合作的全力投入。二位先生十分重视学界的反响，故而每成一篇即随时发表。本文首刊于 1985 年第 3 期的《中国社会科学》。

叶先生并未详细梳理苏轼的生平经历，而是以《宋史》中记载的两则苏轼早年故事论析其天性中所禀赋的两种重要特质，即“用世之志意”与“超旷之襟怀”。其一生中，面对诸般遭际所做之抉择与反应，盖亦皆出自此两点特质。

叶先生指出苏轼之生命历程与词体之发展演进历程是相互交融的，在词体诗化的过程中，苏轼起到了至关重要的作用，或许也可以说苏轼的人生和词体的演进是相互成就的。

关于苏轼词对前人的承继以及对后世之影响，叶先生均有细密之论述。对苏轼影响较大的主要有欧阳修、柳永二家。欧阳修的影响体现在“疏放高远的气度”和“遣玩游赏的意兴”两个方面，而苏轼能“从欧词之‘疏隽’，发展开拓出另一条更为广阔博大之途径”。面对有“腻柳”之称的柳永词，苏轼“致力于变革柳词之风气，而独辟蹊径，自成一家”。词史上常常将辛弃疾与苏轼并称，以为词风接近，叶先生专门分辨其不同处，曰：“虽然二人皆有其能‘放’之处，而其所以为‘放’者，则并不相同。”同中见异，异中求同，是叶嘉莹先生对词史上柳永、苏轼、辛弃疾三家词的辨析，更是授人以渔，将金针度与后学。

1982—1983

1984

1986

1986—1988

1989

1991

1997

2008

36

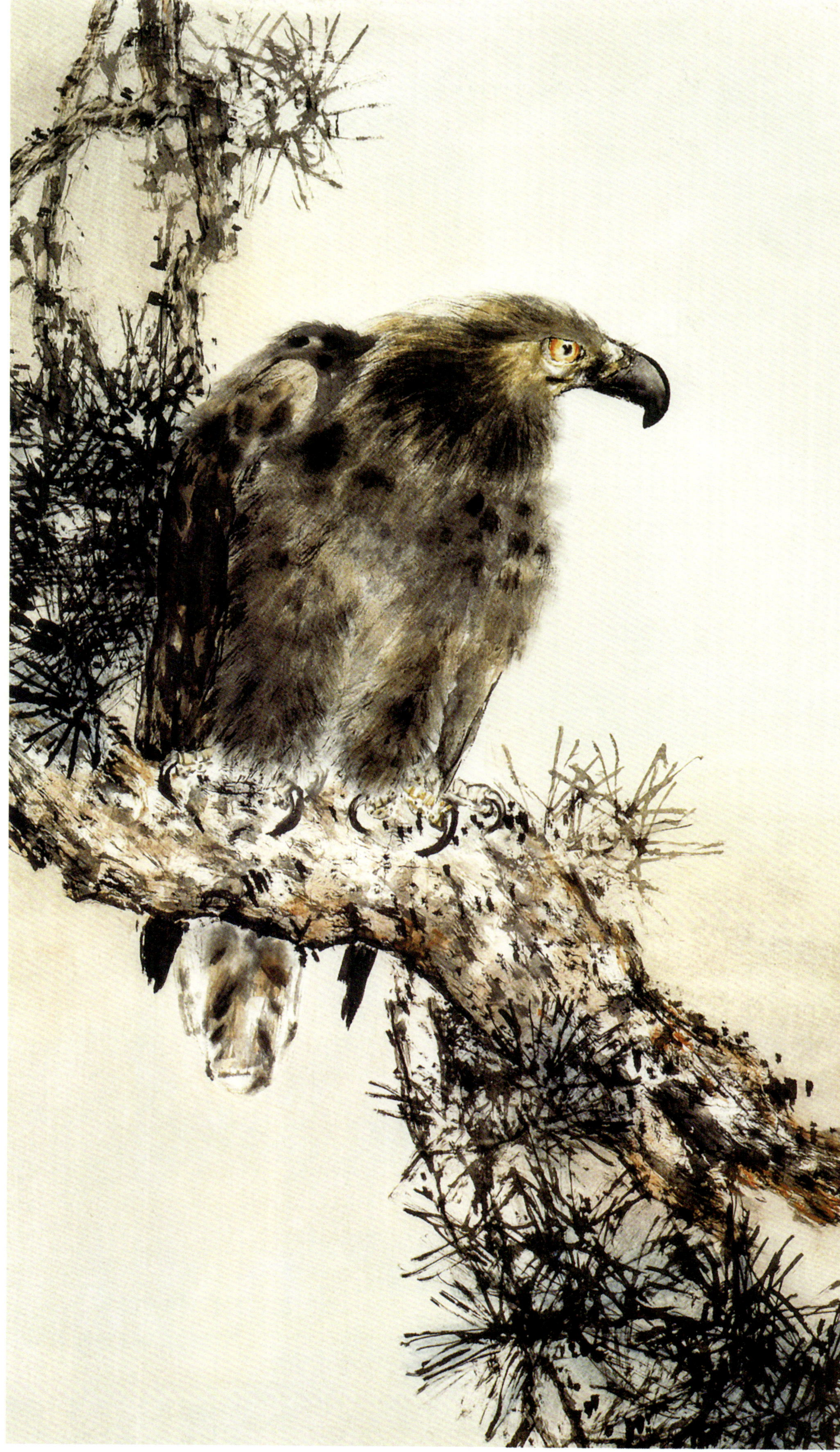

定风波

苏轼

莫听穿林打叶声，何妨吟啸且徐行。竹杖芒鞋轻胜马，谁怕？一蓑烟雨任平生。料峭春风吹酒醒，微冷，山头斜照却相迎。回首向来萧瑟处，归去，也无风雨也无晴。

本文作于 1984 年。

論蘇軾詞（其一）

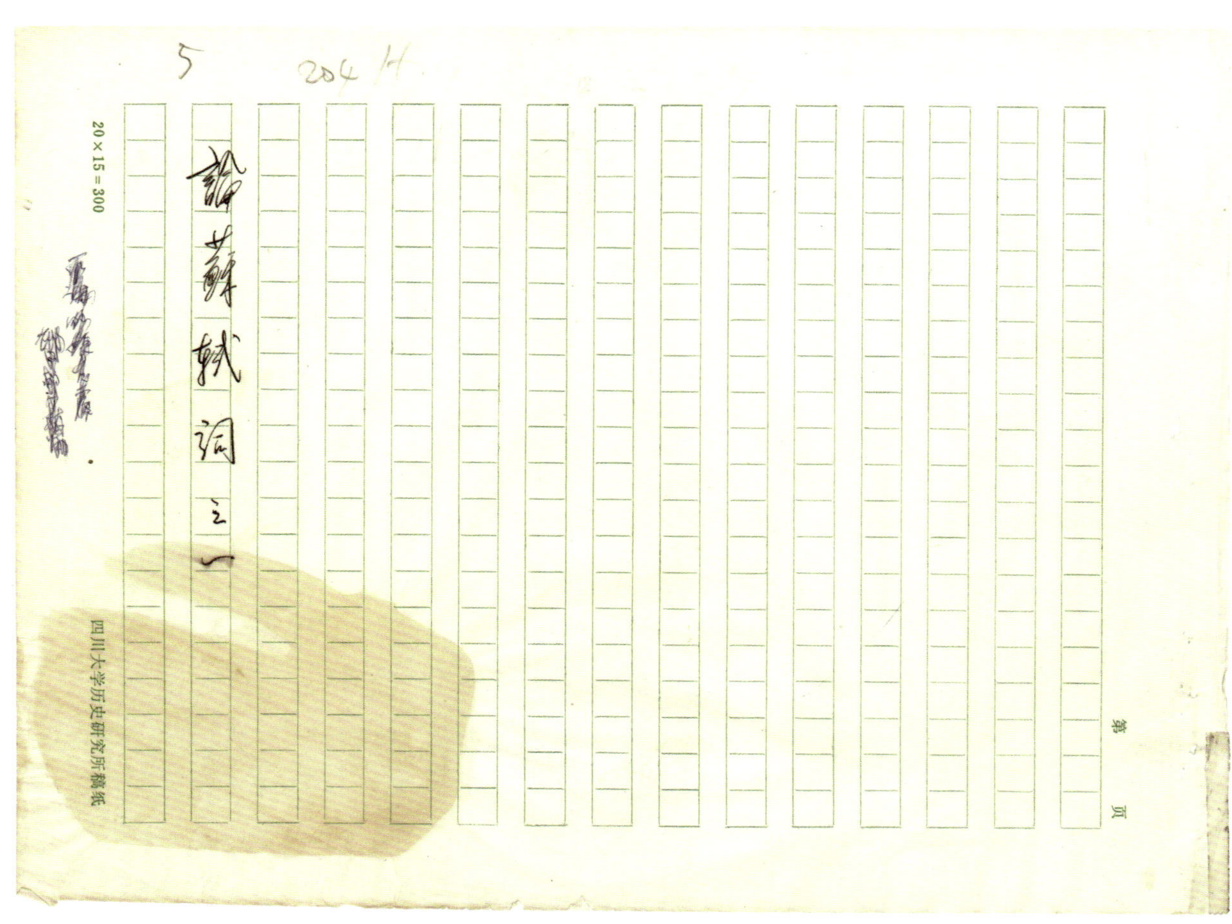
5 204

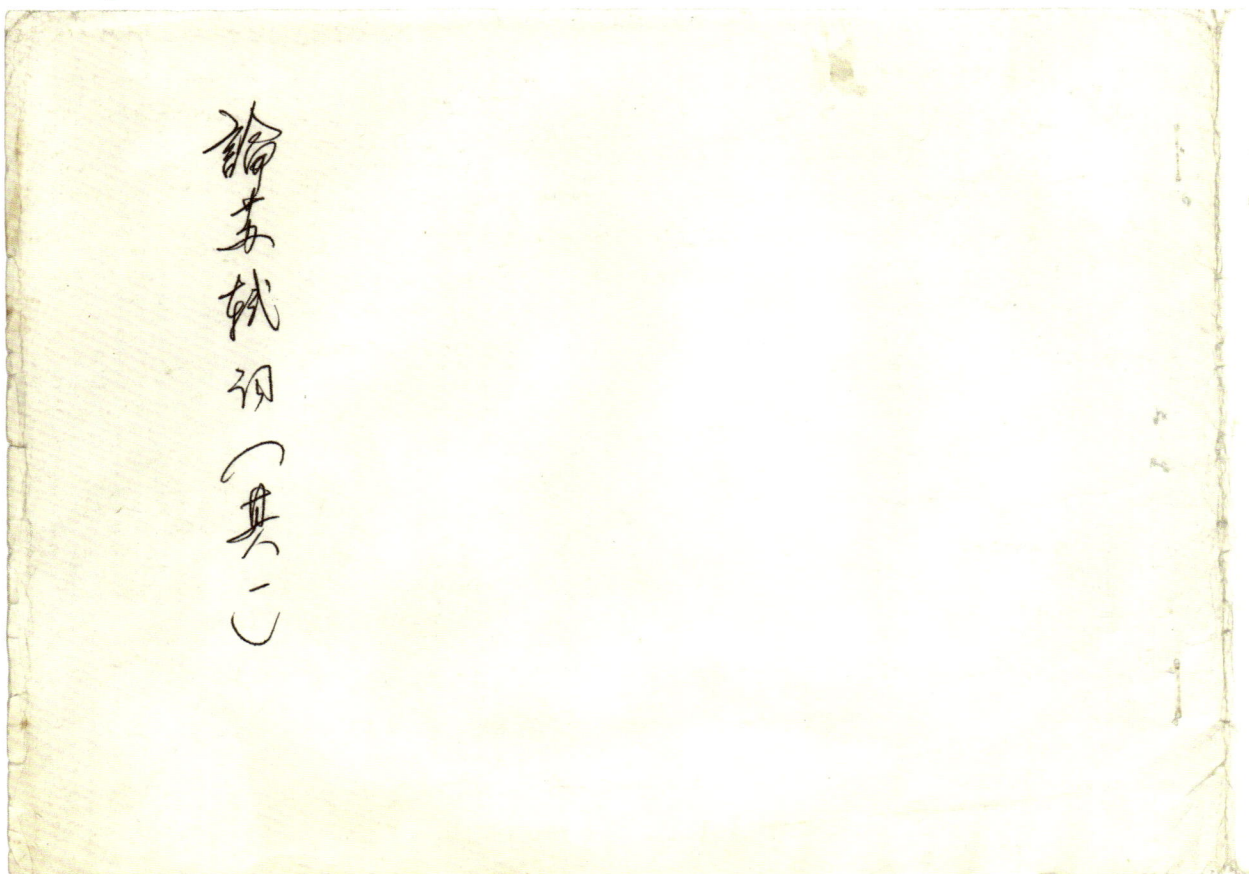

20×15=300

論蘇軾詞之一

四川大学历史研究所稿纸

第 页

《论苏轼词绝句》之一：

揽辔登车慕范滂，神人姑射仰蒙庄。
小词余力开新境，千古豪苏擅胜场。

这首诗虽然短短四句，却从人生践履、审美追求、词作价值、历史地位四个方面，概括了苏轼的生平及在文学史上的地位。

灵谿词说（续）

论苏轼词

揽辔登车慕范滂、神人姑射仰蒙庄、小词余力开新境、千古豪苏擅胜场。（论苏轼词绝句之一）

在《宋史》之苏轼的传记中，开端就记载了他早年时代的两则故事，一则是说当他十岁时，「父洵游学四方，母程氏亲授以书，闻古今成败，辄能语其要。程氏读东汉范滂传，慨然太息。轼请曰：『轼若为滂，母许之否乎？』程氏曰：『汝能为滂，吾顾不能为滂母邪。』」又一则故事则是说他长大之后，「既而读庄子，叹曰：『吾昔有见，口未能言，今见是书，得吾心矣。』」。此二则故事都出于苏轼之弟苏辙为他所写的《墓志铭》之中，这两段记述，可以说是极为扼要地表现了苏轼之性格中的两种主要的特质。一种是如同东汉桓帝时党锢清

20×15=300　四川大学历史研究所稿纸　第 1 页

议之士，登车揽辔，慨然有澄清天下之志的范滂一样的，想要奋发有为，欲以天下为己任的虽遇艰危而不悔的用世之志意；另一种则是如同写有《逍遥游》和《齐物论》之中之「大浸稽天而不溺，大旱金石流而不热」的「姑射神人」，与「栩栩然」于物化的「梦中蝴蝶」之寓言的庄子一样的，不为外物得失荣辱之所累的超然旷观的精神。记得以前我们在论柳永词的时候，曾经述及柳永之平生，以为柳氏乃是在用世之志意与浪漫之性格的冲突矛盾中，一生落拓，而最后终于陷入于志意与感情两俱落空之悲剧人物；至如苏轼则是一个把儒家用世之志意与道家旷观之精神，做了极圆满之融汇结合，虽在困穷斥逐之中，也未尝迷失彷徨，而终于完成了一己的人生目标与持守的成功的人物。①苏轼的一生所留下的著述极多，他的天才

20×15=300　四川大学历史研究所稿纸　第 2 页

（接前）“揽辔登车慕范滂”，指苏轼之母以范滂事迹教导幼年苏轼事。《宋史·苏轼传》载：“苏轼，字子瞻，眉州眉山人。生十年，父洵游学四方，母程氏亲授以书，闻古今成败，辄能语其要。程氏读东汉《范滂传》，慨然太息，轼请曰：‘轼若为滂，母许之否乎？’程氏曰：‘汝能为滂，吾顾不能为滂母邪？’”“神人姑射仰蒙庄”，指苏轼成年后读《庄子》事。《宋史·苏轼传》载：“比冠，博通经史，属文日数千言，好贾谊、陆贽书。既而读《庄子》，叹曰：‘吾昔有见，口未能言，今见是书，得吾心矣。’”

1982—1983
1984
1986
1986—1988
1989
1991
1997
2008

（接前）“小词余力开新境”，这是叶嘉莹先生对苏轼在词学史上贡献的评价。她认为，尽管在苏轼杰出而众多的作品中，词所占比例不大，但“却非常具有代表性地表现了苏轼的用世之志意与旷观之襟怀相结合而形成的，一种极可注意的特有的品质和风貌，为小词的写作开拓出了一片广阔而高远的新天地。这种成就是极值得我们注意而加以分析的”。苏轼以词抒写襟怀，促进了词体的诗化。这对合乐而歌、用于宴乐的词来说，是一种极大的意境之开拓。

第 3 页

既高，兴趣又广，各體作品都有傑出的成就。其中所保留的三百餘首小詞，在他的全集中所佔的比例並不大，此就東坡而言，可以說僅是餘力為之的遣興之作而已。然而就在這一部份餘力為之的數量不多的小詞中，却非常有代表性地表現了他的用世之志意與曠觀之襟懷相結合而形成的，一種極可注意的特有的品質和風貌，為小詞之寫作，開拓出了一片廣闊而高遠的新天地。這種成就是極值得我們注意而加以分析的。

本來，早在我們論歐陽修詞的時候，就已曾經提出來說过，北宋的一些名臣，既往往於其德業文章以外，有時也耽溺於小詞之寫作，而且在小詞之寫作中，更往往於無意間流露出其學養與襟抱之境界。這種情形，原是自歌詞

20×15＝300　四川大学历史研究所稿纸

第 4 页

流入文士之手，因而乃逐漸趨於詩化的一種自然之現象。在此一演變之過程中，早期之作如大晏與歐陽之小詞，雖然也蘊含有若干得於其性情襟抱的一種深遠幽微之意境，但自外表看來，則其所寫者，却仍只不过是些傷春怨別的情詞，与五代時花間集中的艷歌之詞，並沒有什麼明顯的區分。一直到了蘇軾的出現，才开始用這種合樂而歌的詞的形式，來正式抒寫自己的懷抱志意，使詞之詩化達到了一種高峯的成就。這種成就是作者個人傑出之才識与當時之文學趨勢，及社會背景相匯聚，而形成的一種極可貴的結合。如果說晏歐詞中所流露的作者之性情襟抱，只是其詩化之趨勢中無意的，那麼在蘇軾詞中所表現的性情襟抱，則已經是一種有意的想要開拓創新的覺醒了。蘇氏在繪

20×15＝300　四川大学历史研究所稿纸

（接前）“千古豪苏擅胜场”，叶嘉莹先生给了苏轼极高的评价，称他在词的发展史中，是“天性中既有独特之禀赋，又生当北宋词坛之盛世，虽然仅以余力为词，而却终于为五代以来一直被目为艳科的小词，开拓出了一片高远广大之新天地的重要的作者”。

第5页

于子骏的一封信中，就曾经明白提出来说："近却颇作小词，虽无柳七郎风味，亦自是一家"，（见《东坡续集》卷五《书简》）。其所以要在当日流行的词风以外自拓新境的口气，乃是一望可知的。如果我们想要对苏轼在词之写作方面，能尝试到终于有了自成一家之信心的过程，一加考查，我们就会发现他的这一段创作历程，大约是从熙宁五年（一〇七二）到元丰二年（一〇七九）之间的事。在苏轼的早期作品中，他并没有写词的纪录。苏轼抵杭州任在熙宁四年冬，而据朱疆村编年、龙榆生校笺之《东坡乐府笺》，其最早之词作乃是由熙宁五年春以后所写的《南歌子》《行香子》及《临江仙》等，一些游赏山水的短调小令。至于其长调之作，则首见于熙宁七年秋移知密州时所写的一首《沁园春》（赴密州、早行

20×15=300　四川大学历史研究所稿纸

第6页

、马上寄子由》）。自兹而后，其词作之数量陡日益增多，风格亦日益成熟。其在密州与徐州之所作，如《江城子》（十年生死两茫茫）之《乙卯正月二十日夜记梦》的一首悼亡词，及（老夫聊发少年狂）之另一首《江城子》的《密州出猎》之词，和《水调歌头》（明月几时有）之《丙辰中秋，欢饮达旦，大醉，作此篇，兼怀子由》之词，与《浣溪沙》（照日深红暖见鱼）之《徐门石潭谢雨道上作》五首叙写农村的词。仅只从这些作品在词之牌调后面各自附有种种不同的标题来看，我们便已经可以清楚地见到苏轼之想要以诗为词的写作的意念，以及其无意不可入词的写作之能力，都已经得到了很好的实践的证明。他给鲜于子骏的那封信，就正是他对自己此一阶段之词作已经达成了某一种开拓的充

20×15=300　四川大学历史研究所稿纸

苏轼最早之词作是熙宁五年春以后所写的《南歌子》《行香子》及《临江仙》等一些游赏山水的短调小令。其长调首见于熙宁七年秋移知密州时所写的《沁园春》（赴密州，早行，马上寄子由）。自兹而后，其词作之数量日益增多，风格日益成熟。

苏轼常在词牌后附有标题，可见其想要以诗为词的写作意念，以及其无意不可入词的写作能力。经历了此一阶段的由尝试而开拓的创作的实践，苏轼的诗化的词遂进入了一种更纯熟的境界，而终于在他贬官黄州以后，达到了他自己之词作的质量的高峰。

第 7 页

滿自信的表示。經歷了此一階段的由嘗試而開拓的創作的實踐，蘇軾的詩化的詞遂進入了一種更純熟的境界，而終於在他貶官黃州以後達到了他自己之詞作的質量的高峯。而在此高峯中、有一點最可注意的成就，就是蘇軾已經能够用小詞抒寫襟抱，把自己平生性格中所蘊有的兩種不同的特質——用世之志意與曠達之襟懷，做了非常完滿的結合融匯的表現。即如其「莫聽穿林打葉聲」之一首〈定風波〉詞、「照野瀰瀰淺浪」之一首〈西江月〉詞，「大江東去」之一首〈念奴嬌〉詞，「夜飲東坡醒復醉」之一首〈臨江仙〉詞，以至將要離黃移汝時，他所寫的「歸去來兮」之一首〈滿庭芳〉詞，便都可以說是表現了此種獨特之意境的代表作品。

20×15=300　　四川大学历史研究所稿纸

第 8 页

經過了前一節的概述，我們對於蘇軾在小詞方面由初期之嘗試而逐漸開拓的發展，以及後期之能成功地使用此一形式來表述自己的性情襟抱中的某些主要的特質，終而形成了自己獨特之意境與風格的過程，可以說已經有了簡單的認識。下面我們便將對於促使其如此發展的某些外在與內在之因素略加分析。如我們在前文所言，世所流傳的蘇軾的詞作，是從神宗熙寧五年他出官杭州以後才開始的。那時的蘇軾已經有卅七歲。關於此一情形，可以引起我們兩點疑問，其一是蘇軾早年是否對於詞之寫作全無興趣？其二是如果有興趣，又何以晚到將近四十歲才開始着手於詞之寫作？關於此二問題，我們可以從蘇軾全集的其他作品中，找到一些答案。蘇軾在黃州時曾經給其族兄子明寫過一封信（見《

20×15=300　　四川大学历史研究所稿纸

苏轼早年是否对于词之写作全无兴趣？如果有兴趣，又何以晚到将近四十岁才开始着手于词之写作？这两个问题可以从苏轼的其他作品中，找到一些答案。

早在赴汴京应举的时候，苏轼就已经对当时流行传唱的歌词有了兴致。但当时他还是一个踌躇满志的青年，致力于撰写关系国家治乱安危大计的策论之作，因而无暇写词。

東坡續集卷五答某篇》），其中曾提到說「記得應舉時，見兄能謳歌，甚妙。弟雖不會，然常令人唱為何詞。」③ 從這段敘述，可見蘇軾蓋早在赴汴京應舉的時候，就已經對當時流行傳唱的歌詞有了興致。本來以像蘇軾這樣多才而富於情趣的一位詩人，來到當日遍地歌樓酒肆到處都是弦管繁華的汴京，若說他竟然完全不被這種流行的樂曲和歌詞所引動，那纔是一件決不可能的事。所以蘇軾在其與友人的書信及詩話中，都曾多次提到當時作曲的名家柳永，這便是蘇軾曾留意於當日傳唱之歌詞的最好的證明。不過值得注意的是，蘇軾在當時卻並未曾去致力於詞之寫作，我以為那是因為當日的蘇軾還正是一個滿懷大志的青年，而應貢舉，便獲高第，得到了當日望重一時的名臣歐陽修的不同

第 9 页

20×15=300 四川大学历史研究所稿纸

尋常的知賞，因此當日之蘇軾所致力去撰寫的，乃是關係於國家治亂安危之大計的《思治論》和《應詔集》之中的那些為朝廷謀深遠的策略等論著，在這種情形下，他當然無暇措意於小詞之寫作。如此一直延續到神宗熙寧四年，雖然其間蘇軾曾經先後因母喪及父喪而兩度返回眉山守制家居，而當其再度還朝時，神宗已經任用王安石開始變行新法，但蘇軾之慨然以天下為己任的心志則仍未改變，他既先後給神宗寫了《議學校貢舉狀》和《諫買浙燈狀》等疏狀，更陸續寫了兩篇長共萬字以上的《上皇帝書》和《再上皇帝書》，因此遂遭致忌恨，乃請求外放，通判杭州。而蘇軾之致力於小詞之寫作，就正是從他到達杭州之後開始的。我認為此一開始作詞之年代與地點，對於研究蘇軾詞而言

第 10 页

20×15=300 四川大学历史研究所稿纸

苏轼之致力于小词写作，是从他到达杭州之后开始的。也就是说，直到他招致忌恨，请求外放，通判杭州，“以天下为己任”的抱负受到打击之后，他才开始致力于词的写作。因用世之志意受到挫折，苏轼词发展形成以超旷为主的意境与风格，是一种必然的结果。

第 11 页

，实在极值得注意。因为由此一年代，我们乃可以推知，苏轼之开始致力於詞之写作，原来正是当他的「以天下为己任」之志意受到打击挫折后方才开始的。而就地点而言，则杭州附近的美丽的山水，又正是引发起他写詞之意兴的另一因素。本来，如我们在前文所言，「用世之志意」与「超旷之襟怀」原是苏轼天性中所禀赋的两种主要特質。前者为其欲有所作为时用以立身之正途，后者则为其不能有所作为时用以自慰之妙理。蘇軾之开始写詞，既是在其用世之志意受到挫折以後，则其发展之趋势之终必形成以超旷为主之意境与风格，就原是一种必然的结果。只不过当他在杭州初开始写詞时，尚未能纯熟地表现出这种意境与风格的特色，而仍只是在一种尝试的阶段。由杭州的一

20×15=300　四川大学历史研究所稿纸

第 12 页

些令詞，到他转赴密州时所写的「早行、马上寄子由」的一首長調〈沁園春〉，蘇軾都还免不了有着一些学习模仿和受到别人影响的痕迹。而其中最值得一提的，则是欧阳修和柳永。原来早在我们写《论欧阳修詞》一篇文稿时，在结尾之处便曾经引过冯煦之《蒿庵論詞》的話，谓欧詞「疏隽开子瞻」。盖欧詞之特質，固正如我们在以前之所論述，原在於其具有一份遣玩之意兴，且欲以之为遭遇挫折忧患後之一种排解之力量。而苏轼早期在杭州通判任内所写的一些游赏山水的令詞，其性質便与欧詞的此一种意境及风格甚为相近。盖欧苏二人皆能具有古代儒家所重视的善处穷通之际的一种自持的修养，不肯因遭遇忧患而便陷入於愁苦哀傷，如此就必须常持一种可以放得开的旷达

20×15=300　四川大学历史研究所稿纸

冯煦《蒿庵论词》：宋至文忠，文始复古，天下翕然师尊之，风尚为之一变。即以词言，亦疏隽开子瞻，深婉开少游。

苏轼《西江月·平山堂》：

三过平山堂下，半生弹指声中。十年不见老仙翁。壁上龙蛇飞动。　欲吊文章太守，仍歌杨柳春风。休言万事转头空。未转头时皆梦。

词中的平山堂乃欧阳修所建造，而“仍歌杨柳春风”，指的就是欧阳修《朝中措·送刘仲原甫出守维扬》中的“手种堂前垂柳，别来几度春风”，从中可见欧阳修对苏轼的影响。

20×15＝300

的心胸，而在作品中，便也自然形成了一種疏放的氣勢。而這也就正是馮煦所說的歐詞的「疏雋」的特色，而由此更開拓出去的蘇軾，他在不以豪邁介懷的修養方面，既與歐公有相近之處，而且在早年應舉時，又曾特蒙歐公之知賞，而歐公原來本極喜歡寫製小詞而付之吟唱，是以蘇軾也曾對歐陽修之詞，留有深刻之印象。此在蘇軾之詞作中，固曾屢屢及之。即如其《西江月》（三過平山堂下）一首，其所詠之平山堂既原為歐公當日之所修造，而其詞中之所謂「仍歌楊柳春風」一句，更指的就是歐陽修當年寫的《朝中措》（平山欄檻倚晴空）一首中的「手種堂前垂柳，別來幾度春風」的詞句；再如蘇軾的《木蘭花令》（霜餘已失長淮闊）一首，更是在題目中便已經注明是「次

第13页　四川大学历史研究所稿纸

20×15＝300

歐公西湖韻」，而其中所寫的「佳人猶唱醉翁詞」，也指的就正是歐陽修當年所寫的《玉樓春》（按《玉樓春》即《木蘭花令》，為同調之異名）（西湖南北煙波闊）一首歌詠潁州西湖的詞句。從這些例證，我們不僅可以見到蘇詞之曾受有歐詞之影響，而且還可以見到這種影響所起之作用，主要乃可以歸納為兩點特質，一點即是如歐陽修在《朝中措》一詞中，所表現的「平山欄檻倚晴空，山色有無中」之疏放高遠的氣度；另一點則是如歐陽修在《玉樓春》一詞中，所表現的「西湖南北煙波闊，風裡絲簧聲韻咽」之遣玩遊賞的意興。而蘇軾早期所寫的一些遊賞山水的小詞，就正表現了他所受到的這兩點影響的痕跡。即如其熙寧五年在杭州城外遊春所寫的「昨日出東城，試探春情」的一首《浪淘沙》詞，

第14页　四川大学历史研究所稿纸

在欧阳修的影响下，苏轼的词包含两种特质：一是疏放高远的气度，二是遣玩游赏的意兴。

第二章　论苏轼词

1982—1983
1984
1986
1986—1988
1989
1991
1997
2008

苏轼词与欧阳修词主要有两方面的不同之处：第一，欧阳修词往往仅是借外景为遣玩的一种情绪方面的疏放，而苏轼词则往往具有一种哲理之妙悟式的发自内心襟怀方面的旷放。第二，欧词之内容大多只是以写景抒情为主，而苏词则于写景抒情之外，更往往直言哲理或直写襟怀。

第15页

其所表现的主要便是一种游赏遣玩的意兴。而
其熙宁六年过七里濑所写的「一叶舟轻、双桨
鸿惊，水天清影湛波平」的一首〈行香子〉词
，则其所表现的又隐然有一种疏放的气度。而
以上这两类风格，便恰好正代表了苏轼得之于
欧阳修的两点主要的影响。不过苏轼之性格又
与欧阳修毕竟有所不同，欧之放往往仅
是借外景为遣玩的一种情绪方面的疏放，而苏
之放则往往是具有一种哲理之妙悟式的发自内
心襟怀方面的旷放。所以欧词之内容仍大多只
是以写景抒情为主，而极少写及哲理或直抒怀
抱之句；而苏词则于写景抒情之外，更往往直
言哲理或直写襟怀。即如其〈行香子〉（一叶
舟轻）一首下半阕所写的「君臣一梦，今古空
名」数句，及〈虞美人〉（湖山信是东南美）

20×15＝300　四川大学历史研究所稿纸

第16页

一首下半阕所写的「夜阑风静欲归时，惟有一
江明月碧琉璃」数句，前者是哲理式的叙述，
后者则隐然喻现了一种开阔的襟怀。像这两种
意境，便不仅是欧阳修词中所少见的，也是《
花间》以来五代宋初各家词作中所少见的。所
以苏轼早期的词，虽然也流露有曾受过欧词影
响的痕迹，然而却同时也已经表现了将要从欧
词之「疏隽」，发展开拓出另一条更为开阔博大
之途径的趋向。以上所说是从早期的苏词中
所可见到的欧词对苏词之影响，以及二人间之
继承与开拓的关系。下面我们便将对柳永词与
苏轼词之间的关系，也略加探讨。我们以前在
论说柳永词的时候，本来也曾提到过苏轼对柳
词之特别注意，以及苏轼对柳词之两种不同的
评价。根据苏轼自己的作品和宋人笔记中的

20×15＝300　四川大学历史研究所稿纸

第 17 页

一些記述來看，蘇軾对当時詞人作品的関心和論評，實在以有関柳永的記述為最多，而且往往欲以自己之所作來与柳詞相比較。即如我們在前文所引蘇軾在《与鮮于子駿書》中所說的「雖無柳七郎風味，亦自是一家」的話，其欲以自己之詞作与柳詞相比較的口吻，是顯然可見的。再如我們以前在《論柳永詞》一文所曾引的宋人筆記的記述，說蘇軾在玉堂之日，曾向幕士自己之所作比柳詞何如的故事（見俞文豹所撰之《吹劍續錄》，已詳見《論柳永詞》之文，茲不再贅）。這些記述都表現出蘇軾對於柳永的詞，實在非常重視，所以才介介欲以自己之所作与柳詞相比較。至於蘇軾對柳永之評價，則可以分別為正反兩種不同的意見。先從反面的觀点來看，即如《詞林紀事》卷七引《高齋詩話》

20×15＝300　四川大学历史研究所稿纸

第 18 页

之所記載的秦觀自会稽入京見蘇軾，蘇軾舉秦之《滿庭芳》（山抹微雲）一首中之「銷魂、當此際」數語，以為秦氏學柳七作詞，而語含譏諷之意（按此故事又見於《歷代詩餘》卷一一五及黃昇《唐宋諸賢絕妙詞選》卷下所錄，引述者大旨相同，已詳《論柳永詞》一篇中，茲不再贅）。從這些記述來看，都可見到蘇軾對於柳詞的某些風格，是確實有不滿之处的。可是值得注意的是，另一方面則蘇軾对柳永之詞卻也曾備致贊揚。我們在以前《論柳永詞》一文中，便曾經引述过趙令畤之《侯鯖錄》、吳曾之《能改齋漫錄》及胡仔之《苕溪漁隱叢話》所轉引之《復齋漫錄》等諸宋人之記述，皆謂蘇軾曾稱美柳詞《八声甘州》（对瀟瀟暮雨灑江天）一首中之「漸霜風淒緊、關河冷落、殘照當樓」數句，以為其「不減唐人高處」（可參看《論柳永

20×15＝300　四川大学历史研究所稿纸

柳永《八声甘州》：

对潇潇暮雨洒江天，一番洗清秋。渐霜风凄紧，关河冷落，残照当楼。是处红衰翠减，苒苒物华休。惟有长江水，无语东流。　不忍登高临远，望故乡渺邈，归思难收。叹年来踪迹，何事苦淹留？想佳人、妆楼颙望，误几回、天际识归舟。争知我，倚栏杆处，正恁凝愁！

1982—1983

1984

1986

1986—1988

1989

1991

1997

2008

詞」一文，茲不再引）。總結以上之記述，我們可以把蘇軾對柳詞之態度，簡單歸納為以下三點：其一是對柳詞極為重視，將之視為互相比並的對手；其二則是對柳詞中的淺俗之作也表現了鄙薄和不滿；其三則是對柳詞中之興象高遠之特色，則又有獨到的賞識。基於此種複雜的態度，因此柳詞與蘇詞之間，就產生了一種既不容易為人所體會的微妙的關係。首先就蘇軾對柳詞之重視而言，當仁宗嘉祐二年，蘇軾初來汴京應舉之時，蓋正為柳詞盛行於世到處傳唱之際，此種情形必曾予青年之蘇軾以極深刻之印象。因此當蘇軾後來也着手開始寫詞之時，他所寫的第一首長調「赴密州，早行，馬上寄子由」的《沁園春》詞，就留下了明顯的曾受柳詞影响的痕跡。即如該詞上半闋所寫

的「孤館燈青，野店雞號，旅枕夢殘。漸月華收練，晨霜耿耿，雲山摛錦，朝露團團」數句，便與柳永的羈旅行役之詞中鋪叙景物的手法和風格，甚為相近。這種情形，無論其出於有心之模仿，或無心之影响，我以為都是一種可以諒解的極自然的現象。因為一般說來，由寫詩而後轉入寫詞之嘗試的作者，習慣上往往多是先從小令開始，即使高才如蘇軾者，對此也並非例外。此蓋由於小令之聲律多與近体詩較為相近，習慣於寫詩之人，對小令之聲律便也更易於掌握。所以蘇軾最早所寫的詞作，原來也是與歐陽修之疏雋的風格相接近的，表現有高遠疏放之氣度和超逸遙遠之意興的令詞。及至他後來要嘗試長調慢詞之寫作，而慢詞之聲律及鋪排既迴然不同於近体詩和短小的令詞，如

苏轼《沁园春》：

孤馆灯青，野店鸡号，旅枕梦残。渐月华收练，晨霜耿耿，云山摛锦，朝露漙漙。世路无穷，劳生有限，似此区区长鲜欢。微吟罢，凭征鞍无语，往事千端。　当时共客长安。似二陆初来俱少年。有笔头千字，胸中万卷，致君尧舜，此事何难。用舍由时，行藏在我，袖手何妨闲处看。身长健，但优游卒岁，且斗尊前。

第 21 页

此则在未能直接地掌握慢词之特色与手法之际，若想找一个足资参考借鉴的作者，则苏轼所熟悉的一位曾予他以极深之印象的慢词的作者，当然就是柳永。所以他的第一首长调的《沁园春》之词，就不免流露了柳词之影响的痕迹。不过以苏轼之高才，自并非柳永之所能局限，何况以他的旷远之天性，对柳词的一些淫靡鄙俗之作又本来就有所不满，因此他遂想致力于变革柳词之风气，而别开蹊径，自成一家。在这种开拓创新的拓展中，苏词之最值得人注意的一点特色，就是其气象之博大开阔，善写高远之景色，而充满感发之力量。即如其「赤壁怀古」一首《念奴娇》之词，开端之「大江东去，浪淘尽千古风流人物」数句，及「黄州快哉亭」一首《水调歌头》之词，开端之「落日绣帘

20×15＝300　四川大学历史研究所稿纸

第 22 页

卷，亭下水连空」数句，以及「寄参寥子」一首之《八声甘州》之词，开端之「有情风万里卷潮来，无情送潮归」数句，凡此之类，盖皆有如前人评苏词之所谓「逸怀浩气，超然乎尘垢之外」，大有使人登高望远，举首高歌之意味。故后人往往称苏词为「豪放」，而称柳词为「婉约」，以表示二家之风格之迥然相异。而殊不知二人风格虽异，但苏词中此等兴象高远之笔致，却原来很可能正是有得之于柳词的启发和影响。苏轼之赞美柳永的《八声甘州》（对潇潇暮雨洒江天）一首词，举出其中的「渐霜风凄紧、关河冷落、残照当楼」数句，以为其「不减唐人高处」，就正是对此中消息的一点透漏。因为柳词这几句的好处，原来就正在于其所写的景象之高远，和富於感发之力量。而这也

20×15＝300　四川大学历史研究所稿纸

苏轼《八声甘州·寄参寥子》：

有情风万里卷潮来，无情送潮归。问钱塘江上，西兴浦口，几度斜晖。不用思量今古，俯仰昔人非。谁似东坡老，白首忘机。　记取西湖西畔，正春山好处，空翠烟霏。算诗人相得，如我与君稀。约他年、东还海道，愿谢公、雅志莫相违。西州路，不应回首，为我沾衣。

柳永《曲玉管》：

陇首云飞，江边日晚，烟波满目凭阑久。立望关河萧索，千里清秋。忍凝眸。杳杳神京，盈盈仙子，别来锦字终难偶。断雁无凭，冉冉飞下汀洲。思悠悠。　　暗想当初，有多少、幽欢佳会，岂知聚散难期，翻成雨恨云愁。阻追游。每登山临水，惹起平生心事，一场消黯，永日无言，却下层楼。

第 23 页

就不是苏词对之称赏有得之处。而且柳词中表现有此一类气象与意境之作，还不仅限于此词之此数句而已，即如以前我们在《论柳永词》一文中，所曾举引过的《雪梅香》（"景萧索、危楼独立面晴空"）一首、《曲玉管》（"陇首云飞、江边日晚"）一首、及《玉蝴蝶》（"望处雨收云断"）一首，这些词便也都是极富于此种高远之兴象的作品。盖柳词中虽然有不少为乐工歌伎而写的一类浮靡之作，但另外却也有不少极富于高远之兴象，表现了一己才人失志之悲慨的作品。所以柳词中可以说本来就含有两类不同性质的作品，苏轼所鄙视的是柳永前一类作品，而其所称赏者，则是柳永的后一类作品。只不过柳词常把这种兴象高远的秋士之慨，与缠绵柔婉的男女之情结合在一起来抒写，

20×15=300　四川大学历史研究所稿纸

第 24 页

因此遂往往使一般人忘其高远而只见其淫靡了。而苏轼却具有特别过人的眼光，能见到了柳词中这一类意境之"不减唐人高处"。此种赏鉴之能力，一方面固然由于苏轼之高才卓识果有过人之处，另一方面也由于此种高远之气象，与苏轼胸涵超旷之天性也原有相近之处的原故。但同时此种天性却又正是促使苏轼的词向着另一条途径发展，终于形成了与柳词全然相异之另一风格的主要因素。此种关系，看似微妙，但却也并不难于理解。盖正如上文论及欧词与苏词关系时之所言，欧词与苏词的同中有异，其故乃在于，欧词之放，仅为借外景遣玩时情绪之疏放，而苏词之放，则为发自内心襟怀的具有哲理意味之旷放。是则造成欧苏两家词风不同的主要因素，原即在于苏氏天性中所具

20×15=300　四川大学历史研究所稿纸

柳永与苏轼词中均写有高远之兴象，但风格迥然相异，在于天性不同。柳词所写多由外在凄凉之景，引起内心中失志之悲；苏词所写则是天性中超旷之襟怀与外界超旷之景物间的一种即景即心之融汇。

有的一种超旷之特质。现在我们又谈及柳词所写高远之兴象，虽与苏词有近似之处，但二家风格乃迥然相异，其主要之区别，便也仍在于二人天性之不同。柳词所写景物虽极高远，但多为凄凉日暮萧瑟悲秋之景，其景与情之关系，乃是由外在凄凉之景，而引起内心中失志之悲，这当然是由于柳永自己本来就是一个落拓失志的词人之故。至于苏轼所写的高远之景象，则使人但见其开阔博大，而并无萧瑟凄凉之意，其景与情之关系，乃是作者天性中超旷之襟怀与外界超旷之景物间的，一种即景即心之融汇。而且柳词在写过高远的景物以后，往往就又回到其缠绵的柔情之中，但苏轼则常是通篇都保留着超旷之襟怀与意兴。所以苏轼虽然也曾说一部份柳词「不减唐人高处」的意境和

第25页

20×15=300　四川大学历史研究所稿纸

气象中获得启发，但却并未为其所限制，而终于蜕变成与柳词迥异的超旷之风格。总之，苏轼与柳词之关系，也正象他与欧词的关系一样，早期作品中虽曾受到若干影响，而却终于突破局限，而开拓出自己的道路，并其开拓之主要方向，则是以其天性中超旷之精神为本质的一种超旷之风格。在这种继承与开拓之关系中，我们既看到了词这种文学体式，在本身发展方面之一种要求开拓的自然趋势，也看到了北宋时到处演唱歌词的社会背景，对一位多才且兴趣广泛的作者的影响，更看到了一位具有特殊禀赋的诗人，如何发挥其本身禀赋之特质，因而突破前人之局限，而开拓出自己的一条道路来，英雄既以创造时势，时势也可以成就英雄，在词的发展史中，苏轼就正是这样一位

第26页

20×15=300　四川大学历史研究所稿纸

在词的发展史上，苏轼是一位天性中既具有独特之禀赋，又生当北宋词坛之盛世，虽然仅以余力为词，而却终于为五代以来一直被目为艳科的小词，开拓出了一片高远广大之新天地的重要作者。

第27页

天性中既具有独特之禀赋，又生当北宋词坛之盛世，虽然仅以余力为词，而却终于为五代以来一直被目为艳科的小词，开拓出了一片高远广大之新天地的重要的作者。

一九八四年六月三日写毕此节于成都

20×15=300　四川大学历史研究所稿纸

第28页

注释

(1)苏轼之思想于儒道二家以外，其次亦曾受有佛家之影响。盖苏氏之性情极旷，才识过人，故能撷取诸家思想之与自己性情相近者，使之皆成为自己修养之一部份。故苏氏之见，盖以为儒、释、道三者，在相异之中亦有相同之处，虽相反，而可以互相为用。其跋苏辙《老子解》，即曾云："使汉初有此书，则孔老为一；使晋宋间有此书，则佛老不为二。"其《祭龙井辩才文》亦曾以为虽然"孔老异门，儒释分宫"，然而"江河虽殊，其至则同"（见《东坡全集·续集》卷十六）。其为人所用，则可以"遍物而应，施则无穷"。此种融汇运用之妙，盖正为苏氏一己学而有得之言也。

(2)按苏轼此词，元好问曾疑为伪作，见《元遗山文集》（卷三十六）中之《东坡乐府集选引》，云："绛人孙

20×15=300　四川大学历史研究所稿纸

毛晉注坡詞，……刪去他人所作，……五十六首，不可謂無功。然尚有可論者，……如「當時共客長安……袖手何妨閒處看」（即此詞之下半闋）之句，其鄙俚淺近、叫呼衒鬻，殆市駔之雄，醉飽而後發之……而謂東坡作者，誤矣」。元氏之言，蓋由其夙日推尊蘇詞，故不欲以此等淺率之句歸之蘇軾，然蘇詞並非決無淺率之筆，此意當於下一節詳之。且自孫安常以來歷代編選校注蘇詞者，多仍以此詞歸之蘇氏。元氏之說，並無確據，似仍以從眾為是。

(三) 按此句原文如此，蘇軾之意，蓋謂自己雖不能歌，然常令人唱為任何歌詞而聽之也。

六月十三日補作注釋

第 29 頁

20×15=300　四川大学历史研究所稿纸

論蘇軾詞（其二）

1982—1983
1984
1986
1986—1988
1989
1991
1997
2008

20×15＝300

論苏軾詞之二

四川大学历史研究所稿纸

第 页

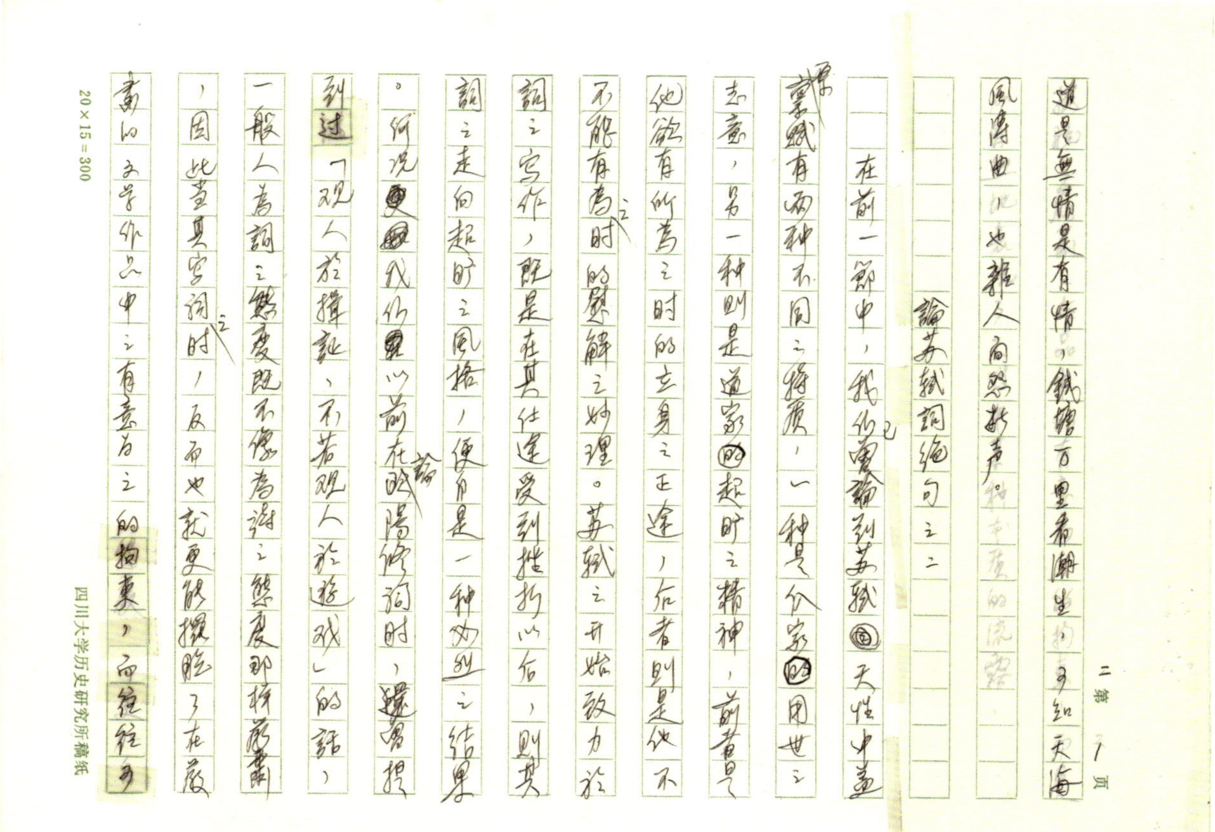

論苏軾詞絶句之二

道是無情是有情，錢塘万里看潮生。可知天海風濤曲，也雜人間怨斷声。

在前一節中，我們曾論到苏軾之天性中蓋稟賦有兩种不同之特质，一种是儒家用世之志意，另一种則是道家曠觀之精神，前者是他欲有所為之時的立身之正途，后者則是他不能有為之時的慰解之妙理。苏軾之开始致力於詞之写作，既是在其仕途受到挫折以后，則其詞之走向超曠之風格，便自是一种必然之结果。何况我們以前在論歐陽修詞時，還曾提到过「观人於揮灑，不若观人於遊戲」的話，一般人寫詞之態度既不像寫詩之態度那樣嚴肅，因此其寫詞時，反而也就更能擺脫了在嚴肅的文学作品中之有意為之的拘束，而往往易

20×15＝300

四川大学历史研究所稿纸

第 1 页

《论苏轼词绝句》之二：

道是无情是有情，钱塘万里看潮生。
可知天海风涛曲，也杂人间怨断声。

此诗点出了本节所要讨论的两个疑问：其一，苏词既是“一洗绮罗香泽之态，摆脱绸缪宛转之度”，那么是否这便意味着苏轼为人“不及情”，亦即“有情无情”问题；其二，苏词既是“天趣独到”“逸怀浩气，超乎尘垢之外”“具神仙出世之资”，有如此超旷之襟怀与意境，但却也有人从苏词中见到了其“寄慨无端”之处与“幽咽怨断之音”的问题。

以更加自然地流露出自己天性中之某些特質。所以蘇軾的詞作，乃較之其全集中的一些其他體式的文學作品，更為集中的表現了這種超曠之特質。當然，蘇軾詞中原不僅只有超曠的一種風格（關於蘇詞中之其他風格，我們將留到下節再加討論），只不過超曠乃是蘇之所以異於其他諸詞人的主要特色。關於此一特質，也有人以豪放稱之，且將之與南宋之辛棄疾並稱，以為蘇辛二家乃兩宋豪放詞人之代表作者。其實蘇辛二家之詞風原本不同，王國維在其《人間詞話》中即曾云：「東坡之詞曠，稼軒之詞豪」，這是極有見地的話。蓋辛詞沉鬱，蘇詞超妙；辛詞多慷慨之氣，蘇詞富超逸之懷。雖然二人皆有其能「放」之處，而其所以為「放」者，則並不相同。一般說來，辛詞之放是由

於一種英雄豪傑之氣，而蘇詞之放，則是由於一種曠達超逸之懷。這便是我之所以捨棄「豪放」二字而以「超曠」稱述蘇詞的緣故。如果說蘇詞中也有表現為英雄豪傑之氣者，則最為眾所熟知的一篇作品，自當推其《江城子》（老夫聊發少年狂）一首為代表。然而如此詞之風格者，在蘇詞中實在並不多見。所以此種風格乃但能視之為蘇詞多種風格中之一種，而不能將此種風格視為蘇詞之主要特質也。至於其主要風格之超曠的特質，則一般人的認識對之也各有不同。以下我們就將略舉幾家重要的說法來一作參考。最常為眾人所引用的，乃胡寅之《酒邊詞序》之云：「眉山蘇氏，一洗綺羅香澤之態，擺脫綢繆宛轉之度，使人登高望遠，舉首高歌，而逸懷浩氣，超乎塵垢之外」。又如王

叶嘉莹先生对比了辛弃疾词与苏轼词之“放”，指出：辛词之“放”出于一种英雄豪杰之气，而苏词之“放”则由于一种旷达超逸之胸怀。因而她不用“豪放”而用“超旷”形容苏词。

苏轼《阮郎归》：

一年三度过苏台。清尊长是开。佳人相问苦相猜。这回来不来。　　情未尽，老先催。人生真可咍。他年桃李阿谁栽。刘郎双鬓衰。

·而且这两度的离别之作，都不仅只写了一首词而已，前者在《醉落魄》之前，还写有一首《阮郎归》（一年三度过苏台）的词，后者则在《江城子》以后还写有一首《减字木兰花》（玉觞无味，中有佳人千点泪）的词。从这两首词来看，苏轼所写都并不是泛泛的赠伎之作，而该是果然有着惜别之情的作品。盖当时苏轼正在徙途登程将离彼地之时，而他在《醉落魄》一词前半阕所写的「旧交新贵音书绝，惟有佳人，犹作殷勤别」的话，和《江城子》一词开端之「天涯流落思无穷」之句来看，是苏轼既伤怀出处流转之悲，而此两地之红粉乃如此殷勤惜别，则苏轼对之自然亦不免有情。只是虽是如此有情的作品，苏轼在《减字木兰花》一首词的结尾之处，也还是写了「一语相开，匹似当初本不来

第9页

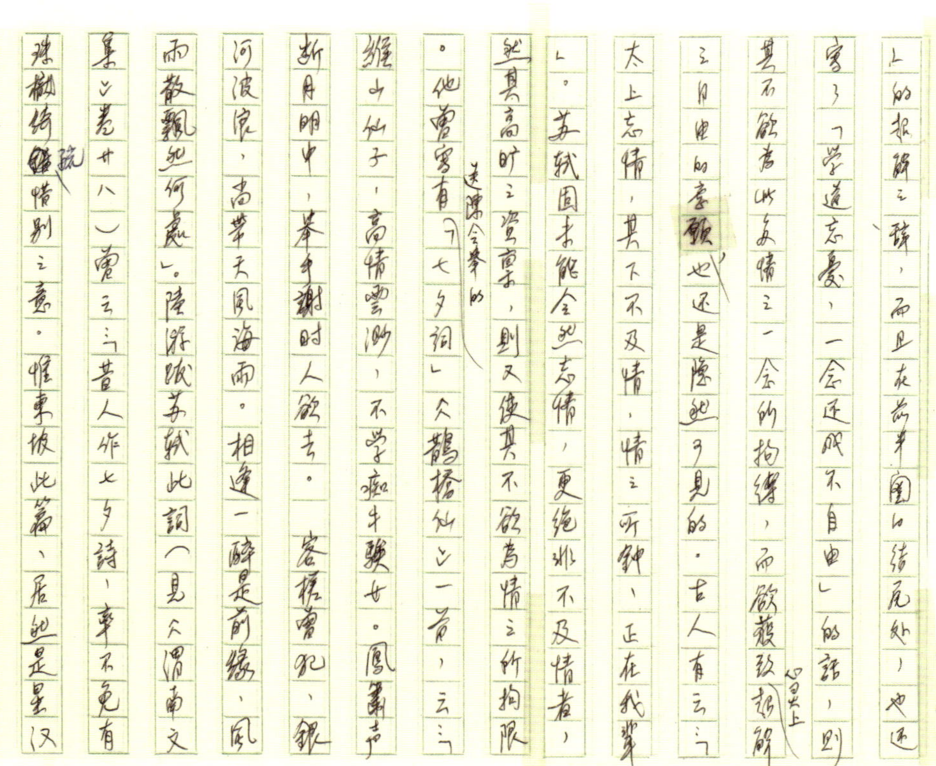

」上的排解之辞，而且在前半阕的结尾处，也还写了「学道忘忧，一念还成不自由」的话，则其不欲为此多情之一念所拘缚，而欲获致心灵上超解之自由的意愿也还是隐然可见的。古人有云「太上忘情，其下不及情，情之所钟，正在我辈」。苏轼固未能全然忘情，更绝非不及情者，然其高旷之资禀，则又使其不欲为情之所拘限。他曾写有送陈令举的「七夕词」《鹊桥仙》一首，云「缑山仙子，高情云渺，不学痴牛騃女。凤箫声断月明中，举手谢时人欲去。客槎曾犯，银河波浪，尚带天风海雨。相逢一醉是前缘，风雨散飘然何处」。陆游跋苏轼此词（见《渭南文集》卷廿八）曾云「昔人作七夕诗，率不免有珠栊绮疏惜别之意。惟东坡此篇，居然是星汉上语。歌之，曲终，觉天风海雨逼人」。盖苏轼

第10页

苏轼《减字木兰花·送别》：

玉觞无味，中有佳人千点泪。学道忘忧，一念还成不自由。　　如今未见，归去东园花似霰。一语相开，匹似当初本不来。

天姿既高，襟怀又旷，故其用情之態度乃能潇灑飄逸，如天風海雨，像他在《八聲甘州》一詞中所寫的「有情風萬里捲潮來，無情送潮归」，飄然而來，倏然而逝。劉熙載《藝概·詞概》曾云「東坡詞在當時鮮與同調，不独秦七黃九別成兩派也。晁无咎坦易之怀，磊落之氣，差堪驂靳，然懸崖撒手處，无咎莫能追躡矣」。其所謂「懸崖撒手」者，就正指的是苏軾之用情，有一種倏然超解的意境，固不必以世俗之見對之作有情無情之爭論也。以上是我们就苏詞之超旷是否便写「不及情」一点，所做的討論。

其次我们再談苏詞在超旷之特色中，是否也有「寄慨無端」之處，及「幽咽怨斷之音」的问題。本来清代之陳廷焯在其《白雨斋詞話》（卷一）中，即曾謂詞至東坡「寄慨無端，

別有天地」。近人夏敬观則曾將苏軾詞分為二類，云：「東坡詞如春花散空，不著跡象，使柳枝歌之，正如天風海濤之曲，中多幽咽怨斷之音，此其上乘也。若夫激昂排宕、不可一世之概，陳無己所謂『如教坊雷大使之舞，雖極天下之工，要非本色』，乃其第二乘也」。（見《唐宋名家詞選》引《吷庵手批東坡詞》）（至其所引陳無己云云，則見於陳师道之《後山詩話》）。本来，如我们在前文所言，苏詞之以超旷為其特质，要為一般讀者之所共見。只是一則有人頗对此超旷之特质各有不同之体会，再則也有人对於詞中是否可以表現超旷之風格各有不同之意見。要想說明此种複雜之情況，首先我们就不得不对苏詞本身超旷風格之複雜性略加探討。原来伴隨着苏詞之超旷的特质而同时出現的，也还有一些粗犷率易的弊病。即以其早期之

苏轼《临江仙·风水洞作》：

四大从来都遍满，此间风水何疑。故应为我发新诗。幽花香涧谷，寒藻舞沦漪。　　借与玉川生两腋，天仙未必相思。还凭流水送人归。层巅余落日，草露已沾衣。

作品言之，如其任杭州通判時所寫的「風水洞作」一首《臨江仙》詞，其開端之「四大從來都徧滿，此間風水何疑」兩句，就已不免用佛教之以「地水火風」為「四大」之說，來寫風水洞，全無真正之感受及情意，有粗率之病。再如其自杭赴密途中所寫的第一首長調《沁園春》詞，其下半闋之「當時共客長安，似二陸初來俱少年。有筆頭千字，胸中萬卷，致君堯舜，此事何難。用舍由时，行藏在我，袖手何妨閒處看。身長健，但優游卒歲，且鬥尊前」諸句，便亦不免於有粗率之病。此蓋由於蘇軾之才氣过人，故為文下筆之際，乃有時不免有率易之处。昔周濟《介存齋論詞雜著》即曾云：「東坡每事俱不十分用力，古文書畫皆爾，詞亦爾」。又云：「人賞東坡粗豪，吾賞東坡韶秀，韶秀是東坡佳處，粗豪則病也」。而世人之讀東坡詞者，乃竟有人專賞其放旷

二第 13 頁

20×15=300　四川大学历史研究所稿纸

而近於粗豪淺率之作，如此者自非蘇詞之真正賞音。而又有些讀者，則胸中先有一成見，以為詞之傳統內經以柔婉約為主。因此乃對蘇詞抱有一種成見，以為此非詞之本色。陳師道《後山詩話》即曾云：「退之以文為詩，子瞻以詩為詞，如教坊雷大使之舞，雖極天下之工，要非本色」。據蔡絛《鐵圍山叢談》（卷六）載云：「太上皇在位，時屬升平，手藝之人有稱者」，以下乃列舉棋、琴、琵琶諸藝人，然后曰：「舞有雷中慶，世皆呼之為雷大使」。是則雷大使本為當时著名之舞人，舞藝極天下之工。而陳師道（后山）以為「非本色」者，其意蓋以為舞者皆當為妙齡之女子，今以男子而舞，則雖舞藝極工，亦非本色矣。如此之論，乃是想要把詞一直保留在晚唐五代以來之柔婿的傳統之中，以為把詞之風

二第 14 頁

20×15=300　四川大学历史研究所稿纸

陈廷焯《白雨斋词话》：“词至东坡，一洗绮罗香泽之态，寄慨无端，别有天地。”苏词于超旷之中乃偶或确有幽咽怨断之间的流露，也就是陈廷焯所说的“寄慨无端，别有天地”之处。而苏轼却又能将其幽怨之悲慨，写得如“春花散空，不著迹象”，所以乃不易为一般人之所察觉耳。

格，非詞中所宜有。若此之說，蓋昧於任何一種文體，在歷史的演進中，都必有其更新拓展之自然趨勢，故其所見乃不免有偏狹之處。至於晁說以陳后山所擬之為「雷大使之舞」者為蘇詞之第二乘，而以其「如天風海濤之曲，中多幽咽怨斷之音」者為第一乘。則是又將蘇詞的超曠之特質分為二類，一類為全然放曠，「激昂排宕」之近於粗豪者，為第二乘，另一類則是雖然如「天風海濤之曲」具有超曠之特質，卻並不流於粗豪，而「中多幽咽怨斷之音」者，為蘇詞之上乘。私意以為晁氏之言實甚為有見。蓋蘇詞於超曠之中乃偶或確有幽咽怨斷之音的流露，也就是陳廷焯所說的「寄慨無端，別有天地」之處。而蘇軾卻又能將其幽怨之悲慨，寫得如「春花散空，不著跡象」，所以乃

第 15 頁

20×15=300　四川大学历史研究所稿纸

不易為一般人之所察覺耳。蓋如前文所言，蘇軾在天性中既原稟有「欲以天下為己任」的「用世之志意」，也同時稟有「不為外物得失榮辱所縈」的「超曠之襟懷」。所以當他在仕途受到挫折時，他也能以超曠之襟懷，做為自我紓解與安慰之方。然而究其本心，則對於用世之志意卻也並不曾完全放棄。這只要我們一看蘇軾平生之事蹟，就可以得到充分的證明。蘇軾一生屢經遷貶，但他無論流轉何方，也無論在朝在野，他都未曾放棄其繫心國事關懷民瘼的志意，而且無論對人對己，他也都一直保持着一種「與人為善」的努力。他在知密州任內之祈雨救災，在知徐州任內之治平水患，在知杭州任內之浚湖築堤，在瘟疫流行時之廣設病坊，甚至在晚年流貶到惠州時還曾倡議為二橋，以濟病涉者。而即使當

第 16 頁

20×15=300　四川大学历史研究所稿纸

苏轼《与李公择》：某启。示及新诗，皆有远别惘然之意，虽兄之爱我厚，然仆本以铁心石肠待公，何乃尔耶？吾侪虽老且穷，而道理贯心肝，忠义填骨髓，直须谈笑于死生之际。若见仆困穷便尔相怜，则与不学道者大不相远矣。兄造道深，中必不尔，出于相好之笃而已。然朋友之义，专务规谏，辄以狂言广兄之意尔。兄虽怀坎壈于时，遇事有可尊主泽民者，便忘躯为之，祸福得丧，付与造物。非兄，仆岂发此！看讫，便火之，不知者以为诟病也。

第17页

年他经历了九死一生的乌台诗狱，贬到黄州，受人监管不得签书公事之时，他还曾研思著述，不仅为世人留下了许多篇极好的诗、词、文、赋，还曾研读易经、论语，而有了《易传》与《论语说》之写作。其后当元祐之际他再度入朝，也并未曾因为以前曾以直言系狱，便改变他一贯立言忠直的作风。他的"欲以天下为己任"的"用世之志意"，虽然也未曾因为挫折而有所改变。则苏轼之未全然忘情于世，从可知也。至其立身之态度，则有他写给友人的两封书简，既可以做为参考。一封是他在贬官黄州时，给李公择写的信，其中有云"吾侪虽老且穷，而道理贯心肝，忠义填骨髓，直须谈笑死生之际，若见仆困穷，便尔相怜，则与不学道者大不相远矣"。又一封信，则是当他在元

第18页

祐年间，与朝中旧党论政不合，想要请求外放时，写给杨元素的信，其中有云"昔之君子，惟荆是师（按荆指王安石），今之君子，惟温是随（按温指司马光），所随不同，其随一也。老弟与温相知至深，始终无间，然多不随耳。致此烦言，盖始于此。然进退得丧，齐之久矣，皆不足道"。（《东坡续集》之卷六书简）我以为从这两封信，我们很可以看到，苏轼在立身之道上，既有其坚毅之持守，而在处忧患之际时，又有其旷达之襟怀。同时流露了他所禀赋的双重特质，也表现出这二种特质对于他而言，乃是既相反又相成而可以融汇而为用的。他的词既大多写于宦途失意流转外地之时，所以表面看来乃大多以超旷之风格为其主调，然而究其实苏轼却决非完全忘怀世事无所关心，……只求独善其身，且自命为高士的人物，是完

苏轼《与杨元素》：某近数章请郡，未允。数日来，杜门待命，期于必得耳。公必闻其略，盖为台谏所不容也。昔之君子，惟荆是师。今之君子，惟温是随。所随不同，其为随一也。老弟与温相知至深，始终无间，然多不随耳。致此烦言，盖始于此。然进退得丧，齐之久矣，皆不足道。老兄相知之深，恐愿闻之，不须为人言也。令子必得信，计安。

苏轼《水调歌头》：

明月几时有，把酒问青天。不知天上宫阙，今夕是何年。我欲乘风归去，又恐琼楼玉宇，高处不胜寒。起舞弄清影，何似在人间。　转朱阁，低绮户，照无眠。不应有恨，何事长向别时圆？人有悲欢离合，月有阴晴圆缺，此事古难全。但愿人长久，千里共婵娟。

第19页

全不同的。所以在苏轼词中，虽以超旷为其主调，然而其中却时而也蕴现一种失意流转之悲。即以其最著名的词作为例，如其「中秋夜怀子由」的那首《水调歌头》，开端之「明月几时有，把酒问青天。不知天上宫阙，今夕是何年。我欲乘风归去，又恐琼楼玉宇，高处不胜寒。起舞弄清影，何似在人间。」郑文焯曾称此词「发端从太白仙心脱化，顿成奇逸之笔」，其飘逸高旷之致，诚不可及。然而其中却实在也隐然表现了他自己内心深处的一种入世与出世之间的矛盾的悲慨。而这种悲慨，却又写得如「春花散空，不着迹象」。相传神宗读此词至「琼楼玉宇」数句，曾以为「苏轼终是爱君」，谭献评词固无妨有此一想，然若指实其为有不忘朝廷的忠爱之意，则反似不免有沾滞之

20×15=300　四川大学历史研究所稿纸

第20页

嫌矣。再如其「赤壁怀古」之一首《念奴娇》词，其开端数句之「大江东去，浪淘尽千古风流人物」，从滔滔滚滚的大江，写到千古的英雄成败，其开端数句「大江东去，浪淘尽千古风流人物」，其气象固然写得极为高远，结尾的「人间如梦，一尊还酹江月」两句，语气也表现得甚为旷达。但事实上则在「公瑾当年」之「谈笑间，强虏灰飞烟灭」，与自己今日之迁贬黄州志意未酬而「早生华发」的对比中，也蕴含着很多的悲慨。而世人乃有因见其「人间如梦」之外表字样，便评讥以为消极者。若此之类，盖亦多但见其粗豪之作，便以为积极者，同其肤浅矣。至于苏轼在黄州所写的一些小令之作，如其「沙湖道中遇雨」的一首《定风波》词，他所表现的在「穿林打叶」之风雨声中的「

20×15=300　四川大学历史研究所稿纸

苏轼《念奴娇·赤壁怀古》：

大江东去，浪淘尽千古风流人物。故垒西边，人道是，三国周郎赤壁。乱石穿空，惊涛拍岸，卷起千堆雪。江山如画，一时多少豪杰。　遥想公瑾当年，小乔初嫁了，雄姿英发。羽扇纶巾，谈笑间，樯橹灰飞烟灭。故国神游，多情应笑我，早生华发。人间如梦，一尊还酹江月。

苏轼《定风波》：

莫听穿林打叶声，何妨吟啸且徐行。竹杖芒鞋轻胜马，谁怕？一蓑烟雨任平生。　料峭春风吹酒醒，微冷，山头斜照却相迎。回首向来萧瑟处，归去，也无风雨也无晴。

吟嘯徐行」的自我持守的精神，以及「回首向來蕭瑟處，也無風雨也無晴」之超然曠达的观照，則更是將其立身之志意，與超曠之襟懷做了泯沒無痕的最好的融匯和結合。但事實上則在其「穿林打葉」的敍寫中，又豈沒有他自己在人生之途上所遭受的挫折和打擊的悲慨。再如後來在元祐年間，他既曾因與朝中舊黨論事不合，請求外放出知杭州，兩年後又被召還朝，曾寫有「寄參寥子」一首《八聲甘州》之詞，全詞是：「有情風萬里卷潮來，無情送潮歸。問錢塘江上，西興浦口，幾度斜暉。不用思量今古，俯仰昔人非。誰似東坡老，白首忘機。　記取西湖西畔，正春山好處，空翠煙霏。算詩人相得，如我與君稀。約他年東還海道，願謝公雅志莫相違。西州路，不應回首，為我沾衣」。這

20×15＝300　四川大学历史研究所稿纸　第 21 页

首詞，我以為實在是蘇詞中最能代表其「天風海濤之曲，中有幽咽怨斷之音」的一篇作品。此詞開端二句寫萬里風濤，氣象開闊，筆力矯健，外表看來似乎極為超邁，然而在其「有情」「無情」與夫「潮來」「潮歸」之間，卻實在也蘊含有無窮感慨蒼涼之意。其下繼以「問錢塘江上」至「俯仰昔人非」一段，寫今古推移之中，人間的盛衰無常，便正是對前二句所遣露的感慨蒼涼之情意的補述和完成。而卻於此種悲慨之後，突然轉入「誰似東坡老，白首忘機」二句，乃脫身一躍而起，若此等處，真所謂「懸崖撒手」「他人莫能追躡」者矣。及至下半闋，則自「記取西湖西畔」以下三句，換筆寫記憶中難忘之西湖美景，意致清麗舒徐，正可見周濟所稱述的蘇詞的「韶秀」之美。而

20×15＝300　四川大学历史研究所稿纸　第 22 页

後接以「算詩人相得，如我與君稀」二句，寫蘇軾自己與參寥子二人間之交誼，在前面的「春山好處，空翠煙霏」之美景的襯托之下，這一份「詩人相得」之情，真是千古所稀，令人讀之，就使人惋惜不已。而其下「約他年東還海道，願謝公雅志莫相違」二句，則蘇軾之筆鋒又再度轉折，用東晉謝安之雖受朝寄而不忘東山歸隱之志的故事以自喻。這正是中國古代士大夫之將入仕的用世之志意，與歸隱的超然之襟懷相結合的，一個很好的典型。而且也正因為有此超然之襟懷，入仕時方能不為利祿所陷累，而保持住清正之持守。至於就謝安而言，則他入仕以後既曾以其侄玄等淝水克敵之功，官至太保，然而卻也曾因功高見忌而出鎮新城。乃造泛海之裝，欲循江路歸隱東山，而未

二第 23 頁

20×15＝300　　四川大学历史研究所稿纸

幾乃遇疾不起，東歸之志，始終未就。蘇軾用此謝安之故事以自喻，「東還海道」既暗指重返杭州與參寥子再聚之願望，同時也表現了他自己此度再次蒙召入朝，也正如當日謝安之既有用世之心也懷出世之志，而未知他日此政壇報望與志意之能否成就，言外自有無窮志意終違之感慨。結尾三句「西州路，不應回首，為我沾衣」，則仍用謝安之故事。蓋謝安在新城遇疾後，還都城建康之時，乃輿病入西州門（故址在今南京市西）。安卒後，其甥羊曇行不由西州路。一日醉中不覺過州門，乃悲感不已，痛哭而去。東坡用此故事，雖改為羊曇之辭，曰「不應回首，為我沾衣」。然究其實，則豈不因蘇軾心中正有此死生離別之悲慨之故歟。綜觀此詞，則一起之開闊健舉，雖如天風海濤之曲，而

二第 24 頁

20×15＝300　　四川大学历史研究所稿纸

《晋书·谢安传》：羊昙者，太山人，知名士也。为安所爱重。安薨后，辍乐弥年，行不由西州路。尝因石头大醉，扶路唱氏，不觉至州门。左右白曰："此西州门。"昙悲感不已，以马策扣扉，诵曹子建诗曰："生存华屋处，零落归山丘。"恸哭而去。

1982—1983
1984
1986
1986—1988
1989
1991
1997
2008

前片結尾之「白首忘機」，雖大有超曠之懷，然而中間幾度轉折，既有今古盛衰之慨，又有死生離別之悲，更有宦途從政入朝之憂危，知交零落之難再，百感交集，並入筆端。夏敬觀謂其「中有幽咽怨斷之音」，良非虛語也。

總之，蘇軾之詞，雖以超曠為其主調，然其超曠之內含却並不單純，其寓悲苦之情者，是用情而不欲為情所累，故當觀其入而能出之處；其寓曠達之懷者，則又未全忘情於用世之念，故又當觀其出中有入之處；至其偶有失之粗豪淺率者，則是高才未免於率易之病，固當分別觀之也。

一九八四年六月十二日寫畢此節

於四川成都

注釋

1. 蘇軾在黃州寫《上文潞公書》云：「到黃州無所用心，輒復覃思於《易》、《論語》」，……作《易傳》九卷，又自以意作《論語說》五卷」。（見《經進東坡文集事略》卷四十四）

論苏轼词（其三）

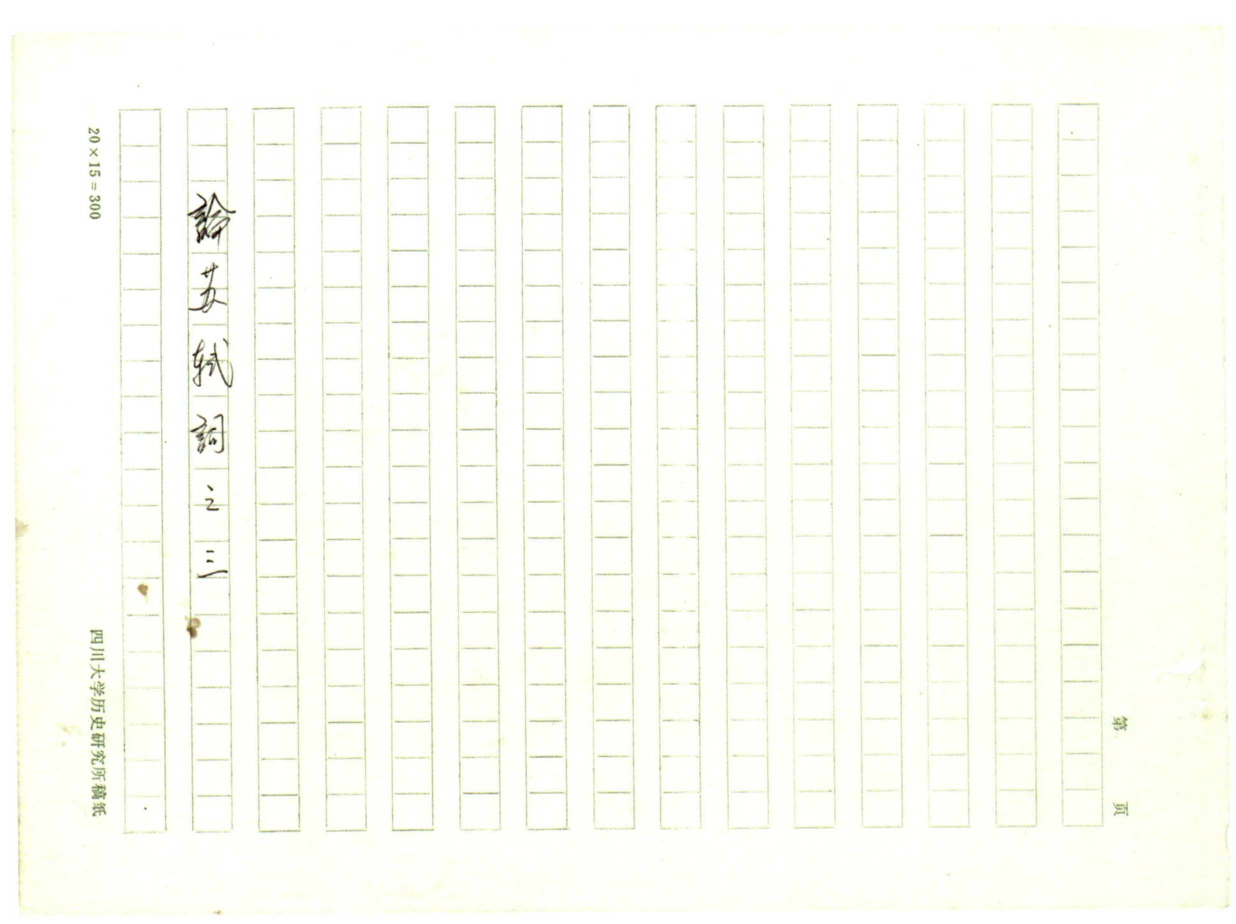
20×15＝300

論苏轼詞之三

四川大学历史研究所稿纸

第　页

《论苏轼词绝句》之三：

捋青捣麨俗偏好，曲港圆荷俪亦工。
莫道先生疏格律，行云流水见高风。

三 第 1 页

捋青擣麨俗偏好，曲港圓荷儷亦工，莫道先生疏格律，行雲流水見高風。

論蘇軾詞絕句之三

在前二首絕句的討論中，我們既曾提出，蘇軾天性中稟賦有用世之志意與超曠之襟懷兩種特質，以及此二種特質在其詞之寫作中，所形成的「如天風海濤之曲，中多幽咽怨斷之音」的特殊而可貴的風格。這種風格可以說是蘇軾詞中最高的成就，和最重要的主調，也是他天性中之本質在詞中的自然流露。而另外我們在第一首絕句的討論中，則還曾提到過蘇軾對詞之寫作，原是帶有一種有意要開拓創新之覺醒的。蘇軾在詞之發展方面的成就，就正是他的足以開拓的天性之資稟，與他的有意為之開拓的理念互相結合，所獲致的一種成果。而當時北宋詞壇的一般作者，卻並沒有完全接受

20×15＝300　　四川大学历史研究所稿纸

三 第 2 页

和追隨他的開拓。這一則是因為別人沒有像蘇軾一樣過人的資稟，再則也因為別人並沒有像蘇軾一樣開拓之理念的緣故。所以陳師道之後山詩話乃謂「子瞻以詩為詞，」又曰「雖極天下之工，要非本色」。這正是當時一般人對蘇詞的看法。直到由北宋轉入南宋的傑出女詞人李清照也依然保持這種看法，所以李清照雖然在其詩作中也寫出過像「至今思項羽，不肯過江東」和「木蘭橫戈好女子，老矣不復志千里，但願相將渡淮水」之豪壯的句子，但在她的詞中，卻決沒有此種風格的作品。這便可見其天性中縱然也未嘗沒有可以開拓的本質，但在理念中卻缺乏此種開拓之覺醒，總以為詞應該「別是一家」，所以對於蘇詞才會有「皆句讀不葺之詩耳」的譏評。而蘇軾之於詞，卻是既

20×15＝300　　四川大学历史研究所稿纸

（接前）此诗指出，苏词虽然在后世有极高评价，但当时的北宋词坛并没有完全接受和追随苏轼对词的开拓创新之举。这一方面是因为别人没有苏轼这样的天赋，另一方面也是因为别人没有苏轼那样的开拓理念。

苏轼《南乡子》：

旌旆满江湖。诏发楼船万舳舻。投笔将军因笑我，迂儒。帕首腰刀是丈夫。　　粉泪怨离居。喜子垂窗报捷书。试问伏波三万语，何如。一斛明珠换绿珠。

三第 3 页

有可以为之开拓的资质，也具有意欲为之开拓的理念的一位作者，既然具有此一理念，所以在其词中，除了由其本质所形成的抒情之主调以外，他便也还曾做过各种不同风格的多方面的尝试。简单举些例证来看：即如世所流传的他的「密州出猎」一首《江城子》（老夫聊发少年狂）词中所写的「会挽雕弓如满月，西北望，射天狼」和他的另一首《南乡子》（旌旆满江湖）词中所写的「诏发楼船万舳舻」及「帕首腰刀是丈夫」。其豪放之致，在词中便是一种明显的开拓；此外如其为「李公择生子」而写的《减字木兰花》（维熊佳梦）一首词，其中的「多谢无功，此事如何着得侬」。和他的另一首为「迎紫姑神」而写的《少年游》（玉肌铅粉傲秋霜）词，其中的「谁能借箸，无复似张良」诸作，则都是

20×15=300　四川大学历史研究所稿纸

三第 4 页

以游戏笔墨写的嬉笑谑浪之辞；再如其「赠润守许仲涂」的另一首《减字木兰花》（郑庄好客），则更以妓女之名字嵌入词中，全词八句，分别以「郑容落籍，高莹从良」八字为句首。则是以词为文字游戏，而更如其「送东武令赵昶失官归海州」的又一首《减字木兰花》词，其开端之「贤哉令尹，三仕已之无喜愠」。则又将经书《论语》之句融入小词之中；又如其「在泗州雍熙塔下所作的两首《如梦令》（「水垢何曾相爱」及「自净方能净彼」），则是以小词写名理禅机；至于其「徐门石潭谢雨道上作」五首《浣溪沙》词，其「麻叶层层檾叶光」及「捋青捣麨软饥肠」等句，则又以乡俚之语写田野农家风物，表现得极为朴质自然；而其「燕子楼作」之一首《永遇乐》（明月如霜

20×15=300　四川大学历史研究所稿纸

苏轼《减字木兰花·送东武令赵晦之》：

贤哉令尹，三仕已之无喜愠。我独何人，犹把虚名玷缙绅。　　不如归去，二顷良田无觅处。归去来兮，待有良田是几时。

苏轼《永遇乐·彭城夜宿燕子楼》：

明月如霜，好风如水，清景无限。曲港跳鱼，圆荷泻露，寂寞无人见。紞如三鼓，铿然一叶，黯黯梦云惊断。夜茫茫，重寻无处，觉来小园行遍。　天涯倦客，山中归路，望断故园心眼。燕子楼空，佳人何在，空锁楼中燕。古今如梦，何曾梦觉，但有旧欢新怨。异时对，黄楼夜景，为余浩叹。

第三5頁

」，則又以「明月如霜，好風如水」、「曲港跳魚、圓荷瀉露」，及「紞如三鼓，鏗然一葉」一系列騈偶之句，來寫靜夜之景色，又表現得極為工整清麗。（他如其〈卜算子〉（缺月掛疏桐）一首寫「孤鴻」之幽意深遠；〈水龍吟〉（似花還似非花）一首寫「楊花」之柔致纏綿，則不僅有隨物賦形之妙，且對南宋之詠物詞也具有相當之影響。）總之，蘇軾對於小詞之寫作，是不僅有傑出之成就，也有廣泛之拓展的。以上，我們不過只是簡單舉引一些例証，便已經足可以見出其內容及風格之多采多姿之一斑了。蘇軾自己對於他在詞中的拓展，也頗為自負，而這种自負之意，又可以分為兩個不同的階段：第一個階段是當他由杭州通判移知密州及徐州之際，這時他對詞境的拓展，已有了初步的成就。這种自負之意曾表現於他給鮮于子駿的書簡中，所謂「自是一家」者是也；第二個階段則是經過了黃州的貶謫，他在元祐年間又再度入朝的時候。這時他已曾寫出了不少

20×15=300　四川大学历史研究所稿纸

第三6頁

名篇傑作，完成了他自己所特具的超曠之風格的最高成就。宋人筆記所載，他在玉堂之日，曾問幕士自己作的詞比柳永何如。答幕士回答說「柳郎中詞，只好十七八女子，執紅牙板，歌『楊柳岸曉風殘月』；學士詞，須關西大漢，執鐵板，唱『大江東去』。」蘇軾曾經「為之絕倒」（參看拙撰《論柳永詞之三》引俞文豹《吹劍續錄》）。其自負之意如在目前。至於我們對於蘇詞所做出的開拓，應該採取怎樣的態度，則我以為可以將之主要區分為後人可以學習及後人不可以學習的兩類來看待。先談後人不可以學的一類，那就是我們在前一首絕句之討論中所曾經提出的：蘇詞中之以超曠為主調，但在「天風海濤之曲」中，卻又含有「幽咽怨斷之音」的作品。這一類詞，是蘇軾的由

20×15=300　四川大学历史研究所稿纸

世之志意与其極时之襟怀相融匯，所达成的最高境界。是後世既無其学问志意更無其性情襟抱的人，無論怎樣也無法学習到的。這是在苏詞之开拓中，所表现出的一部份最可宝貴的成就；再談後人可以学習的一點，則我以為苏詞对後世之影响，可以說是功过參半的。先就其有功的一方面而言，則苏詞之「一洗綺羅香澤之態」，確實有使天下人「耳目一新」之功。這在与苏軾同時代的一些詞人，雖然尚未能完全接受，而对以後南宋之詞人，則形成了相當大的影响。即如胡寅為向子諲之《酒边詞》序，即曾言「薌林居士步趨苏堂而嚌其胾者」。黃昇《花庵詞選》論陳与义之詞，亦曾云「識者謂其可摩坡仙之壘也」。唐圭璋《全宋詞三百首箋注》於葉夢得詞亦曾引关注之言，謂「其合處不

減東坡」。他如張元幹的豪壯之篇，朱敦儒的肩放之什，便也都留有受到苏詞之影响的痕跡。至于張孝祥之為詞，則更是有意学苏的。（見謝堯仁之《張于湖先生集序》，可以參看）。而其中最值得注意的一位重要的作者，自然便是被後人与苏軾並稱的，南宋詞壇上最偉大的作者辛棄疾。本來我們在前一首絕句的討論中，也曾提出过辛棄疾来与苏軾相比較，不过在那一篇的討論中，我們的重点是在於要說明兩家的不同之處。雖其苏辛有相似之處，所以才要分辨出其中相異之差別，這与我們論及蘇軾与柳永之關係時，曾提出二人在興象方面之一点有可以相通之處，也是因為柳苏二家之風格迥異，所以才要在其相異之中分辨出其可以相通之處的道理一樣，這乃是有才識的大作家之善於汲取及變化的手段，也是論文学之演進者所不可不注意的一个观察角度。如果說苏詞得之於

如果说苏词得之于柳的，是其兴象高远之启发，那么辛词所得之于苏者，则正是苏轼在词之开拓中，所表现的“无意不可入，无事不可言”的魄力和眼界。

柳的，是其兴象高远之启发，那么辛词所得之于苏者，则正是苏轼在词之开拓中，所表现的「无意不可入，无事不可言」的魄力和眼界。不仅只是以上我们所举出的，苏词在开拓中所完成的各种之意境与风格，辛词无不有之，而且辛词还曾以其纵横不世之才，抑塞难平之遇，突破了苏词的范畴，完成了他自己的更为杰出也更为博大的成就。纳兰成德《渌水亭杂识》（卷四）即曾云：「词虽苏辛并称，而辛实胜苏」。周济《介存斋论词杂著》亦云：「世以苏辛并称，苏之自在处，辛偶能到；辛之当行处，苏必不能到」。关于苏辛同异之详细差别，我们只好等到论辛词时再加细述，这里只好从略了。总之苏词之开拓，对于南宋辛弃疾诸人之影响，是极为重大的。《四库全书提要》即曾谓词之演进「至柳永而一变，至轼而又一变，遂开南宋辛弃疾等一派」。

三第 9 页

自然只是苏词影响后世之有功的一面。至于其有过的一方面，则我以为主要乃当归过于其率意之笔及游戏之作。关于苏词之用笔率易之病，我们在前一首绝句之讨论中，已曾举例说明，且曾引周济《介存斋论词杂著》之言，谓「东坡每事俱不十分用力，古文、书画皆尔，词亦尔」。此言实甚为有见。至其所以然者，则我以为一则盖由于苏轼之才大，他人所千思百虑而不可得者，苏轼乃可以谈笑得之，故有时乃不免有率意之病；再则亦由于苏轼之性情超旷，遂亦不甚斤斤于形迹，故有时乃不免有疏略之处。这是造成苏词之有时不免率易之笔的两个主要原因。至于其好为游戏之作，则如本文前面所举例证中，其为李公择生子而作的一首《减字木兰花》词，便不仅词句谐谑而已，词前小序中亦

三第 10 页

20×15＝300　四川大学历史研究所稿纸

苏轼《减字木兰花》（维熊佳梦）前有序曰：“秘阁古《笑林》云：晋元帝生子，宴百官、赐束帛，殷羡谢曰：‘臣等无功受赏。’帝曰：‘此事岂容卿有功乎！’同舍每以为笑。余过吴兴，而李公择适生子，三日会客，求歌辞，乃为作此戏之，举座皆绝倒。”其词曰：维熊佳梦，释氏老君亲抱送。壮气横秋，未满三朝已食牛。　　犀钱玉果，利市平分沾四座。多谢无功，此事如何着得侬。

曾有「乃為作此戲之，舉坐皆絕倒」之言，其另一首為「迎紫姑神」而寫的《少年遊》（玉肌鉛粉傲秋霜）詞，詞前小序亦曾有「乃以此戲之」之言。再如其在泗州雍熙塔下所作的兩首《如夢令》小詞，詞前小序便亦有「戲作《如夢令》兩闋」之言。此外如其「贈潤守許仲塗」之一首《減字木蘭花》詞，則詞前小序雖無「戲作」字樣，然其「以鄭容落籍、高瑩從良二為句首」之語，乃是說明此詞曾以妓女之名字嵌入句首，則其為遊戲筆墨，亦復可知。從這些詞例，足可說明蘇軾之好以遊戲筆墨寫作小詞，至其所以然者，則我以為主要蓋可歸納為二因：一則由於蘇軾之性情坦易樂觀，富有風趣，故好為遊戲之作；再則也因為詞之寫作，在當時本來就未嘗被視為嚴肅的作品。這

三第 11 页

20×15＝300

四川大学历史研究所稿纸

可以說是造成蘇詞中多有遊戲之作的兩個主要原因。以上我們所談到的率易之筆與遊戲之作兩點，就蘇詞本身言之，本不過為大醇之小疵、未足深病。蓋凡屬天資稟賦屬於超放一型之天才，其創作便常不免如長江大河之挾泥沙以俱下。古人有云「江海不擇細流，故能就其深」。這一類天才之小疵與其大醇的飛揚博大之成就，常是結合而不可分的。而另一種屬於[illegible][illegible]清泚之型的才人，每當有所作必字斟句酌而後出者，則雖無泥沙之渣滓，而往往也就難成其為泱漭之洪流矣。所以就蘇軾本人而言，若將其小疵與大醇相較，則他的這些小的疵病，原是可以諒解的。只不过若就其對後世之影響而言，則有一些庸俗淺薄之輩，對蘇詞之佳處所在，往往並不能真正領會了解，而只能以淺拙之筆

三第 12 页

20×15＝300

四川大学历史研究所稿纸

苏轼《少年游》（玉肌铅粉傲秋霜）前有序曰：“黄之侨人郭氏，每岁正月迎紫姑神。以箕为腹，箸为口，画灰盘中，为诗敏捷，立成。余往观之，神请余作《少年游》，乃以此戏之。”其词曰：玉肌铅粉傲秋霜。准拟凤呼凰。伶伦不见，清香未吐，且糠秕吹扬。　　到处成双君独只，空无数，烂文章。一点香檀，谁能借箸，无复似张良。

1982—1983
1984
1986
1986—1988
1989
1991
1997
2008

第 13 页

实一些粗率之作与游戏之辞，而自以为深於苏轼，则始作俑者，苏氏亦不能辞其咎矣。

以上我们既对苏词之特殊风格之开拓及其所以形成的原因做了简单的说明；另有一点，我们也要讨论的，则是苏词往往有不合音律之处的问题。胡仔《苕溪渔隐丛话》（后集卷卅三）引晁无咎评本朝乐章之语，即曾云：「东坡词，人谓多不谐音律」。陆游《渭南文集》亦曾云：「世言东坡不能歌，故所作乐府词多不协律。」而宋人彭乘《墨客挥犀》则又曾引晁以道之言，曰：「绍圣初，与东坡别於汴上，东坡酒酣，自歌《古阳关》曲，则公非不能歌，但豪放，不喜裁剪以就声律耳」。（见《御选历代诗馀》卷一百十五《词话》）从这些叙述来看，苏轼词之多有不合律之处，盖为人所共见之事实。至其所以多不协律之原因，则有二种不同的说法：一则以为「

20×15=300　四川大学历史研究所稿纸

第 14 页

东坡不能歌」，故其词多不协律；又则以为苏轼非不能歌，惟因性情豪放，故「不喜剪裁以就声律耳」。私意以为就苏轼是否能歌的问题来说，则我们在第一首绝句的讨论中，原来曾引过苏轼致其族兄子明的一封信，其中曾谓「记得应举时，见兄能讴歌，甚妙。弟虽不会，然常令人唱为何词」。据此可知苏轼青年时代本不能歌。至於晁以道所谓苏轼曾歌《古阳关》曲云云者，则已为绍圣年间之事，距离其初赴汴京应举（嘉祐年间）之时，盖已有将近四十年之久。我们以前也曾谈到苏轼之尝试为小词，是从元丰年间出为杭州通判以後才开始的。方其致力小词之写作时，可能也曾学习吟唱之事。苏轼在贬谪黄州时，曾写有《哨遍》一词，前有小序云：「陶渊明赋归去来，有其词而无其声。余既治东坡，筑雪

20×15=300　四川大学历史研究所稿纸

苏轼《哨遍》（为米折腰）前有序曰：“陶渊明赋归去来，有其词而无其声。余既治东坡，筑雪堂于上，人俱笑其陋。独鄱阳董毅夫过而悦之，有卜邻之意。乃取归去来词，稍加檃括，使就声律，以遗毅夫。使家僮歌之。时相从于东坡，释耒而和之，扣牛角而为之节，不亦乐乎！”其词曰：为米折腰，因酒弃家，口体交相累。归去来，谁不遣君归。觉从前皆非今是。露未晞。征夫指予归路，门前笑语喧童稚。嗟旧菊都荒，新松暗老，吾年今已如此。

（接前）但小窗容膝闭柴扉。策杖看孤云暮鸿飞。云出无心，鸟倦知还，本非有意。　　噫！归去来兮。我今忘我兼忘世。亲戚无浪语，琴书中有真味。步翠麓崎岖，泛溪窈窕，涓涓暗谷流春水。观草木欣荣，幽人自感，吾生行且休矣。念寓形宇内复几时。不自觉皇皇欲何之？委吾心、去留谁计。神仙知在何处？富贵非吾志。但知临水登山啸咏，自引壶觞自醉。此生天命更何疑。且乘流、遇坎还止。

堂於上。人俱笑其陋，獨鄱陽董毅夫過而悅之，有卜鄰之意。乃取歸去來詞，稍加檃括，使就聲律。以遺毅夫，使家僮歌之，時相從於東坡，釋耒而和之，扣牛角而為之節，不亦樂乎」從這段話來看，蘇軾既能檃括「歸去來詞」使就聲律」，又可以「釋耒而和之」，已足可見到蘇軾自從事於小詞之寫作以來，蓋早曾習於聲律吟唱之事。則其詞之偶有出律之處，決非由於不能歌或不知律的緣故，這是我們所要說的。再則詞之是否諧律與作者之是否能歌也並無必然之關係，故此一說法可謂根本不能成立。次再就蘇軾之「不喜剪裁以就聲律」之問題言之，則蘇詞其實大部份都是合乎聲律的，偶有少數不合律之處，不過以其才大思縱，如晁无咎所云「橫放傑出，自是曲中縛不住者」，故不屑於斤斤計較而已。關於其不合律的現象，我們則可以舉兩則例証來說明兩種不同的情況。其一是

第15頁

「次韻章質夫楊花詞」的《水龍吟》詞，其最後的十三個字的長句之句讀如何斷句的問題。其二則是「赤壁懷古」的《念奴嬌》詞，下半闋換頭以後之「小喬初嫁了、雄姿英發」二句則每句字數多少與音調之平仄，都與正格之格律不合的問題。先談《水龍吟》詞，此詞結尾處的「細看來不是楊花點點是離人淚」十三字長句，按一般格律，原當將之標點為「細看來不是、楊花點點、是離人淚」。也就是每句字數為五、四、四的停頓，而且最後一個四字句應該是一、三的讀法。但一般選注蘇詞者，都大多將此一句標點為「細看來不是楊花，點點是離人淚」。也就是七、六的停頓，而七字句是三、四的讀法，六字句是三、三的讀法。像這種情形，表面看來雖似與一般格律不合，但這其實只是後人對蘇詞之標點不同，但並不能

第16頁

20×15＝300　四川大学历史研究所稿纸

苏轼《水龙吟·次韵章质夫杨花词》：

似花还似非花，也无人惜从教坠。抛家傍路，思量却是，无情有思。萦损柔肠，困酣娇眼，欲开还闭。梦随风万里，寻郎去处，又还被莺呼起。　　不恨此花飞尽，恨西园，落红难缀。晓来雨过，遗踪何在？一池萍碎。春色三分，二分尘土，一分流水。细看来不是，杨花点点、是离人泪。

三 第17页

謂是苏詞不合格律。蓋此一十三字長句之平仄，依格律其平仄音调應是「｜——｜｜十—十｜｜——｜」（「—」代表平声、「｜」代表仄声、「十」代表平仄通用）。苏軾此结尾十三字長句之平仄，与格律完全相合，決無不諧平仄之处。至於標点之不同，則因古人讀詞之讀法，原有依聲律為準之讀法，与依文法為準之讀法二種。一般讀來，講解時多依文法為準，而吟誦時則應依声律為準。一般苏詞選注本將此句斷為「細看来不是楊花，点点是離人淚」是依文法的斷句。但依聲律，則仍可將此句讀為「細看来不是，楊花点点，是離人淚」。在「是」字下的停頓只是「豆」，不是句。而「点点」二字，則既是对「楊花」之描述，也是对「淚」之描述。（「点点」二字，亦可標於「楊花」之下。）明白了這種情形，就可知此句本該依聲律標讀，如此不僅不會有文法不通之感，且由於音節之頓挫，乃更可見

20×15=300　四川大学历史研究所稿纸

三 第18页

其情意的曲折深婉之致。若此者豈止苏詞之不合律，而只是標讀法的不同。在苏詞中还有些别的長句，也有類似情形。讀者可自己繹得之。因篇幅所限，就不再更為辞費了。至於另一則例證《念奴嬌》（大江東去）的一首「赤壁懷古」詞，其下半闋換头以下之「小喬初嫁了，雄姿英發」二句。據万樹《詞律》於此調之用仄韻者，僅收辛棄疾之「野棠花落」一首為正格，及苏軾此詞為别格。且加有按語曰：「念奴嬌」用仄韻者，惟此二格止矣。蓋因「小喬」至「英發」九字，用上五下四，遂分二格」。蓋在辛氏之《念奴嬌》（野棠花落）一詞中，此換头以下之兩句，乃是「行人曾見，簾底纖纖月」。其斷句為上四下五，為一般習用之常格也。但苏詞与辛詞格式相異者，原来还不僅只

20×15=300　四川大学历史研究所稿纸

辛弃疾《念奴娇·书东流村壁》：

野棠花落，又匆匆过了，清明时节。刬地东风欺客梦，一枕云屏寒怯。曲岸持觞，垂杨系马，此地曾经别。楼空人去，旧游飞燕能说。　闻道绮陌东头，行人曾见，帘底纤纤月。旧恨春江流不断，新恨云山千叠。料得明朝，尊前重见，镜里花难折。也应惊问：近来多少华发？

第 19 頁

是兩句之斷句字數不同而已，其平仄之聲調也並不相同，辛詞這九個字的聲調是「一一十丨一丨一一丨」。而蘇詞這九個字的聲調則是「十一十丨丨一一一丨」。二者相比較，除首字之平仄往往可以通用之外，其主要之差別蓋在後五字之聲調，辛詞是「一丨一一丨」，而蘇詞則是「丨一一一丨」，且將第一字之「丨」聲（即「了」字）斷入上句。如此，則表面看來，蘇詞便與辛詞所代表之《念奴嬌》之常格，就同時既有了斷句之不同又有了平仄之不同的雙重差異。這正是蘇詞之所以留給讀者一個「不諧音律」之印象的主要緣故。不過，這種判斷並不完全正確，首先我們該注意的是蘇之時代在前，而辛之時代在後，雖然辛詞《念奴嬌》之格式在後世較為通行，因此被萬樹《詞律》認為正

20×15＝300　四川大学历史研究所稿纸

第 20 頁

格，但我們卻不該僅據此格便認定蘇詞為不諧律，而當看一看與蘇氏同時或較早之作者，他們所寫的《念奴嬌》的格式是怎樣的。如此我們就會發現，原來蘇詞的平仄才是當時通行的格式。舉例來看，即如北宋前期的名臣韓琦有一位門客，名叫沈唐，曾寫有一首《念奴嬌》（杏花過雨），其換頭以下的兩句是「多情因甚，有輕離輕拆」（見《全宋詞》），後五字之平仄便是「丨一一一丨」。又如與蘇軾同時之黃庭堅，也曾寫有一首《念奴嬌》（斷虹霽雨），其換頭以下此兩句是「晚涼幽徑，繞張園森木」。後五句之平仄亦同。如此便可見當時之《念奴嬌》之詞，本有此一格式，是則蘇詞之平仄，原無所謂「不諧律」之處也。至於其斷句之句讀，則此處九字一氣貫下，原本也是一個長句

20×15＝300　四川大学历史研究所稿纸

沈唐《念奴嬌》：

杏花过雨，渐残红零落，胭脂颜色。流水飘香人渐远，难托春心脉脉。恨别王孙，墙阴目断，手把青梅摘。金鞍何处，绿杨依旧南陌。　消散云雨须臾，多情因甚，有轻离轻折。燕语千般，争解说、些子伊家消息。厚约深盟，除非重见，见了方端的。而今无奈，寸肠千恨堆积。

去其束缚之表现。所谓「曲子中缚不住者」是也。此亦正如李白之于律诗，往往突破外表声律及对偶之限制，而却掌握了保持声律之优美平衡的某种本质上的重点。此亦正如骑车技术之高妙者，方能在车上做出不守常规之种种表演，而却掌握了平衡的重点，所以才不致跌落地上。至于一般无此高妙之技术者，则最好依守常规，不可胆大妄为，以免跌至血流骨折之下场。近人为词者，也有些不遵格律，平仄句法任意妄为之人，其作品使人读之根本无法上口。盖诗词原为美文，音律之美为其最重要之一种质素，苏轼纵有不合一般外表格律之处，然而却自有其自己所掌握的韵律之美的的基本质素。近人则破坏原有格律之后，并不知且不能掌握自己的韵律之美，遂成为拗涩模棱不可卒读矣。若此

者，固不得引坡公为例而自我解嘲也。

一九八〇年六月廿一日写毕此节

於四川成都

第三章 论辛弃疾词

辛弃疾是叶嘉莹先生素所钦赏的一位词人。早在少年时代，叶先生便蒙伯父慨允，可以随时取阅伯父收藏的元代大德年间广信书院所刊印之《稼轩长短句》。渡海迁台后，50年代中期，叶先生也曾应邀撰写《说辛弃疾〈祝英台近〉》一篇短文，发表于《幼狮》1954年第二卷第8期。到与缪钺先生合作治词时，她又在缪先生的“督奖”之下，撰写了《论辛弃疾词》一篇长文。本文第一、二、三节于1986年3月写毕于加拿大温哥华，第四节于同年6月完稿于成都。

1986年第4期的《文史杂志》曾以《从一首〈水龙吟〉看辛弃疾词一本万殊之特质》为题发表该文章的第三节。《文史哲》则于1987年第1期刊发第四节，题为《论辛弃疾词的艺术特色》，又将前三节略加删减，刊于1987年第4期，题为《论辛弃疾词》。

叶先生在文中指出：“我们如果要想在唐宋词人中，也寻找出一位可以与诗人中之屈（原）、陶（渊明）、杜（甫）相拟比，既具有真诚深挚之感情，更具有坚强明确之志意，而且能以全部心力投注于其作品，更且以全部生活来实践其作品的，则我们自当推南宋之词人辛弃疾为唯一可以入选之人物。”足见先生对辛弃疾其人其词评价之高。

本文对稼轩词广博的内容与多变的风格进行了一次“将万殊归于一本”的阐发。邓广铭先生在1991年为其《稼轩词编年笺注》撰写《增订三版题记》时，专门撰写了一节“曲终奏雅”，倾力推荐叶嘉莹先生《论辛弃疾词》一文：“希望这本笺注的读者，尽可能都亲自去阅读她的这篇原作的全文，这主要不是为了‘奇文共欣赏’，而是要借以补拙著的一大缺陷，以提高和加深对稼轩作品的领悟。”

这部分手稿以四川大学历史研究所稿纸誊写，全文100页，装订为两册，每册加白纸为封面，含封面及其他，合计104页。第一册封面有缪钺先生题签。本章末附录缪钺先生手书辛弃疾词选，以纪念两位先生当年合作之情谊。

摸鱼儿

辛弃疾

更能消、几番风雨，匆匆春又归去。惜春长怕花开早，何况落红无数。春且住，见说道、天涯芳草无归路。怨春不语。算只有殷勤，画檐蛛网，尽日惹飞絮。

长门事，准拟佳期又误。蛾眉曾有人妒。千金纵买相如赋，脉脉此情谁诉？君莫舞，君不见、玉环飞燕皆尘土。闲愁最苦。休去倚危栏，斜阳正在，烟柳断肠处。

此页有缪钺先生题签。

嘉瑩論辛稼軒詞

論辛棄疾詞(一)（第一、二、三節）

從一首《水龍吟》看辛棄疾詞一本質

葉嘉瑩

關於辛棄疾及其詞，歷來評詞者對之已曾有過不少論述。一般說來，辛氏之為一位忠義奮發之詞人，這原是讀者對辛詞之共同印象。徐釚在《詞苑叢談》（卷四）《品藻》之一節中即曾引黃梨莊之語曰「辛稼軒當弱宋末造，負管樂之才，不能盡展其用，一腔忠憤，無處發洩，……故其悲歌慷慨抑鬱無聊之氣，一寄之於詞。」因此辛棄疾在詞一方面之成就，實在乃是他的懷抱中之志意在現實方面未得施展，所轉化出來的一種作品方面之結果。這當然是我們欣賞辛詞時所應具有的一點最基本的認識。不過，假如注意的細了，辛詞之感發生命的本質，雖以豪雄奔放的表現為主，然而

第 26 頁

20×15＝300 Chool.20.85.4 四川大学历史研究所稿纸

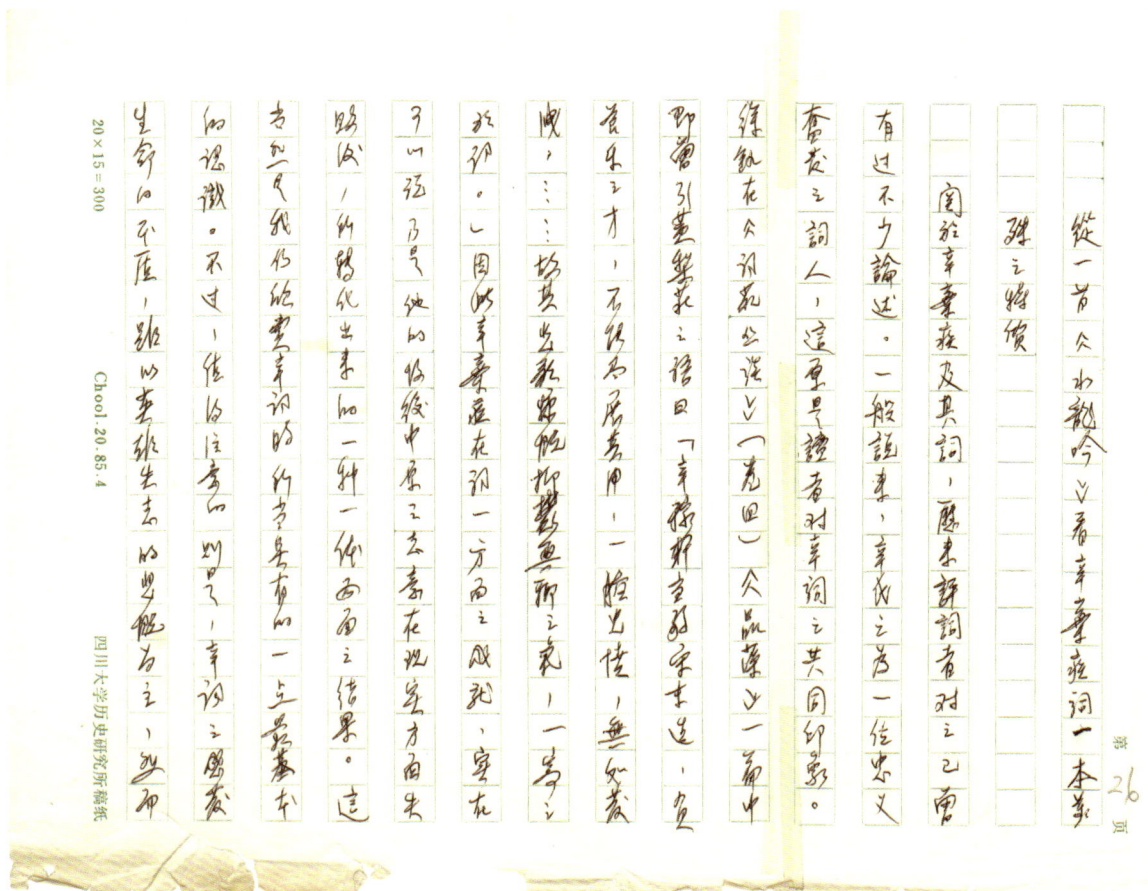

正文从下页开始，本页为所存手稿中多出的一页，或为此前抄写的版本。

叶嘉莹《论辛弃疾词》：

其一

少年突骑渡江来，老作词人事可哀。
万里倚天长剑在，欲飞还敛慨风雷。

論辛棄疾詞

少年突騎渡江來，老作詞人事可哀。萬里倚天長劍在，欲飛還斂慨風雷。
曾誇蘇柳與周秦，能造高峰各有人。何意山東辛老子，更於峰頂拓途新。
幽情曾識陶彭澤，健筆還思太史公。莫謂粗豪輕學步，從來畫虎最難工。

一、

辛棄疾是我所極為喜愛的一位詞人，不過多年來當我撰寫論詞之文字時，對於辛詞卻一直未敢輕易着筆，其主要原因蓋有二端：一則辛詞之數量既多，方面又广，如此則在論評時之要想加以概括之介紹，（所以乃遲遲不敢着筆）此其一；再則辛詞之好處與特色，大多鮮明昭昭在人耳目之間，前人之稱述評介辛詞者，既已有甚多之著作，所以我也就不想更為狗尾續貂之舉，此其二。故多年來我遂未嘗一論辛詞。但現在我與四川大學繆鉞教授所合撰之《靈谿詞說》一書，則在對個別詞人加以論說之外，更希望在編排次第方面能具有一種詞史之性質。如此則辛棄疾這一位兩宋詞人中之大家，當然就在必須加以論述之列。本來繆鉞教授在多年前已曾

（接前）其二

曾夸苏柳与周秦，能造高峰各有人。
何意山东辛老子，更于峰顶拓途新。

其三

幽情曾识陶彭泽，健笔还思太史公。
莫谓粗豪轻学步，从来画虎最难工。

南宋刘克庄《辛稼轩集序》：公所作，大声鞺鞳，小声铿鍧，横绝六合，扫空万古，自有苍生以来所无。其秾纤绵密者，亦不在小晏、秦郎之下。

写过一篇《论辛稼轩词》的文章，收入于其《诗词散论》一书之中，但此次在分配《灵谿词说》之撰写工作时，缪先生却坚要我承担撰写论辛词之任务，此自为前辈对后学加以督奖之意，所以我也就只好勉为其难，对辛词尝试一加论述。

辛词之传世者，共有六百首以上之多，为两宋词人中，作品数量最多的一位作者。至于其内容的方面之广与风格的变化之多，则早在南宋时代，辛氏的一位友人刘宰在其《贺辛待制弃疾知镇江》一文中，就曾经对其词有过「驰骋百家，搜罗万象」的赞美（见刘宰《漫塘文集》卷十五）。而后辛氏时代稍晚的另一位南宋词人刘克庄，在其所写的《辛稼轩集序》中，对于辛词也曾有过「大声鞺鞳，小声铿鍧，

横绝六合，扫空万古。其秾纤绵密者亦不在小晏、秦郎之下」的称誉（见《后村先生大全集》卷九十八）。自兹而后，对辛词之称美者，可谓代不乏人。直至近代，对辛词之研究致力最勤成果最丰的一位学者邓广铭先生，在其《略论辛稼轩及其词》一文中，于论及辛词时，亦曾谓「就辛稼轩所写作的这些歌词的形式和它的内容来说，其题材之广阔、体裁之多种多样，用以抒情，用以咏物，用以铺陈事实或讲说道理，有的『委婉清丽』，有的『秾纤绵密』，有的『奋发激越』，有的『悲歌慷慨』，其丰富多彩也是两宋其他词人的作品所不能比拟的」（见邓著《辛稼轩词编年笺注》）。而对这样一位伟大的作者，我自己固深恐才力浅薄，对其多方面之成就难以做周遍之介绍，

就诗歌之创作而言，中国的传统一向是以言志抒情为主，故首重内心之感发。因此作者内在的感物之心（本体资质）以及外在的感心之物（生活中的现象与遭遇）是形成诗歌中感发之生命以及影响其质量之深浅、厚薄、广狭、高下的两项重要因素。

則其將不免於「以有涯逐無涯」之歎。因此就翩想做一次將「万殊」歸於「一本」之嘗試，將辛詞之千枝碩果姑置不論，而嘗試对其所以形成此偉大之成就的本質之根源略加探討。

本來就詩歌之創作言之，在中國之傳統中固一向以言志抒情為主，故首重內心之感發。所以我在《王國維及其文學批評》一書中，於論及《人間詞話》之境界說与傳統詩說之関係時，便曾提出說感發實為作品中詩歌的主要生命之所在。因此作者內在的感物之心的本体之資質，以及外在的感心之物的生活中的現象与遭遇，自然便是形成詩歌中感發之生命，以及影响其質量之深淺厚薄广狹高下的兩項重要因素。先就作者的感物之心的資質对作品風格之影响的重要性而言，早在劉勰的《文心雕龍·體性篇》

云：「賈生俊發，故文潔而體清；長卿傲誕，故理侈而辭溢；……安仁輕敏，故鋒發而韻流；士衡矜重，故情繁而辭隱」的話，將作品之風格与作者之品質，作了相互之印証。所以王國維在其《人間詞話》中，於論及辛詞時，便也曾提出說「東坡之詞曠，稼軒之詞豪」。又說「無二人之胸襟而學其詞，猶東施之效顰也」。就把蘇、辛二家詞之風格，与蘇、辛二人之品質襟抱也做了相互結合的品評。可見把作者的感物之心的資質作為基礎來從事詩歌的品評，在中國文學批評中具有悠久之傳統。這種品評的基礎，原是不錯的，只不過我以為在這種品評的標準中，還須做出一些重要的分別，那就是作品之風格中所顯示的作者之性情襟抱，原來還可以分別為偶然之反映，与本體之呈

把作者的感物之心的资质作为基础来从事诗歌的品评，在中国文学批评中具有悠久的传统。在这种品评的标准中，须注意作品风格中所显示的作者之性情襟抱，分为偶然反映与本体呈现两个层次。

第6頁

現，兩种不同的層次。舉例而言，即如北宋初期詞壇上之晏殊及歐陽修這兩位重要的作者，我以前在論述此二家詞時，就曾經提出說晏殊詞中所表現的「圓融的觀照」，與歐陽修詞中所表現的「豪宕的意興」，固皆存其性情襟抱之一種流露和反映。只是像晏詞所寫的「無可奈何花落去，似曾相識燕歸來」，及歐詞所寫的「直須看盡洛城花，始共春風容易別」諸詞句，就其情意言之，卻實在僅不過是一種傷春怨別光景流連的偶發之情而已，而並不是晏歐二人之性情襟抱中之志意與理念的本體之呈現。可是在中國詩歌之傳統中，則第一流之最偉大的作者，其作品之所敍寫者，卻經常也就正是其性情襟抱中志意與理念的本體的呈現。即如屈原作品中之高潔好脩的嚮往追求，陶潛作

第7頁

品中之任真自適的信念持守，杜甫作品中之憂國憂民的忠愛纏綿，他們所寫的詩歌，無論是任何題材和內容，就經常都有表現這一種與其生命相結合的性情襟抱的本體之呈現，而並不僅只是流連光景的偶發之情而已。而這也就正是最偉大的作家與一般作家的區分之所在。蓋以一般之作者不過以其性情才氣為詩而已，但真正偉大之作者則其所寫乃不僅為一時才氣性情之偶發，他們乃是以自己之全部生命中之志意與理念來寫作他們的詩篇，且是以自己整個一生之生活來實踐他們的詩篇的。此在詩人中之屈原、陶潛、杜甫，便都是很好的例證。但在唐宋詞人中，則我們便很難找到這樣的作者。這一則固然因為詞在初起時原只是歌筵席間，供歌兒酒女吟唱的曲子，與傳統之詩歌

如果以词与诗相比较，我们就会发现，词中一向缺乏两种品质：一是作者在写作时缺乏全心力投注的精神，二是在作品的内容中也缺乏一种崇高伟大的志意和理念。

第 8 页

之被视为有「言志」之严肃目的者，本来就有所不同。再则也因为自温庭筠以来，一些逐弦吹之音为侧艳之词的作者，他们本身原来也就缺乏一种如屈原、陶潜、杜甫诸人之精诚志伟，可以将人格与作品相互结合为一体的品质和情操。因此，如果以词与诗相比较，我们就会发现在词的作品中，一向缺乏两种品质，其一是作者在写作时缺乏以全心力去投注的精神，其二则是作品的内容中缺乏一种崇高伟大的志意和理念。关于第一种情况，即如我们在前面所举引的晏殊与欧阳修二位作者，他们虽有相当的学养和襟抱，但他们对词之写作都是视为游戏笔墨，以馀力为之，而并不曾将之做为可以抒写襟抱，表现自己之志意与理念的一种文学形式，故其词中所表现的，乃但为一种偏

20×15=300　Chool.20.85.4　四川大学历史研究所稿纸

第 9 页

私的情意之感发，但与诗歌中屈、陶、杜诸公之以全心力投注于写作，且在作品中志意与理念的本体之呈现者，则毕竟有所不同。这种区别自是明白可见的。至于第二种情况，则如词人中之南唐后主李煜，其写词之态度，虽可视为全心力与感情之投注，然而李氏所具有者，实在仅为一种真纯深挚之情，而并无志意与理念之可言，故其词之佳者，虽然因其情感之深锐，而引发人类心灵中某种共鸣之感受。但如果以之与诗歌中之屈、陶、杜诸公相比较，则其襟抱学养方面之欠缺，自然也是明白可见的。至于号称「以诗为词」的作者苏轼，对词之意境虽然有所开拓，一洗绮罗香泽，而表现了浩气逸怀。然而私意以为苏词中之意境，实在仍不可以称之为如我在前文所言的，在诗中志意与理

20×15=300　Chool.20.85.4　四川大学历史研究所稿纸

叶先生指出，苏轼于词仅以余力为之，并非全力投注。

第10页

念的本体之呈现。因为如我在《论苏轼词》一文中之所言，苏氏天性中盖原享具有两种不同之资质，一则是欲以天下为己任的儒家用世之志意，另一则是超然于物外的道家放旷之襟怀。前者可以说是其欲有所作为时的立身之正途，后者则是其不能有所作为时的自慰之妙理，而苏氏之从事于词之写作，既是在其仕途受到挫伤以后，故其词中所表现者乃大多以放旷之襟怀为主。而且苏氏原是一个长于「出」，而并不执着于「入」的人，故其词中乃极少有生命中志意与理念的本体之呈现。而且苏氏的写作之才能与写作之兴趣都极为广泛，他虽然有意开拓词境，但如果将他的词与他的诗文相比较，则苏氏于词实在仍不过是以余力为之，而并非全力的投注。这种情况，当然也都是我们在读苏词时，可以明白感受得到的。可

20×15=300　Chool.20.85.4　四川大学历史研究所稿纸

第11页

是我们现在所要讨论的这一位词人辛弃疾，则是不仅将其全部才力都完全投注于词之写作的作者，而且更是如我在前文所言，乃是在其作品中表现有一种生命中之志意与理念的本体之呈现的一位作者。所以我们如果说要想在唐宋词人中，也举出一位可以与诗人中之屈、陶、杜相比，既具有真诚深挚之感情，更具有坚强明确之志意，而且能以全部心力投注于其作品，更以全部生活来实践其作品的，则我们自当推南宋之词人辛弃疾，为唯一可以入选之人物。而凡是此一类作者，则其所写作的诗篇，都必然是光彩耀目千古常新的。其所以然者，还不仅是由于其人格与性情之精诚光伟，足以表现出一种道德伦理方面的价值而已，而且更因为他们的作品既是其全生命中之志意

20×15=300　Chool.20.85.4　四川大学历史研究所稿纸

辛弃疾则是将全部才力完全投注于词之写作，并在作品中表现有一种生命中之志意与理念的本体之呈现的一位作者。

《四库全书总目提要·稼轩词提要》：其词慷慨纵横，有不可一世之概，于倚声家为变调，而异军特起，能于翦红刻翠之外，屹然别立一宗，迄今不废。

与理念的本体之呈现，所以就诗歌中之主要质素的感发作用而言，这一类作品中所具有的感发力量，就也必然会有一种最为精诚充沛的表现。这正是辛弃疾这一位词人在南宋词坛上何以能「屹然别立一宗」，而且表现出过人之成就的一个最基本的原因。而这也正是我们要想欣赏和评价辛词，所首先应当具有的一点最基本的认识。

不过辛弃疾与屈、陶、杜诸公在其感物之心的精诚投注之品质上虽有相近之处，然而辛弃疾之性情志意毕竟与屈、陶、杜诸公有着许多不同，而且他们所经历的外在的感心之物的生活中的现象与遭遇，也有着很大的差别，因此我们要想真正体认到辛词中之特殊的品质和成就，就还必须要将辛弃疾的性情志意与其所生活之环境遭遇互相结合起来，做更进一步的探讨

第 12 页

20×15＝300　Chool.20.85.4　四川大学历史研究所稿纸

二、

据《宋史·辛弃疾传》之记述，及邓广铭先生《辛稼轩年谱》之考订，则辛氏盖生于宋高宗绍兴十年（一一四〇），也就是金熙宗之天眷三年，他的出生地山东历城，在当时已经沦陷了有十余年之久。其祖父辛赞是一个具有强烈民族观念的老人，虽因宋室南渡之时以族人众多未能脱身南下，遂仕于金，但却把他的民族忠义的观念，完全传给了他的孙子幼年的辛弃疾。据辛氏在其《美芹十论劄子》中追叙其少年时之生活，即曾谓「大父臣赞……每退食，辄引臣辈登高望远，指画山河，思投衅而起，以纾君父所不共戴天之愤。尝令臣两随计吏抵燕山，谛观形势」。所以忠义之心与事功之志，对于辛弃疾而言，实在

第 13 页

20×15＝300　Chool.20.85.4　四川大学历史研究所稿纸

以下叶嘉莹先生概述了辛弃疾生平，并指出，忠义之心与事功之志，对于辛弃疾而言，实在可以说是自其少年时代便与他的生命一同成长起来的。

辛弃疾一生以收复失地为己任，并积极向朝廷进言献策，其《美芹十论》是他政治主张的集中体现。这十论是：审势第一，察情第二，观衅第三，自治第四，守淮第五，屯田第六，致勇第七，防微第八，久任第九，详战第十。

可以説是自其少年時代便与他的生命一同成長起來的。當紹興三十一年（一一六一）金主亮起兵南侵之際，辛棄疾已經二十二歲。當時中原各地義軍並起，有農民名耿京者，起兵山東，節制山東河北忠義兵馬，其衆至數十万之衆。辛氏原來也曾糾集義士有二千人之多，至是遂率其衆投歸耿京，為掌書記。因勸耿京決策南向，耿從之，遂於紹興三十二年（一一六二）正月奉耿京命奉表南歸，時值高宗巡幸建康，辛氏乃與賈瑞等同蒙召見，且分別授官，完成了溝通淪陷區之義軍與南宋朝廷相聯合之任務。然而誰料到就當辛氏離開山東奉表南下之時，耿京竟然為其部下之叛將張安國所殺。當辛棄疾諸人自建康北返，行還至海州之時，驟然得此意外的不幸之消息，於是辛氏立即率領一部份人馬徑赴金營，時張安國方与金人

將士慶功酣飲，辛氏乃率衆直入金營，縛張安國上馬，金兵追之不及。辛氏乃一路以不眠不休之精神直趨行在臨安，斬張安國於市。其後二十年，當辛棄疾被讒放廢，在帶湖閑居時，曾自築室曰「稼軒」，其友人洪邁為之作《稼軒記》（見《洪文敏公集》卷六）還曾追記及辛氏此一段廿多年前英勇奮發之往事，謂其「壯聲英概」，可以使「懦士為之興起」。但辛氏之此一壯舉，其可稱述者卻本還不僅只是其「壯聲英概」的豪氣与膽略而已。如果我們更深入一層去看，就会發現在此一事件中，原來乃是結合有辛氏的深遠之謀略与宏偉之度量的。蓋辛氏在其後來所進獻之《美芹十論》中，於《詳戰》之篇曾論及淪陷區義軍之形勢，在《審勢》篇中也曾提出兩點應注意之事項，其一曰起义者多為農民，但「鋤耰之民，寡謀而易散」，

南宋著名文学家洪迈曾作《稼轩记》赞扬辛弃疾恢复中原的志向和才干，称辛弃疾“壮声英概，懦士为之兴起，圣天子一见三叹息”。

第15页

慣敗而輕敵」。所以不能「堅戰而持久」。而一些「豪傑予与主事者」，則又由於「東北之俗，尚氣而恥下人」，因而「不肯俛首聽命以為農夫下」。可是這些豪傑之士之「思一旦之變，以逞夫平昔悒快勇悍之氣」，則又有時還更「甚於鋤犁之民」，只是「計深慮遠，非見王師則未易輕發」。從這些議論，我們就可見到辛氏當年之所以能以其過人之才略，且已糾聚有二千人之多，乃竟甘心歸附於農民的義軍領袖耿京，而且勸說耿京奉表与南宋王朝相聯絡，原来本是有其極深遠的戰略性之識見的。至於其能甘心下人之度量，当然也是極可稱述的。而這一切謀略与度量，實在又都源於他的一心想要收復中原的志意之急切。是則當其擒縛張安國獻俘行在，決心南來之際，對於他全心所冀望

20×15=300　Chool.20.85.4　四川大学历史研究所稿纸

第16页

的收復中原之理想，固當原以為是即可付諸實踐的指日可期之事業。而其所有的「壯聲英概」的勇略，也當都是源於此一堅強之信念。因此辛氏在南渡以後不久就連續獻上了《論阻江為險須藉兩淮疏》、和《議練民兵守淮疏》，又先後獻上了《美芹十論》和《九議》，在這些疏論奏議中，辛棄疾對於敵我雙方在政治、軍事、經濟各方面之形勢，都做了切實詳盡的分析，充分表現了辛氏對於做戰的全部理論，和收復中原的通盤計劃。真是千百年以下讀之，仍然可以使人奮發興起。只可惜這些建議和謀略，始終未被南宋朝廷所採用。而終於在他六十八歲的那年，在南渡的四十五年以後，懷抱着滿腔未得一用的忠義和謀略而齎志以殁了。辛棄疾晚年在落職家居時曾經寫过一首題為《有客慨然談功名，因追念

20×15=300　Chool.20.85.4　四川大学历史研究所稿纸

辛弃疾《鹧鸪天·有客慨然谈功名，因追念少年时事，戏作》：

壮岁旌旗拥万夫，锦襜突骑渡江初。燕兵夜娖银胡䩮，汉箭朝飞金仆姑。　思往事，叹今吾，春风不染白髭须。却将万字平戎策，换得东家种树书。

第18页

少年時事，戲作》的《鷓鴣天》詞，說「壯歲旌旗擁万夫，錦襜突騎渡江初。燕兵夜娖銀胡䩮，漢箭朝飛金僕姑。　思往事，歎今吾。春風不染白髭鬚。卻將万字平戎策，換得東家種樹書」。對於他自己當年深入金營擒獲張安國千里獻俘渡江南來時之壯志之未能完成，表現了很深的悲慨。辛棄疾在南渡以後的四十五年中，曾經遭受過多次的讒毀和擯斥，投廢於林泉間者，前後有將近二十年之久。但其用世之心與收復之志，則始終沒有改變。即使只是短期的被起用，他也莫不奮發振起，以其過人之才略思能有所建樹。即如其在乾道八、九年間（一一七二—一一七三）出知滁州時，就曾施行了寬征薄賦、收招流散的政策，表現出在短期間內便足以振衰起敝的治績。其後在淳熙年間（一

20×15=300　Chool·20·85·4　四川大学历史研究所稿纸

第19页

一七四—一一八一），當他在江西、湖北、湖南諸地，任職為提點刑獄、安撫使、及轉運副使的任內，更曾先後完成了平盜、賑饑、創建飛虎軍之種種事功。充分表現出他是一個既關心國家，也愛護百姓，是一個既有識見又有幹才的具有豪傑之氣的棟樑之材。據史書上的記載，謂其在湖南安撫使任內，一方面既為朝廷討平了盜賊，而另一方面則也為百姓請命，奏上了《論盜賊劄子》，對於「殘民害物」的官吏提出了批評說「夫民者國之根本，而貪濁之吏迫使為盜」，因此建議朝廷說「欲望陛下深思致盜之由，講求弭盜之術，無徒恃平盜之兵也」。又自己表白了懲治貪吏之決心，說「臣孤危一身久矣，荷陛下保全，事有可為，殺身不顧。況陛下付臣以按察之權，責臣以澄清之任，封部

20×15=300　Chool·20·85·4　四川大学历史研究所稿纸

淳熙年间，辛弃疾在江西、湖北、湖南等地为官，完成了平盗、赈饥、创建飞虎军等种种事功，足见他是一个既关心国家又爱护百姓的，既有识见又有干才的，具有豪杰之气的栋梁之材。

之内，吏有貪黷，職所當問……自今貪黷之吏，臣当不畏强禦，次第按奏」。史又載其在湖南創置飛虎軍，當注時議者曾以聚歛上聞，孝宗降金牌止之，而辛氏受金牌，藏而不發，反督令監办者「自官舍神祠外，应居民家取溝壑至二」以救其缺乏之急，乃使飛虎營刻日建成，「雄鎮一方，為江上諸軍之冠」。史又載其在江西安撫使任内，因當地大饑，乃下令榜通衢曰「閉糶者配，强糶者斬」，又「尽出公家官錢銀器，召官吏、儒生、商賈、市民各举有幹实者量借錢物。……責領運糴。……期終，自至城下发糶」，於是糧船遂「連檣而至」，時信州守謝源明乞米救助，幕属不從，辛棄疾曰「均為赤子，皆王民也」，即以米舟十之三予信州。從這些事蹟的記述，則辛氏之志意，才識，膽略

20×15=300　Chool.20.85.4　四川大学历史研究所稿纸　第 20 页

之不凡自可想見。然而辛氏却也常在讒擯的憂讒之中，在論盜賊劄子中，辛氏即曾自言云「臣生平剛拙自信，年来不為衆人所容，顧恐言未脫口而禍不旋踵」。果然就在眼鐵棱的書年，就被台臣王藺論劾，謂其「用錢如泥沙，殺人如草芥」，遂被免官落職。於是辛氏遂在江西上饒帶湖附近，購地治宅。其自作上梁文，有「拋梁東，坐看朝暾万丈紅。直使便為江海客，也應憂國願年豐」。及「拋梁西，万里江湖路欲迷。家本秦人真將種，不妨賣劍買鋤犁」之語。其憂國之志之難以或忘，而且自比於漢代罷廢家居之飛將軍李广的心情，是可以想見的。此一度家居，竟然閒废了將近有十年以上。及至紹熙三年（一一九二）雖被召赴福建任提点刑獄，不久又受命兼任福建安撫使，這時的辛棄疾已經是年過五十的半百以上之人了，然而其平生欲建立之功業收復中原之壯

第 21 页

淳熙八年（1182）八月，辛弃疾被台臣王蔺论劾，谓其“奸贪凶暴”“虐害田里”“用钱如泥沙，杀人如草芥”。十一月，辛弃疾被削职，闲居江西上饶之带湖，达十年之久。

第22页

志則未嘗稍減。於是在紹熙五年（一一九四）他遂又創置了備安庫，據史書所載，謂其在福州任職時，「每嘆曰『福州前枕大海，為賊之淵……』，州民空竭，緩急奈何」，遂為備安庫，積鏹至五十萬緡。又欲「造萬鎧，招强壯，補軍額，嚴訓練」。於是遂又被論劾，謂其「殘酷貪饕，姦贓狼藉」。遂再度被罷官家居。築室於鉛山縣之期思市。適舊居上饒之帶湖燬於火。乃正式遷居於鉛山。這一次被罷處，又閑居了八年之久。及至宋寧宗嘉泰三年（一二〇三）再被起用知紹興府兼浙東安撫使之時，辛棄疾已經是六十四歲的老人了。但他一上任又立即上疏奏陳「州縣害農之甚者六事」（見文獻通考卷五田賦考五）。其後於嘉泰四年（一二〇四）至開禧元年（一二〇五）知鎮江府時，仍屢次遣諜至金，偵察其兵騎之數，屯戍之地，將帥之姓名，帑廩之位

第23页

置。並欲於沿邊招募土丁以應敵，並造紅衲襖萬領備用。這時距離他當年的南渡來歸，已有四十三年之久，所以他在此時所寫的一首題為京口北固亭懷古之永遇樂詞中，曾寫有「四十三年，望中猶記，烽火揚州路」的句子，表現了對於當年甘冒烽火艱危而南渡來歸之壯志的追懷。又在此詞之結尾，寫了「憑誰問、廉頗老矣，尚能飯否」的句子，表示了雖在垂老之年，仍然想要據鞍上馬冀求一用的未死的雄心。可惜不久他就又受到言官的論劾，謂其「好色貪財，淫刑聚斂」，遂再度被罷官家居。這時的辛棄疾已經是六十六歲的年紀了。其後身體乃日漸衰病，雖然又曾被詔命進封了一些官職，辛氏則未曾再返上任，終於在開禧三年（一二〇七）致仕以後不久，懷抱着從未能實踐的壯志

《永遇乐·京口北固亭怀古》作于宋宁宗开禧元年（1205），辛弃疾时年六十六岁。此时他被调任镇江知府，戍守江防要地京口（今江苏镇江）。可惜不久他又被罢官。

第24页

，和歷代挫傷的悲慨，而病死在鉛山了。以上是我们根據《宋史》、《辛棄疾傳》，以及鄧廣銘先生的《辛稼軒年譜》，對辛氏生平所做的極簡單的介紹。至於其時代背景和南宋政局的情況，則都未暇詳加敘述。因為我们的用意，原來就並不是要做歷史的介紹，只不過由於感人之物的外在環境，既原本也是形成詩歌中感發生命之一項重要因素。而尤其是像辛棄疾這樣一位將全生命中之志意與理念都表現於其詩篇，而且以全部生活來實踐其詩篇的作者，要想對其作品有深入之了解，則我们對於其感人之物的種種外在因素，當然就更需要具備有相當之認識。因此我们才不得不在此對其生平之重要事蹟加以簡單之介紹。

20×15＝300　Chool.20.85.4　四川大学历史研究所稿纸

第25页

三

由以上所叙寫的辛棄疾這一位作者的感動之心的素質，及其感心之物的遭遇來看，我们可以認識到，辛棄疾實在不僅只是一位有性情有理想的詩人而已，他同時也還是一位在實踐方面果然可以建立事功的，有謀略、有膽識、有眼光、有手段、有才華，而且有权変的、英雄豪傑式的人物。而他整個生命的重心，則是他的念念不忘收復中原的志意。這其間既然有他對於國家的一份忠義之心，也同時有屬於他自己的一份故鄉之念。所以他的這一份志意乃是極其深摯而且強烈的。只可惜他在南渡以後卻遭受到了不斷的讒擯和排抑，終於未能實現其志意成為收復中原的一位英雄，而卻只落得成為了南宋詞人中一位偉大的作者。這對辛棄

20×15＝300　Chool.20.85.4　四川大学历史研究所稿纸

辛弃疾之于词，乃是以其全心力之投注而为之的，因为他在事功方面既然全部落空，于是遂把词之写作当作了他发抒壮怀和寄托悲慨的唯一方式。

第 26 頁

疾而言，當然也有其自己之本意。不過，我在前面卻也曾說過，辛棄疾之於詞，乃是以其全心力之投注而為之的。那就因為他在事功方面既然全部落空，於是遂把詞之寫作，當做了他發抒壯懷和寄託悲慨的唯一的一種方式。所以徐釚在《詞苑叢談》卷四《品藻二》中，即曾引黃梨莊之語曰：「辛稼軒當弱宋末造，負管樂之才，不能盡展其用，一腔忠憤，無處發洩，……故其悲歌慷慨抑鬱無聊之氣，一寄之於詞。」因此辛棄疾在詞一方面之成就，實在可以說是他的收復中原之志意，在現實方面失敗以後，所轉化出來的一種一體兩面之結果。這無也是我們在欣賞辛詞時，所當具有的一點最基本的認識。不過值得注意的則是，辛詞之感發生命的本質，雖以英雄失志的悲慨為主，然而

20×15=300　Chool.20.85.4　四川大学历史研究所稿纸

第 27 頁

他的詞卻又在風格与內容方面，表現出了多種不同樣式与不同層次的變化。關於這種由一本演為萬殊的變化，私意以為其演化之情況蓋有凡三值得注意之處。第一，我們該注意到的是，辛詞中感發之生命，原是由兩種互相衝擊的力量結合而成的。一種力量是來自他本身內心所凝聚的帶着家國之恨的想要收復中原的奮發的衝力，另一種力量則是來自外在環境的，由於南人對北人之歧視以及主和与主戰之不同，因而對辛棄疾所形成的一種讒毀擯斥的壓力，這兩種力量之相互衝擊和消長，遂在辛詞中表現出了一種盤旋激蕩的多變的姿態，這自然是使得辛詞顯得具有多種樣式与多種層次的一個主要的原因。第二我們該注意到的，則是辛詞中之感發生命，雖然与當日的政局及國勢往往結合有密

20×15=300　Chool.20.85.4　四川大学历史研究所稿纸

辛词中感发之生命，原是由两种互相冲击的力量结合而成的。一种力量来自他凝聚着家国之恨的想要收复中原的奋发的冲力，另一种力量则是来自外在环境的，由于南人对北人之歧视以及主和与主战之不同，对他所形成的一种压力。

辛弃疾对政局及国势的描写，主要以两种形象做间接的表现：一种是自然界的景物之形象，另一种是历史中古典之形象。以下篇幅对此观点进行了展开讨论。

切之關係，但辛氏却不能易對此做直接的叙寫，而大多是以兩種形象做间接的表現。一種是大自然界的景物之形象，另一種則是历史中古典之形象。這種寫法，一則固然由於辛氏對於直言時政有所避忌，再則也可能是由於辛氏本身原具有強烈的感發之資質，其寫景与用典並不僅是由於有心以之為託喻，而是也由於他對於眼前之景物及心中之古典，本來就有一種豐美的聯想及強烈的感發。這自然是使得辛詞顯得具有多種变化与多種層次的另一個重要的原因。

辛棄疾曾經寫过一首題為《过南剑双溪樓》的《水龍吟》詞，足可以做為例証來說明我們前面所提到的辛詞中的幾種特色。全詞是：

舉頭西北浮雲，倚天萬里須長劍。人言此地，夜深長見，斗牛光燄。我覺山高、潭空水

第 28 页

冷，月明星淡。待燃犀下看，凭欄却怕，風雷怒，魚龍慘。 峽束蒼江对起，过危樓、欲飛还斂。元龍老矣，不妨高卧，冰壺涼簟。千古兴亡，百年悲笑，一時登覽。问何人又卸，片帆沙岸，繫斜陽纜。

這首詞可以說是辛棄疾結合了景物与古典兩方面的素材，把内心中之兩種互相衝擊的力量，表現得極為曲折也極為形象化的一首好詞。要想了解其好處所在，我們首先便要对這首詞的題目略加說明。題中的「南剑」，乃宋代州名，在閩，漢武帝元封年間於此置南平縣，唐高祖武德三年於此置延平軍，肅宗上元元年改為剑州，宋太宗太平興國四年因蜀有剑州，乃加「南」字以別之，稱南剑州。元大德六年改為延平路，明代改稱為延平府，清代沿之

第 29 页

辛弃疾《水龙吟·过南剑双溪楼》：

举头西北浮云，倚天万里须长剑。人言此地，夜深长见，斗牛光焰。我觉山高，潭空水冷，月明星淡。待燃犀下看，凭栏却怕，风雷怒，鱼龙惨。 峡束苍江对起，过危楼，欲飞还敛。元龙老矣，不妨高卧，冰壶凉簟。千古兴亡，百年悲笑，一时登览。问何人又卸，片帆沙岸，系斜阳缆。

《晋书·张华传》：初，吴之未灭也，斗牛之间常有紫气，道术者皆以吴方强盛，未可图也，惟华以为不然。及吴平之后，紫气愈明。华闻豫章人雷焕妙达纬象，乃要焕宿，屏人曰："可共寻天文，知将来吉凶。"因登楼仰观。焕曰："仆察之久矣，惟斗牛之间颇有异气。"华曰："是何祥也？"焕曰："宝剑之精，上彻于天耳。"华曰："君言得之。吾少时有相者言，吾年出六十，位登三事，当得宝剑佩之。斯言岂效与！"因问曰："在何郡？"焕曰："在豫章丰城。"

第30页

，今福建省之南平市。据《南平县志》所载，謂「双溪楼在府城東，又有双溪阁，在劍津上」。又載劍津一名劍溪，又名龍津，又名劍潭，城東西二溪会合之處。昔時有宝劍躍入潭，化為龍，故名」（以上所叙分別見《南平县志》卷一《歷代沿革表》第二頁，卷四之《名勝志》、第六頁，及卷三之《山川志》，第四頁）。以上是有関此詞题目之地理背景的記叙。至於所謂「宝劍躍入潭，化為龍」之說，則又牽涉到一則歷史的故事。蓋据《晉書》、《張華傳》所載，謂當時斗牛之間常有紫氣，張華聞豫章人雷煥妙达緯象，詢之，煥曰「宝劍之精上徹於天耳」。又問在何郡，煥曰「在豫章丰城」。華乃補煥為丰城令。到縣掘獄屋基，得一石函，內有双劍，一曰龍泉，一曰太阿。煥遂送一劍与張華，留

20×15＝300　Chool.20.85.4　四川大学历史研究所稿纸

第31页

一劍自佩。及張華被誅，失劍所在。煥卒後，其子華為州從事，持劍行經延平津，劍忽於腰間躍出，墮水，使人沒水取之，不見劍，但見兩龍，各長数丈。沒者懼而返。須臾，光彩照水，波浪驚沸，於是失劍（見《晉書》卷卅六《列傳》之第六《張華傳》）。以上是有関此地的歷史上的傳述。對此詞題目中的地理和歷史背景有了認識以後，我們就可以對此詞一加詳析了。先看開端兩句，首句之「舉頭西北浮雲」，既可以為眼前之景物，亦可以喻指淪陷之中原，次句之「長劍」既可以指有関此地之歷史傳說，亦可以喻示作者想要恢復中原之壯志。而曰「舉頭」，則把遙遠的「西北浮雲」也就是所喻指的淪陷的鄉國之恨，寫得何等真切分明。曰「倚天萬里」，則又把傳說中之神劍，也就是所喻示的作者的壯志，寫得何等雄傑不凡。即此

20×15＝300　Chool.20.85.4　四川大学历史研究所稿纸

（接前）华曰："欲屈君为宰，密共寻之，可乎？"焕许之。华大喜，即补焕为丰城令。焕到县，掘狱屋基，入地四丈余，得一石函，光气非常，中有双剑，并刻题，一曰龙泉，一曰太阿。其夕，斗牛间气不复见焉。焕以南昌西山北岩下土以拭剑，光芒艳发。大盆盛水，置剑其上，视之者精芒炫目。遣使送一剑并土与华，留一自佩。或谓焕曰："得两送一，张公岂可欺乎？"焕曰："本朝将乱，张公当受其祸。此剑当系徐君墓树耳。灵异之物，终当化去，不永为人服也。"

（接前）华得剑，宝爱之，常置坐侧。华以南昌土不如华阴赤土，报焕书曰："详观剑文，乃干将也，莫邪何复不至？虽然，天生神物，终当合耳。"因以华阴土一斤致焕。焕更以拭剑，倍益精明。华诛，失剑所在。焕卒，子华为州从事，持剑行经延平津，剑忽于腰间跃出堕水。使人没水取之，不见剑，但见两龙各长数丈，蟠萦有文章，没者惧而反。须臾光彩照水，波浪惊沸，于是失剑。华叹曰："先君化去之言，张公终合之论，此其验乎！"

二句，也已经足可见出辛词的层次之深曲及其感发之强烈了。以下「人言此地，夜深长见，斗牛光焰」三句，则是紧扣住题目写有関南剑双溪楼」之历史故实，是上衔牛斗的神剑之光焰难销，也是作者的收复中原之壮志的慷慨长存。以下「我觉山高，潭空水冷，月明星淡」三句，则蓦然由前三句所表现的高扬激奋而转入了一种空寂凄冷的情调，这种转变，一方面既是写作者由冥想中的有関此地的往昔之神剑的传说，而折返到了现实的此地的眼前之景象；另一方面则也象喻了作者由自己理想中的收复中原之壮志，而跌入了现实中的被摈斥和冷落的不足以有为的现实的境遇。举头仰视则是月暗星淡的冷漠无情，俯头下望则是水冷潭空的凄寒空寂，然则昔日上衔牛斗的神剑之精

华今日乃究竟何在？作者的收复中原之壮志又究竟何日得偿？以辛弃疾之感情志意的深切坚强，当然决不是一个轻言放弃的人，于是下面的「待燃犀下看，凭栏却怕，风雷怒，鱼龙惨」数句，乃写出了他想要有所追寻的心意，和在追寻时所可能遇到的危险和阻碍。盖当年之神剑既传说是跃入潭中，所以辛弃疾乃用「待燃犀下看」一句，写出了他想要到潭水中去寻觅神剑的愿望。而由此一句，遂又引出了辛弃疾对於另一则古典的联想。原来在《晋书》的《温峤传》中，曾记述有一则故事，说温峤曾由牛渚矶经过，其地「水深不可测，世云其下多怪物，峤遂燃犀角而照之。须臾，见水族覆火，奇形异状，或乘马车著赤衣者」云云（见《晋书》卷六十七，《列传》第三十七《温峤传》）。不过，辛弃

《晋书·温峤传》：至牛渚矶，水深不可测，世云其下多怪物，峤遂毁犀角而照之。须臾，见水族覆火，奇形异状，或乘马车着赤衣者。峤其夜梦人谓己曰："与君幽明道别，何意相照也？"意甚恶之。峤先有齿疾，至是拔之，因中风，至镇未旬而卒，时年四十二。

李白《远别离》：

远别离，古有皇英之二女，乃在洞庭之南，潇湘之浦。海水直下万里深，谁人不言此离苦？日惨惨兮云冥冥，猩猩啼烟兮鬼啸雨。我纵言之将何补？皇穹窃恐不照余之忠诚，雷凭凭兮欲吼怒。尧舜当之亦禅禹。君失臣兮龙为鱼，权归臣兮鼠变虎。

疾在此處用溫嶠「燃犀」之典故，與前面所用的張華「神劍」之典故，其用典之方式與作用則並不全同，前面的「神劍」之典故，是用其整個故事為全詞之骨幹，以切合題意而喚起全篇之感發，此處用「燃犀」之典故，則不過取溫嶠曾見水中有水族魚龍精怪之一義而已。而此數句亦有二層含意，表面是寫欲向深潭中尋覓神劍的艱難不易，而暗中則也喻示了辛棄疾自己如果想要實踐收復中原之壯志，所可能遇到的讒阻和迫害。而且「風雷」「魚龍」諸字樣，原來也就易於引起讀者有關政治性之託喻的聯想，蓋早在唐代李白之《遠別離》一詩中，即曾有過「雷憑憑兮欲吼怒」，及「君失臣兮龍為魚」等詩句，前者可以喻當政者之威权迫害，後者可以喻朝廷形勢之變化無常，辛棄疾

第 34 頁

20×15=300　Chool.20.85.4　四川大学历史研究所稿纸

詞與李白詩所託示之喻意並不相同，但「風雷」「魚龍」等字樣之可以引起政治託喻之聯想，則是相同的。以上是此詞之前半闋。其所叙寫的景物之形象與古典之形象，已經喻示了作者之壯志與現實遭遇之衝擊，並且做了多種層次的對比。至於下半闋過片之「峽束蒼江對起，過危樓、欲飛還斂」九句，第一層意思固是正面寫南劍雙溪樓所在之地理形勢。我們在前文已曾根據《南平縣志》介紹過，說雙溪樓「在劍津上」，而劍津也就是「劍潭」，為「城東西二溪会合之處」。據《延平府志》卷二《山川》志之記叙，謂「西溪源出長汀縣，……東流至順昌，與邵武溪合流，……至沙溪口與沙縣溪合流四十里至劍潭，與東溪接」。又謂「東溪源出浦城、崇安、松溪三縣，凡五派

第 35 頁

20×15=300　Chool.20.85.4　四川大学历史研究所稿纸

（接前）或云：尧幽囚，舜野死。九疑联绵皆相似，重瞳孤坟竟何是？帝子泣兮绿云间，随风波兮去无还。恸哭兮远望，见苍梧之深山。苍梧山崩湘水绝，竹上之泪乃可灭。

合流，會於建寧城外，南流一百二十里至劍溪，遂合流而下，俗呼丁字水，又名南溪」。辛詞所云「峽束蒼江對起」，就正是寫西溪及東溪二水在此峽口會合之形勢。而觀夫前所引《延平府志》有關二水之敘述，則東西兩溪既皆曾匯納沿途諸水而合流，是則其水勢必極為澎湃洶湧，而在此地驟然為山峽所約阻，則兩水相對流入時，其相互衝擊排蕩的力量之大自可想見，故曰「峽束蒼江對起，過危樓、欲飛還斂」。這几句，不僅極為生動真切地寫出了在雙溪樓上所見的兩水會合之激蕩的形勢，而且承接上半闋，也正好把前片所喻示的作者的收縱之壯志與現實隱阻的矛盾，做了一個極為形象化的總結。是則「欲飛還斂」者，固是眼前之水勢，而同時也就正是辛棄疾內心中的激蕩悲

20×15=300　Chool.20.85.4　四川大学历史研究所稿纸　第 36 页

慨的情懷。所以下面的「元龍老矣，不妨高臥，冰壺涼簟」三句，作者乃自從前面託喻的隱藏的陰影中，正式出現到讀者的面前。可是在這種由隱而顯的承接中，辛棄疾卻又並不接著前面的激蕩的情懷做敘寫，反而轉變為一種悠閒平靜的筆調，寫出了「高臥」和「冰壺涼簟」的句子。因而乃給了讀者更多尋思的餘味。而且在此處辛棄疾卻又用了一則典故，原來「元龍」乃是三國時代「名重天下」的陳登的字，據《三國志》卷七《魏書》卷七《陳登傳》，及裴松之《補注》引《先賢行狀》之記述，陳登之為人蓋「沈深有大略，少有扶世濟民之志」，曾任廣陵太守，「明審賞罰，威信宣布」，曾經平定海賊，圍攻呂布，以功加封為伏波將軍，年三十九病卒。其後許汜與刘備並在

20×15=300　Chool.20.85.4　四川大学历史研究所稿纸　第 37 页

《三国志》卷七《魏书·陈登传》：陈登者，字元龙，在广陵有威名。又掎角吕布有功，加伏波将军，年三十九卒。后许汜与刘备并在荆州牧刘表坐，表与备共论天下人，汜曰：“陈元龙湖海之士，豪气不除。”备谓表曰：“许君论是非？”表曰：“欲言非，此君为善士，不宜虚言；欲言是，元龙名重天下。”备问汜：“君言豪，宁有事邪？”汜曰：“昔遭乱过下邳，见元龙。元龙无客

（接前）主之意，久不相与语，自上大床卧，使客卧下床。”备曰：“君有国士之名，今天下大乱，帝主失所，望君忧国忘家，有救世之意，而君求田问舍，言无可采，是元龙所讳也，何缘当与君语？如小人，欲卧百尺楼上，卧君于地，何但上下床之间邪？”表大笑。备因言曰：“若元龙文武胆志，当求之于古耳，造次难得比也。”

荆州牧劉表座上，共論天下人物。許汜曰「陳元龍湖海之士，豪氣不除」。備問汜「君言豪，寧有事耶」？汜曰：「昔遭亂，过下邳，見元龍，元龍無客主之意，久不相與語。自上大床卧，使客卧下床」。備曰「君有國士之名，今天下大亂，帝王失所，望君憂國忘家，有救世之意。而君求田問舍，言無可采，是元龍所諱也，何緣当與君語？如小人，欲卧百尺樓上，卧君於地，何但上下床之間耶」？辛棄疾用這一則典故，蓋有幾層取意。其一是陳登與許汜的对比，陳登有扶世濟民之志，而許汜則求田問舍但求個人之安居，所以辛氏在第一首《水龍吟》（《楚天千里清秋》）詞中，便也曾說过「求田問舍，怕應羞見，劉郎才氣」的話，表示了对於只求個人安居而不關心國家安危的如許

汜之輕鄙人的鄙棄，也暗示了辛棄疾自己之不求個人安居，而一意以收復中原為職志的用心。這本就是辛棄疾用此一典故的本意。可是在這一首詞中，辛氏在使用此一典故時，却又更加了一層轉折之意，蓋當年之陳元龍，本以扶世濟民為己志，不求個人之安居，而現在則以陳元龍之志意自比的辛棄疾，則已經年華老去，壯志難成，是則也不妨但求個人之安居矣。詞中的「氷壺凉簟」，就正表示在炎夏中有清涼之飲料與涼爽之竹席的舒適安樂的生活。而「高卧」兩個字，則是辛棄疾在把此一則典故加以轉化使用時，一個表示反諷之意的關鍵。因為在《陳登傳》中，陳氏之高卧上床本是表示对於但求個人安居的許汜之輕視，因而也顯示了其陳登之不求個人安居的志意之遠大，可是此處

辛氏之「不如高卧」一句，则是截章取義，把「高卧」轉化成了一种無所事事的閒居的形象，以原来表示壮志的字樣来表現閒居，這正是辛氏在反諷中所透露的、对於自己的壮志無成的嘲笑和悲慨。於是下面的「千古興亡，百年悲笑，一時登覽」三句，辛棄疾遂將典故中的古人古事，与現在自己的今人今事，做了一個綜合的總結。陳劍的張華，燃犀的温嶠，与高卧的陳登，都已經在歷史中消逝，而人间之盛衰興亡，其推演循環，乃正綿延無已。而今日則自海路归正南来的辛棄疾，其当年渡江的壮声英概，与今日展轉擾攘的感慨哀傷，無論其為悲為笑，蓋亦皆將在歷史之長流中消逝無存，個人一世之百年，与歷史興亡之千古，相較起来，自然微不足道。而辛棄疾卻偏偏在今日双溪樓的一時登覽之中，对

20×15=300　Chool.20.85.4　四川大学历史研究所稿纸　第40页

歷史上的千古興亡与自己個人的百年悲笑，在景物与典故的相互生發之聯想中，引起了觸緒紛来的平生万感。只不过辛氏卻又並未明寫其感慨，而只寫了「一時登覽」四個字，把感慨都留在言外未加說明。关於這種言外之慨，我们可以引用辛棄疾另一首《水龍吟》（楚天千里清秋）詞中的「江南遊子，把吴鉤看了，闌干拍遍，無人會，登臨意」數句，来互相参看。其所謂「登臨意」，就正可以做為此詞之「一時登覽」的注腳。而其所謂「江南遊子」所表現的南来以後的失志之悲，也正可以做為此詞開端的「西北浮雲」一句所表現的对淪陷之中原的難以或忘的證明。至其所謂「吴鉤」，則又恰好与此詞之「長劍」相應合。而且我们在前面还曾引用他那一首《水龍吟》詞中的「求

20×15=300　Chool.20.85.4　四川大学历史研究所稿纸　第41页

辛弃疾《水龙吟·登建康赏心亭》：

楚天千里清秋，水随天去秋无际。遥岑远目，献愁供恨，玉簪螺髻。落日楼头，断鸿声里，江南游子。把吴钩看了，栏杆拍遍，无人会，登临意。　休说鲈鱼堪脍，尽西风，季鹰归未？求田问舍，怕应羞见，刘郎才气。可惜流年，忧愁风雨，树犹如此。倩何人唤取，红巾翠袖，揾英雄泪。

田間舍，怕應羞見、劉郎才氣」數句，來做過對這首詞中的「元龍老矣，不妨高臥」數句之為反諷的說明。是則此二首《水龍吟》之詞，就其蘊蓄生命之本質言之，固皆為其平生志意與理念的本體之呈現。只不過「楚天千里清秋」一首，其情調激昂之氣多為正面之流露，而此詞則較多曲折隱曲之致，且曾使用反諷之筆法。所以「楚天千里清秋」詞結尾，辛氏乃明白寫出了自己的悲慨，說「可惜流年，憂愁風雨，樹猶如此。倩何人喚取、紅巾翠袖，揾英雄淚」。而在這一首詞中，則不僅「一時登覽」之句，未明言自己之悲慨，而且在最後的結尾，也只以悠閒淡遠之筆，寫了一幅眼前的景物之形象，說「問何人又卸，片帆沙岸，繫斜陽纜」。此三句，在一方面固可以視為緊承著上一

句之「一時登覽」而來，是寫登覽中所見的眼前之景象。而另一方面則在此詞前面多重喻示之的鋪托中，此結尾三句於是就也提供給了讀者更深一層的喻示之聯想。蓋「卸帆」、「繫纜」，原都只表現船之停泊不再前進的形象，也喻示了南宋朝廷之耽溺於眼前之苟安，而不再想收復中原的一種衰頹的心態。何況辛棄疾還對於繫纜的船，用了「斜陽」兩字的形容。而「斜陽」兩字，在辛詞中則往往有喻示南宋衰亡的南宋國勢之含意。即如其另一首著名的《摸魚兒》（更能消幾番風雨）一詞，其結尾之處的「休去倚危欄，斜陽正在，煙柳斷腸處」三句，便是很好的例證。羅大經《鶴林玉露》即曾云「斜陽煙柳之句，比之『未須愁日暮，天際乍輕陰』者異矣。在漢、唐時，寧不賈種

辛弃疾《摸鱼儿》：

更能消、几番风雨？匆匆春又归去。惜春长怕花开早，何况落红无数。春且住。见说道、天涯芳草无归路。怨春不语。算只有殷勤，画檐蛛网，尽日惹飞絮。　长门事，准拟佳期又误。蛾眉曾有人妒。千金纵买相如赋，脉脉此情谁诉？君莫舞。君不见、玉环飞燕皆尘土！闲愁最苦。休去倚危栏，斜阳正在，烟柳断肠处。

豆蔻梢頭之謂」。許昂霄《詞綜偶評》亦云「結句即義山『夕陽無限好，只是近黃昏』之意，斜陽以喻君也」。這些說法，都可以與此詞之「煙柳斜陽」一句相參看。

本來辛棄疾的好詞甚多，但因篇幅的限制，我們無法多加選說。不過，我們前面既曾將其「楚天千里清秋」一首《水龍吟》之詞，與這一首「舉頭西北浮雲」的《水龍吟》之詞，做了約略的比較；而如果我們再將他的「更能消幾番風雨」的《摸魚兒》之詞與之比來看，則《摸魚兒》之詞開端的「更能消幾番風雨」一句，便也正可以與其第一首《水龍吟》之詞中的「可惜流年，憂愁風雨」相參看；而《摸魚兒》之詞中的「天涯芳草無歸路」一句，則也可以與第二首《水龍吟》之詞中的「休說鱸魚堪膾，盡西風季鷹歸未」數句相參看；還

有《摸魚兒》之詞中的「脈脈此情誰訴」一句，亦可以與另一首《水龍吟》之詞中的「無人會，登臨意」二句相參看。至於就我們現在所討論的這一首《水龍吟》之詞而言，則除了「斜陽」一句可以與《摸魚兒》之詞中的「斜陽」一句相參看以外，還有這首《水龍吟》之詞中的「憑欄卻怕、風雷怒、魚龍慘」數句，與《摸魚兒》之詞中的「蛾眉曾有人妒」一句，所喻託的既同樣是對於讒擯的憂懼，是則其情意固有相似之處。所以我在前文中就曾經提出來說「辛詞之感發生命的本質」，原以「英雄失志」的悲慨為主，只不過由於一則其感發生命中原來就具含有兩種互相衝擊的力量，此二種力量又往往因時地境遇之不同，而可以有彼此間迭為消長的變化的情況，故其詞之風格乃展現為多種不同之情調與面貌；再則其詞中藉以表現感

表生命的各種錯綜喻託的媒介，或用眼前之景物，或用歷史之古典，也各有性質不同之形象。何況當他用典故時，其使用之態度與方法，又有正反虛實之各種的變化，這當然是使得辛詞表現得曲直剛柔多采多姿的另一個原因。就以本文所提到的這二首〈水龍吟〉詞，及一首〈摸魚兒〉詞而論，其所蘊含的感發生命之本質雖然是一貫的，然而其風格面貌，卻已經表現了各自不同的變化。其「楚天千里清秋」一首〈水龍吟〉詞，自眼前現實之景物托興，當下就承接了「獻愁供恨」和「江南遊子」諸句，對自己的感情做了直接的抒寫；至于這一首「舉頭西北浮雲」的〈水龍吟〉詞，則通篇大多以景物及古典之形象為喻示，直到「元龍老矣」三句，才在古典中顯出了自己的影子。而卻還

第46页

用了反諷的筆法，並未做直接的抒寫。何況前端的「舉頭西北浮雲，倚天萬里須長劍」的那樣的氣勢和口吻，也與結尾之處的「卸帆」「繫纜」的閒淡的筆法和口吻，造成了另一種反諷的對比。所以這一首詞的幽隱曲折的變化，較之「楚天千里清秋」一首的慷慨激昂，便已經在風格上有了很大的不同。只不過其前端之「長劍」的形象還保留了一些「慷慨激昂」的氣勢。至於他的〈摸魚兒〉詞「更能消幾番風雨」一詞，則通篇都是以暮春之景色及女子之哀怨為喻託之形象，於是遂在風格上便又表現了一種幽咽纏綿的風貌，所謂「百鍊鋼」化為「繞指柔」，才人伎倆乃真有不可測者矣。希望我們對於這一首「舉頭西北浮雲」的〈水龍吟〉詞所做的討論說明，以及我們把這一首〈水龍吟〉

第47页

“何意百炼刚，化为绕指柔”，出自西晋刘琨的《重赠卢谌》，全诗为：

握中有悬璧，本自荆山璆。惟彼太公望，昔在渭滨叟。邓生何感激，千里来相求。白登幸曲逆，鸿门赖留侯。重耳任五贤，小白相射钩。苟能隆二伯，安问党与雠？中夜抚枕叹，想与数子游。吾衰久矣夫，何其不梦周？谁云圣达节，知命故不忧。

（接前）宣尼悲获麟，西狩涕孔丘。功业未及建，夕阳忽西流。时哉不我与，去乎若云浮。朱实陨劲风，繁英落素秋。狭路倾华盖，骇驷摧双辀。何意百炼刚，化为绕指柔。

第48页

詞，與另一首〈楚天千里清秋〉之〈水龍吟〉詞，和〈摸魚兒〉〈更能消幾番風雨〉一詞所做的一些比較，可以為辛詞之一本質的特色，提供給讀者一點小小的參考。而這一首〈水龍吟〉詞中的〈峽束蒼江對起，過危樓、欲飛還斂〉三句，我以為也恰好可以做為對辛詞之感發生命中的兩種衝擊力量的極為形象化的說明。這也是我何以在辛棄疾那麼多首著名的好詞中，卻單單只選取了這一首詞來加以討論的緣故。

一九八六年三月十四日寫畢此上一節
於加拿大之溫哥華

20×15＝300　Chool.20.85.4　四川大学历史研究所稿纸

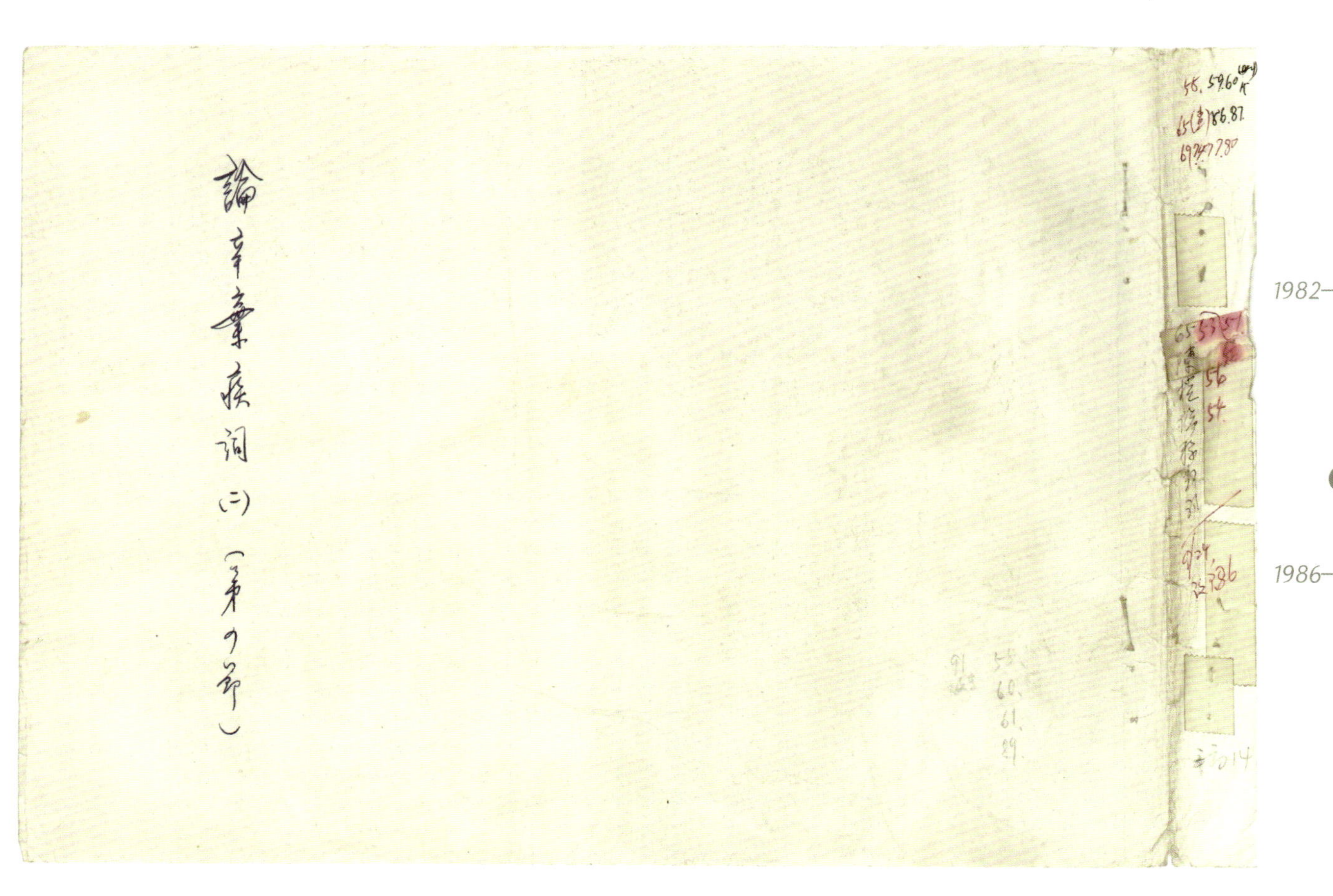
論辛棄疾詞（二）（第四節）

本节讨论辛词在词史中的地位，以及其在艺术方面的特色。

四、

以上三節，我們既分別對於辛詞感物之心的（內在）本質與其感心之物的外在遭遇，以及其一本特殊的特色，都已經做了相當的分析和說明，現在我們就將對辛詞在詞史中之地位，以及其在藝術方面的特色，也略做簡單之介紹。本來以前我們在論述五代及北宋諸家之詞時，對於詞之發展已曾有過相當之論述，大体說來，自五代之溫、韋、馮、李，以迄北宋初年之晏、歐，曾被我們目之為詞之發展的第一階段。在此一階段中，其發展情況乃是歌筵酒席之艷曲因經過文士之插手寫作而逐漸轉為具有鮮明個性之新體歌詩的過程。形式上雖然一直承襲着唐五代以來之令詞的體式，然而在內容方面卻已經有了作者之性情襟抱的隱然的流露。其後則柳永與蘇軾

第 49 頁

之相繼出現，可以目之為詞之發展的第二階段。在此一階段中，其發展之情況表現為兩方面的開拓：一則是柳永在形式方面的開拓，將俗曲慢詞的音調帶入了文士手中，使得詞在篇幅、聲律、及敘寫之层次手法各方面，都得到了很大的拓展；另一方面則是蘇軾在內容方面的開拓，一洗五代以來之艷詞的綺羅香澤之態，而表現為一片天風海雨之曠人才士的浩氣逸懷。這兩方面的開拓當然都是極為可貴，也都是極有發展之餘地的。至於以後秦觀與周邦彥之相繼出現，則可以目之為詞之發展的第三階段。秦觀詞之成就，主要蓋在其精微柔婉之特質，故能使抽象之情思與具象之景物做出一種更為敏銳也更為深切的結合；至於周邦彥詞之成就，則早已被歷代詞評家目之為北宋集大成的作者，而其最

第 50 頁

叶嘉莹先生站在词学发展的角度，将词之发展分为三个阶段。第一阶段以五代温庭筠、韦庄、冯延巳、李煜及北宋初之晏殊、欧阳修为代表，使词由歌筵酒席之艳曲，逐渐转为具有鲜明个性之新体歌诗。第二阶段以柳永、苏轼为代表，词在发展上表现为两方面的开拓，一是柳永在形式上的开拓，二是苏轼在内容方面的开拓。

（接前）第三阶段以秦观、周邦彦为代表，秦观之成就在于使情思与景物的结合更为深切，周邦彦为北宋集大成的作者，开启了以赋笔为词的手法。

于注意的則是周之以賦筆為詞，一變五代以來諸作者之但重直感的叙寫，而將着重勾勒的思索安排的寫作手法，帶入了詞的寫作之中，於是遂啟南宋以來之姜夔、史達祖、吳文英、王沂孫、張炎諸作者開啟了無數法門。在以上我們所叙及的幾個發展階段中，自晏、歐、柳、蘇、以迄秦、周諸家之相繼出現，北宋之詞壇真可謂高峰迭起，各有獨具之特色與過人之成就。不过值得注意的則是柳、蘇二家在第二階段所造成的不同方面的拓展，到了第三階段却只剩下了以柳詞之影響為主流的秦、周等作者，而蘇詞之突破綺羅香澤的在意境與風格方面的拓展，則並未曾得到應得的反响和继承。這其間实在牽涉到了一個極值得重視的問題，那就是直到今日也仍然時常引起爭議的，詞之為體是否

第 51 頁

20×15＝300　Chool.20.85.4　四川大学历史研究所稿纸

應以婉約方為正宗的問題。關於這個問題可以說自從蘇詞一出現便已經引起了論議。即如我們在論說蘇詞時，便曾經引过蘇氏致鮮于子駿（侁）的一封信中所說的「自是一家」的話，也曾引过陳師道《后山詩話》謂蘇詞「雖極天下之工，要非本色」的話，还曾引过俞文豹《吹劍續錄》之中所載蘇之幕僚將蘇詞與柳詞做比較，謂蘇詞「須關西大漢執鐵板唱『大江東去』」的話。凡此種種說法，都足以說明蘇詞之開拓在當日之不被目為正統。這種觀念之形成，自然由於詞在初起之時原只是當筵侑酒之妙齡少女所唱的艷歌，為了適合這種演唱的場合和人物，所以才形成了詞要以婉約為正宗的傳統之观念。不过艷歌之內容既不免淫靡淺俗之病，所以自士大夫染指寫作以來，此種艷歌乃逐漸

第 52 頁

20×15＝300　Chool.20.85.4　四川大学历史研究所稿纸

鹿虔扆《临江仙》：

金锁重门荒苑静，绮窗愁对秋空。翠华一去寂无踪。玉楼歌吹，声断已随风。　烟月不知人事改，夜阑还照深宫。藕花相向野塘中，暗伤亡国，清露泣香红。

第53頁

轉化為可以供士大夫抒寫個人情意的一種新的韻文形式。這在詞之發展中，自然是一種進步的現象。如此，則因作者個性之不同與環境之不同，於是在非綺靡艷逸的背景中，或在個人特殊之遭遇下，自然便也可能會寫出一些並非屬於婉約的作品。所以即使早在五代及北宋之初，也早就有一些雄健激昂的作品已經出現了。即如後蜀鹿虔扆在亡國後所寫的《臨江仙》（金鎖重門荒苑靜），南唐後主李煜在亡國後所寫的《浪淘沙》（簾外雨潺潺），宋初范仲淹在邊防戍守時所寫的《漁家傲》（塞下秋來風景異），這些詞就都並不全是屬於婉約的作品。所以《譚評詞辨》（卷二）即曾稱鹿扆詞《臨江仙》為「哀悼感憤」，稱李詞《浪淘沙》為「雄奇幽怨」，稱范詞《漁家傲》為「沉雄似張

（旁注：旨悼念前蜀滅亡）

20×15=300　Chool.20.85.4　四川大学历史研究所稿纸

第54頁

張五言」。是則就詞之發展而言，固早具有拓出雄健悲慨之詞風的可能性，只不過李煜、鹿虔扆諸人之寫出此類作品，卻並非有意要寫為變調來對詞之意境加以拓展，他們的這些詞都只不過是在某種特殊情況中自己感情的一種自然流露而已。至於真正有心要開拓詞境，對此一意念帶有明白之自覺的，自然要以北宋之偉大的天才蘇軾為最重要的一位作者。所以就詞之演進而言，蘇詞之開拓原為一可供發展的大有可為之途徑。然而蘇詞之拓展在當時卻並未能引起同時代作者的普遍共鳴，私意以為其主要之原因蓋有以下數端：其一是由於詞要以婉約為正的傳統觀念之拘限；其二是由於北宋直到末期仍充滿了歌舞宴樂的社會風氣；其三則是由於詞在蘇氏手中雖表現了詞在詩化以後的很高的成就，但同時卻也顯示了詞在詩化以後的一些缺点。

20×15=300　Chool.20.85.4　四川大学历史研究所稿纸

李煜《浪淘沙》：

帘外雨潺潺，春意阑珊。罗衾不耐五更寒。梦里不知身是客，一晌贪欢。　独自莫凭栏，无限江山，别时容易见时难。流水落花春去也，天上人间。

夏敬观《吷庵手批东坡词》云：东坡词如春花散空，不着迹象，使柳枝歌之，正如天风海涛之曲，中多幽咽怨断之音，此其上乘也。若夫激昂排宕，不可一世之概，陈无己所谓"如教方雷大使之舞，虽极天下之功工，要非本色"，乃其第二乘也。

即如我以前在論說蘇詞時，便曾提出過蘇詞之佳者雖有時如「天風海濤之曲，中多幽咽怨斷之音」，然而有時却也不免有「失之粗豪流率者」。這種情形之出現，一方面固由於蘇氏之性格超放，又復天才過人，寫作時往往並不需精心之結撰，故不免有下筆率意之處；而另一方面則也由於詞與詩之特質原有不同，蘇軾在詞之發展中既曾達到了詩化的高峰，而且乃是以寫詩之餘力為詞，因此在寫詞之際有時亦不免以詩筆爲之，因而乃不免有失之粗豪率易之處。因於此種情形，我在論說陸游詞時也曾約略及之，可以參看。總之，正是由於以上的一些因素，遂使得蘇氏對詞之拓展在當時並未被北宋之詞人所普遍接受。其後經過了靖康之難北宋淪亡的世變，於是早自五代以來便已經潛伏在李煜與鹿虔扆諸作者之詞中的由世變之刺激而形成的

20×15=300　Chool.20.85.4　四川大学历史研究所稿纸　第55页

雄健悲慨之詞風，便也在南宋之詞壇上再度出現。只不過五代之時所流行的只是短小的令詞，所以李煜、鹿虔扆諸人的雄健悲慨之詞風，便也只是表現於小令之中而已；及至南宋之時，則長調之慢詞既已經流行甚久，因此南宋詞人之雄健悲慨的詞風，便也在長調之中開始了大量的出現。即如以前繆鉞教授所曾論說過的張孝祥、張元幹，以及我所論說過的陸游，還有我所現在所正在論說的辛棄疾，以及稍晚於辛棄疾的劉過、劉克莊諸人，便都是屬於表現有這一類詞風的重要作者。如果我們對這種發展演進之情況略加注意，我們就會發現用小令來寫雄健悲慨之作品較易得到成功，而用長調來寫雄健悲慨的作品，則往往不免會有流於質直淺率之弊，而失去了詞所應具的一種曲折含蘊的特美。因於此種詞體所應該有之

20×15=300　Chool.20.85.4　四川大学历史研究所稿纸　第56页

用小令写雄健悲慨的作品，较易得到成功；用长调写则易流于质直浅率，失去词所应具有的一种曲折含蕴的特美。

美」，王國維在其《人間詞話》中便早曾說過「詞之為體，要眇宜修」及「詩之境闊，詞之言長」的話。繆鉞教授在其《論詞》一文中，也曾說過「詩顯而詞隱，詩直而詞婉」及「詩尚能敷暢，而詞尤貴醞藉」的話（見於上海古籍出版社刊行之《詩詞散論》）。所以詞中雖然也可以寫雄健悲慨的內容，但其敘寫之筆法卻一定要有曲折含蘊之美。此在小令之體式言之，則其篇幅既短，故寫之者乃必須將其雄健悲慨之情意盡力壓縮於此短小之形式中，如此則自然容易產生一種含蘊曲折之深致。而且小令之句式節奏往往與五、七言詩之形式相近，因此以詩筆為詞者，在寫作小令方面也就比較易於得到成功。至於慢詞之長調，則篇幅既然增大，因此就不得不在敘寫時多所鋪陳，而且長調中又

第57页

20×15＝300　Chool.20.85.4　四川大学历史研究所稿纸

往往雜有四言、六言等近於散文之句式，所以用此一形式來寫雄健悲慨之情意，稍一不慎乃往往不免有一瀉無餘缺乏曲折含蘊之美的遺憾。關於這種情況，我以前在論說陸游詞時，便曾經舉出其《漢宮春》（羽箭雕弓）一首來加以討論過。以為此詞「寫得过于淺率質直，缺乏委曲含蘊之美」，又說「這首詞一口氣讀下來，便只感到一种氣勢，而缺少含蘊」。其實這種現象还不僅陸游詞為然，就是南宋其他一些以長調來寫豪放之壯詞的作者，如張孝祥、張元幹、劉过、劉克莊諸人，便也都或多或少表現有此同樣的缺乏曲折含蘊之美的遺憾。而其中唯一的一位寫豪放之壯詞但卻並沒有質直淺率之弊的作者，則自當推我們現在所要討論的辛棄疾。辛氏乃是能以英雄豪傑之手段寫詞，卻表現

第58页

20×15＝300　Chool.20.85.4　四川大学历史研究所稿纸

陆游《汉宫春·初自南郑来成都作》：

羽箭雕弓，忆呼鹰古垒，截虎平川。吹笳暮归野帐，雪压青毡。淋漓醉墨，看龙蛇飞落蛮笺。人误许、诗情将略，一时才气超然。　何事又作南来，看重阳药市，元夕灯山。花时万人乐处，欹帽垂鞭。闻歌感旧，尚时时流涕尊前。君记取、封侯事在，功名不信由天。

辛弃疾乃是能以英雄豪杰之手段写词，而却表现了词之曲折含蕴之特美的一位杰出的词人。他在词中所做出的开拓和成就，不仅超越了北宋的苏轼，而且也是使得千百年以下的作者一直感到难以为继的。

了詞之曲折含蘊之特美的一位傑出的詞人，他在詞中所做出的開拓和成就，不僅超越了北宋的蘇軾，而且也是使得千百年以下的作者一直感到難以為繼的。世之論詞者每以蘇、辛並稱，此乃蓋因開拓詞境突破傳統而言，二家固有相近之處，而且辛詞之有此開拓突破的勇氣與眼光，也可能是因為受了蘇詞的啟發和影響。不過蘇、辛二家對傳統之開拓突破之一點雖同，但其開拓突破以後所表現的風格特色，以及其所以能造成此種開拓突破的因素，則並不盡同。蘇軾對詞境之開拓突破，主要蓋由於其才氣胸襟之超邁過人，本非「綺羅香澤」之所能拘限，而且蘇氏對於寫作，又一向有「行乎所當行，止乎其所不得不止」的一種純任自然的精神，這正是蘇詞之所以能對詞境做出了極大之開拓的主

20×15＝300　Chool.20.85.4　四川大学历史研究所稿纸　第59页

故蘇詞風格之特色乃在其時時有超曠之致；要原因。至於辛棄疾對詞境之開拓突破，則主要蓋由於其志意與理念的深摯過人，原也非「剪紅刻翠」之所能拘限，更加之其平生的不凡與不幸之遭遇的相互衝擊，則更是造成其詞之意境得以突破傳統的另一重要原因。所以辛詞對傳統之突破，可以說乃是斯人與斯世相結合而造成的如此的結果，正如前人評杜甫詩的話「遭陀公之時，固有陀公之詩也」，我們也可以說「遭辛公之世，固有辛公之詞也」。這與蘇詞之但憑天賦之才氣胸襟而突破傳統，其本質上是原有著本極不同的。故辛詞風格之特色乃在其豪放之中有盤旋鬱結之姿。而且如我在前文對辛氏之介紹，辛棄疾原來還不僅是一個有性情有理想的詩人而已，他同時還是一位在實踐方面果然可以建立事功的，有謀略、有膽量、有識見，有手段，而且有權變的英雄豪傑式的人物。只是他在建立事功方面的理想既然全部落空，遂

20×15＝300　Chool.20.85.4　四川大学历史研究所稿纸　第60页

辛弃疾对词境之开拓突破，主要由于其志意与理念的深挚过人原非“剪红刻翠”所能拘限，更加之其平生的不凡与不幸之遭遇的相互冲击，则更是造成其词之意境得以突破传统的另一重要原因。

1982—1983
1984
1986
1986—1988
1989
1991
1997
2008

第 61 页

在絕望失志之餘，乃不僅將其平生之志意與理念一皆寄託於詞之寫作，而且还将其平生之英雄豪傑的胆識与手段也都用在了詞的寫作之中。而值得注意的则是，辛詞雖在一方面以其英雄豪傑的志意與理念突破了詞之內容意境的傳統，另一方面更以其英雄豪傑的胆識与手段突破了詞之寫作藝術的傳統，可是就其詞之本質言之，却又同時保有了詞之曲折含蘊的一種特美，這兩種相反而又相成的現象，乃是辛詞最值得注意的特色，也是辛詞在詞之發展中所完成的最为不可及的过人的成就。对於辛詞之英雄豪傑的志意与理念，我们在前面既已曾有所論述，因此現在我们对其英雄豪傑式的藝術手段便也將略加介绍。

關於辛詞之藝術手段，歷来論詞者已早曾

20×15＝300　Chool. 20. 85. 4　四川大学历史研究所稿纸

第 62 页

对之有过不少論述，此自非本文之所能遍举。如果择中取约举其最为重要者言之，則私意以为辛詞之艺术手段，大概可以分别为語言方面与形象方面两个重点略加討論。第一先就語言方面言之，則辛詞既能用古又能用俗，在詞史上可以說是語彙最为丰富的一位作者。而尤以其用古方面最为值得注意。因为詞之兴起既本是源於里巷之俗曲，所以五代宋初之詞原本極少使用古典者，及至后人蘇軾与賀鑄周邦彥在詞中始上相继出现，然猶之在詞中使用古典，但周氏之用古典多只限於以唐人之詩句为主，蘇氏之用典亦遠不及辛氏之多而且广。早在刘辰翁之《辛稼軒詞序》（《須溪集》卷六）中，論及蘇、辛二家对詞之開拓時，便曾謂“詞至東坡，傾蕩磊落，如詩如文，如天地奇观，豈与群兒雌声学語较工拙；然猶未至用经、用史，牽雅頌入鄭衛也。自辛稼軒前，用一語如此者必且掩口。又

20×15＝300　Chool. 20. 85. 4　四川大学历史研究所稿纸

辛词的艺术手段，其最为重要者，可以从语言与形象两个方面进行讨论。就语言方面言之，辛词既能用古又能用俗，在叙写之语法方面变化多姿。

刘熙载《艺概·词曲概》：稼轩词龙腾虎掷，任古书中俚语、廋语，一经运用，便得风流，天姿是何夐异。

稼軒橫豎爛熳，乃如禪宗棒喝，頭頭皆是。」其後清代吳衡照之《蓮子居詞話》亦嘗云：「辛稼軒別開天地，橫絕古今，論、孟、詩小序、左氏春秋、南華、離騷、史、漢、世說、選學、李、杜詩，拉雜運用，彌見其筆力之峭。」劉熙載在其《藝概．詞概》之中，亦嘗謂「稼軒詞龍騰虎擲，任古書中俚語瘦語，一經運用，便得風流，天姿是何夐異。」由以上所引述之評語，可見辛詞之佳處，固不僅在其能融匯運用古人之辭語及故實，而尤在其能用之而可以「頭頭皆是」，「筆力甚峭」，而且可以將古語賦以鮮活之生命力，所謂「一經運用，便得風流」。即以其曾在岳珂《桯史》之中，被認為「微覺用事多」的《永遇樂》（千古江山）一詞而言，陳廷焯在其《詞則．放歌集》（卷二）

第63页

中對此詞之使用古典便曾大加贊美，說「稼軒詞拉雜使事，而以浩氣行之，如五都市中百寶雜陳，又如淮陰將兵，多多益善。風雨紛飛，魚龍百變，天地奇觀也。岳倦翁譏其『用事多』，謬矣。」直如論詞最反對用典的王國維，在其《人間詞話》中，對辛詞用典極多的《賀新郎》（綠樹聽啼鴂）一詞，便也曾大加贊美，謂其「語語有境界」。又如其《賀新郎》（鳳尾龍香撥）一首，是為「賦琵琶」，本是一篇屬於詠物之作，通首皆用有關琵琶之故實，然而卻能不落入南宋一般詠物詞之刻劃沾滯之窠臼，而寫得精力飽滿，慷慨動人。陳霆在其《渚山堂詞話》（卷二）中，便曾贊美此詞，謂「此篇用事最多，然圓轉流麗，不為事所使，的是妙手。」陳廷焯之《白雨齋詞話》亦曾贊美此詞

第64页

辛弃疾《贺新郎·别茂嘉十二弟》：

绿树听鹈鴂。更那堪、鹧鸪声住，杜鹃声切。啼到春归无寻处，苦恨芳菲都歇。算未抵、人间离别。马上琵琶关塞黑，更长门、翠辇辞金阙。看燕燕，送归妾。　将军百战身名裂。向河梁、回头万里，故人长绝。易水萧萧西风冷，满座衣冠似雪。正壮士、悲歌未彻。啼鸟还知如许恨，料不啼清泪长啼血。谁共我，醉明月。

辛弃疾《沁园春·将止酒戒酒杯使勿近》：

杯汝来前！老子今朝，点检形骸。甚长年抱渴，咽如焦釜；于今喜睡，气似奔雷。汝说“刘伶，古今达者，醉后何妨死便埋”。浑如此，叹汝于知己，真少恩哉！　更凭歌舞为媒。算合作平居鸩毒猜。况怨无小大，生于所爱；物无美恶，过则为灾。与汝成言，勿留亟退，吾力犹能肆汝杯。杯再拜，道“麾之即去，招则须来”。

壹

、謂其「運典雖多，却一片感慨，故不嫌堆垛。」(関於詠物詞，請參看拙作《論詠物詞之發展及王沂孫之詠物詞》)。另外如我們在前文所舉引的辛氏之《水龍吟》(舉頭西北浮雲)一首詞，便也是辛詞之借用古典為生發而寫得感慨萬千的一篇佳作。而且辛棄疾之用古，還不僅只是用古典之故實而已，他有時還喜歡模擬古書之風格，或者完全襲用古書之辭句，陳模《論稼軒詞》即曾謂辛詞《賀新郎·送茂嘉十二弟》之一首「全與太白《擬恨賦》手段相似」；又謂其《沁園春·止酒》之一首「如《賓戲》、《解嘲》等作」；再如其《水龍吟》用些語再題瓢泉》之「詞倣《天問》」與《招魂》；《水調歌頭》(我志在寥闊)一詞之倣《九章·抽思》而用「少歌」；又如其《卜算子》(一以

第65頁

20×15=300　Chool 20.85.4　四川大学历史研究所稿纸

我為牛)一詞之用《莊子》；《水調歌頭》(長恨復長恨)一詞之用《楚辭》；及另一首《水調歌頭》(四座且勿語)之雜用《禮記》、《詩經》、《晉書·陶侃傳》，及左思、謝靈運、鮑照、杜甫諸家詩句；還有《卜算子》(進退存亡)一首之雜用《周易》、《詩經》及《論語》之成句。凡此諸例，皆可見出辛棄疾寫詞之具有英雄豪傑的膽識與手段，其突破傳統不主故常之開拓與變化，固更有過於蘇軾者。所以《四庫全書總目提要》之論辛詞，乃曾謂「其詞慷慨縱橫，有不可一世之概，於倚聲家為變調」；馮煦在《宋六十家詞選例言》中，亦曾謂「稼軒負高世之才，不可羈勒，能於唐宋諸大家外，別樹一幟」。又云：「自蘇以降、詞家遂有門户主奴之見」。於是世之論詞者，乃莫不將辛詞為「豪放」，而將之與「婉約」一派相對舉。但辛詞之風格雖有英雄豪傑之

第66頁

辛弃疾《水调歌头·醉吟》：

四坐且勿语，听我醉中吟。池塘春草未歇，高树变鸣禽。鸿雁初飞江上，蟋蟀还来床下，时序百年心。谁要卿料理，山水有清音。　欢多少，歌长短，酒浅深。而今已不如昔，后定不如今。闲处直须行乐，良夜更教秉烛，高曾惜分阴。白发短如许，黄菊倩谁簪。

辛弃疾《祝英台近·晚春》：

宝钗分，桃叶渡。烟柳暗南浦。怕上层楼，十日九风雨。断肠片片飞红，都无人管，倩谁唤、流莺声住。　鬓边觑。试把花卜心期，才簪又重数。罗帐灯昏，呜咽梦中语。是他春带愁来，春归何处。却不解、将愁归去。

手段，但却又並非「豪放」二字之所能盡，所以劉克莊論辛詞乃又有「公所作，大声鏜鞳，小声鏗鍧，橫絕六合，掃空万古；其穠纖綿密處，亦不在小晏、秦郎之下」之言（見《後村大全集》卷九十八《辛稼軒集序》）。夫辛詞中之亦有「不在小晏、秦郎之下」的「穠纖綿密」之作，斯固然矣；但辛詞之真正佳處，却畢竟仍在其所独具的一份英雄豪傑之氣。即以其為世所盛稱的婉約之致的《摸魚兒》（更能消幾番風雨），及《祝英台近》（宝钗分）諸詞而言，其豪氣也轉寓剛於柔的手段与意境，便已絕非小晏、秦郎之所能及。而辛詞之更為難得的成就却还不在其能以英雄豪傑之氣寫入傷春怨別的這些小詞之中而已；辛詞之更可注意者，乃是他即使在「別開天地、橫絕古今」、「摹飛縱入鄭衛」的「大声鏜鞳」的作品中，却也仍保有了詞之曲折含蘊的一種特美，雖然極為豪放，但却絕無淺率直之病，這纔是辛氏最為了不起的使千古其

第67頁

他豪放詞人皆莫能及的最為可貴的成就，而辛詞之好用古典實破傳統的作風，却恰好也就正是造成了他的雄奇豪放之詞同時也仍能保有詞之曲折含蘊之特美的一個主要原因。蓋辛詞之用古典，約可归納為以下幾種作用：一則既可以使之避免直言之質率；再則又可以將一己之感情推遠一步，造成一種艺术之距離；三則更可以藉用古典而喚起讀者許多言語之外的聯想。（於是辛詞之雖使古典的雄奇豪放之作風，乃造成了一種与使用某些香草為喻託的同樣的效果。）這正是辛詞使用古典的妙處之所在。然而其所以能达致此種妙處，則首在辛氏之有博學熟誦的修養，所以才能在使用古典時取之左右逢其源，而沒有牽強堆砌的弊病；次則也因為辛棄疾自己內心中，原具有一種強烈深摯的感發之力量，所以才能在使用古典之時，对古人、古事、古書、古語，也都賦予了充沛鮮活的生命，這種手段，自然是辛詞中最值得注意的一点艺术特色。而辛詞在語言方面的艺术手段之过人，还不僅在其善於用古而已，即是对俗語之

第68頁

辛词之用古典约有三种作用：一则可避免直言之质率；二则可推远感情，造成艺术之距离；三则可借古典唤起读者言外之联想。

第69页

使用，辛詞無自有其独到之處。如果用古典原此詞之傳統之所有，故尔善用古典乃成爲辛詞最大之成就与開拓；然而用俗語則爲詞之傳統之所本有，蓋詞之興起既是源於里巷之俗曲，所以早期之詞如敦煌所發現之唐寫本曲子，其中就含有大量之俗語。只不過自從文人詩客着手為這些曲子填寫歌詞以來，俗語遂在曲詞中開始逐漸減少。直至柳永在詞坛出現，乃因其往往為歌伎樂工填寫流行之慢曲，於是俗語遂又在柳詞中大量出現。因而也就形成了在詞中使用俗語的一時風氣。即如黃庭堅、秦觀、周邦彥諸家，便都在詞中保留有不少使用俗語之作；即使是号称以詩為詞的蘇軾，在其詞中也同樣有一些使用俗語的作品。所以辛詞之用俗語，在詞之傳統中原不能算是一種獨創的開拓。

第70页

不過，詞人之用俗語者雖多，而如果以辛詞与其他詞人之作品相比較，却也仍有一些值得注意的特色，這我們只要对辛詞所用俗語之性質及其效果略加注意，便可見到其不同之處。原來一般作者之在詞中使用俗語者，大約有二種情况：其一是以俗語寫男女調情之詞者，柳永就是往往寫有此類作品的一位詞人，此早為讀者之所共知，故不須再贅；至於此外其他名家之作，則如黃庭堅《歸田樂》（对景還消瘦」一首之「看承幸厮勾」及「冤我忒撋就」之類；秦觀《品令》（幸自得）一首之「須管啜持教笑」及「又也何須肐織」之類；周邦彥《青玉案》（良夜灯光簇如豆）一首之「輕惜輕憐轉唧嚼」及「把我來僝僽」之類，他們所用的俗語可以說大多都是局囿在令中男女戲愛的

黄庭坚《归田乐引》：

对景还消瘦。被个人、把人调戏，我也心儿有。忆我又唤我，见我嗔我，天甚教人怎生受。　　看承幸厮勾，又是尊前眉峰皱。是人惊怪，冤我忒捆就。拚了又舍了，定是这回休了，及至相逢又依旧。

苏轼《南歌子》：

师唱谁家曲，宗风嗣阿谁。借君拍板与门槌。我也逢场作戏、莫相疑。　溪女方偷眼，山僧莫眨眉。却愁弥勒下生迟。不见老婆三五、少年时。

調情之辭。這是宋詞中最常見的一種俗語的用法。除去此一類調情性質的俗語以外，其次則还有一類用於遊戲筆墨之俗語，蘇軾詞中就有不少屬於此類性質的作品。即如其《如夢令》（水垢何曾相受）又（自淨方能淨彼）二首之「輕手、輕手」与「我自汗流呀氣」之類；又如其《南歌子》（師唱誰家曲）一首之「借君拍板与門槌」及「不見老婆三五、少年時」之類，便都是屬於遊戲性質之使用俗語。以上兩類之用俗語者，雖有時也能寫得生動活潑表現出一種真切如話的情趣，然大體言之，則無論其為調情性質或遊戲性質之使用俗語，却畢竟都缺少一種嚴肅深摯的情意。至於辛詞則雖然也有用俗語的遊戲之作，然而除了這些一般性質的遊戲之作以外，辛詞之用俗語者却还表現了另外兩種特色：一

20×15=300　Chool.20.85.4　四川大学历史研究所稿纸　第 71 页

種是藉俗語寫了對農村生活的一份親切質樸的感情；另一種則是藉俗語之遊戲性質表現了自己的一份嘲諷和悲慨。即如其題為「戲題村舍」的《鷓鴣天》（雞鴨成群晚未收）一詞，題為「夜行黄沙道中」的《西江月》（明月別枝驚鵲）一詞，以及題為「村居」的《清平樂》（茅簷低小）一詞，這些便可以說都是屬於前一種用俗語表現了對農村生活的質朴親切之情的作品；再如其題為「齒落」的《卜算子》（剛者不堅牢）一詞，題為「遣興」的《西江月》（醉裏且貪歡笑）一詞，以及題為「苦俗客」的《夜遊宮》（幾個相知可喜）一詞，這些便可以說都是屬於後一種用俗語表現了自己的一份嘲諷和悲慨的作品。這些詞就辛氏而言，固然亦其精心結撰的重要之作，但唯其因為他在俗遊戲的作

20×15=300　Chool.20.85.4　四川大学历史研究所稿纸　第 72 页

辛弃疾《鹧鸪天·戏题村舍》：

鸡鸭成群晚未收，桑麻长过屋山头。有何不可吾方羡，要底都无饱便休。　新柳树，旧沙洲。去年溪打那边流。自言此地生儿女，不嫁金家即聘周。

品中都也表現了真切深摯的情意，有時還可以表現出一種反諷的作用，於是辛詞之用俗語遂也就造成了言語淺俗而意境卻並非淺俗的藝術上之雙重效果，這自然也是辛詞在語言方面另一點值得注意的藝術特色。至於辛詞中每好以「老子」自稱，則原來每為山東之俗語。而此種自稱之辭自無原非詞中傳統之所有。蓋詞在初起本為不具個性之艷歌，故甚少自稱之辭，其有之者，則多為以女子口吻自稱的曰「奴」曰「妾」之辭；即使有以男子口吻自稱者，亦不過簡單以「我」字自稱而已。至蘇軾之「曲子中縛不住者」始有以「老夫」自稱之語。辛棄疾之自稱為「老子」，蓋亦曾受有蘇氏之影響，只是蘇氏之自稱「老夫」，不過僅表現了自己的一份疏放而已，至辛氏之自稱「老子」，則

第 73 页

20×15=300 Chool.20.85.4 四川大学历史研究所稿纸

似乎

更多了一份以鄉音自慨的生老之悲。蓋辛詞之以「老子」自稱，原來乃是始於其被劾罷官退居帶湖以後，即如他在帶湖閑居時所寫的水調歌頭之（寄我五雲字）與（白日射金闕）二首，就曾屢有「老子政須哀」及「老子頗堪哀」之語，其以鄉音俗語自慨的情意，自是明白可見的。這當然完全談不上什麼辛詞之語言藝術，只不過因為論及辛詞中之使用俗語，此固亦屬於使用俗語之一端，因順筆及之而已。而辛詞在語言方面的藝術手段，則除其在語彙方面之既能用古又能用俗的兩點特色以外，還有一點我們加以敘及的，即就是辛詞在敘寫之語法方面的變化多姿。先就其句法之駢散錯綜而言，即如我們以前在論陸游詞時，曾經舉引過陸氏的《漢宮春》（羽箭雕弓）一首詞，謂

也就

還不僅是

而已

第 74 页

20×15=300 Chool.20.85.4 四川大学历史研究所稿纸

辛弃疾《水调歌头》：

白日射金阙，虎豹九关开。见君谏疏频上，谈笑挽天回。千古忠肝义胆，万里蛮烟瘴雨，往事莫惊猜。政恐不免耳，消息日边来。　笑吾庐，门掩草，径封苔。未应两手无用，要把蟹螯杯。说剑论诗余事，醉舞狂歌欲倒，老子颇堪哀。白发宁有种，一一醒时栽。

辛弃疾《汉宫春·会稽秋风亭怀古》：

亭上秋风，记去年袅袅，曾到吾庐。山河举目虽异，风景非殊。功成者去，觉团扇、便与人疏。吹不断，斜阳依旧，茫茫禹迹都无。　　千古茂陵词在，甚风流章句，解拟相如。只今木落江冷，眇眇愁余。故人书报，莫因循、忘却莼鲈。谁念我、新凉灯火，一编太史公书。

其「过于浅率质直」，其故盖由于此一词调之多成排比之四字句，所以容易形成一种气势而缺少含蕴，如陆词之「忆昔鹦鹉古垒，截虎平川」及「看重阳药市，元夕灯山」诸句，都是一个领字带出两个四字偶句，因此便显得质直浅率一写而出，缺少了一种曲折含蕴之美。乃是辛弃疾的《汉宫春》（亭上秋风）一词，在此等排句之处，所写的则是「记去年袅袅，曾到吾庐」及「甚风流章句，解拟相如」等句，都是以一个领字带起了两个声律虽相偶而辞意则并不相偶的句子，于是在其声律之骈与辞意之散的矛盾间，也就增加了一种曲折含蕴之美。而且陆游之《汉宫春》词结尾，所写的乃是「君记取、封侯事在，功名不信由天」全用直言，遂乃了无馀味；而辛氏之《汉宫春》词结尾，所写

第75页

20×15=300　Chool.20.85.4　四川大学历史研究所稿纸

的则是「谁念我、新凉灯火，一编太史公书」所用的是问语的口气，又结合了眼前「新凉灯火」的背景，与千年前「太史公书」的感慨，于是辛氏此词遂给予了读者无穷的感慨深思之馀味。在此种比较之下，则辛、陆二家之两首《汉宫春》词，其深浅曲直之差别岂不显然可见。此外辛词在语言方面之骈散变化多方之例证甚多，又有用问答之句法者，用古文之句法者，而且这种种语言句法方面之变化，还往往影响及其所使用之词调在风格方面也产生了相应的改变。即如《踏莎行》之牌调，晏殊所写的「细草愁烟」与「幽径红稀」诸词是何种情调？辛氏用经语所写的「进退存亡」又是何种情调？再如《永遇乐》之牌调，苏轼所写的「明月如霜」一词是何种情调？辛氏所写的「千古

第76页

20×15=300　Chool.20.85.4　四川大学历史研究所稿纸

晏殊《踏莎行》：

细草愁烟，幽花怯露。凭阑总是销魂处。日高深院静无人，时时海燕双飞去。　　带缓罗衣，香残蕙炷。天长不禁迢迢路。垂杨只解惹春风，何曾系得行人住。

就形象方面言之，形象之范畴既可以指自然界之一切物象，亦可以指人世间之一切事象。形象之来源，既可以取之于现实中所有之实象，亦可以取之于想象中非实有之假象，更可以取之于古典中历史之事象。而

第77頁

江山」又是何種情調？所以范開之《稼軒詞序》之乃謂「故其詞之為體，如張樂洞庭之野，無首無尾，不主故常；又如春雲浮空，卷舒起滅，隨所變態，無非可觀」。此固由於辛氏器度之本質之深摯過人，而其對語言文字能使運用之藝術手段，則實在也是使得辛氏不僅為一位忠義奮發的英雄豪傑，同時還是一位偉大的詞人的主要的緣故。

其次，再就形象方面來談談辛詞之藝術手段。本來詩歌之重視形象化之表現，固早為一般人所共知之老生常談。我以前在《迦陵論詩叢稿》與《迦陵論詞叢稿》二書所收之諸篇論文中，也曾多次討論到形象與情意之關係的種種問題。約而言之，則形象之範疇既可以指自然界之一切物象，亦可以指人世間之一切事象。

20×15＝300　Chool.20.85.4　四川大学历史研究所稿纸

第78頁

至於形象之來源，則既可以取之於現實中所有之實象，亦可以取之於想像中非實有之假象，更可以取之於古典中歷史之事象。而形象與情意之關係，則既可以有由物及心的屬於所謂「興」的關係，也可以有由心及物的屬於所謂「比」的關係，還可以有即物即心的屬於所謂「賦」的關係。以上所提到的種種區分，其實都只不過是在文學批評理論中，為了立說方便而判定的一些名目而已；至於真正要衡量一首詩歌的優劣，則事實上這些理論上之名目，卻並不能做為衡量之標準。因為無論是使用屬於任何一種範疇、任何一種來源、或任何一種關係的形象，都同時既有成為好詩的可能，也有成為壞詩的可能。而真正使一首詩歌成為好詩的基本因素，則主要實當以其形象與情意相結合時所傳達出來的感

20×15＝300　Chool.20.85.4　四川大学历史研究所稿纸

（接前）形象与情意之关系，则既可以有由物及心的属于所谓“兴”的关系，也可以有由心及物的属于所谓“比”的关系，还可以有即物即心的属于所谓“赋”的关系。

要想在诗歌之形象中传达出一种感发的力量，则首在具眼，次在具心，三在具手。辛弃疾在以上三方面都有过人之禀赋。

發生命之質量為衡量之標準。因此我們對於辛詞中的形象，便也將捨棄一切枝節，而專對其所傳達之感發生命的質量一做探討。一般而言，要想在詩歌之形象中傳達出一種感發的力量，則首在具眼，次在具心，三在具手。具眼，所以才能對一切事物有敏銳之觀察而掌握其鮮明之特色；具心，所以才能對所觀察接觸之事物引起真切深厚的感發；具手，所以才能以平易之聯想及切當之言語來加以表達。而辛棄疾就正是在以上三方面都具有過人之禀賦的一位作者。舉例而言，即如其「青山欲共高人語，聯翩萬馬來無數」（《菩薩蠻》）之寫山勢；「昨日春如十三女兒學繡」（《粉蝶兒》）之寫春光；「望飛來半空鷗鷺，須臾動地鼙鼓」（《摸魚兒》）之寫江潮；「春已歸來，看美人頭上裊裊春

幡」（《漢宮春》）之寫節物。凡此諸例，辛氏對各種形象莫不寫得鮮明真切，充滿了生動活潑的感發之力量。則其在使用形象方面的藝術手段之不凡，固已可以概見一斑。不過以上諸詞例，若就辛詞整體而言，卻實在還並不是他的最具代表性的作品。因為如我在本文前面所言，辛氏之所以異於其他詞人者，原來乃在於他的詞中有一種志意與理念的本體之流露，而辛氏在使用形象方面的藝術手段，自然便也應以其能藉用形象而傳達出其志意與理念的作品方為最具代表性的佳作。本來我們在前文已曾舉過辛氏的《水龍吟》（《舉頭西北浮雲》）一詞，來說明過辛詞中以兩種互相衝擊之力量為主的一種本體之變化。只不過那一首詞中所用的大多為古典，古典中雖也具含有歷史之事象，但終

辛弃疾《沁园春》：

叠嶂西驰，万马回旋，众山欲东。正惊湍直下，跳珠倒溅；小桥横截，缺月初弓。老合投闲，天教多事，检校长身十万松。吾庐小，在龙蛇影外，风雨声中。　争先见面重重，看爽气朝来三数峰。似谢家子弟，衣冠磊落；相如庭户，车骑雍容。我觉其间，雄深雅健，如对文章太史公。新堤路，问偃湖何日，烟水蒙蒙。

依通来则历史之事象与人之印象仍不免以抒情叙事为主，而并非单纯对形象之描绘。而且我们在那一首所讨论的重点乃在辛词之感发生命中两种互相冲击之力的特质，而并不在其对形象之描绘的艺术手法。因此我们现在便将再举另一首词例来对辛词中描绘形象的艺术手法，及其与感发生命之传达的关系也略加探讨。我们先把这首词抄录下来一看：

沁园春

灵山齐庵赋，时筑偃湖未成。

叠嶂西驰、万马回旋，众山欲东。正惊湍直下，跳珠倒溅；小桥横截，缺月初弓。老合投闲，天教多事，检校长身十万松。吾庐小，在龙蛇影外，风雨声中。　争先见面重重。看爽气朝来三数峰。似谢家子弟，衣冠磊落；相如庭户，车骑雍容。我觉其间，雄深雅健，如对文章太史公。新

20×15＝300　Chool.20.85.4　四川大学历史研究所稿纸　第81页

堤路，问偃湖何日，烟水蒙蒙。

这首词是辛弃疾第二次被弹劾罢官后，在铅山闲居时之所作。本来我们在前文论及辛词特殊一本之特色时，已早曾提出过辛氏词中经常具含有「欲飞还敛」的两种互相冲击之力量，而其罢废家居的一些词中，则更表现有一种闲而不适的抑塞难平之气。因此辛氏之词在表面看来，其内容虽有写壮怀之词，写闲居之词，写农村之词，写嘲讽之词，种种性质不同的作品。但究其实则辛氏之关怀国计民生一心想要恢复中原的志意与理念，则一直是贯串于万殊之中的一本。只不过写之于词的面目不同，其曲折隐显的层次变化也各有不同。现在就让我们从辛氏这一首罢废闲居的描绘山川景物的作品中，看一看辛氏如何在对景物形象的描述中传

20×15＝300　Chool.20.85.4　四川大学历史研究所稿纸　第82页

关怀国计民生、一心想要恢复中原的志意与理念一直是贯穿于辛词万殊之中的一本。

王维《栾家濑》：

飒飒秋雨中，浅浅石溜泻。
跳波自相溅，白鹭惊复下。

述了自己的理念和志意。在這首詞中，辛氏用以描述景物之形象而傳述出自己內心中一種感發之作用者，大約可歸納為以下幾種手法：其一是由其在描繪形象時所用之狀語及述語而傳達出一種感發之作用者，即如其「驚湍直下，跳珠倒濺」二句中所用之形容詞、動詞、及副詞，便不僅真切生動地寫出了驚湍流瀉水珠飛濺的景象，而且還表現出了一種激動騰躍的力感。如果我們試將這二句詞與王維在《輞川集》中所寫的「跳波自相濺」一句詩相比較，我們就會發現他們所寫的景象雖然頗為相似，然而王詩的寫法則似乎僅為視覺上的冷靜客觀的描述，而辛詞的寫法則似乎在客觀的景象以外，還傳達了作者由心中一種強烈的感受和興發。這種由狀語及述語對形象所做的生動而真切的描述而傳

第 83 頁

20×15=300　Chool.20.85.4　四川大学历史研究所稿纸

達出作者由心中強烈感發的寫法，正是辛詞在形象描寫中的一大特色。其二是辛詞往往將靜態的形象擬比為動態的形象，即如此詞開端的「疊嶂西馳，萬馬回旋，眾山欲東」數句，辛氏乃將靜態之群山擬比為回旋奔馳之萬馬，而謂其有「欲東」之勢。如此便不僅描繪出了群山的形象和氣勢，同時還表現出了作者自己的一份沉雄矯健的精神和氣魄。像這種擬比之描述，自非具有如辛氏之英雄豪傑之眼光與手段者，不易達成此種感發之效果。這正是辛詞在形象描寫中的另一點特色。其三則是辛詞也往往將具體之形象擬比為一種抽象之概念。即如在此詞中的「爭先見面重重，看爽氣、朝來三數峯。似謝家子弟，衣冠磊落；相如庭户，車騎雍容。我覺其間，雄深雅健，如對文章太史公

第 84 頁

20×15=300　Chool.20.85.4　四川大学历史研究所稿纸

辛词在形象描写方面有三点特色：其一是由状语及述语对形象所做的生动真切的描述而传达出作者内心中强烈感发的写法；其二是将静态的形象拟比为动态的形象；其三是将具体之形象拟比为抽象之概念。

《世说新语·简傲》：王子猷作桓车骑参军，桓谓王曰："卿在府久，比当相料理。"初不答，直高视，以手版拄颊云："西山朝来，致有爽气。"

《晋书·谢玄传》：玄字幼度。少颖悟，与从兄朗俱为叔父安所器重。安尝戒约子侄，因曰："子弟亦何豫人事，而正欲使其佳？"诸人莫有言者。玄答曰："譬如芝兰玉树，欲使其生于庭阶耳。"

第85页

」數句，作者就是用自己对历史上人物与文章之概念来描摹（和擬比）外在之景物的。要想說明此數句中感發之意境，我們就不得不先对此數句中历史之古典略加介紹。原來其「爽氣」「朝來」二句用的乃是《世說新語》的典故，據《世說新語·簡傲篇》之載云：「王子猷作桓車騎參軍，桓謂王曰：『卿在府久，比當相料理。』初不答，直高視，以手版拄頰云：『西山朝來致有爽氣。』」至其「謝家子弟」一句，用的則是《晉書》中之典故，據《晉書·謝玄傳》之載云：「謝安問：『子弟亦何豫人事？而正欲其佳。』玄答曰：『譬如芝蘭玉樹，欲使其生於庭階耳。』」至其「相如庭戶」二句，用的則是《史記》之中的典故，據《史記·司馬相如列傳》之載云：「相如之臨邛，從車騎，雍容閒雅甚都。」而其「

20×15=300　Chool.20.85.4　四川大学历史研究所稿纸

第86页

雄深雅健」數句用的則是韓愈的話，韓氏曾稱美柳文（見《劉夢得文集》卷廿三《唐故柳州刺史柳君集紀》），謂其「雄深雅健，似司馬子長」。而今辛氏此詞下半闋自「爭先見面重重」一句以下，全寫作者眼前當面所見之群山，而辛氏乃完全不從山之實象著筆，卻用了一連串得之於古典中的抽象的概念，於是遂把自己平日讀書所得的學養襟抱，一并都投入了对山的描述之中，因此遂使得既無知覺又無感情的山，也竟然有了人的品格和修養，而產生了一種強大的感發的力量，這自然更是辛詞在形象之描述中的另一點值得注意的特色。以上我們從這一首《沁園春》詞已經舉出了辛氏在描述形象時所使用的三種不同的艺术方式；但這首詞的真正感發的重點卻还並不僅在這些分散的描述，而更在他把形

20×15=300　Chool.20.85.4　四川大学历史研究所稿纸

《史记·司马相如列传》：相如之临邛，从车骑，雍容闲雅甚都；及饮卓氏，弄琴，文君窃从户窥之，心悦而好之，恐不得当也。既罢，相如乃使人重赐文君侍者通殷勤。文君夜亡奔相如，相如乃与驰归成都。

象与抒情叙事完全结合在一起，所写的「老合投閒、天教多事、檢校長身十万松。吾庐小、在龍蛇影外、風雨声中」數句，這才是辛氏這一首詞中真正傳达出他的志意与理念的画龍点睛之筆。在這數句詞中，「老合投閒、天教多事」二句，乃是全詞中唯一直接抒寫情意之處。本來我在前論陸游詞時，曾經說过陸詞多用直筆故不免覺率之失的話，但辛氏此二句却不僅無質率之失，且有画龍点睛之妙。此蓋正如鍾嶸《詩品·序》所謂：「若專用比兴，患在意深，意深則文躓；若但用賦体，患在意浮，意浮則文散。」所以曲直隱顯之筆，須要互相映襯生發，方能獲得既富於感發而又不失之淺率的效果。何况此二句詞雖是直寫情意，但却是以反諷的語气，暗示了作者之不甘投閒置散的心情。而下句之「檢校長身十万

松」，則又把此一份不甘投閒置散的心情結合着眼前的景物做了極為形象化的叙寫，遂於言外表現了極深重的悲慨。而其感發之作用則主要乃在辛氏於「十万松」之名物形象之上，所用的「長身」兩字的形容詞，以及「檢校」兩字的動詞。蓋「檢校」乃檢閱軍隊之意，「長身」乃將松擬人之語。曰「檢校長身十万松」，是直欲將十万松視為十万長身勇武的壯士之意，則辛氏之自憾不能指揮十万大軍去恢復中原的悲慨，豈不躍然可見。而此詞開端之將群山擬比為回旋奔馳之万馬的想像，則又正与此句之將松樹擬比為十万大軍的想像互相映襯生發，遂使此詞傳達出一份強大的感發之力量。至於下面的「吾庐小、在龍蛇影外，風雨声中」九句，則表面一層乃是承接以上所寫的「疊嶂」「驚湍」和「十万松」的背景，點明題目中的

对外在迫害的危虑，与辛词的豪壮志意理念经常结合在一起，成为辛弃疾所谓豪放词或所谓闲适词种种外在表象之下的底色。

第 89 页

「靈山齊庵」也就是「吾廬」的所在之地。若上半闋詞的一大總結。而「龍蛇影」是寫「十万松」的枝幹盤拏之影；「風雨声」則是寫「驚濤」的流湍噴濺之声。僅就此对形象之繪影繪声而言，這兩句詞已極為工妙。然而辛詞之佳處却还不僅只此一点而已，這兩句詞的更可注意之處，實在还更在其言外之另有深一層的喻託之意。即就是「龍蛇影」及「風雨声」實在也象喻了外在的一種迫害和侵襲的陰影及威力。而這种对外在迫害的危慮，則正是與辛詞之豪壯的志意理念所經常结合在一起，無論是在其所謂「豪放」之詞，或所謂「閒適」之詞中，都經常出現的各種畫面之下的底色。像這种结合着形象而表現了一種志意理念，且隱含着多重情意的敘寫，如此詞之「檢校長身十万松」及

20×15＝300　Chool.20.85.4　四川大学历史研究所稿纸

第 90 页

「龍蛇影外，風雨声中」諸句，當然是辛詞之藝术手法中的一種極高的成就。

以上我们对辛氏的《沁園春》（疊嶂西馳）一首詞，可以説已經大体都做了評賞和說明。但讀者一定会注意到我们原来却还遺漏了「小橋橫截、缺月初弓」及「新堤路、問偃湖何日、煙水濛濛」數句未加評說。其所以然者，蓋因為前面的一大段評說，我们的重点乃在於闡述辛詞中对形象之敘寫所傳达的感发之力量。而「小橋橫截」与「新堤路」數句，則在形象之敘寫中並未曾傳达出什麽強大的感发的力量，這正是我们在前面一段对此數句未加評說的緣故。不过這幾句詞却也具有另一種值得我们探討的價值，即就是辛棄疾在罷官閒居後，在上饒帶湖及鉛山瓢泉兩處購地置產的規劃和心情。本来我

20×15＝300　Chool.20.85.4　四川大学历史研究所稿纸

二　论辛弃疾词（二）

1982—1983

1984

1986

1986—1988

1989

1991

1997

2008

辛弃疾一心想要恢复中原，重返故乡，却不得已在江南购地置产，则一在于深感被谗摈之无奈，二在于有见恢复之无望。

你在前面評賞辛詞之〈水龍吟〉（"舉頭西北浮雲"）一首詞時，已曾屢次談到辛棄疾對於三國時代「求田問舍」全無救世之意的許汜之輕視，以及有許汜與陳登和劉備相對答的或正或反的種種深意。是則辛氏之一心想要恢復中原重返故鄉之本志，自是可以想見的。其原來並沒有想要在江南購地置產之用心，也是可以想見的。然而辛氏卻畢竟在江南購置了產業。這對於一心想要恢復中原的辛棄疾而言，實在是一個絕大的諷刺和悲劇。而其所以竟然不得不如此者，則一在於深感到被讒擯之無奈，二在於有見於欲恢復之無望。不過，其購地置產之用心雖出於無奈與無望，可是當他規劃安排起來時，卻又做得極為有聲有色。這種情況我以為一則是由於辛棄疾原是個英雄豪傑式的人物，因此不

20×15=300　Chool.20.85.4　四川大学历史研究所稿纸　第 91 页

僅當他用兵論戰之時，有他的英雄豪傑式的眼光與手段；在他填寫詞作之時，有他的英雄豪傑式的眼光與手段，就是在他購地置產之時，也同樣有他的英雄豪傑式的眼光與手段。這自然是使得他在購建之規劃中做得有聲有色的一個主因。再則也因為辛棄疾確實是對於山川花鳥一切大自然的景物都有着一份深厚的賞愛之情，所以當他建置房產時，遂在取景佈置方面常不惜投入很多心力，這自然是使得他在購地置產之時做得有聲有色的另一原因。三則更由於辛棄疾之購地置產既本就含有一份無奈與無望的悲慨，因此他遂將對於山水的安排當做了英雄失志以後的一種安慰和寄託、這自然也是使得他在建置的規劃中做得有聲有色的又一原因。因此辛棄疾在建置方面的規劃雖大，然而卻與南宋其他一些大官們之驕奢華豪

20×15=300　Chool.20.85.4　四川大学历史研究所稿纸　第 92 页

1982—1983
1984
1986
1986—1988
1989
1991
1997
2008

辛弃疾《沁园春·带湖新居将成》：

三径初成，鹤怨猿惊，稼轩未来。甚云山自许，平生意气，衣冠人笑，抵死尘埃。意倦须还，身闲贵早，岂为莼羹鲈鲙哉。秋江上，看惊弦雁避，骇浪船回。　东冈更葺茅斋。好都把、轩窗临水开。要小舟行钓，先应种柳；疏篱护竹，莫碍观梅。秋菊堪餐，春兰可佩，留待先生手自栽。沉吟久，怕君恩未许，此意徘徊。

第93页

修的情况，原是有很大不同的（可参看拙文《論辛弃疾詞之發展及王沂孫之詠物詞》一篇對於南宋奢靡之社會風氣的叙述）。這我們只要看一看辛詞中对帶湖与瓢泉兩處建置的描述就可得到証明。即如其《沁園春》（三徑初成）一詞所寫的「東岡更葺茅齋。好都把、軒窗臨水開。要小舟行釣，先應種柳；疏籬護竹，莫礙觀梅。秋菊堪餐，春蘭可佩，留待先生手自栽」。又如其《水調歌頭》（帶湖吾甚愛）一詞所寫的「東岸綠陰少，楊柳更須栽」。還有其題為「檢校停雲新種杉松戲作」的《永遇樂》一詞所寫的「投老空山，万松手種」。又有其題為「停雲竹徑初成」的《蓦山溪》一詞所寫的「斜帶水，半遮山，翠竹栽成路」。更有其題為「新開池，戲作」的《南歌子》一詞所寫的「涓

20×15=300　Chool.20.85.4　四川大学历史研究所稿纸

第94页

涓流水細侵階。鑿個池兒，喚個月兒來」。凡此諸例，都使我們既可以看到辛棄疾在建置時對景物之安排規划的眼光与手段，与其他競尚華奢的豪富之家的（果然）有所不同，也使我們又可以看到辛棄疾在佈置景物時，也曾經付出了自己一份辛勤的努力。像這一類對景物的（安排）叙寫，從個別詞句看來雖未必有什么强大的感發的力量，然而就辛詞之整体看來，則是既表現了辛棄疾對山川花木的賞愛（深）之情与安排佈置的眼光和手段，同時也隱含有罷官家居後寄情山水的一份無奈与無望之悲慨的。我們在本文所討論的《沁園春》（疊嶂西馳）一詞中所寫的「小橋横截，缺月初弓」与「偃湖何日，烟水濛濛」几句，就也正表現了辛棄疾在景物安排中的這些（同樣）喜曲的情意。「缺月初弓」是寫其眼前所見的模

20×15=300　Chool.20.85.4　四川大学历史研究所稿纸

这类对景观布置的叙写，既表现了辛弃疾对山川花木的赏爱之深情与安排布置的眼光和手段，同时也隐含有罢官家居后寄情山水的一份无奈与无望之悲慨。

栽水上的小橋的形影；「烟水濛濛」則是寫他想像中尚未建成的偃湖的形影。而在這種對景物的覺愛和安排之中，辛棄疾卻果是隱含有極深的無奈与無望之悲慨的。這在本詞之上半闋所寫的「檢校長松十万株」和「龍蛇影外，風雨声中」諸句，便都是可為之証明。而在這种罷官家居的生活中，辛棄疾所最為嚮往而且经常提起的一位古人，則是東晉時辞官归隱的陶淵明。台灣的陳淑美在其所寫的《辛稼軒与陶淵明》一文中，曾經統計過辛詞中之述及陶淵明之姓名、詩、文、及引用個別辞句者，共有七十餘處之多（見台灣《中外文學》之一九七五年四卷六期）。而且辛氏既曾在帶湖之居用陶之《归去来兮辞》中的「植杖」之句以名其亭，又曾在瓢泉之居用陶之《停雲》之詩以名其堂。还

第95页

20×15=300　Chool.20.85.4　四川大学历史研究所稿纸

曾在一首《水龍吟》詞中寫有「老來曾識淵明，夢中一見參差是。覺來幽恨，停觴不御，欲歌还止」的句子。這正因為在陶淵明的內心深處，原來也蘊蓄有一種「欲有為而未能」的幽恨。陶淵明在其《雜詩十二首》的第二首中，就曾寫有「歲月擲人去，有志不獲騁，念此懷悲悽，終曉不能靜」的句子，而這种幽恨的既正是隱蓄在陶詩深處的底色，也正是陶詩之所以最能引起辛棄疾之共鳴的一個基本原因。不過陶淵明實在不僅只是一位具有真淳深摯之情的詩人而已，他同時还是一位具有通觀妙悟的哲人，因此他遂能透过深隱的幽恨而終於达到了一種「俯仰終宇宙，不樂復何如」「此中有真意，欲辨已忘言」的自得的境界。而辛棄疾則畢竟是一位想要建立事功收復中原的英雄志士，因

第96页

20×15=300　Chool.20.85.4　四川大学历史研究所稿纸

辛弃疾《水龙吟》：

老来曾识渊明，梦中一见参差是。觉来幽恨，停觞不御，欲歌还止。白发西风，折腰五斗，不应堪此。问北窗高卧，东篱自醉，应有别、归来意。　须信此翁未死。到如今、凛然生气。吾侪心事，古今长在，高山流水。富贵他年，直饶未免，也应无味。甚东山何事，当时也道，为苍生起。

第97页

此他与陶渊明在「幽恨」方面虽有近似之处，但却一直不能达到陶渊明的俯仰自得的境界。辛弃疾乃是终生都挣扎在「天远难穷休久望，楼高欲下还重倚」的痛苦之中的。这种悲慨和痛苦的由来，就正如我在前文所言乃是由于他一方面既在南渡之后不断受到谗毁和摈斥，而另一方面则他对于自己的终极深挚的理想怀抱中的理念和志意则又始终无法弃置。所以我在前文就曾经说过这两种冲击的力量乃是辛词之感发生命中的万殊之中的一本。不过辛氏在词中却很少对他的志意理念做直接的说明。他总是把他内心中的志意和悲慨结合在他得之于古典中的叙述或景物中的感发来的形象的表现，因此他在词中所传达出来的，才真正是一份感发的生命，而不像其他所谓豪放的词人之但为浅率质

20×15＝300　Chool.20.85.4　四川大学历史研究所稿纸

第98页

直的豪放的言辞而已。本文虽然一时对辛词之艺术手段提出了语言及形象两个重点，但读者却也切不可误会为只要多用古典及形象便可写出好词，辛词之所以好，乃是因为他内心中首具一种深挚的理念和志意，而且无论是对古典或景物的观览，他也都能随处引起感发，这才是辛词之所以能胜于其他所谓豪放的词人，也异于其他词人之堆砌刻划地使用古典和景物的形象，而独能在词中既传达出一份强大的感发之力量，而同时还具有一种曲折含蕴之特美的主要缘故。不过这种区别却并非是用简单的概念化之语言之所能说明，因此本文才不得不在叙写中举出了《水龙吟》（〔举头西北浮云〕），和《沁园春》〔叠嶂西驰〕两首词例来做较为具体的分析和讨论，遂造成了篇幅过长的结果，这一点还希望能得到读

20×15＝300　Chool.20.85.4　四川大学历史研究所稿纸

辛词之所以好，乃是因为他内心中首具一种深挚的理念和志意，而且无论是对古典或景物的观览，他也都能随处引起感发，这才是辛词之所以能胜于其他所谓豪放的词人，而且也异于其他词人之堆砌刻划地使用古典和景物的形象，而独能在词中既传达出一份强大的感发之力量，而同时还具有一种曲折含蕴之特美的主要缘故。

盖辛词之佳处及其所以不易学之故，乃在于非知之难，行之为难；非行之难，而有之为难也。

者仍的誤解。

至於辛詞之不易學步，則世人對之固早有定論。陳廷焯《白雨齋詞話》（卷一）即曾云「稼軒一體，後人不易學步。無稼軒才力，無稼軒胸襟，又不處稼軒境地，欲於粗莽中見沉鬱，其可得乎？」周濟《介存齋論詞雜著》亦称辛詞「才情富艷，思力果銳，南北兩朝，實無其匹。」又云「後人以粗豪學稼軒，非徒無其才，並無其情。稼軒固是才大，然情至處，後人万不能及。」這些評語都是極为有見之言。蓋辛詞之佳處及其所以不易学之故，乃在於非知之難，行之為難；非行之難，而有之為難也。本文的析論就正是試圖從不同的角度对辛詞之「所有」所做的探討。不过辛詞之方面甚广，本文雖長仍只是擇要言之而已。至於辛詞

第 99 頁

20×15=300 Chool.20.85.4 四川大学历史研究所稿纸

中亦偶有做效他人風格之作，如其《醜奴兒近》（千峰雲起）一首之題為「效李易安体」；《玉樓春》（少年才把笙歌盞）一首之題為「效白樂天体」；《河瀆神》（芳草綠萋萋）一首与《唐河傳》（春水千里）一首之題為「效花間体」等，蓋皆一時興到之戏作，並非辛詞之本色，故不具論。此外辛詞中亦偶有失之淺拙或失之嬉戏者，則是英雄豪傑偶爾不顧細行之作，亦不須苛論求之也。

一九八六年六月廿五日

寫畢以上一節於成都

第 100 頁

20×15=300 Chool.20.85.4 四川大学历史研究所稿纸

1982—1983
1984
1986
1986—1988
1989
1991
1997
2008

附 缪钺先生手书辛弃疾词选

缪钺（1904—1995），字彦威。江苏溧阳人，出生于直隶（今河北）迁安县。1924 年北京大学预科肄业。曾任保定私立培德中学和保定私立志存中学国文教员。后历任河南大学中文系、广州学海书院、浙江大学中文系教授。1946 年起，任华西协合大学中文系教授兼中国文化研究所研究员，同时兼任四川大学历史系教授。1952 年后，专任四川大学历史系教授。主要从事于中国古代史、中国古典文学、历史文献学的教学与研究。学宗王国维、陈寅恪，以文史兼通享誉学林。代表作有《诗词散论》《读史存稿》《杜牧年谱》《冰茧庵丛稿》《灵谿词说》（与叶嘉莹合著）等。

缪钺先生对辛弃疾其人其词均极为推崇，曾撰专文《论辛稼轩词》加以阐发。首先是论其在词史上的地位：

> 中国文学史上最伟大之诗人，类具三种条件。（一）有学问，有识见，有真性情，而襟怀阔远，抱负宏伟，志在用世。（二）境遇艰困，不能尽发其志，而郁抑于中。（三）天才卓绝，专精文学，以诗表现其整个之人格。如屈原、曹植、阮籍、陶潜、杜甫皆是。宋代词人……惟辛稼轩既具第一二两种条件，而又以夐异之才，专力为词，所作约六百首，大含细入，平生襟怀志事，皆见于中。故就此点而论，宋词之有辛稼轩，几如唐诗之有杜甫。

其次，指出“稼轩词之佳处，在其能造内蕴之境，予读者以双重印象，而得调剂之妙用”。形成此种特点，盖因其才性与修养：

> 稼轩虽雄姿英发，虎视龙骧，而其内心则蕴含一种细美之情感，此其天禀特异之处。盖无细美之情感，则不能深得词体之妙，而无英发之雄姿，则又不能具碧海掣鲸之力量以开拓词之境域。二者相合，遂成奇迹。稼轩喜作壮词，而常能蕴含凄美之境者，其故在此。

本书收录缪钺先生书辛弃疾词手稿 16 幅，内容包括辛弃疾简介、辑评、38 首词及批注。让我们随着这位异代知赏者的笔触，去领略这位伟大词人的卓绝之处。

一百十九

況蕙風曰：[illegible]蓋雖直逼花間，求之北宋人集中，未易多覯。

辛稼軒詩
人才[illegible]與世相疏，若謂無才即厚誣，方翔長身無領契，人間飽死於侏儒。

劉後村辛詞
精神此老健於虎，紅頰白鬚雙眼青，未可瓢[illegible]氣使歸去，要如九縣負羽[illegible]，黃草今日誰承恩。自信容華託至尊，門外[illegible]駐日，依然青草暗長門。

杏花

東風約略吹羅幕。一簾細雨春陰薄。試把杏花看。濕紅嬌暮寒。 佳人雙玉枕。烘醉鴛鴦錦。折得最繁枝。暖香生翠幃。

辛棄疾，字幼安，齊之歷城人。少師事蔡伯堅，與黨懷英同學，號辛黨。耿京聚兵山東，節制山東河北忠義軍馬，棄疾為掌書記，即勸京決策南向。紹興三十二年，京令棄疾奉表歸宋，高宗勞師建康，召見，嘉納之。授承務郎，天平節度掌書記，改差江陰簽判，時年二十三。乾道四年，通判建康府。遷司農主簿，出知滁州。提點江西刑獄，加秘閣修撰。歷大理少卿，湖北湖南運副，權知潭州，兼湖南安撫使。加右文殿修撰，差知隆興，兼江西安撫使。坐言罷。紹熙二年，起福建安撫提刑。加集賢殿修撰，[illegible]知福州。丐祠歸。再起知紹興，兼浙東安撫使。進寶文閣待制，樞密院都承旨。又進龍圖閣，知江陵府。開禧三年，令赴行在奏事，試兵部侍郎，辭免家居。九月初十日卒。德祐初，以謝枋得請，贈少師，謚忠敏。所為稼軒長短句十二卷。有毛氏宋六十名家詞本，王氏四印齋影元本，吳氏石蓮庵山左人詞本，武進陶氏景宋本，又景小草齋鈔本，萬載辛氏祠堂本。[illegible]中以王本最備，陶景宋本最精，辛本有補遺。而彊村叢書本斯出。今人梁啟勳有稼軒詞疏證。

集評

劉克莊曰：公所作大聲鞺鞳，小聲鏗鍧，橫絕六合，掃空萬古，其穠纖

一百二十

綿密者。亦不在小晏秦郎之下。後村詩話

楊慎曰。辛稼軒、自非脫落故常者。未易窺其堂奧。詞品

毛晋曰。詞家爭鬬穠纖。而稼軒率多撫時感事之作。磊砢英多。絕

不作妮子態。宋人以東坡為詞詩。稼軒為詞論。善評也。稼軒詞跋

王士禎曰。石勒云。大丈夫磊磊落落。終不學曹孟德、司馬仲達狐媚。讀

稼軒詞當作如是觀。

劉體仁曰。稼軒非不自立門戶。但自散仙入聖。非正法眼藏。七頌堂詞繹

俞彥曰。唐詩三變愈下。宋詞殊不然。歐蘇秦黃。足當高岑王李。南渡

以後。矯矯陡健。即不得稱中宋晚宋也。惟辛稼軒自度粱肉不勝前哲。

特出奇險為珍錯供。與劉後村輩。俱曹洞旁出。學者正可欽佩。不必

反唇并捧心也。爰園詞話

彭孫遹曰。稼軒詞胸有萬卷。筆無點塵。激昂排宕。不可一世。今人未

有稼軒一字。輒紛紛有異同之論。宋玉罪人。可勝三歎。金粟詞話

鄒祇謨曰。稼軒詞中調小令。亦間作嫵媚語。觀其得意處。真有壓

倒古人之意。遠志齋詞衷

沈謙曰。稼軒詞以激揚奮厲為工。至寶釵分桃葉渡一曲。昵狎溫柔。魂

銷意盡。才人伎倆。真不可測。古今詞話引

樓敬思曰。稼軒驅使莊騷經史。無一點斧鑿痕。筆力甚峭。詞林紀事引

周濟曰。稼軒不平之鳴。隨處輒發。有英雄語。無學問語。故往往鋒穎

太露。然其才情富豔。思力果銳。南北兩朝。實無其匹。無怪流傳之

一百廿一

廣且久也。　又曰。世以蘇辛並稱。蘇之自在處。辛偶能到之。辛之當
行處。蘇必不能到。二公之詞。不可同日語也。　又曰。後人以粗豪學稼
軒。非徒無其才。並無其情。稼軒固是才大。然情至處。後人萬不能
及。　又曰。北宋詞多就景敘情。故珠圓玉潤。四照玲瓏。至稼軒、白石、
一變而為即事敘景。使深者反淺。曲者反直。吾十年來。服膺白石。而
以稼軒為外道。由今思之。可謂瞽人捫籥也。稼軒鬱勃。故情深。白石
放曠。故情淺。稼軒縱橫。故才大。白石局促。故才小。惟暗香疏影二詞。
寄意題外。包蘊無窮。可與稼軒伯仲。餘俱據事直書。不過手
意近辣耳。介存齋論詞雜著　又曰。蘇辛並稱。東坡天趣獨到處。殆成
絕詣。而苦不經意。完璧甚少。稼軒則沈著痛快。有轍可循。南宋諸
公。無不傳其衣缽。固未可同年而語也。　又曰。稼軒由北開南。夢
窗由南追北。是詞家轉境。宋四家詞選序論
吳衡照曰。辛稼軒別開天地。橫絕古今。論、孟、詩小序、左氏春秋、離
騷、史、漢、世說、選學、李、杜詩、拉雜運用。彌見其筆力之峭。蓮子居詞
話
劉熙載曰。[illegible]辛[illegible]稼軒風節建豎。卓絕一時。惜每有成功。輒
為議者所沮。觀其踏莎行和趙興國有云。吾道悠悠。憂心悄悄。其
志與遇概可知矣。宋史本傳稱其雅善長短句。悲壯激烈。又稱
謝校勘過其墓旁。有疾聲大呼於堂上。若鳴其不平。然則其長
短句之作。固莫非假之鳴者哉。　又曰。稼軒詞龍騰虎擲。任古書中

一百廿二

理語廋語。一經運用。便得風流。天姿是何夐異。　又曰。蘇辛皆至
情至性人。故其詞瀟灑卓犖。悉出於溫柔敦厚。世或以粗獷詆蘇
辛。固宜有視蘇辛為別調者哉。　又曰。張玉田盛稱白石。而不甚許
稼軒。耳食者遂於兩家有軒輊意。不知稼軒之體。白石嘗效之矣。
集中如永遇樂、漢宮春諸闋。均次稼軒韻。其吐屬氣味。皆若秘
響相通。何後人過分門戶耶。　藝概
謝章鋌曰。學稼軒、要於豪邁中見精緻。近人學稼軒。只學得莽字、
粗字。無怪闌入打油惡道。試取辛詞讀之。豈一味叫囂者所能望其
項踵。　又曰。稼軒是極有性情人。學稼軒者。胸中須先具一段真
氣奇氣。否則雖紙上奔騰。其中俄空焉。亦蕭蕭索索。如牖下風耳。

晏秦之妙麗。源於李太白、溫飛卿。姜史之清真。源於張志和、白香
山。惟蘇辛在詞中則藩籬獨闢矣。讀蘇辛詞。知詞中有人。詞中
有品。不敢自為菲薄。然辛以畢生精力注之。比之蘇尤為橫出。吳
子律曰。辛之於蘇。猶詩中山谷之視東坡也。東坡之大。殊不可以學
而至。此論或不盡然。蘇風格自高。而性情頗歉。辛卻纏綿悱惻。
且辛之造詣俊於蘇。若僅以大論也。則室之大不如堂。而以堂為室
可乎。　賭棋山莊詞話
馮煦曰。稼軒負高世之才。不可羈勒。能於唐宋諸大家外。別樹一幟。
自茲以降。詞家遂有門戶主奴之見。而才氣橫軼者。羣樂其豪
縱而效之。乃至里俗浮囂之子。亦靡不推波助瀾。自託辛劉。以屏

一百廿三

蔽其陋。則非稼軒之咎。而不善学者之咎也。即如集中所載水調歌頭長恨復長恨一闋。水龍吟昔時曾有佳人一闋。連綴古語。渾然天成。既非東家所能效顰。而摸魚兒、西河、祝英臺近諸作。摧剛為柔。纏綿悱惻。尤與粗獷一派。判若秦越。宋六十一家词选例言

況周頤曰。性情少。勿学稼軒。非絕頂聰明。勿学夢窗。東坡、稼軒。其秀在骨。其厚在神。初学看之。但得其麤率而已。其實二公不經意處是真率、非麤率也。香海棠館词话

王國維曰。南宋词人。白石有格而無情。劍南有氣而乏韻。其堪與北宋人頡頏者。惟一幼安耳。近人祖南宋而祧北宋。以南宋之词可学。北宋不可学也。学南宋者。不祖白石、則祖夢窗。以白石夢窗可学。幼安不可学也。学幼安者。率祖其粗獷滑稽。以其粗獷滑稽可学。佳處不可学也。幼安之佳處。在有性情。有境界。即以氣象論。亦有傍素波干青雲之概。寧後世齷齪小生所可擬耶。 又曰。東坡之词曠。稼軒之词豪。無二人之胸襟而学其词。猶東施之效捧心也。 又曰。讀東坡稼軒词。須觀其雅量高致。有伯夷柳下惠之風。白石雖似蟬蛻塵埃。然終不免局促轅下。人间词话 又曰。南宋词人之有意境者。惟一稼軒。然亦若不欲以意境勝。人间词乙稿序

賀新郎

賦琵琶

周濟曰：記出塞白謫逐正人以致離亂遂賜句了最是江左不復北望

鳳尾龍香撥。自開元霓裳曲罷。幾番風月。最苦潯陽江頭客。畫

一百廿四

毕竟從琵琶故事網羅臚列亂雜無章殆如一團野草惟大氣足以包舉之故不覺粗率非其人勿學步也

舸亭亭待發△。記出塞、黃雲堆雪△。馬上離愁三萬里。望昭陽宮殿孤鴻沒△。絃解語。恨難說△。遼陽驛使音塵絕△。瑣窗寒、輕攏慢撚。淚珠盈睫△。推手含情還卻手。一抹梁州哀徹△。千古事、雲飛煙滅△。賀老定場無消息。想沉香亭北繁華歇△。彈到此。為嗚咽△。

逢易宮詞 夜半高樓絃索鳴 賀老琵琶定場屋

賀新郎

陳同父自東陽來過余。留十日。與之同遊鵝湖。且會朱晦庵於紫溪。不至。飄然東歸。既別之明日。余意中殊戀戀。復欲追路。至鷺鷥林。則雪深泥滑。不得前矣。獨飲方村。悵然久之。頗恨挽留之不遂也。夜半。投宿吳氏泉湖四望樓。聞鄰笛悲甚。為賦乳燕飛以見意。又五日。同父書來索詞。心所同然者如此。可發千里一笑。

把酒長亭說△。看淵明、風流酷似。臥龍諸葛△。何處飛來林間鵲。蹙踏松梢殘雪△。要破帽、多添華髮△。剩水殘山無態度。被疏梅、料理成風月△。兩三雁。也蕭瑟△。佳人重約還輕別△。悵清江、天寒不渡。水深冰合△。路斷車輪生四角。此地行人銷骨△。問誰使、君來愁絕△。鑄就而今相思錯。料當初、費盡人間鐵△。長夜笛。莫吹裂△。

五代史 聚六州四十二縣鐵鑄一箇錯不成

張惠言曰：茂嘉蓋以罪謫徙，故有是言。
周濟曰：前半闋北都舊恨，後半闋南都新恨。

賀新郎

別茂嘉十二弟。鵜鴂、杜鵑實兩種。見離騷補注。

綠樹聽鵜鴂△。更那堪、鷓鴣聲住。杜鵑聲切△。啼到春歸無尋處。苦恨芳菲都歇△。算未抵、人間離別△。馬上琵琶關塞黑。更長門、翠輦

一百廿五

梁啓超曰：賀新郎以第四韻之單句為全首筋節，如此句最可學。
王國維曰：章法絕妙，且語語有境界，此能品而幾於神者。然非有意為之，故後人不能學也。

譚獻曰：大踏步出來，與眉山同工異曲。然此是衣冠偉人，稼軒則弓刀游俠。樓空二句可謂後逸清新。
梁啓超曰：此南渡之感。

辭金闕。看燕燕，送歸妾。將軍百戰身名裂。向河梁、回頭萬里，故人長絕。易水蕭蕭西風冷，滿座衣冠似雪。正壯士、悲歌未徹。啼鳥還知如許恨，料不啼清淚長啼血。誰共我，醉明月。

念奴嬌

書東流村壁

洪邁《夷堅志》卷下：汪彥章舟行汴河，見傍岸畫舫有映簾而窺者，止見其額，賦詞云：小舟簾隙，佳人半露梅妝額，綠雲低映花如刻，恰似秋宵，一半銀蟾白。蓋以月喻額也。辛幼安詞有云：聞道綺陌東頭，行人曾見，簾底纖纖月。則以月喻足，無乃太媟乎。

野塘花落，又匆匆過了，清明時節。剗地東風欺客夢，一枕雲屏寒怯。曲岸持觴，垂楊繫馬，此地曾輕別。樓空人去，舊游飛燕能說。聞道綺陌東頭，行人曾見，簾底纖纖月。舊恨春江流不盡，新恨雲山千疊。料得明朝，尊前重見，鏡裏花難折。也應驚問，近來多少華髮。

念奴嬌

和信守王道夫席上韻

風狂雨橫，是邀勒園林，幾多桃李。待上層樓無氣力，塵滿闌干誰倚。就火添衣，移香傍枕，莫捲朱簾起。元宵過也，春寒猶自如此。為問幾日新晴，鳩鳴屋上，鵲報簷前喜。揩拭老來詩句眼，要看拍堤春水。月下憑肩，花邊繫馬，此興今休矣。溪南酒賤，光陰只在彈指。

水調歌頭

舟次揚州，和楊濟翁周顯先韻

落日塞塵起，胡騎獵清秋。漢家組練十萬，列艦聳層樓。誰道投鞭飛渡，憶昔鳴髇血污，風雨佛貍愁。今老矣，搔白首，過揚州。倦游欲去江上，手種橘千頭。二客東南名勝，萬卷詩書事業，嘗試與

佛貍 魏太武帝小字

一百廿六

若虚谓辛幼安作长短句有用经语者，水调歌头云：凡我同盟鸥鹭云云，殊为新奇

君谋，莫射南山虎。直觅富民侯。

汉书食货志：汉武帝末年，怨有此之欲富，乃封丞相为富民侯

水调歌头

盟鸥

带湖吾甚爱，千丈翠奁开。先生杖屦无事，一日走千回。凡我同盟鸥鹭，今日既盟之后，来往莫相猜。白鹤在何处，尝试与偕来。破青萍，排翠藻，立苍苔。窥鱼笑汝痴计，不解举吾杯。废沼荒丘畴昔，明月清风此夜，人世几欢哀。东岸绿阴少，杨柳更须栽。

满江红

家住江南，又过了、清明寒食。花径里、一番风雨，一番狼藉。红粉暗随流水去，园林渐觉清阴密。算年年、落尽刺桐花，寒无力。庭院静，空相忆。无说处，闲愁极。怕流莺乳燕，得知消息。尺素如今何处也，彩云依旧无踪迹。漫教人、羞去上层楼，平芜碧。

满江红

江行简杨济翁周显先

过眼溪山，怪都似、旧时曾识。还记得、梦中行遍，江南江北。佳处径须携杖去，能消几两平生屐。笑尘劳、三十九年非，长为客。吴楚地，东南坼。英雄事，曹刘敌。被西风吹尽，了无尘迹。楼观甫成人已去，旌旗未卷头先白。叹人生、哀乐转相寻，今犹昔。

木兰花慢

滁州送范倅

一百廿七

老來情味減，對別酒，怯流年。況屈指中秋，十分好月，不照人圓。無情水都不管，共西風、只管送歸船。秋晚蓴鱸江上，夜深兒女燈前。

征衫，便好去朝天，玉殿正思賢。想夜半承明，留教視草，卻遣籌邊。長安故人問我，道愁腸殢酒只依然。目斷秋霄落雁，醉來時響空弦。

木蘭花慢

中秋飲酒將旦，客謂前人詩詞有賦待月，無送月者，因用天問體賦。

可憐今夕月，向何處、去悠悠？是別有人間，那邊纔見，光影東頭？是天外空汗漫，但長風浩浩送中秋？飛鏡無根誰繫？姮娥不嫁誰留？

謂經海底問無由，恍惚使人愁。怕萬里長鯨，縱橫觸破，玉殿瓊樓。蝦蟆故堪浴水，問云何玉兔解沉浮？若道都齊無恙，云何漸漸如鉤？

王靜安曰：詞人想像，直悟月輪繞地之理，與科學家密合，可謂神悟。

水龍吟

登建康賞心亭

楚天千里清秋，水隨天去秋無際。遙岑遠目，獻愁供恨，玉簪螺髻。落日樓頭，斷鴻聲裏，江南游子。把吳鉤看了，欄干拍遍，無人會，登臨意。

休說鱸魚堪膾，儘西風、季鷹歸未？求田問舍，怕應羞見，劉郎才氣。可惜流年，憂愁風雨，樹猶如此！倩何人喚取，紅巾翠袖，揾英雄淚！

譚獻曰：裂竹之聲，何嘗不潛氣內轉。

一百廿八

水龍吟

過南澗雙溪樓

舉頭西北浮雲，倚天萬里須長劍。人言此地，夜深長見，斗牛光燄。我覺山高，潭空水冷，月明星淡。待燃犀下看，憑欄卻怕，風雷怒，魚龍慘。峽束蒼江對起，過危樓、欲飛還斂。元龍老矣，不妨高臥，冰壺涼簟。千古興亡，百年悲笑，一時登覽。問何人又卸，片帆沙岸，繫斜陽纜。

摸魚兒

淳熙己亥，自湖北漕移湖南，同官王正之置酒小山亭，為賦。

更能消、幾番風雨，匆匆春又歸去。惜春長怕花開早，何況落紅無數。春且住，見說道、天涯芳草無歸路。怨春不語，算只有殷勤，畫簷蛛網，盡日惹飛絮。　長門事，準擬佳期又誤，蛾眉曾有人妒。千金縱買相如賦，脈脈此情誰訴。君莫舞，君不見、玉環飛燕皆塵土。閒愁最苦，休去倚危欄，斜陽正在，煙柳斷腸處。

羅[illegible]曰：詞意殊怨。斜陽煙柳之句，其與未佞慈曰暮天際村陰者異矣。聞壽皇聞此詞頗不悅，然終不加罪也。

譚獻曰：權奇倜儻，純用太白樂府詩法。[illegible]句是開，君不[illegible]句是合。

梁啓超曰：迴腸盪氣，至於此極，前無古人，後無來者。

王闓運曰：第六首三句是指張浚、秦檜一班人。又曰：此亡國之音，不為諷刺。

長門賦序：孝武皇帝陳皇后時得幸，頗妒，別在長門宮，愁悶悲思，聞蜀郡成都司馬相如天下工為文，奉黃金百斤為相如文君取酒，因于解悲愁之辭，而相如為文以悟主上。

永遇樂

京口北固亭懷古

千古江山，英雄無覓，孫仲謀處。舞榭歌臺，風流總被，雨打風吹去。斜陽草樹，尋常巷陌，人道寄奴曾住。想當年，金戈鐵馬，氣吞萬里如虎。　元嘉草草，封狼居胥，贏得倉皇北顧。四十三年，望中

鶴林玉露：此詞尚壯可喜。

岳珂曰：微覺用事多。

周濟曰：有英主則可以隆中興，此是正說；英主必起於草澤，此是反說。又曰：從此世圖功，前車之比。

譚獻曰：起句嫖有獷氣，且使事太多。

南史王玄謨傳：每陳北伐之謀，上謂殷景仁曰：「聞王玄謨陳說，使人有封狼居胥意。」元嘉二十七年，大舉伐魏，王玄謨敗於滑臺。十二月，魏主至瓜步，戍淮守江。

一百卅一

為陈同甫賦壯詞以寄之

醉裏挑燈看劍。夢回吹角連營△。八百里分麾下炙。五十絃翻塞外聲△。沙場秋點兵△。　馬作的盧飛快。弓如霹靂弦驚△。了卻君王天下事。贏得生前身後名△。可憐白髮生△。

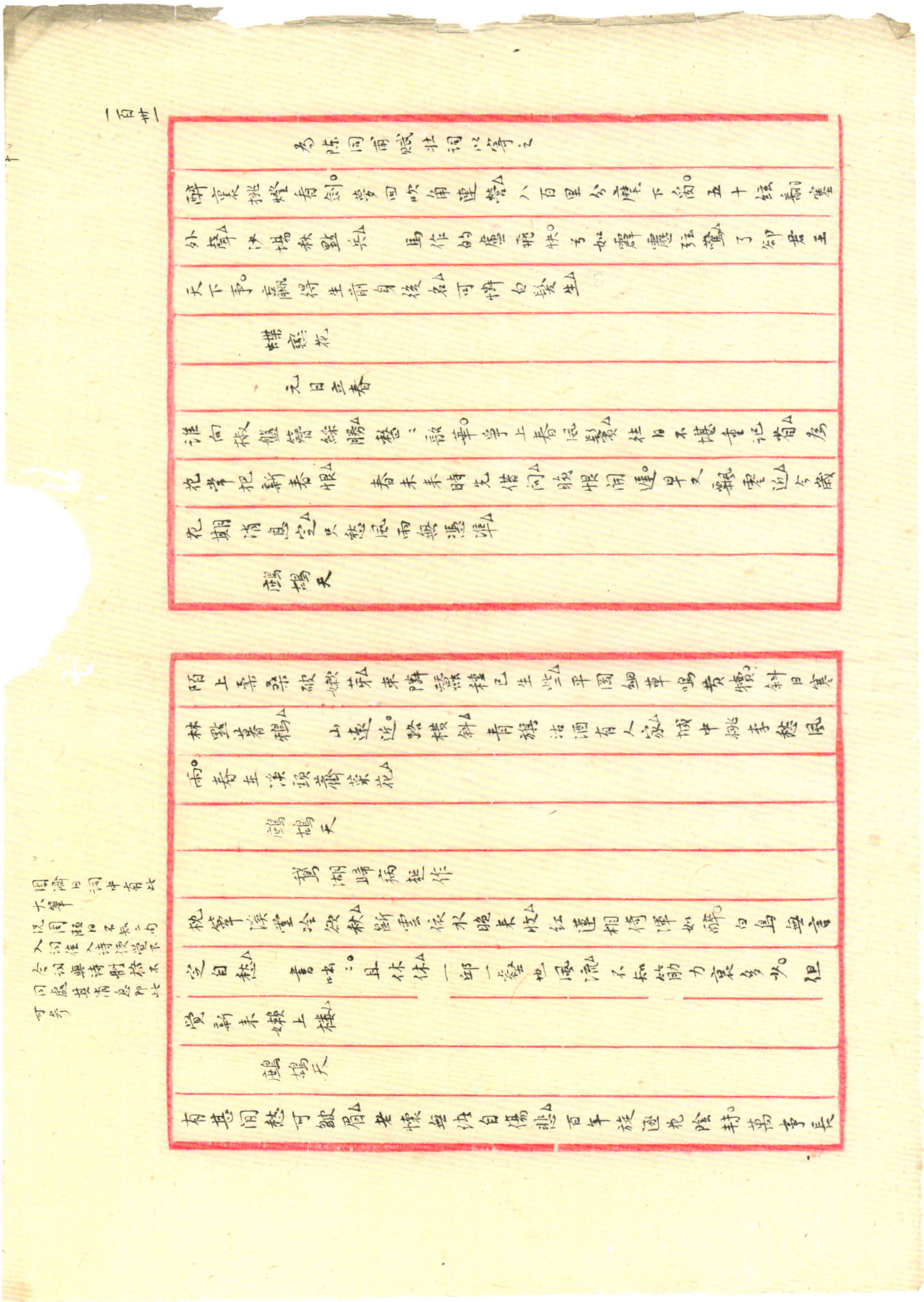

蝶戀花

元日立春

誰向椒盤簪綵勝△。整整韶華。爭上春風鬢△。往日不堪重記省△。為花常把新春恨△。　春未來時先借問△。晚恨開遲。早又飄零近△。今歲花期消息定△。只愁風雨無憑準△。

鷓鴣天

陌上柔桑破嫩芽△。東鄰蠶種已生些△。平岡細草鳴黃犢。斜日寒林點暮鴉△。　山遠近。路橫斜△。青旗沽酒有人家△。城中桃李愁風雨。春在溪頭薺菜花△。

鷓鴣天

鵝湖歸病起作

枕簟溪堂冷欲秋△。斷雲依水晚來收△。紅蓮相倚渾如醉。白鳥無言定自愁△。　書咄咄。且休休△。一丘一壑也風流△。不知筋力衰多少。但覺新來懶上樓△。

周濟曰：詞中有此大筆。况周頤曰：不知二句入詞佳，入詩便覺不合。詞與詩體格不同處，其消息即此可參。

鷓鴣天

有甚閒愁可皺眉△。老懷無緒自傷悲△。百年旋逐花陰轉。萬事長

一百卅二

看鬓发知△　溪上枕。竹间棋△　怕寻酒伴懒吟诗△　十分筋力夸强
健。只比年时病起时△

鹧鸪天

送欧阳国瑞入吴中

莫避春阴上马迟△　春来未有不阴时△　人情辗转闲中看。客路崎
岖倦后知△　梅似雪。柳如丝△　试听别语慰相思△　短篷炊饭鲈鱼
熟。除却松江枉费诗△

鹧鸪天

石门道中

山上飞泉万斛珠△　悬崖千丈落鼪鼯△　已通樵径行还碍。似有
人声听却无△　闲略彴。远浮屠△　溪南修竹有茅庐△　莫嫌杖屦频
来往。此地偏宜着老夫△

鹧鸪天

春日即事题毛村酒垆

春日平原荠菜花△　新耕雨后落群鸦△　多情白发春无奈。晚日青
帘酒易赊△　闲意态。细生涯△　牛栏西畔有桑麻△　青裙缟袂谁家
女。去趁蚕生看外家△

鹧鸪天

有客慨然谈功名。因追念少年时事戏作。

壮岁旌旗拥万夫△　锦襜突骑渡江初△　燕兵夜娖银胡䩮。汉箭朝

胡䩮　箭室
娖　同捉

一百卅三

左傳乘丘之役，公以金僕姑射南宮長萬

飛金僕姑△ 追往事。歎今吾△ 春風不染白髭鬚△ 卻將萬字平
戎策。換得東家種樹書△

清平樂

茅簷低小△ 溪上青青草△ 醉裏吴音相媚好△ 白髮誰家翁媼△ 大兒
鋤豆溪東△ 中兒正織雞籠△ 最喜小兒亡賴。溪頭看剝蓮蓬△

清平樂

獨宿博山王氏庵

遶牀飢鼠△ 蝙蝠翻燈舞△ 屋上松風吹急雨△ 破紙窗間自語△ 平生
塞北江南△ 歸來華髮蒼顏△ 布被秋宵夢覺。眼前萬里江山△

菩薩蠻

四、羅大經曰：南渡之初，虜人追隆祐太后御舟至造口，不及而還。

幼安因此起興。聞鷓鴣之句，謂恢復之事行不得也。周濟曰：借水怨山。譚獻曰：西北二句宕，逸中亦深鍊。梁啓超曰：菩薩蠻如此大聲鏜鞳，未曾有也。

書江西造口壁

鬱孤臺下清江水△ 中間多少行人淚△ 西北望長安△ 可憐無數山△ 青
山遮不住△ 畢竟東流去△ 江晚正愁余△ 山深聞鷓鴣△

~~賀[illegible]~~

~~[illegible]~~

浣溪沙

常山道中即事

北隴田高踏水頻△ 西溪禾早已嘗新△ 隔牆沽酒煮纖鱗△ 忽有微
涼何處雨。更無留影霎時雲△ 賣瓜人過竹邊村△

霜天曉角

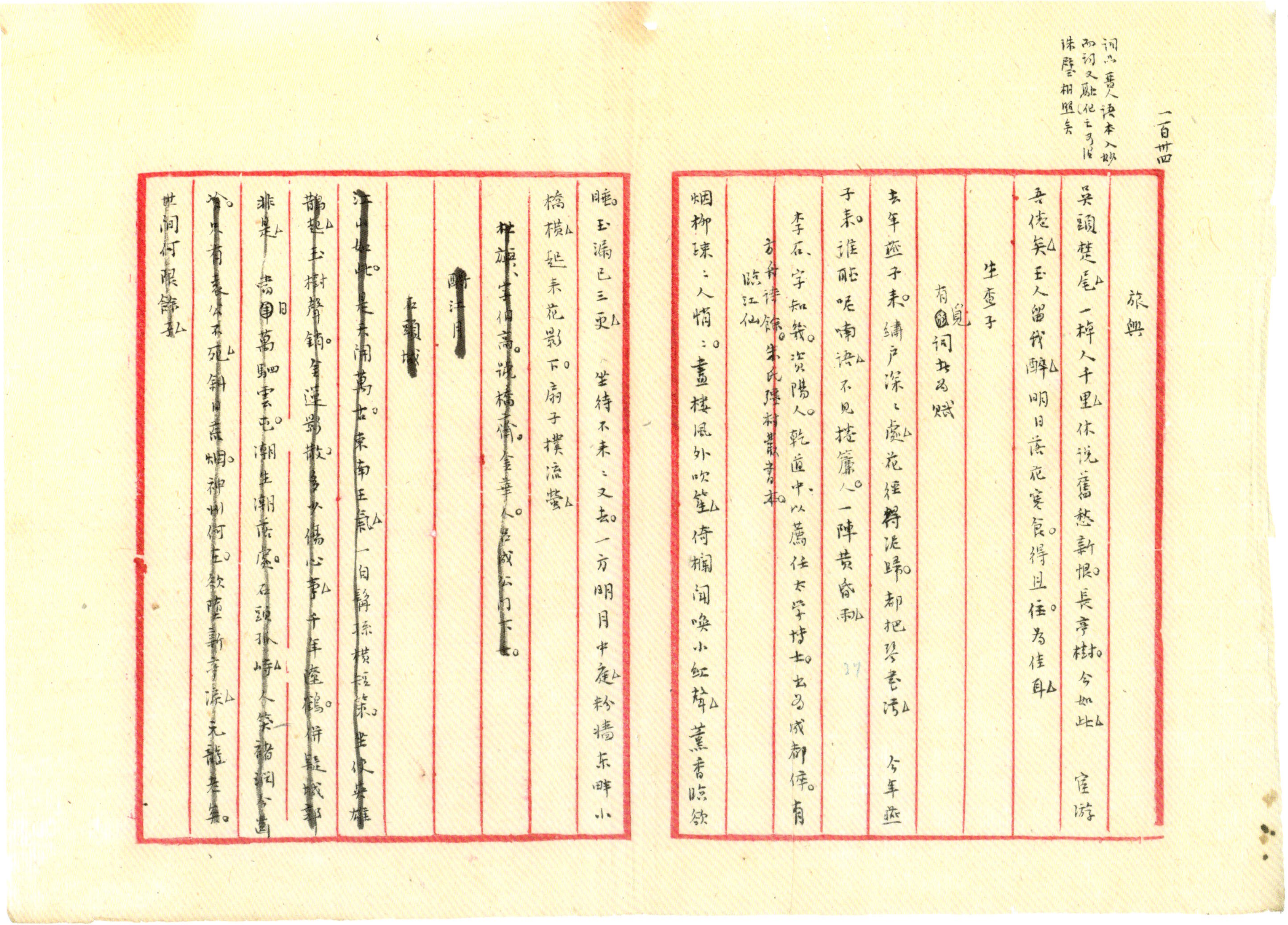

一百卅四

詞品云吾人讀本入妙而詞又融化之可以珠璧相照矣

旅與

吴頭楚尾，一棹人千里。休說舊愁新恨，長亭樹、今如此。　宦游吾倦矣。玉人留我醉。明日落花寒食，得且住、為佳耳。

生查子

有覓詞者為賦

去年燕子來，繡户深深處。花徑得泥歸，都把琴書污。　今年燕子來，誰聽呢喃語。不見捲簾人，一陣黃昏雨。

李石、字知幾，資陽人。乾道中，以薦任太学博士。出為成都倅。有方舟詩餘。朱氏彊村叢書本。

臨江仙

烟柳疏疏人悄悄，畫樓風外吹笙。倚欄聞喚小紅聲。薰香臨欲睡，玉漏已三更。　坐待不來來又去，一方明月中庭。粉牆東畔小橋橫。起來花影下，扇子撲流螢。

杜旟、字伯高。號橋齋。金華人。呂成公門下士。

酹江月

石頭城

江山如此，是天開萬古，東南王氣。一自髯孫橫短策，坐使英雄鵲起。玉樹聲銷，金蓮影散，多少傷心事。千年遼鶴，併疑城郭非是。　當日萬駟雲屯，潮生潮落處，石頭孤峙。人笑褚淵今尚在，只有袁公不死。斜日荒烟，神州何在，欲墮新亭淚。元龍老矣，世間何限餘子。

1982—1983

1984

1986

1986—1988

1989

1991

1997

2008

1982—1983

1984

1986

1986—1988

1989

1991

1997

2008

154

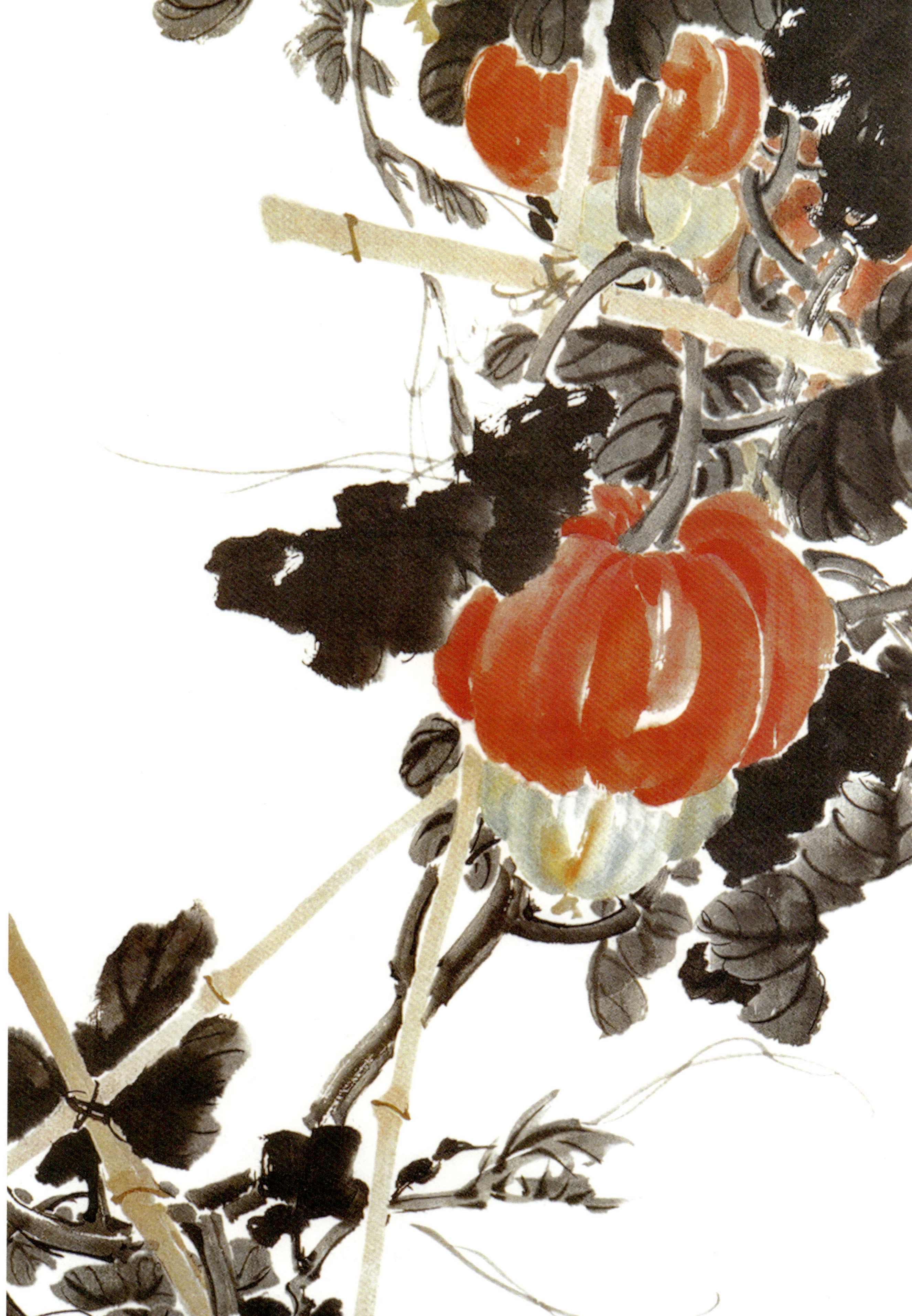

第四章 迦陵随笔

应《光明日报·文学遗产》之邀，叶嘉莹先生自1986年10月起为其撰写专栏短稿，引用符号学、诠释学、语言学、现象学和接受美学等西方文论，对中国的传统词学做了一些反思的探讨，名之为《迦陵随笔》，叶先生自言以“表示其既绝非深思有得之言，且包含有随时向读者求教之意”。1987年3月，《光明日报》取消了《文学遗产》一版，《迦陵随笔》转至其他版面继续刊出。直到1988年9月，叶先生共撰写十五则随笔，对王国维论词的要旨提出了一点新的理解。

后来接受陈邦炎先生的建议，叶先生将《迦陵随笔》中的见解做了系统化的整理，写成《对传统词学与王国维词论在西方理论之观照中的反思》一文，对中国的整体词学做了一次通观的梳理。结合历代词学家的词学理论，叶先生把唐五代两宋词在发展演进中所形成的几种不同词风的作品加以归纳，划分为三个阶段，正式提出了“歌辞之词”“诗化之词”“赋化之词”的说法。此文发表于1989年第2期的《中华文史论丛》。

该系列手稿每则装订1册，共15册，正文110页，其中10则有封面，合计120页。前12则于1986年10月至1987年4月撰写于天津南开大学，后3则于1987年11月及1988年9月完稿于加拿大温哥华。

1986—1988

人生三境界

王国维

古今之成大事业、大学问者，必经过三种之境界：『昨夜西风凋碧树。独上高楼，望尽天涯路』，此第一境也。『衣带渐宽终不悔，为伊消得人憔悴』，此第二境也。『众里寻他千百度，回头蓦见，那人正在，灯火阑珊处』，此第三境也。

本节介绍了专栏的写作缘起。叶先生拟定以王国维词论为主题，将之与西方文论做相通互证的比较和说明。

①

迦陵随笔之一（前言）　叶嘉莹

我今年已经两度回國。第一次回来是在四月下旬，主要是为了去四川成都完成我与四川大学缪钺教授近年来合作撰写的一册论詞专著《灵谿词说》。六月下旬把此一合作结完成以後，我自成都回到北京，有《光明日报》、文学遗产之编辑部几位朋友来看我，要我为他们写一則专摘。當時我因自己工作甚为忙碌，且並無撰寫专摘之經驗，所以意中頗为迟疑，不敢貿然应命。但這幾位朋友却甚为热誠，不僅给了我許多鼓励，还答应在文稿的内容方面都给予我極大之自由。我遂应允勉为一試。但其後數日我就为了要赶赴美國一所大学为他们的一個暑期進修班講課而離开了北京，先回到加拿大的温哥華，再轉赴美國，又回到温哥華，再返回祖國，即已經是八月下旬了。原来我自今年八月以後有一年休假，所以從去年就答應了國内幾所大学的邀请要我去講課。九月初先去了上海的復旦大学，九月底又来到了天津的南开大学。這時距離《光明日报》之朋友向我邀稿已经有三個月之久了，而我却还一個字也没有寫，想起来未免心怀愧歉。本週因正值國庆，学校既有几天假期，而我又因行路不慎，日前将右足扭傷，無法外出参加学校所组织的旅遊及國庆活動。遂得静坐於南开

②

大学的招待所之中，這在我的生活中可说是一段極为難得的閒暇的日子，因此乃想藉此机会寫一些文字来向《光明日报》、文学遗产之的朋友们勉为报命。但寫些什么内容却又成了一則難題。我自知学識疏淺，實在並無高見。不过古有抛磚引玉及野人献曝之說，也許我随時把自己一些並不成熟的想法寫下来，也不失为一個可以及時向讀者们求正受教的机会，遂为此专摘命名为《随笔》，以表示其既非深思有得之言，且包含有随時向讀者求教之意。不过，我一向有個下笔不能自休的毛病，並不習惯於寫作短小精悍的专摘式的文字，所以今後的「随笔」很可能会形成为一种長文短寫之方式，也就是說我将把我随時想到的一個主題，嘗試分为幾個層次或幾個方面，陆续寫为短文發表，分观之既可自成段落，合观之則也可以形成为一個有系统的整体。至於我所想到的第一個主題，則是王國维的詞論。我之所以選擇了此一主題，可以說是既有着遠因，也有着近因。先就遠因而言，則我之第一次接觸到王國维的《人間詞話》，原来乃竟可推溯到我的童龄時代，当時我方以同等学力考入初中，母親为了表示对我的獎勵，遂给我買了一套《詞学小叢書》，書後附有《人間詞話》一卷，於是這一卷書乃成为了为我開啟通向詩詞欣賞之门的一把珍贵

《王国维及其文学批评》是叶嘉莹先生在哈佛大学时所作。全书以王国维之性格及其所生之时代为线索，探讨王国维治学途径的转变，以及其在学术盛年遽尔轻生的原因，并对其以《人间词话》为代表的文学批评做出了恰切的评价。

③

的鑑賞。及今思之，我当時对此书之精義实在並不能了解，然而讀起来却時時可以引發一种直觉的感動，於是遂对之留下了深刻的印象。其後隨着讀书与教学之經驗的不断增加，我对此一书也逐漸有了較深的体会，於是在執筆為文之際，乃不免每時時引用此书之評論，於是《人間詞話》遂成為了我在寫作中極為熟悉的一個主題。這自然可以說是我之所以又選擇了此一主題的遠因。至於就近因而言，則是由於今年九月中旬，我曾在上海復旦大学做过八次關於唐宋詞的賞的报告，在做报告的前一日，有一位朋友邀我吃飯，晤談中言及近来國內之学术風氣，以為今日的年青人有兩种流行的心態：一是向西方現代新潮的追尋；一是向中國古老根源的探索。這些話給了我相当的啟發，於是想到近年我所讀到的一些有关西方之現象学及詮釋学的論著，其中有些論点与《人間詞話》中評詞之理論，以及王國維在評詞实踐中所取的方式，也頗有某些可以相通互証之處。而我在过去撰寫《王國維及其文学批評》一书時，对《人間詞話》之「境界」說与中國傳統詩論之關係以及王氏文学批評所曾受到的当日西学之影响也曾做过相当的探討。記得以前在哈佛大学見到一副对聯寫的是「文明新舊能相益，心理中西本自同」。是則如何將此新舊中西

④

的多元多彩之文化来加以別擇去取及融匯結合，当然也就正是今日處於反思之時代的青年所当考慮的重要課題。因此他们对於西方新潮的追尋和对於古老的根源的探索，就不僅是可以理解，也是應該鼓勵的了。於是我在復旦大学的同学们做报告之際，也就嘗試把《人間詞話》的評詞理論及說詞方式，与西方之現象学和詮釋学以及中國傳統詩說之理論，都簡單做了一些相通互証的比較和說明。不过因為我当時所言都只是出於一時偶然的觸引，既未曾準備什麼講稿，旅途中也並沒有什麼可資参考的书籍，因此講得非常淺薄而且雜亂。所以現在乃想藉此机會，把這些偶然觸引起的一些想法，以「隨筆」的形式寫下来，向讀者们求教。這自然是我之所以選取了《人間詞話》為主題的一項重要的近因。不过，目前我手边也仍沒有足够的参考书籍，則此「隨筆」寫出後，其內容之不免浮淺及体例之不免雜亂，蓋可預想而知。因先寫此前言，自我供述其因緣經过如上。

一九八六年十月三日寫於南開大学招待所

本则介绍了西方文论中的诠释学，其理论认为在诠释中不能如实还原作品的原义，不免带有诠释者自己的色彩，因而增加衍义。

二〇

迦陵随笔之二（似而非是之说）　叶嘉莹

在前次《随笔之一》之中，我一时由于兴之所至，提出了要从古今中外文学批评理论之通观方面，对于中国的词论略做探讨的想法。但是才把这一想法提出，我却马上就感到了后悔。第一是由于我自己的学识浅薄，实在无法探讨这么大的一个题目；第二则是由于我对这个临时想到的题目完全无准备，手边并没有任何可供参考的书籍；第三则是由于古今中外的很多学说，在基本上虽或有可以相通之处，但古今之历史背景不同，中西之文化思想各异，即使在基本上或可以有相通之处，但完全相同的情形则是几乎没有的。更何况每个人在学识和修养各方面都不免各自有其偏颇局限之处，自己的一点理解又岂能代表一种融通之通观。不过我在上次的《前言》之中既已提出了此一想法，自然就应该向读者做出一个交代，而首先想到的便是先从西方诠释学的理论中，为我自己这种似而非是之说，找到一点可资辩护的凭藉。

本来所谓「诠释学」（Hermeneutics），原是指西方研究圣经的学者们如何给经文做出正确解释的一种学问，原该译作「解经学」。因为关于圣经的如何解释，在西方社会中往往会对各方面产生重大的影响，所以解释经文的学者们

二①

，除了要对经文之文字推寻其原始意义以外，就还要对这些文字在原有的社会和文化背景中使用时的意义和效用也做出正确的分析和了解。这种精密的推寻文字之原意的精神和方法，后来也被哲学家及文学家用来做为对抽象的意义之探讨的一种学问，因此「Hermeneutics」这个字，就不仅只限于「解经学」的意思，还有了被后来的哲学家与文学家用来泛指对一切抽象意义之追寻的「诠释学」的意思了。在六十年代后期，美国的西北大学曾经刊出了李查·庞马（Richard Palmer）的一本著作《诠释学》（Hermeneutics），在这本书中庞马提出了一种看法，他认为对于所谓「原义」的追寻，当我们在分析和解释中，无论怎样想努力泯灭自我而追入过去原有的文化时空，也难于做到纯然的客观。因此诠释者对于追寻「原义」所做的一切分析和解说，势必都染有诠释者自己所在的文化时空的浓厚的色彩。像这种从诠释者做出的追寻「原义」的努力，而最后又回到诠释者自己本身来的情况，在葛德马（Hans-Georg Gadamer）的《哲学的诠释学》（Philosophical Hermeneutics）一书中，曾被称为「诠释的循环」（Hermeneutic Circle）注。此外美国的耶鲁大学在六十年代后期也曾刊出过赫士（E.D. Hirsch）的一本著作《诠释的正确性》（Validity in Interpretation）

二③

、在這本書中赫士也曾提出过一种看法，他認為所謂意義這主作者的原义，原本只是一種理想化了的説法，事實上詮釋者所探尋出來的往往並不可能是作者真正的原义，而只不过是經由詮釋者的解說而產生出來的一種「衍義」（significance）而已。其後在七十年代後期，美國芝加哥大學又刊印了赫士的另一本著作《詮釋的目的》（The Aims of Interpretation），在這本書中赫士又提出了更進一步的看法，認為作品只不过是提供意義的一個引線，而詮釋者才是意义的創造者。以上我們所引的這些有關詮釋學的說法，当然主要是对於歐於創作性的文學作品而言的，並不指理論性的著作。而我現在之引用這些説法，則一方面固然是由於自知我所要從事的将王國維詞論与舊傳统及新學說相結合的探討，原來的本合於舊家學說之原义，因此遂想要假借此說以為辯護；另一方面則也因此種理論對於談討論王國維詞論也可能有一些參考之用。而且這種理論在西方文學批評中雖然似乎仍屬於一種新潮，但在中國舊傳统的詩論中，却似乎也早已有之，所謂「詩無达詁」，豈不就正与我們前面所引的西方詮釋學之探尋原义並不可能在詮釋中被如實的还原，而都不免带有詮釋者自己之色彩的說法有暗合之處。而在詞的欣賞解說中，這種由詮釋者增加衍义之情形似乎更較詩為尤甚。

二④

清代常州派論詞，就是極重視詮釋者在作品原义之外所引發之衍义的一种批評理論。張惠言之以比興說詞固是最好的例証，至其繼起者之周濟，在《宋四家詞選目錄序論》中，对讀者追尋原义时所可能產生的感發与联想，則更曾有过一段极為形象化的比喻，說「讀其篇者，臨淵窺魚，意為魴鯉；中宵驚電，罔識東西。」又將讀者之「衍义」及作品之「原义」的相互關係，擬比為「赤子隨母笑啼，鄉人緣劇喜怒。」於是另一位常州派詞論家譚獻，遂更提出了一個結論性的說法，說「甚且作者之用心未必然，而讀者之用心何必不然。」乃公然对讀者之可以有自己聯想之「衍义」，予以了公開的承認。不过，讀者之所体会雖不必同合作者之原义，但其相互感發之间，却又确實有一种如周濟所說的「赤子隨母笑啼，鄉人緣劇喜怒」的密切而是屬於詮釋者的一种「衍义」。然則「詞」這种文体式，何以特別易於引起詮釋者的「衍义」之联想？而「衍义」之联想又是否有一定之範疇及優劣高下之区分？常州派說詞的「衍义」之联想与王國維說詞的「衍义」之联想，其根本区别又究竟何在？凡此种种问题，我們都将留待以後的各篇隨筆之中，再陸續加以討論。本篇所談只是我個人讀書時一些「似而非是」的体会而已。

清人周济在《宋四家词选目录序论》中，对读者追寻原义时所可能产生的感发与联想，曾有过一段极为形象化的比喻，说：“读其篇者，临渊窥鱼，意为鲂鲤；中宵惊电，罔识东西。”又将读者之“衍义”及作品之“原义”的相互关系，拟比为“赤子随母笑啼，乡人缘剧喜怒”。

二⑧

注释

所謂「詮釋學的循環」（Hermeneutic Circle）一名辭，在西方文學批評理論中有二种不同之含义，一為本文所引用之意，另一則指在詮釋內部分与全体互相連絡相關之意。前說出於葛達瑪之《哲學的詮釋學》，後說則出於狄爾泰（Wilhelm Dilthey）之《詮釋學之兴起》。二者意指不同，故特作此注釋加以說明。

一九八六年十月六日寫于南开大學招待所

三①

迦陵隨筆之三（從現象學到境界說） 葉嘉瑩

在前一則隨筆中，我曾經提到过西方詮釋學的一些說法，而詮釋學之用於文學批評，則實在是因為受了西方哲學中現象學之說的影響。現象學（Phenomenology）是在第一次世界大戰前夕，在德國興起的一种哲學運動。其代表人物為愛德蒙胡塞尔（Edmund Husserl）。胡氏在他一生學術研究的历程中，其基本思想曾經有过多次轉變，而他所倡導的現象學，在流傳衍變中也形成了極為繁複艱澀的一派哲學思潮。本人對此一思潮既無深入之研究，本文對此一思潮也無法做系统之介绍。我们現在所要提出來一說的，其實只是現象學曾对詮釋學產生影响的一些重要概念而已。在一九二九年出版的《大英百科全書》中，有胡塞尔寫的關於現象學的一篇簡介，其中曾談到意識与客体之關係，他認為意識不是僅指一种感受的官能，而是指一种向客体現象不斷投射的活動，而且這种活動是具有一種意向性的（Consciousness as Intentional）。其後現象學之說流入美國，一位美國學者詹姆士艾迪（James Edie）在他為法國梅露龐蒂（Merleau Ponty）所寫的《什麼是現象學》一書的介紹中，對於現象學所研究的對象，也曾做过簡要的說明。他認為現象學所研究的既不是單純的主体，也不

本则叶嘉莹先生介绍道，她将诠释学用于文学批评实际上是受到了西方哲学中现象学之说的影响。正是由于现象学提出了意识的意向性活动问题，因此才引起了文学批评理论中追寻作者原意的“诠释学”之兴起。

《毛诗·大序》：诗者，志之所之也。在心为志，发言为诗。情动于中而形于言，言之不足故嗟叹之，嗟叹之不足故永歌之，永歌之不足，不知手之舞之，足之蹈之也。

三②

是單純的客体，而是在主体向客体投射的意向性活動中，主体与客体之間的相互関係，以及其所构成的世界，這才是現象學研究的重点所在。関於現象學之說在哲學界的是非功过，不在本文討論之内，我們对之可以不論。但却正是由於這种学說提出了意識的意向性活動，因此才引起了文學批評理論中追尋作者原意的「詮釋學」之興起。而在這种追尋原意的探討中，他們却又發現了純客觀之原意的難以重現，而詮釋者追尋之所得，事實上都是已經加有詮釋者之色彩的衍义。我們在前一則《隨筆》中，既曾經把此种詮釋學的「衍义」之說，与我國舊傳統詩論中的「詩無达詁」之說，以及常州派詞論中的「作者之用心未必然，而讀者之用心何必不然」之說，做过一些「似而非是」的比較；因此現在我就又想把現象學中的意識向客体投射的意向性活動之說，与中國舊傳統詩論中的一些說法，也做一些「似而非是」的比較。

在中國傳統詩論中，自《毛詩．大序》就曾經有过「情動於中而形於言」的說法，而就其引起「情動」的因素而言，則早在《礼记．乐记》之中也已曾有过「人心之動，物使之然也」的說法。可見「心」与「物」之相感應的関係，原是中國詩論中早就注意到了的一种詩歌創作的主要

三③

因素。其後鍾嶸在其《詩品．序》中，对於使人心感動的「物」，更曾有过較具体的叙寫，他曾把感人之「物」大别为兩大類：一類是屬於自然界的現象，另一類是屬於人事界的現象。前者如「春風春鳥，秋月秋蟬，夏雲暑雨，冬月祁寒」，後者如「楚臣去境，漢妾辭宫……塞客衣單，孀閨淚尽」，前者固可以「搖蕩性情，形諸舞詠」，後者也同樣是「凡斯种种，感蕩心靈」。而除去心物交感以外，中國詩論中也一向認為人心之動本是帶有一种意向性的，所以《毛詩．大序》在「情動於中而形於言」一句話之前，就也还曾說过一句「詩者，志之所之也」的話。這些說法，我以為就都与西方現象學中所提出來的意識与現象客体之関係及意向性活動之說，有相似之處。因此中國說詩人也一向注重「以意逆志」的說詩法，這卻与西方詮釋學之想要追尋原意的詮釋者之追求也有相似之處。我們在《隨筆》前言之中曾引过一副对聯，其中有「心理中西本自同」的一句話，西方現象学之注重意識主体与現象客体之間的関係，与中國詩論之注重心物交感之関係，其所以有相似之處，也就正因為人類意識与宇宙現象接觸之時，其所引起的反應活動原是一种人類之共相的緣故。

而且我还可以把此一点加以引申，將印度佛教的一些

西方现象学注重意识主体与现象客体之间的关系，与中国诗论注重心物交感之关系有相似之处。

四③

「能寫」二字。可見王氏所說的「境界」決非僅指一種感知之意識作用或感發之心靈活動而已，而是更指能把這种感知及感發的世界寫之於作品之中，同時也使讀者能經由作者之敍寫而體會到這种作品中之感發之世界者，方可謂之為「有境界」。因此我在《王國維及其文學批評》一書中，就還曾提出說「縱然有真切之感受仍嫌未足，還更須能將之表達於作品之中，使讀者也能經作品中獲得同樣真切之感受，如此才完成了詩歌中此种興發感動之生命的生生不已的延續」。以上所說，乃是我多年前撰寫《王國維及其文學批評》一書時，對其「境界」說之一點體會。但近來我却又有一點更進一步的想法，那就是王氏之重視興發感動之作用及其重視表現与傳達之效果的一點，雖可以做為衡量詩詞之一項普遍的標準，但王氏提出「境界」說之用意，却實在原是以着重詞之品評為主的。因此我們在討論王氏之「境界」說時，實在不應把這一點完全忽略，下面我們就將對王氏「境界」說，就其特別着重於對詞之品評的一點用意來略加探討。

私意以為詞与詩在着重興發感動之作用的一點，雖然有所相同之處，但如果就其創作時之意識心態言之，則却實在有相當的差別。那就因為詩之寫作，在很早就形成了一种「言志」的傳統，因此詩人在寫詩之時，其所抒發之情意往

四④

往都是作者顯意識中自己心志之活動。而詞之寫作，則一直並未正式形成「言志」之傳統。不僅《花間集》序中所編選的「詩客曲子詞」，據其《序》中所述只不過是一些「遞叶叶之花箋，文抽麗錦」的，交給歌女「舉纖纖之玉手，拍按香檀」去唱的艷歌而已；就是直到北宋時代，像晏、歐、蘇、黃，這些德業文章足以領袖一代的人物，都參与了小詞之寫作以后，也仍然未能改變一般人將小詞只視為遣興娛賓之歌曲的這种觀念。因此當他們在詞中敍寫一些以美女及愛情為主的傷春怨別之情的時候，他們在顯意識中原來並不見得有什么藉以「言志」的用心。然而却正是在這种遊戲筆墨的小詞之寫作中，他們却於不自覺中流露了隱意識中的一种心靈之本質。因此這些小詞遂於無意中具含了一种發自心靈最深微之深处的興發感動的作用。而我以為王國維就正是對小詞中這种深微幽隱之感發作用最有體會的一位評詞人。所以他才會從南唐中主李璟的「菡萏香消翠葉殘」的小詞中，體會出一种「衆芳蕪穢、美人遲暮之感」；從晏、歐諸人的小詞中，體會出一种「成大事業大學問」的「三种境界」。而小詞中的這种感發之特質，却又很難用傳統的評詩之眼光和標準來加以評判和衡量。因此王國維才不得不選用了這个模糊影响極易引起人們爭議和

叶先生认为，王国维所提出之“境界”，乃是特指在小词中所呈现的一种富于兴发感动之作用的作品中之世界，而并非泛指一般以“言志”为主的诗中之“意境”或“情景”之意。

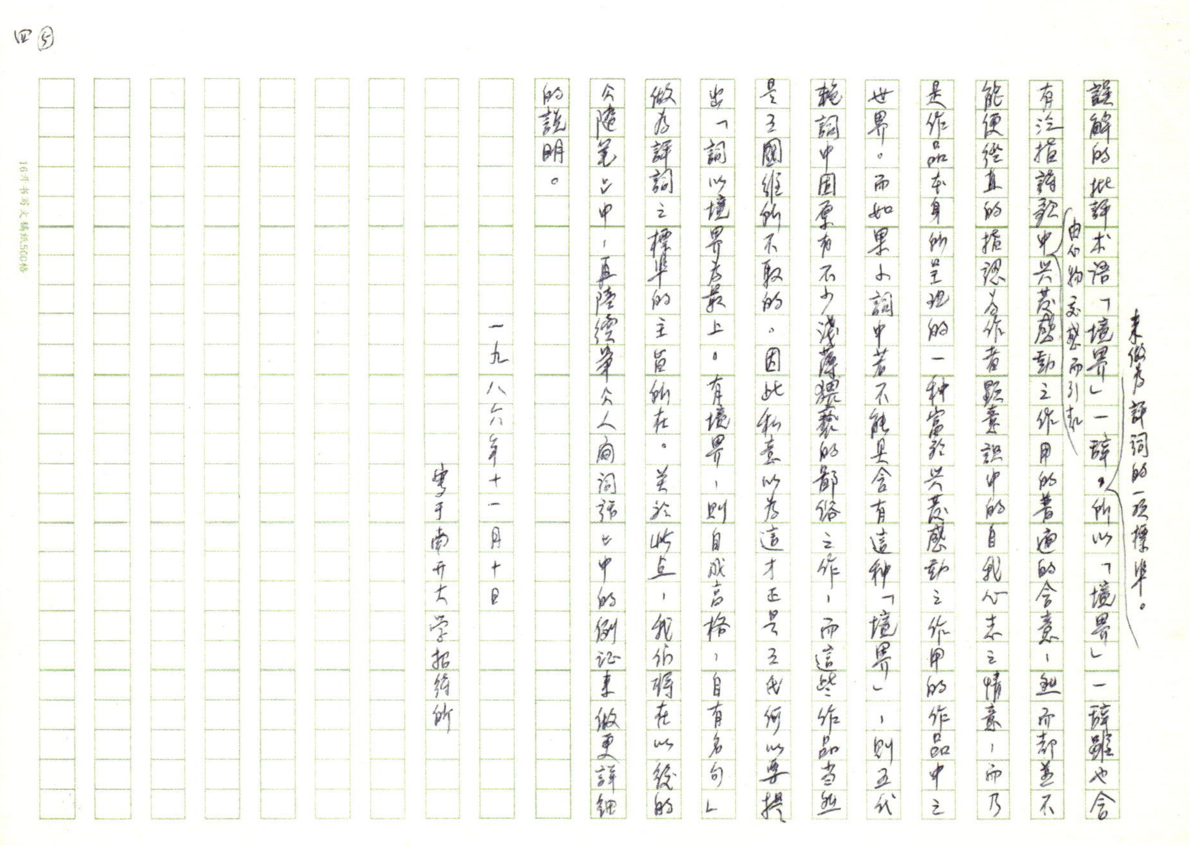

四⑤

詮解的批評術語「境界」一辭，未能為評詞的一項標準。所以「境界」一辭雖也含有泛指詩歌中由外物之感而引起興發感動之作用的普遍的含意，然而卻並不能便徑直的指認為作者顯意識中的自我心志之情意，而乃是作品本身所呈現的一種富於興發感動之作用的作品中之世界。而如果小詞中若不能具含有這種「境界」，則五代艷詞中固原有不少淺薄猥褻的鄙俗之作，而這些作品當然是王國維所不取的。因此私意以為這才正是王氏何以要提出「詞以境界為最上。有境界，則自成高格，自有名句」做為評詞之標準的主旨所在。關於此點，我們將在以後的《迦陵隨筆》之中，再陸續舉出人間詞話之中的例證來做更詳細的說明。

一九八六年十一月十日

寫于南開大學招待所

本则讨论《人间词语》中“要眇宜修”之美与“在神不在貌”两则，作为以境界评词的理论依据。

南開大學

《迦陵隨筆》之五

（要眇宜修之美與在神不在貌）

在前一則《隨筆》中，我們曾經對王國維之“境界”說，就其做為評詞標準之特殊含義，做了簡單的討論。以為王氏所提出之“境界”，乃是特指在小詞中所呈現的一種富於興發感動之作用的作品中之世界，而並非泛指一般以“言志”為主的詩中之“意境”或“情景”之意。我之所以對王氏評詞之“境界”一辭，敢於提出此種理解，主要蓋因為小詞中既果然具有此一種不同於詩的“境界”，而且王國維又正是對此種“境界”有獨到之體會的一位評詞人的緣故。關於王氏對小詞的這種體會，我們在其《人間詞話》的評詞個例中不僅可找到不少證明，而且更可以提出兩則詞話來做為理論上的依據。一則是說“詞之為體，要眇宜修，能言詩之所不能言，而不能盡言詩之所能言。詩之境闊，詞之言長”。另一則是說“詞之雅鄭，在神不在貌。永叔、少游雖作艷語，終有品格”。要想明白這兩則詞話的意旨，我們首先須對所謂“要眇宜修”之美

五①

南開大學

略加闡述。本來“要眇宜修”四個字原出於《楚辭·九歌》中的《湘君》一篇，原文是“美要眇兮宜修”，王逸注云“要眇，好貌”，又云“修，飾也”。洪興祖補注云“此言娥皇容德之美”。關于《湘君》一篇所詠之是否即指娥皇，歷代說者之意見多有不同，此一爭議暫可擱置不論；總之，此句所描述者自當為湘水之神靈的一種美好的資質。此外《楚辭》之《遠遊》一篇，也曾有“神要眇以淫放”之句，洪興祖補注云“要眇，精微貌”。可見所謂“要眇宜修”者，蓋當指一種精微細緻富於女性修飾之美的特質。至於詞之為體何以特別富於“要眇宜修”之美，則可以分別為形式與內容兩方面來看：先就形式言之，則詩多為五言或七言的整齊之形式，而詞則多為長短句不整齊之形式，此固為人所共知之差別，而詞之這種參差錯落之音韻及節奏，當然是促成其“要眇宜修”之美的一個重要因素①；再就內容言之，則詞在初起原只是伴隨音樂歌唱的曲辭，我們在以前的《隨筆》中，已曾引過《花間集·序》說當時

五②

“要眇宜修”的本义，指一种精微细致、富于女性修饰之美的特质。而词作为一种文体为何要特别具备“要眇宜修”之美，则可以从形式与内容两方面来看。

形式上，词之长短句的参差错落之音韵及节奏，是促成其“要眇宜修”之美的一个重要因素；内容上，词最初是伴随音乐歌唱的曲辞，主要以叙写闺阁儿女伤春怨别之情为主，这是促成其“要眇宜修”之美的另一个重要因素。

南開大學

那些詩客寫的曲子詞，只不過是為了交付給一些"綺幄佳人""拍按香檀"去歌唱的美麗的歌辭而已。因此乃形成了早期小詞之多以敘寫閨閣兒女傷春怨別之情為主的一種特質，這自然是促成了詞的"要眇宜修"之美的另一項重要因素。而值得注意的則是，就正因為詞既具有這種"要眇宜修"之特美，而作者在寫作時卻又不必具有嚴肅的"言志"之用心，於是遂在此種小詞之寫作中，於無意間反而流露了作者內心所隱藏的一種幽隱深微的本質。因此如果將詞與詩相比較，則詩之寫作既有顯意識之"言志"的傳統，而且五、七言長古諸詩體，又在声律及篇幅方面有極大之自由，可以言情，可以敘事，可以說理，其內容之广闊，自非詞之所有；但詞所傳述的一種幽隱深微之心靈的本質，及其要眇宜修之特美，其足以引起讀者之感發與聯想之處，卻也並非詩之所能有。所以王國維才在前一則詞話中，既提出了"詞之為體，要眇宜修"的對詞之特美的描述，又提出了"詩之境闊，詞之言長"之說，表現了對

三③

南開大學

詞所特具的感發作用的價值。所謂"言長"就正指其可以引起言外無窮之感發的一種詞所特有的性質。所以王國維在詞例之評賞中，才會對南唐李璟、及北宋晏歐諸家的小詞，引發了"美人遲暮"及"成大事業大學問"之"三種境界"之聯想。而當小詞可以產生這種感發作用時，讀者之所得自然便已不復再是作品中表面所寫的"菡萏香銷"的景物，或"獨上高樓"之情事，但其感發卻又正由於作品中所敘寫的景物或情事而引起。而王國維所提出的"境界"一辭，私意以為就正指詞中所呈現的這一種富於感發之作用的作品中之世界。因此王國維在另外一則詞話中，就又曾經提出來說"詞之雅鄭，在神不在貌"，又說"永叔、少游雖作艷語，終有品格。方之美成，便有淑女與倡伎之別"。那便因為王氏以為歐、秦二家詞，自外貌上觀之，其所寫雖也是閨閣兒女相思離別之情，但就其作品中所呈現之富於感發之"境界"言之，則更可以引起人精神上一種高遠之聯想的緣故②。而且這種"在神不在貌"的評說態度，

五④

“在神不在貌”，指作品中所呈现的富于感发的境界，可以引起人精神上一种高远之联想。

凯特·汉柏格在《文学的逻辑》一书中提出了一种看法，认为一些抒情诗里所写的内容即使并非诗人真实生活中的体验，但其所表现的情感之真实性与感情之浓度则仍是诗人真实自我之流露。

南開大學

与西方诠释学的某些说法，似乎也有暗合之处。下面我们就将对这一点略加简单的比较。

如我们在《随笔》第二则中所曾提出的，诠释学本是想要对作品原意加以深入探寻的一门学问，但结果却发现诠释者之所得往往都只是沾有自己之时空色彩的"衍义"，而并非原意。但在五十年代末期，德国的一位女教授凯特汉柏格（Käte Hamburger）在其《文学的逻辑》（The Logic of Literature）一书中，却曾经更提出了一种看法，认为一些抒情诗里所写的内容即使并非诗人真实生活中的体验，但其所表现的情感之真实性与感情之浓度则仍是诗人真实自我之流露。私意以为汉柏格女士的这种看法，与我们在前面所提出的中国小词中所写的内容，虽不必为诗人显意识中的"言志"之情意，但却于无意中流露出了诗人之心灵及感情所深蕴之本质的一点，也似乎颇有暗合之处。而且由此推论则诠释者所追寻的，自然就也不应该只以作品中外表所写的情事为满足，而应该更以追寻得作者真正的心灵及感情之本质，为主要之目的了。如此看

五⑤

南開大學

来，则此种观点岂不与王国维的"在神不在貌"之说，也大有相通之处。虽然此种相通之处也只是一种"似而非是"的偶合，不过此种偶合却正说明了东西方的某一类抒情诗，有着某些相似的特质，其一是就作者而言，除去其在外表所叙写的显意识中的情事以外，更可能还流露有作者所不自觉的某种心灵和感情的本质；其二是就读者而言，除去追寻其显意识的原意以外，也还更贵在能从作品所流露的作者隐意识中的某种心灵和感情的本质而得到一种感发。而中国的五代宋初的小词中的一些佳作，则可以说是在世界文学中最适合于用此种态度去评赏的一类文学作品。王国维所提出的"境界"一辞，就是对于小词的此种特质最有体会的一种评词的标准③。

注释

①小词中虽偶有通篇为五言或七言的整齐之形式，但其严格之声律则既不同于有极大自由之古体诗歌，也不同于平仄及对偶均相对称的近体诗歌。在整齐的词句中，也仍有拗折

五⑥

王国维所提出的"境界"一词，是对于小词"在神不在貌"的特质最有体会的一种评词的标准。

南開大學

錯落之美。這一点是論詞時所不可不知的。

②王國維論詞特尊五代之馮李及北宋之晏欧，那就正因為此數家詞的作品中之世界特别近於王氏所提出的富於感发之"境界"的缘故。至於周邦彦這位作者則是在詞史上一位结北開南的人物，一改五代北宋之重直接感發的作風，而轉变为以思索安排来謀篇鍊句，這正是王國維所以雖然赞美周詞之工力，但对其詞中意境却一直颇有微辞，而且也不能欣賞受周詞影响的南宋諸家詞的缘故。

③在《人间詞話》中"境界"一辞，除用為做為評詞標準之特殊意义以外，也还有其他用法，這自然是其極易引起爭议及误会之一項重要原因。筆者在《王國維及其文学批評》一書中，於論及《人间詞話》中"境界"一辞之义界時曾有較詳之分析探討，讀者可以参看。

一九八六年十一月十五日

寫于南开大学招待所

五⑦

南開大學

《迦陵随笔》之六

（張惠言与王國維对美学客体之两种不同類型的詮釋）

在我们对本文的主题展开討論以前，我们先要对所謂"美学客体"略加說明。原来在七十年代中一位捷克的结构主义評論家莫卡洛夫斯基（Jan Mukarovsky），曾經寫过一本題為《结构、符号与功能》（Structure, Sign and Function）的著作。在此書中，他曾經提議把一切艺术作品（Art Work）都做出两种分划，一种只可称為艺术成品（Artefact），另一种則可称為美学客体（Aesthetic Object）。他以為一部文学作品在寫作完成以後，如果未經过讀者的閱讀和想像而加以重新創造，那么這部作品就只不过是一种艺术成品而已；惟有經过讀者的閱讀和想像之重新創造者，這部作品方能提升成為一种美学客体。而且雖是同一部作品，但透过不同的閱讀的主体，就会有許多不同的美学客体的呈現。這种理論与現象学中的美学之说也甚為相近，羅曼英格登（Roman Ingarden）

六①

"美学客体"一词源自捷克结构主义评论家莫卡洛夫斯基，他在《结构、符号与功能》一书中提议把一切艺术作品都进行两种划分，一种称为艺术成品，另一种称为美学客体。

南開大學

在論及現象學美學時，就也曾主張一切已經製成的艺术成品，都定要讓讀者或聆聽者与观賞者以多种方式加以完成，從而產生一种美感經驗，否則這一艺术成品就將变得毫無生趣。這种理論，与我多年前在《迦陵論詞叢稿·後敘》中，所提出的如何評說詩詞的主張也頗有相近之处。我曾以為評說詩詞"不該只是簡單地把韻文化為散文，把文言变為白話，或者只做一些对於典故的詮釋，或者將之勉強納入某种既定的理論套式之內而已；更應該透过自己的感受把詩歌中這种兴發感動的生命傳达出来，使讀者能得到生生不已的感動，如此才是詩歌中這种兴發感動之創作生命的真正完成。"而如果以詞与詩相比較，則如我在前一則《隨笔》之所言，詩之寫作多為作者在"言志"之傳統中的顯意識之活動，而詞之寫作則其情意之幽微乃往往為作者隱意識之活動。因此說詞人在讀詞時所能產生的美感經驗，也就較詩更為富有自由想像之餘地。所以說詞人如何把一篇艺术成品提升為美學客体，而对之做出富有創造性的詮釋

六②

南開大學

，這也就成為了說詞人所當具備的一种重要的修養和手段。而如果就中國的詞學評論史而言，則張惠言与王國维二人之詞論，無疑的可以說是代表了对詞之"衍义"之詮釋的兩大主流。

關於王國维之"境界"說，我在前二則《隨笔》中已曾对之做过簡略的介绍，以為王氏所謂"境界"，乃是指作品本身所呈現的一种富於兴發感發作用的作品中之世界。因此王氏所欣賞之作品乃大多是在作品本身之敘寫中就帶有直接感發之力的作品。即如李璟《攤破浣溪沙》一詞之"菡萏香消翠葉殘"數句，晏殊《蝶戀花》一詞之"昨夜西風凋碧樹"數句，柳永《鳳棲梧》一詞之"衣帶漸寬終不悔"數句，辛棄疾《青玉案》一詞之"眾裡尋他千百度"數句，若此之類蓋莫不帶有作者自己本身強烈之兴發与感動，而讀者遂亦可自此种兴發感動中獲致一种足以引起更深广之聯想的感發，像王國维对於唐五代及北宋初的一些小词所做出的"衍义"的詮釋，可以說就大都是屬於此

六③

就中国的词学评论史而言，张惠言与王国维二人之词论，代表了对词之"衍义"之诠释的两大主流。

《词选叙》：词者，盖出于唐之诗人，采乐府之音以制新律，因系其词，故曰"词"。传曰："意内而言外谓之词。"其缘情造端，兴于微言以相感动，极命风谣里巷男女哀乐，以道贤人君子幽约怨悱不能自言之情，低徊要眇以喻其致。盖诗之比兴，变风之义，骚人之歌则近之矣。然以其文小，其声哀，放者为之，或跌荡靡丽，杂以昌狂俳优，然要其至者，莫不恻隐盱愉，感物而发，触类条鬯，各有所归，非苟为雕琢曼辞而已。（下略）

南開大學

种兴发感的一型的诠释。而如果作品中不带有此种直接感发之作用，其叙写乃全以冷静客观及安排思索之手法为之者，则为王氏所不喜。這正是王氏何以对唐五代之温庭筠，北宋末之周邦彦，及受周詞影响的南宋諸家都颇有微辞的缘故。但常州词派的大師張惠言氏却偏偏從王氏所不喜的這一類作品中，也看出了深远的含意，並对之做出了另一种不同類型的詮釋。為了要將王氏与張氏之兩种不同類型的詮釋加以比較，因此我们就不得不对張氏的詞論也略加介紹。

張惠言之詞論主要見於其所編輯的《詞選》一書，在此書的《叙》中，張氏曾有一段話說"其緣情造端，兴于微言以相感动，极命風謠里巷男女哀乐，以道賢人君子幽约怨悱不能自言之情，低徊要眇以喻其致。蓋詩之比兴，变風之义，騷人之歌，則近之矣"。關於張氏之詞論，我以前在《常州詞派比兴寄託之說的新檢討》一文中，已曾有詳细之論述（見上海古籍出版社印行之《迦陵論詞叢稿》）。簡言

六④

之，则張氏之主張是說這些寫男女之情的作品乃是可以藉之表现一种賢人君子之志意的。因此張氏論詞乃提出了所謂"比兴变風之义"，而傳統詩論之所謂"比兴变風"則正是認為詩歌之寫作中，包含有政治上美刺之託意的一种观念。因此張氏之說温庭筠詞，乃謂其《菩薩蛮》諸作曰"此感士不遇也，篇法彷彿长门赋，而用節節逆叙"。又謂其首章《菩薩蛮》詞下半闋"照花四句"乃"離骚初服之意"。又說欧陽修詞之《蝶恋花》（庭院深深深几許）一首，謂其"'庭院深深'，閨中既以邃远也；'樓高不見'，哲王又不寤也；'章台游冶'，小人之徑；'雨横風狂'，政令暴急也；'亂红飛去'，斥逐者非一人而已，殆為韩范作乎"。又說王沂孫詞《眉妩·新月》一首，謂"碧山詠物諸篇並有君國之憂，此喜君有恢復之志而惜無賢臣也"。又曾引鲖陽居士之言說蘇軾《卜算子》（缺月挂疏桐）一首，謂"缺月，刺明微也……揀尽寒枝不肯棲，不偷安于高位也"。自首至尾，每句皆做指实之解說。從這些說詞例证，我们自不難看出張惠言之說詞与王國维之說詞，

六⑤

张惠言与王国维在说词方式及观念方面有两大差别：第一，就方式而言，王氏大多以感发之触引为主，而张氏大多以字句之比附为主；第二，就观念而言，王氏大多是就整体之人生哲学而立论的，而张氏大多是就君臣忠爱之政治道德立论的。

中国古典文学一向有"诗言志"与"文以载道"的传统，但词却突破了这种道德与政治规范。

南開大學

在方式及观念方面实有两点极大之差别。第一，就方式而言，王氏之说词大多以感发之触引为主；而张氏之说词则大多以字句之比附为主。第二，就观念而言，则王氏所提出的"成大事业与大学问之三种境界"诸说，大多是就整体之人生哲学立论的；而张氏所提出的"感士不遇"、"政令暴急"、"情無質言"、"君国之忧"，及"不偷安高位"诸说，则大多是就君臣忠爱之政治道德立论的。因此我们可以将王国维与张惠言说词之观念，归纳为两种基本的差别，那就是王氏之说词乃是属于对美学客体的一种哲学诠释，而张氏之说词则是对于美学客体的一种政治诠释及道德诠释。

本来就中国古典文学而言，所谓诗之"言志"的传统，与文之"载道"的传统，固一向都是以道德与政治之意识做为创作与批评之主流的，这可以说乃是中国文学史中的一般现象。然而词之为体，却原来乃是突破了这种道德与政治之意识的一种特殊产物，词[illegible]只是一种歌筵酒席之间的艳歌，其价值与意义都不在道

六⑥

南開大學

德与政治的规范之内。张惠言之以道德与政治之意识来对之加以诠释和衡量，自然只是一种自外强加的，属于受中国旧传统之影响的一种批评概念。而王国维之以哲学理念来对之加以诠释和衡量，则是属于受西方思想之影响的一种批评概念。此二种意识概念原来都并非以写伤春怨别之情为主的小词之所本有；然而张惠言与王国维二人对于词所做出的诠释，却也并非全然无据。我们在以后的《随笔》中，便将对词这种文学体式，做为一种传达信息的符号，其所以能引起诠释者之道德政治之联想，及哲学之联想的某些特质，再逐步加以说明。

一九八七年一月五日

写于南开大学招待所

六⑦

《随笔》之七

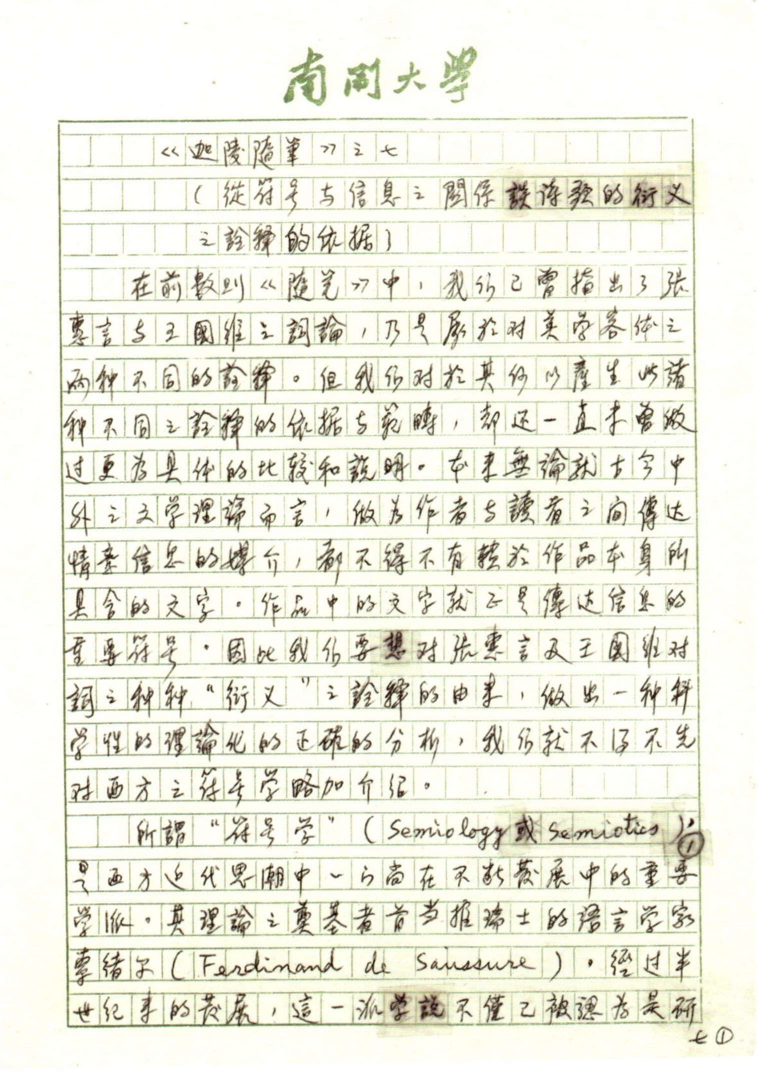

南开大学

《迦陵随笔》之七

（从符号与信息之关系谈诗歌的衍义之诠释的依据）

在前数则《随笔》中，我们已曾指出了张惠言与王国维之词论，乃是属于对美学客体之两种不同的诠释。但我们对于其何以产生此诸种不同之诠释的依据与范畴，却还一直未曾做过更为具体的比较和说明。本来无论就古今中外之文学理论而言，做为作者与读者之间传达情意信息的媒介，都不得不有赖于作品本身所具含的文字。作品中的文字就正是传达信息的重要符号。因此我们要想对张惠言及王国维对词之种种"衍义"之诠释的由来，做出一种科学性的理论化的正确的分析，我们就不得不先对西方之符号学略加介绍。

所谓"符号学"（Semiology或Semiotics）①，是西方近代思潮中一个尚在不断发展中的重要学派。其理论之奠基者首当推瑞士的语言学家索绪尔（Ferdinand de Saussure）。经过半世纪来的发展，这一派学说不仅已被认为是研

七①

"符号学"理论由瑞士语言学家索绪尔奠基，不仅已被认为是研究近代诗学的一项重要理论，而且更逐渐被认为是研究世界上一切藉符号与信息交流而形成的所有文化活动的一门最基本的科学。

索绪尔认为，符号是由两个互相依附的层面构成的，一个是符号具，另一个是符号义。

南開大學

究近代詩學的一项重要理論，而且更逐漸被認為是研究世界上一切藉符号与信息交流而形成的所有文化活動的一门最基本的科学。美國的符号学之先驱者佩尔斯（Charles S. Peirce）在其論文集（Collected papers）中，就曾经認为我们縱然不能說這個宇宙是完全由符号（Sign）所構成，我们至少可以說這個宇宙是完全浸透在符号之中的。因此符号学所牵涉的範圍实在極为广泛，其理論体系也相当繁複。本文因篇幅的字數与作者的学識之限制，对之自無法做詳细之介绍。我现在只不过是想要假借一些西方理論的光照，对中國傳统中的某一些詩論做一些更为科学性的更为理論化的反思而已。而要想达到此种目的，我们就不得不先对符号学中的一些基本概念略加說明。

根据索绪尔的看法，他以为符号是由兩個互相依附的层面而形成的，一個是符号具另一個是符号义（Signifier与Signified）。如果把語言做为一种符号来看，那么当我们提到“樹”時，“樹”做为一個單独的語音或字形就

七②

南開大學

只是一個符号具，而由此所產生的对于樹的概念，就是一种符号义。但符号具与符号义的関係，却不僅只是如此簡單而已；索绪尔又曾把語言分为兩個軸线（Axis），一個是語序軸（Syntagmatic Axis，或譯作毗鄰軸），另一個是聯想軸（Associative Axis），語言所傳达的意義不僅只是根據語序軸的排列而出現的一串实質的語言而已，同時还要依賴其聯想軸所隱存的一串隱藏的語言来做界定。要想了解一個字或一個語彙的全面意义，除了這個字或這個語彙在語序軸中出現的与其他字或其他語彙之関係所构成的意义以外，还应该注意到這個字或這個語彙在聯想軸中所可能有関的一系列的語譜（Paradigm）②。当一個說者或作者使用此一語彙而不使用彼一語彙之時，其含意就可以因其所引起的聯想軸中的隱藏的語譜而有所不同。同時当一個聽者或讀者接受一個語彙時，也可能因此一語彙在其聯想軸中所引起的聯想而对之有不同的理解。而对於一篇作品而言，則我们一方面既可以在語序軸中对之作不同層

七③

索绪尔把语言分为两个轴线：一个是语序轴，另一个是联想轴。语言所传达的意义不仅只是根据语序轴的排列而出现的一串实质的语言而已，同时还要依赖其联想轴所隐存的一串潜藏的语言来做界定。

洛特曼从信息交流论出发，认为人类不仅用符号来交流信息，而且也被符号所控制。符号系统同时也就是一个规范系统。

南開大學

次与不同单位的划分而做成不同的解釋，更可以在联想轴中因其所引起的不同的联想而做出不同的解釋，而两者又可以相互影响，這种现象自然就为一篇作品所傳达的意义提供了開放性的基礎，也为讀者反應所可能造成的不同的理解提供了開放性的基礎。

以上是我们对於符号学之奠基人瑞士語言学家索绪尔的一些基本理論，所做的極簡單的介绍。而如果要談到对詩篇的分析，我们就不得不对俄國符号学家洛特曼（Jurij Lotman）的一些观念，也略加介绍。洛氏是把符号学用之於詩篇之分析的一位重要学者，而尤其值得注意的，则是洛氏对於文化背景的重視。洛氏從信息交流論（Information Theory）出發，認為人類不僅用符号来交流信息，而且也被符号所控制。符号系统同時也就是一個規範系统。我们一方面既應該研究符号的内在的结构系统，另一方面也應該研究构成此一系统的外在時空的历史文化背景。洛氏更認為一篇詩歌所给予讀者的，既同時有理性的認知（Cognition）也有

七④

南開大學

感官的印象（Sense perception），前者多屬於已經系统化了的符号，後者则多屬於未經系统化的符号。前者可予讀者知性之乐趣，後者则予讀者感性之乐趣。因此詩篇所呈现的乃是一個非常複雜的具含有多种信息的符号。通常一般人讀詩都只注意詩篇中各語彙表面所构成的信息与意义，而把其他複雜的隐存的信息排除在外。但洛特曼却把無論是語序轴或联想轴所可能傳达的信息，無論是知性符号或感性符号都視為詩篇的一個环節，因此洛氏的理論遂把詩篇所能傳达的信息的容量大幅度的扩展了。

以上我们既对西方符号学的一些概念做了簡單的介绍，下面我们就将依循這些理論概念，来对張惠言与王國維說詞之"衍義"的詮釋之由来略加說明。先談張惠言对詞的詮釋，張氏曾謂温庭筠《菩薩蠻》（小山重疊金明滅）一首中之"'照花'四句"有"《離騷》'初服'之意"。就此四句詞之表面的語序轴的意義来看，温詞原只不過是寫一個美丽的女子簪花照鏡之情事，及其衣飾之精美而已；然而張惠

七⑤

洛特曼认为，一篇诗歌所给予读者的，既同时有理性的认知，也有感官的印象。前者多属于已经系统化了的符号，后者则多属于未经系统化的符号。前者可予读者知性之乐趣，后者则予读者感性之乐趣。

南開大學

言却因之而想到了《離騷》中的"初服"之意，這種詮釋之由來，則是由於這四句詞做為傳达信息之符号，在聯想軸上所提供的信息。因為在《離騷》中屈原就經常提到姿容衣飾之美。如"扈江離與辟芷兮，紉秋蘭以為佩"，"製芰荷以為衣兮，集芙蓉以為裳"、"佩繽紛之繁飾兮，芳菲菲其彌章"之類，這種形容衣飾之美的叙寫，在《離騷》中已成為了一個反覆出現的信息。而此一信息在《離騷》中則是帶有明顯的託喻之意义的。所以司馬遷在其《屈原列傳》中，就特别提出了"其志洁，故其称物芳"的說法。而《離騷》中之"初服"一句的原文，則是"進不入以離尤兮，退將復脩吾之初服"，王逸注云"退，去也，言己誠欲遂進竭其忠誠，君不肯纳，恐重遇禍，將復去脩吾初始清潔之服。"而所謂"初始清潔之服"，其所喻示的則是高潔美好的品德。於是張惠言遂自溫庭筠詞中所寫的姿容衣飾之美，經由語言的聯想軸之作用，而想到了《離騷》中所寫的姿容衣飾之美，又因《離騷》中叙寫的

七⑥

南開大學

姿容衣飾之美都帶有喻託之性質，遂認為溫詞所寫的姿容衣飾之美，也有如屈原《離騷》中"初服"一樣的喻託之含意。因此在符号学的理論概念中，張惠言对溫詞所做的"衍义"之詮釋，實在可以分為兩層來做說明：第一層是由溫詞中所寫的衣飾之美，而想到了《離騷》中对於衣飾之美的叙寫，這自然應該是屬於索緒尔所提出的聯想軸的作用。第二層則是因《離騷》中所寫的衣飾之美含有喻託之性質，於是遂推論到溫詞中所寫的衣飾之美也有喻託之意，則又与中國古典文学的历史文化背景有着密切的関係，這便又与洛特曼的概念有相関之處了。不过，儘管我们從理論上可以为張惠言的"衍义"之詮釋，找到不少可以說明的依據，然而溫詞本身究竟是否有如此之託喻，却还是一個不可確知的问题。而從符号学的一些理論概念來看，除以上所叙及者外，溫氏全詞也还有不少其他可資研析之處。因篇幅所限，這些问題只好留待以後的《隨筆》再加探討了。

注释

七⑦

张惠言可以用"衍义"来解释温庭筠词，而温词本身是否有此托喻，则不得而知。

南開大學

①關於西方之符号学，一般公認其有兩大先驅，一為瑞士的語言学家索緒尔（Ferdinand de Saussure 1857-1913），另一为美國的符号学家佩尔斯（Charles S. Peirce 1839-1914），大抵承索緒尔之傳统者，用Semiology一詞，而承佩尔斯之傳統者，則用Semiotics一詞。

②所謂語譜，即如我们要寫一個美麗的女子，我们可以用"美人"，可以用"佳人"，可以用"紅粉"，可以用"蛾眉"，有一系列語彙可以選擇。在選擇此一語彙不用彼一語彙之時，就此一語彙做為符号而言，在選擇间就已經傳达了一种信息。而且每一語彙在聯想軸中，更可以引出不同的聯想，即如"美人"可使人聯想到屈原《離騷》中的"美人"，或李白《長相思》中的"美人"；"佳人"可使人聯想到曹植《雜詩》之"南國有佳人"，或阮籍《詠懷》之"西方有佳人"之類，遂可以引發多種不同的理解和詮釋。

一九八七年一月十五日
寫於南开大学招待所

七⑧

公随笔之八

叶嘉莹先生在《温庭筠词概说》一文中，把历代词评家对温词的评价分为两派：一派是主张温词为有寄托，且对之推崇备至者，以张惠言、陈廷焯、吴梅等为代表；另一派则主张温词并无寄托，且对之颇加诋毁，以刘熙载、王国维、李冰若等为代表。

南開大學

《迦陵隨筆》之八

（一首溫庭筠《菩薩蠻》詞所傳達的多種信息及其判斷之準則）

溫庭筠在唐五代詞人中，是一位弁冕詞壇的作者，但歷代詞評家對他的詞卻頗有不同的評價。多年前我在撰寫《溫庭筠詞概說》一文時，曾將之分別為兩派：一派是主張溫詞為有寄託，且對之推崇備至者，如《詞選》之編撰者張惠言、《白雨齋詞話》之作者陳廷焯、及《詞學通論》之作者吳梅諸人等可以為代表；另一派則是主張溫詞並無寄託，且對之頗加詆毀者，如《藝概》之作者劉熙載，《人間詞話》之作者王國維，及《栩莊漫記》之作者李冰若諸人等可以為代表①。關於形成此種不同評價之因素，我以為前次隨筆所舉詮言學及符號學之說，頗有可供參考之處。為了具體說明此一問題，我們現在就將溫庭筠的一首《菩薩蠻》詞做為個例來略加析論，現在先把這首詞抄錄下來一看：

小山重疊金明滅，鬢雲欲度香腮雪。懶起畫蛾眉，弄妝梳洗遲。　照花前後鏡，花面

八①

南開大學

交相映。新貼繡羅襦，雙雙金鷓鴣。

先看這首詞的第一句，就一般的符號與其符號義之屬於認知之系統的關係而言，此句中之"小山"依慣例本當指現實中山水之"山"。然而若從此詞全篇寫閨情之內容，及"小山"一句與下一句之"鬢雲"及"香腮"等敘寫之呼應而言，則此句之"小山"又實在決不可能指現實中山水之"山"。如果按我們在前一則《隨筆》中所介紹過的俄國符號學家洛特曼之說，則此句中之"小山"實在乃是一個並不合於一般語言慣例之系統的符號，它所傳達的不是一種認知，而是一種感官印象。不過依洛氏之說則感官印象也同樣可以指向一種認知。若就此句之"小山"而言，則私意以為欲判斷其所指向的認知之意義，首當考慮"小山"之形象在唐五代詞中所可能提示的信息。若循此而推求，則此句之"小山"之所指，原可有下列幾種可能：其一是可以指"山眉"，即如韋莊之《荷葉杯》詞就曾有"一雙愁黛遠山眉"之句，可以為證；其二是可以指"山枕"，即如顧敻之《甘州子》

八②

“小山重叠金明灭”句中的“小山”之所指可能有山眉、山枕、山屏三种含义，叶先生以为当以山屏为是。

温庭筠《菩萨蛮》：

水精帘里颇黎枕，暖香惹梦鸳鸯锦。江上柳如烟，雁飞残月天。　藕丝秋色浅，人胜参差剪。双鬓隔香红，玉钗头上风。

南開大學

》詞就曾有"山枕上，几点泪痕新"之句，可以为証；其三是可以指"山屏"，即如温庭筠《南歌子》詞就曾有"鸳枕映屏山"之句，可以为証。有時這种感官印象所指向的多义，也可以有同時並存的可能，即如温庭筠另一首《菩薩蠻》詞中的"暖香惹夢鸳鸯錦"之句，其"鸳鸯錦"三字所提示的就也只是一种感官之印象，而並非認知之說明，其所指向的意义就是既可以为"錦褥"，也可以为"錦衾"，此兩种不同指向的認知含意，在詞句中都可以適用，因之二义乃可以並存。但就本文現在所討論的"小山"一句而言，則私意以为似唯有"山屏"之义始能適用，其他二义則都有不盡適用之處。先以"山眉"而言，其不適用之處就有以下兩點：第一，"小山"如指"山眉"而言，則与以下"重疊金明滅"之叙寫不能呼合；第二，"小山"如指"山眉"而言，則与此詞第三句"懶起画蛾眉"之寫"眉"者相重複，這是"小山"之所以不能被指認为"山眉"的緣故。再以"山枕"而言，則其主要的不適用之

八③

南開大學

處，乃在於"山枕"之不能"重疊"，這是"小山"之所以不能指認为"山枕"的緣故。至於"小山"之做"屏山"解，則不僅有前所舉之温庭筠《南歌子》詞之"鸳枕映屏山"为証，而且温氏在另一首《菩薩蠻》詞中，也曾寫有"無言匀睡臉，枕上屏山掩"之句，都是以"屏山"与"枕"相連叙寫，而且也都寫到枕上女子之容顏。即以前舉之"鸳枕映屏山"而言，下面所承接的便也正是"月明三五夜，对芳顏"之句。這种叙寫都與温詞此"小山"一句及下一句对女子容顏之"鬓雲欲度香腮雪"的叙寫之呼應承接的寫法，可以互为印証。而且"重疊"正可以狀"屏山"折疊之形狀，"金明滅"則正为对"屏山"上所裝飾之金碧珠鈿之光彩閃爍之形容。是則"小山"之指床头之屏山，殆無可疑。然而温詞却偏偏不用屬於認知寻绎的"小屏"二字，而用了屬於感官印象的"小山"二字，這种寫法，当然是使得一些人对温詞不能欣賞和了解，而且譏之为"晦澀"及"扞格"的緣故。不過，如依洛特曼之說，則這种予

八④

温庭筠《菩萨蛮》：

南园满地堆轻絮，愁闻一霎清明雨。雨后却斜阳，杏花零落香。　无言匀睡脸，枕上屏山掩。时节欲黄昏，无憀独倚门。

只写感性印象而不作认知说明的写作方式是温庭筠词的一大特色。

南開大學

人感官印象的符号，一方面既也可以經由解釋而使之具有認知之意义；而另一方面則又可以仍以其物質（Physical Materiality）給予讀者感官之衝激。這正是詩歌所傳达之信息之所以特別丰富，而且異於一般日常語言之處。只不过对這種感官之印象欲加以認知之詮釋時，也应考慮到種種語序与结構之因素，及历史文化之背景，而並不可隨便臆測妄加指說，這正是何以我们对温詞之“小山”一句，曾加以上面一節詳說做为示範的緣故。像這種只寫感性印象而不做認知說明的寫作方式，不僅是温詞之一大特色，而且也是中晚唐詩人如李賀及李商隱諸人，及南宋後期詞人如吳文英及王沂孫諸人之特色。這類作品之意象及所傳达之信息都極为丰美，但却往往因其不易指說而为人所譏評，這正是何以我们要对之特加說明的緣故。

除以上一点特色以外，造成温詞中信息之丰富性的，則还有一項主要的原因，即就是温詞所用的語言，做为一种符号來看，極易引起聯想軸之作用，即如此首《菩薩蠻》詞中的“

八⑤

南開大學

懶起画蛾眉，弄妝梳洗迟”二句，其“蛾眉”一辭，做为表义之符号，在中国文化傳统中就蘊含了多種信息的提示，首先是《詩經》中的“螓首蛾眉”之句，此一聯想所可能傳达的信息乃是詞中之女子的过人的美丽；其次是《離騷》中的“衆女嫉予之蛾眉兮”之句，此一聯想所可能傳达的的信息乃是一种喻託之意，將“蛾眉”所寫的姿容之美，賦予了可以喻託为才人志士品德之美的象喻之意。而如果再把“画蛾眉”三個字结合起來看，則李商隱一首五言的《無題》詩，曾有“八歲偷照鏡，長眉已能画”之句，李氏此詩通篇以女子自喻，其所謂“长眉能画”，所暗示的就正是对自己才志之美的一种珍重愛惜修容自飾的感情。至於在“画蛾眉”之前更加上“懶起”二字，而且在下句中也於“弄妝梳洗”之後，更加上一“迟”字，這“懶”与“迟”兩個字，便又傳达了另一種信息，即就是雖欲修容自飾而却苦於無人知賞的一種寂寞自傷之心情。這在中國的古典文学中，也是一种習見的傳统，即如杜荀鶴之《

八⑥

将温词之语言作为一种符号看，极易引起联想轴之作用，这是造成温词信息丰富的一项原因。

语言学家雅各布森主张，一个有效的语言或信息的交流，需要说话人和受语人双方都掌握有相当一致的语言符码。

南開大學

春宫怨》便曾写有"早被婵娟误，欲妆临镜慵。承恩不在貌，教妾若为容"之句，秦韬玉之《贫女》也曾写有"敢将十指夸针巧，不把双眉斗画长"之句，这都是一般读唐诗的人所耳熟能详的句子。因此如果按照瑞士语言学家索绪尔的"联想轴"之说，及俄国符号学家洛特曼之重视符号系统的历史文化背景的概念来看，温庭筠词所传达的信息，实在可以说是层层深入具有极丰富之含意的。不过，要想对温词中所传达的信息做出此种理解，则我们便须首先要求读这首词的读者对於这些语汇在历史文化背景中所形成的信息的系统有熟悉的认知。俄国的语言学家雅克慎（Roman Jakobson）就曾经主张一个有效的语言或信息的交流，需要说话人（addresser）和受话人（addressee）双方都掌握有相当一致的语言符码（code）。我在多年前所写的《关於评说中国旧诗的几个问题》一文中，也曾提及古人说诗之重视辞语之出处的情形，以为"诗歌中所用的辞字，乃是诗人与读者赖以沟通的媒介，唯有具有相同的阅读背景的人

八⑦

南開大學

才容易唤起共同的体会和联想，而这无疑是了解和评说一首诗所必具的条件"②。我当时提出此一论点时，对西方的符号学之说尚无所知，所以此种相通相近的看法，原来也只是一种暗合。而此种暗合则正好说明了无论就古今中外任何诗歌而言，诗篇中所使用的语汇，也就是符号学所谓的语码，做为作者与读者间一种沟通的媒介，如果双方对此种语码有文化背景相同的认知，则无疑地应可以帮助读者透过诗篇中的语码，而对作者的原意有更为正确的理解，並做出更为正确的诠释。就温庭筠与张惠言二人之阅读背景来看，他们既都是属於旧文化传统中的读书人，他们对语码的了解乃是有相同之文化背景的。因此张氏对温词"照花"四句所做的评说，他所依据的就不仅只是此四句所写的姿容衣饰之美与《离骚》有相合之处而已，同时也是由於本文在前面所述及的"懒起画蛾眉"诸句中的语码，也同样都指向一种託喻之含意的缘故。依此说来，则张氏对温氏此词的评说，便应该是可以采信的了。然而值得注意

八⑧

1982—1983
1984
1986
1986—1988
1989
1991
1997
2008

南開大學

及王氏《人間詞話》之評賞態度与評說方式時（見原書296至299頁），都曾討論及之。此外我在《迦陵論詩丛稿・後叙》中，对此一問題也曾有所論述（見原書374至378頁）。我之所以屢次論及此一問題，一方面固由於其本为文学批評中的一項重要問題，另一方面也因为我撰寫以上諸文稿時，西方現代派之批評理論原曾在台灣盛行一時，而此一派之重要理論大師如艾略特（T. S. Eliot）及衛姆塞特（W. K. Wimsatt Jr.）諸人，則曾大力提倡"泯除作者個性"（Impersonality）及作者原意謬論（Intentional Fallacy）之說，堅決主張詩歌批評当以作品本身中所具含之形象（Image）、結构（Structure）及肌理（texture）等质素为依據，而不当以作者之為人傳記为依據。這种理論对於中國一向喜欢把作者人格之價值与作品之價值混为一談的傳統文学批評而言，自無異为一当頭棒喝，因此乃引起了我对於此一問題的反思。私意以为中國舊传统之往往不從作品之艺术價值立論，而津津於对作者人格之評述的批評方式，雖

九③

南開大學

不免有重点誤植之病；但西方現代派詩論之竟欲將作者完全抹煞，而單独只对其作品進行討論的批評方式，实亦不免有偏狭武断之弊。因为無論如何作者総是作品得以完成的主要来源和動力。就以西方現代派詩論所重視的意象、結构与肌理等質素而言，又何嘗不是完全出自作者的想像与安排。所以对作者之探索与了解，永遠应該是文学批評中的一項重要課題。而且近日西方所流行的較現代派更为新潮的現象学派的文学批評，也已經注意到了对作者过去所生活过的時空的追溯和了解在文学批評中的重要性。美國約翰霍浦金斯大学的教授普萊特（Georges Poulet）就曾認为批評家不僅应细讀一位作家的全部著作，而且应尽量向作家認同，来体驗作家透过作品所有意或無意流露出来的主体意識。我以为現代派批評所提出的对作品本身之語言意象的重視，与現象派批評所提出的对作者主体意識的重視，二者实不可偏廢。就張惠言之詞論而言，其由溫詞某些語彙而引起的所謂"兴於微言，以相感動"的屈騷託意之

九④

中国旧传统之往往不从作品之艺术价值立论，而津津于对作者人格之评述的批评方式，虽不免有重点误植之病，但西方现代派诗论之意欲将作者完全抹杀，而单独只对其作品进行讨论的批评方式，实亦不免有褊狭武断之弊。

南開大學

說，在內容思想方面雖承於舊傳統的道德觀念，但其「興於微言」之重視由語言及意象所引發之聯想的批評方式，則實在與西方現代派詩論更為相近。而劉熙載、王國維、李冰若諸人之從溫氏之為人而反對張氏之說，其自「知人論世」之觀點而欲推尋作者原意的主張，則似乎與西方現象學文學批評之重視作者之主體意識的觀點更為相近。現在我們就將從這一觀點，對溫詞之有無喻託之意，略做一些探討。

溫庭筠之為人，據史傳所載自不足以「仰企屈子」，然而其詞中之語彙，卻有許多引人生屈《騷》託意之聯想的語碼。關於此種現象之形成，我以為有兩種可能：其一、可能僅只是一種偶合。因為早期的詞既多為歌筵酒席之艷歌，因此其內容自不免多為對美女與愛情之敘寫，而在中國古典文學中又早有以美人為託喻的傳統，且常以女子之無人賞愛喻託為才人志士之不得知用。自屈原《離騷》以迄曹植《雜詩》之「南國有佳人」諸作，便都是此一傳統的證明。以溫庭筠之閱讀背景，他對於此一

九五

南開大學

傳統自然極為熟悉，因之對此一傳統的語彙自然也極為熟悉。於是在他寫小詞中的美女與愛情之時，便也自然而然使用了其中的某些語彙，而卻全然不必有喻託之用心。這自然是一種可能。其二則溫氏雖不足以「仰企屈子」，然而在其內心中卻也確實蘊含有某種「文人失志」之悲慨。這在他的詩集中也可以得到不少證明。如其《感舊陳情五十韻》及《開成五年秋……書懷一百韻》等皆可為證（本文為篇幅所限，不暇舉引，請讀者自己參看）。蓋溫氏之為人，一方面雖然如史傳及筆記所載，不免於「士行塵雜」、「薄於行，無檢幅」；但其平生仕宦之不得意，也可能有某種因政治而被擯斥之原因。即如唐文宗大和九年甘露之變後，宰相王涯等皆被族誅，而溫氏乃寫有《題豐安里王相林亭》詩二首，對王涯之死表示了悼念和感慨。又如開成三年莊恪太子被廢黜且於不久後暴卒，溫氏也曾寫有《莊恪太子挽歌詞》二首。而且《全唐文》曾載有溫氏為國子助教時《榜國子監》之《榜文》，其中曾述及「進士某某……

九六

温庭筠《唐庄恪太子挽歌词二首》：

叠鼓辞宫殿，
悲笳降杳冥。
影离云外日，
光灭火前星。
邺客瞻秦苑，
商公下汉庭。
依依陵树色，
空绕古原青。

东府虚容卫，
西园寄梦思。
凤悬吹曲夜，
鸡断问安时。
尘陌都人恨，
霜郊赗马悲。
唯余埋璧地，
烟草近丹墀。

南開大學

……所作诗篇，识略精微，推辞敦化，声辞激切，曲备风谏。……不敢独事章藻，并卯榜出，以明无私"云云，凡此种种，本文都不暇遍举，但温氏之恃才傲物，貌丑时忌之情形，已可略见一斑。然则其小词中之或者果然有如张惠言所说的一种"幽约怨悱，不能自言之情"的托喻，自亦非决无可能。不过，张氏的喻托之说却始终不能完全取信于人，我以为这其间实在还应牵涉有另外一些问题。其一是一般文人失志的牢骚感慨是否一概可以被称为"喻托"的问题。关于此点，常州派后起的词论家周济对此曾提出过一些看法。我在《常州词派比兴寄托之说的新检讨》一文中，曾归纳周氏之言，以为"他提出了寄托的内容主要当以反映时代盛衰为主，虽然反映之态度可以有多种之不同：或者为事前的'绸缪未雨'，或者为事后的'太息厝薪'，或者为积极的'己溺己饥'，或者为消极的'独清独醒'，而综之都有时代的盛衰作为背景，有'史'的意义，可以为后人'论世之资'①"而不仅只为个人一己的牢骚

九⑦

南開大學

感慨而已。此所以李冰若之《栩庄漫记》乃谓温氏"亦不过一失意文人而已"，而反对张氏以温词拟比屈《骚》的托喻之说。这是我们所当辨明的第一点问题。其二是张氏之说往往过于拘狭沾滞，即如其谓温氏之十四首《菩萨蛮》"篇法彷彿《长门赋》，而用节节逆叙"，遂被《栩庄漫记》讥为"以说经家法，深解温词"，王国维亦谓张氏之说为"深文罗织"。甚至就是大力主张词中寄托之说的詹安泰，在其《论寄托》一文中，也曾批评张氏对温词之评说，谓其"以此解词，未免忽略其为人，而首事索隐"。因此如何掌握对寄托之解说的分寸，乃是我们应当辨明的第二点问题。其三是温氏之词所用之语汇，虽往往因其与历史文化传统有暗合之处，而引人产生托喻之想，但在叙写之口吻方面，却极少有直接的属于主观意识之叙述，因此温词所予人者乃大多为客观之美感，及语汇之联想，而并不属于直接之感发。所以张氏谓温词为有喻托，其不易能取信于人者，虽由于张氏之说过于拘执，而同时也由于温词本身

九⑧

张惠言的"喻托"之说不能完全取信于人，主要有三个原因：其一，一般文人失志的牢骚感慨，不能一概被称为"喻托"；其二，张惠言之说往往过于拘狭沾滞，而没有掌握对寄托之解说的分寸；其三，温词所用之语汇极少有直接属于主观意识的叙述，这种特点导致了张氏的误判。

南開大學

章不能從直接感發予人以深切感動之故。這是我們所應辨明的第三點問題。

總之，清代常州派詞論如張惠言諸人對詞所做的"衍义"之詮釋，雖然就語言學中聯想軸作用之理論，也可以有其成立之理由，但在實踐方面則仍有不盡能完全取信於人之處。我於多年前所寫的《常州詞派比興寄託之說的新檢討》一文，對之曾有更詳盡之探討，讀者可以參看。至於現在所寫的《隨筆》，則不過只因為我想要把張惠言對詞所做的"衍义"之說，與王國維對詞所做的"衍义"之說，二者略加比較，因將張氏之說稍加簡介，下次《隨筆》我們就將開始討論王國維的"衍义"之說了。

注釋

① 周濟之說及其矛盾之處，本文未暇評論，請參看《迦陵論詞叢稿》頁339-341之討論。

一九八七年一月廿四日
寫於南開大學招待所

九④

《隨筆》之十

《诗·大序》中的“比兴”之说与《论语》中的“诗可以兴”之说，在中国传统诗论中具有重要地位。

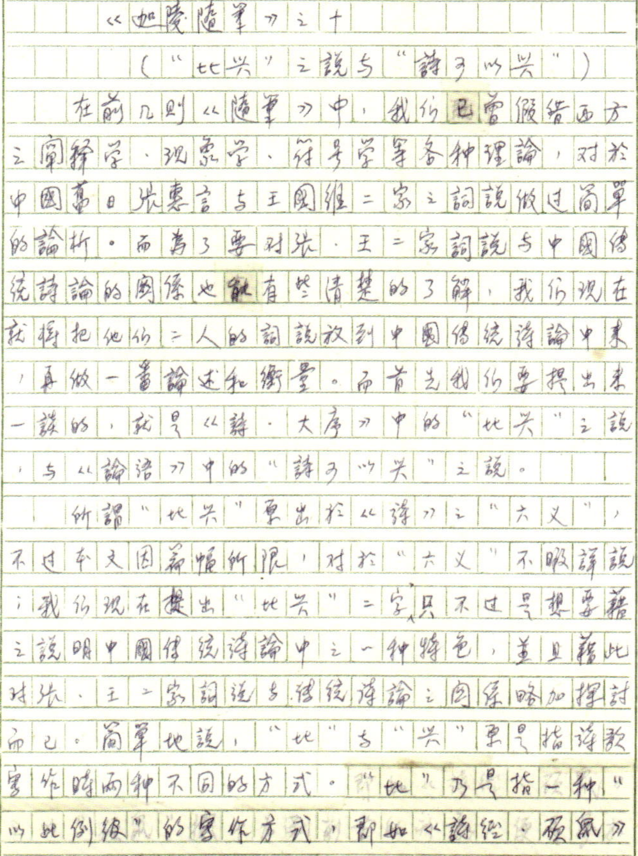

南開大學

《迦陵隨筆》之十

（“比兴”之說与“詩可以兴”）

在前几則《隨筆》中，我們已曾假借西方之阐释学、现象学、符号学等各种理論，对於中國舊日張惠言与王國维二家之詞說做过簡單的論析。而為了要对張、王二家詞說与中國傳統詩論的關係也能有些清楚的了解，我們現在就將把他們二人的詞說放到中國傳統詩論中來，再做一番論述和衡量。而首先我們要提出來一談的，就是《詩·大序》中的“比兴”之說，与《論語》中的“詩可以兴”之說。

所謂“比兴”原出於《詩》之“六义”，不过本文因篇幅所限，对於“六义”不暇詳說；我們現在提出“比兴”二字只不过是想要藉之說明中國傳統詩論中之一种特色，並且藉此对張、王二家詞說与傳統詩論之關係略加探討而已。簡單地說，“比”与“兴”原是指詩歌寫作時兩种不同的方式。“比”乃是指一种“以此例彼”的寫作方式，即如《詩經·碩鼠》之以“碩鼠”擬比為剝削者的形象，便是“比

十①

南開大學

”的寫法；至於“兴”則是指一种“見物起兴”的寫作方式，即如《詩經·關雎》之因雎鳩鳥鳴声之和美而引發起君子之求佳偶之情意，便是“兴”的寫法。因此“比”与“兴”二种寫作方式，其所代表的原当是情意与形象之間的兩种最基本的關係。“比”是先有一种情意然後以適当的物象來擬比，其意識之活動乃是由心及物的關係；而“兴”則是先对於一种物象有所感受，然後引發起內心之情意，其意識之活動乃是由物及心的關係。前者之關係往往多帶有思索之安排，後者之關係則往往多出於自然之感發。像這种情意与形象之間的關係，可以說原是古今中外之所同然。而為了要說明中國詩論之特色，我們就不得不將西方詩論中有關形象与情意之關係的一些批評術語也提出來略加比較。在這方面，西方詩論中的批評術語甚多，如明喻（simile）、隱喻（metaphor）、轉喻（metonymy）、象徵（symbol）、擬人（personification）、举隅（synecdoche）、寓托（allegory）、外應物象（objective correlative）等，名目極繁，其所代表的情意与形象之關係也有多种不同之模式

十②

1982—1983
1984
1986
1986—1988
1989
1991
1997
2008

南開大學

。只不过仔细推究起来，這些术語所表示的却同是属於以思索安排为主的"比"的方式，而並没有一个是属於自然感发的中國之所謂"兴"的方式。当然，西方作品中也並非没有由外物引起感发的近於"兴"的作品，只不过在批评理論中，他们却並没有相当於中國之所謂"兴"的批評术語。經过以上的比較，我们自不難看出，对於所謂"兴"的自然感发之作用的重視，实在是中國古典詩論中的一項極值得注意的特色。⑦

以上还不过是僅就作者創作時情意與形象之關係所形成的意識活動言之而已；若更就作品完成以後，讀者与作品之關係言之，则中國古典詩論中对於讀者意識中之属於"兴"的一种感发作用，实在也是同樣極为重視的。《論語》中所載孔子論詩的話，就是这种詩論的最好的代表。即如在《泰伯》篇中就曾记載有"子曰'兴於詩，立於礼，成於乐'"之言，《陽貨》篇中也曾記載有"子曰'小子何莫学夫詩？詩可以兴，可以观，可以群，可以怨'"之言。本文因篇幅所限，对孔子這兩段論詩的話

+③

南開大學

自無法做詳盡之闡发，但其对"兴"之作用的重視則是顯然可見的。關於孔子所提出的"兴"之意义，朱熹在《論語集注》中的"兴於詩"一句之下曾注釋云"兴，起也。詩本性情，有邪有正，其为言既易知，而吟咏之間抑揚反覆，其感人又易入，故学者之初，所以兴起其好善惡惡之心而不能自已者，必於此而得之。"可見"兴於詩"之説原是指从詩歌得到感发而言的。而在"詩可以兴"一句之下朱氏又注云"感发志意"，则更可做为孔子説詩重視心志之感发的証明。而且《論語》中还曾記述有兩則由詩句而引起感发作用的生動的例証：在《学而》篇中曾记有一次孔子与子貢的談話，"子貢曰：'貧而無諂，富而無驕，何如？'子曰：'可也，未若貧而乐，富而好礼者也。'子貢曰：'《詩》云"如切如磋，如琢如磨"，其斯之謂与？'子曰：'賜也，始可与言詩已矣，告諸往而知来者。'"另外在《八佾》篇还曾記有孔子与子夏的一次談話："子夏问曰：'"巧笑倩兮，美目盼兮，素以为绚兮"何謂也？'子曰：'繪事後素。'曰：'礼後乎？'子曰：'起予者商也

+④

《诗经·卫风·淇奥》：

瞻彼淇奥，绿竹猗猗。有匪君子，如切如磋，如琢如磨。瑟兮僩兮，赫兮咺兮。有匪君子，终不可谖兮。

瞻彼淇奥，绿竹青青。有匪君子，充耳琇莹，会弁如星。瑟兮僩兮，赫兮咺兮。有匪君子，终不可谖兮。

瞻彼淇奥，绿竹如箦。有匪君子，如金如锡，如圭如璧。宽兮绰兮，猗重较兮。善戏谑兮，不为虐兮。

藉由诗篇而引起自己情志之抒发的情况，无疑是春秋时代的一种普遍的风尚。《左传》中关于当时各诸侯国互相聘问时“赋诗言志”的记载，正是以个人对诗句之自由的感发联想为依据的一种实际的应用。

南開大學

，始可与言詩已矣。'”從這二則例證來看，豈不足可見出孔子所贊美的“可与言詩”的弟子，原來都正是能夠從詩句得到感發的人。而且這种感發还有一点值得注意之處，那就是他們感發之所得，往往与詩之原意並不完全相合。這种自由的感發，雖然也許並不被一般人認為是說詩之正途，但這种藉由詩篇而引起自己情志之抒發的情况，却無疑的是春秋時代的一种普遍的風尚。即如《左傳》中關於当时各諸侯國互相聘问时“賦詩言志”的記載，便正是以個人对詩句之自由的感發聯想為依据的一种实际的应用。所以《論語·季氏》篇中便也还記載有孔子所說过的“不學詩，無以言”的話。這句話与我們前面所引用过的孔子之重視“兴”的話，其实正可以互相参看，只不过“可以兴”是重在讀詩时之個人聯想对於志意的感發，而“無以言”则是重在個人对詩句之聯想在生活中实际的应用而已。若以這种聯想說詩，雖然或者並非說詩之正途，然而却也正是由於這种活潑的感發的聯想，才使得詩歌具有了一

+⑤

南開大學

种生生不已的感發的生命。只不过這种重視詩歌之“可以兴”的自然感發之詩論，在漢人手中却為之加上了一層狹隘的限制，而提出了所謂“美、刺”之說。以為“比”是“見今之失，不敢斥言，取比類以言之”，而“兴”则是“見今之美，嫌於媚諛，取善事以喻劝之”②。這樣一來，就不僅把“由心及物”与“由物及心”兩种心物交感的基型的“比”与“兴”之意識活動，加上了一定要具有“美、刺”之用心的限制，同時也把讀者由作品所引起的感發加上了一層必須要依政教之“美、刺”来立說的限制。

如果我們試將張惠言及王國維二家之詞說，与前面所述及的“詩可以兴”及“比兴”的美刺之說互相参看，我們就会發現張氏所提出的“比兴變風之义”的論詞標準，及其以屈子《離騷》的“初服”之義來解說溫庭筠的《菩薩蠻》等小詞，他所继承的乃是毛鄭之以“比兴”及“美刺”說詩的傳统，而王氏所提出的“境界”的論詞標準，及其以“美人迟暮之感”

+⑥

张惠言提出的“比兴变风之义”的论词标准，继承的是毛、郑之以“比兴”及“美刺”说诗的传统，而王国维提出的“境界”的论词标准，继承的是孔门的“诗可以兴”的传统。

南開大學

和"三种境界"來解說五代兩宋之小詞，他所繼承的則應是孔门的"詩可以興"的傳統。前者是有心比附的追求，而後者則屬於自然的感發。假如我們若將這兩種說詞人他們內心與作品相接觸時的意識活動，來與作者的心物相感的"比興"之意識活動相比較的話，則我們便不難認識到張氏說詞之有意追求的態度，乃是屬於一种"比"的方式，而王氏說詞之着重感發的態度，則是屬於一种"興"的方式。關於張氏說詞之長短得失，我們在以前的《隨筆》中，已曾舉过張氏對於溫庭筠詞之評說為例證做了相當的討論。至於王氏說詞之長短得失，以及"詩可以興"的自由感發是否能做為一种說詞的方式，這些問題我們都將留待以後的《隨筆》中，再對之陸續加以討論。

注释

①關於"比興"之意義，及西方詩論中的"明喻"、"隱喻"等諸說，我在以前所寫的《中國古典詩歌中形象與情意之關係例說》一文中，曾有較詳之論述，讀者可以參看（見

十⑦

南開大學

中華書局出版之拙著《迦陵論詩叢稿》頁331至358）。

②見《周禮·春官·大師》鄭注。

1987年3月18日寫于南開大學招待所

十⑧

《隨筆》之十八

本文通过分析王国维对李煜词与赵佶词之比较，阐释了王国维对词的感发作用的重视。

南開大學

《迦陵隨筆》之十一

（從李煜詞与趙佶詞之比較看王國維重視感發作用的評詞依據）

在上一次《隨筆》中，我們既曾提出了中國傳統詩論中對於"詩可以興"的感發作用之重視，也曾提出說王國維之詞論乃是一種重視感發作用的"興"的方式，現在我們就將舉引王氏對詞之評說的一些個例來略加討論。在王氏的《人間詞話》中，他對詞之評說可以歸納為兩種主要的方式，一種是以作品中所傳達的感發作用之大小做為評詞高下之依據的方式；另一種則是以作品中感發作用所引起的讀者之聯想做為說詞之依據的方式。即如其曾把南唐後主李煜的詞与宋徽宗趙佶的詞相對比，以為"其大小固不同矣"，便是屬於前一種的評詞方式；再如其以"美人遲暮之感"及"成大事業大學問之三種境界"來說五代兩宋的一些小詞，便是屬於後一種的說詞方式。為了篇幅的限制，本則《隨筆》將先以討論第一則詞話為主。現在我們便將先把這一則詞話抄錄下

10

王国维《人间词话》：尼采谓“一切文学余爱以血书者”，后主之词，真所谓“以血书者”也。宋道君皇帝《燕山亭》词亦略似之。然道君不过自道身世之戚，后主则俨有释迦、基督担荷人类罪恶之意，其大小固不同矣。

南開大學

来一看：

尼采謂“一切文学余愛以血書者”，後主之詞，真所謂“以血書者”也。宋道君皇帝《燕山亭》詞亦略似之。然道君不过自道身世之戚，後主則儼有釋迦、基督担荷人類罪惡之意，其大小固不同矣。

在这则词话中，王氏所提出来与李煜词相比較的赵佶的《燕山亭》词，上半闋所叙写的是美丽的春花被風雨摧残的景象，下半闋抒写的则是对於故國的怀思。为了便於比較說明，我们也把這首词抄錄下来一看：

裁翦冰绡，輕疊數重，淡著燕脂匀注。新樣靚妝，艷溢香融，羞殺蕊珠宫女。易得凋零，更多少無情風雨。愁苦。閑院落淒涼，幾番春暮。　憑寄離恨重重，這雙燕何曾，会人言語。天遥地远，萬水千山，知他故宫何處。怎不思量，除夢裡、有時曾去。無據。和夢也、新来不做。

與赵佶的这首詞相对照，李煜也写过一些哀悼春花被風雨摧残和对故國懷念的小詞。为了便

十②

南開大學

於做比較，我们现在便将把李煜的两首詞也鈔錄下来一看，第一首我们要鈔錄的是李煜的一闋《相見欢》詞：

林花謝了春红，太匆匆。無奈朝来寒雨晚来風。　胭脂淚，相留醉，几時重？自是人生長恨水長東。

另一首我们所要鈔錄的乃是李煜的一首《虞美人》詞：

春花秋月何時了？往事知多少。小樓昨夜又東風，故國不堪回首月明中。　雕欄玉砌應猶在，只是朱顏改。問君能有几多愁？恰似一江春水向東流。

如果把李煜的这两首词与赵佶的《燕山亭》詞相对比，則李之《相見欢》之写花之零落者，固恰好相当於赵詞之前半闋；而李之《虞美人》之写故國懷思者，则恰好又相当於赵詞之後半闋。在如此对比中，我们自不难看出赵詞前半闋只是对花之美丽与零落的外表的描繪和叙写，雖然细緻真切，但畢竟只是形而非神，故讀之者便也只能自其所写的形貌上得到一种

十③

如果把李煜的这两首词与赵佶的《燕山亭》词相对比，则李之《相见欢》之写花之零落者，固恰好相当于赵词之前半阕；而李之《虞美人》之写故国怀思者，则恰好又相当于赵词之后半阕。

1982—1983

1984

1986

1986—1988

1989

1991

1997

2008

南開大學

認知性的了解，而却缺少如李煜詞之使人在心靈上足以引起一種直接強烈之共鳴的感動興發的力量。

為了要對李煜詞中感發作用之由來加以說明，我想西方新批評學派（new criticism）在評說詩歌時所使用的重視文字本身在作品中之作用的細讀（close reading）的方式，對我們可能會有相當的幫助，因為文字本身乃是組成一篇作品的基礎，文字所表出的形象（image）、肌理（texture）、色調（tone colour）、語法（syntax）等，自然是評說一首詩歌時重要的依據。下面我們便將用這種"細讀"的方式，對李煜詞之所以能傳達出一種強大的感發力量的緣故略加評析。先看此詞開端之"林花謝了春紅，太匆匆"二句，首先是"林花"二字所提示的指向林花樹的泛稱的口吻，再加以"謝了"二字的強直接的述語，便已表現了一種所有美好的生命都皆已零落凋傷之悲慨；再加以"春紅"二字則進一步寫已謝了"的"林花"的品質之美。"春"是季節之美好，"紅"是顏色之美好。這種對品質的重點的掌握，遂使得"

十④

南開大學

林花謝了春紅"一句增添了一種象喻的意味，超越了現實的"花"之零落，而顯示出一種對所有品質美好的生命之零落的悼惜之感。而下面的"太匆匆"三個字，便正是對此種悼惜之感的直接的敘述和表達。下面的"無奈朝來寒雨晚來風"一句，則更用"朝"與"晚"兩個字的對舉，及"雨"與"風"兩個字的對舉再表現出一種普遍之無常的口吻，於是朝朝暮暮雨雨風風的摧傷，就也有了一種超越了現實的象喻的意味。至於下面的"胭脂淚、相留醉、幾時重"三個轉折而下的短句，則又藉花上之雨點與人之淚點的相似，把"花"與"人"做了緊密的結合。於是"相留醉"者遂既可以是"花"對於賞花者的相留，也可以是"人"對於相愛者之相留了。而總結之曰"幾時重？"是花之凋謝與人之離別，一切都難挽回的痛苦悲傷。於是乎無論其為花為人，凡屬一切美好的有生之物遂全在此凋零離別風雨摧傷的悲慨之中了。所以在結尾之處乃逼出了"自是人生長恨水長東"一句沉重極恨的哀悼之辭。其引人產生

十⑤

“春花秋月何时了，往事知多少”二句，只用短短两句话，便把永恒不变的宇宙与无常多变的人生做了鲜明而强烈的对比，而且把古今所有的人类都网罗在此无常的悲感之中了。

南開大學

共鸣的感发力量之强大，自然決非如赵佶之描繪形貌者所能企及的。

再看赵佶《燕山亭》词下半阕对故国怀思之情的叙写，其“天遥地远，万水千山，知他故宫何处”等句的叙写，雖然也极为悽苦之辭，但却正如王国维所言，不过只是“自道身世之戚”而已，縱然即或能使讀者对之產生同情，但却並不能使讀者引起自己的感发的共鸣；而李煜的一首也是写故国之思的《虞美人》词，则和前面所举的那首《相見欢》词一樣，也傳达了一种深雄強大的感发。下面我们便也採用“细讀”的方式，对这首词也略加析說。此词开端之“春花秋月何時了？往事知多少”二句，只用短短两句話，便把永恒不变的宇宙与無常多变的人生做了鮮明而強烈的对比，而且把古今所有的人類都網羅在此無常的悲感之中了。下面的“小樓昨夜又东风”一句，是对首句中“春花”的承接，後“又東風”，一個“又”字正表示了“春花”之無尽無休的年年的开放，是对於“何时了”的呼應。而“故国不堪回首月明

十⑥

南開大學

中”一句则是对“往事知多少”的承接，而同時又以“月明中”呼應了首句的“秋月”。是以個人事例印证了永恒与無常所形成的人類共同扮演之悲剧。以下之“雕欄玉砌應猶在，只是朱顏改”二句，则是以更具体真切的形象，表现了常在与無常的又一次对比。“應猶在”是無生之物的常在，“朱顏改”是有情之人的無常。這首小詞一共不过只有八句，而前面六句却將永恒常在与短暫無常做了三度对比，從宇宙的大自然，到個人的事例，再到具体的物象，於是此一無常之悲慨，遂形成了一面使人觉得無可逃於天地之间的網羅籠罩而下，因而遂逼出了结尾二句的“问君能有几多愁，恰似一江春水向東流”的涵盖了全人類之哀愁的悲慨。所以王国维乃称李煜词“儼有釋迦基督担荷人類罪惡之意”，而認为其与赵佶词相較“大小固不同矣”。王氏所說的“釋迦基督”云云，自非李词之本义，王氏只不过是以之喻說李词的感发力量之強大，可以引发天下人所共有的一种哀愁长恨而已。由此看来，王氏之以感发作用

十⑦

王国维所说的“释迦、基督”云云，并非李煜词之本义，只不过是以之喻说李词的感发力量之强大，可以引发天下人所共有的一种哀愁长恨而已。

说诗者对于诗歌的评赏，当以能否体认及分辨诗歌中感发之生命的有无多少为基本条件。

南開大學

之大小為衡量之標準的評詞方式豈不顯然可見。

我在多年前曾經寫過一篇《〈人間詞話〉與傳統詩說之關係》的文稿，對於傳統詩說做過一點簡單的探討，以為中國所重視的乃是詩歌中所具有的一種感發的質素，因此曾提出說"就一位說詩者而言，則他對於詩歌的評賞，自然也當以能否體認及分辨詩歌中這種感發之生命的有無多少為基本之條件（注）。若就這方面而言，則無疑的王氏乃是一位極為具眼的評詩人。本文所討論的這一則將李煜與趙佶相對比的詞話，就恰好是對王氏以感發作用之大小為衡量高下之依據的評詞方式之最好的說明。至於王氏以感發作用所引起之聯想為說詞之依據的例證，則因篇幅所限，只好留待下一次的《隨筆》再對之加以討論了。

注釋

關於如何判斷詩歌中感發生命之有無多少的討論，請參看拙著《迦陵論詞叢稿》頁三一〇至三一四。

1987年3月26日寫于南开大学招待所

十⑧

《隨筆》之十二

本文紧承前文，对王国维以感发作用所引起之联想作为说词之依据的方式，进行了讨论。

南開大學

《迦陵随笔》之十二

（感发之联想与作品之主题）

在前一则《随笔》中，我们对于王国维以感发作用之大小做为评词之依据的方式，已曾加以讨论，现在我们就将对王氏以感发作用所引起之联想做为说词之依据的方式，也略加讨论。在《人间词话》中，属于此类说词方式者，主要有两则明显的例证，一则是以"众芳芜秽美人迟暮之感"来说南唐中主的《山花子》一词，另一则则是以"成大事业大学问之三种境界"来说晏殊诸人的小词。不过王氏在此二则词话中说词之口吻却并不完全相同，在前一则词话中，王氏曾批评他人之说以为"解人正不易得"，是对他人都加以否定而对自己则充满肯定的口吻；而在后一则词话中，王氏则自谓"遽以此意解释诸词，恐晏、欧诸公所不许也"，则是对自己完全不能肯定的口吻，其态度之不同，自是明白可见的。为了篇幅的限制，本文将先讨论第一则词话，现在就把这一则词话抄录下来一看：

十①

南開大學

南唐中主词"菡萏香销翠叶残，西风愁起绿波间"大有众芳芜秽美人迟暮之感，乃古今独赏其"细雨梦回鸡塞远，小楼吹彻玉笙寒"，故知解人正不易得。

在这一则词话中，王氏所评说的乃是中主李璟的一首《山花子》词，全词如下：

菡萏香销翠叶残，西风愁起绿波间。还与韶光共憔悴，不堪看。细雨梦回鸡塞远，小楼吹彻玉笙寒。多少泪珠无限恨，倚阑干。①

王氏所谓古今独赏其"细雨"两句之说，最早首见于马令之《南唐书》，为冯延巳对此词的赞美之言；其后又见于胡仔之《苕溪渔隐丛话》，为王安石对此词的赞美之言②。而王国维却以为赞美此二句者不是"解人"，而独赏其"菡萏香销"二句，以为有"众芳芜秽美人迟暮之感"，那么王氏所说又是否果然可信呢？

若想要辨明此一问题，我们就不得不对以前所写的几则《随笔》略加回顾：原来在我们讨论《作为评词标准之境界说》的一则《随笔》中，我们就已曾提出过作者写作时既有"显意

十②

1982—1983

宋马令《南唐书》卷二十一：元宗（李璟）乐府辞云"小楼吹彻玉笙寒"，延巳有"风乍起，吹皱一池春水"之句，皆为警策。元宗尝戏延巳曰："吹皱一池春水，干卿何事？"延巳曰："未如陛下'小楼吹彻玉笙寒'。"元宗悦。

1984

1986

1986—1988

1989

1991

1997

2008

南開大學

识"之活动，也有"隐意识"之活动。以为在以"言志"为主之诗篇中，其所写者乃大多为作者显意识之活动。而在写相思离别的小词中，则作者虽然没有"言志"的显意识的用心，但却往往于无意之中流露了自己隐意识之活动。又在《要眇宜修之美与在神不在貌》一则《随笔》中，提出过作者除了在作品中所写的外表情事以外，更可能还于不自觉中流露有自己的某种心灵感情的本质。因此一位优秀的说词人，在赏析评说一首小词时，就不仅要明白作品中所写的外表情事方面的主题，还更贵在能掌握作品中所流露的作者隐意识中的某种心灵和感情的本质，从而自其中得到一种感发。

若从主题与感发两个方面来看，则据《南唐书》之记载，此词原为中主撰写付乐工王感化去歌唱的一首歌词，其内容原不过只是写思妇的相思离别之情而已，以这方面说乃是一般歌词中所经常见到的作品之主题。而"细雨梦回鸡塞远，小楼吹彻玉笙寒"二句，则正为此一主题的中心之

十③

南開大學

所在。其所写者乃是思妇在细雨声中梦醒，然后乃惊然觉悟到梦中所见的征夫仍然在鸡塞之远。所谓"觉来知是梦，不胜悲"，于是乃不复成眠，因而乃有下一句之"小楼吹彻玉笙寒"之情事，表现出无限孤寒凄寂之感。是则就此词显意识中所写的思妇之情的主题言之，则"细雨"二句固当为此词主要重点之所在，而且此二句在对偶及用字方面又复写得如此精致工丽，然则前人之多赞赏此二句者，实可谓之为极有见之言。不过值得注意的乃是，李璟既并非思妇，则此一主题之所写自然并不属于作者"言志"的自我之情意。却反而是在开端的"菡萏香销"两句中，透过了对景物的叙写，于无意中流露有一种充满感发之力的作者隐意识中的心灵和感情的本质。而王国维就正是最能掌握这种感发之本质的一位说词人。以下我们就将从感发作用方面，对"菡萏香销"二句之所以为好，略加论述。

先看"菡萏香销翠叶残"一句，本来"菡萏"即是荷花，而"翠叶"也即是荷叶，不过

十④

就《山花子》一词显意识中所写的思妇之情的主题言之，则"细雨梦回鸡塞远，小楼吹彻玉笙寒"二句为此词重点之所在，而且此二句在对偶及用字方面写得极为精致工丽，前人已多有赞誉。而若从"言志"的角度来看，则该词的"菡萏香销翠叶残，西风愁起绿波间"两句，反而透过对景物的叙写，于无意中流露有一种充满感发之力的作者隐意识中的心灵和感情的本质，而王国维正是抓住了这种本质。

“菡萏香销翠叶残”，这句词所写的荷花与荷叶之零落凋残的景象有一种象喻的意味，似乎隐然表现了一种对一切珍贵美好之生命都同时走向了消逝摧伤的哀悼，而这也正是引发王国维“众芳芜秽，美人迟暮”之感的主要原因。

南開大學

若以我们在前一则《随笔》中所提到的西方新批评学派之“细读”的方式来评析，我们就会发现这些辞语意义虽然相同，但它们所予人的感受在品质上却是不同的。“荷花”一辞较为通俗，而“菡萏”一辞则别具一种庄严珍贵之感。而“翠叶”之“翠”字也不仅说明了荷叶之翠色，同时也还可以使人引起对翡翠及翠玉等珍贵之品物的联想。然后于“菡萏”之下用了“香消”二字的叙写，“香”字也同样传达表现了一种芬芳的品质之美，与“菡萏”及“翠叶”所予人的珍美之感正相承应。而“消”字所表现的无常之消逝的哀感，又正与“翠叶残”之“残”字所表现的摧折残破的哀感互相承应。于是在这种珍贵美好之品质与消逝和摧伤之哀感的重叠出现之中，遂使得这一句词所写的荷花与荷叶之零落凋残的景象，因而有了一种象喻的意味，似乎隐然表现了一种对一切珍贵美好之生命都同时走向了消逝摧伤的哀悼。而这其实也就正是王国维之所以因而引起了“众芳芜秽，美人迟暮”之感的主要的原因。

十五

南開大學

（二）至於“西风愁起绿波间”一句，则是写此一做为珍贵美好之生命象喻的“菡萏”所处身的整个背景之萧瑟凄凉。何况就花而言则“绿波”原为其生根托身之所在，而今则“绿波”之间既已“西风愁起”，是其摧伤零落乃竟无可逃於天地之间，当然就更增加了一种悲哀惶惧的忧伤。所以乃以一写情之“愁”字，加在了本来只是写景物的语句之中。而“愁起”者遂不仅为“西风”之“愁起”，同时也引动了通篇感发之“愁起”矣。而更可注意的则是这种对植物之零落凋伤的叙写，在中国文化中乃是具有一种象喻之传统的。早在《诗经·小雅·四月》就曾经有过“秋日凄凄，百卉具腓。乱离瘼矣，爰其适归”的句子，表现了由秋日草木百卉之凋伤所引发的在时代乱离中无所逃逝的哀感；其後在屈原的《离骚》中，则更曾有过“惟草木之零落兮，恐美人之迟暮”的句子，把芬芳美好的植物与象喻着才人志士的美人相结合，藉草木之零落喻託了生命无常志意落空的悲慨；於是从宋玉《九辩》之“悲哉秋之为气也，萧瑟兮草

十六

王国维之联想虽然有其语言之感发作用与文化之历史传统的依据，但这种解说究竟是否便与作者之原意相符合，当然也还是一个值得探讨的问题。

南開大學

木摇落而变衰”开始，“悲秋”遂成为了在中国古典诗歌中经常出现的一个“母题”（motif）。因此王国维之从“菡萏香销翠叶残，西风愁起绿波间”二句词，而引起了“众芳芜秽，美人迟暮”的联想，自然便也是有着悠久的文化传统做为依据的了。

不过，王国维之联想虽然有其语言之感发作用与文化之历史传统的依据，但这种解说究竟是否便与作者之原意相符合，当然也还是一个值得探讨的问题。而就作者之原意来看，则如我们在前文之所言，此词显意识之所写固原为闺中思妇之情。这种情事自表面看来与“美人迟暮”之喻托虽然似乎是截然不同之二事；但自《古诗十九首》之写思妇之情，就曾说过“思君令人老，岁月忽已晚”的话，李璟此词在“菡萏香销”二句之后便也曾写了“还与韶光共憔悴”的话。是则思妇之恐惧于韶华流逝容颜衰老之情，在本质上与“众芳芜秽、美人迟暮”的悲慨之情固也原有其可以相通之处。李璟这首词就作者而言在其显意识中的主题虽然可能只是写

十⑦

南開大學

闺中思妇之情，然而却于不自觉中也正传达出了其隐意识中的一种“众芳芜秽，美人迟暮”的象喻性的悲慨。而王国维之所说乃正为一种“在神不在貌”的直探其感发之本质之评说。而且就作者李璟所处身的南唐之时代背景而言，其国家朝廷在当日正处于北方后周的不断侵逼之下，因此这首词之“菡萏香销”二句所表现的一切都在摧伤之中的凄凉衰败的景象，也许反而才正是作者李璟在隐意识中的一份幽隐的感情之本质。而王国维却独能以其直接之锐感探触及之，这实在正是王国维说词的最大的一点长处与特色之所在。也正是他何以敢于批评他人之欣赏“细雨梦回”二句者，以为“解人正不易得”的缘故。

注释

①李璟此词异文颇多，本文所录以王国维辑本《南唐二主词》为据。

②据胡仔《苕溪渔隐丛话》（前集卷五十九）引《雪浪斋日记》，王安石就曾赞美此二句词，然而却曾误以为乃后主李煜之作。

一九八七年四月四日 写于南开大学招待所

十⑧

《随笔》之二十三

南開大學

《迦陵随筆》之二十三

（三種境界与接受美学）

在上一则《随笔》中，我们曾提出过王国维以联想来说词有两种不同的方式：第一种是以完全肯定的口吻说南唐中主李璟的《山花子》词首二句有“众芳芜秽，美人迟暮”之感；第二种则是以完全不肯定的口吻说晏殊诸人之小词，以为其有“成大事业大学问者”的“三种境界”。关于第一种说词方式，我们已在前一则《随笔》中，对之做了相当的討論；现在我们就将对其第二种说词方式也略加討論。首先我们要把这一则词話钞録下来一看：

古今之成大事业大学问者，必经过三种之境界，“昨夜西風凋碧樹，独上高樓，望尽天涯路”此第一境也；“衣帶渐宽終不悔，為伊消得人憔悴”此第二境也；“众裡尋他千百度，回頭驀見，那人正在，灯火阑珊处”此第三境也。此等語皆非大詞人不能道，然遽以此意解釋諸詞，恐晏欧諸公所不許也。①

在這一则詞話中，第一种境界所引的是晏殊《

三71

本文对王国维“三种境界”之说进行了讨论，并提出问题：西方的接受美学一方面公开提出读者之联想可以有背离作品要意的自由，另一方面却又提出一切联想都应以原来的文本为依据。

南開大學

蝶恋花》（槛菊愁烟兰泣露）一詞中的句子；第二种境界所引的是柳永（一作欧陽修）《鳳棲梧》（一名《蝶恋花》）（伫倚危樓風细细）一詞中的句子；第三种境界所引的是辛棄疾《青玉案》（东風夜放花千樹）一詞中的句子。如果就這三首詞的原意来看，晏殊詞中所写的乃是閨中的女子对於遠行人的懷念之情；柳永一詞所写的乃是远行的游子对於所愛之女子的懷念之情；辛棄疾詞所写的乃是对於所愛之人由尋觅到相逢的惊喜之情。他们詞中的本意，可以說与所謂"成大事业大学问"的"三种境界"都根本全不相干；亦正如李璟之《山花子》（菡萏香销）一詞之本意原只写思婦之情，与所謂"众芳芜秽、美人迟暮之感"也全不相干一樣，可以說都是讀者的一种聯想。然而王國維在這兩則詞話中，却表现了極不相同的口吻，在說李璟詞时表现得極为肯定，而在說晏殊諸人詞时，则表现得極不肯定。使之產生這種差别的原因究竟何在？這是我们在探討此一則詞話时，所首先要說明的問題。

十三 22

南開大學

本来我们在前几则《隨筆》中，已曾多次提出过王國維对詞之評说乃是以作品中所傳达的感发作用为依据的。只不过其所依据的方式則各有不同。當其評說李煜詞时，以精佶为对比，而謂其大小不同，這是以感发作用之大小为評詞高下之標準的一個例证，其着眼点乃全在於要对原作品本身之價值做出正確的衡量，這自然是評詞时的一种重要的品評方式。当其評說李璟詞时，謂其《山花子》之首二句有"众芳芜秽、美人迟暮"之感，其所說虽非此詞思婦之主題的本意，但王氏所掌握的感发之本质，則与作品之主題的意旨，却原是有着相通的一致之处的。因此王氏才敢於以充满自信的肯定的口吻来指称他人之所說者並非"解人"。至於本則詞話之以"三种境界"来評說晏殊諸人的一些詞句，則可以說乃是完全出於王氏讀詞时一己之聯想，与原詞之主題本意根本全不相干，這自然是他之所以要用不自信的口吻来表明"遽以此意解釋諸詞，恐晏、欧諸公所不許也"的緣故。而由此也就引出了另一問题，那就

十三 23

真正认识到读者之自由联想之值得重视者，当推常州词派之词论。谭献在《复堂词录·叙》中就曾公开提出了“甚且作者之用心未必然，而读者之用心何必不然”之说，而这种说法与近日西方之读者反应论及接受美学之说，颇有暗合之处。

南開大學

是王氏之所說縱與作品之原意已經全不相干，那么以此种方式來說詞究竟是否可取的問題了。

關于此一問題，早在我們討論《比興之說與詩可以興》的一則《隨筆》中，原來也曾提出过孔子說詩對於讀者的自由聯想之重視。只不过孔子說詩之重視自由聯想，仍只是但將之視為詩教之一种興發感動的作用，而並未曾將之視為說詩之一种方式。至於真正認識到讀者之自由聯想之值得重視者，則實在當推常州詞派之詞論。譚獻在《復堂詞錄·敘》中就曾公開提出了"甚且作者之用心未必然，而讀者之用心何必不然"之說。而這种說法與近日西方之讀者反應論(Reader response)及接受美學(Aesthetic of Reception)之說，却恰好頗有暗合之處。這一派西方理論蓋始於七十年代之德國。其中最重要的理論家一個是寫有《關於接受美學》(Toward an Aethetic of Reception)的作者堯斯(Hans Robert Jauss)，一個是寫有《閱讀活動之美學反應論》(The Act of Reading: A Theory of Aesthetic Response)的作者伊塞爾(Wolfgang Iser)，這种理論與我們在前此《隨筆》中所 十三 24

南開大學

曾提出过的"闡釋学"、"現象学"、"符号学"等理論，也都有相當密切的關係。因為一篇文学作品，如果做為一個傳达信息的符号來看，則其所傳达之信息必然要有一個接受此信息的對象，也就是一個讀者。早在我所寫的《張惠言与王國維對美学客体之兩种不同類型的詮釋》一則《隨筆》中，我們就已曾引用过一位捷克的結构主义評論家莫卡洛夫斯基(Jan Mukarovsky)，及波蘭的現象学理論家羅曼英格登(Roman Ingarden)的話，說明过一切作品在未經讀者閱讀前，都只是一個艺术成品(Artefact)，而並不是一個美学客体(Aesthetic object)。因此德国著名的接受美学家伊塞爾(Wolfgang Iser)在其《閱讀过程：一個現象学的探討》(The Reading Process: A Phenomenological Approach)一文中，就曾正式提出說文学作品具有兩個極点(two poles)，一方面是作者，另一方面是讀者。我們對於作品的文本(text)及對於讀者的反應活動，應該加以同樣的重視。而且讀者對作品的反應永远不能被固定於一点，而閱讀的快乐就正在其不被固定的活動性和創造性(active and creative) ② 十三 P.5

一切作品在未经读者阅读前，都只是一个艺术成品，而并不是一个美学客体。我们对于作品的文本以及读者的反应活动，应该给予同样的重视。

南開大學

。只不过伊塞尔曾将此种理論用於对小說之評論及分析，而另一位接受美学家姚斯（Hans Robert Jauss）则曾将接受美学用於对詩歌之評論及分析。以為一篇詩歌的內涵可以在讀者多次重複的閱讀中，呈现出多层的含义。而且讀者的理解並不必然要做為对作品本文之意义的解释和回答[3]。此外还有一位意大利的接受美学的学者弗蘭哥·墨尔加利（Franco Meregalli），在其《論文学接受》（La Reception Literaire）一文中，则曾按閱讀性质之不同，將讀者分別為以下數類：其一是一般性的讀者，他们只是單純的閱讀，而並無意对作品做任何分析和解說；另一种则是超一层的讀者（metàlecteurs），他们对於作品有一种分析和評說的意图；还有一种讀者，他们帶有一种背离作品原意的創造性（La trahison créatrice），這一類讀者是把作品只当做一个起点，而透过自己的想像可以对之做出一种新的創造性的詮釋[4]。如果依墨氏的說法来看，则王國维的"三种境界"之說，無疑的乃是屬於這种帶有創造性背离原意的一种讀法。而這种承認讀者之可以发揮自己的創造性的理論，

十三 26

南開大學

在西方的接受美学中，正在受到日益加强的承認和重視。只不过他们却也曾提出了一种限制，以防止荒謬隨意的妄說。那就是一切解說，無論其帶有何等新奇的創造性，却必須都以文本（text）中蘊含有這种可能性為依據。而一個偉大的好的作者，则大多能够在其作品中蘊含有丰富的潛能，因而才可使讀者引发無穷的聯想。所以王國维在這一則詞話的结尾之外，乃又提出說："此等語皆非大詞人不能道"，也就是說只有偉大的詞人才能够在他的作品中写出蘊含有如此富於潛能的詞句因而引起讀者如此丰富的聯想。而如果按照西方接受美学中作者与讀者之關係而言，则作者之功能乃在於賦予作品之文本以一种足資讀者去发掘的潛能，而讀者的功能则正在使這种潛能得到发揮的实踐。而讀者的資质及背景不同，因此其对作品之潛能的发揮的能力也有所不同。所以王國维在另一則詞話中，談到"詩人之境界"与讀者之關係時，就也曾提出說"讀其詩者，亦有得有不得，且得之者亦各有深浅焉"。而無疑的王氏自己乃

十三 27

《论文学接受》一文按阅读性质之不同，将读者分为三类：第一类是一般性的读者，他们只是单纯地阅读，而并无意对作品做任何分析和解说；第二类读者较之第一类读者，对于作品有一种分析和评说的意图；第三类读者带有一种背离作品原意的创造性，只把作品当作一个起点，而通过自己的想象对之做出一种新的创造性的诠释。

王国维是一位极长于发挥作品之文本中所蕴涵之潜能，而对之做出富于创造性之诠释的优秀说词人。

南開大學

是一位極長於發揮作品之文本中所蘊含之潛能，而对之做出富於創造性之詮釋的優秀說詞人。只是如果就西方接受美學之理論中对這种自由聯想与文本之関係而言，王氏之所說是否為一己随意之妄說？抑或在文本所蘊含之潛能中，可以為之找到任何足以支持其做出此种評說之依据？這些也还是一个有待探討的问題，不过本文為篇幅之限制，只好在此结束。留下的问題，只能在下一則《随笔》中再对之加以討論了。

注释

① 晏殊《蝶恋花》原詞為：

"檻菊愁烟蘭泣露。羅幕輕寒，燕子双飛去。明月不諳離别苦，斜光到曉穿朱户。昨夜西風凋碧樹。独上高樓，望尽天涯路。欲寄彩箋兼尺素，山長水阔知何处"。

柳永（一作歐陽修）《鳳栖梧》（一作《蝶恋花》）原詞為：

"伫倚危樓風細细，望極春愁，黯黯生天际。草色烟光殘照裡，無言誰会凭阑意。擬把疏狂圖一醉，对酒当歌，強乐还無味。衣带渐宽终不悔，為伊消得人憔悴。"

十三 R8

南開大學

辛棄疾《青玉案》原詞為：

"東風夜放花千樹，更吹落，星如雨。宝馬雕車香滿路。鳳簫声動，玉壺光轉，一夜魚龍舞。 蛾兒雪柳黄金縷。笑語盈盈暗香去。众裡尋他千百度。驀然回首，那人却在，灯火阑珊處。"

② Wolfgang Iser: The Implied Reader, The Johns Hopkins University Press P.P. 274–275

③ Hans Robert Jauss: Toward an Aesthetic of Reception, University of Minnesota Press, PP. 139, 142.

④ Franco Meregalli: Sur La Reception Litteraire, Revue de Littérature Comparée, 1980, No2. PP. 134–149

一九八七年十一月十二日

写于加拿大之温哥华

十三 R9

《随笔》之十四

南開大學

《迦陵随筆》之十四

（文本之依據与感發之本質）

在前一則《随筆》中，當我們討論王國維"三种境界"之說的時候，曾經提出過一個問題，那就是西方的接受美學一方面既曾公開地提出了讀者之聯想可以有背離作品原意的自由，而另一方面却又曾提出說一切聯想都應以原來的文本（Text）為依據。因此我們一方面雖然認了王國維以"三种境界"來評說晏殊諸人之小詞的自由的聯想，而另一方面我們就還要為他的這种富於創造性的一己之聯想，在他所評說的那些小詞的文本中找到依據。

本來我們早在《感發之聯想与作品之主題》一則随筆中，已曾提出過王氏之以聯想說詞，主要乃是以作品中所傳达的一种感發作用之本質為依據的。王氏之以"众芳蕪穢美人遲暮之感"說李璟的《山花子》一詞，其所依據者乃是文本中所傳达的感發之本質；王氏之以"三种境界"說晏殊諸人的小詞，其所依據者也仍是作品在文本中所傳达的感發之本質。只不過前者所說与李璟詞全篇之意旨有可以相通之处，因此王氏之所說乃充满了肯定自信之口吻；而後者之所說 十四 ①

“昨夜西风凋碧树，独上高楼，望尽天涯路。”若从这几句所表现的感发作用之本质来看，我们便可发现，这种在寂寥空阔、脱除障蔽之后的登高望远的情意，原来与成大事业、大学问者对高远之理想的追寻向往之情，在本质上原也是有着可以相通之处的。

则只是断章取义，与原词全篇之意旨并不相合，因此王氏之所说，乃竟落了完全不肯定之口吻。不过若就其断章的文本来看，我们就会发现其间也仍是有感发作用为之依据的。先看“昨夜西风凋碧树，独上高楼、望尽天涯路”几句文本，首句之“昨夜”，表现了一种新来的转变；“西风”表现了一种肃杀的扫除一切的力量；“碧树”则表现了浓阴的荫蔽；而句中的“凋”字则表现了此种浓阴之荫蔽已因西风之吹扫而凋落。如果我们若只就这七个字在本句中表面一层的意思来看，其所写者自然只是秋风中草木的凋零；然而若就其与下面二句“独上高楼、望尽天涯路”所写的高楼望远之情意的呼应而言，则却反而正是这种绿树之荫蔽的凋落，才给有心登高望远的人，更开拓出了一片天高地迥的广阔的眼界。继之以“独上高楼、望尽天涯路”，其“高楼”之形象就表现了一种崇高之感，而“天涯路”则表现了瞻望之广远。“独上”二字又表现了一种孤独的努力，“望尽”二字则表现了一片怀思期待之情。若从这几句所表现的感发作用之本质来看，我们便可发现这种在寂寥空阔脱除障蔽之后

十四②

南開大學

的登高望远的情意，原来与成大事业大学问者对高远之理想的追寻向往之情，在本质上原也是有着可以相通之处的。所以王氏乃以“第一种境界”来说这几句词，这种说法与原词全篇之意旨虽然未必相合，然而如果仅就这几句词断章取义来看，则王氏之所说在其文本所传述的感发之本质方面，便原来亦自有其可以依据者在。再看“衣带渐宽终不悔，为伊消得人憔悴”两句文本，这两句词表面也只是写对于所爱之人的相思怀念之情而已。上句的“衣带渐宽”与下句的“人憔悴”相呼应，极写其相思怀念之苦。而上句的“终不悔”则直指向下句的“为伊消得”。重点完全在“为伊”二字，极力表现出此“伊”人之为唯一不可代替的相思怀念的对象。“憔悴”是“为伊”，“终不悔”也是“为伊”。本来写相思怀念之情也原是小词中常见的主题，只是这两句词对于所爱之人既写得如此不可代替，对于怀思之情也写得如此无法弃置，因此就其感发之本质而言，遂使之俨然有了一种如屈骚中所写的“亦余心之所善兮，虽九死其犹未悔”的精神境界。

十四③

“衣带渐宽终不悔，为伊消得人憔悴。”这两句词对于所爱之人既写得如此不可代替，对于怀思之情也写得如此无法弃置，因此就其感发之本质而言，遂使之俨然有了一种如屈原《离骚》中所写的“亦余心之所善兮，虽九死其犹未悔”的精神境界。而这种专一执着、殉身无悔的精神，自然是成大事业、大学问之人在其追寻理想的艰苦过程中，所必须具备的一种情操。

“众里寻他千百度，回头蓦见，那人正在，灯火阑珊处。”这三句词本是写经过长久寻觅之后，蓦然见到自己所爱之人的一种惊喜之情。其中，“那人”表现了其所怀思、所追寻之对象的唯一不可替代，“却在灯火阑珊处”则表现了此对象之迥然不同于流俗的可贵。像这种在爱情方面的追寻与获得的经历和感受，对于追求大事业、大学问者而言，在本质上自然也是有着可以相通之处的。

南開大學

而這种才一執着殉身無悔的精神，自然是成大事业大学问之人在其追尋理想的艱苦过程中，所必須具備的一种情操。是則王氏的“第二种境界”之聯想，若就此二句詞在文本中所傳达的感發之本質而言，也原是可以找到依据的。至於第三例之詞“众裡尋他千百度，回頭驀見（原詞作“驀然回首”），那人正在（原詞作“却在”），灯火闌珊处”三句詞，則本是寫經过長久尋覓之後，驀然見到自己所愛之人的一种驚喜之情。首句“众裡尋他千百度”寫尋覓的長久和辛苦，次句“回頭驀見”，寫果然見到时的意外的驚喜，三句“那人正在灯火闌珊处”寫此“那人”二字与前一詞例中之“為伊”二字同妙，都表現了其所懷思所追尋者之為唯一不可替代的对象。而“正在灯火闌珊处”則表現了此一对象之迥然不同於流俗。也表現了真正理想的尋獲之可貴的境界必不在於声色迷亂的場所。像這种在愛情方面的追尋与獲得的經歷和感受，对於追求大事业大学问者而言，在本質上自然也是有着可以相通之处的。①

古④

南開大學

以上我们既然对王氏“三种境界”之說在文本中的依据也已經做了探討，現在我们就更可以充分肯定的說，王氏之以聯想說詞乃是以作品之文本所傳达的感發作用之本質為依据的。所謂“感發作用之本質”，這是我自己所杜撰的一個批評术語，我以為對作品中“感發作用之本質”的掌握，乃是想要理解王國維詞論中的“境界”及“在神不在貌”諸說的一個打通關鍵的樞紐。關於此种“本質”之重要性，早在《做為評詞标准之境界說》一則《隨筆》中，我已曾提出說王氏之所謂“境界”並不指作品中所表現的作者显意識中的主題和情意，而是指“作品本身所呈現的一种富于兴發感動之作用的作品中之世界”；又在《要眇宜修之美与在神不在貌》一則《隨筆》中，也曾提出說“就讀者而言，除去追尋其显意識的原意以外，也还更貴在能从作品所流露的作者隐意識中的某种心灵和感情的本質而得到一种感發”。凡此种种，都可以証明王氏之詞論乃是以作品中所傳达的“感發作用之本質”為依据的。而且我以為這种超越过作品表面显意識的一層情意更体認到

古⑤

王国维所提出的“三种境界”说，在作者的显意识中，虽然都不见得有这种明显的用意，然而这些词句的文本却于无意中流露了作者心态的一种基本样式，而且正由于这是作者感情心态的一种基本样式，因此遂自然含有一种感发的力量，也就是一种感发之本质。

南開大學

作品深一層的感發之本質的說詞方式，与西方現代的一些理論也頗有暗合之處。即如西方由存在主義及現象學所發展出來的所謂“意識批評家”（Critics of Consciousness），他們就曾提出一個批評術語“經驗的型態”（Patterns of Experience）的，指作者某种基本心態在作品中的流露。即如王氏所提出“三种境界”之說，或“众芳蕪穢、美人遲暮”之說，此在作者顯意識中，雖然都不見得有這种明顯的用意，然而這些詞句的文本却於無意中流露了作者心態的一种基本樣式，而且正由於這是作者感情心態的一种基本樣式，因此遂自然含有一种感發的力量，也就是我所說的一种感發之本質。因此這种感發所引起的讀者的聯想，雖然不必是作品顯意識中的主題意义之所在，但却与作者的心靈感情之品質必然有着密切的關係。而我以為這也就正是王國維何以一方面既曾說“遽以此意解釋諸詞，恐爲晏歐諸公所不許”，而另一方面却又說“此等語皆非大詞人不能道”的緣故。

至於如何掌握這种感發之本質，当然一切

南⑥

近代西方符号学对于语言符号之品质结构的探讨，已经有了较西方新批评之所谓“细读”更为精密的理论。他们把对于这种精密的品质和结构的研究称为“显微结构”。

南開大學

都当以作品表达之符号的文本为依据。在前几則《隨筆》中，我們於討論李煜之《相見歡》詞中之“林花謝了春紅”及“無奈朝來寒雨晚來風”諸句時，已曾論及“春紅”的品質之美，及“朝暮風雨”之口吻的音節氣勢所形成的感發力量之強大；又於討論李璟《山花子》詞中“菡萏香銷翠葉殘”二句時，曾經提出过“菡萏”与“荷花”二辭之意義雖相近而予人之感受不同，這种差別在感發作用中所傳达出不同的效果。当时我曾提出了所謂“細讀”的方式。其实近代西方符号学对於語言符号之品質結構的探討，已經有了較西方新批評之所謂“細讀”更為精密的理論。他們把对於這種精密的品質和結構的研究，称为“顯微結構”（Micro-structures）。王國維寫《人间词話》時，当然还不知道有所謂“經驗型態”与“顯微結構”之說，然而王氏在說詞時所重視的聯想說詞的方式，却实在正顯示了他对於“文本”之品質与結構所传达的感發之本質，有一种極精微的辨認和掌握的能力。而且

南⑦

王国维所掌握的小词中之富于感发作用的特质，是五代宋初之小词的一种最高的成就。王氏词论所蕴含的敏锐的感受和辨识的能力，是极值得我们加以注意的。

南開大學

王氏所掌握的小詞中之富于感发作用的特質，無疑的乃是五代宋初之小詞的一种最高的成就。王氏詞論所蘊含的敏銳的感受和辨识的能力，是極值得我们加以注意的。

注释

①關於"三種境界"之說，請參看拙著《談詩歌的欣赏与〈人间词話〉的三种境界》一文，見上海古籍出版社印行之《迦陵論詞叢稿》頁259至269。

②關於所謂"Patterns of Experience"，請參看美國拉瓦尔（Sarah N. Lawall）所著之（Critics of Consciousness）一書。

③關於所謂"Micro-Structures"，請參看美國艾考（Eco Umberto）所著之（A Theory of Semiotics）一書。

南③

迦陵随笔之十五（结束语）

叶嘉莹先生回顾了写作历程，同时对读者表示了感谢。

第 1 页

《迦陵随笔》之十五

（结束语）

自从一九八六年秋季我应《光明日报·文学遗产》编辑之邀为之撰写《随笔》以来，迄今已有两年之久了。但事实上《文学遗产》一版却自八七年三月以后就已经被《光明日报》取消了。经我与编辑先生联系的结果，他表示《随笔》一栏仍将在其他版面陆续刊出。但从此以后这些文稿遂处在了一种打游击的状态。而且[当初於撰写之时]我在每篇《随笔》的撰写之后[本来]都曾编定过一个次第号码，如"之一"、"之二"、"之三"等，但在刊出时这些号码却都被取消了。如此常不定期的游击打得久了，自然就不免给读者们增加了许多困惑。何况自从八七年八月我返回加拿大之后，乃能因邮寄不便，無論是

20×15＝300　四川大学历史研究所稿纸

第 2 页

待校的小样，或刊出的文稿，我都有很长时期未曾收到。当时我以为《光明日报》乃将已不再刊出这些文稿了，因此自八七年十一月以后，当我忙於其他工作时，遂停止了对《随笔》的撰写。直到今年（一九八八年）暑期我再度回国，见到了《光明日报》的编辑先生，才知道这些文稿虽在打游击的状况下，却仍在继续刊出中。我对编者的厚爱虽深为感谢，但因如我在《随笔·前言》中之所言，我的这些《随笔》原属一种"長文短写之方式"，每篇彼此之间原有一种互相承接的因果关系，長期打游击的刊出方式，我想無论对编者或读者而言，势必都将造成很大的不便，因此遂与编者先生商议，是否可将此《随笔》告一结束。虽幸蒙编者同意，但却要我再写一段结束的话，这就是我终

20×15＝300　四川大学历史研究所稿纸

叶嘉莹先生总结道：约而言之，则张惠言对词之衍义的评说，乃大多是以词中的一些语码为依据的；而王国维对词之衍义的评说，则大多是以词中所传达的感发之本质为依据的。张氏之评说大多属于一种政治性和道德性的诠释，而王氏之评说则大多属于一种哲理性的诠释。

第 3 页

於又提起筆來草寫了這一篇《結束語》的緣故。

在過去所刊出的十四篇《隨筆》中，我們對於詞之易於引發讀者的衍義之聯想的特質，以及張惠言和王國維二家對於衍義之評說的兩種不同的方式，都曾做了相當的討論。在討論中且曾引用西方之現象學、詮釋學、符號學、接受美學、讀者反應論、和新批評等理論，對張、王二氏評詞之兩種不同方式的理論依據，分別做了探討和說明。約而言之，則張惠言對詞之衍義的評說，乃大多是以詞中的一些語碼為依據的；而王國維對詞之衍義的評說，則大多是以詞中所傳達的感發之本質為依據的。張氏之評說大多屬於一種政治性和道德性的詮釋；而王氏之評說則大多屬於一種哲理性的詮釋。張

20×15＝300　四川大学历史研究所稿纸

第 4 页

氏所依據的語碼多重在類比的聯想，似乎更近於"比"的性質；而王氏所依據的感發之本質則多重在直接的感發的聯想，似乎更近於"興"的性質。這兩種評詞方式的角度與聯想的方式雖然不同，但卻同樣是產生於自作品之文本中所引生出來的一種衍義的聯想作用。以上所言，乃是我對過去十四篇《隨筆》中所曾討論過的問題，所做的一個極為概略性的總結。寫到這裡，我們的《隨筆》本已經大致告一段落了。但我卻還想藉此機會再說幾句未了的話。

不知讀者們是否還記得：我在《隨筆》的第一篇《前言》中，原曾說明過我之所以要引用西方的文學理論來詮釋中國的古典文學批評，乃是因為近年國內年輕的一代正流行著一種向西方現代新潮去追尋探索的風氣。而且我個人也

20×15＝300　四川大学历史研究所稿纸

张惠言所依据的语码多重在类比的联想，似乎更近于“比”的性质；而王国维所依据的感发之本质，则多重在直接的感发的联想，似乎更近于“兴”的性质。

第 5 页

以為"如何將此新舊中西的多元多采之文化加以別擇去取及融汇结合"，"正是今日在開放政策下，對於反思之時代的青年們所當考慮的一項重要課題"。因此我便不僅在此一系列的《隨筆》中曾引用了若干西方的新理論，同時在八七年二月和八八年七月先後兩次在北京教委會禮堂所舉行的"唐宋詞"和"古典詩歌"的欣賞講座中，也都曾引用了不少西方的理論。當時曾有几位青年聽眾對我提出過一些性質相似的問題。一個問題是"你所提及的這些西方理論，我們也都曾學習過，可是我們從來沒想到把它們與中國古典詩歌聯系起來，你是怎樣把它們聯系起來的呢"？另一個問題是"你講的詩詞欣賞，我們聽了也很感興趣，但這在實際生活中，對我們有什麼用處呢"？關於第一個問題的

20×15=300　四川大学历史研究所稿纸

第 6 页

答覆，我以為是由於這些青年們雖然熱衷於學習西方的新理論，但却對於自己國家的古典文化傳統已經相當陌生。而這種陌生遂形成了要將中西新舊的多元多采之文化來加以別擇去取和融汇结合时的一个重大的盲点。因此即使他們曾學習了一些新理論，也可以在言談著作中使用一些新的理論術語，但却並不能將這些理論和術語在實踐中加以運用。這自然是一件極可遺憾的事情。關於第二個問題的答覆，我以為是由於他們之所謂"有用"，乃是只就眼前現實功利而言的一种目光極為短淺的價值觀念。而真正的精神和文化方面的價值，則並不是由眼前現實物欲的得失所能加以衡量的。近世紀來西方資本主義過份重視物質的結果，也已經引起了西方人的憂慮。一九八七年美國芝加哥

20×15=300　四川大学历史研究所稿纸

针对读者"你讲的诗词欣赏，我们听了也很感兴趣，但这在实际生活中，对我们有什么用处呢"的疑问，叶嘉莹先生进行了回答。

第 7 页

大学的一位名叫布鲁姆（Allen Bloom）的教授，曾出版了一册轰动一时的著作，题目是《美国心灵的封闭》（The Closing of the American Mind），作者在书中曾提出他的看法，以为美国今日的青年学生在学识和思想方面已陷入了一种极为贫乏的境地，而其结果则是对一切事情都缺乏高瞻远瞩的眼光和见解。这对于一个国家而言实在是一种极可危虑的现象。至于学习中国古典诗歌的用处，我个人以为也就正在其可以唤起人们一种善于感发的富于联想的活泼开放的更富于高瞻远瞩之精神的不死的心灵。关于这种功能，西方的接受美学也曾经有所论及。我在《三种境界与接受美学》一篇《随笔》中，已曾提出说"按照西方接受美学中作者与读者之关系而言，则作者之功能乃在于赋予作品之文本以一种足资读者去

20×15=300 四川大学历史研究所稿纸

第 8 页

发掘的潜能，而读者的功能则在使这种潜能得到发挥的实践"。而且读者在发掘文本中之潜能时，还可以带有一种"背离原意的创造性"。所以读者的阅读，其实也就是一个再创造的过程。而这种过程往往也就正是读者自身的一个演变和改造的过程。而如果把中国古典诗歌放在世界文学的大背景中来看，我们就会发现中国古典诗歌实在是最富于这种兴发感动之作用的文学作品，这正是中国诗歌的一种宝贵的传统，而现在有一些青年人竟因为被一时短浅的功利和物欲所蒙蔽，而不再能认识诗歌对人的心灵和品质的提升的功用，这自然是另一件极可遗憾的事情。如何将这两件遗憾的事加以弥补，这原是我这些年来的一大愿望，也是我这些年之所以不断回国来教书，而且在讲授诗词时特别重视诗歌中感发之作用的一个主要的原因。虽然我也自知

如果把中国古典诗歌放在世界文学的大背景中来看，我们就会发现，中国古典诗歌是最富于兴发感动之作用的文学作品，而这种兴发感动正是中国诗歌的一种宝贵的传统。现在有一些青年人被一时的功利和物欲所蒙蔽，而不再能认识诗歌对人的心灵和品质的提升的功用，这是极可遗憾的事情。

第9页

学说也都有所不足，然终不免有劳而少功之诮，只不过是情之所在，不克自已而已。

本来我还曾计划在讨论过词之特质及张惠言和王国维二家的词论以后，再提出一些词例来做一点实践的评赏的工作，来对文本之暗示与读者的感发和再创造的关係，做一点更为细微深入的讨论和举证。但现在我却决定将《随笔》就在此告一结束。至于词例的欣赏，则我于一九八七年春在北京所举办过的一次前后长达二十四個小时的"唐宋词欣赏"的系列讲座，对许多名家的词例都已曾做过相当的评说。而且当时的讲演录音已由朋友们加以整理，即将於最近由湖南岳麓出版社出版。还有当时的録相与録音也已由北京师范大学出版社音相部整理出版。凡我在《随笔》中所谈到的一些空洞而且支

20×15＝300　　四川大学历史研究所稿纸

第10页

离破碎的理论，都将在那些讲稿及录相与录音中得到实践的具体的而且较为系统化的说明。我就不再佔用《光明日报》的宝贵的篇幅了。

最后我要在此向编者及广大的读者们表示感谢及歉疚之意。有些读者们的来信，我因工作过於忙碌未暇一一作覆，希望能得到大家的理解和原谅。

注释：

除去"比"和"兴"的两种评词方式以外，我认为还有另一类词是适合用"赋"的方式来评说的。请参考即将在《中华文史论丛》刊出的拙作《对传统词学与王国维词论在西方理论之光照中的反思》一文。

一九八八年九月十八日

写于加拿大之温哥华

20×15＝300　　Chool.20.85.4　　四川大学历史研究所稿纸

第五章 论王国维词

1935年，叶嘉莹先生以同等学力考上初中，母亲给她买了一套开明版《词学小丛书》，其中王国维的《人间词话》和纳兰性德的《饮水词》对她影响最大，叶先生曾说"王国维的《人间词话》使我对词的评赏有了初步的领悟"。1957年，叶嘉莹先生完成了执教台湾大学后的第一篇论文《说静安词〈浣溪沙〉一首》，发表于1957年8月的《教育与文化》，所解说的正是王国维首句为"山寺微茫背夕曛"的一首《浣溪沙》。此后叶先生也一直有对王国维词进行系统研究的想法，直到1968年结束两年交换，自美国返回台湾时，哈佛大学教授海陶玮(James R. Hightower)先生请叶先生提交一份研究计划，以便再度返美合作，叶先生提交的就是有关王国维词的研究计划。虽然此后赴哈佛大学任教的打算因签证问题搁置，叶先生转至加拿大不列颠哥伦比亚大学，但还是利用几个暑假的时间到哈佛大学与海陶玮教授合作研究，并在20世纪70年代中完成了《王国维及其文学批评》一书。

1982年至1986年期间，叶嘉莹先生与缪钺先生合作治词，撰成《灵谿词说》一书，完成了对唐五代及两宋重要词人的论述，拟定继续撰写论金、元、明、清词的续集。此后，叶嘉莹先生以西方文论研究中国词学，先后写出《迦陵随笔》《对传统词学与王国维词论在西方理论之观照中的反思》等文章，遂"颇想把近年来我对传统词学和王国维词论所做的理性的研析，与我过去对王国维词的一点感性的偏爱结合起来，为自己多年来对古典诗词的评赏建立一个自我的模式"，于是动笔撰写《论王国维词——从我对王氏境界说的一点新理解谈王词的评赏》一文。

本文1989年完稿于加拿大温哥华，改订于美国康桥，同年发表于台北《中外文学》第十八卷第3、4期。经海陶玮先生协助，本文被译为英文，题为 Wang Guowei's Song Lyrics in Light of His Own Theories。1990年，叶先生以此英文稿参加在美国缅因州举办的国际词学会议，同与会的中美学者交流研讨。次年，中文稿在大陆发表，刊于《四川大学学报》1991年第1、2期，后收入与缪钺先生合著的《词学古今谈》一书。

这部分手稿全文129页，装订为六册，每册加白纸封面，含封面合计135页。

1982—1983

1984

1986

1986—1988

1989

1991

1997

2008

220

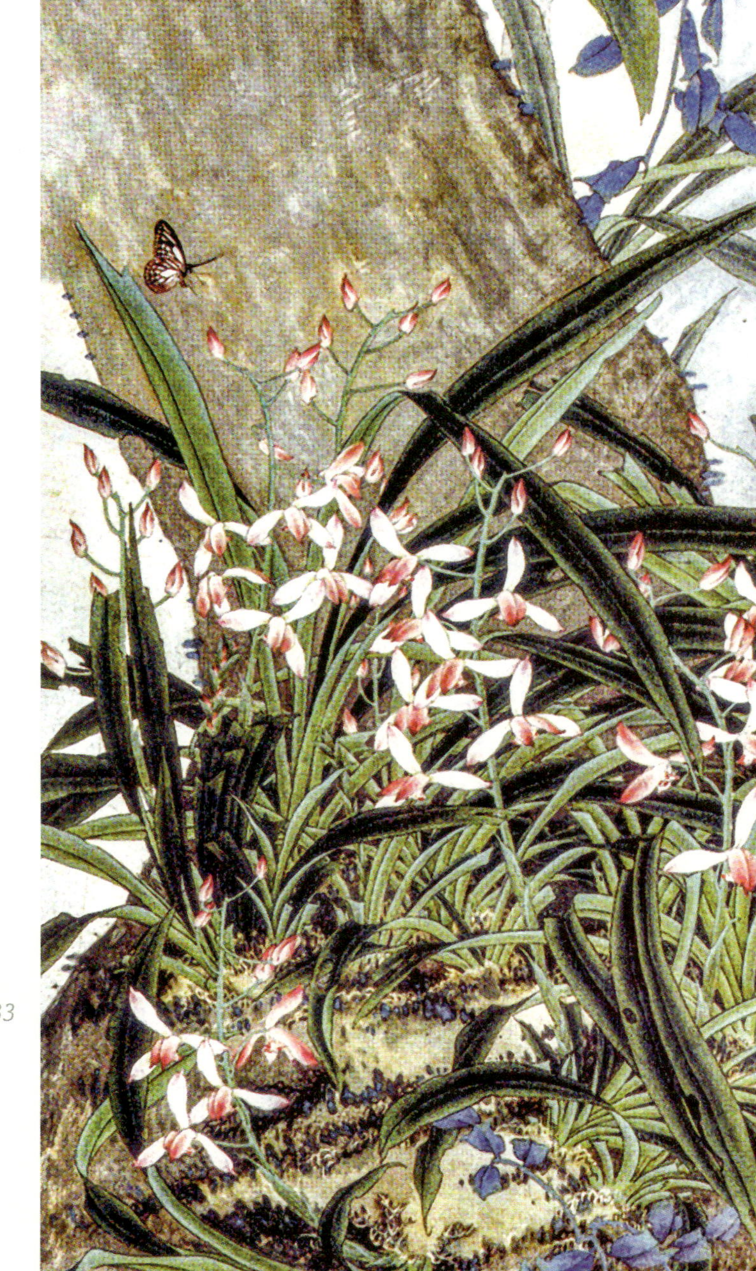

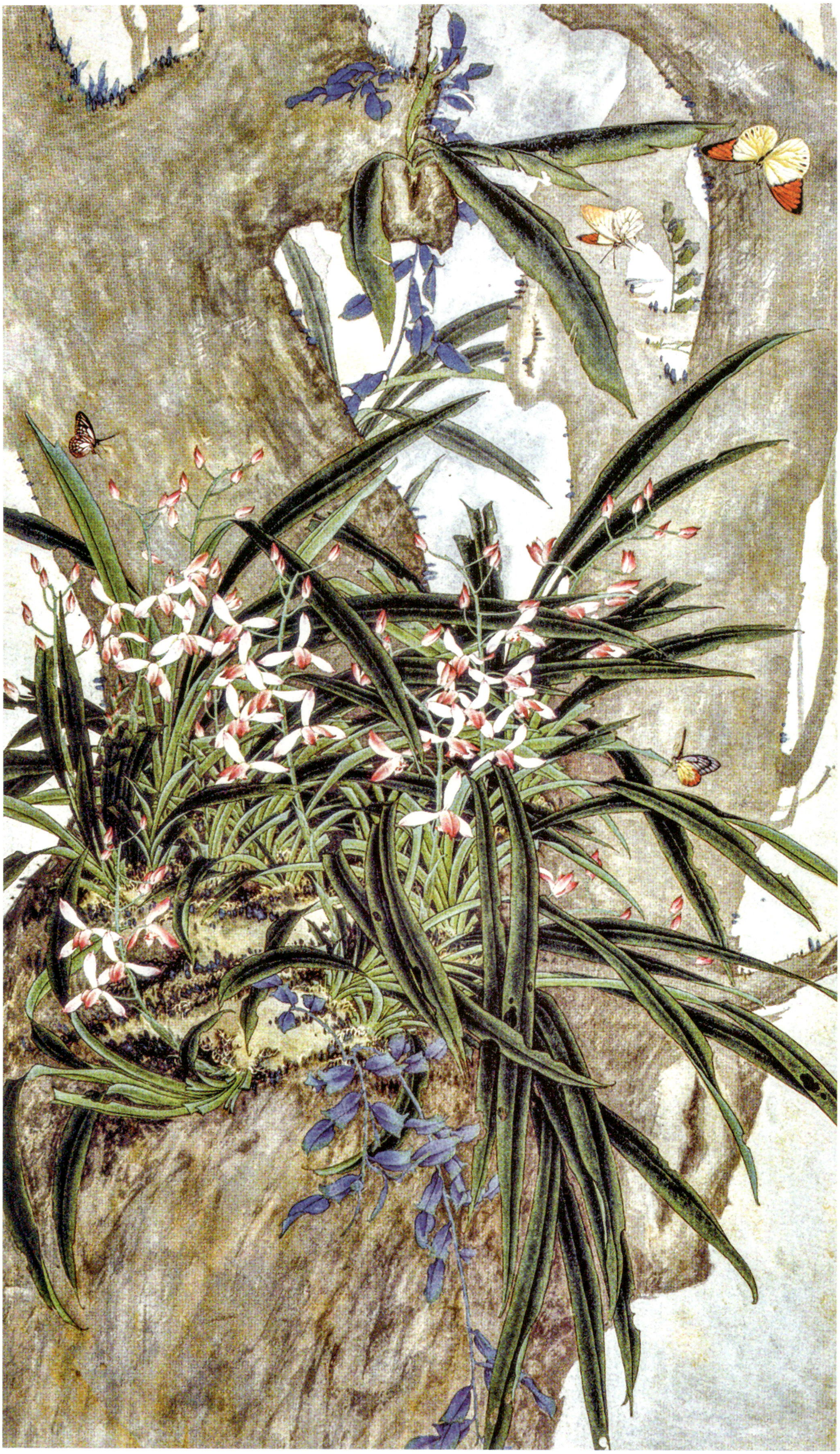

蝶恋花

王国维

阅尽天涯离别苦，不道归来，零落花如许。花底相看无一语，绿窗春与天俱莫。待把相思灯下诉，一缕新欢，旧恨千千缕。最是人间留不住，朱颜辞镜花辞树。

陈子龙，南直隶松江华亭（今上海市松江区）人，崇祯十年进士。明亡后，开展抗清活动，后事败隐居。顺治四年，被捕。五月十三日，陈子龙被押往南京，途经松江境内跨塘桥时，投水死，享年四十岁。陈子龙诗词成就较高，被誉为明诗的殿军人物。

則仍按照我以前撰寫《靈谿詞說》中諸稿的方式，依时代先後來展開討論。因此我所計劃要寫的《靈谿詞說．續集》的第一篇，本是討論明末清初之陳子龍詞的一篇文稿。然而自八六年秋季以來，我又曾應《光明日報》之邀為之撰寫了一系列《迦陵隨筆》，对於王國維論詞之要旨提出了一些新的理解；其後又因接受了一位友人的提議，將這些《隨筆》中的零星見解做了一番系統化的整理，寫了一篇題為《对傳統詞學与王國維詞論在西方理論之光照中的反思》的一篇長文。在撰寫這些文稿时，遂时时想到這一些新的理解或者也可以做為評賞王國維詞的一條新的途徑，於是當年想要評說王國維詞的那一點心念，遂又油然而復起。所以乃決定暫时不寫陳子龍而寫了王國維。而且撰寫的重

20×15=300　Chool.20.85.4　四川大学历史研究所稿纸　第 4 页

點將原屬集中於近年來我對王氏詞論的一些新的理解，想將之做為一個基準，來對王國維詞的成就及特色略做一些嶄新的探討和衡量。同時在這種探討和衡量中，我還有一些個人的想法，就是願意把近年來我对傳統詞學和王國維詞論所做的理性的研析，与我過去對王國維詞的一點感性的偏愛結合起來，為自己多年來对古典詩詞的評賞建立一個自我的模式。如我在《迦陵論詩叢稿．後序》中之所言，希望能做到「七寶樓臺而渾沌不死，使古今中外的知性資料都能在我之聲中效其妙用，而都仍能葆持詩歌中感發之生命，使之在讀者之感受中不僅不受到斷喪，而且能得到更為完美之傳述和流衍。」這種嘗試之是否能成功，我當然对之並無把握。因為一般而言總是偏重理論分析的文字，就未免在感性之欣賞的發揮方面受到牽制和拘限；而偏重感性欣賞的文字，

20×15=300　Chool.20.85.4　四川大学历史研究所稿纸　第 5 页

“失之东隅，收之桑榆”，出自《后汉书·冯异传》：玺书劳异曰：“赤眉破平，士吏劳苦，始虽垂翅回溪，终能奋翼黾池，可谓‘失之东隅，收之桑榆’。方论功赏，以答大勋。”

第 6 页

则又往往未免过于主观而缺乏理论的依据。所以多年来我就总想有一個能使二者相结合的愿望。近两年我既在《词学传统》与《迦陵随笔》諸文稿之中做了不少理论的分析和研讨，因此现在我就想把这种理论研讨的结果，做为评说之依据，来对王国维词做一番自理性化升出来的感性的评赏。这种赏析的角度与我多年前纯任主观直感的评说方式，当然已有了很大的不同。年华既已经长逝不返，三十年前所不能写出来的感受自亦永远不可能再度出现。虽然古语有云「失之东隅，收之桑榆」，然而其所得岂其然乎？因书此前言如上。

20×15＝300　　四川大学历史研究所稿纸

第 7 页

二、王国维境界说的三层义界

如我在前一节之所言，本文撰写的要点原是将以我個人近年来对王氏词论的一些新理解為基準，对王氏之词所做的一点新的探讨和衡量。因此我自然就不得不先把我個人对王氏词论的一些新理解略做简单的介绍。本来关于我的这一点理解，我已曾在近年来所撰写的《迦陵随笔》及《对传统词学与王国维词论在西方理论之光照中的反思》諸文稿中有所叙述；现在为了使本文的读者易于了解起见，我将再把其中一些要旨略为简述。约言之，我以为王氏在《人间词话》中所标举的「境界」之说，其义界之所指盖可分为三個不同层次的范畴，其一是做为泛指诗词之内容意境而言之「境界」，如《词话》。附录之第十六则所提出的「有诗人之境界，

20×15＝300　　Chool.20.85.4　　四川大学历史研究所稿纸

贾岛《忆江上吴处士》：

闽国扬帆去，蟾蜍亏复圆。
秋风生渭水，落叶满长安。
此地聚会夕，当时雷雨寒。
兰桡殊未返，消息海云端。

有常人之境界」及《詞話·刪稿》第十四則所提出的「『西風吹渭水，落日滿長安』（按當作「秋風生渭水，落葉滿長安」）美成以之入詞，白仁甫以之入曲，此借古人之境界為我之境界者也」。若此之類，便都是對內容意境的一般泛指之辭，此其一；其二是做為兼指詩與詞的一般衡量準則而言之辭，如《詞話》第八則所提出的「境界有大小，不以是而分優劣。『細雨魚兒出，微風燕子斜』，何遽不若『落日照大旗，馬鳴風蕭蕭』；『寶簾閒掛小銀鉤』，何遽不若『霧失樓台，月迷津渡』也？」他所舉引的前二則例證是杜甫的詩句，而後二則例證則是秦觀的詞句，可見他提出的境界之大小優劣之說，應該乃是兼指詩詞之衡量準則而言的，此其二；其三則是將「境界」二字做為專指評詞之一種特殊標準而言之辭，即如他在自己親手編訂的發表於《國粹學報》的六十四則《人間詞話》中，所首先

提出來的第一則詞話，就是「詞以境界為最上。有境界則自成高格，自有名句」。從這段話來看，其「境界」一辭自然應該乃是專指他自己所體認的詞的一種特質而言的，此其三。我於十餘年前撰寫《王國維及其文學批評》一書時，雖曾對王氏之境界說做過相當仔細的分析。只不過當時的分析大多限於第一和第二兩個層次，而未及於第三個層次。如果只就前兩個層次而言，我們大概可以將王氏的境界說，歸納為以下幾個要點：首先、就泛指詩詞之內容意境的一層義界而言，王氏之所謂「境界」應該乃是指作品中所敘寫的情與景相結合的一種意境而言的。即如他在《刪稿》第十四則中所提出的「借古人之境界為我之境界」的一則詞話，他所謂「美成以之入詞」及「白仁甫以之入曲」者，原來乃是

周邦彦《齐天乐·秋思》：

绿芜凋尽台城路，殊乡又逢秋晚。暮雨生寒，鸣蛩劝织，深阁时闻裁剪。云窗静掩。叹重拂罗裀，顿疏花簟。尚有綀囊，露萤清夜照书卷。　荆江留滞最久，故人相望处，离思何限。渭水西风，长安乱叶，空忆诗情宛转。凭高眺远。正玉液新篘，蟹螯初荐。醉倒山翁，但愁斜照敛。

指周邦彥之齊天樂·秋思之一詞中的「渭水西風，長安亂葉，空憶詩情宛轉」几句詞，和白樸之雙調得勝樂·秋之一曲中的「驟落葉西風渭水」及其之梧桐雨之雜劇第二折之普天樂之一曲中的「傷心故園，西風渭水，落日長安」几句曲，這些句子都使用了唐代詩人賈島之憶江上吳處士之一詩中的「秋風吹渭水，落葉滿長安」二句詩中的「境界」，也就是王氏所謂「古人之境界」。不过它們所寫的內容雖然都有「渭水」和「長安」，都有「秋風」或「西風」，都有「落葉」或「亂葉」，景物雖然相似，然而情意方面的感受則並不完全相同。所以王國維在這一則詞話中於提出了「借古人之境界」以後，乃又云「然非自有境界，古人亦不為我用」。是其所謂「借古人境界」者，蓋指其所寫之景物與古人有相

第 10 頁

20×15＝300　Chool.20.85.4　四川大学历史研究所稿纸

似之部分，至其所謂「自有境界」者，則當指其各有情意方面不同之感受。於此已可見出王氏之境界說乃特別重在個人感受的一方面。故其《人間詞話·附錄》之第十六則在提出了「詩人之境界」及「常人之境界」之說以後，便也曾加以解釋說「詩人之境界」是「惟詩人能感之」的一種意境，而「常人之境界」則是「常人皆能感之」的一種意境。是其所謂「境界」就第一層意義而言雖是指作品中情意與景物相結合的一種意境而言，但其特別重在作者個人之感受的一點，却已是明白可見的了。其次再就其做為兼指詩與詞的一般衡量準則而言，在其人間詞話之第六則中，王氏也曾提出了一段極為重要的話，說「境非獨謂景物也，喜怒哀樂，亦人心中之一境界。故能寫真景物真感情者，謂之有境界

第 11 頁

20×15＝300　Chool.20.85.4　四川大学历史研究所稿纸

境界之产生，全赖吾人感受之作用；境界之存在，全在吾人感受之所及。因此外在世界在未经过吾人感受之功能而予以再现时，并不得称之为境界。而唯有当吾人之耳目与之接触而有所感受之时，才得以名之为境界。或者虽非眼、耳、鼻、舌、身五根对外界之感受，而为第六种意根之感受，只要吾人内在之意识中确实有所感受，便亦可得称为境界。

第 12 页

。」其所謂「真」，便是指一種個人的真切之感受而言的。因此王氏在人間詞話之第十則中，就又曾提出說「昔人論詩詞，有景語、情語之別，不知一切景語皆情語也。」其所謂「景語皆情語」便也當是意指對景物具有一種真切之感受而言的。所以我在王國維之一書中，於論及其「境界」說之時，就曾經為之下了一個結論，說「境界之產生，全賴吾人感受之作用；境界之存在，全在吾人感受之所及。因此外在世界在未經過吾人感受之功能而予以再現時，並不得稱之為境界。如外在之鳥鳴花放雲行水流，當吾人感受所未及之前，在物自身都並不可稱為境界。而唯有當吾人之耳目與之接觸而有所感受之時，才得以名之為境界。或者雖非眼、耳、鼻、舌、身五根對外界之感受，而為第六種意根之感受，只要吾人內在之意

20×15=300　Chool.20.85.4　四川大学历史研究所稿纸

第 13 页

識中確實有所感受，便亦可得稱為境界。」而這也就正是王氏用以做為兼指詩詞之衡量準則而言的「境界」說的第二層義界。而且王氏還曾在此一層義界中，更就其形成此種境界的不同的因素，做了以下幾種區分。那就是他所提出來的「造境」、「寫境」，「有我」、「無我」，「理想」、「寫實」諸說。關於這些說法，我在《王國維之一書中也已曾做過相當的探討，約言之，則「造境」與「寫境」乃是指其寫作時所採用之材料是否為現實中所實有之情景而言的；「有我」與「無我」則是指其作品中所表現的「我」與「物」是否有對立之關係而言的（大抵「以我觀物」者為有我之境，「以物觀物」者為無我之境）（按此說深受叔本華哲學之影響，請參看拙著《王國維之一書中之分析）。「理想」與「寫實」則是對於「造境」與「寫境」的進一步說明，

20×15=300　Chool.20.85.4　四川大学历史研究所稿纸

王国维《人间词话》：大诗人所造之境，必合乎自然；所写之境，亦必邻于理想。

蓋「寫境」之作所寫者雖屬現實情景，但既寫之於作品之中，就也已脫離了現實之關係與限制；而「造境」之作所寫者雖屬非現實之情景，但其取材及安排也仍須合於自然之法則。這正是王氏所以在「造境」與「寫境」之一則詞話中，曾提出說「大詩人所造之境，必合乎自然；所寫之境，亦必鄰於理想」的緣故。以上種種概念不僅是王氏詞論中的基本概念，也是我們想要評賞王詞所當具的幾支重要認識。然而這卻還只不過是我們對王氏詞論中之「境界」說的前兩層文界的認識而已。這前兩層的文界乃是可以普遍適用於對一般詩與詞之內容意境之衡量的，當然也可以用之於對王氏自己的作品的衡量。只是我們如果想對王氏之詞做出更深一層的探討，我們就不得不對他的「境界」說之第三層文界，也就是專指評詞之特殊標準的文界再做一些說明。關於此一層文界在《人間詞話》中頗

有幾則可供參考的提示，如《詞話》刪稿之第十二則就曾提出說「詞之為體，要眇宜修。能言詩之所不能言，而不能盡言詩之所能言。詩之境闊，詞之言長」。又如《詞話》之第三十二則也曾提出說「詞之雅鄭，在神不在貌。永叔、少游雖作豔語，終有品格」。綜合此兩則來看，可見王氏所認識的詞之特質乃是第一須是有一種要眇宜修之美，第二須是有一種在神不在貌的引人生言外之想的意蘊。這種特質之形成，與詞之形式及詞之緣起均有密切的關係。我在《迦陵隨筆》之第五則，題為《大晏的宜修之美與在神不在貌》（參看大安出版社之拙著《中國詞學的現代觀》一書）一篇文稿中，已曾有所論述，茲不再贅。總之，王氏乃是對詞之此種特質具有極深切之體認的一位評詞人，因此他才會從中主李璟的「菡萏香銷翠葉殘」兩句詞中看出了「眾芳蕪穢，美人

王国维《人间词话》：词之为体，要眇宜修。能言诗之所不能言，而不能尽言诗之所能言。诗之境阔，词之言长。

第16页

《迟暮》」的悲慨；也才会从晏、欧诸公的小词中，联想到了「成大事业大学问」的「三种境界」。像这种完全不受作品的主题所局限而可以引发人之丰富联想的特质，当然并非以言志为主的诗之所有，因此我在《作为评词标准之境界说》之一则《迦陵随笔》中，遂曾为王氏「境界」说的此一层义界，做了一个简单的结论，说「小词中的这种感发之特质，却又很难用传统的评诗之眼光和标准来加以评判和衡量。因此王国维乃不得不选用了这个标准颇易引起人们争议和误解的批评术语『境界』一辞。」又说「境界一辞虽也含有泛指诗歌中兴发感动之作用的普通的含意，然而却并不能便径直的指认为作者显意识中的自我心志之情意，而乃是作品本身所呈现的一种富于兴发感动之作用的作品

20×15＝300　Chool.20.85.4　四川大学历史研究所稿纸

第17页

中之世界。而如果小词中若不能具含有这种『境界』，则五代艳词中固原有不少浅薄猥亵的鄙俗之作，而这些作品当然是王国维所不取的。因此私意以为这才正是王氏何以要提出「词以境界为最上。有境界，则自成高格，自有名句」作为评词之标准的主旨所在。」这就是我对王氏评词之「境界说」的一点新的理解，也就是我在前面所提出来的王氏之境界说的第三层义界。现在我们既然对境界说的几种不同层次的义界都已经做了相当的说明，下面我们就将以此为基准，来对王氏之词的特色及成就略加探讨了。（本文对王氏境界说之介绍极为简略，请参看拙著《王国维及其文学批评》一书及《中国词学之现代观》，与《迦陵随笔》及《对传统词学与王国维词论在西方理论之光照中之反思》诸文稿）。

20×15＝300　Chool.20.85.4　四川大学历史研究所稿纸

王国维《人间词话》：词以境界为最上。有境界，则自成高格，自有名句。

王氏之境界说的前二层义界，原是指作品中情与景相结合的一种意境，而且是以“能写真景物与真感情者”始得“谓之有境界”为衡量之标准的。

第18頁

三、王詞意境之特色以及形成其意境的一些重要因素

在前一節中我們既然已經對王國維之境界說的義界做了簡單的介紹，現在我們就將把王國維自己的作品放在他自己的理論中來一加探討。如我們在前文之所論述，王氏之境界說的前二層義界，原是指作品中情與景相結合的一種意境，而且是以「能寫真景物與真感情者」始得「謂之有境界」為衡量之標準的。因此我們首先就將從意境方面對王詞略加探討。我們早在《人間詞甲、乙稿》之前面所附的署名樊志厚所寫的兩篇序文中，也已曾對王詞之意境方面有所論述。關於這兩篇樊序，以前趙萬里先生曾二度提出說此二序「均為先生自撰，而假名於樊君者」（見趙撰《王靜安先生年譜》）。但近來則有人認之以為《人間詞話》手稿第二十六條之

第19頁

記述，謂樊志厚即樊抗夫，而據王國維之《王國維年譜》，則樊抗夫實即王氏在東文學社之同學樊炳清（字少泉，又字抗父）。而據王幼安校訂本之《人間詞話・附錄》，于此二序之下又曾加按語云「此二序雖為觀堂手筆，而命意實出自樊氏」。此二序究竟出自誰之手筆雖尚無定論，但總之樊氏與王氏既為自少年同學時之好友，且據序文所言，謂「王君靜安將刊其所為《人間詞》，詒書告余曰：知我詞者莫如子，敘之亦莫如子宜」，又謂「比年以來，君頗以詞自娛。余雖不能詞，然喜讀詞。每夜漏始下，一燈熒然，玩古人之作，未嘗不與君共。君成一闋，易一字，未嘗不以訊余。」可知二人論詞之見解必有相近之處。因此我們在探討王詞之意境時，亦將先對樊序中的「意境」之說也略加敘述。《人間詞乙稿》樊序曾言「文學之事，其內足以攄

《人间词》甲稿、乙稿前署名樊志厚的两篇序文，究竟为樊氏所作还是王国维自作，一向颇有争议，但序中所说与王国维论词之主张相契合，且可以与《人间词话》之论点相发明，则是可以肯定的。

已，而外足以感人者，意与境二者而已。上焉者，意与境浑，其次或以境胜，或以意胜，苟缺其一，不足以言文学。」又推论意境之形成，谓「原夫文学之所以有意境者，以其能观也。出于观我者，意余于境；而出于观物者，境多于意。然非物无以见我，而观我之时又自有我在，故二者常互相错综，能有所偏重，而不能有所偏废也。」又据此论点以评王词，谓「静安之为词，真能以意境胜。」又尝以王词与欧阳修及秦观二家词相比较，谓「静安之词，大抵意深于欧，而境次于秦。」如我们在前文之所言，此序文之究为樊作或王氏自作，历来说者虽有不同的主张，然要之其所说与王氏论词之主张相契合，且可以与《人间词话》之论点相发明，则是可以肯定的。因此查我们要对王词之

第 20 页

20×15=300　四川大学历史研究所稿纸

意境做进一步探讨之时，这一段话实有极大的参考价值。我们在前一节论及王氏「境界」说之第一层义界时，已曾提出境界第一层义界有指诗词中之内容意境之意，盖「境界」乃是一个把作品中之「情」与「景」都包举在内的统摄之辞；若分言之，则可以分别为「意」与「境」二者，大抵对感情未意之叙写为「意」，而对景物形象之呈现则为「境」。二者既可为浑然之结合，所谓「意与境浑」；也可以各有所偏胜，所谓「或以境胜，或以意胜」。至于所谓「观我」与「观物」之说，则是从美学文论，把所写之「情意」或「景物」做为一种客体来观察。「情意」为我之所有，所以把「情意」做为对象来观察叙写，是一种「观我」之作，而把「景物」做为对象来观察叙

第 21 页

20×15=300　四川大学历史研究所稿纸

王国维词有一个极大的特色，就是其所写之内容虽以“意”胜，然而却往往并不对其“意”做直接之表述，而常是假借一种景物或情事以表出之。

写，则是一种「观物」之作。所以说「出于观我者，意余于境」；「出于观物者，境多于意」。不过王氏既然又主张「一切景语皆情语」，而且在其人间词乙稿序文中，还曾提出说「其写景物也，亦必以自己深邃之感情为之素地」，则是「物」中亦自有「我」在，何况「我」之情意也往往要借用景物形象以表达，而且无论「观物」或「观我」之「观」者，也依然是「我」，所以乃又说「然非物无以见我，而观我之时又自有我在，故二者常互相错综，能有所偏重而不能有所偏废也」。至于王氏之词，若依据这些论点来看，则大抵属于「观我」的「以意胜」之作。而且王词还有一个极大的特色，就是其所写之内容虽以「意胜」，然而却往往并不对其「意」做直接之表述，而常是假借一种景物或情事以表出之。而且这种景物情事还可以有「写境」、「造境」种种不同，所以人间词甲稿的

第 22 页

序》乃又云「若夫观物之微，托兴之深，则又君诗词之特色」。而由此一特色，遂使得我们欲评说王词者，乃不得不自其境界说之第二层义界更进入到其第三层义界，也就是说要自其重视真切之意境的衡量标准，再进而要对其深微要眇之义蕴的托兴，更做出一番超乎其所写的外表之景物情事以外的，较深一层的探寻。

词之富于要眇深微的言外之意，固原为词之一种特质，关于此点，我在《传统词学》以及《迦陵随笔》诸文稿中，已早曾有所论述。只是就作者而言，如何方能使其作品中具有此种特质？以及就读者而言，又应取如何之态度来对之加以辨说？这两方面其实也仍是有待探讨的问题。我们现在就将把王词放在此种探讨中来一做衡量。关于这种衡量的准则，我以前在《传统词学》一文中也曾做过相当的讨

第 23 页

词中能具有深微要眇之特质的佳作，约有三种：一是歌辞之词，作者在无意中流露了自己的性情学养所融聚的一种心灵之本质，因而遂形成了一种要眇深微之美；二是诗化之词，作者虽然有自我言志抒情的用心，但由于其情志本身的深厚丰美与表现方式之曲折含蕴，保留了要眇深微之美；三是赋化之词，作者以安排勾勒的笔法在作品中为有心的托喻，因而在深隐的叙写中，自然就也形成了一种要眇深微之美。

第24页

論。約言之，則在詞之這種文類中，其能具有此種深微要眇之特質的佳作，一般大約有以下的幾種情況：第一類是歌辭之詞，這一類詞的作者在填寫歌辭時雖然並沒有抒寫個人情志的用心，但卻往往就也正在其遊戲筆墨的小詞中，反而於無意中流露了自己的性情學養所融聚的一種心靈之本質，因而遂形成了一種要眇深微之美；第二類是詩化之詞，這一類詞的作者雖然有自我言志抒情的用心，但卻由於其情志本身的深厚丰美，與表現方式之曲折含蘊，雖在明白抒寫之中，卻也仍保留了一種要眇深微之美；第三類是賦化之詞，這一類詞的作者大多好以安排勾勒的筆法在作品中為有心的托喻，因此在深隱的敘寫中，自然就也形成了一種要眇深微之美。以上是我在《傳統詞學》一文中，對詞

20×15=300　四川大学历史研究所稿纸

第25页

中之所以具有此種要眇深微之美，就作者方面所做的幾點分析。若更就說者方面而言，則我在該文中也曾將之分為兩類不同的說詞方式。一類可以張惠言為代表，張氏說詞之方式大多是以作品中之一些語碼及相關的本事為依據，來對作者之志意與作品之主旨做道德倫理方面的比附的詮釋。另一類可以王國維為代表，王氏說詞的方式大多是以作品所傳達的感發之本質為依據，從而對作品中之意蘊做一種衍義性的發揮。而且我還曾提出說王氏之說詞方式，蓋適用於對第一類以自然感發取勝的歌辭之詞的評說，而張氏之說詞方式則適用於對第三類以思力安排取勝的賦化之詞的評說。以上是我在《傳統詞學》一文中，對於應如何對詞中要眇深微之意蘊加以評說的問題，就說者方面所做的幾點分析。並且在分析之時，我還曾引用過西方的詮釋學符號學以及接受美學等理論，為張氏與王氏兩種說詞方

张惠言说词的方式，大多是以作品中之一些语码及相关的本事为依据，来对作者之志意与作品之主旨做道德伦理方面的比附的诠释。王国维说词的方式，大多是以作品所传达的感发之本质为依据，从而对作品中之意蕴做一种衍义性的发挥。

第26页

式」找到適充足的理論依據。

有了以上的几点概念，現在我们就可以对王氏詞中之所以具有此种深微要眇之意蘊的因素，以及我们对之應如何加以評說的問題，加以更進一步的探討了。私意以為王詞之意蘊実在乃是兼有我们在前文所提出的「歌辭之詞」「詩化之詞」与「賦化之詞」之多种因素，而並非可以將之簡單地归屬於任何一類的。先就歌辭之詞方面的因素來說，王氏之詞既多以短小的令詞之形式為主，且頗富於直接的感發，這可以說是与第一類詞的相近之處；然而王氏之詞却又並不是如第一類歌辭之詞之並無意於抒寫自我情志的應歌之作，而只是某些在歌筵酒席中具有強烈的言志抒情之用心的，如此當然便与第二類所謂詩化之詞又有着相近之處了，但王氏对自己之情志却又並不作直言的敘寫，而經常所藉第一

20×15=300　四川大学历史研究所稿纸

第27页

類歌辭之詞所常用的形象及情事以表出之，故其性質乃又仍近於第一類之詞而並不完全屬於第二類之詞了；若再就其与第三類賦化之詞之關係言之，則王氏对自己之情志既往往並不作直接的敘寫，而常取象喻之方式以表出之，是則与第三類賦化之詞之有心安排為托喻之作的性質，當然就也有相近之處了。只是王氏的敘寫方式却又与第三類詞之全以安排勾勒來鋪寫長調者並不全同，而其所安排託喻用於小令之中的，而且其所喻託者多為一種哲理之思致，此与第三類詞之多以政治倫理為喻託之內容者也有所不合。像這種兼有以往舊傳統詞的多種特質，但却又並不完全归屬於其中任何一類的情況，實在就正是王詞的一種特質，也正是王詞在詞之意蘊方面的一種開拓。（關於王詞与此三類詞之關係，我们將在本文之結論一節中再做較詳之探討）此所以王氏在其《靜安文集續編·自序二》中，敘

20×15=300　四川大学历史研究所稿纸

兼有以往旧传统词的多种特质，但却并不完全归属于其中任何一类，这是王国维词的一种特质，也是王词在词之意蕴方面的一种开拓。

王国维词既同时兼具歌辞之词、诗化之词与赋化之词的多重特质，也并不为其中任何一类词所拘限。

第28页

及其填詞之成功时，乃敢於自謂「余之於詞雖所作尚不及百闋，然自南宋以後，除一二人外尚未有能及余者，則平日之所自信也。雖比之五代北宋之大詞人，余愧有所不如，然此等詞人亦未始無不及余之處」這正是王氏審己度人後的一段反有自得之語。我們一定要先對王氏的此种特殊的用心与成就首先有所認知，然後才不会对王詞做出但以貌相的錯誤的衡量。也才能对其要眇深微的意蘊做出正確的理解。

~~然也~~談到对王詞中深微要眇之意蘊的探尋，如我們在前文之所言，王詞既同时兼具有歌辭之詞、詩化之詞、与賦化之詞的多重特质，但同时却又与其中之任何一类詞都並不全同，也並不為其中任何一类詞之所拘限，因此我們对王詞中之意蘊的探尋，自然也應当同时既採用王國

20×15＝300　四川大学历史研究所稿纸

第29页

維之自感發之本質加以推衍，与張惠言之自語碼与本事加以比附的双重方式。而为了便於以用此二种方式来对王詞加以綜合評賞和探討，因此我們現在就不得不对王氏寫詞之年代以及其性格、思想与生活之各方面的情況都略做簡单的介紹。

王氏的詞今之傳世者一共不過只有一百十五首，計王氏生前所手自編定的《觀堂集林》之第廿四卷《綴林》之中曾收其詞廿三闋，題为《長短句》。此外羅振玉於王氏殁後所編定之《王忠慤公遺書》之《觀堂外集》之中曾收其詞九十二闋，題名《苕華詞》。據王德毅《王國維年譜》所附《王觀堂先生著述表》之考證，謂《苕華集》一卷，「乃合《人間詞甲、乙稿》及宣統二年以後所為詞數闋而成。初改名為《履霜詞》，後改今名。有民國六年排印本，原稿藏

20×15＝300　四川大学历史研究所稿纸

此是手稿，罗氏编入《观堂外集》之卷四中，乃是据排印本刊入遗书的。」又云「《观堂集林》之卷廿四所收长短句二十三阕，就是从全稿中录出的。」据此可知《观堂集林》之所收之《长短句》与《观堂外集》之所收之《苕华词》，实各为其《人间词》甲、乙稿之一部份。《甲稿》之前之《樊序》，写于光绪丙午（一九〇六），序中曾谓「比年以来，君颇以词自娱。」《乙稿》之前之《樊序》，写于光绪三十三年（一九〇七），其中所收皆为《甲稿》辑成后的一年间之所作。至王氏所自编于《观堂集林》、《缀林》中之《长短句》之廿三阕，则曾自注云「乙巳至己酉」，盖为清光绪卅一年（一九〇五）至宣统元年（一九〇九）之所作。这几年是王氏大力从事于词之写作的时代，继此则极少再有所作矣。至于

第 30 页

20×15=300　四川大学历史研究所稿纸

《苕华集》中所收之末四阕，则从每首词前所附之标题及写作年代来看，盖全为王氏晚年戊午（一九一八）至庚申（一九二〇）年间的酬应之作。这很可能是罗振玉为王氏编辑《遗书》时所增入的。所以这四首词与其早期作品之风格既完全不同，与其《人间词话》中论词之主张亦多有不合。因此本文所讨论者乃将不包括此四首，而专以讨论其早年之作品为主。

至于王国维之性格与思想，则我在以前所写的《王国维及其文学批评》一书中，已曾对之做过相当的讨论，约言之，则我曾将王氏之性格主要归纳为以下三点特色：其一是知与情兼胜的禀赋，这种禀赋虽使他在学术研究方面表现了过人的成就，但另一方面却也使他在现实生活中深陷于感情与理智之矛盾痛苦中而无以自

第 31 页

20×15=300　四川大学历史研究所稿纸

叶先生指出，在探讨王国维词之意境时，不能忽视王国维的性格与思想。约言之，有三个方面需要我们注意：一是知与情兼胜的禀赋，这种禀赋虽使他在学术研究方面表现出过人的成就，但却也使他在现实生活中深陷于感情与理智之矛盾痛苦中而无以自拔。二是忧郁悲观的天性，使王国维眼中的

（接前）人世，充满了罪恶与痛苦，并且全然没有救赎的希望。这种悲观忧郁的性格及思想，是我们讨论王国维词之意境时需要留意的。三是追求理想的执着精神。王国维一生鄙薄功利，轻视一切含有功利目的之欲求，这在其词作中自然也有所表现。

拔。王氏之从事于词之写作，也就正是他深感自己矛盾之痛苦而欲于文学中找寻解脱的结果。在《静安文集续编·自序二》一文中，王氏即曾自述谓「余疲于哲学有日矣，哲学上之说大都可爱者不可信，可信者不可爱，……知其可信而不能爱，觉其可爱而不能信，此近二、三年中最大之烦闷，而近日之嗜好所以渐由哲学而移于文学，而欲于其中求直接之慰藉者也」又云「近年嗜好之移于文学亦有由焉，则填词之成功是也」这种矛盾之性格与填词之动机，当然是我们欲探讨王词之意境所当具的第一点认识。其二则是忧郁悲观的天性，王氏在其《静安文集续编·自序一》中，也曾自谓「体素羸弱，性复忧郁，人生之问题日往复于吾前」因此当他在东文学社中开始接触西方哲学

20×15=300　　四川大学历史研究所稿纸　　第 32 页

之际，遂被叔本华之悲观哲学所深深吸引。即如他在《叔本华与尼采》一文中，即曾对叔氏的天才悲观之说有所发挥，谓「天才者，天之所靳而人之不幸也，蚩蚩之民，饥而食，渴而饮，老身长子，以遂其生活之欲，斯已耳。……若夫天才，彼之所缺陷者与人同，而独能洞见其缺陷之处，彼与蚩蚩者俱生，而独疑其所以生。」又曾在《红楼梦评论》一文中，论及人生之欲望与痛苦，谓「生活之本质何？欲而已矣。欲之为性无厌，而其原生于不足，不足之状态，苦痛是也。既偿一欲，则此欲以终，然欲之被偿者一，而不偿者什伯，一欲既终，他欲随之，故究竟之慰藉终不可得也」在此种悲观忧郁之心情中，王氏遂又写有《论性》、《释理》、《原命》诸文，思欲对人生

20×15=300　　四川大学历史研究所稿纸　　第 33 页

王国维《叔本华与尼采》：天才者，天之所靳而人之不幸也。蚩蚩之民，饥而食，渴而饮，老身长子，以遂其生活之欲，斯已耳。……若夫天才，彼之所缺陷者与人同，而独能洞见其缺陷之处。彼与蚩蚩者俱生，而独疑其所以生。

与人性之问题有所究诘，而其所获得之答案，则《论性》一文之结论乃是人性善与恶之永恒的斗争；《释理》一文的结论则是理性并无益于人性之从恶迁善，且不足为行为之准则；《原命》一文的结论则是福禄寿夭皆有定命，善恶贤不肖皆有定业，从这些结论，我们自可看到在王氏眼中的人世，其罪恶与痛苦乃是全然没有救赎之望的，这种悲观忧郁的性格及思想，当然是我们所要探讨王词之意境所当具的第二点认识；其三是追求理想的执着精神，王氏一生鄙薄功利，轻视一切含有功利目的之欲求，且曾深受叔本华天才论之影响，在《叔本华与尼采》一文中，王氏即曾论及天才与俗子之不同，谓「知力之最高者，其真正之价值不存於实际而存於理论，不存於主观而存於客观，

第34页

耑耑焉力索宇宙之真理而再现之。……终牺牲其一生之福祉，以殉其客观上之目的，虽欲少改焉而不能」。这种追求理想的执着精神，在其词作中自然也有所表现。这是我们要探讨王词之意境所当具的第三点认识。

除去以上三点性格及思想方面的特色以外，当他从事於词之写作的短短数年之间，更曾在生活方面迭遭大故。先是王氏之父乃誉公於一九〇六年七月病卒於家，时王氏方随罗振玉在学部任职，在京闻耗，遂仓卒奔丧回里。继而王氏之妻莫夫人又於一九〇七年之夏病危，王氏遂再度仓促还乡。据王德毅撰《王国维年谱》，王氏於六月十六日抵家，莫夫人於六月廿六日病殁，病榻相聚，不过旬日。而当时王氏之长子潜明甫九岁，次子高明方六岁，三

第35页

生活上种种不幸之遭遇在王国维词中也有所投影，形成了他的词之意境中的某些“感情之素地”，这是探讨王国维词时，所当具的另一点认识。

子尚明则尚不满三岁。王氏所受到的打击与内心的悲痛，自是可以想见的。而相距不过半载，王氏之继母叶夫人又於一九〇八年一月病卒於家，王氏遂再度奔丧回籍。在短短不到一年半的时间内，王氏竟接连经历了三次最亲近之家人的死丧大故。凡此种种生活上不幸之遭遇，自然也都在他的词作中有所投影，形成了他的词之意境中的某些「感情之素地」，这是我们在探讨王词时，所当具的另一点认识。

经过以上的探讨，我们对王氏境界说的义界，以及王氏自己的词在意境方面的特色，与形成此种特色的一些重要因素，既然都已经有了相当的认知，下面我们就可以在此种理性认知之基础上，对他的词做一番感性的评赏了。

第 36 页

20×15=300　四川大学历史研究所稿纸

37　38

論王國維詞

（三）

P37-54

43. 49.
54.

对于王国维词的评说，叶先生采用的是以理论为依据的感性的评说方式。

四、王國維詞賞析

如我在本文之前言之中所說，我現在所要嘗試的對王詞評說之方式，乃是想以理論為依據的感性的評說。因此我就將按照前文所述及的王氏之境界說的幾層義界的次序，來對王詞進行討論。先就第一層義界而言，其「境界」之所指原當是作品中情意與景物相結合的一種意境。不過王氏在提出「境界」之說時，卻也同時包含了一種評量之意味，即所謂「能寫真景物真感情者」，始得「謂之有境界」，而這也就是「境界」說的第二層義界。在此一義界之中，若就其所采用的材料而言，則又可以分別有「造境」與「寫境」之不同，而就其敘寫方式之言，則又可以有「觀物」之作，也可以有「觀我」之作，還可以有「意境兩忘，物我一體」

第37頁　20×15=300　四川大学历史研究所稿纸

之作。現在我們就將先從王詞中之出於「觀物」的以寫自然景物為主的「寫境」之作看起。這一類作品我認為乃是王詞中的最為薄弱的一環，蓋王氏固正如其自言，乃是一位「以意勝」的既有深摯的感情又耽於哲理之思考的作者，所以純然寫景而表現出一種自然之風致的作品比較少，但卻也並非全然沒有。舉例而言，如其「波逐流雲，棹歌裊裊凌波去。數聲和櫓，遠入蒹葭浦。落日中流，幾點閑鷗鷺。低飛處，菰蒲無數，瑟瑟風前語」的一首《點絳唇》詞，以及「舟逐清溪彎復彎，垂楊開處見青山，毿毿綠髮覆煙鬟」和「路轉峰回出畫塘，一山楓葉背殘陽，看來渾不似秋光」等首《浣溪沙》詞，便都寫得自然真切，饒有風致。像這一類之作品當然

第38頁　20×15=300　四川大学历史研究所稿纸

p.82　p.160　p.72

王国维《点绛唇》：

波逐流云，棹歌袅袅凌波去。数声和橹，远入蒹葭浦。　落日中流，几点闲鸥鹭。低飞处，菰蒲无数，瑟瑟风前语。

王国维《菩萨蛮》：

玉盘寸断葱芽嫩，鸾刀细割羊肩进。不敢厌腥臊，缘君亲手调。　红炉赪素面，醉把貂裘缓。归路有余狂，天街宵踏霜。

第39页

也都可以做为王氏所謂的屬於「寫境」一類的能寫「真景物」之作的例証。另外还有一类同樣也應是屬於「寫境」之作，但其所寫卻並非自然之景物，而為現實之情事者，舉例而言，如其「玉盤寸斷葱芽嫩，鸞刀細割羊肩進。不敢厭腥臊，緣君親手調。　紅炉赪素面，醉把貂裘緩。歸路有餘狂，天街宵踏霜」一首菩薩蠻詞之寫一次送別美好的飲宴；以及「似水輕紗不隔香，金波初轉小迴廊，離離叢菊已深黄。不撤華灯招素月，更緣人面發花光，人間何處有嚴霜」一首浣溪沙詞之寫一次秋宵月夜的佳會，這些小詞也都並沒有什麼深遠的含意，但也都寫得生動真切，情致飛揚，便也該同是屬於「寫境」之類的「能寫真景物真感情」之作的例証。只不過以上所舉的這些詞例，無論其

P.48　P.58

20×15＝300　四川大学历史研究所稿纸

第40页

為寫景或叙事抒情，都都僅屬於表面一層的叙寫，而並未能在意境方面表现出任何屬於王國維的性格与思想方面的特色来。但甲稿、樊序則謂「嗚呼！不勝古人，不足以与古人並，君其知之矣」而王氏在其文集續編、自序二中，也曾自述其填詞之成功，謂「余之於詞，雖所作尚不及百闋，然自南宋以後，除一二人外，尚未有能及余者」，又曰「雖比之五代北宋之大詞人，余愧有所不如，然此等詞人亦未始無不及余之處」如果王氏的詞作只限於前面的一类作品，豈能「不足以与古人並」，因此我們就还要更進一步去探討王氏之詞其所以勝於古人者，究竟何在？

王氏之詞之所以勝於古人之處，我以为大約可以归納为内容意境与表現手法兩个方面。

20×15＝300　四川大学历史研究所稿纸

王国维《浣溪沙》：

月底栖鸦当叶看，推窗跕跕坠枝间。霜高风定独凭栏。　觅句心肝终复在，掩书涕泪苦无端。可怜衣带为谁宽。

p.109

而此二方面又往往互相結合和影響。蓋以靜安詞之特色主要蓋原在其無論在寫景、敘事、抒情之作品中，都往往流露有一種要眇幽微的深思与哲想，而這也就進入了王氏之境界說的第三層义界。下面我们就將選錄王氏的一些在寫景和敘事抒情中含有要眇幽微的深思哲想的作品，結合其內容意境与表現手法來一加評述。

第一首我们所要評述的，是王氏的一首《浣溪沙》詞，現在先把這首詞抄錄在下面：

月底棲鴉當葉看，推窗跕跕墜枝間。霜高風定獨憑欄。　覓句心肝終復在，掩書涕淚苦無端。可憐衣帶為誰寬。

從這首詞開端的「月底棲鴉」四个字來看，王氏所寫者固是眼前實有的一種真實之景物。可是當王氏一加上了「當葉看」三個字的述語以

20×15=300　　四川大学历史研究所稿纸　　第41页

後，就使得這一句景象於「寫境」的詞句，立即染上了一种近於「造境」的象喻的色彩。其所以然者，蓋因既說是「當葉看」，便可説明其窗前之樹必已經是枯凋無葉的樹。而所謂棲鴉，則是在凄冷之月色下的「老樹昏鴉」，其所呈現的也就是一幅蕭瑟荒寒的景象。于是王氏却偏偏要把這蕭瑟荒寒的「棲鴉」的景色做為綠意盎然的景色來「當葉看」。只此一句，實在就已表現了王氏在絕望悲苦之中想要找得慰藉的一种掙扎和努力。然而現實畢竟是現實，無論詩人在感情方面抱有多么大的期待和幻想，殘酷的現實也終於会把它们全部摧毁和消滅。所以當詩人想要把隔在中間的窗子推開，对於幻想中之「當葉看」的美景做進一步的探索和追尋之时，乃發現這些枝上不僅本来無葉，而且

20×15=300　　四川大学历史研究所稿纸　　第42页

“跕跕”，出自《后汉书·马援传》：“当吾在浪泊、西里间，虏未灭之时，下潦上雾，毒气重蒸，仰视飞鸢跕跕堕水中。”

第43页

就是那些曾时点缀在枝上，可以使诗人「当叶青」的「枉鸫」也已经飞逝无存了。在这句中，王氏所用的「跕跕」二字，盖原出于《后汉书·马援传》。本来是写马援出征交阯之时，当地的气候恶劣，「下潦上雾、毒气重蒸」，连飞鸟也不能存活，所以「仰视飞鸢跕跕堕水中」。王氏使用了此一有出典的「跕跕堕」三字，实在用得极好。第一，此三字原为形容飞鸟之语，「鸫」本为飞鸟之一种，故可用以形容「鸫」，此其一。（第二，此一古典之运用，遂使静安词别有一种古雅之美，此其二。）第三，就王氏所见之实景而言，当其凭窗之际，窗外之鸫自当早已飞去，而决非如《马援传》所写的「跕跕」而「堕」，然而王氏既曾将此「枉鸫」「当叶青」，则树上枉鸫之消逝，就诗人之想像而言，固又正如落叶之再一次的飘堕。如此则现实自然中本已

20×15=300　四川大学历史研究所稿纸

第44页

有过的一次叶落，固已使诗人遭受过一次美好之生命已归破灭的打击，如今则幻想中「当叶青」的「枉鸫」乃竟然又一次如叶之飘堕，是则对诗人而言，乃更遭逢其幻想中之美好的景象又一次破灭无存，于是此「跕跕堕」三字遂有了一种指写实的象喻感，此其三。第四、「跕跕堕」三字在《马援传》中写飞鸟之坠，盖原由于环境之恶劣，因而在王氏此句中的「跕跕堕」三字，遂亦隐然有了一种隐喻环境恶劣的暗示。此其四。于是在此二句所写的「当叶青」之幻（与「跕跕堕」）想破灭之后，所留给诗人的遂只余剩下了一片荒无点缀无遮蔽的寂寞与荒寒。于是诗人遂写下了第三句的「霜高风定独凭栏」。「霜」而曰「高」，自可使人兴起一种天地皆在严霜笼罩之中的寒意弥天之感；至于「风」而曰「定」，或者会有人以为不如说「风劲」之更为有力，但私意以为「定」字所予人的感受与联想实在极好。盖以如用「劲」字，只不过使人感到风力依然强劲，其摧伤仍未停止而已。而「

20×15=300　四川大学历史研究所稿纸

李商隐《暮秋独游曲江》：

荷叶生时春恨生，荷叶枯时秋恨成。
深知身在情长在，怅望江头江水声。

定」字所予人的感受，則是在一切摧傷都已經完成之後的終竟更無挽回之餘地的絕望的定命。正如李商隱在其《暮秋獨遊曲江》一詩中寫的「荷葉枯時秋恨成」之「恨成」，也正如《紅樓夢》中《飛鳥各投林》一曲所謂的「好一似食盡鳥投林，落了片白茫茫大地真乾淨」之一切繁華早已歸於無有的「真乾淨」。然則詩人在面對如此情境之下的「獨憑欄」，又該是如何的一種感受和心情？把一切悲悼、絕望、寂寞、高寒之感都凝聚在一起，卻以「獨憑欄」三字寫得如此莊嚴肅穆，這實在是靜安詞所特有的一種境界。

以上前半闋的三句都是以寫外在之景象為主的，然而王氏卻在寫景之中傳達了這么豐富的感受和意蘊，遂使得寫景於「寫境」的形象同時也產生了「造境」的托喻的效果。這種形

20×15＝300　　四川大学历史研究所稿纸　　第45页

象與托喻相結合的力量既已經如此之豐美強大，於是下半闋遂不再假借任何景物與托喻，而改用了直抒胸臆的敘寫。至於如何直抒胸臆，則王氏此詞原有兩種不同之版本，我們在前面所抄錄的是收入於《觀堂外集》中的《苕華詞》之的版本，但在其早年所編印的《人間詞》之的版本中，則此二句原作「為制新詞髭盡斷，偶聽悲劇淚無端」。私意以為《苕華詞》之本較勝。蓋以《人間詞》本的兩句，所表現的只有一層情意，前一句「為制新詞髭盡斷」寫作詞之辛苦，用古人「吟成一個字，撚斷數根髭」之句，謂因作詞而髭皆撚斷。後一句「偶聽悲劇淚無端」則寫內心之悲哀易感，故偶聽悲劇而淚流無端。如此而已。可是《苕華詞》本的兩句，卻可以傳達出更多層次的情意，而其作用則全在用字與語法之

20×15＝300　　四川大学历史研究所稿纸　　第46页

卢延让《苦吟》：

莫话诗中事，诗中难更无。
吟安一个字，捻断数茎须。
险觅天应闷，狂搜海亦枯。
不同文赋易，为著者之乎。

第 47 页

切当有力。先说「觉句心肝终犹在」一句，这句从表面看来亦也是写作词之用心良苦，与「为制新词」一句的意思似颇为相近；但却因其用字与句法的安排，而蕴含了如我在《传统词学之一文中介绍西方接受美学时所述及的一种可以给读者以更多感发的可能的潜力。先说「觉句心肝终犹在」一句，首先是「觉」字给一种始终暗示了一种探索追寻的努力。再则是「心肝」二字又给予人一种极强烈的感受。其所以提出「心肝」二字者，盖因就中国传统之诗论言之，本来一向都认为「诗者」是「志之所之」，「情动于中而形于言」，先要有「摇荡性情」的感动，然后才会有「形诸舞咏」的创作。所以「心」实在是引起创作之感发的一个根源。只不过这种感发之「心」，原只指一种抽象的情

20×15=300　四川大学历史研究所稿纸

第 48 页

思，而并非现实中生理的「心肝」之心。所以就一般情况而言，王氏此句本可以写为「觉句心情」或「觉句心怀」，但王氏却并未使用这些习见的字样，而用了给人以一种血淋淋的现实之感的「心肝」字样。这两个字都看起来能给人一种不舒适的感觉，然而却带有一种极强烈的力量。如蔡琰《悲愤诗》之写伤痛的心情乃曰「怛咤靡肝肺」，杜甫之写困切的心怀乃曰「叹息肠内热」，其作用与效果盖颇有相近之处。而且私意以为王氏所用之「心肝」二字还可以更给读者一种联想，那就是当「心肝」二字连用做为指称抽象的感情之辞时，往往带有一种指责之意味，如一般称人之自私自利对国家社会全然无所关心者，则谓之为「全无心肝」。而王氏此句乃曰「心肝终犹在」，则反用其

20×15=300　四川大学历史研究所稿纸

“怛咤糜肝肺”，出自蔡琰《悲愤诗》。
“叹息肠内热”，出自杜甫《自京赴奉先县咏怀五百字》。

李商隐《寄远》：

姮娥捣药无时已，玉女投壶未肯休。
何日桑田俱变了，不教伊水向东流。

表现了自己对此冷漠无情之人世之终於不能无所关怀的一份强烈而激动的感情。而且「终缠在」三个字的叙写更表现了有如李商隐《寄远》诗所写的一份「姮娥捣药无时已，玉女投壶未肯休」的不已无休的缠绵深挚的执着。关於王国维对於人世的深切关怀，我在《王国维》一书中，於论及王氏之性格与时代之关系时，曾经提出过一段话，说王氏「一方面既以其天才的智慧洞见人世欲望的痛苦与罪恶，……而另一方面他却又以深挚的感情，对此痛苦与罪恶之人世深怀悲悯，而不能无所关心。」而且王氏早年之所以离开故乡海宁而到上海去求学，继而又远赴日本去留学，主要就正因为他原有一种用世与救世之心。即使当他几经挫折而以写词自遣的时代，他同时就也还写了若干杂文如其《文集》及《文集

续编》中所收录的《教育偶感》、《论平凡之教育主义》、《论教育之宗旨》、《论教育普及之根本》，及《人间嗜好之研究》与《去毒篇》等，也都无一不表现了他对於人世的一份深切的关怀。而此词中的「觅句心肝终缠在」一句所表现的却正是这一份深切的感情。而且王氏还更以其「觅」字、「心肝」字、及「终缠在」的口吻，将这份感情表现得如此深刻曲折而强烈。这就是我所以认为《苕华》本的改句较《人间》本之原句为胜的主要原因。再说其下面的「掩卷平生苦无端」一句，此句实较《人间》本之「偶听悲剧泣无端」为胜。盖以「偶听」一句既已明白指出了「泣无端」是由於「悲剧」而来，如此则其所谓「无端」者便已有一端绪可寻，因而其悲慨乃有了一种原因与限度，所以其感人之力遂也因而有了限制。至於

第51頁

「流連苦無歸」之句，則以一「苦」字加強了「無歸」之感，是欲求其歸而苦不能得之意，如此遂使其流連之哀感成為了一種「莫之為而為，莫之致而至」的與生命同存的哀感，於是其所寫的哀感之情，乃亦自有限轉而為無限矣。這自然也是使我覺得《苕華》之所以勝於《人間》之所以一個原因。至於句首的「掩卷」二字，則表面看來雖或者也可視為流連之一端，但實際上「掩卷」所寫的原來只是一個動作，而如果以「掩卷」的動作與下文之「流連」結合起來看，則可以提供給讀者很多層次的聯想。首先就王氏的性格來說，則王氏平生最大的一個愛好就是讀書。他曾經自謂「余畢生惟與書冊為伴，故最愛而最難捨去者，亦惟此耳」（見《國學論叢》一卷三號《王靜安先生手校手批書目·跋文》）

四川大学历史研究所稿纸　20×15=300

第52頁

。至於他喜愛讀書的動機，則私意以為蓋有兩點主要之原因。其一是想要在讀書之中求得人生的解答和救世的方法。其研讀哲學之動機，主要屬於前者，而其研究史學考古之動機，則主要屬於後者。關於此二種動機，王氏在其著作中也曾有所敘述。如其在《文集續編·自序》中就曾述及其研治哲學之動機云「體素羸弱，性復憂鬱，人生之問題日往復於吾前，自是始決從事於哲學」。另外在《國學叢刊·序》中，王氏則曾述及其研治史學之動機云「欲求知識之真與道理之是者，不可不知事物道理之所以存在之由與其變遷之故，此史學之所有事也」。然而王氏研治哲學之結果，既未能求得對人生之完滿的解答，其研治史學之結果，亦未能達成救世之理想與願望。這種動機與結果，自然可以想像為其

四川大学历史研究所稿纸　20×15=300

王国维研治哲学之结果，既未能求得对人生之完满的解答，其研治史学之结果，亦未能达成救世之理想与愿望。

王国维《拚飞》：

拚飞懒逐九秋雕，孤耿真成八月蜩。
偶作山游难尽兴，独寻僧话亦无聊。
欢场只自增萧瑟，人海何由慰寂寥。
不有言愁诗句在，闲愁那得暂时消。

掩卷興悲淚溼無端的一項因素。其次則王氏之讀書原來也曾有欲藉讀書以求自我逃避和慰藉之意。因於此一動機，我們在王氏的著作中也可找到證明。在《文集續編·自序二》中，王氏就曾以自敘述說「近日之嗜好所以漸由哲學而移於文學，而欲於其中求直接之慰藉者也。」另外在其《拚飛》一詩中，王氏也曾自敘云「不有言愁詩句在，閑愁那得暫時消」但他逃避和尋求慰藉的結果，則反而是更增加了心靈中的悲苦和寂寞，所以在另一首《浣溪沙》中，他就又曾自敘說「掩卷平生有百端，飽更憂患轉冥頑，偶聽啼鴂怨春殘。　坐覺無何消白日，更緣隨例弄丹鉛，閑愁無分況清歡。」是則無論其欲在文學之研讀創作中求慰藉，或者欲在丹鉛之考證的研讀中求逃避，而其結則終然是「掩卷

20×15=300　四川大学历史研究所稿纸　第 53 页

平生有百端」的悲慨，即一首詞的「掩卷」也就正可做為這一首詞中「掩書」一句的注腳。可知其「無端」之淚溼固正由此「百端」之悲慨也。然而王氏的此種深悲極苦之情与憂天憫世之意又誰知之者乎。故乃結之曰「可憐衣帶為誰寬」。這一首《浣溪沙》詞，實在可以說是王氏由眼前尋常景物之寫境寫起，而卻蘊含有極丰富的深情与哲想的一首代表作。

像這一类從寫眼前的景物開始，而卻引發出多层次的深微之意蘊的作品，在王詞中還有不少。即如其「辛苦錢塘江上水，日日西流，日日東趨海」一首《蝶戀花》詞，「夜起倚危樓，樓角玉繩低亞」一首《好事近》詞，「西園花落深堪掃，過眼韶華真草草」一首《玉樓春》詞，便都在所寫的景物以外，更有一種幽微深遠之意蘊。只是為篇幅所限，本文已不暇詳說，只好請讀者自己去欣賞了。

第 54 页

p.170　p.89　p.171

王国维《蝶恋花》：

辛苦钱塘江上水。日日西流，日日东趋海。终古越山澒洞里，可能消得英雄气。　说与江潮应不至。潮落潮生，几换人间世。千载荒台麋鹿死，灵胥抱愤终何是。

（二）论王国维词（共十册）

論王国维词 四 之4

P.55—75

第55页

以上我们曾举引了王氏一首以叙写景物为主的属於「写境」的词例，对其所可能蕴含的要眇深微之意蕴，做了一番评说；现在我们就将再举引王氏一首以叙写情事为主的属於「写境」之词例，对其所可能蕴含的要眇深微之意蕴也略加评说。现在我们就将先把这首词抄录在下面一看：

《蝶恋花》

窈窕燕姬年十五，惯曳长裾，不作纤纤步。众里嫣然通一顾，人间颜色如尘土。　一树亭亭花乍吐，除却天然，欲赠浑无语。当面吴娘夸善舞，可怜总被腰肢误。

这首词，本来也可以被我们视为是一首「造境」之作。盖因这首词实在表现了一种要眇深微之意蕴，可以引发读者许多丰富的联想，颇有象喻之意味。而且其所象喻的一种「境界」又与王

20×15=300　Chool·20·87·10　四川大学历史研究所稿纸

王国维《蝶恋花》：

窈窕燕姬年十五，惯曳长裾，不作纤纤步。众里嫣然通一顾，人间颜色如尘土。　一树亭亭花乍吐，除却天然，欲赠浑无语。当面吴娘夸善舞，可怜总被腰肢误。

第56頁

氏之為人及其詞論之主張都有不少暗合之處。所以我一向都以為這首詞很可能是王氏將自己的為人修養與論詞見解之兩種抽象情思化為具象之表述的「造境」之作。不過，近年來我偶然看到了蕭艾先生所撰著的《王國維詩詞箋校》一書（一九八四年六月湖南人民出版社出版），卻指出其中原來有一段「本事」。據蕭氏謂曾據劉蕙孫教授函告云王氏此詞乃為一「賣漿旗下女」而作，且謂此詞中有句蓋為其先君劉季英所擬，而請王氏足成者。又謂此說蓋聞之於其先君劉季英與其岳父羅君美之談話（見湖南人民出版社出版蕭書之一二三至一二四頁）。劉季英與王國維皆與羅振玉為兒女之姻親，則劉氏既因有所見而戲擬新句，乃請王氏足成之，此事自屬可能。因而我在此遂將之歸入為寫現實情事的「寫境」之作了。本來因

20×15＝300　Chool·20·87·10　四川大学历史研究所稿纸

第57頁

於「寫境」與「造境」之難於作明顯之區分，王氏也早有此種認識，他在《人間詞話》中就曾提出說「有造境，有寫境，此理想與寫實二派之所由分。然二者頗難分別：因大詩人所造之境，必合乎自然；所寫之境，亦必鄰於理想故也」。就以我們方才評說過的「月底栖鴉當葉看」的那首《浣溪沙》詞而言，其「栖鴉」、「推窗」、「墮楓」（甚至「覓句」、「掩書」）等敘寫，都為眼前當下的尋常景物與情事，自然應是屬於「寫境」之作，然而若就其所予人之丰美的聯想而言，則又含有一種要以深微引人生託喻之想的意蘊。此類作品自可做為王氏所說的「大詩人……所寫之境亦必鄰於理想」的代表作。再以我多年前所評說過的王氏之「山寺微茫背夕曛」（試上高峰窺皓月）那首《浣溪沙》詞而言，就其所寫的「偶開天眼覷紅塵，可憐

20×15＝300　Chool·20·87·10　四川大学历史研究所稿纸

王国维《浣溪沙》：

山寺微茫背夕曛，鸟飞不到半山昏。上方孤磬定行云。　试上高峰窥皓月，偶开天眼觑红尘。可怜身是眼中人。

身是眼中人」諸句而言，（其他寫說皆爲抽象之哲思，）自應是屬於喻說式的「造境」之作，然而若就其開端所寫的「山寺微茫背夕曛，鳥飛不到半山昏」諸句來看，則也未始不可就為寫有之景象，只不過此種景象所不及另一首《浣溪沙》所寫的「掩銜」、「推窗」、「愁損」等景象之更爲切近而已。此類作品自可以為王氏所說的「大詩人所造之境」、而合乎自然」的代表作。至於這一首《蝶戀花》之詞，則雖然可以據其「本事」之說而將之歸入於「寫境」之作，但其中所具之意蘊卻也已將之提升到一種理想化的「造境」之境界了。現在我們就將對這首詞之所以達到此種境界的緣故，就其內容意境與表現手法兩方面逐句略加評說。

先說第一句「窈窕燕姬年十五」，就此一

句七个字的叙寫，實在就已兼含有「寫境」與「造境」之雙重意境了。先就「寫境」而言，如果按蕭艾先生所提出的「本事」之說，則此句自應是寫一現實中所見的在北京的「賣糖旗下女」，「燕」字言其地，「十五」言其年，而「窈窕」則言其姿質體態之美好。如此便可全做一一落實的解說。然而奇妙的則是就在這種叙寫之中，卻已經同時就具含了一種「造境」之意味。如果用西方接受美學的理論來說，那就是王氏在此一句的叙寫中，蘊含了可以引發讀者多層象喻之想的一种潛能（potential effect）。這种潛能的由來，我以為大概有以下几点因素：第一个因素在於其叙寫之口吻全出於客觀，遂使得此一女子完全脫離了現實中人際之關係，而成為了一個獨立的美感之客体，此其一；第二个因素則在

“窈窕”二字一方面既以其源出于《诗经》而含有一种古雅之意味，另一方面又因其传诵之久远，而使人有一种惯见习知的亲切感受。同时，此二字又已在历史的积淀中具有了多层次之含义，既有美好之意，又有幽深之意，既可指品德之美，又可指容态之美。这种多重的性质，遂为全词之象喻性提供了一种有利的因素。

第60页

於其所使用的一些語彙都帶有對于學中的一種「語碼」（code）之作用，遂可以使讀者由這些語碼所喚起的文化歷史的積澱而產生了豐富的聯想。先說「窈窕」二字，此二字原出於《詩經·國風·周南》之首章。私意以為即此二字便已有多重之作用，蓋以此二字一方面既以其源出於《詩經》而含有一種古雅之意味；而另一方面則又因其傳誦之久遠，而使人有一種慣見習知的親切之感受；同時此二字又已在歷史的積澱中具有了多層次之含義，既有美好之意，又有幽深之意，既可指品德之美，又可指容態之美。這種多重的性質，遂為全詞之象喻性提供了一種有利的因素。試想如果我們若將「窈窕」二字代之以「美麗」二字，則縱使意思相近，平仄不差，然而其濃厚給都立刻顯得以精美喻性破壞無遺。如此則「

20×15=300　Chool·20·87·10　四川大学历史研究所稿纸

第61页

窈窕」二字在促成此詞之象喻性方面的作用，自是顯然可見的。再說「蛾眉」二字，此二字在中國詩歌傳統中於敘寫美女之時，也已形成為一種泛稱，因而遂有了一種泛言之性質，即如古詩十九首之中即曾有「燕趙多佳人」之句，晉傅玄《美女篇》詩之也有「燕人美兮趙女佳」之句，梁劉緩《古意》之詩亦有「燕趙多佳麗」之句，所以「燕姬趙女」乃成為了對美女的一般泛稱之辭，於是遂表出了專指的實質的意義，而提供了象喻的可能性。再說「年十五」三個字，在「實境」的一層意思上講，此三字自可謂實指一個女子的年歲。然而巧合的是女子的「十五」之年，在中國文化傳統中原來也有一種語碼之作用，蓋十五之年原為女子成人可以許嫁的「及笄」之歲，相當男子之「冠」（見於《禮記》之《曲禮上》及《內則》之篇）。因此在中國

20×15=300　Chool·20·87·10　四川大学历史研究所稿纸

《古诗十九首·东城高且长》

东城高且长，逶迤自相属。回风动地起，秋草萋已绿。四时更变化，岁暮一何速。晨风怀苦心，蟋蟀伤局促。荡涤放情志，何为自结束。燕赵多佳人，美者颜如玉。被服罗裳衣，当户理清曲。音响一何悲，弦急知柱促。驰情整巾带，沉吟聊踯躅。思为双飞燕，衔泥巢君屋。

詩歌傳統中，當詩人借用女子之形象而寫為託喻之作時，乃每往往用「十五」之年以喻託男子之成人可以出而仕用之歲。如李商隱的「八歲偷照鏡」一首《無題》詩，自一個女子從八歲時之開始學習「照鏡」「畫眉」寫起，接寫其衣飾才藝之美，直寫到十四之依然未嫁，最後乃結之以「十五泣春風，背面鞦韆下」，便是以女子的形象來喻寫一個男子從高潔好修之精神覺醒到終於未得仕用之悲慨。因此這句詞中的「年十五」三個字，自然也就在其帶有歷史文化背景的語碼作用中，有了象喻之意。至於下面的「慣曳長裾、不作纖纖步」二句，則同樣也是兼具了「寫境」與「造境」之多重意蘊的。

先就「寫境」而言，蕭氏在提出了「本事」之說以後，便曾以「本事」證此二句，謂「慣

曳長裾」，旗裝也；「不作纖纖步」，天足也。惟窄袖旗下女子足以當之」。此種解說自然與「本事」之說甚為切合，可以視為「寫境」之層次中的一種情意。然而王氏此詞之佳處，事實上卻並不在於其所寫者為如何之事實，而乃在於其在敘寫中所產生之效果與作用。如果從這方面來看，我們就會發現此二句之佳處固也在於其具含有一種可以引發讀者之聯想的丰富的潛能。至其造成此種潛能之因素，則私意以為實由於「曳長裾」與「纖纖步」二種不同之意象，所造成的一种鮮明的對比。「裾」字指衣襟而言，「曳長裾」者，謂人著長裾之衣曳地而行，如此則自然可以使人聯想到一種高貴從容之儀態。至於「纖纖步」三字，則可以使人聯想到一種嬌柔纖媚之身姿。前者顯有一種矜重

“众里嫣然通一顾，人间颜色如尘土。”“嫣然”出自宋玉《登徒子好色赋》：“东家之子，增之一分则太长，减之一分则太短；著粉则太白，施朱则太赤；眉如翠羽，肌如白雪；腰如束素，齿如含贝；嫣然一笑，惑阳城，迷下蔡。”“颜色如尘土”出自白居易《长恨歌》“回眸一笑百媚生，六宫粉黛无颜色”及陈鸿《长恨歌传》“春风灵液，澹荡其间。上心油然，若有所遇。顾左右前后，粉色如土”。

自得之趣，而后者则敍有寄安喻人之意，此种鲜明之对比，已使得这两种不同之品质产生了一种象喻之潜能；何况前者在「成长据」之上还加有一个「惯」字，后者在「织织步」之上还加有「不作」两个字。所谓「惯」者，是一向如此之意；所谓「不作」者，则是不肯如彼之意。於是此二句遂不仅在品质之对比方面提供了象喻的潜能，同时在叙写的口吻方面也提供了一种象喻的潜能。因此遂使得此二句隐然有了「有所为」和「有所不为」的一种表现品格和持守的喻託之意。至於下面的「众里嫣然通一顾，人间颜色如尘土」二句，「嫣然」二字出於宋玉《登徒子好色赋》之写东邻女子之美「嫣然一笑」，可以「惑阳城，迷下蔡」；「颜色如尘土」则出於白居易《长恨歌》以及陈鸿《长恨歌传》之写杨玉环之美「回眸

第64页

20×15=300　Chool·20·87·10　四川大学历史研究所稿纸

一笑」可以使「六宫粉黛」「颜色如土」。因此自「寓境」的一层意思来说，此二句自可以视之为但写「本事」中之女子的美丽。然而此二句之叙写却实在也已蕴含了可以引发读者象喻之想的丰富的潜能。盖以借美女喻人或自喻，在中国文学历史中，自屈原之《离骚》以开始，就已形成了一种悠久之传统，而且此二句中的「通一顾」三个字，还曾见於宋代陈师道以美女为喻託的两首《放歌行》的第一首之中，陈氏原诗是「春风永巷闭娉婷，长使青楼误得名。不惜卷帘通一顾，怕君着眼未分明。」据《王直方诗话》记载黄庭坚曾评陈氏此诗，谓其「顾影徘徊，衒耀太甚」。可见陈氏所写之美女原是以美女自喻的一首有託意的诗。由此一诗篇之联想，当然也增加了王氏此二句词的託

第65页

20×15=300　Chool·20·87·10　四川大学历史研究所稿纸

陈师道《放歌行二首》其一：

春风永巷闭娉婷，长使青楼误得名。
不惜卷帘通一顾，怕君着眼未分明。

意的喻託。何况王氏此二句词在叙写之口吻中曾经先以「众里」二字，将此一美女与一般众人做了第一度对比，又以「人间颜色」四字将此一美女与人世间其他虽有姿色的美女做了第二度对比，于是遂将此一女子的美丽提升到了一种极高的理想化之境界。因而也增加了一种象喻的暗示。而如果以象喻的「造境」来析说此二句词的话，则又可以有两种可能：首先可以视之为自喻之辞，这主要因为如我在前文所言，这一首词从开端就是把此一美女做为一种美丽之本体的口吻来叙写的。这也正如李商隐的「八岁偷照镜」一首诗中的女子，诗人也是将之做为一个美的本体来叙写的。而此一本体自然可以做为诗人之自喻的一个形象，此其一；再则就前面所引的陈无己的『放歌行』而

第 66 页

言，陈氏诗中的「通一顾」也是以美女为自喻的口吻来叙写的。其意盖谓此一女子本为不得宠爱遭摈弃的一个美女，故其娉婷之美色乃深闭于永巷之中使世人不可得见，遂反使青楼中之凡姿俗艳谬得虚名。而且纵使此女子不惜降低身份而揭帘一示色相，也恐怕没有一个人能真正地认清和赏识她的绝世之姿的。是则就此一诗篇联想触（intertextuality）而言，此词中所写之美女自然便也可以视为自喻之辞了。此其二；三则王氏在他自己的词里面，原来也写有不少以美女为自喻的作品。即如其「碧苔深锁长门路」的一首《虞美人》词，「莫斗婵娟弓样月」的一首《蝶恋花》词，就都是以美女为自喻的。可见这首词如果做为自喻来看，与王氏之品格为人原也是有暗合之处的。此其三。既有此种种可能引起自喻之想的因素，当然可以视之为自喻之辞了

第 67 页

王国维《虞美人》：

碧苔深锁长门路，总为蛾眉误。自来积毁骨能销，何况真红、一点臂砂娇。　妾身但使分明在，肯把朱颜悔？从今不复梦承恩，且自簪花，坐赏镜中人。

1982—1983
1984
1986
1986—1988
1989
1991
1997
2008

。但有趣的则是，此二句词所蕴含的潜能却也可以使人视之为喻托之辞。造成此种联想之可能的第一个因素，也是由于这首词通篇都是把此一美女做为一个美的寄托来叙写的。既是一个美的寄托，则除了自喻以外，当然也可以做为诗人心目中任何美好之理想的象喻。此其一；再则如果不用陈无己的诗句联想，而但就其「通一顾」三个字而言，则此所谓「通一顾」者自然也可以是从观者方面而言之辞，意思就是说做为观者的我在众人之中而蓦见一绝世之姿的美女，当其嫣然一笑之际更对我有垂睐之一顾，而因此一顾之相通，遂使我反视人世间之任何美色都如尘土矣。这种境界当然可以象喻为心目中一至美至高之理想，此其二；三则王氏在他自己其他的词里面，却也经常表现

第68页

20×15=300 Chool•20•87•10 四川大学历史研究所稿纸

有此种「恍惚焉一瞥哲理之灵光」的意境，即如我以前曾经评说过的那首「山寺微茫背夕曛」的《浣溪沙》词，其中的「上方孤磬」与「高峰窥月」，以及在「忆挂孤帆东海畔」一首《蝶恋花》词中所写的「咫尺神山」和「望中楼阁」，便也都是此种恍如有见缥通一瞥的美好崇高的精神意境。可见以喻托之辞来看，这首词中所表现的意境与王氏对崇高完美之精神境界的追寻嚮往之性格也是有暗合之处的。此其三。既有此种种可以引起人喻托之想的因素，则我们当然就也可以视之为喻托之辞了。

以上是我们由此词前半阕之文本中所蕴含的丰美之潜能，所可能联想到的多层次的要眇深微之意蕴。下面我们便将对其后半阕词中的意蕴也略加评说。

第69页

20×15=300 Chool•20•87•10 四川大学历史研究所稿纸

王国维《蝶恋花》：

忆挂孤帆东海畔，咫尺神山，海上年年见。几度天风吹棹转，望中楼阁阴晴变。　金阙荒凉瑶草短，到得蓬莱，又值蓬莱浅。只恐飞尘沧海满，人间精卫知何限。

第70頁

如果以此詞之後半闋與前半闋相比較，則此半闋之意境實較爲單純。蓋以前半闋之文本中，既帶有了許多符號學中所謂的具有歷史文化背景的語碼，而且在語言學的語法結構方面，也給予了以自語序軸與聯想軸各方面，爲之做出多方面的解說。可是下半闋的叙寫則比較簡單而且直接得多了。即如「一樹亭亭花乍吐，除却天然，欲贈渾無語」之句，一口氣直貫而下，全寫對於一種天然之美的贊賞。此數句若自「實境」之層次言之，當然只不過是寫蕭氏的「本事」之說中的「畫樓女子」的天然之美而已。然而即使是如此簡單的詞句，却實在也仍然蘊含了一種要眇深微之象喻的潛能。此種潛能之由來，一則固由於前半闋之叙寫已醞釀成一種象喻的色調及氛圍，因而此數句遂亦不

第71頁

免仍使人產生象喻之想，此其一；再則此數句亦並未直寫現實中之人物，而只以「一樹亭亭」的「乍吐」之「花」做爲美之象喻的，因而此「花」之形象遂有了不止限於現實之人的更廣泛的象喻之意味，此其二；三則此數句所贊賞的天然不假雕飾之美，與王氏文人向詞話之中所標舉的評詞之審美觀也有暗合之處。因此即使是提出了「本事」之說的蕭艾先生，亦曾說此詞云「通過此詞，吾人更可窺見靜安之審美觀，靜安論詞，極力稱道生香真色，論元曲佳處亦曰『一言以蔽之，自然而已』，所謂『粗頭亂服，不掩國色』，『天然』之謂也」。此外曾注的田志豆先生在其《王國維詞注》（香港三聯書店一九八五年出版）一書之中，對此詞亦曾評說云「此闋健康美麗的少女，給詞人留下深深的印象。『天然』二字是靜安

“清水出芙蓉，天然去雕饰”，出自李白《经乱离后，天恩流夜郎，忆旧游书怀，赠江夏韦太守良宰》。

审美的标准。「清水出芙蓉，天然去雕饰」，这就是久人向词话之中盛称的「自然神妙」之处。」又说「本词也可以作一篇词论读。」可见这首词之可以引发读者的象喻之想，也原为众人之所共见。只不过萧氏与田氏都是先肯定了此词之落实一「本事」中现实之女子，仅只是王氏对此一女子的审美观与其论词之审美观暗合而已。而我的意思则是以为不仅此三句对「天然」之美的赞赏与其论词之主张暗合，而是全词的每一句都充满了象喻的意味。而且此三句所写的也不只是对「天然」之美的赞赏而已，我们还更要注意到这三句词与下面的「当面吴娘夸善舞，可怜总被腰肢误」二句词，在（本来此二句中的「吴娘」与此词开端一句的「燕姬」已自足一种对比，而如果以）对比中所形成的讽喻的作用。此数句合看（与「楼头上」数句），我们今更发现前面所写的「天然」与后面所写的「

第72页

20×15=300 Chool·20·87·10 四川大学历史研究所稿纸

善舞」，原来乃是又一度在品质上的对比。我说是「又一度」对比，那就因为这首词在上半阕的「曳长裾」与「纤纤步」的叙写中，王氏实在已将两种不同品质的美，作了一次对比，而我在评析那两句词时，也已曾提出说品质的对比可以提供一种象喻之潜能。何况在中国诗歌传统中，一直以「善舞」为象喻的时候，往往都暗指一种逞巧媚世的行径。辛弃疾的「更能消几番风雨」一首《摸鱼儿》词，便曾有「君莫舞，君不见玉环飞燕皆尘土」之句，可以为证。而王氏此词的「可怜总被腰肢误」一句，对「善舞」者的讥贬之意，则较辛词更为明显。因而在此种对比中，王氏所赞赏的「天然」之美，遂不仅只是与其论词之主张暗合而已，同时也喻示了王氏心目中的一种人格修养的品

第73页

20×15=300 Chool·20·87·10 四川大学历史研究所稿纸

“词之雅郑，在神不在貌。永叔（欧阳修）、少游（秦观），虽作艳语，终有品格。”雅郑，指雅乐与郑声。

第 74 页

质和意境。而如果在此处我们再一回顾全篇的话，我们就更会发现这首词不仅通篇都提供了象喻的层次，而且其象喻的意旨和象喻的结构，也都是十分完整的。当然，我这样说也并不表示我对於“本事”之说的“实境”一层意义的否定，我只不过是想要说明王氏的一些词，即使是“实境”之作，也往往蕴含有一种要眇深微的意境，而隐然有了一种“造境”的效果。故王氏论词乃不仅有“大诗人所写之境，必邻於理想”之言，而且还曾提出了“词之雅郑在神不在貌，永叔、少游虽作艳语，终有品格”之说，王氏此词，便可以作为他的词论之实践的一首代表作。

20×15＝300　Chool•20•87•10　四川大学历史研究所稿纸

76 77 79. 85 87 93

論王國維詞（五）之5

P.75—93

84.79

90 附錄

王国维《鹧鸪天》：

阁道风飘五丈旗，层楼突兀与云齐。空余明月连钱列，不照红葩倒井披。　频摸索，且攀跻。千门万户是耶非？人间总是堪疑处，惟有兹疑不可疑。

透过以上二首詞例，我们對於王國维之以「寫境」為主而隐含有深微之意境的作品，既已經做了相當的論析和評说；因此下面我们便將再舉引王詞中之以「造境」為主而亦隐含有深微幽美之意境的一些作品，也嘗試對之略加論析和評說。首先我们所要舉引的乃是王詞中一首以叙寫景物為主的屬於「造境」的作品，现在我们就先把這首詞抄錄在下面一看：

《鹧鸪天》

阁道風飄五丈旗，层樓突兀与雲齊。空餘明月連錢列，不照紅葩倒井披。　頻摸索，且攀躋。千門万户是耶非？人間總是堪疑處，惟有兹疑不可疑。

本來，我们在前文論及王國维《人間詞話》中之「造境」与「寫境」之說时，已曾引述過王氏

第 75 页

20×15=300　Chool·20·87·10　四川大学历史研究所稿纸

的話，說「二者頗難分別」，蓋以「大詩人所造之境，必合乎自然，所寫之境，亦必鄰於理想故也」。因此我在評说王氏之《蝶戀花》（窥宫遥婕）一首詞時，就曾提出說我以前本曾以為此詞「不能」屬於「造境」之作，其後因見到了蕭艾先生的有關此詞的一則「本事」之說，於是便將之定為「寫境」之作。然而現在我們所要評说的這首《鹧鸪天》詞，我却敢於判定其必為「造境」之作無疑。我之所以敢於判定其必為「造境」之作的緣故，當然主要由於其開端所寫的景物之奇突不類眼前之所实有，然而王氏却也曾說過「所造之境必合乎自然」的話，可見雖屬虚構之「造境」，但作者在想像出此一景象之時也必有其想像之依據，那么王氏所寫的這些奇突之景物，其想像之依據又究竟何在呢？關於這首詞，一般讀者多以為其晦隐難解，那就因為其所寫之景象過於奇突使人不知其究竟何指的緣故。但我們若能探尋得這些形象的出處來

第 76 页

“阁道风飘五丈旗”，出自《史记·秦始皇本纪》：“先作前殿阿房，东西五百步，南北五十丈，上可以坐万人，下可以建五丈旗。周驰为阁道，自殿下直抵南山。表南山之颠以为阙。为复道，自阿房渡渭，属之咸阳，以象天极，阁道绝汉抵营室也。阿房宫未成；成，欲更择令名名之。作宫阿房，故天下谓之阿房宫。”

深，再結合王氏之思想感情的一般狀態來看，我們就會發現其意旨之所在了。

先看這首詞開端的「閣道風飄五丈旗，層樓突兀與雲齊」兩句，此二句所寫之景象不僅極為雄壯宏偉，且極為突兀飛揚，使人讀之自覺有一種震懾而且吸引人的力量。如果從這首詞下面過片所寫的「縹緲樓臺，且攀躋」二句來看，則此開端二句所寫的震懾而且吸引人的景象，固當原為詩人所「縹緲攀躋」以追尋的一種境界。而此種境界就王國維言之，則其所追尋者乃經常為一理想中之境界而並非現實中之境界。舉例而言，即如其在《蝶戀花》（憶掛孤帆東海畔）一首詞中所寫的對於「海上神山」的追尋；以在《浣溪沙》（山寺微茫背夕曛）一首詞中，所寫的想要「窺皓月」而「試上高峰」的嘗試，便都表現了一種對理想中之境界的追尋和嚮往。這一類詞中所寫的景象，一般說

第77頁

來在王詞中大多是屬於象喻性的「造境」之作。「憶掛孤帆」一首所寫的「海上神山」的景象，其所依據者自然乃是大家所熟知的渤海中有三神山的神話傳說，見於《漢書·郊祀志》以及《拾遺記》。至於「山寺微茫」一首所寫的「山寺」「高峰」諸形象，則並無特殊的出處。因此蓋有人以為此詞所寫者乃是實景，而並非造境。不過，若據此詞下半首所寫的「偶開天眼覷紅塵」及「可憐身是眼中人」等充滿哲理思想的詞句來看，則私意以為這些景象似乎也仍是所謂「造境」，只不過這些「造境」固正如王氏所云乃是「大詩人所造之境，必合乎自然」，且「其材料必求之於自然，而其構造亦必從自然之法則」的一個很好的例證而已。至於這一首詞中所寫的「閣道」與「五丈旗」諸景象，則一方面既非如

第78頁

《史记·秦始皇本纪》载：二十八年，始皇东行郡县。……齐人徐市等上书，言海中有三神山，名曰蓬莱、方丈、瀛洲，仙人居之。请得斋戒，与童男女求之。于是遣徐市发童男女数千人，入海求仙人。

「海上神山」之為人所熟知，而另一方面則也不似「山寺微茫」之有合於自然。如果從這一點來看，則私意以為這一首詞中寫的對某種境界的追尋，實在應該是較之另二首更為有心用意的一首託喻之作。

從這首詞開端一句所寫的景象來看，其想像中「造境」的依據蓋原出於《史記·秦始皇本紀》中對於阿房宮之描繪。據《史記》所載，謂「前殿阿房，東西五百步，南北五十丈，上可以坐萬人，下可以建五丈旗」。此固當為人世之宮殿中的一所絕大之建築，所以當王國維想要為其想像中所追尋的境界覓取一個最為崇高宏偉的建築之形象時，乃選擇了《史記》中所描述的「阿房」之宮以為依據，這自然可以看做是此一形象在此一首詞中的第一個作用之所在。但

第79页

其作用卻還不僅只是如此而已，原來此詞首句開端的「閣道」二字，除了寫「阿房」之建築的崇高宏偉以外，同時還可以經由此二字所牽涉到的構建規模，而引發出更深一層的聯想和託意。據《史記》之記敘，謂「阿房」之建築乃是「周馳為閣道，自殿下直抵南山，表南山之顛以為闕，為複道自阿房渡渭，屬之咸陽」，而此一建築規模之取意，則是為了「以象天極，閣道絕漢抵營室也」。由此可知此一建築設計的規模形勢，原來還更有與天文有關的另一層深意。說「閣道」，此一辭語之所指就「阿房」之建造而言，乃是指空中之複道，謂此一複道可以從阿房經過渭水而與咸陽相連屬。至於「以象天極」云云，則原來乃是指此一建造在天文方面的象喻。蓋根據《史記·天官書》中所載對於「天極」的描述來看，其所謂「閣道」者，乃是「天極紫宮」之「後六星絕

第80页

王国维此词之所以选用了“阁道风飘五丈旗”之景象，有更深一层的含义。因为如果只是泛言高远之理想，不必非要用“阁道”。“阁道”在事典中既被喻示为可以通达天帝之居的一条通道，于是王氏在此词中所叙写的“摸索攀跻”，遂亦都有了向天帝之居去追寻探索的意味。

第81页

以城營室者曰閣道」。據張守節《史記正義》之解釋，謂「漢，天河也，直度曰絕，抵，至也，營室七星，天子之宮」，可見所謂之「閣道」乃是通道，乃正象天極之紫宮。至於閣道之經過渭水與咸陽之宮殿相連屬，則亦正象天極紫宮後六星之直度天河與天子之宮相連接。而所謂「天子之宮」，就天文星象言之，則固當為天帝之所居。由此遂使得我們得以窺見了王氏此詞之所以選用了「閣道風飄五丈旗」之景象，以象喻其所追尋之境界的更深一層的含義。蓋以如果只泛言一高遠之境界，如其《浣溪沙》詞所寫的「山寺微茫」與「試上高峰」，則其所象喻者乃亦不過僅只為一高遠之理想而已，然而此詞中開端的「閣道」一句，則以其所寫之景象擬出於特殊之事典，因而遂亦由此一特殊之事典，而使得此一景

20×15＝300　Chool•20•87•10　四川大学历史研究所稿纸

第82页

象有了一種更為丰富的聯想的可能性。蓋以「閣道」在事典中既被喻示為可以通達天帝之居的一條通道，於是王氏在此詞中所敘寫的「摸索攀躋」，遂亦都有了向天帝之居去追尋探索的意味。而向天帝之所居去追尋探索，就王氏之性格言之，則可以象喻為他想要對人生求得一個終極之解答的嚮往和追尋。這種解說的聯想，我們不僅可以從西方接受美學家依塞爾（Wolfgang Iser）在其《閱讀活動——一個美學反應的理論》（The Act of Reading — A Theory of Aesthetic Response）一書中所提出的文本中之可能的潛力（potential effect）之說，為「閣道」一形象之多層可能的喻意找到理論方面的依據，而且我們也可以從王國維自己的作品中為這種解說的聯想找到不少實例的證明。即如我們在前文論及《人間詞》意境之特色與形成

20×15＝300　Chool•20•87•10　四川大学历史研究所稿纸

（接前）向天帝之所居去追寻探索，就王氏之性格言之，则可以象喻为他想要对人生求得一个终极之解答的向往和追寻。

王国维《踏莎行》：

绝顶无云，昨宵有雨。我来此地闻天语。疏钟暝直乱峰回，孤僧晓度寒溪去。　　是处青山，前生俦侣。招邀尽入闲庭户。朝朝含笑复含颦，人间相媚争如许。

其意境的一些重要因素」一節中，就已曾提出說王氏在其寫作小詞的一個階段中，也曾同時「寫有《論性》、《釋理》、《原命》諸文，思欲對人生與人性之問題有所究詰」。而且王氏在其《靜安文集續編》的《自序》一文中，也曾經自己說過「體素羸弱，性復憂鬱，人生之問題日往復於吾前」的話。而這種要想對人生問題找尋一個終極之解答的探索，在王氏詞中遂往往表現為一種欲與上天之精神相結合的意境。即如其《踏莎行》詞之「絕頂無雲」一首，便曾寫有「我來此地聞天語」之句，又如其《鷓鴣天》之「列炬歸來酒未醒」一首，也曾寫有「更堪此夜西樓夢，摘得星辰滿袖行」之句。凡此種種，當然都足可證明王氏詞中所寫的高遠之意象，不僅可以象喻為一種高遠之理想

，而且還隱含有一種要向上天去探索人生終極之「天問」式的究詰。只不過在其他各詞中，王氏所選用的意象都頗為習見自然，而這一首詞中所選用的意象則頗為突兀而不習見，而且還在其所取材的《史記》之《秦始皇本紀》及《天官書》中隱含了更為深入一層的含意。因此我們只從這一首詞的第一句，實在就已經可以判斷出這首詞在王氏之詞作中，應該乃是一首較之他詞更為有心託意的「造境」之作了。

這首詞雖然從一開始就是以假想中之「造境」所寫的託意之作，因此以下各句所寫之景象，遂亦莫不為假想中之種種「造境」。至於這些假想中景象的依據，則全為王氏平日自書本中所得之形象。只不過這些形象有的頗為讀者所習知，有的則不大為讀者所習知而已。先

从首句“阁道风飘五丈旗”对《史记·秦始皇本纪》的化用，就已经可以判断出这首词在王氏之词作中，是一首较之他词更为有心托意的“造境”之作了。

第 85 頁

說「層樓突兀與雲齊」一句，此句之形象蓋出於古詩十九首之中「西北有高樓，上與浮雲齊」兩句詩，此固為一般人之所共知。只不过王氏却將「高樓」改成了「層樓」，而又加上了「突兀」二字的形容。像這种用古人之詩句而稍加改易的情况，王國維在其《人間詞話》中，也曾對之有所論說。我們在前文論及王國維境界說的三層次界之一節中，就曾提到王氏在《人間詞話》中所說「借古人之境界為我之境界」的一段話。而且還曾舉出周邦彥及白仁甫二人在詞曲中皆曾分別引用了賈島之詩句的例証，足可見借用古人之詩句原為王氏理論中之所許，只不过要「自有境界」而已。王氏在此一句詞中既曾變古詩中之「高樓」為「層樓」，又加上了「突兀」二字，於是此一句詞遂因而也就有了不同於古詩的另一番境界。如

第 86 頁

果將兩者加以比較來看，則「高樓」之意象予人之感受較為單純，除去一份高寒之感外，並不能有其他之暗示；而「層樓」之意象予人之感受則較為繁複，除去崇高之感以外，還伴隨有一種繁富壯麗的聯想。再加之以「突兀」二字，於是遂更增加了一種令人目眩心驚的氣勢。而且以此一句承接在前句的「閣道風飄五丈旗」七個字之下，兩相映襯，於是遂使得此一複道層樓之景象更加顯得宏偉而且壯麗，何况「風飄五丈旗」之形象又表現得如此生動飛揚，其筆力之充沛飽滿，竟把作者心中千年前秦皇之阿房宮殿寫得如在目前，乃大似杜甫寫「昆明池水」之「漢時功」，真當「旌旗在眼中」矣。

而下面又繼之以「空餘明月連錢列，不照紅葩倒井披」二句，遂使得此一複道層樓之崇高

“空余明月连钱列，不照红葩倒井披”，上句出自班固《西都赋》“隋侯明月，错落其间；金釭衔璧，是为列钱”，下句出自张衡《西京赋》“蒂倒茄于藻井，披红葩之狎猎”。

第87页

光偉的景象，蕃並又增加了一份光怪而且迷離的氣氛。至於這兩句詞中之景象，其所想中之依據則（似是）王氏之書本上的知識。上一句的「空餘明月連錢列」的形象，（蓋）出於班固《西都賦》中對昭陽宮殿之描述鋪陳，有「隋侯明月，錯落其間，金釭銜璧，是為列錢」之句。《文選》李善注，於「隋侯」一句嘗引《淮南子》、高誘注云「隋侯見大蛇傷斷，以藥敷而塗之。後蛇於夜中銜大珠以報」，因謂「隋侯之珠，蓋明月珠也」。又引許慎《淮南子》注云「夜光之珠，有似明月，故曰明月也」。至於「金釭」一句，則李善嘗引《漢書》、孝成趙皇后傳云對昭陽宮之描述，有「壁帶往往為黃金釭」之記載。據顏師古注云「壁帶，壁之橫木露出如帶者也。於壁帶之中往往以金為釭」，晉灼曰「以

第88页

金環飾之也」。由此可知所謂「金釭銜璧，是為列錢」者，蓋指（壁帶上）金環所銜之圓璧垂懸如列錢也。若就王氏此詞言之，則其開端一句之「闌道」，既然有指向通達天帝之居的暗示，則此一句所寫的「明月連錢列」，自然指的應該是天帝之宮中的隋珠連璧的光華富麗的裝飾了。至於下一句的「紅葩倒井披」之形象，則出於張衡之《西京賦》，寫未央宮前殿藻首之盛，有「蔕倒茄於藻井，披紅葩之狎獵」之句，薛綜注云「茄，藕莖也，以其莖倒植於藻井，其華下向反披。狎獵，重接貌。藻井，當棟中交方木為之，如井幹也」。按此二句蓋寫宮殿的藻井之上（也就是天花板上）有倒垂之蓮莖，其蓮華之紅葩乃反披而下垂，有狎獵重接之盛（按左思《魏都賦》亦有「綺井列疏以懸蔕，華蓮重葩而倒披」

左思《魏都赋》：绮井列疏以悬蒂，华莲重葩以倒披。

第89页

之句，蓋數用張衡《西京賦》之句，李周翰注云：「井中皆畫蓮花，自下見上，故曰倒披」，可供參考。不過王氏此詞自阿房起興，定當用與咸陽相近的西京之典，不可以魏都為說也）。總之此句之形象本來乃是寫宮殿之華采美盛。而王氏用之於這一首詞中則是借用《西都》與《西京》兩賦所寫之形象，以喻其理想中所追尋的天帝之居的美盛。這可以說是第一層用意。而更可注意的則是王氏在這兩句所寫的美盛的形象之間，原來還曾經用了「空餘」和「不見」兩個述語，這兩個述語實在有極為重要的作用。「空餘」是徒然留存著的意思，其所表現的是面對所留存之僅有的殘餘而興起的一種不能全有的憾恨，因此下句乃直承以「不見」二字，正面寫出其對於所期望者終於未能尋見的失望和落空的悲哀。因於王國維這種追求理想的執著的精

第90页

神，早在我所寫的《王國維及其文學批評》一書中，於論及王氏之追求理想之性格時，就曾舉引過王氏的不少論著，以說明其平生鄙棄功利，惟以追求真理為目的之性格，且曾加以結論說：「他所稟賦的一種『岩岩焉力索宇宙之真理而再現之』的屬于天才的追求理想殉身理想的天性，是無法改變的」。而這種追尋又始終無法滿足，因此在王氏的一些小詞中乃經常表現有一種追尋而終於未得的悲哀和憾恨。即如我們在前面所曾提到的他的《蝶戀花》（憶掛孤帆東海畔）一首小詞，他對於「海上神山」的追求，最後所落得的就正是「金闕荒涼瑤草短」的痛苦的失望。而另外的《浣溪沙》（山寺微茫背夕曛）一首小詞，他的「試上高峰窺皓月」的努力，最後所落得的也正是「可憐身是眼中

叶嘉莹先生在《王国维及其文学批评》一书中指出，王国维“所禀赋的一种‘岩岩焉力索宇宙之真理而再现之’的属于天才的追求理想殉身理想的天性，是无法改变的”。而这种追寻又始终无法满足，因此在王氏的一些小词中，乃经常表现有一种追求而终于未得的悲哀和憾恨。

阮籍《咏怀》：

西方有佳人，皎若白日光。被服纤罗衣，左右佩双璜。修容耀姿美，顺风振微芳。登高眺所思，举袂当朝阳。寄颜云霄闲，挥袖凌虚翔。飘飖恍惚中，流眄顾我傍。悦怿未交接，晤言用感伤。

人」的無可奈何的憾恨。但儘管如此，却似乎又有一種力量常使他對這種理想之追尋始終難以棄擲，那就因為在詩人之心目中總是常存有一種理想之美光的閃爍。所以縱然終於未能果見「紅葩倒井披」的美麗的象喻生命之理想極美之花朵，却彷彿依然存留有「明月連鎖列」的光影的閃現。此種情況，蓋正如阮籍在其「西方有佳人」一首《詠懷》詩中之所寫，雖然在「飄颻恍惚中」似乎也曾經見到了一位「流眄顧我傍」的「佳人」，然而却終於未能真正結識，於是自然就只落得「悅懌未交接，晤言用感傷」了。

以上是這一首詞的上半闋，王氏蓋寫其對於一種理想之境界的追尋與失落，而全以古典中之意象表出之。既有飛揚突兀之奇，又有光彩迷離之致，既真切，又古雅。這自然是王詞

第91页

20×15=300　Chool·20·87·10　四川大学历史研究所稿纸

中之極值得注意的一首屬於「造境」的詞。

緊接著上半闋的造境，下半闋遂正面敘寫其追尋不得的困惑。「驀擡寒，且攀躋」二句，既著一「驀」字又著一「且」字，蓋極寫對此種追尋之難以放棄而又無可奈何之感。至於「千門萬戶」一句，則取擇上半闋所寫的宮殿之形象，而用《史記·武帝紀》中敘寫建章宮的「千門萬戶」之語，來喻寫追尋中的困惑與迷失。更用「是耶非」三字，又表現了一種似有所見而又終於未見的迷離恍惚，而此三字也同樣有一個古典的出處，他所用的乃是漢武帝念李夫人致亡的「是耶非耶？立而望之，翩何姍姍其來遲」一詩中的句子，於是在宮殿的搜索追尋中，乃又出現了一個對美人之期待的聯想，這種聯想雖未必存在於作者王氏的意識之中，然而卻由於此「是耶非」三字之出處的詩篇的聯想，使得這句詞有了這種聯想的潛能（potential

第92页

20×15=300　Chool·20·87·10　四川大学历史研究所稿纸

1982—1983
1984
1986
1986—1988
1989
1991
1997
2008

effect）。更何况对美人之期待与对理想之追寻」二者原可以互相生发、互相借喻，我们那不妨如此解释，但这种联想的层次，却无疑地也是足以增加此词的意蕴之丰美的一个因素。至於结尾的「人间总是堪疑处，惟有兹疑不可疑」，则实是其所追求者既终於未得，其所困惑者也终於未解。而这种心态乃正为王氏所经常表现的一种心态。近年来西方文学批评中有所谓意识批评（Criticism of Consciousness）一派，曾提出了在作品中可以寻见作者之基本意识型态（patterns of consciousness）之说。这首《蝶恋花》词大概可以说是王氏词作中，以假想之造境表现其基本之意识型态的一篇代表作了。不过因为这一首词中所叙写之景象既极为突兀生疏，一般读者读之，多不知其究竟何指，美国一位邦奈女士（Joey Bonner）竟以珍妃死於井中之故实说「红颜倒井」一句，（见Bonner所著 Wang Kuo-Wei: An Intellectual Biography, Harvard University Press, 1986）。实不可从。而这也就正是本文之所以将其选取了这一首难解之词做为例证而且对之细加评说的主要缘故。

第 93 页

94

104, 106.

論王國維词之6
（六）

P.94—111

109

王国维《浣溪沙》：

本事新词定有无，这般绮语太胡卢。灯前肠断为谁书。　隐几窥君新制作，背灯数妾旧欢娱。区区情事总难符。

以上我們對於王國維詞的「造境」之作，既然已經舉了一首以叙寫景物為主的詞例，因此下面我們便還要舉引一首以叙寫情事為主而仍屬於「造境」的詞例，也略加評說。現在請讓我們把這一首詞也抄錄下來一看：

《浣溪沙》

本事新詞定有無，這般綺語太胡盧，燈前腸斷為誰書？ 隱几窺君新製作，背燈數妾舊歡娛。區區情事總難符。

在我們開始評說這一首詞以前，我想先把我之所以選錄了這一首詞做為評說之例証的原因，略做簡單之說明。本來在王氏詞集中以叙寫情事為主的屬於「造境」之作，還有不少其他很好的例証，即如其《虞美人》詞的「碧苔深鎖長門路」一首，《蝶戀花》詞的「莫鬥嬋娟

弓樣月」，「昨夜夢中多少恨」，「黯淡燈花開又落」、及「百尺朱樓臨大道」諸首，就私說都是以叙寫情事為主而隱含有幽深豐美之意蘊的造境之作。而且這几首詞以向早就被讀者們傳誦，樊志厚的《人間詞乙稿·序》也曾經對其中的「百尺朱樓」及「昨夜夢中」諸首大加贊美，謂其「意境兩忘，物我一体，高蹈乎八荒之表，而抗心乎千秋之間」。我們如果舉引這些王氏的代表作來加以評說，本來原有不少可供發揮之處。但本文既為篇幅及体例所限，對其「寫境」與「造境」之作中的以景物為主及以情事為主的詞例，都只能各舉一首為例証，因此在選擇考慮其去取之際，自不免煞費周章。而最後我卻終於決定選取了所抄錄的這一首《浣溪沙》詞，而對於那些傳誦眾口的佳作則只好忍

第96頁

痛割愛了。我之所以做了這樣的選擇，其原因蓋有以下數端：第一是因為其他諸首既已為讀者之所熟知，自然不須我更費筆墨來加以詳說。此其一；第二是因為其他各首之為「造境」的象喻之作，乃屬一望可知。而這一首〈浣溪沙〉詞則自其表面所敘寫的情事來看，乃大似但寫「閨情」的寫實之作，然而事實上這首詞卻也含有極為幽微深曲的喻託的意蘊，故尤值得加以評說，此其二；第三是因為其他諸詞縱然亦有深微之意蘊，然其所蘊含者乃大多為王氏之作品中較為常見的情意，即如其〈虞美人〉之「碧苔深鎖長門路」一首詞，末二句所寫的「從今不復夢承恩，且自簪花坐賞鏡中人」，所表現的乃是雖在孤獨謠諑中也依然保有的一份高潔好修的持守。這與他的〈蝶戀花〉之

第97頁

「莫鬥嬋娟弓樣月」一首詞中，末二句所寫的「鏡裏朱顏猶未歇，不辭自媚朝和夕」的意境，便大有相近之處。再如其〈蝶戀花〉之「昨夜夢中多少恨」一首詞中，所寫的「夢裏難從、覺後那堪訊」二句所表現的夢中之追尋與醒後之失落的悲哀，則與他的〈菩薩蠻〉之「憶尋闌」一首詞中所寫的「夢裏驚疑，何況醒時際」的意境大有相似之處。又如其「蠟淚燈花開又落」一首〈蝶戀花〉詞所寫的「但與百花相鬥作，君恩妾命原非薄」二句，所表現的對於所愛之對象的專一而不計報償的深摯之情，則也與他的〈清平樂〉之「斜行淡墨」一首詞中所寫的「厚薄不關妾命，淺深只問君恩」的意境大有相似之處。更如他的「百尺朱樓臨大道」一首〈蝶戀花〉詞所寫的「陌上樓頭，都

王国维《蝶恋花》：

莫斗婵娟弓样月，只坐蛾眉，消得千谣诼。臂上宫砂那不灭，古来积毁能销骨。　手把齐纨相诀绝，懒祝西风，再使人间热。镜里朱颜犹未歇，不辞自媚朝和夕。

白塵中老」二句，所表現的雖然身在高樓之上，而終也難逃於白塵中同老的既哀此人世又復自哀的悲情，便也与他在《浣溪沙》「山寺微茫背夕曛」一首詞中所寫的「可憐身是眼中人」的意境大有相似之处。凡此種種，都足以說明王氏這八首詞中之意蘊，雖然也有幽微深婉的極可貴之处，然而其意境却大多為王氏詞中之所習見，且其性質亦大多同屬於有關人生之情思与哲理。然而我們現在所要評說的這一首「本事新詞定有無」的《浣溪沙》詞，其所蘊含的却並非王氏詞中所習見的有關人生的情思与哲理，而乃是一種關於創作的藝術上的反思和體悟。像這種用小詞來寫出藝術方面的反思和體悟的意境，本已極為罕見，而且王氏更能全以寫「閨情」的極自然真切的「寫實」之手法表出之，則不僅罕見更屬難能

第98頁

20×15=300　Chool·20·87·10　四川大学历史研究所稿纸

可貴。這種寫作与成就，自是極可重視的，故乃特定而論之。此其三。以上概說的了我們之所以選取了這首詞的種種原因，下面我們就將對於這首詞嘗試一加評說了。

先從這首詞表面所寫的一層情意來看，則其所寫者固當為閨中的一種兒女之情。詞內有「君」、有「妾」，「君」是寫詞的人，「妾」是讀詞的人。開端一句的「本事新詞定有無」是寫所謂「妾」的女子在讀詞時所產生的一種猜測忖度的心理，其意蓋謂這首新詞中所寫的情意究竟到底有沒有一段愛情的本事呢？「定有無」之「定」字，就正表現了讀詞之女子的定欲知其「有無」之真象的一種迫切的心情。而下一句的「這般綺語太胡盧」，則正點明了這一首新詞之所以引起此一讀詞女子之猜測的一些

第99頁

20×15=300　Chool·20·87·10　四川大学历史研究所稿纸

“本事新词定有无”之“定”字，正表现了读词之女子的定欲知其“有无”之真相的一种迫切的心情；“这般绮语太胡卢”，则正点明了这一首新词之所以引起此一读词女子之猜测的一些重要的因素。

重要的因素，因素之一是为其有这般「绮语」，因素之二则是为其叙写的「太胡卢」。所谓「绮语」者，指的自然是一些温柔缠绵的绮艳的言语，这是自然引起此填词之女子以为其中有爱情之「本事」猜测的一个重要因素。而「太胡卢」则是谓其所写者却又极为幽微隐约使人难以做真实之确指，这是使得此填词之女子对其中之本事又愁到陷于疑想难定的又一个重要因素。（按此句在《观堂集林·缀林》所载之《长短句》中，原作「斜行小草字模糊」，则但写其书法字迹之模糊，与上句之所谓「本事」无关。本文所据乃陈乃乾辑本之《人间词》，此句则与上句正相承应，于义较胜，故从之）。以上二句所写是此一女子由填词而引起的猜想。然而引起此女子之猜想者，原来还不仅是由于词中之「绮语胡卢」而已，其尤足引人猜想者则是由于此女

第100页

子眼中所见之男子在写词时所表现的一种深挚投注的感情，故乃有第三句之「灯前肠断为谁书」之语。曰「灯前」，是此一男子写词时所处之地；曰「肠断」，是此一男子写词时所有之情。夫深夜灯前固原为引人幽思遐想之时地，而心伤肠断则又为何等深挚动切之情怀，此所以使人疑想其所写者必有爱情之本事之又一因也。然而却又以其「绮语胡卢」而难以测知其本事之究竟谁指，故乃有「灯前肠断为谁书」之内心之疑问也。

以上前半阕之所写，既都是此一填词之女子对于词中之「绮语胡卢」所引起的疑问，于是后半阕乃接写此一女子欲对词中之本事更做进一步之探寻的努力。换头二句「隐几窥君新制作，背灯数妾旧欢娱」，写此一女子遂凭倚于

第101页

"隐几窥君新制作，背灯数妾旧欢娱。"写此一女子遂凭倚于此写词之男子的书几之侧，而窥视其新写成之词作，然后背灯回面而仔细计数其自身与此一男子之间所曾有过的种种旧日之欢娱，其意盖在于欲以求证此男子词中之所写是否与女子自身所计数之欢爱之果然相符也。

"区区情事总难符"，"区区"二字可能有双重之取意：其一，可以为私心所爱之意；其二，可以为琐细纤小之意。"总难符"，正与"本事新词定有无"相呼应，意为细数欢娱之后，终不能求得与现实之情事相印证。

此写词之男子的书几之侧而翻检其新写成之词作，并复背灯回面而仔细计数其自身与此一男子之间所曾有过的种种旧日之欢娱，其意盖在于欲以求证此男子词中之所写者与此女子自身所计数之欢爱之果然相符也。而其后乃发现此词中所写之情事，与其记忆中所细数的旧日之欢娱之终然难以相合，故乃结之曰「区区情事总难符」。「区区」二字在此句中，盖可能有双重之取意，其一，可以为私心所爱之意，如辛延年之《羽林郎》一诗，即曾有「私爱徒区区」之句，可以为证。其二，可以为琐细纤小之意，此为一般人所习用之意。如此则承上句之「数尽欢娱」言之，此所谓「区区情事」，自当指此女子心中所计数之种种私爱中之琐细之情事，而计数之结果，则是「总难符」。于是

此词开端所提出的「本事新词定有无」之疑问，乃终于不能获得一现实之情事以印证之矣。

以上是我们从这一首词表面所写的闺中儿女之情事所做出的极简单的解说。观其所使用之辞语，曰「本事」，曰「绮语」，曰「灯前肠断」，曰「隔几」，曰「背灯」，曰「君」，曰「妾」，曰「欢娱」，曰「区区」，若此之类，既都表现有一种儿女之情的色彩，加之以其叙写之口吻又极为生动真切，是则此词乃大似果然为一首但写儿女闺情的「写境」之作矣。然而我意却以为此词实乃一首「造境」的喻托之作。我之所以做此想者，一则盖因其叙写之口吻虽然亦极生动真切，然而却实在并未表现有任何真正属于现实的爱欲悲喜之情。如果以此词与王氏其他果然写儿女之情的作品相

王国维《鹊桥仙》：

绣衾初展，银红旋剔，不尽灯前欢语。人间岁岁似今宵，便胜却、貂蝉无数。　霎时送远，经年怨别，镜里朱颜难驻。封侯觅得也寻常，何况是、封侯无据。

第104页

比較，則如其《鵲橋仙》（“繡衾初展”）一首之寫離別後的歡會，《蝶戀花》（“閱盡天涯離別苦”）一首之寫生離之後的又面臨死別的哀痛，就不僅都有王氏與其妻子莫夫人之生離死別的本事可為印證，而且其全出於主觀的敘寫之口吻所表現的歡欣與哀悼之情便也都是明白可見的。而這一首《浣溪沙》詞，則不僅假託為“妾”之口吻以寫出之，而且此所謂“妾”者，在全篇整體的背景中，似乎也已化成為被敘寫之情事中的一個客體了。於是此詞中所敘寫之情事遂亦因而整個化成了一種以情事為主的被敘寫的事象，於是遂產生了一種象喻之可能性。此其一。再則這首詞中的每一句詞似乎都喻示了一種屬於創作的體驗和情境，這當然絕不可能僅是出於巧合，而必是出於有心的象喻。此其二。因此下面我就將

20×15=300　Chool•20•87•10　四川大学历史研究所稿纸

第105页

要把我個人所見到的這首詞中的一些象喻的意思，也略加說明。

先談第一句“本事新詞定有無”，所謂“本事”，在中國傳統詩詞中一般大概有廣狹二義：廣義的“本事”，可以指任何作品凡其中內容之有真實事件可指者，皆可謂之為有“本事”；至於狹義的“本事”，則一般多指作品中涉及有關於男女之愛情事件者，則謂之為有“本事”。此詞所謂“本事”，自當是指狹義的愛情事件而言。而談到愛情事件，則往往最易引起讀者探尋的興趣。可是在中國的舊道德傳統中，愛情又往往被人認為是一種極不正當的事件，於是在這種觀念中，遂形成了兩種情況，一方面是讀者對於愛情事件的探尋，雖往往極有強烈的興趣，而另一方面則作者對於此種愛情之猜測，又極力想

20×15=300　Chool•20•87•10　四川大学历史研究所稿纸

做出並無其事的表白。這兩種情況本已相當複雜，而使這種情形更加複雜起來的，則是中國的詩教又有着一個以愛情為託喻的悠久的傳統。於是一切芳菲悱惻的詩篇，遂同時都可以給讀者以愛情及託喻的雙重聯想。於是對於其中「本事」的是非有無當然也就極易引起人們的爭議。如何解決這些爭議，這在中國詩歌的研討中本已形成為一項重大的課題。而王氏此詞的開端一句，卻以「本事新詞定有無」短短的七個字，就扼要的掌握了有關詩歌之創作和評說的如此重大的一個問題，這種統攝一切的識見和這種精妙的表現手法，都是不凡的。不過王氏所想要表述的卻還不僅是一個文學上的泛泛的問題而已，他所要表述的實在更特別指向了一種詞的特質，所以他便不僅在首句提出了「新詞

20×15=300　Chool·20·87·10　四川大学历史研究所稿纸　第106頁

」兩個字，而且更在下一句的「這般綺語太胡盧」中，以外表的實寫之語，描述了詞在文學美學方面的一種特質。而這種描述則與王氏在《人間詞話》中所提出的詞之理論正相吻合。王氏曾謂「詞之為體，要眇宜修」，所以如果把詞與詩相比較，則詞當然比詩更多「綺語」。王氏又曾謂「詩之境闊，詞之言長」，還曾謂「詞之雅鄭，在神不在貌」。可見詩中之意境雖然可以較詞更為開闊博大，但每為顯意識中可以指說之情事，而詞之特質則更在其能予人以一種意在言外的長遠而豐富的聯想。故其妙處所在也就更難於像詩一樣從外貌所寫之情事做切實之指說，因此自然就不免形成為「這般綺語太胡盧」的一種特質了。

以上還不過是但就詞之特質言之而已，若

20×15=300　Chool·20·87·10　四川大学历史研究所稿纸　第107頁

1982—1983
1984
1986
1986—1988
1989
1991
1997
2008

诗中之意境虽然可以较词更为开阔博大，但每为显意识中可以指说之情事，而词之特质则更在其能予人以一种意在言外的长远而丰富的联想，故其妙处所在也就更难于像诗一样从外貌所写之情事做切实之指说，因此自然就不免形成“这般绮语太胡卢”的一种特质了。

再就词之作者言之，则词之写作与诗之写作原来也有一个极大的分别，即就是诗人在写诗时往往都在显意识中明白地有一种言志之用心，因此诗歌之内容往往乃有一个鲜明的主题，可以为读者所查见，而词人在写词时则往往只是为一個曲調填寫歌辭，即使後世之詞已經不再真正的付諸演唱，但写词之人在写词作小时也往往仍是但以写作春怨别之辞为主，並不在词中欣自地表达言志之心意，因此词之写作，就作者言之，也便因極不免於有一种「徒語那處」之致。只不过词人之写词虽在显意识中往往並没有明白地言志之用心，可是在写作过程中却又往往会不知不覺地把自己内心中最深隱幽微的一份情感之本質流露投注於其中，是以就其隱喜詞中的深挚之情言之，自然可以有欣賜之痛，然而若就其顯意識言

之，则却並不一定可以在理性上做出確切的説明。而此词之「灯前腰软为谁去」一句，就恰好極為委曲而貼切的傳述了這一份縱然對作者却又難以明白言説的深隱的情思。這不只是在詞之寫作中才能體會到的一種感受。

至於下半闋的「隱几窺君新製作，背灯数妾嬌嬈，又又情事纏綿難付」三句，則就其表面所寫的現實情事來看，其所謂「君」與「妾」，固分明為一男子与一女子，一為寫詞之人，一為讀詞之人。當然應該是兩個人。然而若就其更深一層的象喻來看，則此兩人實在乃是作者一個人的雙重化身。如我們在前面論及王詞意境之特色之一節中所言，王氏在其詞論中，原曾提出過「觀物」与「觀我」之說，我當时对此曾加以解釋，說「若把外物做為对象

陆机《文赋》序：余每观才士之所作，窃有以得其用心。夫放言遣辞，良多变矣，妍蚩好恶，可得而言。每自属文，尤见其情。恒患意不称物，文不逮意。盖非知之难，能之难也。故作《文赋》，以述先士之盛藻，因论作文之利害所由，他日殆可谓曲尽其妙。至于操斧伐柯，虽取则不远，若夫随手之变，良难以辞逮。盖所能言者具于此云。

来加以观察叙写，则是一种"观物之作"。若把自己之"情意"，做为对象来观察叙写，便是一种"观我之作"。可见所写者固然是我，能观者也依然是我。而且此能观的我还不仅只是能观其自我之情意而已，同时还更能对其写作之自我也取一种能出乎其外而观之的态度。因此之言词中所写的"君"与"妾"表面虽然二人，然而却实係一人，写词之"君"是我，写词之"妾"也是我。还有背灯计数旧游的，也依然是我。盖一般作者在写作之际，往往同时也另有一个我在观察和批评。而自我观察和批评的结果，则往往会觉得自己所写的並未能将自己真正所感的加以充份适当的表达。此种情况盖正如陆机在其文赋中論及写作时之所言："每自属文，尤见其情，恒患意不称物，文不逮意"。此正所谓"区区情事総难

第110页

20×15=300　Chool·20·87·10　四川大学历史研究所稿纸

符"也。何况小词情致之深隐幽微固有更甚於一般其他诗文者，则其"区区""难符"自亦更有甚於陆机文赋之所言者。昔陆机以赋体写为文论，曾为千古之绝唱，今静安乃以一极短小之令词的体式，用象喻之笔写出了含蕴如此丰美的词論，这在词之写作的领域中，自然更是一种极可重视的开拓和成就。

第111页

20×15=300　Chool·20·87·10　四川大学历史研究所稿纸

118 112.
121, 123? 124.

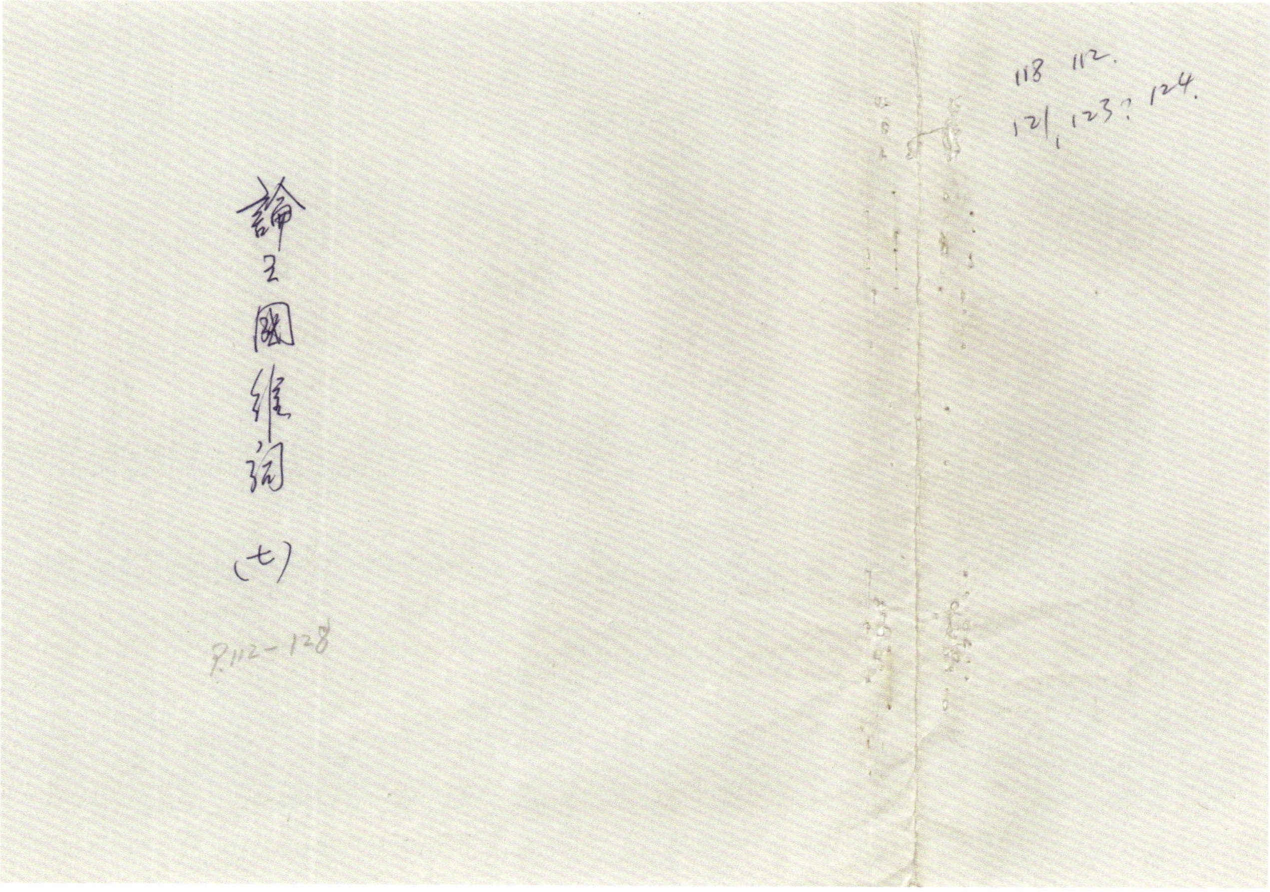

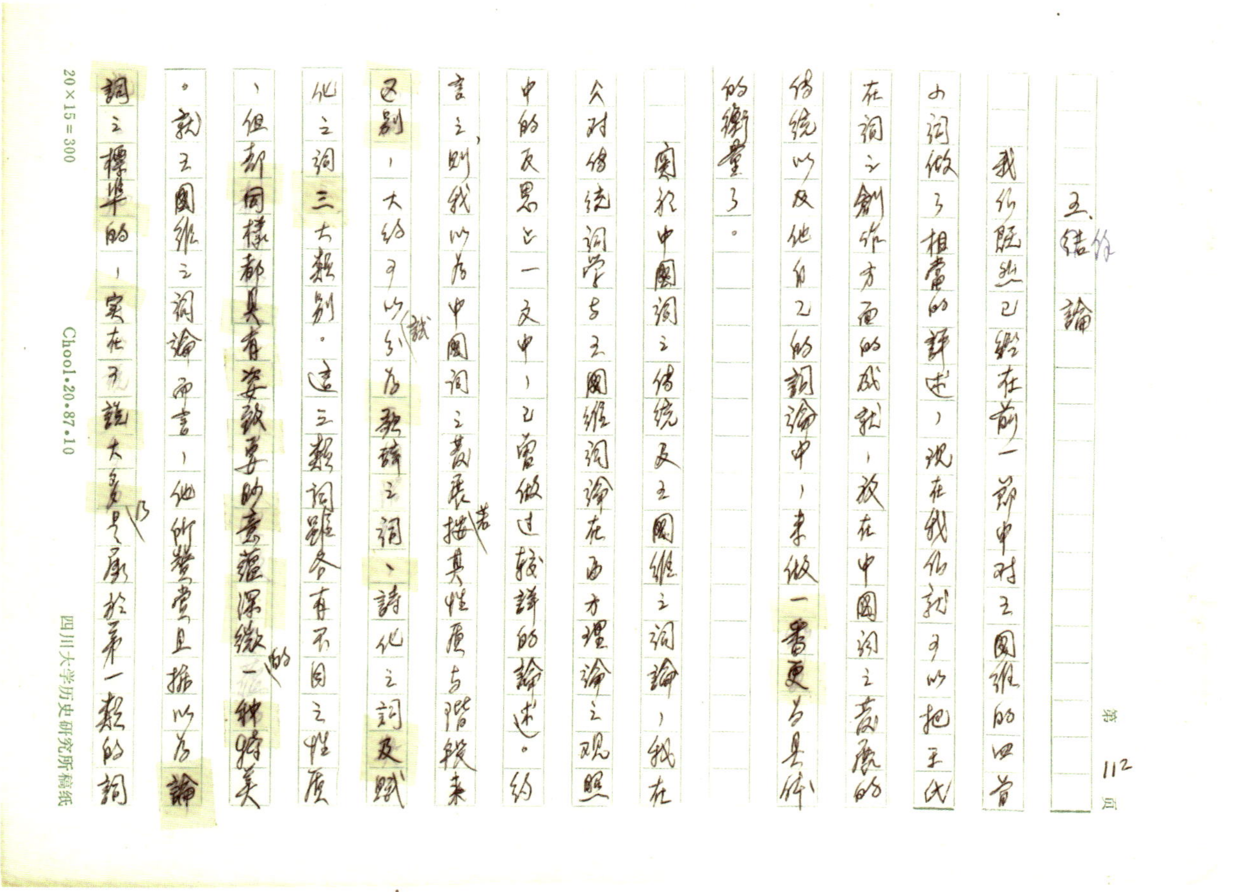

論王國維詞

（七）

P.112-128

第 112 頁

五、結論

我們既然已經在前一節中對王國維的四首小詞做了相當的詳述，現在我們就可以把王氏在詞之創作方面的成就，放在中國詞之發展的傳統以及他自己的詞論中，來做一番更為具體的衡量了。

關於中國詞之傳統及王國維之詞論，我在《對傳統詞學與王國維詞論在西方理論之觀照中的反思》一文中，已曾做過較詳的論述。約言之，則我以為中國詞之發展，若按其性質與階段來區別，大約可以分為歌辭之詞、詩化之詞及賦化之詞三大類別。這三類詞雖各有不同之性質，但卻同樣都具有要眇宜修的美感深微的一種特美。就王國維之詞論而言，他所標舉且據以為論詞之標準的，實在乃就大多是屬於第一類的詞

20×15=300　Chool·20·87·10　四川大学历史研究所稿纸

本节将王国维在词之创作方面的成就放在中国词之发展的传统及其自己的词论中进行衡量。

作，至於第三類之詞作，則王氏乃幾乎完全不能欣賞。所以他在《人間詞話》之開端，於提出了「詞以境界為最上，有境界則自成高格，自有名句」之說時，緊接著此一標舉所舉出來的代表作品就是「五代北宋之詞所以獨絕者在此」。因此他在《人間詞話》中乃特別對於屬於第一類之詞的南唐之馮、李，及北宋之晏、歐諸家所欣賞，而對於屬於第三類之詞的南宋之白石、夢窗諸家，則屢有微辭。那就因為王氏所體認到的詞之要眇深微之美，乃是屬於以自然之感發引起讀者自由之聯想的一種特質。而這也就正是那些本無言志之用心，而卻於無意中流露有作者心靈之本質的那些屬於第一類歌辭之詞的一種主要的特質。而另一方面，則屬於第三類的賦化之詞，既全以思力安排取勝，故其要眇深微之美乃與第一類詞的要眇深微之美有了本質上

第113頁

的根本歧異。第一類詞的要眇深微之美主要是在以直接的感發來觸引讀者多方之聯想，而第三類詞的要眇深微之美，則主要是在以作者之安排的思力來引起讀者對其深隱意旨的探索和猜測。王氏對詞之欣賞和評說既主要都以詞中所傳達的感發之本質為依據。因此對於以思力安排取勝的第三類詞遂一直不能加以欣賞，這自然可以說是在他自己的評詞觀念下，所造成的必然的結果。然而值得注意的則是，王氏自己的創作實踐與他自己所標舉的詞論之間，卻發生了一種微妙的偏差。那就是他在創作時雖然是向著第一類詞的標舉去努力，而且自表面看來其小令之形式和某些以美女及愛情為主的內容也與第一類詞大有相似之處。然而其真正的性質卻不僅偏離了第一類之詞，而且有著向第三類詞去轉化的現象。下面我們就將要對王詞的這種偏離轉化之現象，略加討論和說明。

第114頁

王国维自己的创作实践与他所标举的词论之间发生了一种微妙的偏差。

产生偏差最基本的原因就是王氏对词之创作多不免是有心用意为之。所谓“有心用意”，则又可分为以下几个方面。其一是在王氏所处时代，词已经成为与诗相同的言志抒情的一种文学形式，使得王氏在写词时不免于有心用意为之，因而遂使其自己所写之词与他所赞赏的第一类词之间产生了微妙之偏差。其二是王氏在创作的同时，也从事于词之批评理论的研究，因此当他自己创作时，不免要做有心之追求，遂使得

第115页

談到王氏在詞之創作方面與其理論方面所表現出的微妙的偏差，我以為造成此種偏差的一個最基本的重要原因，就是王氏對詞之創作多不免是有心用意為之。而所謂「有心用意」，則又可分為以下幾個方面來加以說明：其一是由於王氏寫詞之時代距離五代北宋之時，已有了極大的不同，在五代北宋之時，詞只是在歌筵酒席間供人歌唱的曲子，而在王氏之時代，則詞已經成為了與詩相同的言志抒情的另一種文學形式，這自然是使得王氏在寫詞時不免於有心用意為之，因而遂使其自己所寫之詞與他所贊賞的第一類詞之間產生了微妙之偏差的第一個因素。其次則由於五代北宋之作者在寫作曲詞寫歌詞時，本無任何寫詞之理論横亘於心中，而王氏則在創作的同時，也從事於詞之批評理論的研究，他

20×15＝300　Chool·20·87·10　四川大学历史研究所稿纸

第116页

既然在理論的研究中，首提了詞之佳者是要有一種「要眇宜修」之特美，和一種「在神不在貌」的「言長」之意蘊，（也就是本文前面所提出的「境界」之第三層義界）因此當他自己從事於創作之時，遂不免要對這種特美和意蘊做有心之追求，而即此有心追求之一念，遂使得他的追求的努力與他所追求的目標之間，有了南轅北轍的歧異，這自然是使得王氏所寫之詞與他所贊賞的第一類詞之間，產生了微妙之偏差的另一個因素。其三則王氏本是一個耽於深思哲想的學人，即如他在《靜安文集續編》的兩篇《自序》中之所言，他曾是由於「疲於哲學有日矣」以後，才「漸由哲學而移於文學，而欲於其中求直接之慰藉」，而其研究哲學則是由於「人生之問題日往復於吾前」，因此在王氏之詞中乃處處充滿了一種對人生哲理的反省和

20×15＝300　Chool·20·87·10　四川大学历史研究所稿纸

（接前）他的追求的努力与他所追求的目标之间，有了南辕北辙的歧异。其三是王氏本是一个耽于深思哲想的学人，在其词中处处充满一种对人生哲理的反省和深思，也使得他所写的词与他所赞赏的第一类词之间，产生了微妙的偏差。

王国维之词与第三类赋化之词有着极大的差别。其一，就形式而言，第三类词之作者大多作长调，而王氏则是作小令；其二，就内容而言，第三类词之作者大多叙写现实中之政治伦理或某些实有之情事，而王氏则是用一些具体的事物来喻写某种抽象之哲思。

第117頁

深思，這自然是使得他自己所寫的詞，与他自己所鍾愛的第一類詞之間，產生了微妙之偏差的又一個重要因素。綜合以上三點因素來看，王氏自作之詞与其所鍾愛的第一類詞之間的偏差，主要既是由於一切皆不免有以用意為之，而"有心"之思力与安排則正為第三類詞之特質。是則就此一點而言，王氏遂与其所不能賞愛的第三類詞反而有了相近之處了。然而事實上則王氏之詞与第三類之詞雖然同不免於有用意以為之，但二者間却又有着極大的差別。其一、就形式而言，第三類詞之作者大多便是以思力及安排用之於長調之寫作，至於短小之令詞則一般仍沿用五代北宋以來的自然婉約之風格。而王氏則是以思力及安排用之於小令之寫作，而令詞之性質与長調之性質既有所不同，其

20×15＝300　Chool·20·87·10　四川大学历史研究所稿纸

第118頁

用思与安排之方式自然就也有了不同，長調之思力与安排多用之於敘寫之手法，而王氏則多用以求用意之深刻，因之其藝術風格自然就也有了很大的不同，這是王氏与第三類詞之間的第一點差別。其次，再就內容而言，第三類詞之作者大多是以思力之安排來敘寫現實中之政治倫理或愛情方面的某些實有之情事，而王氏則是以思力之安排藉用一些具体的物象或事象來喻寫其內心中的某種抽象之哲思。故其以思力安排而為詞雖同，然而其所喻寫之內容与其所以喻寫之方式則並不相同，這是王氏之詞与第三類詞之作同異最重要的又一點分別。從以上的分析來看，王氏之詞与第一類及第三類之詞，既然都有着相似而實不同的差別，那么王氏之詞与第二類詞之間的關係又如何呢？關於第二類詞之特質，我在《從傳統詞學》一文中，也已曾有所論述。我以

20×15＝300　Chool·20·87·10　四川大学历史研究所稿纸

王国维之词与第二类诗化之词在具有明白的抒情言志之用心方面，有一些相近之处，但二者在本质及表现方式两方面，有着极大的差别。就本质而言，第二类词在直抒情志的同时，往往仍能具有一种要眇深微之意致；而王国维之词在直叙方面有过于单调直接之感，但在哲思方面则较第二类词更为深入。就表现方式而言，第二类词在遣字谋篇甚至用典使事上往往皆能举重若轻，有一片神行的自然之致；而王氏则常不免以有心安排之托喻为之，且令人有殚思竭智之感。

第119页

為第二類的詩化之詞既然已有了明白的言志抒情之用心，因此其最容易產生的一個流弊，就是在說出以後失去了詞所具有的那種要眇深微之特美。故可此類詞之佳者，乃必須要求作者在情志的本身方面先就具有一種曲折深微之性質，而且還須能將此種本質與詞之藝術形式做出完美的結合，如此方能在明白言志的作品中，也仍能保有詞之要眇深微的一種特美。此類詞自當以北宋之蘇軾及南宋之辛棄疾二家為代表。如果以王氏之詞與此一類詞相比較，我們就會發現王氏在具有明白的抒情言志之用心的一點，雖然與此一類詞有相近之處，然而二者在本質及表現方式兩方面，卻實在都有著極大的差別：先就本質方面而言，則蘇、辛二家詞之胸襟志意，其間固變化之處，自非王氏所能及，

20×15＝300　Chool·20·87·10　四川大学历史研究所稿纸

第120页

。因此蘇、辛二家詞往往在直抒情志的作品中，也往往仍能具有一種要眇深微之意致。而王氏之詞如用直敘則不免令人有過於單調直接之感。但王氏之哲思的深至之處，則也非蘇、辛二家之所有。此其差別之一。再就表現方式而言，則蘇、辛二家詞之遣字謀篇甚至用典使事往往皆能舉重若輕，有一片神行的自然之致，而王氏則常不免以有心安排之托喻為之。且令人有殫思竭智之感。此其差別之二。是則王氏之詞與第二類詞乃雖有相似而實不同者在矣。

經過了以上的比較，對於王氏之詞，我們自然不難在中國之「詞」的這種文類的大結構中，為之找到一個適當的位置。總之，王氏之詞在我國「詞」之傳統中，固無愧於是一位既有繼承和融匯、又有轉化和開拓的重要作者。而

20×15＝300　Chool·20·87·10　四川大学历史研究所稿纸

王国维在我国“词”之传统中，无愧于是一位既有继承和融汇，又有转化和开拓的重要作者。他的哲思之内容与他的带有理论之反思的写作方式，更充分显示了中国词之发展，在当日接受了西方思潮之影响以后的一种新的意境和趋向，这种划时代的开拓和成就是极可重视的。

且他的哲思之內容與他的學有理論之反思的寫作方式，更充分顯示了中國詞之發展，在接受當日西方思潮之影响以後的一種新的意境和趋向，這種划时代的意相和成就當然是值得重視的。而对於這一類詞，我们自然也就不能僅以舊傳統的評賞方式，对之做但憑直感的概念式的評說；而應該要用一種綜合有張惠言及王國維兩家評說詞之理論，同時既重視思索之聯想，也重視語碼之推尋，且應采用西方精密的思辨方式对之做一種多角度多方面的，既有感性也有知性的評賞，如此才能对之做出較為正確和深入的理解和評說，本文对王氏這四首小詞的討論，可以說就是对於這种評說方式所做的一点粗淺的嘗試。

本来寫完上面一節本文已可告一結束，但我却覺得还有一些话应在此略加説明的，那就

第 121 页

20×15=300　Chool·20·87·10　四川大学历史研究所稿纸

是对王词中的一些缺点应如何看待的问题。以前台湾大学的馮承基先生在其所寫的《人間詞話王靜安詞》一文中，曾經对王词提出过以下几项缺点：其一是王词往往模擬古人词语，对此一缺点馮氏曾舉王词为例，謂其《蝶戀花》词之「郎似朝陽、妾似傾陽藿」二句，擬自王士禛之「郎似桐花、妾似桐花鳳」；其《點絳唇》词之「濕螢火大，一一風前墮」二句，擬自周邦彥之「水面清圓、一一風荷舉」云云，以为「讀靜安此類詞，時時見古人面目。如入季龍高行，雖覺琳瑯滿目，率非自家語也」。其二是王词之句法語意多有重複之處，对此一缺点馮氏也曾舉王词为例，謂其詞句如「人間相媚爭如許」、「人間何地著疏狂」、「人間夜色還如許」、「人間夜色尚蒼蒼」等，「屢用『人間』字，

第 122 页

20×15=300　Chool·20·87·10　四川大学历史研究所稿纸

为王国维词在中国之“词”这种文类的大结构中找到一个适当的位置之后，叶先生提出了对王国维词中一些缺点如何看待的问题。

第123页

並在落句，殊少變化」。又謂其「人間須信思量錯」、「人間總被思量誤」等句，则「並意義亦從同矣」。其三是王詞叙寫之方式「往往於收束處取一二典故字面略事騰挪，或掉轉一筆，或翻進一步，意欲令收處有力量、饒韻味，遂成公式」，对此一缺点，馮氏亦曾舉王詞為例，謂其詞句如「已恨平蕪隨雁遠，暝烟更界平蕪斷」与「已恨年華留不住，爭知恨裡年華去」，及「到得蓬萊，又值蓬萊淺」与「見說他生，又恐他生淺」諸句，皆「用同一手法」，几成套數」。除此三項缺点外，馮氏更曾歸納王詞之所以有此諸缺点之基本原因，謂「其病在刻意為之，類賈島吟詩未免落小家樣」，又評王詞不工長調，謂「亦尊小令之說有以自誤。故王詞一涉中長調，便不能精神貫注一氣呵成

20×15＝300　Chool•20•87•10　四川大学历史研究所稿纸

第124页

」。馮氏的這些批評，我以為都極能切中王詞之弊。（馮文見於台灣《大陸雜誌》29卷又期）。对於王詞的這些缺点，私意以為亦自有其所以形成之种种因素。先就其第一点模擬古人辭語的一項缺点來看，在本文第二節中論及王氏詞論中「借古人之境界為我之境界」一則詞話时，我們已曾述及王氏对於模擬古人辭語的看法，乃是只須「自有境界」。若依此一觀点而言，则王詞雖多模擬古人辭語，但却實在是「自有境界」的，我想這很可能就是王氏之所以往往公開襲用古人詞句而絲毫不加迴避的一個主要的因素。此其一，若再就其第二与第三兩項缺点而言，则王詞中句法語意之多有重複，以及其叙寫方式之往往使用同一手法的這两种現象，我們或者可以引用西方近代意識批評之說來对之略加說明。我在《傳統詞說》之一文中之「從西方文論看中國詞學」一節內，曾經提到过此

20×15＝300　Chool•20•87•10　四川大学历史研究所稿纸

叶嘉莹先生指出，王国维词之缺点自有其形成之因素，读者不必为贤者讳。

一派批評理論中的「意識型態」（Patterns of consciousness）之說，他們認為在很多偉大的作者的作品中，都可以尋找出其心靈意識的一種基本型態。王詞中句法語意之時有重複，以及其敘寫方式之往往用同一手法，實在也可以視為正是「王氏心靈意識之基型」的一種表現。美國威斯康辛大學的周策縱先生，在其《論王國維人間詞》一書中（香港萬有圖書公司一九七二年版），就曾對王詞中屢用「人間」二字之次數加以整理歸納，（且既以「人間」名其詞集，又以「人間」名其詞話。）謂其共有三十八次之多。於是周氏最後遂對此一現象加以解釋，以為此正證明王氏之思想感情乃是「悲以『人間』為『人生』為念，而不能自已」。周氏當時雖未引用意識批評之理論，但其對王詞中重複使用「人間」二字所做的以王氏之思想感情為主的解說，卻實在與此一派理論中之「意識型態」之說，頗有暗合之處。這種理論實在可以做為王詞中之句法、語意

、及敘寫手法之往往不免重複的一個最好的說明。至於馮氏批評王詞之病在「刻意」為之，則我們在前文中將王詞與第一類詞做比較時，已曾對王氏之有心用意的寫作態度，做過相當的論析。茲不縷贅。再就王氏之不善於寫中長調之詞的缺點言之，則蓋由於長調之寫作必須具備兩項基本條件：第一須有豐富之內容以供長調之鋪展。第二須有鋪排之手法以驅使內容之材料，使之不落於淺率平直之病。而就王氏之思想感情言之，則是深刻有餘而博大不足。故在內容方面其可供長調之鋪展者本已有所不足，何況王氏論詞又獨尊小令，對於以鋪排勾勒取勝的北南宋人之長調的詞，一直不能欣賞，故其乃欲以寫小令之筆法來寫長調。這就無怪乎王氏詞中其長調之數量及品質皆大不及其小令

叶嘉莹先生在《说静安词〈浣溪沙〉一首》一文中，曾经总评王词说："静安先生词数量极少……而其取径复既深且狭。以视清真、稼轩，则周、辛二公隐然词国中之廊庙重臣，而静安先生则但为一岩穴间幽居之子耳。"

之作了。
我在多年前所写的《说静安词〈浣溪沙〉一首》一文中，曾经总评王词说："静安先生词数量极少，……而其取径复既深且狭。以视清真、稼轩，则周、辛二公隐然词国中之廊庙重臣，而静安先生则但为一岩穴间幽居之子耳。"盖王氏之词乃多以思力之安排写其内心之深思哲想，此其所以既其深。而其所写之内容与用以写作之方式，则较为单调而缺少变化，此又其所以既其狭。而且其词作往往因为用思过深，遂不免减少了生动之兴发。这些缺点，我们自然也是不必为其讳的。不过我们对于一位作者的衡量，除了要对其个别之作品与个人之成就做出正确的判断以外，还应该更将此个人之成就放在一种文类之演进的大结构中，做一种

20×15＝300　Chool·20·87·10　四川大学历史研究所稿纸　127

整体性的衡量。如此我们就可以清楚地看到，王氏之词就其个人之成就而言，虽不免有过于深狭之病。但若就词这种文类的整体演进而言，则王氏之以思力来安排喻象以表现抽象之哲思的写作方式，确实是为小词开拓出了一种极新之意境。如果延续前我们对词之演进所提出的歌辞之词，诗化之词，及赋化之词而言，则王氏所开拓的词境，或者可以称之为一种"哲化"之词。这种超越于现实情事以外，经由深思默想而将一种人生哲理转为意象化的写作方式，对于旧传统而言，无疑的乃是一种跃进和突破。这种开拓对于后世之词人而言，本来应该大有可供发挥的余地。只是由于五四以来的白话文与白话诗之兴起，使王氏所开拓出来的词境，未能得到应有的发扬与继承。然而王氏自身所

20×15＝300　Chool·20·87·10　四川大学历史研究所稿纸　128

若就词这种文类的整体演进而言，王氏之以思力来安排喻象以表现抽象之哲思的写作方式，确实是为小词开拓出了一种极新之意境。王氏所开拓的词境，或者可以称之为一种"哲化"之词。这种超越于现实情事以外，经由深思默想而将一种人生哲理转为意象化的写作方式，对于旧传统而言，无疑乃是一种跃进和突破。

完成的如此精微深美的哲化的意境，这种掌握的眼光与成就，则是永远值得我们尊敬的。

一九八九年二月十六日写毕初稿
于加拿大之温哥华

五月十六日改订
于美国康桥

於加拿大之温哥华

第六章 对传统词学困惑的思考

《花间集》是中国最早的一本词集，由赵崇祚编选，成书于后蜀广政三年（940），收录18位文士的500首词。欧阳炯在序中写道："则有绮筵公子，绣幌佳人，递叶叶之花笺，文抽丽锦；举纤纤之玉指，拍按香檀。不无清绝之辞，用助娇饶之态。……因集近来诗客曲子词五百首，分为十卷。以炯粗预知音，辱请命题，仍为序引。昔郢人有歌《阳春》者，号为绝唱。乃命之为《花间集》，庶以阳春之甲。将使西园英哲，用资羽盖之欢；南国婵娟，休唱莲舟之引。"盖集中所收，大抵是供歌筵酒席之间演唱的，故在士人眼中一向被视为不能登大雅之堂的淫靡之作，但这一类不符合大雅之风范的小词却对后世文学与文化的发展产生了深远的影响，逐渐发展形成一种迥异于传统诗文而别具窈眇深微之意境的特美。

叶嘉莹先生以为中国词学是在困惑之中发展起来的，本章收录的两篇文章均是她对传统词学困惑的思考。

1990年春天，叶嘉莹先生在温哥华举行过一次题为《词中之女性与女性之词人》的系列演讲，其后结合词史之发展与词学中之困惑，参考西方女性主义文学理论，于1991年撰成《论词学中之困惑与〈花间〉词之女性叙写及其影响》一文，1992年刊载于台北《中外文学》第二十卷第8、9期，后收入与缪钺先生合著的《词学古今谈》一书。今存手稿不全，系后半部分，页码41—74，第67、68页中有一页未标页码，合计35页。

《对传统词学中之困惑的理论反思》则作于1997年，1998年4月发表于《燕京学报》新四期。此文是叶嘉莹先生"对传统词学的理论反思"这一课题所做的扼要的综合叙述。此部分手稿是叶嘉莹先生曾向台湾大学图书馆捐赠的手稿12种之一，共22页。

菩萨蛮

温庭筠

小山重叠金明灭，鬓云欲度香腮雪。懒起画蛾眉，弄妆梳洗迟。照花前后镜，花面交相映。新帖绣罗襦，双双金鹧鸪。

本文作于1991年。

No13

No. 41

其堅貞無悔之心意，乃竟與于儒家之所謂「擇善固執」的品格，及楚騷之所謂「九死未悔」的情操，在本質上有了某些暗合之處。這種富含潛能之意蘊，豈是張泌所寫的「徘徊隨行」之淺薄輕佻的調情之作之所能企及的了。（關於韋莊此詞之詳細論述，請參看江蘇古籍出版社一九八六年出版《唐宋詞鑒賞辭典》所收拙撰之評說）。

透過以上四首詞的兩兩相比較，我們已可清楚的見到，雖然同樣是敘寫美女與愛情的小詞，但其間卻果然是有着深淺高下之區分的。也就是說早期的艷歌小詞為「詞」這種新興的文類所樹立的一種特殊的美學品質，乃是特別易於引起讀者的言外之聯想，且以富於此種言外之意蘊為美的。而此種特殊之品質，與評量之標準的形成，則與早期艷歌中之女性敘寫，如溫詞中之「梳髻」「描眉」的形象和語調，以及韋詞中之許身無悔的口吻和情思，結合有極密切的關係。因為正是這些女性的敘寫，造成了一種隱喻的雙性之性質，也才造成了這類小詞的雙層意蘊之潛能。而這實在是我們要想探討中國詞學，所當具備的一點基本的認知。有了這一點認知以後，我們就可以對舊日詞學中之一些使人困惑的問題，來依次一加探討了。

首先我們要提出來一談的乃是以「比興」說詞的問題。關於此一問題，我在多年前所寫的《對常州詞派比興寄託之說的新檢討》一篇長文中，已曾有過詳細的論說，在此並不想對之再加重述。(59) 我現在只不過是想就本文所提出的一些論點，對之再加一些補充的說明。首先我們該認識到的，乃是早期《花間》的小詞，本來大都是文士們為歌伎酒女們所寫之艷歌，本無寄託之可言。至其可以令人生寄託之想，則是由於這些艷歌中所敘寫的女性之形象，所使

(24×25)　博士監製

叶嘉莹先生首先提出一谈的是以“比兴”说词的问题。在《对常州词派比兴寄托之说的新检讨》一文中，叶先生曾指出：“对于常州派的词论，如果我们能够善加别择，不为其谬说所拘，但观其在文学理论上的根本会通之处，则词体宜于表现寄托，词之写作当以情物交感为主，词之解说可以有别具会心的领悟，这些观念都可以给予我们写词或说词时很多的启示，可以对词有更为深广的体认。我们决不可以因其一部分的误谬，便将其理论全部抹杀。……更进一步来看，比兴寄托之说，既是中国传统文学批评中一项重要的理论，透过对常州派词论的分析和检讨，也许可以帮助我们对于中国文学的批评传统有更深一层的了解，如此又不至于对这种传统上的比兴寄托之说表现为盲目的信从或诋毁，这应该是我们今日想要重新衡定旧传统之文学批评所必具的一点认识。”

No. 42

用的女性之語言，以及男性之作者透過女性之形象與女性之語言所展露出來的一種「雙性人格」之感情心態，因此遂形成了此類小詞之易於引人生言外之想的双重或多重之意蘊的一種潛能。而此種潛能之作用，則是如本文在前面所引述的克里斯特娃氏之所說，其作用乃是「符示的」，而並不是「象徵的」，其符表與符義之間的關係乃是不斷在生發的運作中，而並不可加以限制之指說的。清代常州詞派張惠言的所犯的最大的錯誤，就在於他想把自己由此種符表之生發運作中所引生的某種聯想，竟然直指為作者之用心。所以常州派後起的說詞人，為了想補救張氏之失，乃對讀者之聯想說詞的方式，做了一番更為深細的探討。在這種探討中，私意以為周濟與陳廷焯二人所提出的兩段話最為值得注意。周氏在其《宋四家詞選目錄序論》中，對於有關讀詞者之聯想，曾提出過一段極妙的喻說，謂「讀其篇者，臨淵窺魚，意為魴鯉；中宵驚電，罔識東西。赤子隨母笑啼，鄉人緣劇喜怒」⑩。周氏的這段話，如果透過我們前面所引的克里斯特娃的說法來看，則周氏所謂「隨「母」」之「母」與「緣劇」之「劇」，自當是指其富含有生發之運作的文本。至於隨之而「笑啼」「喜怒」的「赤子」和「鄉人」，則是經由文本中符記之生發運作而因之乃引生出多種之感發與聯想的讀者。但此種感發與聯想又不可以作限制的指實的說明，所以周氏乃將之喻比為「臨淵窺魚」和「中宵驚電」，雖然也隱約有見，卻不能指說其品類之為魴為鯉，其方向之為東為西。至於陳廷焯則將此種難以指說的深隱

(24×25)

叶嘉莹先生指出，周济、陈廷焯二人已经对小词之富含感发作用与多层意蕴之特质有所体会，但他们受到张惠言比兴寄托说的影响，将读者所引发的偶然之联想，强指成了作者有心之托喻，根本原因在于他们对小词中之女性叙写所可能造成的双性人格之作用未能有清楚的认知。

No. 43

於文本之符号中的生發運作之潛能，而之以為「沈鬱」，而對之加以解說云「所謂沈鬱者，意在筆先，神餘言外，寫怨夫思婦之懷，寓孽子孤臣之感。凡交情之冷淡，身世之飄零，皆可於一草一木發之。而發之又必若隱若現，欲露不露，反覆纏綿，終不許一語道破」(61)這段話之可貴，我以為乃正在於陳氏畢竟一語道破的點出了「怨夫思婦之懷」與「孽子孤臣之感」之相類似的感情心態。這種體會其實已經觸及到了我們在前文所曾提出的「雙性人格」的說法。只不過在陳廷焯之時代當然還沒有所謂「雙性人格」之說法和認知，因此陳氏乃將小詞中此種由女性之敘寫而引生的符示的生發運作之關係，與傳統詩歌中之有心喻託的「象徵的」被混到的符表與符義之關係，混為了一談。不過陳氏却也曾感到了小詞之引人聯想的作用，與傳統詩歌中之以指說的喻託之意，又顯然有所不同。於是遂又對之加上了一段「若隱若現」「欲露不露」的說法。綜觀周、陳二氏之說，當然都不失為對小詞之富含感發作用多層意蘊之特質的一種體會有得之言。至於他們的私的錯誤，則就其明顯之原因言之，乃是因為他們都受了張惠言的比興寄託之說的影響，因此遂將讀者的引發的偶然之聯想，強指成了作者有心之託喻。而如果就其更根本的內在之原因言之，則實在乃由於他們對小詞中之女性敘寫所可能造成的雙性人格之作用之未能有清楚的認知。按照他們的意思來看，則小詞之所以有深淺優劣之分，原來乃是由於作者在創作意識中便有着根本的差別。一則有心寫為喻託之作，一則

(24×25)

博士監製

No. 44

但为淫靡香艳之辞。但事实上却并非如此。因为就《花间》之小词言之，其所写者本来大都只是绮筵绣幌中交付给歌女去唱的艳词，本无所谓喻託之意。至於其中某些作品之竟然使读者产生了言外之想，则我们在前文中亦已曾就其字面、语码、句法、结构等各方面，都做了分析和说明，但事实上其中却还有一个更为重大也更为基本的原因，我在当时所未曾提及的，那就是其叙写之口吻与心态的不同。温庭筠与韦庄的两首词，其叙写之情思乃皆出於女性之口吻，代表了一种女性的心态。而欧阳炯与张泌的两首词，其叙写之情思乃皆出於男性之口吻，代表了一种男性的心态。如果将此两类词一加比较，我们就会发现前者之所以特别富含有一种言外之双重意蕴，实与男性之作者假借女性之口吻来叙写女性之情思所形成的一种双性人格之作用，有着密切的关系。至於後者则直接以男性之作者，用男性之口吻来写男性对美色之含有欲念的观看与追求，则纵然此一类作品或者也可以写得生动真切，但却毕竟也只是单层的情意，而缺少了一种言外之双重意蕴的特美。

关於此种双重意蕴，我们在前面所举引的四首词例中，既然已做了相当的探讨。透过温、韦二家的两首词，我们已经清楚地看到，这些词中之「低梳髻」、「细扫眉」、及「将身嫁与一生休」等，我们所称为字质、语码、句法、结构等各方面引人产生言外之联想的因素，实莫不与我们所提出的女性之叙写及双性之人格有着密切的关系。因此「女性」与「双性」实当为形成此类小词之美学特质的两项重要因素

韦庄《菩萨蛮》五首：

红楼别夜堪惆怅，香灯半卷流苏帐。残月出门时，美人和泪辞。　琵琶金翠羽，弦上黄莺语。劝我早归家，绿窗人似花。

人人尽说江南好，游人只合江南老。春水碧于天，画船听雨眠。　垆边人似月，皓腕凝霜雪。未老莫还乡，还乡须断肠。

如今却忆江南乐，当时年少春衫薄。骑马倚斜桥，满楼红袖招。　翠屏金屈曲，醉入花丛宿。此度见花枝，白头誓不归。

劝君今夜须沉醉，樽前莫话明朝事。珍重主人心，酒深情亦深。　须愁春漏短，莫诉金杯满。遇酒且呵呵，人生能几何。

洛阳城里春光好，洛阳才子他乡老。柳暗魏王堤，此时心转迷。　桃花春水渌，水上鸳鸯浴。凝恨对残晖，忆君君不知。

No. 45

。寫到這裡，有些讀者也許會產生一個疑問，那就是以男性之作者直接用男性本身之口吻所寫的艳歌小詞，有時豈不是也可能因極家會有一種言外的意蘊深微之美？舉例而言，即如韋莊的《菩薩蠻》五首，《女冠子》二首，以及《謁金門》（空相憶）一首等作品，就都是直接用男性口吻所寫的作品。但這些作品卻迥然不同於歐陽炯與張泌二詞之淺率輕狂，而寫得極為深婉沉摯。因於此種情况之產生，私意以為其間實有一點極可注意之處，那就是這些詞雖然是用男子之口吻所寫的作品，但其所表現的情意之深摯纏綿，乃與前所舉之歐陽炯及張泌二詞之把女子視為可觀賞與追求的"他者"的態度，大異其趣，反而大有近於用女子之口吻所寫的女性的執着和無悔的懷思。此種現象之形成，遂使我想到了本文在前面所曾舉引過的勞倫斯・利普金的一些說法，利氏不僅以為男性與女性對待愛情的態度有所不同，男性往往在滿足其愛情之饑渴後便揚長而去，而女性在經歷了愛情後，則往往便對之留下無盡的懷思；利氏更以為男子只要通過對女子的了解和觀察，才能學習到棄擲和失落以後的幽怨之情。(62) 因此我們可以說凡男性之作者用男性口吻所寫的相思怨別之詞，其所以有時也因極能具含一種言外的意蘊深微之美，固正由於其在表面上雖未使用女子之口吻，然而在本質上卻實在已具含了女性之情思的緣故。如此，我們豈然就更可以明白何以《花間》中之艳歌小詞，其美學特質乃是以具含一種雙重的言外深微之意蘊為美，而《花間》詞之女性敘寫及其所蘊含的雙性之人格，則正為形成此種美學特質之兩項最基本

(24×25)

韦庄《女冠子》二首：

四月十七，正是去年今日。别君时。忍泪佯低面，含羞半敛眉。　不知魂已断，空有梦相随。除却天边月，没人知。

昨夜夜半，枕上分明梦见。语多时。依旧桃花面，频低柳叶眉。　半羞还半喜，欲去又依依。觉来知是梦，不胜悲。

韦庄《谒金门》：

空相忆，无计得传消息。天上嫦娥人不识，寄书何处觅。　新睡觉来无力，不忍把君书迹。满院落花春寂寂，断肠芳草碧。

叶嘉莹先生提出第二个要讨论的问题是词学中之所谓“雅”“郑”的问题。

No. 46

且最重要之因素。至於傳統詞學家之所以往往將本無比興寄託之艷歌，強指為有所託喻之作，造成了牽強附會之弊，就正因為他們對此種由女性與雙性所形成之特質，未曾有明確之認知的緣故。不過從另一方面言，則後世之詞也果然有一些有心為比興喻託的作品，這類詞之性質與《花間》以一派詞當然已有了很大的不同，但卻實在仍是在《花間》以詞之特質的影響下之衍變，關於此種情況，我們將留待後文，論及《花間》以詞之特質對後世之影響時，再加探討。

其次我們所要討論的乃是詞學中之所謂「雅」「鄭」的問題。如我們在前文所言，《花間》集以中所收錄的本都是歌筵酒席間的艷歌，就其所寫之美女與愛情言，固當同屬於俚俗之「鄭聲」，然而就前所舉之四首詞例來看，則其間又果然有着優劣高下之不同，所以王國維在《人間詞話》以中乃提出了「詞之雅鄭，在神不在貌」之說。至於其「雅」「鄭」之分的標準，則王氏以為乃在其「品格」之高下，因此王氏遂又曾提出了「永叔、少游，雖作艷語，終有品格」之說(63)。但既然同是「艷語」，則品格高下之依據又究竟何在？王氏對此雖並無理論之說明。可是我們卻也不難從王氏另外的幾則詞話中窺見一些消息。第一是值得注意的，乃是王氏之論詞也同樣注重言外之感發，即如其曾將晏、歐等人的一些寫愛情的小詞，擬比為「成大事業大學問者」的「三種境界」，又以「詩人之憂生」及「詩人之憂世」來評說馮延巳和晏殊的相思離別之句(64)。而馮延巳及晏、歐諸家之令詞，則正是自《花間》以一派衍化出來的被北宋評詞人目為艷歌小詞的作品。乃是這些作品又竟能

(24×25)

博士监制

No. 47

可以使讀者產生極高遠的聯想，越乎艷詞以外的聯想，這當然可能是使得王氏提出了「詞之雅鄭，在神不在貌」，以及「雖作艷語，終有品格」之說的一個重要原因。第二點值得注意的，則是王氏論詞雖然也推重引人產生言外之聯想的小詞，可是卻對於被常州詞派所推重的也可以引人生言外之想的溫韋諸的詞，有著不同的歧見，以為溫詞只是「精艷絕人」，但卻並無「深美閎約」的言外之寄託。⑮這種歧見之產生，私意以為乃是由於常州派之《詞選》的作者張惠言，與《人間詞話》的作者王國維，二人對於小詞之所具含的可能引起言外之聯想的因素，有著不同的體認之故。張氏好以比附為說，所以重在小詞中可以用於比附的文化語碼，如「畫眉」之可以引人聯想到《離騷》「眾女嫉余之蛾眉」，「深閨」之可以引人聯想到《離騷》中的「閨中既已邃遠」之類。而王氏所重視的則是作品本身之感發的品質所可能引起的讀者之聯想，而溫詞則一般說來較缺少直接之感發，且王氏又極不喜字面之比附，這很可能是王氏不認為溫詞有「深美閎約」之意蘊的一項重要原因。而王氏所重視的則是作品本身之感情品質所可能引起的感發之聯想，即如他在詞話中所舉引的晏歐等詞中所寫的某些感情之品質，與「成大事業、大學問者」，或詩人之「憂生」「憂世」者的感情之品質在基本上可以有相通之處之點。所以王氏在第一則詞話中，乃又曾提出過「故艷詞可作，唯萬不可作儇薄語」的重視感情品質之說⑯。值得注意的則是，所謂「儇薄語」的作品，大部乃是男性作者用男性口吻所寫的，視女性為「他者」的作品。而另一方面凡是用女性口吻所寫的詞，或者雖用男性口吻而卻是具含有女性之情思的作品，一般說來則大多不會有「儇薄語」的出現。經過以上的討論，我們就會有一個奇妙的發現，

(24×25)

博士监制

“我瞻四方，蹙蹙靡所骋。”诗人之忧生也。“昨夜西风凋碧树。独上高楼，望尽天涯路”似之。“终日驰车走，不见所问津。”诗人之忧世也。“百草千花寒食路，香车系在谁家树”似之。

读《会真记》者，恶张生之薄幸，而恕其奸非。读《水浒传》者，恕宋江之横暴，而责其深险。此人人之所同也。故艳词可作，唯万不可作儇薄语。龚定庵诗云：“偶赋凌云偶倦飞，偶然闲慕遂初衣。偶逢锦瑟佳人问，便说寻春为汝归。”其人之凉薄无行，跃然纸墨间。余辈读耆卿、伯可词，亦有此感。视永叔、希文小词如何耶？

关于词学中之“雅”“郑”问题，在评述了王国维《人间词话》的观点后，叶嘉莹先生指出，凡是可以引人产生深微或高远的超乎艳歌以外之联想的好词，其引发联想之因素，无论就文化语码方面而言，或者就感发之本质方面而言，原来都与小词中之女性叙写，以及作者隐意识中的一种双性的朦胧心态，有着密切的关系。

No. 48

那就是凡是可以引人產生深微或高遠的超乎艷歌以外之聯想的好詞，其引發聯想之因素，無論就文化語碼方面而言，或者就感發之本質方面而言，原來都與小詞中之女性敘寫，以及作者隱意識中的一種雙性的朦朧心態，有着密切的關係。如「畫屏」與「深閨」之類的語碼，其有合於「美人」之喻託，固自本屬於「女性」之敘寫。至於就感發之本質而言，則王國維所提出的「不可作儇薄語」之說，也足可使我們想到王氏所贊美的「雖作艷語，終有品格」的好詞，必然不會是男性作者直接用男性口吻所寫的，視女性為「他者」的輕狂之作，而當是男性作者用女性口吻所寫的，或是雜用男性口吻但却具含有女性之情思的作品，而這類作品則雖然都含有一種「雙性」之性質。這是我們對於《花間》之一派之艷歌小詞的所謂「雅」「鄭」之分，所當具備的一些最基本的認識。至於由小詞演化為長調以後，則所謂詞之「雅」、「鄭」的分別，自然就也隨之而另有了一種新的性質，也另有了一種新的評量標準。不過，其性質與標準雖然有了不同，但却也仍然受有《花間》之詞之特質的極大的影響。關於此種情況，我們也將留待後文，論及《花間》之詞之特質對後世之影響時，再加探討。

以上我們既然對《花間》之一派小詞之「比興」與「雅鄭」的問題，都做了相當的探討，現在我們就將再對此類作品之被目為「空中語」，以及「空中語」之價值與意義，也一加探討。如我們在前文所言，《花間》之詞既大多為歌筵酒席之艷歌，因此在本質上遂與「言志」之詩，有了

(24×25)

博士監製

No. 44

一種明顯的區分。也就是說詩歌之寫作對作者而言，乃是顯意識的一種自我之表述，可是詞之寫作則往往只是先付給歌女去演唱的一時遊戲之筆墨，與作者本身顯意識中的情志和心意，本無任何必然之關係。因此黃山谷在為自己所寫的艷歌小詞做辯護時，乃將之推說為「空中語」，這種說法，在黃氏本意不僅只對自己所寫的美女與愛情之詞的一種推托，而且對此類並非言志的遊戲筆墨之艷詞，也含有一種輕視之意。所以一般而言北宋人在編選詩文集時，往往並不將小詞編入正集之內，其不視之為嚴肅之作品的輕鄙之態度，自可想見。然而卻殊不知小詞之妙處，乃正在其並不為嚴肅之作，而為遊戲筆墨的「空中語」。下面我們便將把此種「空中語」之價值與意義，結合我們在前面所提出的「女性」與「雙性」之特質，略加論述。

關於「遊戲筆墨」的「空中語」之所以能在小詞中產生一種微妙的作用，我以為其主要的因素約可分為以下的幾點來看：第一點微妙的作用，乃在於這些「空中語」恰好可以使作者脫除了其平日在寫作言志與載道之詩文時的一種矜持，因而遂在遊戲筆墨中，流露出了一份更為真實的自我之本質。所以王國維在《人間詞話》中，乃曾提出說「五代北宋之詩，佳者絕少。而詞則為其極盛時代，即詩詞兼擅如永叔、少游者，詞勝於詩遠甚。以其寫之於詩者，不若寫之於詞者之真也。」這是可注意的第一點。第二點微妙的作用，乃在於小詞之所以為「空中語」，還不同於其他戲謔的筆墨，小詞之為「空中語」，乃是在自我從顯意識隱

(24×25)

博士監製

叶嘉莹先生将“游戏笔墨”的“空中语”在小词中产生的微妙作用归纳为三点：

第一，使作者脱除了其平日在写作言志与载道之诗文时的一种矜持，因而流露出了一份更为真实的自我之本质。

第二，小词是在自我从显意识隐退以后蒙上了一层女性面目的作品，因此脱除了显意识之矜持以后的自我之真正本质，与作品中之女性叙写于无意中融成了一种双性之特质。

第三，作者隐意识中之真正本质与其小词中之女性叙写之融会，完全达成了一种全出于无心的自然运作之关系，无意间具含了融变的最大的潜能。

No. 50

退以後，更蒙上了一層女性之面目的作品。因此遂使其脫除了貶意識之矜持以後的自我之真正本質，與作品中之女性敘寫於無意中融成了一種雙性之特質。這是可注意的第二點。至於第三點微妙的作用，則更在於以其為「空中語」之故，遂使作者隱意識中之真正本質，與其小詞中之女性敘寫之融會，乃完全出於無心的自由運作之關係。而這也就正是何以小詞中所寫的美女，與傳統詩歌中所寫的有心託喻之美女，在符表與符義之運作關係上，遂產生了極大之不同的一个基本原因。我們在前文所舉引的克里斯特娃之說，就曾將符表與符義之關係，分別為「符示的」與「象徵的」兩種不同之作用。有心託喻之作中的美女，其符表與符義之間的關係，乃是屬於「象徵的」作用關係，是一种可以確指的被限制了的作用關係。可是這種「空中語」的小詞中所寫的美女，則恰好因其本為並無托意的「空中語」，因此其符表中之女性敘寫，乃脫離了所謂「象徵的」關係中之固定的限制，而成為了一種自由運作的「符示的」關係。克氏以為在此種關係中，文本遂脫離了其創作者所原有的主体意識，而成為了作者、作品、與讀者彼此互相融變的一個場所。而就「空中語」的小詞而言，則更因其創作者本來就絕少明確和強烈的主体意識，而其對美女與愛情的敘寫，又如此富含女性與雙性的可能引生的微妙的作用，因此這類「空中語」的小詞，遂於無意間具含了如克氏所說的融變的最大的潛能。這是可注意的第三點。而這种「空中語」之微妙的作用，並非是

(24×25)　博士監製

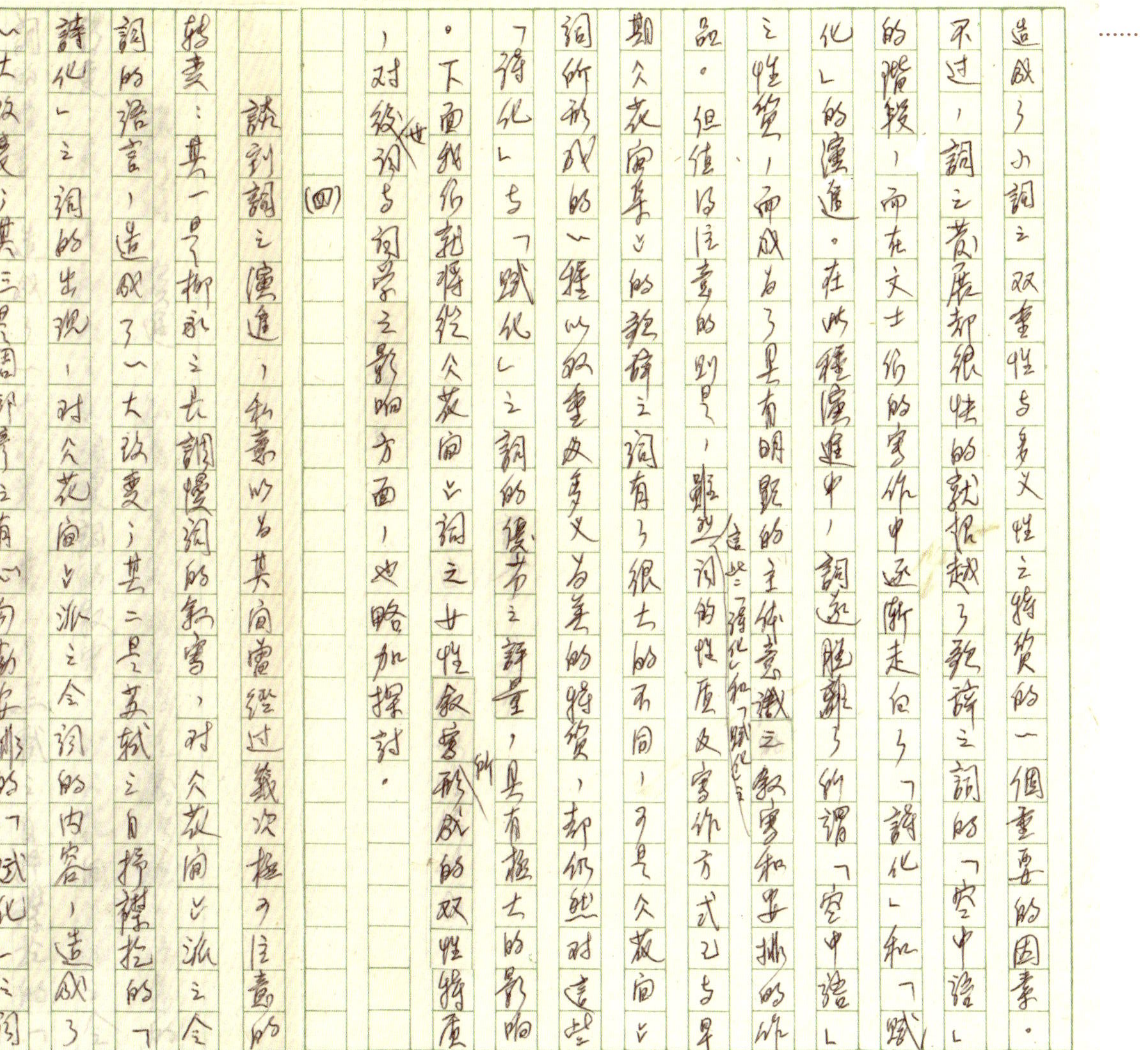
No. 51

造成了小詞之雙重性與多義性之特質的一個重要的因素。不過，詞之發展卻很快的就脫離了歌辭之詞的「空中語」的階段，而在文士們的寫作中逐漸走向了「詩化」和「賦化」的演進。在此種演進中，詞逐漸脫離了所謂「空中語」之性質，而成為了具有明顯的主體意識之敘寫和安排的作品。但值得注意的則是，雖然這些「詩化」和「賦化」之詞的性質及寫作方式已與早期之花間集中的歌辭之詞有了很大的不同，可是花間派詞所形成的一種以雙重及多義為美的特質，卻仍然對這些「詩化」與「賦化」之詞的演進有極大的影響。下面我們就將從花間派詞之女性敘寫所形成的雙性特質，對後世詞與詞學之影響方面，也略加探討。

(四)

談到詞之演進，私意以為其間曾經過幾次極可注意的轉變：其一是柳永之長調慢詞的敘寫，對花間派之令詞的語言，造成了一大改變；其二是蘇軾之自抒襟抱的「詩化」之詞的出現，對花間派之令詞的內容，造成了一大改變；其三是周邦彥之有心勾勒安排的「賦化」之詞的出現，對花間派令詞的自然無意之寫作方式，造成了一大改變。如果從表面來看，則這三大改變無疑的乃是對我們前文所曾論及的，花間派詞之女性語言、女性形象、以及由自然無意之寫作方式所呈現的雙性心態的層層的背離。因此下面我們所要探討的，自然就應是在詞之發展已脫離了花間派詞之女性與雙性之特質以後的，這些不同的詞派其美學特質之標準又究竟何在的問題了。關於此一問題，私意以為有一點極可注意之處，那就是當詞之發展已脫離了花間派詞之女性敘寫以後，雖然不再能完全保有花間派詞之女性與雙性的特質，但無論柳詞一派之佳者、蘇詞一派之佳者、或周詞一派之佳者，卻都各自發展出了一種雖不假借女性與雙性，然

(24×25)

叶嘉莹先生指出，词之演进经过了几次极可注意的转变：其一是柳永长调慢词的叙写，改变了花间派令词的语言；其二是苏轼自抒襟抱的“诗化”之词的出现，改变了花间派令词的内容；其三是周邦彦有心勾勒安排的“赋化”之词的出现，改变了花间派令词的自然无意之写作方式。

从表面来看，这三大改变是对《花间》词之女性语言、女性形象，以及由自然无意之写作方式所呈现的双性心态的层层的背离，实则其佳者都各自发展出了一种虽不假借女性与双性，却仍具含了与《花间》词之深微幽隐、富含言外意蕴之特质相近似的、另一种双重性质之特美，而这种美学特质之形成，无疑地曾受到过《花间》词之特质的影响。

No. 52

而仍具含了与《花间》小词之深微幽隐富含言外意蕴之特质相近似的，另一种双重性质之特美，而这种美学特质之形成，无疑的曾受有《花间》小词之特质的影响。王国维曾云「词之雅郑，在神不在貌」，这种脱离了女性与双性之给的各种方式的双重性质之美学特质的形成，可以说正是《花间》小词之特质的一种「在神不在貌」的演化。下面我们就将对柳词苏词与周词所发展出来的这些各自不同的双重性质之特美，分别略加论述。

首先，我们将从柳永之长调慢词对《花间》小词之语言所造成的转变说起。如我们在前文论及《花间》小词之语言特色时所言，就其语言形式来看，《花间》小词所使用者乃是比较混乱和破碎的一种属于女性化之语言形式，也就是说句子短而变化多的一种语言形式。即以《花间集》中温、韦二家所最喜用的《菩萨蛮》一调而言，全词一共不过只有八句，但却换了三次韵，每两句就换一个韵。而这种参差跳跃的变化，事实上却正是造成了如陈廷焯所称美的「发之又必若隐若见，欲露不露，反复缠绵，终不许一语道破」之富于言外之意蕴的一个重要的因素。可是柳永之长调慢词，则势不得不加以铺陈的叙述，因此柳永乃以其善用「领字」长于铺叙，为世所共称。而如果我们在前文所引用之西方女性主义对两性语言之差别的说法来看，则这种以领字来展开铺叙的语言，无疑的乃是一种属于明晰的、理性化的、有秩序的男性的语言。此一变化，遂使得柳词失去了短小之令词的「若隐若现」「欲露不露」的富含言外之意蕴的女性语言之特美，而变为了一种极为显露的、全无言外之意蕴的现实的陈述。所以温庭筠之《菩萨蛮》词所写的「宝镜」「花枝」「罗襦」「鹧鸪」等关于女性的描述，乃使读者可以生无限言外托喻之想，而柳永之《定风波》词所

(24×25)

博士监制

郑文焯与人论词遗札（转引自龙榆生《唐宋名家词选》）：屯田，北宋专家，其高浑处不减清真。长调尤能以沉雄之魄，清劲之气，写奇丽之情，作挥绰之声。私辑柳词之深美者，精选三十余解，更冥探其一词之命意所注，确有层折，如画龙点睛，神观飞越，只在一二笔，便尔破壁飞去也。盖能见耆卿之骨，始可通清真之神。不独声律之空积忽微，以岁世绵邈而求之至难，即文字之托于音，切于情，发而中节，亦非深于文章，贯串百家，不能识其流列。

叶嘉莹先生以为，柳永的长调慢词，无论是被人讥为“俚俗”“媟黩”的作品，还是被人称为“言近意远”“神观飞越”“一二笔便尔破壁飞去”的佳作，对《花间》令词之语言曾造成了一大改变，但《花间》令词所形成的以富含言外之意蕴为美的美学之要求，则即使在柳词中也仍然是判断其优劣的一项重要的准则。

No. 53

寫的「暖酥消，膩雲嚲，終日厭厭倦梳裹」和「針線閑拈伴伊坐」等關於女性的描述，乃不免為人所譏了。不過，柳永除去此一類被人譏為俚俗「媟黷」的作品以外，卻實在還更有一類被人稱為「言近意遠」，「神觀飛越」，「一二乘便可破壁飛去」的佳作⑱，而所謂「破壁飛去」，事實上其所贊美的便應該仍是一種寓於言外之意蘊的特美。那么柳永在以其領字鋪敘變小詞之錯綜含蓄為淺露之寫實以後，又是怎樣達成了另外一种「破壁飛去」之特美的呢？關於此點，我以為主要蓋在於柳永在寫相思離別的作品中，竟然加入了一種失志不遇的成分，而對此種悲慨柳氏又往往不做明白的敘說，卻將之融入了對登山臨水的景物敘寫之中，於是相思離別之情與失志不遇之悲慨遂造成了一種雙重之性質，景物的敘寫與情思的融合又造成了另一種雙重之性質，於是遂形成了其「破壁飛去」的一種特美。於柳永的這兩類詞，我們只可看出雖然其長調慢詞對《花間》令詞之語言，曾造成了一大改變，但《花間》令詞的形成的以富含言外之意蘊為美的美學之要求，則即使在柳詞中也仍然是判斷其優劣的一項重要的準則（關於柳詞之詳細論述，請參看《靈谿詞說》中拙撰《論柳永詞》一文）。

其次，我們將再看蘇軾自抒襟抱的「詩化之詞」對《花間》派令詞之內容所造成的改變。如我們在前文所言，《花間》詞內容所敘寫者，乃大多以美女與愛情為主，而蘇詞則以「一洗綺羅香澤之態」著稱⑲，一變歌詞之豔曲，而使之成為了可以抒寫個人之襟抱與情志的另一種形式的

(24×25)

博士監製

胡寅《酒边词序》：词曲者，古乐府之末造。然文章豪放之士，鲜不寄意于此者，随亦自扫其迹，曰浪谑游戏而已。柳耆卿后出，掩众制而尽其妙，好之者以为不可复加。及眉山苏氏，一洗绮罗香泽之态，摆脱绸缪宛转之度，使人登高望远，举首高歌，而逸怀浩气，超然乎尘垢之外。于是《花间》为皂隶，而柳氏为舆台矣。

No. 54

词篇。其后更有南宋辛弃疾诸人之继起，于是词学中遂产生了婉约与豪放二派之分，且由此引发了无数之困惑与争议。要想解答这些困惑和争议，私意以为我们实应先对柳词与苏词之关系略加叙述。从苏轼平日往往以己词与柳词相比较的一些谈话来看，苏氏对柳词盖有两种不同之态度。一方面是对柳词之所谓「俗俚媟黩」之作的鄙薄；另一方面则是对柳词之所谓「神观飞越」之作的赞赏。关于此两方面之关系，早在《论苏轼词》一文中，我对之已曾有相当之论述，兹不再赘。(70) 至于本文所要做的，则是将柳、苏之关系放在本文所提出的《花间》词之女性叙写所形成的词之美学特质中，再加一番更为根本的观察和探讨。如前文之所述，柳词之被人讥为俗俚媟黩者，主要原因盖不在其所写之内容之为美女与爱情，而在于其所使用之语言形式，使之失去了《花间》词之在写美女与爱情时语言所蕴含的双重意蕴之潜能。至其被人称赏为「神观飞越」者，也不在其所写的单纯的秋士易感之悲，或登高临远而已，而在其能将二者相融会所产生的一种富含双重意蕴之美。至于苏轼对柳词，则是只从表面见到了其淫媟之失，与其超越之美，但却对其所以形成此种缺失与特美之基本因素，也就是对其是否具含言外双重之意味的一种美学特质，未曾有真正的体会和认知，因此苏词所致力者主要乃在一反柳词的淫媟之作风，而以自抒襟抱「一洗绮罗香泽之态」者为美，而对其是否具含双重意蕴的一点，则未曾加以注意。因此苏轼对词之开拓与改革，乃造成了一种得失互见的结果。而在苏词之影响下

(24×25)

No. 55

，对后世之词与词学，遂形成了几种颇为复杂的情况。因此我们对之也不得不略费笔墨来做一点较详的论述。

先就词之写作一方面而言，此一派"诗化"之词的得失，约可分为以下三种情况：一类是虽然改变了《花间》词之女性叙写的内容，然而却仍保有了《花间》词的形成的以双重意蕴为美的词之美学特质者；另一类则是既改变了《花间》词之内容，也失去了词之特美，然而却由于其"诗化"之结果，而形成了一种与诗相合之特美者；再一类则是既未能保有词之特美，也未能形成诗之特美，因之乃成为了此一类词中的失败之作品。关于第一类之作品，我们可以举苏轼与辛弃疾二家词之佳者为例证：即如我在《论苏轼词》一文中所曾析论过的《水调歌头》（明月几时有）、《念奴娇》（大江东去）、《八声甘州》（有情风万里卷潮来）诸作。以及在《论辛弃疾词》一文中所曾析论过的《水龙吟》（举头西北浮云）与《楚天千里清秋》）、和《摸鱼儿》（更能消几番风雨）诸作。可以视为是具含有词之双重意蕴之美学特质的"诗化"以后之词的佳作之代表（因篇幅及体例所限，对此不暇细述），请读者参看《灵谿词说》中所收拙撰论苏词及论辛词二文[71]。至于第二类之作品，则如张元幹《贺新郎》（梦绕神州路）、陆游《汉宫春》（羽箭雕弓）、及张孝祥《六州歌头》（长淮望断）诸作[72]，虽然缺少言外深层之意蕴的词之特美，但其激昂慷慨之气，则颇富于一种属于诗的直接感发之力量，故亦仍不失为佳作。至于第三类之作品，则如刘过《沁园春

(24×25)

博士監製

叶嘉莹先生指出，从词之写作方面而言，以苏轼为代表的"诗化"之词的得失可分为三种情况：

第一，改变了《花间》词之女性叙写的内容，却保有《花间》词所形成的以双重意蕴为美的词之美学特质；

第二，既改变了《花间》词之内容，也失去了词之特美，然而因其"诗化"而形成了一种与诗相合的特美；

第三，既未能保有词之特美，也未能形成诗之特美，成为失败的作品。

No. 56

》（斗酒彘肩）、（玉带猩袍）、（古岂无人）诸作(73)，则但知铺张叫嚣，既无词之意蕴深微之美，亦无诗之直接感人之力，是以陈廷焯在其《白雨斋词话》中，乃谓刘过之作学但为「稼轩皮毛」，并对其《沁园春》诸词，讥之为「叫嚣淫冶」(74)，像这一类作品，其为失败之作，自不待言。透过以上的例证，我们可以看出词在「诗化」以后，固仍当以其能保有词之双重意蕴者为美。至其已脱离词之双重意蕴之特美者，则其上焉者虽或尚仍不失为长短句中之诗，而其下焉者则不免流入于粗犷叫嚣，岂止不得目之为词，抑且不得目之为诗矣。由此可见是否能保有词之双重意蕴之特美，实当为评量「诗化」之词之优劣的一项重要条件。而如我们在前文所言，《花间》派令词之所以形成其双重意蕴之特美，主要盖由于其女性叙写所形成的一种双性人格之特质。至于「诗化」之词，则既已脱离了对美女与爱情之内容的叙写，那么其双重意蕴之特美的形成，其因素又究竟何在？关于此一问题，私意以为「诗化」之词之仍能保有双重意蕴之特美者，其主要之因素，盖有二端。一则在于作者本身原具有一种双重之性格。在这方面，苏、辛二家可以为代表。就苏氏言，其双重性格之形成，主要乃在其同时兼具儒家用世之志意与道家[illegible]旷之襟怀的双重修养。就辛氏言，其双重性格之形成，则主要乃在其本身的英雄奋发之志意与外在的挫折压抑所形成的一种双重的激荡。因此苏辛二家词乃能不假借女性之形象与口吻，而自然表现有一种双重意蕴之美。此其一。二则在于其叙写之语言，

(24×25)

博士监制

陈廷焯《白雨斋词话》：改之（刘过）全学稼轩皮毛，不则即为《沁园春》等调，淫词亵语，污秽词坛；即以艳体论，亦是下品，盖叫嚣淫冶，两失之矣。

叶嘉莹先生以为“诗化”之词能保有双重意蕴之特美的主要因素有两点：一是作者本身具有一种双重之性格；二是其在“诗化”的男性意识之叙写中，仍表现出一种曲折变化的女性语言的特质。

No. 57

雖在「詩化」的男性意識之敘寫中，但卻仍表現出了一種曲折變化的女性語言的特質。在這方面，辛詞較之蘇詞尤有更高之成就。所以蘇詞有時仍不免有流於率易之處，因而損及了詞之特美。而辛詞則雖在激昂悲慨的極為男性的情意敘寫中，但卻在語言方面反而表現了一種曲折幽隱的女性方式的美感。我以前在〈論辛棄疾詞〉一文中，對辛詞之藝術手段，曾有過頗為詳細的討論，以為其對古典之運用，「乃造成了一種与使用美人芳草為喻託的同樣的效果」。而且在語法句構中又能極盡騰挪控捉的各種變化，更善於將自然之景象与古典之事象及內心之悲慨交相融會，因此遂能以騰挪頓挫出之委曲，卻造成了一種如陳廷焯所說的「發之又必若隱若現，欲露不露，反覆纏綿，終不許一語道破」的女性語言之特美。因此遂使得這一類「詩化」之詞，具含了一種双重意蘊之美，而這也正是「詩化」之詞中的一種成就最高的好詞。

以上我們既把從詞之寫作方面，對「詩化」之詞的得失優劣做了簡單的論述。現在我們就將從詞學方面，對「詩化」之詞所引起的困惑和爭議，也一加論述。我們首先要討論的，乃是所謂「本色」与「變格」的問題。如本文在前面所言，早期《花間》之詞之特色，乃在以對美女与愛情之敘寫為其主要之內容。從而遂形成了一種以「婉約」方為正格的傳統之觀念。而蘇軾對詞之內容的開拓，自然是對《花間》之傳統的一大變革。如果從這方面來看，則此種目蘇詞為變格之觀念，本來未可厚非。不過，如我們在前

(24×25)
博士監製

陈廷焯《白雨斋词话》：所谓沉郁者，意在笔先，神余言外。写怨夫思妇之怀，寓孽子孤臣之感。凡交情之冷淡，身世之飘零，皆可于一草一木发之。而发之又必若隐若现，欲露不露，反复缠绵，终不许一语道破。匪独体格之高，亦见性情之厚。

在词学方面，“诗化”之词同样引起了困惑和争议。叶嘉莹先生首先讨论的是所谓“本色”与“变格”的问题。早期《花间》词以对美女与爱情之叙写为主要内容，形成了以婉约为正格的传统观念。因对词之内容的开拓改革，苏词一派被视为变格无可厚非。但在优劣之评量方面，“本色”与“变格”并不应代表优劣高下之分。

叶嘉莹先生讨论的“诗化”之词在词学方面引起的第二点困惑和争议，是李清照提出的“词别是一家”的说法。叶先生以为李清照的“别是一家”说只限于对“协律”“故实”“铺叙”等外表音律文字特色的区分，而未能对词之最基本的以深微幽隐、富于言外意蕴为美的一种美学之特质有深入的认知。

No. 58

文之所論述，《花間》詞中同樣以叙寫美女与愛情為主之作品，既已有優劣高下之分，「詩化」之詞在「一洗綺羅香澤」之後的作品中，也同樣有優劣高下之分。是則就其詞在内容方面之開拓改革而言，雖可以有「变格」之説，但在優劣之評量方面，則所謂「本色」与「变格」之別，实在並不能代表優劣高下之分。世之以「本色」与「变格」相爭議者，便因其未能認清所謂「本色」的婉約之詞，並非以其婉約方為佳作，而主要乃在於婉約詞中對女性之叙寫，往往可以形成一種双重意蘊的美學特質，而其下者則一樣可以淪為淺率淫靡。至於所謂「变格」的豪放之詞，則其下者固可以淪為粗獷叫囂，而其佳者則同樣也可以具含一種深微幽隱之双重意蘊的詞之特美。這是我们在詞學的本色与变格之爭議中，所當具有的一点基本的認識。

接着我们所要討論的，則是女詞人李清照所提出的「詞別是一家」之問題。李氏之説，就文學中之「文各有体」的基本觀念而言，當然是不錯的。只不過李氏对「詞」之「別是一家」的認識，卻似乎只是限於外表的区分，如「協律」「故实」「鋪叙」等文字方面的問題，而对於詞之最基本的以深微幽隱富於言外意蘊為美的一種美学之特质，則未能有深入之認知。而缺少了此種認知，遂不僅影响了其詞論之正確性与圓密性，而且也影响了李氏自己之詞作，使其未能將自己所本有的才能做出更大和更好的發揮。現在我们就將透過李氏自己的詞作，來对其詞論一加檢討。如我们在前文所言，早期的《花間》詞集以女性之叙

(24×25)

李清照《词论》：逮至本朝，礼乐文武大备。又涵养百余年，始有柳屯田永者，变旧声作新声，出《乐章集》，大得声称于世；虽协音律，而词语尘下。又有张子野、宋子京兄弟，沈唐、元绛、晁次膺辈继出，虽时时有妙语，而破碎何足名家。至晏元献、欧阳永叔、苏子瞻，学际天人，作为小歌词，直如酌蠡水于大海，然皆句读不葺之诗尔。又往往不协音律者何耶？……王介甫、曾子固文章似西汉，若作一小歌词，则人必绝倒，不可读也。乃知词别是一家，知之者少。

No. 59

寫為主，是中國各種文類中最為女性化的一種文類。不過值得注意的則是，這種使用女性的語言，敘寫女性的形象，富有女性之風格的文體，最早卻是在男性作者的手中發展和完成的。至於女性的作者，則不僅以其性別的拘限，不能在以仕隱出處為主題的，屬於男性語言的詩歌創作中，與男性作者一爭短長；而且在極為女性化的文體「詞」之創作中，更因其所敘寫者多為男女相思怨別之情詞，遂因而在傳統的禮教中受到了更大的禁忌。即以李清照言，就曾因其在自己的詞中對於夫妻間之愛情有較為生動真切的敘寫，尚不免遭到詞學家王灼所謂的「自古搢紳之家能文婦女，未見如此無顧藉」(76)之譏評。私意以為李清照亦有多方面之才華，如其詩、文各體之作，皆有可觀，且無纖弱之婦

人氣，而獨於其詞作則純以女性之語言寫女性之情思，表現為「纖柔婉約」之風格，此種情況之出現，蓋皆由於李氏心目中之存有「詞別是一家」之觀念，有以致之。而李氏在當時婦女中，無疑的乃是敢於使用此種「別是一家」之文體來直寫自己之愛情的一位勇者。李清照以女性之作者，使用女性之語言和女性化之文體，來敘寫女性自己之情思，自然應該可以在其純乎純者之女性化方面，達到一種過人的成就。而且以李氏之喜好與人爭勝之性格言，在這方面也必有相當之自覺。關於此點，我們在其極為女性化的尖新而生動的修辭方面，(77)也可以得到證明。不過可惜的則是李氏乃只知其一，不知其二，只知詞之以女性化為好的一面，而忽略了詞之佳者更當具有雙性化方為好的另一面。不過，李氏在顯意識

(24×25)

博士監製

No. 60

中雖並沒有詞之作者以具含雙性之意蘊為美的觀念，但在隱意識中李氏卻實在具含了雙性之條件。那就因為李氏所出生的家庭，既是傳統士大夫的仕宦之家，而且以李氏在詩、文等各方面之成就而言，也足可証明其幼年必曾接受過很好的傳統的教育。而所謂「傳統的教育」，所誦讀者自是充滿了男性思想意識之典籍，這我們從李氏所寫的詩文中，也可以得到充分的証明(78)。因此在李氏之詞作中，乃出現了另一類超越了單純的女性而表現出雙性之潛質的作品。清代的沈曾植在其《菌閣瑣談》中論及李氏之詞時，就曾將之分別為「芬馨」與「神駿」兩類，云「隨情者醉其芬馨，飛想者賞其神駿，易安有靈，後者當許為知己」(79)。其所欣賞的「神駿」一類，私意以為就當是我在前文所提出的蘊含有雙性之潛質的作品。如其〈漁家傲〉（天接雲濤連曉霧）一首，可以為此類之代表作。只可惜這一類作品傳下來的不多，這一則固可能是由於當日編選易安詞者搜輯之未備，再則也很可能是由於李氏自己之限於「詞別是一家」之觀念，故其所寫之詞乃以偏於「芬馨」者為多，而偏於神駿者則少。是以沈氏之言就詞之美學特質來看，固頗甚為有見，但就易安言，則或者未必許為知己也。這也就是我在前文所以提出說，李氏只知其一，未知其二，遂使其「詞別是一家」之論，乃但及於外表的音律文字之特色，而未能觸及詞之美學本質，因而遂限制了李氏自己之詞的成就，使其才能未能得到更大和更好的發揮的緣故。這是我們對李氏「詞別是一家」之論，所當具的一點認識。

(24×25)

博士监制

论及周邦彦的“赋化之词”对《花间》派令词之写作方式所造成的改变时，叶嘉莹先生指出，这次改变从表面上看仅在于写作方式的不同；深入去看，则带有纠正前二类词之缺失的一种作用，进而隐含有对词之双重与多重之意蕴的深微幽隐之特质的一种潜意识的追求。

No 61

其三，我们将再看一看周邦彦的「赋化之词」对《花间》派令词之写作方式所造成的改变。从表面来看，这一次改变固仅在于写作方式之不同，但如果更深入一点去看，则我们就会发现这一次改变，实际含有对词之双重与多重之意蕴与深微幽隐之特质的一种潜意识的追求。如我们在前文所言，当柳词以理路分明之铺叙的男性之语言，改变了《花间》一派小词之婉曲含蕴的女性之语言以后，遂使得柳词中对女性与爱情的叙写，失去了《花间》一派令词之幽隐深微的多重意蕴之美，而不免流入于俗俚淫靡。苏轼有见于此，遂致力于内容之开拓改革，想借此以挽救柳词之失。不过苏词之「诗化」，基本上乃是以男性之作者来直接叙写男性之思想和情志，因此除非如苏、辛二家在男性思想和情志的本身质素方面，原就具有双重之性质，否则乃极易因其缺乏双重意蕴之美，而不免流入于浅率叫嚣。一般词学家之往往将苏、辛一派词目为「变格」而非「本色」，其「一洗绮罗香泽」之内容方面的改变，固为一因，其缺少了双重意蕴的词之特美，实当为另一更重要之原因。只不过一般人对于更为重要的次一原因，却并没有明白的反省和认知，于是遂笼统的以「婉约」和「豪放」做为了「本色」与「变格」的区分。在此种情况下，一方面既要保持词之「婉约」的「本色」，一方面又要接受词之由小令转入长调的文体之演化，而且还要避免柳永之直接铺叙所造成的浅俗之失，因此遂有周邦彦一派「赋化」之词的出现，想从写作方式方面来加强词之幽隐深微

(24×25)

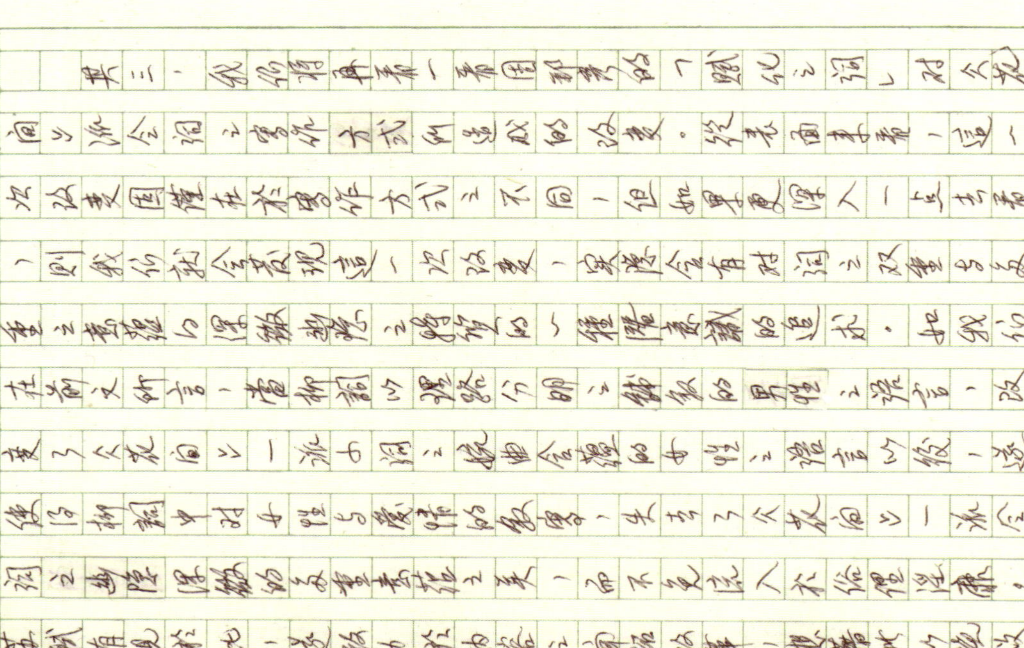

陈廷焯《白雨斋词话》：词至美成，乃有大宗，前收苏、秦之终，后开姜、史之始，自有词人以来，不得不推为巨擘。后之为词者，亦难出其范围。然其妙处，亦不外沉郁顿挫。顿挫则有姿态，沉郁则极深厚。既有姿态，又极深厚，词中三昧，亦尽于此矣。

No. 62

的特美，以避免柳詞对於花間之詞女性化之語言加以改變後，所造成的淺俗淫靡之失，以及蘇詞对於花間之詞女性化之內容加以改變後，所造成的粗獷叫囂之失。於是所謂「賦化」之詞在寫作方式方面的改變，乃大多以加強詞之幽微曲折之性質者，為其改變之主要趨向。即以周邦彥而言，周濟即曾稱「美成思力，獨絕千古」又云「鈎勒之妙、無如清真」⑧⓪此外陳廷焯亦曾稱周詞之妙處乃在其「沈鬱頓挫」，以為「頓挫則有姿態，沈鬱則極深厚」⑧①可見以「思力」來安排「勾勒」，以增加其「姿態」之變化，及意味之「深厚」，乃是所謂「賦化」之詞在寫作之方式上所致力的重点。至於就周邦彥之詞而言，則我在《論周邦彥詞》一文中已曾对周詞做过不少的論述。約言之，則其以思力為安排鈎勒的特色，大略可分為以下三点：其一是在聲律方面好為拗句，及創用「三犯」「四犯」甚至「六犯」之曲調以增加艱澀（繁難之）感。其二是在叙寫方面好用盤旋跳接之手法，以增加詞之曲折幽隱之性質。其三則是往往以有心之用意寫為蘊含託喻之作。關於以上三点，我在《論周詞》一文中，曾分別舉引其《蘭陵王》（柳陰直）、《夜飛鵲》（河橋送人處）、及《渡江雲》（晴嵐低楚甸）諸詞為例証，分別做过詳細的論説⑧②。茲不再贅。

而自周詞之寫作方式出现以後，南宋諸詞人遂不免多受有周詞之影响，因而乃造成了賦化之詞在南宋之世盛極一時之風氣。即以南宋著名之詞家如姜夔、史達祖、吳文英、周密、王沂孫、張炎諸人而言，雖然彼此不同，風格

(24×25)

博士監製

No. 63

各異，但就其寫作之方式而言，則實在可以說莫不在周詞的影响範圍之中。這種現象之出現，當然自有其外在的社會之因素，就如南宋之講尚音律與结社吟詞之風氣，當然就都有助於此種以安排鉤勒取勝的寫作方式之流行⑧③。而除此以外，私意以為實在也有詞在發展方面的本身內在之因素的存在。蓋以如我在前文所言，自小令之衍為長調，此因為詞之發展的必然之趨勢，長調之需要鋪陳，此乃為寫作上必然之要求，而过於直率的鋪陳則不免使婉約者易流於淺率，豪放者易流於叫囂，此亦為一種必然之結果。在此種情形下，「賦化」之詞的出現，從表面看來雖只是一種寫作方式的改變，但實質上却實帶有一種想要糾正前二類詞之缺失的一種作用。如此說來，自然就無怪乎周詞之寫作方式，會對南宋詞人造成如此重大之影响了。而在詞學方面，則與此種寫作方式相配合者，乃有張炎之《詞源》、與沈义父之《樂府指迷》兩種論詞專著之出現。綜觀二書之要旨，如其論句法、字面、用事、詠物，以及論起結、論过变、論虛字等⑧④，蓋莫不屬於如何安排的寫作技巧方面之事，而其所以如此重視寫作技巧之安排，主要目的又在避免柳詞一派之淫靡，與蘇、辛一派之末流的叫囂，所以張、沈二家之詞論，於重視安排技巧之餘，乃又提出了對於「雅」之要求⑧⑤。而南宋詞論之所謂「雅」，乃是特別重在句法與字面之雅，這與本文前面所舉引的王國維之所謂「詞之雅鄭，在神不在貌」之針對五代北宋詞所提出的論點，實在已有了很大的不同。因此張、沈二家之詞論，其想要挽救詞之末流的淫靡與叫囂之失的用心，雖然不

(24×25)

错，但子晋的[illegible]他们只见到了外表的语言文字，而未能对其所以造成了詞之末流的淫靡与叫嚣之失的根本原因，也就是缺少了詞之以富於引人生言外之想的双重意蕴为美的一種美学的特質，未能有深刻之反省与認知，因此一意致力於安排之技巧，与避俗求雅的结果，遂形成了另外一種得失互見的偏差。其佳者固可以藉寫作技巧之安排，使其原有之情意更增加一種深微幽隱的富於言外意蕴之美，至其下者則因其本無真切之情意，因而遂但存安排雕飾之技巧，乃全無言外之意蕴可言。而且此一類詞之深微幽隱之意致，既大多出於有心安排之寫作技巧，因此如果用我們在前文所举引的克里斯特娃的解析符號学之說来加以反思，我們就会發現此類詞中的符示与符义之间的關係，乃是屬於克氏所謂被限制了的「象徵的」作用之關係。与《花間》以一派歌辭之詞的深微幽隱的引人生双重意蕴之想的，屬於「空中語」之全然不受限制的自然生發和融匯的所謂「符示的」作用關係，其間有了很大的不同。而如果以《花間》以詞所樹立的美学特質而言，則詞之美者自當以其含蘊者之作用關係者，較前者之作用關係尤為可貴。在此種差别中，私意以為對此類賦化之詞的衡量，遂有了另一層更為深細的標準。也就是說，能在有心安排之寫作技巧中，表現有意蘊深微之美者，固是佳作；但如果其符表与符义之間的作用關係過於被拘限，則畢竟不能算是第一流的最好的作品。举例而言，周濟在評周密之詞時，就曾謂其詞如「鏤冰刻楮，精妙絕倫」，但雖「才情詣力，色色絕人，終不能超然遐举。」(86) 又在評王沂孫之詞時，謂其「思筆可謂双絕」，「惟圭角太分明，反覆讀之，有水清無魚之恨。」(87) 於是周濟在其《介存齋論詞雜著》中，乃又提出了從「有

周济《宋四家词选目录序论》：草窗（周密）镂冰刻楮，精妙绝伦；但立意不高，取韵不远，当与玉田抗行，未可方驾王、吴也。

周济《介存斋论词杂著》：公谨（周密）敲金戛玉，嚼雪盥花，新妙无与为匹。公谨只是词人，颇有名心，未能自克，故虽才情诣力，色色绝人，终不能超然遐举。

周济《介存斋论词杂著》：词以思笔为入门阶陛。碧山（王沂孙）思笔，可谓双绝。幽折处、大胜白石，惟圭角太分明，反复读之，有水清无鱼之恨。

No. 65

寄託」到「無寄託」之說。謂「初學詞求有寄託，有寄託則表裏相宣，斐然成章。既成格調，求無寄託，無寄託，則指事類情，仁者見仁，知者見知」[88]也就是說學詞之人雖可以從有心安排的寫作技巧下手，以求其富含幽微深遠的言外之意蘊，但卻同時又要超出有心安排所形成的拘束與符文之間的被限制了的作用關係，而使之達到一種可以脫除拘限的自由的作用關係，如此方為此一類賦化之詞中的最高之成就。而如果以此種標準來衡量，則私意以為周邦彥與吳文英二家之詞，實在極值得注意。周詞之佳者以「渾厚」勝，雖是以有心安排之寫作技巧為之，然而卻能「愈勾勒愈渾厚」，不僅泯滅了安排的痕迹，而且具含了一種錯綜變化「令人不能遽窺其旨」的「沉鬱頓挫」的意蘊[89]。這自然是在「賦化之詞」中的一種可注意的成就。至於吳詞之佳者，則能於艱澀沉鬱中見飛動之致。所以周濟之贊美吳詞，乃稱「其佳者，天光雲影，搖蕩綠波，撫玩無斁，追尋已遠」又云「夢窗每於空際轉身，非具大神力不能」[90]況周頤也曾贊美吳詞，謂「其芬菲鏗麗之作，中間雋句豔字，莫不有沉摯之思，灝瀚之氣，挾之以流轉，令人玩索而不能盡」[91]這自然也是「賦化之詞」中的一種可注意的成就。總之，「賦化之詞」雖是以有心安排之寫作技巧，改變了《花間》詞之「空中語」的以自然無意為之的寫作方式，但此類詞之佳者，其仍以具含一種深微幽隱難以指說的雙重或多重之意蘊為美的衡量標準，則是始終未變的。因此周濟所曾提出的「臨淵窺魚，意為魴鯉。中宵驚電

(24×25)

博士監製

叶嘉莹先生认为，虽然“赋化之词”以有心安排之写作技巧，改变了《花间》词之“空中语”的以自然无意为之的写作方式，但其佳者仍以具含一种深微幽隐、难以指说的双重或多重之意蕴为美。

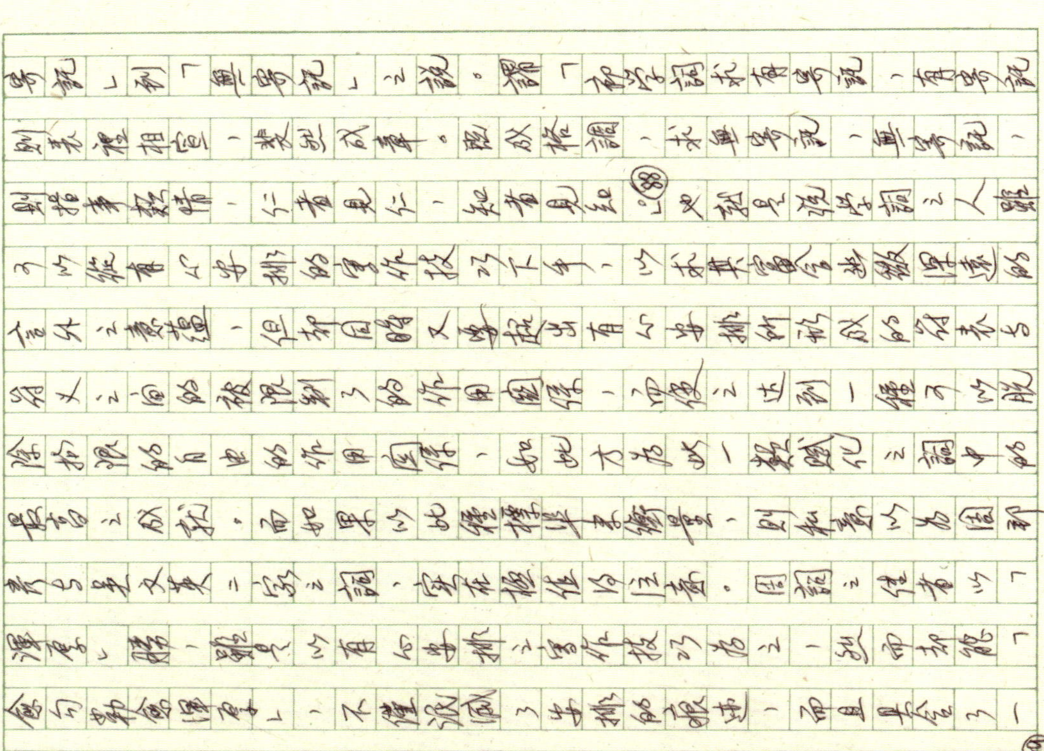

No. 66

、因襲東西」的一種詞所特具的微妙之感發的作用，遂不僅可以適用於「豔詩之詞」的佳者，也同樣可以適用於「賦化之詞」的佳者了。於是詞學中之「比興寄託」之說，遂也從五代北宋之本無託意而可以引人生比附之想的情況，轉入為一種從有喻託之深意，而却以使人難於指說為美的情況了。

通過以上的論述，我們已可清楚的見到，詞在不斷的演進中，雖然曾經過了三次重大的改變，但無論是柳永的長調之敘寫對《花間》之令詞之語言的改變，蘇軾的詩化之詞對《花間》之令詞之內容的改變，或周邦彥的賦化之詞對《花間》之令詞之寫作方式的改變，儘管他們的這些改變，已曾對《花間》之詞之女性敘寫與雙性心態做出了層層的背離，可是由《花間》之詞之女性敘寫與雙性心態所形成的以富含引人聯想的深意為美的一種美學特質，則始終是衡量詞之優劣的一項重要的要求。過去的詞學家們之所以會對於詞之雅鄭的問題，詞之比興寄託的問題，詞之本色與豪放的問題，詞與詩化與賦化以及如何加以評賞和衡量的問題，張惠言與王國維二家說詞之以不同的方式重視言外之感發的問題，不斷地產生種種困惑與爭議，私意以為盡皆由於舊日的詞學家，不敢正視《花間》詞中之女性敘寫，未嘗對之做出正面的美學特質之探討的緣故。若望本文通過西方女性主義文評，對於中國之「詞」這種特別女性化之文類的美學特質之形成與演變，所做出的一番反思，對於解答舊日詞學中的這些困惑與爭議的問題，能夠

(24×25)　博士監製

叶嘉莹先生认为，尽管词在发展演进中，已不再能完全保有《花间》词之女性语言、女性形象及双性心态之特质，然而无论是柳词一派之作品、苏词一派之作品，或周词一派之作品，凡是其中被认为是佳作的好词，则大多仍都具含有一种深微幽隐的言外之意蕴。也就是说，在词的演进中，虽然写作之语言、写作之内容及写作之方式，都已发生了种种变化，但是由《花间》词所形成的、以富于深微幽隐的言外之意蕴为美的此一期待视野与衡量标准，则一直没有改变。

No. 67

提供一点帮助。

关于中国文学批评之有待于西方理论的补充和拓展，早在六十年代，当我撰写《从比较现代的观点看几首中国旧诗》一文时，就早已有了此种认知(92)。其后在七十年代初，当我撰写《王国维及其文学批评》一书时，更曾在书中第二编之第一章，对此一问题做过相当理论性的探讨(93)。不过，不久以后我就注意到了有些青年学者在盲目引用西方理论来评析中国古典诗歌时，往往会因旧学根底之不足，而产生了许多谬误和偏差，因此我遂又撰写了《关于评说中国旧诗的几个重要问题》之一篇文稿，想对此种偏差加以补救和纠正(94)。而其后自八十年代初，我与四川大学缪钺教授合撰《灵谿词说》以来，遂久已不复引用西方之文论。然而时代之运转不已，就目前世界情势言，中国之古典文学批评确实已面临了一个不求拓展不足以更生自存的危机。因此近年来我遂又撰写了几篇在西方理论之光照中，对中国传统文学批评加以反思的文稿(95)。这些文稿如果从传统的眼光来看，也许会不免被目为荒诞不经，而如果从现代的眼光来看，则似乎与西方理论也并不完全相合，而我的用意则本是取二者之可通者而融汇之，而并非全部的袭用。所以我不久前在《论纳兰性德词》之一篇文稿中，就曾写有「我文非古亦非今，言不求工但写心」两句诗(96)。而我现在则更想引用克利斯特娃的两句话来做自我辩解，那就是「我不跟随任何一种理论，无论那是什么理论」。

一九九一年九月三日完稿于哈佛燕京图书馆

(24×25)　博士監製

叶嘉莹先生一向以为，关于中国文学批评之有待于西方理论的补充和拓展，引用西方理论评析中国古典诗歌，乃是取二者之可通者而融会之，而并非全部的袭用。缪钺先生曾在致叶嘉莹先生的信中称赞此文道："体大思精，目光贯彻古今中西，融合西方女性主义文论，反观《花间》诸词，创发新义，探索秘奥，确实是一篇杰构。"

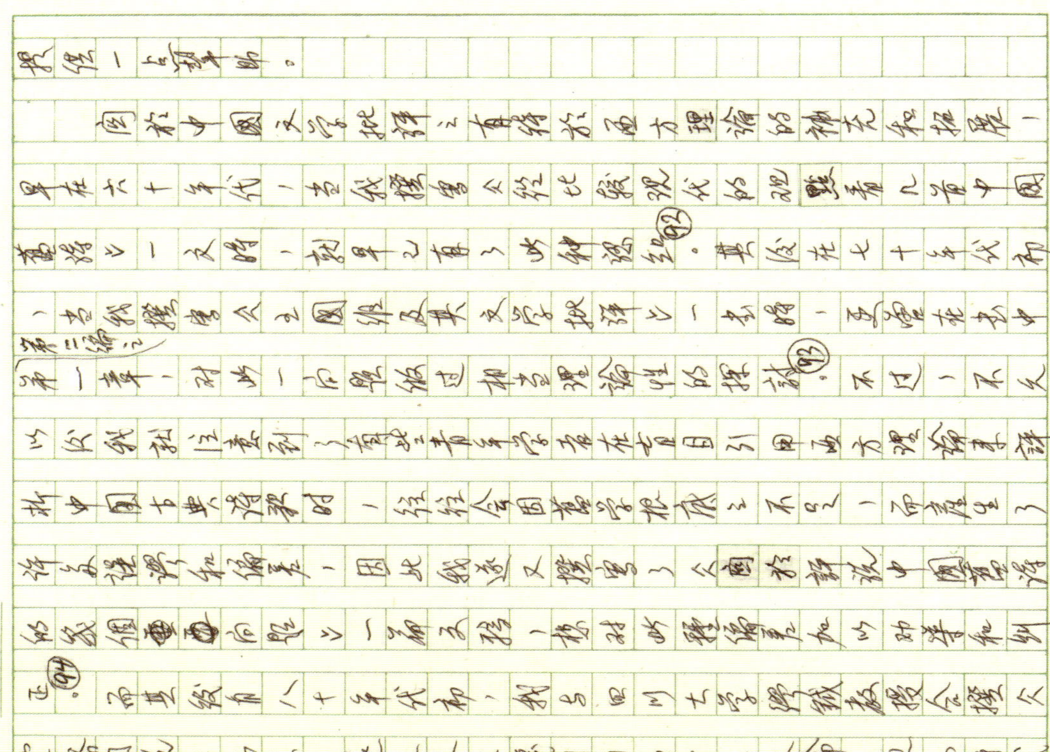

注釋

1. 魏泰《東軒筆錄》卷五頁三三七（見《筆記小說大觀》第二八編，冊一。台北，新興，一九七九）。
2. 胡仔《苕溪漁隱叢話．前集》卷二六，頁一七八（北京，人民文學，一九六二）。
3. 張舜民《畫墁錄》，引自許士鸞《宋艷》卷五（見筆記小說大觀》冊六，頁六二〇三。仝注1，一九六二）。
4. 釋惠洪《冷齋夜話》卷十。（見《筆記小說大觀》，第廿二編，冊一，頁六四二，仝注八，一九七八）。
5. 王灼《碧雞漫志》卷二，頁一下，及二下（見《詞話叢編》冊一，頁廿二及廿四，台北，廣文，一九六七）。
6. 張炎《詞源》卷下。（見《詞話叢編》冊一，頁二〇八。（仝注5）。
7. 徐調孚《校注人間詞話》。頁一九（香港，中華，一九六一）。
8. 葉嘉瑩《中國詞學的現代觀》頁五一八（湖南長沙，岳麓，一九九〇）。
9. 見王灼《碧雞漫志》（仝注5，頁廿五）。及胡寅《酒邊詞．序》（味閒軒藏版汲古閣校刻《宋六十名家詞》第二集，第五冊，頁二下。）
10. 陳師道《後山詩話》（見《筆記小說大觀》第九編，冊六，頁三六七一—三六七二（仝注1，一九七五）。
11. 胡仔《苕溪漁隱叢話．後集》卷三三，頁二五四（北京，人民，一九六二）。

No. 68

12. 王灼《碧雞漫志》（全注5，頁一下，總頁數二〇）。

13. 王士禛《雙溪詩餘·自序》（見《宋元三十一家詞》，冊三，頁一。光緒十九年王鵬運四印齋彙刻本）。

14. 胡寅《酒邊詞·序》（全注9）。

15. 《校注人間詞話》（全注7，頁五八）。

16. 《中國詞學的現代觀》（全注8，頁4—5）。

17. 陳振孫《直齋書錄解題》卷二一，頁五八一（長沙，商務，一九三九）。

18. 趙尊嶽《詞籍提要》（見《詞學季刊》第三卷第三號，頁五五（台北，學生，一九六七影印本）。

19. 陸游《渭南文集》卷一四，頁三四（見《陸放翁全集》冊一，上海，商務，國學基本叢書本，一九三三）。

20. 王灼《碧雞漫志·序》（全注5，頁一七）。

21. 葉嘉瑩《論詞的起源》（見《靈谿詞說》頁1—26，上海，古籍，一九八七）。

22. 《中國詞學的現代觀》（全注8，頁九）。

23. 《迦陵隨筆》（見《中國詞學的現代觀》，全注八，頁七〇、七九、九四）。

24. Simon de Beauvoir, The Second Sex (tr. by H. M. Parshley, Harmondsworth Press, 一九七二)。

25. Leslie Fieldler, Love and Death in the American Novel. (New York: Stein and Day, 一九六六)。

26. Vivian Gornick & Barbara K. Moran, Women in a Sexist Society: Studied in Power and Powerlessness, (New York, Basic Books, 一九七一)。

(24×25)　博士監製

27. Kate Millett, Sexuel Politics (New York, Double Day, 一九七〇)。

28. Elaine Showalter, A Literature of Their Own: British Women Noverlists from Bronte to Lessing, (Princeton, Princeton University Press 一九七七)。

29. Sandra Gilbert and Susan Gubar, The Mad Woman in the Attic: The Woman Writer and the Nineteenth Century Literary Imagination (New Haven, Yale University Press, 一九七九)。

30. K. K. Ruthven, Feminist Litrary Studies: An Introduction, (New York, Cambridge University Press, 一九八四)。

31. Toril Moi, Sexual / Textual Politics: Feminist Literary Theory (Routledge, Chapman and Hall, Inc. London & New York, 一九八八)。

No. 69

32. Elaine Showalter, Towards a Feminist Poetics, in Women Writing and Writing About Women, (ed. by Mary Jacobus, London, Croom Helm, 一九七九)。

33. Maggie Humm, Feminist Criticism: Women as Contemporary Critics, Brighton, Harrester, 一九八六)。

34. 仝注25、頁三一四。

35. Susan Koppelman Cornillon, Images of Women in Fiction: Feminist Perspectives, (Ohio, Bowling Green University Popular Press, 一九七三)。

36. Mary Anne Fergusan, Images of Women in Literature, (4th ed. Honghton Mifflin Co. 一九八六)。

37. 筆者幼時聞先伯父狷卿公講述如此，經查，未見出處。

38. 見郭紹虞校輯《宋詩話輯佚》卷上，頁九七（哈佛燕京學社出版，燕京引得特刊號之十四，一九三七）。

39. 元好問《論詩絕句》之三十四（《元遺山詩集箋注》冊下，卷十一，頁八下）（台北：廣文，影印道光[illegible]蔣氏藏板，一九七三）。

40. Annie Leclere, Parole femme (in New Feminisms: An Anthology, ed. by Elaine Marks & Isabelle, The University of Massachusetts Press, 一九八〇）。頁七九—八六。

41. Carolyn Burke, Reports from Paris: Women's Writing and the Women's Movement, (in Signs 3, Summer 1978,) 頁八四四。

42. 全注31，頁一六〇。

43. 見《朱自清古典文學論文集》冊下，頁三五七（台北：源流，一九八二）。

44. 李冰若《栩莊漫記》見《花間集評注》頁一六（上海：開明，一九三五）。

45. 陳廷焯《白雨齋詞話足本校注》冊上，頁二〇（濟南：齊魯書社，一九八三）。

46. 見《迦陵論詞叢稿》頁一—三七（上海：古籍，一九八〇），及《中國詞學的現代觀》頁七九—八三（全注8）。

47. Carolyn Heillbrun, Toward a Recognition of Androgyny, P.xi, (New York, Norton & Co. 一九八二）。

48. 全上，P.xvii—P.xviii。

49. The Collected Works of C.G. Jung, translated by R.F.C. Hull, Vol.9, Part II, Copyright Bollingen Foundation, Inc., 1959, P.1-42. Aion: Phenomenology of the Self.

50. Lawrence Lipking, Abandoned Women and Poetic Tradition, P.xv—P.xxvii (Chicago: University of Chicago Press, 一九八八）。

51. 見《樂府詩集》卷五，頁四一，又卷四，頁二八（上海，商務，一九三三）。

52. 仝注50，P. xviii。

53. 見《南唐二主詞箋》卷上，頁四四（上海，商務，一九五六修訂版）。

54. Julia Kristeva, Revolution in Poetic Language, translated by Margaret Waller, (New York, Columbia University Press, 1984), chapter I, The Semiotic and the Symbolic, pp. 19–106, 本書譯介參看于治中〈正文、性別、意識形態〉一文，見《中外文學》十八卷，一期，頁一五一（台北，《中外文學》月刊社，一九八九，一月）。

55. [illegible]輯《[illegible]注》，頁三（台北，廣文，一九六二）。

56. 張惠言《詞選》謂溫詞有「感士不遇」，有「離騷初服之義」，又謂韋詞為「留連光景惜別之作」（北京，中華，一九五七）。

57. 周敦頤〈愛蓮說〉，見《周濂溪集》卷八，頁一三九（上海，商務，國學基本叢書，一九三七）。

58. 宋祁〈玉樓春〉，見《全宋詞》冊一，頁一一六（北京，中華，一九六五）。[illegible]〈[illegible]國不從〉，見《古今詞話》頁一三〇（香港，廣智，未著出版年月）。

59. 見《迦陵論詞叢稿》，頁三一七（上海古籍，一九八〇）。

60. 周濟《宋四家詞選·目錄序論》，頁一下（台北，廣文，影印滂喜齋刊本，一九六二）。

61. 陳廷焯《白雨齋詞話足本校注》冊上，頁二〇（仝注46）。

62. Abandoned Women and Poetic Tradition P. xix（仝注50）。

63. 《校注人間詞話》，頁一九（仝注又）。

64. 仝上，頁一五及一六。

65. 仝上，頁六。

66. 仝上，頁六七。

No. 71

(24×25)

No. 72

67. 仝上，页四五。

68. 见周济《介存斋论词杂著》页二下（在《宋四家词选》附录，仝注60）。又见龙榆生《唐宋名家词》页八九引郑文焯《与人论词遗札》、上海、古典文学出版社，一九五六）。

69. 胡寅《酒边词·序》（仝注9）。

70. 见《灵谿词说》页一九八至二〇三（仝注21）。

71. 仝上，页一九一至二二八，及页四〇一至四四九。

72. 见《全宋词》册三，页一〇七三，页一五八八，及页一六八八（仝注58）。

73. 仝上，页二一四二及二一四三。

74. 《白雨斋词话足本校注》册上，页一一〇（仝注45）。

75. 见《灵谿词说》页四二四至四二九（仝注21）。

76. 见《碧鸡漫志》卷二，页四下（仝注5，页三八）。

77. 仝上。

78. 见《李清照集校注》页一〇一至一八二（北京，人民，一九七九）。

79. 沈曾植《菌阁琐谈》，见《词话丛编》册十一，页三六九八（仝注5）

80. 周济《介存斋论词杂著》（仝注68）页三上。

81. 《白雨斋词话足本校注》册上，页七四（仝注45）。

82. 见《灵谿词说》页二八九至三二九（仝注21）。

83. 仝上，页五四七至五四八。

84. 张炎《词源》（仝注6）。沈义父《乐府指迷》，见蔡嵩云《乐府指迷笺释》（上海，中华，一九四八）。

(24×25)

No. 73

85. 仝上。

86. 見《宋四家詞選・目錄序論》頁二下，及《介存齋論詞雜著》頁四下（仝注60）。

87. 《宋四家詞選目錄序論》（仝上）

88. 《介存齋論詞雜著》頁二上（仝上）

89. 見《宋四家詞選・目錄序論》頁一下（仝注60）。及《白雨齋詞話足本校注》頁七四及七六（仝注45）。

90. 《介存齋論詞雜著》頁三下（仝注80）。

91. 況周頤《蕙風詞話》卷二，頁四八（《蕙風詞話》與《人間詞話》合刊本，香港，商務，一九六一）。

92. 見《迦陵論詞叢稿》頁二四〇至二七五（北京，中華，一九八四）。

93. 見《王國維及其文學批評》頁一二二至一四五（香港，中華，一九八〇）。

94. 見《中國古典詩歌評論集》頁一〇九至一五九（香港，中華，一九七七）。

95. 見《中國詞學的現代觀》（台北，大安，一九八八）。

96. 〈論納蘭性德詞〉見《中外文學》第十九卷八期，頁三〇（台北，中外文學月刊社，一九九一年一月）。

附記

本文寫作之動機蓋始於一九九〇年之春，當時我在溫哥華曾寫過一次標題為「詞中之女性與女性之詞人」的系列講演，其後於暑期中乃開始動筆寫作，而未幾即應

(24×25)

博士監製

No. 74

台湾清华大学之聘，赴台讲学。又曾赴大陆参加章黄学派词学研会议，琐事忙碌，遂将写作搁置。直至九一年春假，惟惊光阴之易逝，乃决定利用假期闭户不出，以将近二周之时间，完成文稿之大半。乃不慎在来往旅行途中，先后将已写成之文稿，及補写成之文稿两度遗失，遂致一直拖延至一九九一年八月底始将全稿完成。借用一句《圣经》上的话来说，这一篇文稿对我而言，可以说乃是「死而复活，失而又得」的，故特为此记，以为个人两次遗失文稿的不慎之戒。

作者谨识

(24×25)

博士监制

对传统词学中之困惑的理论反思

「对传统词学的理论反思」，这是我近年来颇感兴趣的一个研读课题。本来这些年来，我也已曾对此课题做过多次报告，并发表过一些论文，但讲话之内容则往往不免过于零乱，论文之叙写又往往失之繁复，何况我所说论和叙写的，又大多是我近年来在研读和反思中的一些一己之见。因而在零乱的讲述与繁复的叙写中，或者不免会使听者与读者都产生一些疑问。所以乃决定再写此一篇文稿，来对此一课题再做一次概要的综合叙述。

我以为中国的词学乃是从困惑中发展下来的，至于其困惑之情况，则可以分几个阶段来加以说明：第一个阶段是对于由《花间》之词发展下来的，以叙写美女与爱情为主的艳歌小令的困惑。这种困惑的由来，主要乃是由于这些小词中所叙写的美女与爱情的内容，与中国传统文学批评中所重视的「诗以言志」及「文以载道」之观念，既全然抵触不合，因而乃使得一些论词的人，对词之文学价值与意义，完全失去了评量的依据之故。而在这种困惑中，遂有不少喜欢填写歌辞之词的人，纷纷起而为之做出了许多不同性质的辩解之说。关于这种困惑与辩解之言，在宋人笔记中也有不少记述。即如魏泰《东轩笔录》之中就曾载有王安石与友人谈话时，曾提出过「为宰相而作小词，可乎？」的困惑之言；(1)胡仔《苕溪渔隐丛话》之中，则曾载有蒲传正对晏殊的「绿杨芳草长亭路，年少抛人容易去」二句词之讥讽，谓其为「妇人语」，因而乃引起了晏殊之子晏几道想要引用白

魏泰《东轩笔录》卷五：王安国性亮直，嫉恶太甚。王荆公初为参知政事，闲日因阅读晏元献公小词而笑曰："为宰相而作小词，可乎？"平甫曰："彼亦偶然自喜而为尔，顾其事业岂止如是耶。"时吕惠卿为馆职，亦在坐，遽曰："为政必先放郑声，况自为之乎。"平甫正色曰："放郑声不若远佞人也。"吕大以为议己，自是尤与平甫相失也。

胡仔《苕溪渔隐丛话·前集》引《诗眼》云：晏叔原（晏几道）见蒲传正，云："先公（晏殊）平日小词虽多，未尝作妇人语也。"传正云："'绿杨芳草长亭路，年少抛人容易去'，岂非妇人语乎？"晏曰："公谓'年少'为何语？"传正曰："岂不谓其所欢乎？"晏曰："因公之言，遂晓乐天诗两句云：'欲留年少待富贵，富贵不来年少去。'"传正笑而悟。

No. 2

在易詩中指「少年」光陰的「年少」之意，東坡說他父親的郎的「婦人之語」的強辯之言②；釋惠洪《冷齋夜話》之中，也曾載有道人法雲秀對黃山谷不可寫艷歌小詞，而黃山谷則「空中語」來自我解說的強辯之言③；此外張舜民《畫墁錄》之中還曾載有晏殊與柳永的一段問答，晏殊把自己所寫的美女與愛情的歌詞，與柳永所寫的美女與愛情的歌詞，儼然做出了雅鄭高下的區分，說「殊雖作曲子，不曾道『綵線慵拈伴伊坐』」④以上種種敘述，當然都反映了詞學中對早期寫美女與愛情的歌辭之詞的困惑。

第二階段之困惑，則是由蘇軾的「一洗綺羅香澤之態」的作品，對早期歌辭之詞的風格與內容做出了絕大的改革之後而開始的。蘇軾不再用歌女之口吻的「婦人之語」

No. 2

來寫作歌詞，而是把詞之寫作也當做了抒懷言志的一種方式。這一類作品，我曾試稱之為詩化之詞。本來歌辭之詞之轉向詩化，可以說也原是一種自然之趨勢。因為一個作者在習慣於歌辭形式之創作後，當他在生活中遇到了某些使之極為感動的重大事件後，便不知不覺地會用歌辭之形式，寫出了自抒懷抱與情感的詩篇。即如《花間集》以後的歌辭之詞中，豈不也早就出現了後蜀鹿虔扆之憾念前蜀敗亡的《臨江仙》（金鎖重門荒苑靜）之詞作。到了南唐李煜的自傷亡國之作，當然更是把詞作當做了自我抒寫情志的詩篇，所以王國維在《人間詞話》中，才會對李煜的詞，提出了「始變伶工之詞為士大夫之詞」的評語⑤。不過這些早期的詩化之詞，原來並未引起過人們的絕大困惑。但自蘇軾

(24×25) 日新優良紙製品

张舜民《画墁录》：柳三变既以调忤仁庙，吏部不放改官。三变不能堪，诣政府。晏公（晏殊）曰："贤俊作曲子么？"三变曰："只如相公亦作曲子。"公曰："殊虽作曲子，不曾道'绿线慵拈伴伊坐'。"柳遂退。

叶嘉莹先生以为，"诗化之词"产生后，在苏轼词之向诗宣告靠拢与李清照词之向诗宣告背离之间，词学家们对词体之美学意义与价值之究竟何在，产生了另一层新的争议，这正是传统词学第二阶段的困惑。

叶嘉莹先生以为，周邦彦为词之写作另外开拓出了一种以思力来安排勾勒的写作方式，称周邦彦所开拓出来的这一类词为赋化之词。后世词学家对于这类词的好恶及评价多有不同，这是词学第三阶段的困惑。

No. 3

之詞出現後，却在詞學中引起了一片爭議之聲。即如陳師道在其《後山詩話》中，即曾云：「退之以文為詩，子瞻以詩為詞，如教坊雷大使之舞，雖極天下之工，要非本色」⑥。胡仔在其《苕溪漁隱叢話‧後集》中，也曾引有一段李清照詞論中評蘇軾詞的話，說蘇詞乃是「句讀不葺之詩耳」，而詞則「別是一家」⑦。於是在蘇軾之向詩言志靠攏，與李清照之向詩言志背離之兩向，詞學家們對詞作之美學意義與價值之究竟何在，遂又產生了另一層新的困惑和爭議。

至於第三階段的困惑，則私意以為乃是由周邦彥對於詞之寫作的方式有所改變而引起的。本來中國傳統詩歌之寫作，一向原是以直接自然之感發為寫詩之主要動力的，即如劉勰在《文心雕龍‧明詩》之一篇中，就曾明白地提出

No. 3

說：「人稟七情，應物斯感，感物吟志，莫非自然」⑧。鍾嶸在《詩品‧序》之中，也曾明白地提出說：「觀古今勝語，多非補假，皆由直尋」⑨。可見詩歌之創作，無論就創作時情意之引發，或創作時表達之方式而言，在傳統方面乃是一向都以具含一種直接的感發力量，為主要之美感質素的。這就使到以後歌辭之詞的出現，雖然在內容觀念上突破了詩歌之倫理教化的言志的傳統，但在寫作方式上，則反而正因其只是歌酒筵席的遊戲筆墨，因此遂更有了一種不經經意而為之的自然之致。至於蘇軾所開拓的詩化之詞，當然就更具含了傳統詩歌中之自然感發的特質。可是周邦彥的詞卻為詞之寫作另外開拓出了一種以思力來安排勾勒的寫作方式。周邦彥另外也長於寫賦，曾經寫有著名的《汴都賦》

叶嘉莹先生指出，传统词学这些困惑产生的一个最基本的原因，实在是由于在中国的文学批评传统中，过于强大的道德观念压倒了美学观念的反思，过于强大的诗学理论妨碍了词学理论之建立。若要解开这些困惑，首先应该抛开一些传统诗学观念，对词之美感特质加以探索。于是便要追溯至《花间集》的美学特质以及其对后世词与词学的影响。

No. 4

v，賦与詩之主要不同，本則在於詩是「感物吟志」⑩，其寫作之動力与美感之本質，皆以自然之感發為主；而賦則是「体物寫志」⑪，其寫作之方式乃是以鋪排勾勒之思力安排的寫作方式為主的。所以我曾經試將周邦彥所開拓出來的這一類詞名為賦化之詞。而這种寫作手法，則曾對南宋的姜夔、史達祖、吳文英、王沂孫、周密、張炎諸家寫慢詞的作者，產生了極大的影響⑫。而後世的詞學家對於這一類詞的好惡及評價，則產生了很多不同的看法。即如清初朱彝尊之論詞，極力推尊南宋之姜夔、張炎，而卻忽視此派之創始者周邦彥⑬，其後常州派張惠言之論詞，則欲以南宋王沂孫諸人賦化之詞的比興寄託的寫詞之法，來解說五代北宋的一些歌辭之詞⑭，至於清末民初的王國維，則對南宋諸家之以安排勾勒之手法所

No. 4

寫的一些慢詞，乃全然不能欣賞⑮。凡此種種，當然都反映了第三階段賦化之詞出現以後，在詞學中所引起的一些重要的困惑。

如果我們對以上所述及的這些多方面的困惑一加反思，我們就會發現這些困惑之所以產生的一個最基本的原因，實在乃是由於在中國的文學批評傳統中，過於強大的道德觀念壓倒了美學觀念的反思，過於強大的詩學理論妨礙了詞學理論之建立的緣故。因此要想解開詞學中的這些困惑，首先我們就應該先將詩學中的一些傳統觀念拋開，而面對詞之美感特質一加探索。而談到詞之美感特質的形成，我們自不能不追溯到《花間集》對後世之詞與詞學所造成的深遠的影响。早在宋代陳振孫的《直齋書錄解題》之中，便曾稱《

(24×25) 日新優良紙製品

陈振孙《直斋书录解题》：《花间集》十卷。蜀欧阳炯作序，称卫尉少卿字宏基者所集，未详何人。其词自温飞卿而下十八人，凡五百首，此近世倚声填词之祖也。诗至晚唐、五季，气格卑陋，千人一律，而长短句独精巧高丽，后世莫及，此事之不可晓者，放翁陆务观之言云尔。

No. 5

花間集》為「近世倚聲填詞之祖」(16)，近人趙尊嶽在其〈詞籍提要〉中，於敘及《花間集》時，也曾說「蓋論詞學者，罔不得溯其淵源，淵源實惟唐五代，唐五代詞人別集莫可羅致，則論唐五代詞者，舍茲莫屬」(17)因此我們要想解答中國詞學中的多種困惑，自然也不得不從《花間集》之美學特質來尋求解答。

根據歐陽炯為《花間集》所寫的序文來看，此一集之編選，原來只是為了「庶使西園英哲用資羽蓋之歡，南國嬋娟休唱蓮舟之引」而編輯的一冊供歌唱的「詩客曲子詞」(18)。正因為這些作品是要交給歌女去歌唱的曲子，故其所寫之內容乃大多為女性之形象與女性之情思，而其語言遂亦大多為假借婦人之口吻而敘寫的女性的言語。可是若就作者而言，

No. 5

則《花間集》所收五百首歌辭的十八位作者，卻並無一個女性，而全部是男性的作者。私意以為正是這種微妙的情形，使得《花間集》的作品，為中國早期的詞作奠立了一種極為微妙的美學特質。關於這一種美學特質的探索，數年前我在所寫的〈論詞學中之困惑與《花間》詞之女性敘寫及其影響〉一文中，曾經引用西方女性主義文論做過一些探討。(19)首先就女性形象而言，六十年代中李絲麗·費德勒(Leslie Fiedler)在其《美國小說中的愛與死》(Love and Death in the American Novel)一書中，就曾指出男性作者在其文學作品中所敘寫的女性形象，對於女性有一種歧視的扭曲；(20)其後於八十年代中，瑪麗·安·佛格森(Mary Anne Ferguson)在其《文學中之女性形象》(Images of Women in Literature)一書中，則更曾將文學中之女性分別為多種類型，她以為傳

真善美

(24×25)日新優良紙製品

No. 6

统的男性作品中之妇女形象，主要不外乎母亲、妻子、爱之偶像，与性对象等几种固定的形象㉑。西方文论中的这些论述，遂引起了我对中国诗歌中之女性形象的一些反思，我以为《诗经》中所叙写的女性，无论其作者为男为女，其所写者大多是具有明确之伦理身份的现实生活中之女性形象，其叙写之方式亦大多以写实之口吻出之，这是一类女性的形象。《楚辞》中所叙写之女性，则大多为非现实之女性，其叙写之方式，乃大多是男性之作者以喻托之口吻出之，这是又一类女性的形象。南朝乐府之吴歌西曲中所叙写之女性则大多为恋爱中之女性，其叙写之方式大多为女子之自言，而并非出于男性的诗人文士之手，这是又一类女性的形象。至于宫体诗中所叙写之女性，则大多为男子目光中所见之女性，其叙写之方式乃大多是以刻画形貌的咏物之口

No. 6

吻出之，这是又一类女性之形象。到了唐人的宫怨和闺怨中所叙写之女性，则除少数作品有喻托之性质外，其余大多亦属于现实中具有明确之伦理身份的女性，其叙写之方式则大多是以男性诗人为女子代言之口吻出之，这是再一类女性之形象。如果以词中所叙写之女性形象，与以上各文类中之不同的女性形象相比较，我们就会有一种奇妙的发现，那就是词中所写的女性乃似乎是一种介于现实与非现实之间的美色与爱情的化身。因为如我在前文所言，《花间集》所编录的既是为了交付给歌女去演唱的「诗客曲子词」，其作品中所叙写的自应是那些当筵侑酒的歌儿酒女之形象，如此说来则此一类女性自当为现实中之女性。可是这一类女性却又并无家庭伦理之任何身份可以归属，而不过只是供男子们寻欢取乐之对

真善美

(24×25)日新优良纸制品

透过西方文论中关于女性形象的论述，叶嘉莹先生对中国诗歌中之女性形象加以反思，归纳为如下几类：

一、《诗经》中大多是具有明确之伦理身份的现实生活中之女性形象，其叙写之方式亦大多以写实之口吻出之。

二、《楚辞》中大多为非现实之女性，其叙写之方式，乃大多是男性作者以喻托之口吻出之。

三、南朝乐府之吴歌西曲中大多为恋爱中之女性，其叙写之方式大多为女子之自言，而并非出于男性的诗人文士之手。

四、宫体诗中大多为男子目光中所见之女性，其叙写之方式乃大都是以刻画形貌的咏物之口吻出之。

五、唐人的宫怨和闺怨诗中，除少数作品有喻托之性质外，其余大多亦属于在现实中具有明确之伦理身份的女性，其叙写之方式则大多是以男性诗人为女子代言之口吻出之。

叶嘉莹先生认为词中所写的女性乃似乎是一种介于现实与非现实之间的美色与爱情的化身。《花间集》中所写的现实中之女性形象，是那些当筵侑酒的歌儿酒女，并无家庭伦理之任何身份可以归属，她们只不过是供男子们寻欢取乐之对象而已，遂具有并暗含了使人可以产生非现实之想的一种潜藏的象喻性。这种微妙的作用，是《花间集》中关于女性形象的叙写所形成的词之美感作用的第一点特质。

No. 7

象而已。而《花间集》中的作品，则正是出于那些寻欢取乐的男性作家之手，因此其写作之重点乃自然脱除了伦理之关系，而一意集中于对女性之美色与爱情的叙写，而「美」与「爱」则恰好又是最富于蕴涵之象喻性的两种品质，因此《花间集》中所写的现实中之女性形象，遂具含了使人可以产生非现实之想的一种潜藏的象喻性。这种微妙的作用，可以说是《花间集》中关于女性形象的叙写，所形成的词之美感作用的第一点特质。

再就《花间集》中所叙写的女性情思而言，此一册词集中所收录的，虽大多是交付给歌儿酒女们去歌唱的歌辞，故其所叙写者乃大多为歌儿酒女之情思。就一般情况而言，诗人文士们对于歌儿酒女之感情，本多为逢场作戏之性质，并没有欲与之相结合的恒久的爱情可言。所以在敦煌曲子中那些真正出于歌儿酒女之口的歌辞，本都是对薄情男子的责怨，即如《敦煌曲子词》中的两首《望江南》词（「莫攀我」及「天上月」），其中所写的「恩爱一时间」及「照见负心人」等词句，所表现的就都是一些歌伎酒女们对于那些一度欢爱后便抛人而去的男子们的责怨。可是《花间》之词的作者却往往正是那些抛人而去的男性的诗人和文士，因此当他们也尝试做女子的口吻来写那些歌儿酒女们的情思时，就产生了极值得注意的两种现象：其一是他们大多把那些女性涂抹了一层理想化的色彩，一方面极写其姿容衣饰之美，一方面则极写其对男性情人的相思情意之深，而却把男子自己的自私和负心，以及由此而引起的女子对

No. 7

(24×25) 日新优良纸制品

真善美

No. 8

男子的責怨，則都略去不提。於是他們在詞中所敘寫的女性，遂成為了一個忠貞而摯情的美與愛的化身，而不再是如敦煌曲中所表現的充滿不平和怨意的既供人取樂又遭人拋棄的現實中的風塵女子了。這是第一點值得注意之處。其二則在中國詩歌之傳統中，當其敘寫一個被男子所拋棄，而卻對此男子仍一直懷着忠貞的摯愛，一直在相思期待之中的女子時，也往往會含有一種以男女喻君臣，以棄婦喻逐臣的寄託之意。曹植〈七哀詩〉中所寫的自嘆「當何依」的「賤妾」，和〈雜詩〉中所寫的自歎「為誰發皓齒」的「佳人」，就是最好的例證(23)。因此《花間》詞中所寫的這些相思怨別的女性的情思，遂在其熟悉於中國以女子為喻託之詩歌傳統的讀者之閱讀中，往往也產生有了一種喻託的聯想。因於這二

No. 8

種情思的相近之處，我曾引用西方勞倫斯·利普金(Lawrence Lipking)在其所寫的《棄婦與詩歌傳統》一書中，對於棄婦的形象之論述(24)。利氏以為男性詩人都喜歡在作品中使用棄婦的形象，是因為在男性的內心深處原有一種與棄婦相近的情思(25)。因此《花間》詞中所寫的相思怨別之情，遂在詩歌傳統的棄婦與逐臣的聯想以外，更有了一種作者把自我內心之不得志的情思，在無意中也流露了出來的可能性。以上這些微妙的作用，可以說是《花間》集中關於女性情思的敘寫，所形成的詞之美感作用的第二點特質。

　　此外若更就《花間》詞的語言來看，則《花間》之語言，也曾經對以後詞之語言的女性化產生了很大的影響。本來男性與女性的語言之論爭，也是西方女性主義文論中

(24×25)日新優良紙製品

真善美

　　叶嘉莹先生指出，《花间集》中关于女性情思的叙写所形成的词之美感作用的第二点特质，乃因为其所写的相思怨别之情，在诗歌传统的弃妇与逐臣的联想以外，更有了一种作者把自我内心之不得志的情思，在无意中也流露了出来的可能性。

王炎《双溪诗余自序》：今之长短句，盖乐府曲之苗裔也。古律诗至晚唐衰矣，而长短句尤为清脆，如幺弦孤韵，使人属耳不厌也。予于诗文本不能工，而长短句不工尤甚。盖长短句宜歌而不宜诵，非朱唇皓齿无以发其要妙之声。……今之为长短句者，字字言闺阃事，故语懦而意卑。或者欲为豪壮语以矫之，夫古律诗且不以豪壮语为贵，长短句命名曰曲，取其曲尽人情，惟婉转妩媚为善，豪壮语何贵焉？不溺于情欲，不荡而无法，可以言曲矣。此炎所未能。

No. 9

的一個重要論題。陶麗·莫艾（Toril Moi）在其《性別的文本的政治——女性主义文学理論》（Sexual/Textual Politics: Feminist Literary Theory）一書中，就曾提出過一般人以為男性的語言所代表的乃是理性、秩序、和明晰（reason, order and Lucidity），而女性語言所代表的則是非理性、混亂、和破碎（irrationality, chaos and fragmentation）(26)，莫氏從女权主义者來看此問題，所以認為一般人之觀念並不完全正確。但如果我們撇開女权的問題不談，而單純只就詞的語言之美感特質來說，若以詞与詩相比較，則詩之多以五、七言為主的整齊的句式，以及其多為隔句協韻的整齊的韻腳，無疑的乃是一種整齊明晰的屬於男性的語言；而詞則多為長短參差的不整齊之句式，而且也不限定隔句協韻之定式，更且還可以在一篇中改變協韻之韻腳的韻部，如此

No. 9

說來詞与詩相較自当是一種較為零亂破碎的屬於女性的語言。關於形式這種形式上之差異的因素，我在多年前所寫的題名為〈談吟誦之傳統与詩歌之感發作用〉一文中，也曾有所論述(27)。在該文中我曾經引用過郭紹虞先生在〈永明詩病說〉中的一段話，說「自詩不歌而誦之後，就逐漸離開了歌的音節，而偏向到誦的音節。」又說「歌的韻可隨曲協適，故無方易移。」而「吟的韻須分析得嚴，故一定難移。」(28)所以早在宋代王炎的《双溪詩餘·自序》中，就也已曾說过「長短句宜歌不宜誦，非朱唇皓齒無以發其要眇之聲」(29)，也就是說詞之句法韻式之与詩的差異，是由於受了音樂的影響，而也就正由於詞与詩的這种形式方面的差異，所以也就形成了詞的一種「要眇」的美感方面的特質。所以王國维在《人

(24×25) 日新優良紙製品

男性与女性语言的论争是西方女性主义文论中的重要论题。叶嘉莹先生借助西方文论观照中国词学，指出词与诗相较是一种较为零乱破碎的属于女性的语言。在音乐的影响下，词形成了与诗不同的句法韵式，这种女性语言的外在形式，也使词形成了一种要眇的美感方面的特质，更富于一种悠长的言外之情思、一种女性的特殊美。这是《花间》词由于语言而形成的词之美感作用的第三点特质。

No. 10

間詞話》中就曾說「詞之為體，要眇宜修」，又說「詩之境闊，詞之言長」（30）。也就是說詞之「要眇」的美感特質，更富於一種悠長的言外之情思。而因此也就使得「詞」這種文學體式，由於其女性語言的外在形式，遂影響其美感性質也就更富於了一種女性的特美。因此繆鉞先生在其《詩詞散論》的〈論詞〉一文中，就曾特別指出「詩」與「詞」之不同性質，說「詩顯而詞隱，詩直而詞婉，詩有時質言，而詞更多比興。詩尚能敷暢，而詞尤貴蘊藉」（31）這可以說是《花間》詞由於語言而形成的，詞之美感作用的第三點特質。

從以上的敘寫，我們既看到了中國的「詞」這種文學體式，在早期《花間集》之作品中，已由於使用女性之語言來敘

No. 10

寫女性的形象與女性的情思，而形成了一種要眇幽微的美感特質。有了這種認識以後，我們就可以對前文所述及的中國的詞與詞學在演進之途中所形成的種種困惑一加反思了。

首先就歌辭之詞而言，《花間》詞中之溫、韋，與北宋初期之晏、歐，其作品大多富於一種幽微要眇之致，引人生言外之想，而《花間》詞中之歐陽炯，與北宋之柳永等人之作品則令人有淺薄之譏。這其間之差別可以分為兩點來加以分析。其一，就敘寫之口吻與情思而言，溫、韋、晏、歐的一些引人生言外之想的佳作，大多是以女性口吻所寫的女性情思，因而遂產生了一種幽微的作用，那就是前引利普金氏的《棄婦》一書中所提出的男性作者之假女性形象而流露了自己內心深處的某種與棄婦相近的幽約怨悱而難以言說的情

(24×25)

台北文瑞印刷文具公司印製

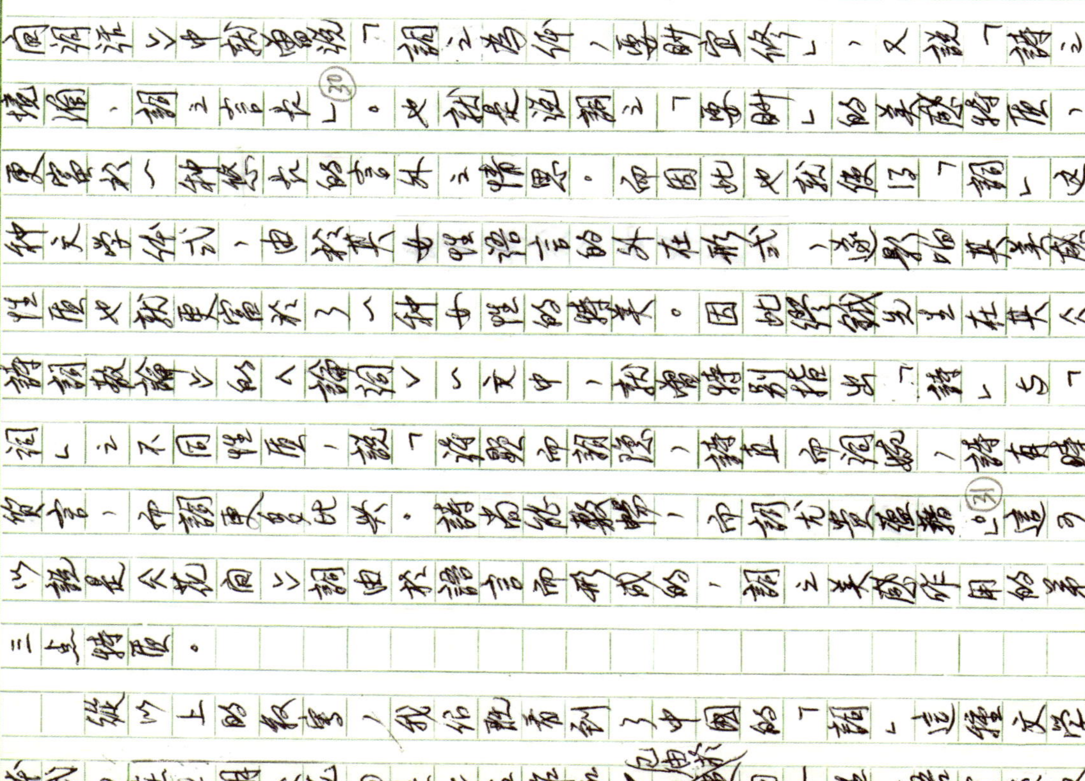

我国词论历来困惑于歌咏之词中某些作品何以易于引人生言外之想，以及何以有雅郑之分。叶嘉莹先生以为，这其中有两点差别，第一是叙写之口吻与情思，第二是外在的语言形式。

NO.11

思，而欧阳炯的作品则往往直写男子之情欲。此其差别之一。其二，就外在的语言形式而言，温、韦、冯、欧所写者多为短小之令词，其语言大多典雅而精简，而柳永之长调慢词，其语言则大多平直而浅俗，所以虽同样是写一个娇慵梳妆的美女的形象，而温词之「懒起画蛾眉，弄妆梳洗迟」则引人生托喻之想，柳词之「暖酥消，腻云亸，终日厌厌倦梳裹」则引人生淫靡之讥。此其差别之二。有了这种认识，我们自然就解答了歌辞之词中某些作品何以易于引人生言外之想，以及何以有雅郑之分的困惑了。

再就诗化之词而言，私意以为诗化之词之引人产生困惑的原因，也可分两点来讨论：其一，就作者方面言，苏轼之有意以诗化为词，自然有其想要改变柳词的淫靡之风的一种用心。不过苏轼对词之美感特质的深层因素，却未

No. 11

能有深刻的认知，因此其所致力者遂仅只是内容方面的拓展，而殊不知柳词之所以引人生淫靡之讥，实在并不完全只由于其所写的内容，而同时也与其语言形式有着密切之关系，已如本文前面之所论述。因之写闺阁儿女之作既可以有雅郑之分，所以同样写怀抱志意的诗化之作，自然也可以有成功与失败之分了。即如苏氏自己的词作，其篇幅较短之作品，如《江神子》（老夫聊发少年狂），及同调之另一首（十年生死两茫茫）诸词，[32]无论其为写出猎之豪情，或悼亡之哀思，就都表现有一种近于诗体的直接感发之力量，虽然少了词体的要眇幽微之特美，但自不失为诗化之词中的佳作。至如其篇幅较长之作品，如《满庭芳》之「蜗角虚名，蝇头微利，算来著甚干忙」及同调的另一

(24×25)

台北文瑞印刷文具公司印制

No. 12

首之「香靉雕盤，寒生冰筋，画堂别是風光」這些作品，則無論其所寫者之為自己的懷抱，或歌舞之宴樂，乃皆不免有淺率之病矣。私意以為此中成敗之差别，實在与詞調之語言形式有着很大的關係。《江神子》之詞調，其格式多用三字、五字、或七字句，与詩之節奏相接近，所以容易形成一种直接感發之效果，這也是此一類詩化之詞之所以容易獲得成功的一個主要原因。至於《滿庭芳》之詞調，則其格式多為四字、或六字句，即使偶有七字句，但其停頓亦多為三、四之節奏，与詩之七字句的四、三之節奏迥然不同。如此則在篇幅較長之敘寫中，既不能產生如詩之節奏的直接感發之力量，則平直的散文句式的敘寫，自然就不免會產生淺露浮率之弊了。蘇軾对詞之拓展之所以成敗互

No. 12

見，就正由於蘇氏只注意到內容之拓展，而未能留意到語言形式与詞之美感特質也有着密切之關係的緣故。不过，蘇氏之長調的詞雖有失敗之作，但卻也有不少成功之作。即如其《八声甘州》（有情風萬里捲潮來），《水龍吟》（似花還似非花），及《永遇樂》（明月如霜）諸詞，則無論其內容之為抒懷、詠物、或懷古，也無論其語言形式之為三字、五字、七字之近於詩的節奏停頓，或者為四字、六字之近於散文的節奏停頓，卻不僅都寫得非常成功，而且還同時兼有了詩之直接感發与詞之要眇深微的兩种特美。這一類作品之成功，私意以為就蘇軾而言，實在並非有心求之而得。因為如我們在前文所言，蘇氏之拓展原來所注意的只是內容方面之開拓与改變，而並未嘗對詞之美感特質方面

(24×25)
台北文瑞印刷文具公司印製

论析诗化之词时，叶嘉莹先生指出，苏轼所注意的只是内容方面之开拓与改变，并未曾对词之美感特质方面加以深刻的反思，因此不免有流于失败之作。

No.13

加以深刻的反思。這自然是使得苏氏之拓展不免有流於失败之作的主因。但值得注意的則是，苏氏在詩化的拓展中卻於無意間与詞之另一种美感特质的因素，有了一种微妙的巧合，那就是苏氏所自我抒寫的情思，卻与本文前面在分析《花间》词之美感特质时，所提出的属於女性之情思的特质，有了一种暗合之處。《花间》词中所寫的女性情思大多是女子对男子之相思的怨情。而如果按本文前面所引的刘普金氏的「棄婦」之説来看，則失志不得意的男子卻原来也正有着一种与之相近似的怨情。苏轼在北宋的新舊党爭中，迭遭遷謫，既曾罹烏台之獄，又曾遠逐海南。苏氏雖善於以曠放自解，然其内心深處亦自有一种挫傷失志之難言的情思。所以夏敬观之評苏詞，乃謂其「正如天風海

No.13

濤之曲，中多幽咽怨斷之音。」(35) 這正是苏詞何以能在某些曠放的詩化之作中，卻同時也兼有了詞的幽微要眇之美的主要原因。也就是說苏詞中的一些兼具詩与詞之兩种特美的成功之作，乃是由於在其情思之本質方面，原就具有了一种要眇幽微的詞之特質的緣故。透过以上的論述，我们自可見到，苏氏对詞的詩化之拓展，其所以不免於優劣成敗互見，原来乃是由於就作者而言，苏氏本身对於詞之美感特質，並未曾有深刻的反思与認知之故。其二，再就讀者而言，則如本文前面所引的陈師道与李清照諸人，乃对苏氏的詩化之作全取否定之態度，這自然是由於此類讀者对於詩化之詞中也可以具含有詞的要眇深微之美的一点無所認知之故。至於另一類讀者，如《酒边詞·序》之作者胡寅着

(24×25)

台北文瑞印刷文具公司印製

周邦彦《望江南》：

游妓散，独自绕回堤。芳草怀烟迷水曲，密云衔雨暗城西。九陌未沾泥。　桃李下，春晚未成蹊。墙外见花寻路转，柳阴行马过莺啼。无处不凄凄。

No.14

流，则又往往对苏氏的"一洗绮罗香泽之态，摆脱绸缪宛转之度"的作品，只注意其内容方面之拓展，乃不论其使苏成败，便都一例加以赞美（36），则又是对于词之为体之以要眇深微为美，失此特美，便易流于浅薄粗率之弊的一点无所认知之故。当我们对诗化之词的读者之反应，做了以上的分析之后，我们自然就可以归纳出一个结论来了。那就是诗化之词，就作者而言之不免成败之互见，就读者而言之不免毁誉之参差，原来乃是由于作者与读者双方，对词之美感特质都未能做出深刻之反思与辨析之故。明乎此，则诗化之词之何以会形成毁誉参差及成败互见之困惑，自然也就得到解答了。

更就赋化之词而言，此一类词之引生困惑的原因，也

No. 14

可以分做两方面来加以讨论：其一，就作者而言，私意以为周氏在长调慢词之写作中，其使用安排勾勒的手法，乃是有意为之的。我之为此言，还不仅只是指其安排之手法技巧之为有意，而是指其在写作长调之作品时，其所以要採用此种手法技巧，乃是出于对长调慢词之美感特质之一种体认而有心为之的。因为就周氏之词的整体成就来看，周氏并不是一位不能写出自然感发之佳作的作者，即如他所写的一些短小的令词，如其《浣溪沙》之"楼上晴天碧四垂"，《望江南》之"游妓散，独自绕回堤"，《少年游》之"南都石黛扫晴山"，《醉桃源》之"冬衣初染远山青"诸词（37），就都是充满自然感发的清新流利的作品。可是当他写作长调时，则完全採用了另一种手法，不仅要以思

（24×25）

台北文瑞印刷文具公司印制

No.15

力求安排句勒，而且在安排句勒中，还有一种有心要追求拗涩的意味。至於其追求拗涩的方法，则有两种情况，一则是在叙写的结构方面之追求擘㩳曲折，所以陈廷焯《白雨斋词话》之评周词，即曾云「美成词，有前后若不相蒙者」，又云「美成词，操纵处有出人意表者」(38)。即如其最著名的《兰陵王》一词，说者对其究竟为「行客之辞」或「送客之辞」，就曾引起过不少争论(39)。则其结构方面之擘㩳曲折自可想见。再则是在音声方面之追求艰难拗涩。周氏自己通晓音律，这种追求音声之拗涩的情况，在他自己所自创的曲调中，尤为明显。即如前文所举引之《兰陵王》一词，便不仅结构擘㩳，而且难於歌唱，毛幵《樵隐笔录》即曾谓此词「末段声尤激越，惟教坊老笛师能倚之以节歌

No. 15

者」(39)。再如其另一名作《六丑·蔷薇谢后作》一词，就也以难於歌唱著称。周密《浩然斋雅谈》就曾记载说徽宗「问《六丑》之义，莫能对，急召邦彦问之，对曰：此犯六调，皆声之美者，然绝难歌」(40)。而且除乐调之艰涩外，周氏在四声平仄方面亦喜用拗句，夏承焘先生在《论唐宋词字声之演变》一文中，也曾提出说「清真益以错综变化，而且字字不苟」，又曾举引周氏词中诸拗句云「综之，四声入词，至清真而极变化」(41)。虽然周氏自己对其追求拗涩的用心，未曾做过任何理论的说明，但我们如果结合本文前面论及柳永一派写男女柔情之长调之易流於淫靡，与苏轼一派写胸襟怀抱之长调之有时亦不免流於浅率的情形来看，我们就可以认识到长调之词之所以易於产生此二种流弊，

(24×25)

台北文瑞印刷文具公司印製

周邦彦《兰陵王·柳》：

柳阴直。烟里丝丝弄碧。隋堤上，曾见几番，拂水飘绵送行色。登临望故国。谁识。京华倦客。长亭路，年去岁来，应折柔条过千尺。　闲寻旧踪迹。又酒趁哀弦，灯照离席。梨花榆火催寒食。愁一箭风快，半篙波暖，回头迢递便数驿。望人在天北。　凄恻。恨堆积。渐别浦萦回，津堠岑寂。斜阳冉冉春无极。念月榭携手，露桥闻笛。沉思前事，似梦里，泪暗滴。

周邦彦《六丑·蔷薇谢后作》：

正单衣试酒，恨客里、光阴虚掷。愿春暂留，春归如过翼。一去无迹。为问花何在，夜来风雨，葬楚宫倾国。钗钿堕处遗香泽。乱点桃蹊，轻翻柳陌。多情更谁追惜。但蜂媒蝶使，时叩窗隔。　东园岑寂。渐蒙笼暗碧。静绕珍丛底，成叹息。长条故惹行客。似牵衣待话，别情无极。残英小、强簪巾帻。终不似、一朵钗头颤袅，向人欹侧。漂流处、莫趁潮汐。恐断红、尚有相思字，何由见得。

对于赋化之词所引生的困惑，叶嘉莹先生同样从作者与读者两个方面展开论述。

詞的本質即依然未能善加辨別之故。至於其後之王國維，則是對於歌辭之詞中所要表現的更為深微的引人生言外之想的特質，極有體會的一位詞學家，他對於張惠言、周濟諸家之作者以外的小詞，所做出的「成大事業大學問之三種境界」，及「憂生」與「憂世」之說，都顯示出了他對此種特殊美感的一種深切的體會，而且他還曾提出了「遽以此意解釋諸詞，恐為晏、歐諸公所不許也」之不能指為作者之用心的一種通達的說法。可是就正因為王氏對於歌辭之詞之特美既有此深切之體會，又有如此通達之觀點，所以他才對張惠言之以比興寄託來評說歌辭之詞的說法，提出了「深文羅織」的譏評。然而可惜的則是，王氏對歌辭之詞的特美雖然深有體會，可是對於賦化之詞的特美，則全然不能欣賞，即

No. 18

就因為王氏對於此種賦化之詞不得不以賦化之筆法來完成其美感特質的一點，未能有所認知之故。經過以上的討論，我們對於賦化之詞中所引生的一些困惑，當然也就得到解答了。

以上是近年來我對於中國的詞這種文學體式，在其演進和發展中所形成的一些困惑之問題的一點反思。茲簡單的寫下來，向愛好詞與詞學的一些朋友們請求指教。

一九九七年三月六日完稿於加拿大之溫哥華

No.

(24×25)

No.19

注釋

1. 魏泰《東軒筆錄》卷五，頁三三七（見《筆記小說大觀》第二八編，册一。台北：新興，一九七九）。
2. 胡仔《苕溪漁隱叢話·前集》卷二六，頁一七八（北京：人民文學，一九六二）。
3. 釋惠洪《冷齋夜話》卷十。（見《筆記小說大觀》第二二編，册一，頁六四二，同注①，一九七八）。
4. 張舜民《畫墁錄》，引自許士鸞《宋艷》卷五（見《筆記小說大觀》册六，頁六二〇三。同注①，一九六二）。
5. 王國維《人間詞話》。（見《詞話叢編》册五，頁四二四二。北京：中華，一九八六）。
6. 陳師道《後山詩話》（見《筆記小說大觀》第九編，册六，頁三六七一—三六七六，同注①，一九七五）。
7. 胡仔《苕溪漁隱叢話·後集》卷三三，頁二五四（北京：人民，一九六二）。
8. 劉勰《文心雕龍·明詩》（見周振甫《文心雕龍注釋》頁四八。（北京：人民文學，一九八一）。
9. 鍾嶸《詩品·序》（見古直《鍾記室詩品箋》頁一六，（台灣：廣文，一九六八）。
10. 仝注⑧。
11. 《文心雕龍·詮賦》，仝注⑧，頁八〇。
12. 見拙撰〈論吳文英詞〉。（在《靈谿詞說》頁四八九至五〇六，上海：古籍，一九八七）。
13. 見拙撰〈論浙派創始人朱彝尊之詞與詞論及其影響〉（見《中國文化》第十一期，北京，一九九五、七月）。
14. 見拙撰〈常州詞派比興寄託之說的新檢討〉（在《迦陵論詞叢稿》頁三一七。上海：古籍，一九八〇）。
15. 仝注⑤，

No.

（24×25）

台北文瑞印刷文具公司印製

16. 陳振孫《直齋書錄解題》卷二十一，頁六一八（長沙：商務，一九三九）。

17. 見《詞學季刊》三卷三期，頁四五（台北：學生書局，一九六七年影印本）。

18. 《花間集·序》（見華連圃《花間集注》，頁一。上海：商務，一九三五）。

19. 拙撰〈論詞學中之困惑與《花間》詞之女性敘寫及其影響〉（見《詞學古今談》，頁四四一。台北：萬卷樓圖書公司，一九九二版）。

20. Leslie Fiedler, Love and Death in the American Novel, (New York: Stein and Day, 1966)

21. Mary Anne Ferguson, Images of Women in Literature, (4th ed. Houghton Mifflin Co., 1986

No. 20

22. 任二北《敦煌曲校錄》，頁五八—五九。（上海：上海國書公司，一九五五）。

23. 曹植《七哀詩》及《雜詩》。（見黃節《曹子建詩注》卷二，頁三九。上海：商務·華聯出版社，一九三〇。）

24. 見拙撰〈論詞學中之困惑〉。（仝注19，頁四六七）。

25. 仝上，頁四六八。

26. Toril Moi, Sexual/Textual Politics: Feminist Literary (Routledge, Chapman and Hall, Inc, London & New York, 1988)。

27. 拙撰〈[illegible]之傳統與詩歌之感發作用〉（見《中外文學》二一一期。台北，一九九三，四月）。

28. 郭紹虞〈[illegible]〉，見《照隅室古典文學論集》上

No.

(24×25)

台北文瑞印刷文具公司印製

No.21

編，頁二二四。（上海，古籍，一九八三。）

29. 王炎《雙溪詩餘．自序》（見《唐宋詞集序跋匯編》，頁一七〇，台灣，商務，一九九三）。

30. 王國維《人間詞話》（全注⑤，頁四二五八。）

31. 繆鉞《詩詞散論》，頁三。（香港，太平書局，一九六二。）

32. 見《全宋詞》冊一，頁二九九—及三〇〇（北京，中華書局，一九六五。）

33. 全上，頁二七八。

34. 全上，頁二九七，二七七，及三〇二。

35. 見龍榆生《唐宋名家詞選》引《映庵手批東坡詞》。（香港，商務，一九五八。）

No.

36. 胡寅《酒邊詞．序》（見《宋六十名家詞》，汲古閣校還味肩軒藏版，第二集，冊五，頁二下。）

37. 見《全宋詞》，全注㉜，冊二，頁六〇〇，五九九，及六〇七。

38. 《白雨齋詞話足本校注》冊上，頁七九，及八三。（濟南，齊魯書社，一九八三。）

39. 參看屈興國《白雨齋詞話足本校注》引《蘭陵王》詞評語。（全上，頁七六至七八）。

40. 周密《浩然齋雅談》卷下，頁四六。（上海，商務，《叢書集成初編》，冊二五四〇，一九三六）。

41. 見吳熊和《唐宋詞論叢》，頁六七，及頁七六。（北京，中華，一九六二。）

台北文瑞印刷文具公司印製 (24×25)

No.22

42. 見朱彝尊《魚計莊詞・序》，《水村琴趣・序》，及《書〈東田詞〉卷後》等文字中。（在《國學基本叢書》本《曝書亭集》卷四〇，頁六六五、六六六，及卷五三，頁八六〇。台北，商務，一九六八）。

43. 見拙撰《論浙派創始人朱彝尊之詞與詞論及其影響》。（仝注⑬。）

44. 如張惠言《詞選》對溫庭筠《菩薩蠻》、歐陽修《蝶戀花》，及蘇軾《卜算子》諸詞之解說。（見《詞話叢編》，仝注⑤，冊二，頁一六〇九、一六一三，及一六一四）。

45. 王國維《人間詞話》。（仝注⑤，頁四二四 ，及四二四五）。

46. 仝上，頁四二四五。

47. 仝上，頁四二六一。

第七章 宋代两位杰出的女词人

本世纪初，叶嘉莹先生撰写了《论词之美感特质之形成及词学家对此种特质之反思与世变之关系》一文，可以说至此已经完成了对词之美感特质的形成与演进这一问题的理论构建。回看叶先生与缪钺先生合作治词的系列文章，便会发现，关于女性词人李清照、朱淑真、王清惠的四篇文章均出自缪先生之手，也就是说，直到本世纪初，叶先生的词学研究所关注的对象主要是男性词人及其词作。

对于女性词，叶先生一直有深加探讨的想法，也始终身体力行，细加研读，逐渐形成自己的见解。2003 年 11 月，叶先生在南京大学做题为《从李清照到沈祖棻——谈女性词作美感特质的演进》的讲演；2004 年 3 月至 7 月，叶先生在加拿大温哥华岭南长者学院分两次举办《从性别与文化谈女性词作美感特质之演进》及《明清女性词作》系列讲座。南京的讲演概要，温哥华的讲座精详，标志着先生将自己对女性词的研究心得转化为"堂上艺术"。

此后先生又详加考证，至 2009 年完成系列论文《从性别与文化谈女性词作美感特质之演进》《女性语言与女性书写——早期词作中的歌伎之词》《良家妇女之不成家数的哀歌》《宋代两位杰出的女词人——李清照与朱淑真》《明清之际的女性词人》，后辑为《性别与文化：女性词作美感特质之演进》一书，由商务印书馆于 2019 年出版。

本章收录即为《宋代两位杰出的女词人——李清照与朱淑真》一文的手稿，当作于 2008 年，次年发表于《中国文化》第 29 期。这部分手稿分两部分，第一部分论李清照词 37 页，其中 9 页的背面有补充文字，合计 46 页；第二部分论朱淑真词，封面 1 页，正文 31 页，合计 32 页。

在晏、欧、苏、秦诸家手中，词的意境有了相当的提升和扩展，超越了娱宾遣兴的歌辞之性质，成为一般士大夫可以藉之抒写个人情意的一种新的诗歌体式。

NO. 21

從性別與文化談女性詞作的美感特質

第四節　宋代兩位傑出的女詞人

——李清照與朱淑真

經過了前面幾節的討論，我們對於在傳統性別文化中女性作者的艱難處境，乃以經已有了相當的體認。早期歌辭之詞，做為歌筵酒席中的一種艷歌，自非良家婦女之所敢輕易染指；但詞之發展，在晏、歐、蘇、秦諸家手中，既對其意境已有了相當的提升和擴展，使之超越了娛賓遣興的歌辭之性質，進而成為了一般士大夫可以藉之以抒寫個人情意的一種新的詩歌體式，於是在特殊環境與特殊人物的因緣際會之下，相繼於我們前面所曾討論過的「歌伎之詞」與「不成家數的婦女家歌」之後，乃終於成就了足以成家的兩位女性詞人，那就是在詞史中足以睥睨男性作者的李清照，和勇於追求真愛而為當世所不諒的朱淑真。下面我們便將把這兩位女詞人，放在性別文化與詞之美感特質的發展中，略加論述。

先談李清照。李氏自號易安居士，《宋史·藝文志》著錄其作品有《易安居士文集》七卷、《易安詞》六卷。雖然宋志所著錄的李氏原著早已失傳，但僅就其現有別集又豐富的有各種著作而言，固已足可見出李氏之大不同於當時之一般婦女矣。因為在傳統社會中既原以「無才」為女子之「德」，所以即使是具有着相當才慧的婦女，也難以獲致足以培養其才慧和展現其才慧的環境和機會。這正是我們在前一節中所討論過的那些不成家數的婦女之情況

NO. 25×24

清王鹏运《四印斋校本》《漱玉词》一卷、宋本诗出者、

明陈耀文《花草粹编》；《漱玉集》词一卷。李易安

宋黄昇《唐宋诸贤绝妙词选》、李易安赵明诚之妻，善为词，有《漱玉集》三卷

宋胡仔《苕溪渔隐丛话》《漱玉集》三卷。易安有《金石录后序》名《漱玉集》

《漱玉词》

左右《李易安集》辑成

台北里仁书局1980版

左引自何广棪著《李易安集系年校笺》

清杨士骧《山东通志·艺文志》《李易安集》十二卷

陈第《世善堂藏书目录》集类，闺阁集：《李易安集》十二卷。

明焦竑《国史经籍志》集类别集：《易安居士文集》七卷。

陈振孙《直斋书录解题》歌词类著录《漱玉集》一卷。

晁公武《郡斋读书志》、别集类著录《李易安集》十二卷

宋

李易安集、

（此宋中华书局本、册19页 13121—13122

注《宋史》《文苑传》六、李格非传

叶嘉莹先生指出，李清照是中国妇女之文学史中第一个具有想要以创作来肯定自己，而且更有着想要与男性作者一争短长之意念的女性作者。

NO. 8.2

。至於在婦女文學史中，偶然得有姓名流傳後世者，即如建安時代之蔡琰，雖然以「博學有才辯」著稱，但其所流傳下來的作品，也不過只有《悲憤詩》等幾首哀歌而已；至於撰寫《女誡》七篇的班昭，則雖有續成《漢書》之才之學，但她既清楚地認識到了在傳統文化中女子之處於弱勢之地位，而且曾提出了「卑弱第一」之認識，以儆其諸女的自我保全之道，故其平生亦雖不能以文學自顯，雖然她在晚年曾經因隨其子赴陳留任所而寫有《東征》之賦，又曾經因代其兄班超上還而寫有《求代》之疏，而凡其所作蓋莫不以述德及應用為旨，並不以炫露才名為事。故其傳世之作，亦不過僅有寥寥數篇而已。至於李清照的出現，則似乎乃是中國婦女文學史中，第一個具有想要以創作來肯定自己，而且更有着想要與男性作者一爭短長之意念的女性作者。宋於李氏的此種爭強好勝之性格，我們在其所自撰的一些敘寫中，就可以得到證明。即如李氏在其所撰的《金石錄後序》中，就曾寫有她與其夫趙明誠共坐歸來堂校書時，常以「飲茶先後」「角勝負」的故事，又曾在其所撰的《打馬圖序》中，自敘說：「予性喜博，凡所謂博者皆耽之」。更自謂其所以作此《打馬圖》，乃是「欲使千萬世後知命辭打馬始自易安居士也」。從這些敘述中，其爭強好勝與男性作者一爭短長之性格，固已可窺見一斑。何況在宋代胡仔所寫的《苕溪漁隱叢話》中，還曾載有李氏之一篇《詞論》。雖然有人因其僅見於筆記之記述，以為未可盡信。但胡仔與李清照時代相近，其所載《詞論》中的論詞之

NO.

25×24

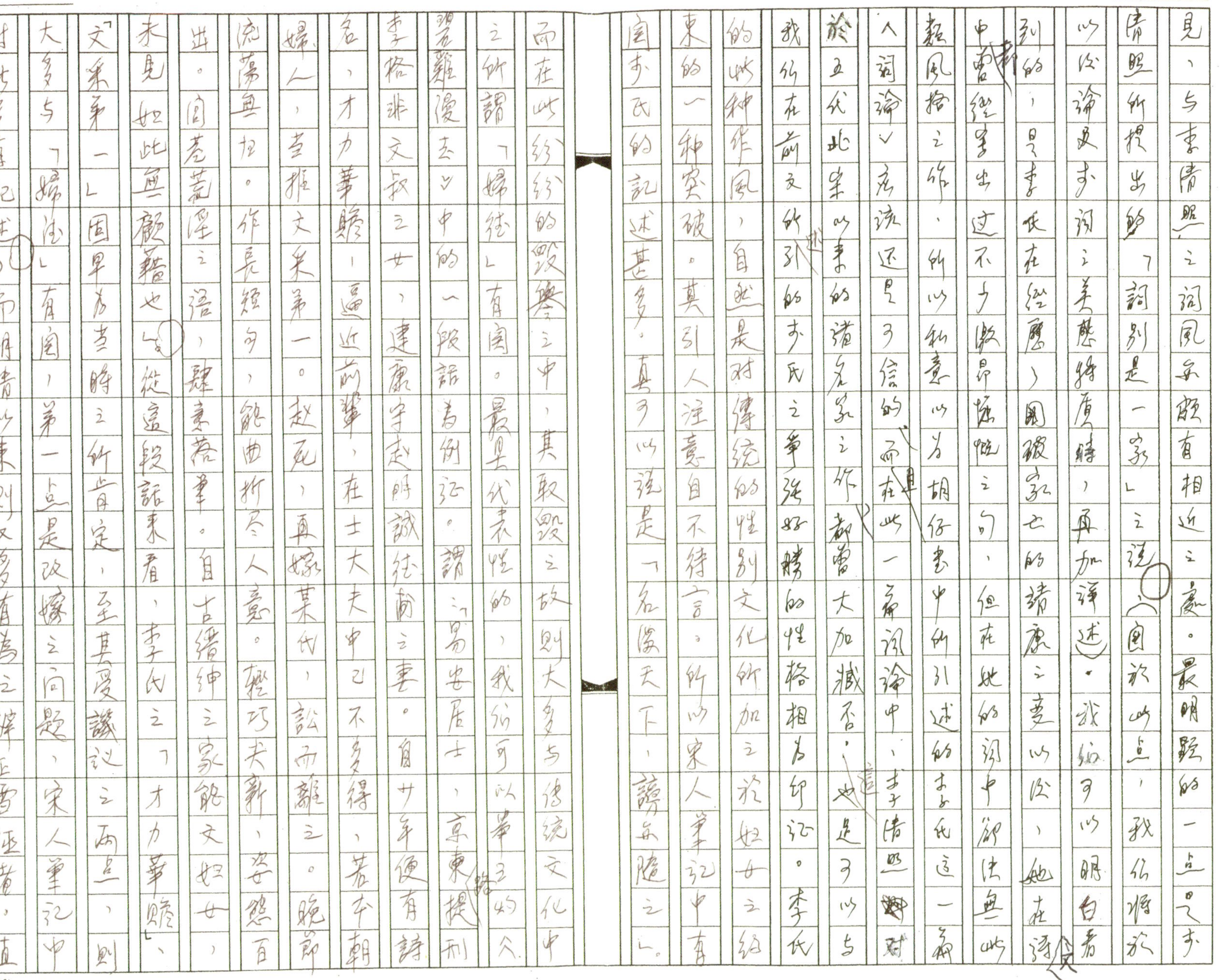

見、与李清照之詞風頗有相近之處。最明顯的一點是李清照所提出的「詞別是一家」之說，（因於此點，我們將於以後論及李詞之美感特質時，再加評述）。我們可以明白看到的，是李氏在經歷了國破家亡的靖康之變以後，她在詩文中曾經寫出過不少激昂慷慨之句，但在她的詞中卻決無此種風格之作，所以私意以為胡仔書中所引述的李氏這一篇「詞論」，應該還是寫於她的前期，而在此一篇詞論中，李清照對於五代北宋以來的諸名家之作都曾大加臧否，這是可以與我們在前文所引的李氏之爭強好勝的性格相為印證。李氏的此種作風，自然是對傳統的性別文化所加之於婦女之約束的一種突破。其引人注意自不待言。所以宋人筆記中有關李氏的記述甚多。真可以說是「名滿天下，謗亦隨之」。而在此紛紛的毀譽之中，其取毀之故則大多與傳統文化中之所謂「婦德」有關。最具代表性的，我們可以舉王灼的《碧雞漫志》中的一段話為例證。謂「易安居士，京東提刑李格非文叔之女，建康守趙明誠德甫之妻。自少年便有詩名，才力華贍，逼近前輩，在士大夫中已不多得，若本朝婦人，當推文采第一。趙死，再嫁某氏，訟而離之。晚節流蕩無歸。作長短句，能曲折盡人意，輕巧尖新，姿態百出。閭巷荒淫之語，肆意落筆。自古搢紳之家能文婦女，未見如此無顧藉也」。從這段話來看，李氏之「才力華贍」、「文采第一」固早為當時之所肯定，至其受譏議之兩點，則大多與「婦德」有關，第一點是改嫁之問題，宋人筆記中對此多有記述，而明清以來則又多有為之辯正雪誣者，直

叶嘉莹先生指出，李清照对五代、北宋以来的诸名家之作都曾大加臧否，既印证了她争强好胜的性格，又是对传统的性别文化所加之于妇女之约束的一种突破。

李清照《浣溪沙·闺情》（绣面芙蓉一笑开）、《减字木兰花》（卖花担上），这类词是故作娇痴、邀人爱宠的作品；而《醉花阴》（薄雾浓云愁永昼）、《凤凰台上忆吹箫》（香冷金猊），这类词是写相思闺怨的作品。

NO. P.4

至現代其爭議仍未全歇。但此种爭議私意以為無論其意見之為正為反，實在都可以說是出于性別文化中對婦女之一種歧視。誣之於男性作者之妻亡再娶之從無議者，則於氏之曾否再嫁，實不足議。何況本文之主旨乃在討論詞作之美感特質，李氏詞中既全無對再嫁之情事的反映，故此一爭議自可置之不論。至於第二點其詞作中之語言之被識為「無顧藉」的問題，王灼則並未舉出詞語之實例為証，以意測之，于氏詞中言語之可以引致此類譏議者，蓋有兩种情況：一類是故做嬌痴邀人愛寵的作品，如其《浣溪沙》（繡面芙蓉一笑開）一詞中之「眼波才動被人猜」，及《減字木蘭花》（賣花擔上）一詞中之「雲鬢斜簪，徒要教郎比並看」等句，另一類則是寫相思閨怨的作品，如其《醉花陰》（薄霧濃雲愁永晝）一詞中之「玉枕紗廚，半夜涼初透」，及其《鳳凰台上憶吹簫》（香冷金猊）一詞中之「被翻紅浪」等句。其實若將此一類作品與《花間集》中一些男性作者所寫的艷詞相比較，則《花間》之艷詞之較為露骨，固較于氏超過數倍而不止。何況若就相關語境言之，則于氏寫詞之對象及讀者，原來就是她自己的丈夫，則其故作嬌痴之語甚至以「枕」「被」入詞，固然也為閨房之情的一种真誠表述。王灼之以「無顧藉」相譏議，且在其上加上了「搢紳家能文婦女」之界定，其為性別文化中對婦女之一种歧視，自然也是明白可見的。不過本文並不在討論性別文化中之婦女是否遭受歧視之問題，本文所要討論的乃是女性詞作之美感特質的問題，下面我們就將對

NO.

25×24

下文对李清照词何以有如此成就以及其美感特质何在之问题进行了探讨。

NO. 35

李清照詞何以有此成就之原因、及其美感特質何在之問題一加探討。

先說李清照詞何以有此成就之原因，蓋正如本文在前面所言，在過去傳統文化對女子之才慧的約束及壓抑下，做為一個女子而要想有作品傳世、且足以成名成家，則必有待於特殊人物與特殊環境的因緣湊泊而後可。李清照生而有過人之才慧及爭強好勝之性格，這自然是其所以能有如此超越於一般女性之成就的原於其個人的重要因素。但僅有個人之因素則仍有不足，更可注意的是李清照還具有了兩種重要的環境之因素。其一是原於幸運的環境之因素，李氏既幸得生而為李格非之女，使其幼年時代就在文化薰習之中得以飽讀詩書，為其以後之創作奠下了良好的基礎。又幸得嫁為趙明誠之妻，其相知相得之樂，我們通過她所寫的《金石錄後序》，千載之下猶可想見，因而也就使李清照留下了不少使人喜愛的閨情閨思之作。這較之我們在前一章所寫的陸游之前妻與戴復古之外妻之遭遇一篇完整的詞作都未能留傳下來的情況⑮，李清照之終能成名成家，其幸運的環境之因素自是不可加以忽視的。不過李清照若是僅有早期之幸運的環境之因素，而未曾經歷其後期之不幸的環境之因素，則其所作之詞，如本文前面所舉的《浣溪沙》、《減字木蘭花》、《醉花陰》及《鳳凰台上憶吹簫》諸作，雖然也寫得生動真切，不乏清新之思與靈巧之句，但其意境卻終嫌不夠深厚。私意以為「意境」與「情境」不同，「情境」所指的應是較現實的感情及事件，而「意境」之所

NO.

25×24

NO. 26

指则应是一种足以引人深思生言外之蕴蓄。写到这里，我们就不得不回头一看前文我们留下的一段未完之言了。前面当我们提及李清照之《词论》之时，曾说到所谓「词别是一家」之说。私意以为「诗」与「词」二种文体，既有形式之不同，亦有内容之不同，更有本质之不同。《词论》上开端首先举出了「李八郎」「能歌擅天下」为说，更提出了「五音」「五声」「六律」之分，可见其所注意者乃是诗与词在声律、句法方面的外表形式之不同。其后又提出了「晏元献、欧阳永叔、苏子瞻」诸家，「作为小歌词」，「皆句读不葺之诗耳」。更谓「王介甫、曾子固，文章似西汉，若作一小歌词，则人必绝倒，不可读也」。最后乃下为结论，说：「乃知词别是一家」。此一段所论，自应乃是指内容及风格而言的。前文曾论及靖康之变后，李氏诗中有不少慷慨激昂之作，而其词中则决无此种言语，可为此一论点之明证。而殊不知诗与词之区分，除去外表之声律句法，及外表之内容与风格外，还应有更重要之一点，那就是词之为词，自有一种独具的美感之特质。关于此点，私意以为与李清照时代相近的另一位作者李之仪，虽未曾撰为任何专论，但却对此种特质颇有体悟。他在《跋吴思道小词》一文中，便曾明白提出说：「长短句于遣辞最为难工，自有一种风格」。又说：「晏元献、欧阳文忠……以其余力游戏，而风流闲雅，语出意表，……语尽而意不尽，意尽而情不尽，岂平平可得髣髴哉」。此一段话，颇能道出词之意境的一种幽隐深微之特美。只不过此文只是

NO.

25×24

NO. 27

李之儀為友人所作之小詞而寫的一篇跋文，既非論詞之專著，所以在當日並未引起任何人的注意。而且北宋之世，當時一般寫詞及論詞之人，也似乎都未曾有見於此。如此直至明代，一般詞人對於詞的此種美感特質，也仍然未能有明白之體認。清代的張惠言，在其《詞選·序》之中，正式提出了「意內言外」之說，似乎才引起了人們的注意。張氏本人也許對詞之此種特美確有體悟，但他用「意內言外」解釋「詞」之字義，本屬牽強。何況他並未找到恰當的語言來說明此種特美，遂不得不借之比附於詩騷之比興寄託，而且有意對五代兩宋之詞加以深求，以牽強比附為說，所以乃終於招致了不少譏議。其後王國維的《人間詞話》又提出了「境界」之說，而「境界」一辭也仍嫌含混不明。依然引起了不少爭議。不過詞這種文體之確實以蘊含一種深隱幽微之意境為美，則是無可置疑的。清代的諸位詞論家如周濟、譚獻、陳廷焯等人，也都只對此種特美有所體悟的人。至於李清照既生於北宋之世，她對於此種特美之未能有所體認，這自然是可以諒解的。所以她所提出的「詞別是一家」之說，也不過只限於詞之外表的聲律及詞之外表所寫的情意，及其外表的風格與詩之不同而已。因而她在《詞論》之中之所評騭的，遂只限於諸家詞外表之風格，如其論晏叔原詞之「無鋪敘」，賀方回詞之「少典重」，秦少游詞之「專主情致而少故實」云云，凡此種種，蓋皆就其外表辭語所表現之風格為說，而於諸家詞之意境則無一語能及。尤其是她對晏元獻、歐陽永叔、蘇子瞻諸家

25×24

生於北宋之世
當屬詞之發展之早期階段

叶嘉莹先生指出，在我国古代，一个女子若想写出既具深度又具广度的作品，乃必须遭遇一种双重的不幸，不仅是个人之不幸，还需要结合大时代的国家之不幸。

NO. P.8

词之论评，乃但讥之为「句读不葺之诗」，而对此诸家词之意境的深微幽远的微妙之处，则竟然一无所见，这实在不能不说是李清照对词之认知的一大缺憾。不过，理性上知解此种特美是一件事，创作上是否能达致此种特美，则是又一件事。就一般从事于词之创作与评说的人而言，能够从悟知解此种特美的人本就极少，从悟此种特美而能以言辞适当阐释说明者更少，能以言辞说明而且能在创作中实践者，当然就更为罕见了。不过，反过来看，则是对此种特美本无理论知解之人，反而有时也能因其性情修养，或生活经历，而竟然于无意中达致了此种意境。就以李清照而言，她对此种特美可以说就并无理论上之认知。她的一般作品所追求者，盖亦不过如前引王均之所言之「作长短句，能曲折尽人意。轻巧尖新，姿态百出」而已。不过李清照虽生而具有才力能超过人的优势，又因身为女性而有着纤柔细腻的感受和情思，所以确实曾经写出了不少男性作者所未曾有过的清辞丽句。诸如「宠柳娇花」、「绿肥红瘦」、「被冷香消新梦觉」、「人比黄花瘦」之類，这些佳句固早已传诵众口，脍炙在人耳目，自不须在此更为辞费。私意以为李清照词所更值得注意者，实在应该乃是她在靖康之难中亲身经历了破国亡家之巨变以后的一些作品。早在我撰写「良家妇女之不成家数的哀歌」一节文稿时，就曾提出说：一个女子若想写出既是深度又是广度的作品，乃必须遭遇一种双重的不幸，也就是说不仅是个人之不幸，而且还需要结合大时代的国家之不幸，如此方能造就一个

25×24

李清照亲身经历了战乱流离，以其过人之才慧与女性之锐感，在并不正面触及乱离的小词之写作中，透过一些极为纤细敏锐的女性之感觉与情思，而隐现了一份离乱沧桑之痛，因而其词中有一种幽隐深微的特殊美感。这类作品是易安词中最值得注意的一种特殊的成就。

NO. P.9

妇女成为伟大的作者」。就李清照而言，靖康二年徽、钦二宗相继被俘北去之时，她的年龄是四十四岁。是年，赵明诚起知江宁府。未几，金人陷青州，赵氏青州故第所保存之书册文物「凡所谓十余屋者」，「已皆为煨烬矣」(17)。次年，明诚罢知江宁，被旨知湖州，是年八月明诚至行在，「途中奔驰，冒大暑，感疾」，李清照自池阳奔往视疾，八月之十八日明诚病殁。时清照年四十五岁。自此以后，清照曾一度依投明诚之妹婿于洪州，未几，金人陷洪州。时清照有弟任敕局删定官，遂往依之」，而「到台，守已遁」。在当时，李清照曾追随行朝，流离辗转于浙东各地，且曾一度雇舟入海」。又曾遭受「玉壶颁金」之诬(18)。其后至会稽，「卜居土民钟氏舍」，一夕被盗，其所存之书册文物又大部失落。以上所叙，皆见于清照所撰之金石录后序」，在此文结尾处，清照曾自慨云：「余自少陆机作赋之二年（按清照在赵明诚时年十八），至过蘧瑗知非之两岁，三十四年之间，忧患得失、何其多也」(19)。从以上根据清照自叙的靖康难后其流离辗转的生活来看，她的词中本应写有不少乱离忧伤的作品才是，但我们今日所见的易安词中，则完全没有正面写及乱离之作，这自然与她认为「词别是一家」的观念有关。但她毕竟亲身经历了战乱流离，而且她的才慧过人，所以她乃独能以其过人之才慧与女性之锐感，在并不正面触及乱离的小词之写作中，透过一些极为纤细锐敏的女性之感觉与情思，而隐现了一份离乱沧桑之痛，因而达致了词之幽隐深微的一种特美。私意以为这一类作品，应该才是易安词中最值得注意的一种特殊的成就。

25×24

帐下风誉，张可传王继先，此辈实出于高宗亲擢、海（见上海古籍出版社研究论

乃高宗之御医，公宗史、王继先传之谓其“好黠善佞”，违与初以医术幸，诸大臣

继使致仕王继先以黄金三百两向故秘阁修撰赵明诚家市古器一事，帝王继先求

书以帝黑古器，惠于公建炎以来系年要录之卷廿记“建炎二年闰八月壬辰年卅日

人南渡后以一据公草之所存，以为是明诚死后不久有名王继先者即来向

问乎“玉壶颁金”之说，诸书不详，据于中航《李清照生平新考》三题之第三则

文选之上海古籍出版社出版

所收，页388—389

叶嘉莹先生对李清照词中特别具有幽隐深微之意境的三首词——《南歌子》（天上星河转）、《永遇乐》（落日熔金）、《渔家傲》（天接云涛连晓雾）进行了分析。

NO. 210

下面我就将把我所认为她的词中之特别具有词之幽隐深微之意境者，抄录几首下来一看：

（一）《南歌子》

天上星河转，人间帘幕垂。凉生枕簟泪痕滋。起解罗衣聊问夜何其？　翠贴莲蓬小，金销藕叶稀。旧时天气旧时衣。只有情怀不似旧家时。

（二）《永遇乐》　元宵

落日熔金，暮云合璧，人在何处？染柳烟浓，吹梅笛怨，春意知几许。元宵佳节，融和天气，次第岂无风雨？来相召，香车宝马，谢他酒朋诗侣。　中州盛日，闺门多暇，记得偏重三五。铺翠冠儿，捻金雪柳，簇带争济楚。如今憔悴，风鬟霜鬓，怕见夜间出去。不如向帘儿底下，听人笑语。

（三）《渔家傲》

天接云涛连晓雾。星河欲转千帆舞。仿佛梦魂归帝所。闻天语。殷勤问我归何处？　我报路长嗟日暮。学诗谩有惊人句。九万里风鹏正举。风休住。蓬舟吹取三山去。

先看第一首《南歌子》，这首词初看起来，并不见有什么特别出色之处，开端二句似乎不过泛写闺阁庭院中所见的一般秋宵凉夜中的景物而已，盖以在唐人诗作中，写天上星河及人间之帘幕者，原非鲜见，即如杜牧之《秋夕》一诗，即曾写有"银烛秋光冷画屏，轻罗小扇扑流萤、天街夜色凉如水，坐看牵牛织女星"之句，李商

NO.

25×24

今貴耳集以及癸巳類稿卷十五引此句作「曉」

NO. 8.11

隱的〈嫦娥〉一詩，也曾寫有「雲母屏風燭影深，長河漸落曉星沉。嫦娥應悔偷靈藥，碧海青天夜夜心」之句。可見李清照此詞首二句所寫者，固應本為庭院中所見之尋常景物。所以在《易安詞》的一些附有輯評及參考資料的版本中，此一首詞所附之資料，除注釋及校記等材料外，竟不見前人評說之語。比較之清照其他名作如〈聲聲慢〉之附有資料二十八則、〈醉花陰〉之附有資料十九則及〈念奴嬌〉之附有資料十七則等名篇而言，此一首詞之未被一般讀者所欣賞和注意自可想見。只是我個人卻對這首詞有一種特別的賞愛，這可能与我童年時在北京舊家庭院中的生活環境有着密切的關係。我的老家是一所有三重院落的大四合院。中間一重的院落頗大，每當夏天的夜晚，我就會隨着家人們搬一些椅子或小凳，甚至是躺椅或竹簾，坐臥在院中乘涼。一邊指認着天上的星辰，一边背誦一些唐人的小詩。「臥看牽牛織女星」和「長河漸落曉星沉」等，就都是那時經常吟誦的詩句。而每當我注意到天上北斗和銀河的方位逐漸轉變了的時候，天氣就也逐漸轉涼了。這時老一輩的家人就會叨念起北京的一句俗語，說「天河掉角，要穿棉褲了」，於是我們就也不再在院中乘涼，而且還把原來在夏天懸掛在房子前的可以舒卷的竹簾摘下，換上了沉重而下垂的棉簾。而也就正是這種尋常景物，當時就曾給予了我很強烈的時序推移節候如流的感受。當然，我當年所有的只不過是一個天真的少女的節候之感而已，但當年的感受卻在我歷經憂患以後重讀李清照這兩句詞

25×24

叶嘉莹先生对李清照《南歌子》（天上星河转）一词有一种特别的赏爱，这可能与她童年时在北京旧家庭院中的生活环境有着密切的关系。叶先生的老家是一所有三重院落的大四合院。中间一重的院落颇大，每当夏天的夜晚，她就会随着家人们在院中乘凉，一边指认着天上的星辰，一边背诵一些唐人的小诗。这些少女时代的记忆，加之后来饱经忧患的经历，使叶嘉莹先生对这首词产生了强烈的共鸣。

NO. 212

時，給了我很大的震撼。私意以為李清照所寫者表面看來雖然也只是閨閣庭院中的尋常景物，但她卻在一句「天上」一句「人間」的對舉，和一個「轉」字與一個「垂」字兩个表示轉變的動詞之聯繫中，表現出了一种籠罩天地的無可逃避也無可挽留的永遠無常的哀感。然後在下一句她卻以女性的極為柔細的感覺，把這种籠罩天地的永遠無常哀感全結到了自己所處身的一床枕簟之上。而枕簟上的淒寒孤寂之感則是最為切身的感受。李商隱在詩中就曾經寫有「只有空床敵素秋」和「欲拂塵時簟竟床」之句，朱彝尊在回想起当年一段苦戀時，也曾寫有「小簟輕衾各自寒」之句。而李清照在此詞中寫難耐的淒寒之感卻只用了「淚痕」的「淚痕」二字，寫破國亡家後的悲哀也只用了「淚痕滋」三字：「淚」而只曰「痕」，曰「滋」，其中本有多少難言之痛。而最後卻只寫了一句「起解羅衣聊問夜何其」，把所有長夜無眠的悲苦，都只借用了《詩經》的「夜何其」三個字輕輕帶過。真是含蓄蘊藉之極，真正有如陳廷焯所云：「發之又必若隱若見，欲露不露，……，終不許一語道破」者。

至於下半闋開端的「翠貼蓮蓬小，金銷藕葉稀」二句表面看來其所寫者不過只是秋天的尋常景物而已，「翠」之色固是指「貼」水之「蓮蓬」，至於「金」則應是指色」，而是指秋季之節令，「於時為金」，而秋氣之「金」則有肅殺之氣，故曰「銷」，在此肅殺秋氣中，所以「藕葉」乃有凋落稀疏之態，故曰「藕葉稀」也。這本是極易理解

25×24

《诗经·小雅·庭燎》：

夜如何其？夜未央。庭燎之光。君子至止，鸾声将将。

夜如何其？夜未艾。庭燎晣晣。君子至止，鸾声哕哕。

夜如何其？夜乡晨。庭燎有辉。君子至止，言观其旂。

李清照《南歌子》（天上星河转）一词的最后两句"旧时天气旧时衣。只有情怀不似、旧家时"，勾起了叶嘉莹先生对"帖绣"旧衣金线脱落的回忆。"物犹如此，人何以堪"，在"旧时天气旧时衣"的今昔哀感中，李清照平常道出"只有情怀不似、旧家时"，全无伤感流泪的字样，而其哀感乃尽在言外。

NO. 2.13

和想見的眼前景物。但從面所接的「舊時天氣舊時衣」一句，則使得前面兩句寫氣候節令的語言，都立刻與「衣」相連，而有了雙重的意蘊。於是前面一句的「翠貼」二字也立刻除了蓮蓬貼水之聯想以外，而有了衣服之「貼繡」的含義。而次句之「金銷」二字也立刻除了時令之「金」的銷亡凋落的聯想以外，而有了衣服上之金線的破損零落的含義。我對這兩句詞的情境，也有一種極親切的回憶。原來我家原是故都之舊家，家中一些箱櫃中一直存放有很多先輩舊存的衣物，其中有所謂「貼繡」者，蓋如後世俗稱「補花」的一種女紅，是把一些材料剪裁為各種花樣而貼繡在衣服上的一種裝飾。而這些裝飾往往周邊都是用金線固定在衣服上的。我就親眼見過這些金線脫落的舊日的繡衣。於此我們若再回顧前二句的「翠貼蓮蓬小、金銷藕葉稀」二句，則在此景物節候依然，而舊衣之貼繡則半皆脫落之情境中，固應有多少「物猶如此，人何以堪」的今昔滄桑之感。所以李清照在其另一首《武陵春》（風住塵香花已盡）的詞中，就曾明白寫出過「物是人非事事休，欲語淚先流」的句子。只不過這一首《南歌子》之詞的結尾卻寫得更為委婉更為含蓄，在「舊時天氣舊時衣」的今昔哀感中，只是平平的做了一句敘述說「只有情懷不似舊家時」，全無傷感流淚的字樣，而其哀感乃盡在言外。所以私意以為這一首《南歌子》之詞，雖在過去未曾引起人們的重視，卻實在應是易安詞中，最具有如我所謂的詞之幽隱深微之特美的一篇作品。

25×24

其次，再看她的《永遇乐》词，这一首词，在王学初的《李清照集校注》一书中，曾将参考资料归纳为七则，计有《贵耳集》一则、《须溪词》一则、《词源》一则、《词品》一则、《少室山房笔丛》一则、《赌棋山庄词话》一则。但各则中辗转引录者，则多至十则以上。可见这一首词是极为世人所注意和喜爱的一篇作品。至于她所所表达者何在，则大别之可分为两类：一类是称赏其辞语者，如《贵耳集》曾称赏其「染柳烟轻」三句，以为「气象更好」。又称其下半阕之「于今憔悴」三句，谓其「以寻常语度入音律。鍊句精巧则易，平淡入调者难」。又如《赌棋山庄词话》之引张鑑之《姜夔传》论评两宋词人，曾称此词首句「虑周而藻密」。以上众人之所赏者固非虚誉。而另一类则是有关其内容者，此词题曰「元宵」，後半阕换头之处全写当年北宋汴京元夕之美景良辰，渡江南来的词人读到这首忆往之词，自不免会产生许多今昔之悲慨。这自然也是这一首词在後世之所以被人喜爱称赏的一个原因。即如南宋末年之词人刘辰翁就曾用同调《永遇乐》写过两首「上元」词，第一首前一篇小序，云：「余自乙亥上元（按乙亥为南宋恭帝德祐元年）诵李易安《永遇乐》，为之涕下。今三年矣，每闻此词，辄不自堪。遂依其声，又托之易安自喻。虽辞情不及，而悲苦过之」云云。第二首前也有一篇小序，云：「余方痛海上元夕之习，邓中甫适和易安词至，遂以其事吊之」云云。（按邓词未见传世，须溪词亦仅有前一首收入《全宋词》之中，後一首则见於《彊村丛书》本之《须溪词》，有「灯舫华

25×24

刘辰翁《永遇乐》（璧月初晴）词前小序：“余自乙亥上元，诵李易安《永遇乐》，为之涕下。今三年矣。每闻此词，辄不自堪，遂依其声，又托之易安自喻。虽辞情不及，而悲苦过之。”其词曰：璧月初晴，黛云远淡，春事谁主。禁苑娇寒，湖堤倦暖，前度遽如许。香尘暗陌，华灯明昼，长是懒携手去。谁知道，断烟禁夜，满城似愁风雨。　宣和旧日，临安南渡，芳景犹自如故。缃帙流离，风鬟三五，能赋词最苦。江南无路，鄜州今夜，此苦又谁知否。空相对，残红无寐，满村社鼓。

王学初《李清照集校注》北京人民文学出版社1979年10月一版 页54—57

NO. 3.15

星，崖山矴口，官军围处。璧月辉圆，银花焰短，春事遽如许」之句。盖当时南宋之危亡已近在眉睫之间，故刘辰翁乃有如此沉慨之言也。据此知易安此词之所以传诵人口固应有以上的两种原因。然而却也有人曾对这一首《永遇乐》之词颇有微辞，即如张炎《词源》以论及咏节序之作时，就曾谓「李易安《永遇乐》云『不如向帘儿底下听人笑语』。此词亦自不恶。而以俚词歌于坐花醉月之际，似乎击缶韶外，良可叹也。」这自然是对易安此词之俚俗表示不满者（此种情况，我将留待以后论及易安《声声慢》一词时，再加详述）。不过无论后人对此词之有毁有誉，其曾传诵众口，则是无疑的。近年之编选宋词或宋词之论述者，亦多录有此词。只是我个人自少年时诵读此词就有一点疑问，却一直未见有人言及者，那就是在上半阕写到「元宵佳节，融和天气」的良辰美景之时，何以却突然承接了「次第岂无风雨」之句，未免显得突兀不伦。这实在全不合于一般作词之章法，所以我每读此词对这一句就会感到疑问。如今仔细研读李清照之生平，私意以为此二句实应含有极深隐的一份言外之意。而其所以引生我的言外之意的联想，则是由于一则宋人的笔记。原来宋人庄绰之《鸡肋编》卷中，曾有一则与李清照家世有关的记述，谓「岐国公王珪在元丰中为丞相，父准、祖贽、曾祖景图皆登进士第。其子仲修元丰中登第」云云，历叙其家世之盛，继之更及其戚族之盛，云「汉国公准子四房，孙婿九人，余中、马珫、李格非、闾丘箎、……曾孙婿秦桧、

25×24

刘辰翁《永遇乐》（灯舫华星）词前小序："余方痛海上元夕之习，邓中甫适和易安词至，遂以其事吊之。"其词曰：灯舫华星，崖山矴口，官军围处。璧月辉圆，银花焰短，春事遽如许。麟洲清浅，鳌山流播，愁似汨罗夜雨。还知道，良辰美景，当时邺下仙侣。　而今无奈，元正元夕，把似月朝十五。小庙看灯，团街转鼓，总似添恻楚。传柑袖冷，吹藜漏尽，又见岁来去岁去。空犹记，弓弯一句，似虞兮语。

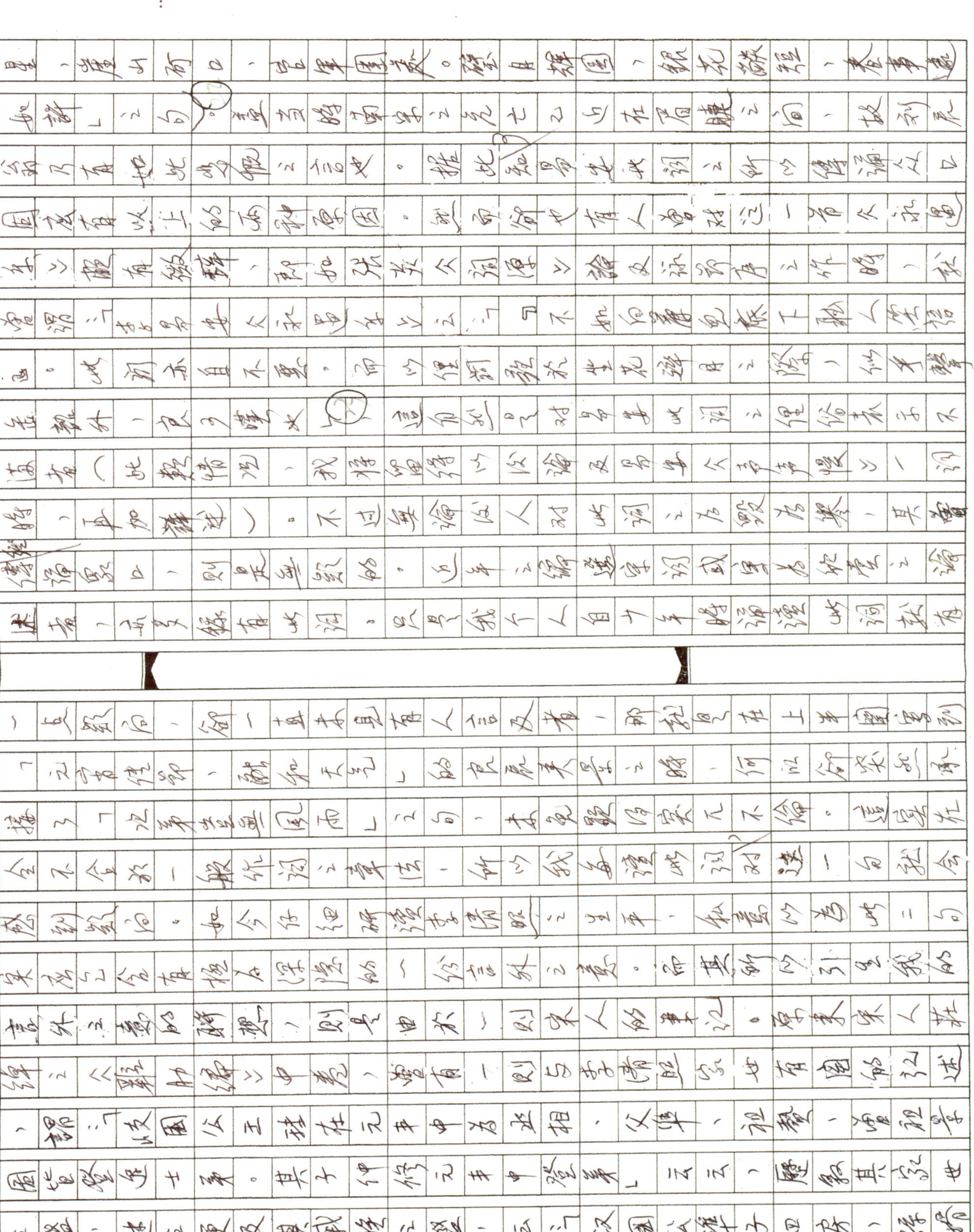

說來周密《齊東野語》相埒，亦今《輟耕錄》諸書所及也
莊綽父元祐中與黃庭堅、蘇軾、米芾遊諸。又云「綽以其書可存
為有提要，所謂本書作者莊綽字季裕，以字行」
所收江西巡撫採進本四庫全書《雞肋編》
《雞肋編》引自「會稽董氏取斯堂光緒戊子琳琅秘室叢書本」
《彊村叢書》

NO. P.16

孟忠厚同時拜相開府，亦可謂華宗盛族矣」。(24)《四庫提要》之謂《雞肋編》之「可與後來周密《齊東野語》相埒，非《輟耕錄》之諸書所及」。可見其記載之可信，據此則李清照與秦檜之妻乃姑表之親。也就是說李清照之母王氏乃是王准之孫女，按輩分應是秦檜之妻王氏的姑母。至於《宋史·李格非傳》之謂其「妻王氏，拱辰孫女」，據黃盛璋〈趙明誠李清照夫婦年譜〉之謂《宋史·李格非傳》之多本王稱《東都事略》(25)，但《東都事略》卷一一六〈李格非傳〉並無一字及於其妻王氏者(26)，不知《宋史·李格非傳》之有關其妻為王拱辰孫女之所出。至於莊綽《雞肋編》則對於王珪之家世及諸孫婿與曾孫婿之記敘頗詳，自非無稽之言。然則李清照與秦檜妻王氏固當為姑表姐妹也。此一首《永遇樂》之詞上半闋雖有「來相召，香車寶馬」云云，可見「來相召」者固當是極為貴顯之人。以此推想，則李氏之「次第豈無風雨」之言，固應深有諷喻之意，決非泛泛之句也。此內含之深意既明，我們現在就可以對此一首《永遇樂》之詞，略做深入之賞析了。

此詞開端「落日鎔金，暮雲合璧」自是佳句，前文引張鑑稱此二句「虛周而藻密」，仍嫌泛泛。此二句佳處一在其氣象高遠，全從遠天遼空之暮色寫起，而「鎔金」與「合璧」之偶句，則又寫得極為貴重而工麗，此種佳處已屬難得，更可注意者則是其「合璧」二字乃暗用古詩「日暮碧雲合，佳人殊未來」之句，其所暗示者正是國破家亡甚至趙明誠已經長逝不返的一份深哀極痛。故繼之乃以「人在何

25×24

庄绰《鸡肋编》：岐国公王珪在元丰中为丞相，父准、祖贽、曾祖景图，皆登进士第。其子仲修，元丰中登第。……又汉国公准子四房，孙婿九人，余中、马珫、李格非、闾丘籲、郑居中、许光疑、张焘、高旦、邓洵仁皆登科。邓、郑、许相代为翰林学士。曾孙婿秦桧、孟忠厚同时拜相开府，亦可谓华宗盛族矣。

绍兴八年，南宋定都临安，秦桧被任为尚书右仆射、同中书门下平章事。两年后，岳飞被赐死，南宋偏安之局遂定。秦桧日益得势，粉饰太平，屡上贺章，甚至李清照亦曾被推荐写有节日祝贺之帖子多篇。

NO. 217

處」四字，以了其所思不在而人事全非的悲慨。下面的
「染柳煙輕，吹梅笛怨，春意知幾許」，同樣是兩句偶句
和一個單句，偶句寫景色，暗示元宵的早春節候，「柳」
而曰「染」，「煙」曰「輕」，是柳葉雖未全展但在煙靄中已可見輕微
之綠意。「梅」曰「吹」，「笛」曰「怨」，則是因笛曲中有「梅花落」之曲
調，暗示梅花已經零落，正是冬去春來之候，故偶句以後
一單句而曰「春意知幾許」，將節候明白點出。此開端六
句，叠用兩偶一單，兩个偶句都寫得極美，這正是這一首
詞最得人贊美之處。兩个單句作結，一為四字句，一為五
字句，整齊中有變化，雖說這是永遇樂此一牌調的基
本格式，但李清照卻能夠充分運用得極好，把形式方面的駢散句
法，与內容情意做了極為完美的結合，真是如此工緻的詞

續、以下才進入這首詞所寫的主題「元宵」。曰：「元宵佳
節，融和天氣」，如此佳節，如此美好之天氣，本
應普給人一片欢乐才是，而李清照卻陡然筆鋒一轉，寫出了
「次第豈無風雨」一句大煞風景的話。若曰無意，其誰信
之？我在前文之所以提出此句引人生諷喻之想，除去李清
照与秦檜之妻王氏的一重姑姪關係以外，還有「風雨」二字早自詩
經的鄭風〈風雨〉之篇以早就被賦予了諷喻之义。至于南渡以後
之慶賞元宵，這未自紹興八年定都臨安以後。而在這一年
秦檜為尚書右僕射、同中書門下平章事。兩年以後岳飛被賜
死。南宋偏安之局遂定。而秦檜日益得勢，粉飾太平，屢
上賀章，甚至李清照亦曾被推薦寫有節日賀之帖子多篇。據周
密《浩然齋雅談》所記此諸帖子，蓋寫于紹興十三年之間。壹

25×24

NO. 7.18

李清照此一阕《永遇乐·元宵》词，或即为此一段时期之所作。以李氏之性格原有逞才好胜之一面，因亲友之请而写有向皇室献贺之帖子，自无足怪。但其性格之另一面则亦颇有忠义劲直之概，这在其许多诗作中都可得到证明，即如其《乌江》一诗，就曾写有「生当作人杰，死亦为鬼雄，至今思项羽，不肯过江东」之句，其《上枢密韩肖胄》一诗也曾写有「欲将血泪寄山河，去洒东山一抔土」之句，而其《浯溪中兴颂诗和张文潜》及另一首失题之词，则写有「君不见惊人废兴传天宝，中兴碑上今生草，不知负国有奸雄，但说成功尊国老」。及「南渡衣冠少王导，北来消息欠刘琨」之句，都可见出她对苟且偏安之当时风气的不满。不过她既然对词存有一个「别是一家」的看法，所以在词作中从来未曾写过这一类奋发豪迈之句，但这一首词中的「香车宝马」之对显贵的形容，固正可以与此词前面所写的「次第岂无风雨」的空无之句相辉映，反讽之意，自在言外，所以用「谢他」二字表示对此香车宝马的「酒朋诗侣」所之邀请的种种谢辞之意。以上前半阕从「气象景物中所透露的人事之今非与时节之更易转入元宵佳节时贵族的邀请，充满了幽约深隐的讽喻之意的。

下半阕则笔锋一转，反过来写当年她对于北宋盛世之元宵佳节的美好的回忆。「中州盛日」是国家的昇平的美好的时世，「闺门多暇」是自己的青春年少时美好的生活，「记得偏重三五」正写当年「元宵」佳节之被人所重视。而以李清照之争强好胜的性格自不会令此

25×24

李清照《浯溪中兴颂诗和张文潜二首》其二：

君不见惊人废兴传天宝，中兴碑上今生草。不知负国有奸雄，但说成功尊国老。谁令妃子天上来，虢秦韩国皆天才。花桑羯鼓玉方响，春风不敢生尘埃。姓名谁复知安史，健儿猛将安眠死。去天尺五抱瓮峰，峰头凿出开元字。时移势去真可哀，奸人心丑深如崖。西蜀万里尚能反，南内一闭何时开。可怜孝德如天大，反使将军称好在。呜呼，奴辈乃不能道辅国用事张后专，乃能念春荠长安作斤卖。

宋无名氏《南歌子》：

帘近浑如远，帘高故放低。偏它能画斗头眉。戴顶浇香铺翠、小冠儿。　酒伴残妆在，花随秀鬓垂。薄罗小扇写新诗。解下双双罗带、要重题。

台湾世界书局影印《百部丛书集成》本《聚珍版丛书》第卅函、册四》

可令焚之通衢……自今后宫中首饰衣服并不许铺翠销金"云云

高宗手诏云："比年以来中外服饰过为侈靡……近外国所贡翠羽六百余只

○《宋朝事实》宋李攸撰，卷之十三，页十二〈禁止铺翠销金等服饰〉一则，载有绍兴十七年

○《乐府雅词》享帚精舍藏版《词学丛书》本 册三 页二上

NO. P.20

清照的筆法變化操縱之妙了。而也就是在這種變化操縱以對筆之中，李清照深沉地寫出了難以言說而收斂含抑住了她對於家國（的）傷今念往（的）深悲極慨。這自然也是李清照的一首富含遠韻和深意的佳作。

下面我們再要看的是她的一首表現特殊風格的名作《漁家傲》。我們說這首詞表現了一種特殊風格，主要是因為在唐宋詞中一般說來其所寫的景物（情事）大多是現實中之所實有者，而這首詞整體來看，卻表現有一種非現實的理想之意味。先看上半闋之「天接雲濤連曉霧，星河欲轉千帆舞。彷彿夢魂歸帝所。聞天語，殷勤問我歸何處」。以前王國維在《人間詞話》中，曾經提出過「造境」與「寫境」之說，謂：「有造境、有寫境，此理想與寫實二派之所由分」。又說：「然二者頗難分別，因大詩人所造之境，必合乎自然，所寫之境，亦必鄰於理想故也」。李清照此數句詞的「聞天語」及「歸帝所」等敘寫，其景物情事自非現實中之所能（實）有，而且其所謂「帝所」，自應是指天帝所居之所，而所「聞」之「天語」，則是「殷勤問我歸何處」。則正是對人生終極之歸宿與意義的一種反思。所以私意以為李清照此詞，實大有象喻之意味。本來早在八十年代中，當我撰寫《靈谿詞說》中《論秦觀詞》一文時，也曾提出過「寫實」與「象喻」之說，以為少游的《踏莎行》之開端所寫的「霧失樓臺，月迷津渡，桃源望斷無尋處」諸句，是已經進入了一種含有豐富象徵意義的幻想中之境界了」。並且說「這在小詞的發展演進中，實在是一件極值得

25×24

李清照《渔家傲》（天接云涛连晓雾）一词，表现了一种特殊风格。唐宋词中所写的景物情事大多是现实中之所实有者，而这首词整体来看，却表现有一种非现实的理想之意味。

《渔家傲》记梦抒怀、
《蓼园词选》（清黄蓼园）谓其「无一毫钗粉气，自是北宋风格」
路长日暮，合《离骚》之「欲少留此灵琐兮，日忽忽其将暮」
又「路漫漫其修远兮，吾将上下而求索」
惊人句　杜甫「语不惊人死不休」

NO. 9.21

注意的开拓和成就」。不过若以李清照此词之上半阕与秦观《踏莎行》之词之开端数句相比较，则李词之意境较秦词之意境实更为注意。盖以秦词所写的「雾失」「月迷」的既失去高远之期望又失去了津渡之出路的悲哀，还可以说是一种由现实生活之失落所产生的悲哀，盖以秦观少怀大志，早年应举不第，曾一度意志消沉，其后得苏轼等友人之勉励，于元丰八年登第，次年哲宗即位，皇太后临朝用事，苏轼等友人荐之于朝，曾与黄庭坚等人同任国史院编修官，而未几宣仁太后薨，秦观遂与苏轼等人同被贬出，秦观出贬处州，又贬郴州，其《踏莎行》之词，就是贬郴州后的作品。我在此处之所以琐琐叙写秦观之生平，其目的盖在说明李清照此《渔家傲》之一词与秦观《踏莎行》之一词，其象喻性的根本差别之所在，以及此种差别与性别文化之关系。盖以若就人生之目的及其价值与意义而言，男性文化原来早就对自己所追寻之目的做好了一种安排。修、齐、治、平，当然是现世所追求的理想目标，除此现世的目标以外，他们还为自己的身后安排了一种立德、立功、立言的不朽的理想，而无论是现世的目标或身后的不朽，就女子而言则都是全然被屏除在外的。而也正因为此种区别，所以一般而言，男子在其失意之中所写的理想落空的悲哀，往往都是属于现世的事功无成的悲慨。至于一般女子则大多以持家事亲相夫教子为人生惟一的意义，而极少有人想到个人一己之生命的意义价值。但李清照这首词，却写出了一个有才慧的好胜争强的女子，在生命面临终尽之时，对于自己之生命的终极价值与意义的最终

NO.

25×24

若就人生之目的及其价值与意义而言，男性文化原来早就对自己所追寻之目的做好了一种安排。修、齐、治、平，当然是现世所追求的理想目标，除此之外，他们还为自己的身后安排了一种立德、立功、立言的不朽的理想。而无论是现世的目标或身后的不朽，就女子而言，则都是全然被屏除在外的。

No. 7.22

的究詰与反思。

此词開端兩句「天接雲濤連曉霧，星河欲轉千帆舞」真是寫得高遠廣闊，氣象万千。若向此一景象之为寫實為虛，則就其下面所寫的「仿佛夢魂歸帝所」，「聞天語」等非現實之情事而言，固应是虛擬的象喻之景象，但我们在前面敘寫李清照遭難後的生活，曾引述過她的《金石錄後敘》中的自敘，她曾經因為尋追隨行朝而「雇舟入海」，此词開端所寫，及下半闋的「蓬舟」之形象，豈然也可能是她行舟海上時所見到的一些實景。不过王國維謂詞好「大詩人所造之境必合乎自然，所寫之境亦必鄰於理想」。李清照既曾經有过行舟海上的生活体驗，則当其欲表达自己的某种理想時，自然可以取之於她的生活体驗之所得，將之轉化為非現實之理想的喻象。不过，李氏此词佳處之所在，还不僅只是在於其所象喻的对人生究詰之追問，為向来唐宋詞中所未曾有而已，而且更在其所表現之意境有一种極為寥闊而高遠之氣象。首句「天接雲濤連曉霧」，以開端便展示了一种從天上直到人間的一片無際的混茫，在此天地混茫之中，自然可以使人引生無限的遐思。天上既佈滿了如波濤般的雲影，則在雲影流移之際，那一條横亘於高空上的星河自然就隨之也有了一种流轉之勢。至於「千帆舞」則似乎有兩种可能，其一是天上流移的白雲在飄过星河之際亦可以有如「千帆舞」的可能，其二是地面上的許多船，在迷茫之海霧中，亦可以使人有「千帆舞」的想像。在此二种可能中，我比較傾向於兩者的結合，因為此词前半闋之意象固全在天上

25×24

李氏《渔家傲》（天接云涛连晓雾）一词佳处之所在，不仅只是在于其所象喻的对人生究诘之追问，为向来唐宋词中所未曾有而已，而且更在其所表现之意境，有一种极为寥阔而高远之气象。

NO. 223

但李清照所乘之舟船则固应在人间也。而下一句的「仿佛梦魂归帝所」，则正是将天上之云帆与地上之舟船相结合起来的词人之一种想像。仿佛乃是所乘之舟船已随天上飞舞转动的云帆一起飞入了高空中的天帝之所了。于是乃有下一句的「闻天语」，表面上写的是我仿佛听见了天帝之询问，其实正表现了我想要向天帝究问的一种情怀，屈原岂不是就曾将其所有欲向天究问的困惑总结之曰「天问」吗？於是李清照最後乃郑重地写出了天帝之询语，曰「殷勤问我归何处」。而这实在也就正是作者对人生终极之目的与意义的一种郑重的反思，所以形容此一大问曰「殷勤问」。黄蓼园之论晏几道词，曾对其阮郎归中的「殷勤理旧狂」一句极致赞赏，就正因为「殷勤」二字包蕴含有无限郑重恳切之意，李清照此处写天帝之问，而曰「殷勤问」，亦足可见此一问之关系重大而并非等闲矣。那就正因为其所欲究诘者，固原为作者本人内心中之最大的困惑，而此一困惑则正是作者对自我生命之价值与意义的最後究诘。

以上前半阕既从天地混茫的追寻中，提出了对我之终归何处」的大问，所以下半阕李清照乃努力尝试着要对此一人生大问做出反省和答覆。首先曰：「我报路长嗟日暮」，是作者首先反思自己一生之经历，其「路长」二字，表面似只说路途之长，但若就个人之一生言，则当指自我生命之经历。据前引李清照金石录後叙所云：「余建中辛巳始归赵氏」，又在篇末言「余自少陆机作赋之二年，至过蘧瑗知非之两岁，三十四年之间，忧患得失，何其多也」。而在篇陆游《渭南文集》卷三十五《夫人孙氏墓志铭》曾提及李清照欲教授文学事：故赵建康明诚之配李氏，以文辞名家，欲以其学传夫人。时夫人始十余岁，谢不可，曰："才藻非女子事也。"

末則署云「紹興二年」，以此上推，清照應生於宋神宗元豐七年甲子（一〇八四），卒年不詳，若就其作品之可繫年者考之，則據周密《浩然齋雅談》之卷上曾載云：「李易安紹興癸亥在行都，有親聯爲命婦者，因端午進帖子」云云，知其在紹興十三年（一一四三）依然健在，當時應年六十歲。又據陸游之《渭南文集》之卷三十五所載〈夫人孫氏墓誌銘〉曾記敘云：「故趙建康明誠之配李氏，以文辭名家。欲以其學傳夫人，時夫人始十餘歲，謝不可，曰：『才藻非女子事也。』」據陸氏銘文，此一位孫夫人蓋卒於光宗紹熙四年（一一九三），「享年五十有三」，若于此上推四十年，則孫夫人年十三歲時，李清照仍在，則李氏當爲七十歲。雖然此一闋〈漁家傲〉詞寫作之年代不可確考，但詞中既有「路長」「日暮」之言，則必爲其晚年之作無疑。是所謂「路長」者，依本意固是指生命經歷之長，而就李清照之歷經國破家亡的種種艱沛流離之苦言之，則此所謂「路長」者，固應兼有所經歷的患難痛苦之多的含義。而如今「日暮」，更自知已經來日無多，則一生痛歷此憂患苦難若果無任何意義與價值，豈不殊堪嗟息，故曰「嗟日暮」也。若於此而做一最後之反思，則李氏固曾以才華文采過人而自許。故繼之乃曰「學詩謾有驚人句」也，且「驚人句」，足見李清照雖在暮年其筆端好勝的自詡之心，固依然尚在也。但再一深思則吾即使會發現縱然有「驚人」之「句」，又究有何種意義與價值耶？故乃于「驚人句」四字之上，加一「謾」字。「謾」字在詩詞中是表示一種徒然無益的口氣，即如周邦彥〈解連

25×24

《陸放翁全集》之上《渭南文集》卷三十五（台灣世界書局1970二版）

（《中國文學名著》第三集、第十二冊）

頁216－217

NO. P.25

環之詞，就曾有「讀記得書且貴者，把閒語閒言、待總燒卻」之句，可以為證。然則就李清照之反思而言，則是似嘗其自嘲曾寫有「驚人句」，亦復徒然有何意義乎？固於此種對人生終極意義之究詰，在古代並無一種固定的宗教信仰之時，下焉者固是蒙昧而生蒙昧而死，至於上智者如孔子則是以「盡己」及「反求諸己」為主，故曰「未知生、焉知死」，又曰「不怨天、不尤人，下學而上達，知我者其天乎」之陶淵明雖有儒道之修養，故於死生之際能有「聊乘化以歸盡，樂夫天命復奚疑」之曠觀。若夫一般才人志士則往往不甘於生命之落空，所以杜甫失意在秦州時、就曾寫有「老去才難盡，秋來興甚長」之句，陸游晚年也曾寫有「形骸已與流年老，詩句猶爭日月光」之句，至於天才詩人李白則不僅於生命之落空有所不甘，甚至以為天才可以戰勝一切，所以在〈上李邕〉詩中就曾寫有「大鵬一日同風起，扶搖直上九萬里。假令風歇時下來，猶能簸卻滄溟水」之句，其後又寫有一首〈臨路歌〉（按李華墓誌謂太白賦〈臨終歌〉而卒，或以為此詩題〈臨路〉乃〈臨終〉之誤），仍以大鵬自喻，説辭曰：「大鵬飛兮振八裔，中天摧兮力不濟」，其所寫的自然是自知其「力不濟」的更深一層的悲哀。但才人李白於此仍有不甘，故乃寄望於後世，曰「餘風激兮萬世」，但畢竟此生已矣。所以在「後人得知傳此」的遙遠之期待一句以後，最終還是落到了此生之窮塞哀傷，而結之曰「仲尼沒兮誰為出涕」。李清照此一首〈漁家傲〉之詞，也同樣表現了一個才慧之人，在

25×24

李清照《渔家傲》（天接云涛连晓雾）一词，表现了一个才慧之人，在走向人生之终点时，对于生命之终极意义与价值的一种究诘的反思。虽然未能达到如孔子之圣者的知命与达道，也未能像渊明之能有乘化归尽的旷观，但她所表现的既不像杜甫之伤感，也不似放翁之逞气，颇具太白之健笔豪情，但又未落入太白之对现实失败的考量。

NO.226

走向人生之终点时，对于生命之终极意义与价值的一种究诘的反思。虽然未能达到如孔子之圣者的知命与达道，也未能像渊明之能有乘化归尽的旷观，但她所表现的既不像杜甫之伤感，也不似放翁之逞气，颇具太白之健笔豪情，但又未落入太白之对现实失败的考量，她是全以想像之笔，在「谩有惊人句」之后，突然一翻起，而写下了「九万里风鹏正举。风休住，蓬舟吹取三山去」三句，表现了一片鹏飞高举的飞扬的气势。这种想像和理想，是在已突破了现实中一切性别文化的拘限，而对普世的人生究诘的反思，做出了一种飞扬的超越。这首词中所表现的境界和意态，是易安词中极可注意的一种特殊的成就。

写到这里，本文既已经对李清照词中最为具有词之深隐幽微要眇言外意义之特美的几种不同类型的代表作品，都已分别做了相当的介绍。原本已可以在此告一结束。只是李清照还有另一阕一直腾诵众口，却未免毁誉参半的作品，私意以为其所以毁誉参半，乃是因为一般词评家对于不同性别之作者，未能采取不同之标准来加以衡量之故。这一首作品，就是在李清照词中，其美感特质表现得最为女性化的一阕《声声慢》。现在就让我们把这一首词，也先抄录下来一看：

寻寻觅觅，冷冷清清，凄凄惨惨戚戚。乍暖还寒时候，最难将息。三杯两盏淡酒，怎敌他、晚来风急。雁过也，正伤心，却是旧时相识。

满地黄花堆积。憔悴损，如今有谁堪摘。守着窗儿，独自怎生得黑。

25×24

27

梧桐更兼細雨，到黃昏、點點滴滴。這次第、怎一個愁字了得。

這一闋《聲聲慢》，是在易安詞中被評述和評説得最多的一篇作品，而其評述和評説的重點，則主要是在其開端所用的十四個疊字。最早的一個評述其疊字之人，乃是宋朝的張端義。張氏在其《貴耳集》中，曾謂其開端所用的十四個疊字"乃公孫大娘舞劍手。本朝非無能詞之士，未曾有一下十四疊字者"[1]，又曾稱美此詞之後半闋云"梧桐更兼細雨，到黃昏、點點滴滴[2]又使疊字，俱無斧鑿痕"。又稱美其"黑"字韻，云："守着窗兒，獨自怎生得黑，'黑'字不許第二人押。婦人中有此文筆，殆間氣也[3]。"此外如宋代羅大經之《鶴林玉露》[4]，明代楊慎之《詞品》[5]，沈際飛之《草堂詩餘·別集》之評語[6]，及清代沈雄之《古今詞話·詞品》[7]，梁紹壬之《兩般秋雨庵隨筆》之[8]等書，對易安此詞之連用十四疊字，也都曾大加贊美。而在衆口贊譽之中，當然也有人提出過不同的看法。即如清代之許昂霄在其《詞綜偶評》中，即曾云："此詞頗帶傖氣，而昔人極口稱之，殆不可解"[9]。陳廷焯之《白雨齋詞話》亦曾舉易安此詞開端之十四疊字，而稱張端義之稱美，云："此不過奇筆耳，並非高調。張氏賞之，所見亦淺"[10]。又謂張氏"此論甚陋。十四疊字不過造語奇雋耳。詞境深淺，殊不在此。執是以論詞，不免魔障"[11]。近人鄭騫《詞選》論易安此詞，曾引周濟《介存齋論詞雜著》之言，謂"閨秀詞惟清照最優，究若無骨"，而加按語云："此論殊未

25×24

对于李清照《声声慢》（寻寻觅觅）一词的评价，前人存在分歧。如张端义《贵耳集》称李清照开篇所用十四个叠字"乃公孙大娘舞剑手。本朝非无能词之士，未曾有一下十四叠字者"；而陈廷焯《白雨斋词话》称，"十四叠字不过造语奇隽耳。词境深浅，殊不在此。执是以论词，不免魔障"。

1982—1983
1984
1986
1986—1988
1989
1991
1997
2008

叶嘉莹先生认为，关于这首词的评语，之所以产生如此分歧，有两方面原因：其一是语言方面，其二是接受方面。就语言方面而言，在一般人的观念中，女性之语言乃是柔情的、琐杂的，而男性之语言则是刚性的、有条理的。李清照这首词之琐琐详叙自己个人一己之感受，而完全摆脱了男性作者之重视典故出处以及思致和用意的规约，其为属于女性语言与女性书写之作，殆无可疑。而在诗词评赏中，大多以男性之语言书写为主流，不过，也有一些男性读者对于女性作者的女性语言书写特加赏爱。这是导致评论分歧的第一个原因。

NO. 28

冥然；若瞻彼人口之《聲聲慢》，則真無骨者也」⑫。

關于這首詞的評語之所以產生如此岐異的現象，私意以為實在關涉着兩方面的問題：其一是語言方面的問題、其二是接受方面的問題。先說語言方面的問題，早在1991年了，我撰寫〈論詞學中之困惑與花間詞之女性敘寫及其影響〉一文時，就曾經引用過西方女性主義文學者如法國的安妮·李樂荷（Annie Leclerc）、及美國的格珍·莫艾（或譯為莫伊）諸家之說，指出過所謂女性語言與男性語言的差別，而且也提出過所謂語言的性別與作者之性別並無必然之關係的說法⑬。總之，在一般人觀念中，女性之語言乃是柔性的、瑣雜的，而男性之語言則是剛性的、有條理的。其實這種觀念，在中國傳統詩評中原來也早已有之，鄭如元遺山〈論詩絕句〉之評秦觀詩，就曾經有過「指出退之山石句，始知渠是女郎詩」的說法⑭，是可為證。其後我於2005年撰寫〈女性語言與女性書寫——談早期詞作中的歌伎之詞〉一文中，又曾引用過兩位法國女學者露絲·依麗格瑞（Luce Irigaray）、及海倫·西蘇（Hélène Cixous）之說，指出過女人說話的特徵經常乃是「在一種自我編織的進行中」（in the process of weaving itself），又說：「書我所寫，那是寫出我自己（written out of me），沒有排拒（no exclusion），也沒有規約（no stipulation）⑮。」從這些說法來看，李清照這首詞之瑣瑣詳敘自己個人一己之感受，而完全擺脫了男性作者之重視典故出處以及思致和用意的規約，其為屬於女性語言與女性書寫之作，殆無可疑。不過李清照雖為女性

NO. 25×24

（接前）就接受方面而言，早期宋代之论词者对于词作大多只是以歌辞之词视之，所以宋代的笔记和词话，其一般内容所涉及者盖不外以下数点，一是相关之本事，二是词之乐律及遣辞造句等写作方法。偶有对词之评赏，亦多在其情思与风格，而少有论及词之意境者。而词学发展到明清易代以后，词之内含脱离了仅是歌辞之词的狭隘观念，论词者乃开始注意词之意境。不同时代对于词之接受有不同的标准，这是导致评论分歧的第二个原因。

NO. 29

作者，但其词作中所表现的内容和风格，有时却并不必然完全是女性的语言与写，本文前面所曾举引的那首《渔家傲》词就并不是女性的语言与写，可以为证。而这词应说也就正是何以郑骞在其《词选》一书中，於论及李清照时虽曾引用周密之言，谓李氏之《声声慢》词为「真无骨者也」，但却同时也驳斥了周氏的「闺秀词」「究若无骨」之说，以为「此论殊未尽然」，郑就正因为李氏词中本来也有着一些属於男性语言与写之作的缘故。所以沈曾植在其《菌阁琐谈》中就曾指出了李氏之双性的特色，说「闺房之秀，固文士之豪也」。同时还指出了李词的两种风格，说「堕情者醉其芬馨，飞想者赏其神骏」。但更值得注意的则是沈氏在后面还加了一句按语，说「易安有灵，后者当

NO.

许为知己」。[18] 私意以为沈氏之所以认为「赏其神骏」者为「知己」，盖正由於「神骏」之作是属于男性的语言与写，而在诗词评赏中，固仍大多以男性之语言与写为主流之故。不过，自然也有一些男性读者对于女性作者的女性语言与写特加赏爱者，所以女性的语言与写，应该乃是使李氏这一类词受到两歧评价的主要原因之一。其次再就接受方面来看，早期宋代之论词者对於词作大多只是以歌辞之词视之，所以宋代的笔记和词话、其一般内容所涉及者盖不外以下数点，一是相关之本事，如唐圭璋先生论杨湜之《古今词话》就曾指出其大多为「本事之作」且侧重於艳故事」，有时也兼及词人逸事，如胡仔之《苕溪渔隐丛话》及周密之《浩然斋雅谈》之类，亦有论及音乐及词律者，如王灼之《碧鸡漫志

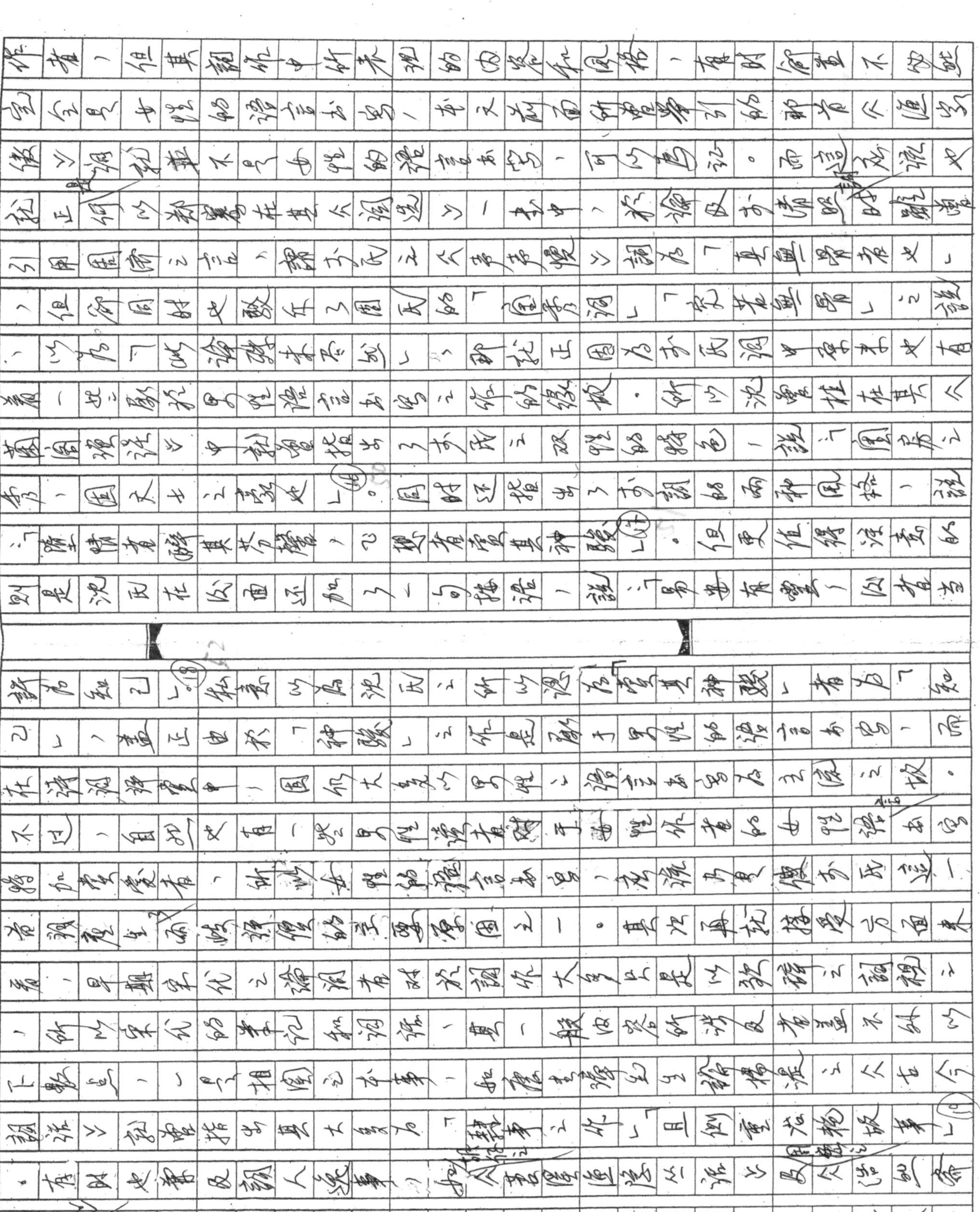

NO. 30

亦就曾论及诗与乐府及戏曲之节拍。以迄南宋後期张炎的《词源》一书，其所论之重点亦多为词之乐律及遣辞造句等写作之方法，偶有对词之评赏，亦多在其情思与风格，而少有论及词之意境者。所以我们在前文论及李清照之《词论》时，就也曾指出过李氏之论「盖就其外表辞语所表现之风格为说，而于诸家词之意境，则无一语论及」。不过「也正如本文前面所言，认知词之意境的特美是一件事，而创作上能否达致此种特美则是另一件事。所以李清照在理性上虽然未能真正认知词之意境的特美，但却并无害於她在创作中之留有一些如本文前面所论及的，如其《南歌子》、《永遇乐》、《渔家傲》等意境深远之作。而且也正因为她在理性上并未曾有意去追求一种意境方面的特美，所以她有时也就纯任自然地以女性之本色留下了一些如《声声慢》之等词的完全属于女性语言而写的作品。而词学之发展则自明清易代以后，由于时代之激变，使词之内含乃脱离了仅是绮辞之词的狭隘的观念，自陈维崧之提出了词可以有「穴幽出险」「海涵地负」之内容(20)，朱彝尊又提出了词可以「假闺房儿女子之言，通之于《离骚》《变雅》之义」(21)，於是论词者乃开始注意到了词之意境之自有一种深远幽微之特美。其后到了乾、嘉时代，乃有常州派之张惠言，正式提出了「其缘情造端，兴於微言，以相感动，极命风谣里巷男女哀乐，以道贤人君子幽约怨悱不能自言之情」的说法。以为「盖诗之比兴、变风之义、骚人之歌，则近之矣」(22)。其后又有周济的「夫词非寄托不入，专寄托不出」(23)之说。

NO. 3

陳廷焯承常州詞派之餘緒，而不欲為「寄託」之說所局限，於是乃又創為「沉郁」之說。以為「所謂沉郁者」要「意在筆先，神餘言外」，而且以為詞體短小，「舍沉郁之外，更無以為詞」，蓋以詞之「篇幅狹小，倘一直說去，不留餘地，雖極工巧之致，識者終笑其淺矣」。正因為在接受方面，陳廷焯有了此一种衡量標準，因此乃以為李氏此一首聲聲慢詞開端之十四疊字「不過造語奇雋耳，詞境深淺，殊不在此」，而且以為張端義「執是以論詞，不免魔障」。可見李氏此詞之所以產生了兩歧的評價，蓋正由於在不同之時代，對於此詞之接受原有不同的標準之故，此其二。

以上我們對於李氏的這一首聲聲慢詞之所以引起了兩歧之評價的原因，經已做了根本的探討，而這種探討則恰好說明了中國詩詞之衡量的傳統標準，原是以男性的語言為范式的。即以我自己而言，我過去對於李清照這一首聲聲慢詞，就並不十分欣賞。而且對於陳廷焯之謂此詞「不過造語奇雋耳，詞境深淺，殊不在此」之說，曾深加讚美，以為知言。及今思之，才知道我們自己以為公正的評價，原來早已在以男性語言為范式的影響下，形成了對女性語言的一种歧視。現在就讓我們撤棄掉這种以男性語言為范式的衡量標準，而純從女性語言本身之特質，來對這一首詞略加評賞：

先看開端十四個疊字，如果從男性語言之基準觀之，則此十四個疊字固正如陳廷焯所云，「不過造語奇雋耳」而

NO.

NO. 32

已，乃全无深远之意境可言。但如果从女性之语言书写特质来看，则此十四叠字固正有一种「书我书写，那是写出我自己」，「没有排拒」，「也没有规约」，完全是在一种「自我编织的进行中」的一种，全属于女性语言风格的特美。虽然没有深远之意境，但无论在声音方面，或感觉方面，这十四个字确实写得极有层次，而且极为细致地传达出了一种女性的凄恻寂寞全无依无告的感觉和感情。这首词的写作时代，有人以为乃是李氏早期之作，是当赵明诚外出仕宦时李氏的离愁别思之作；但整体来看，则这一首词实在应该乃是她丈夫赵明诚亡殁以后之作，殆无可疑。「寻寻觅觅」是对于踪迹失落的未能追寻，「冷冷清清」则是对现实环境之果然已经孤寒无托的一种认知。「凄凄惨惨戚戚」六叠字，则是从字音与字义两方面层层深入的写出了自己内心的凄凉惨痛和悲苦，此开端十四字是作者对于自己内心之感觉与感情的一种层层递进的整体的叙写。以下则开始写到身外的种种生活环境。「乍暖还寒时候，最难将息」是写外在的季节气候之引人伤怀；「三杯两盏淡酒，怎敌他晚来风急」是写自己虽然做了借酒消愁的排解之努力，而此凄寒之感仍终不可解；下面的「雁过也，正伤心，却是旧时相识」则是在写今日之环境中暗含了对往事的追忆；原来早年当她婚后赵明诚出官外地时，她曾写过一首相思怨别的小词《一剪梅》（红藕香残），词中曾有「云中谁寄锦书来？雁字回时，月满西楼」之句，今日鸿雁又从云中飞过，也仍然能引人相思的雁字，但却再也

李清照《声声慢》（寻寻觅觅）一词的写作时代，有人以为是李氏早期之作，是当赵明诚外出仕宦时李氏的离愁别思之作；但整体来看，则这一首词实在应该乃是她丈夫赵明诚亡殁以后之作，殆无可疑。

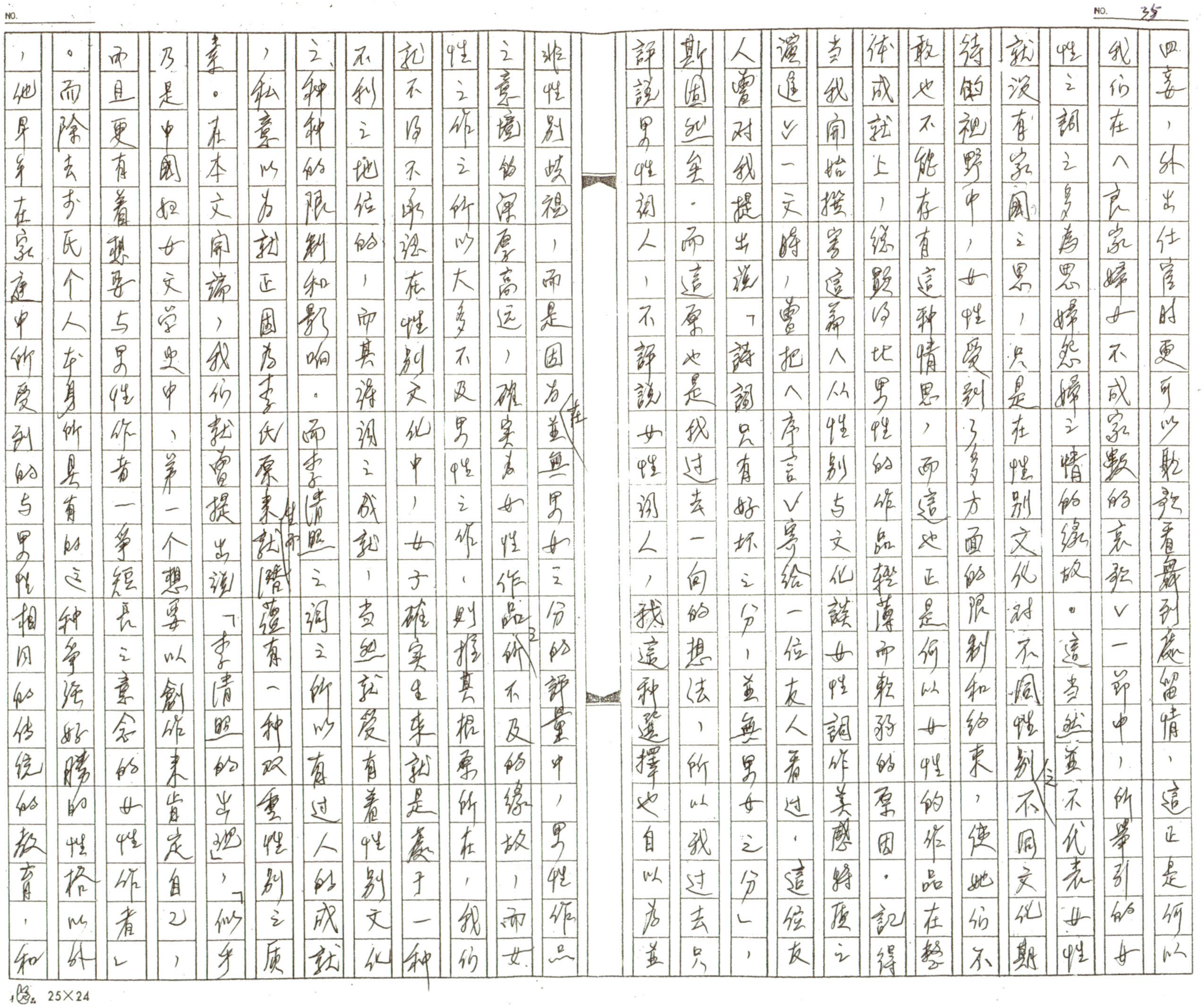

No. 35

四妾，外出仕宦时更可以耽歌看舞到处留情，这正是何以我们在《良家妇女不成家数的哀歌》一节中，所举引的女性之词之多为思妇怨妇之情的缘故。这当然并不代表女性就没有家国之思，只是在性别文化对不同性别之不同文化期待的视野中，女性受到了多方面的限制和约束，使她们不敢也不能存有这种情思，而这也正是何以女性的作品在整体成就上，总难以比男性的作品较薄而软弱的原因。记得当我开始撰写这篇《从性别与文化谈女性词作美感特质之演进》一文时，曾把《序言》寄给一位友人看过，这位友人曾对我提出说「诗词只有好坏之分，并无男女之分」，斯固然矣。而这原也是我过去一向的想法，所以我过去只评说男性词人，不评说女性词人，我这种选择也自以为並非性别歧视，而是因为在並无男女之分的评量中，男性作品之意境的深厚高远，确实有女性作品之所不及的缘故，而女性之作，所以大多不及男性之作，则推其根原所在，我们就不得不承认在性别文化中，女子确实生来就是处于一种不利之地位的，而其诗词之成就，自然就受有着性别文化之种种的限制和影响。而李清照之词之所以有过人的成就，私意以为就正因为李氏原来就生而潜蕴有一种双重性别之质素。在本文开端，我们就曾提出说「李清照的出现，似乎乃是中国妇女文学史中，第一个想要以创作来肯定自己，而且更有着想要与男性作者一争短长之意念的女性作者」。而除去李氏个人本身所具有的这种争强好胜的性格以外，她早年在家庭中所受到的与男性相同的传统的教育，和

25×24

叶嘉莹先生认为，李清照之词之所以有过人的成就，正因为李氏原来就生而潜蕴有一种双重性别之质素。除去李氏个人本身所具有的这种争强好胜的性格以外，她早年在家庭中所受到的与男性相同的传统的教育，和结婚以后她丈夫对她的才华的尊敬和欣赏，都与她的成就有着密切的关系。而靖康之变后的国破家亡加深加阔了她的词作中之内含的意境。凡此种种自然都是成就了李清照词的双重性别之美感的重要原因。

结婚以后她丈夫对她的才華的尊敬和欣赏，這当然都与她的成就有着密切的關係。何況靖康變後的國破家亡当然更加深加厚了她的词作中之内含的意境。凡此种种自然都是成就了李清照词的双重性别之美感的重要原因。而在此双重美感的成就之中，私意以为李清照之爭強好勝卻与近世西方的女性主义者及近世中國的女性革命家兩种人物，实在有着几点绝大的差别。其一是西方女性主义者往往有着想要顛覆男性語言的意念，這其实可以說是一个盲点。因為語言自有其普遍的社會性，男性語言的成就原也可以为女性所使用，李清照就是雖有与男性爭勝之心，但卻決無將男性語言顛覆之想的一位成功的女词人。而這也正是何以能成就了李氏词之双性美感的一个重要的原因。其二是近世之女性革命家，往往因为要在社會地位方面与男子爭一日之短長，而表現得劍拔弩張。而李清照則只是在創作方面与男子爭勝，但在另一方面她卻仍和傳統的女性一樣，要以嬌柔來邀取男性的愛寵，這正是何以李氏在早期詞作中，雖然留有不少小兒女口吻的極為女性之作的緣故。即使在破國亡家以後，当她寫到滄桑之慨，和憂危念亂之思的時候，縱然這种情思已經是極為男性化的情思，但她的敘寫卻仍是純然以女性的感覺和筆法出之，這在本文前面所舉引的《南歌子》（"天上星河轉"），及《永遇樂》（"落日鎔金"）兩首詞中，可以得到明白的印證。這种敘寫的方式，当然也与她在《詞論》中所提出的"詞别是一家"的觀念有關，這种觀念雖然限制了李氏詞作在豪放之風格一方面的發展，但

NO. 25×24

叶嘉莹先生将李清照词之双重性别的特质，与早期《花间》词中男子做闺音的双重性别之作加以比较，指出，二者有明显的差别。《花间》词之双性，是由于男性作者之用女性口吻来叙写女性的情思，而李清照词之双性，则决非由于女性作者借用男性的口吻来叙写男性情思而取得的双性，而是作者本身所具有的兼具双美的天性之禀赋的一种自然的呈现。

37

這卻也正是何以我們對李氏詞之双重美感的另一个重要的原因。

寫到這裡，我們对于李清照詞的評賞和論述本來已了告一段落，但我卻还想在此結尾之處，把李清照詞之双重性別的特質，与早期《花間》詞中男子做閨音的双重性別之作略加比較。私意以為二者間原有一种明顯的差別。《花間》詞之双性，是由於男性作者之用女性口吻來叙寫女性的情思，而李清照詞之双性，則決非由於女性作者借用男性口吻來叙寫男性情思而取得的双性，李清照詞之双性而是由於作者本身所具有的一种兼具双美的天性之禀賦的一种自然的呈現。前者的作用主要是作者未必有此意，而乃以使讀者有言外之想，後者的作用則是由於作者本身的双重的性向，而使得作品呈現出豐富多樣之光彩的。兩者的作用雖不盡同，但其皆因双性之因素而表現為一种特美的一点，則是相同的。關于此点，我在多年前撰寫《論詞學中之困惑与〈花間〉詞之女性叙寫及其影響》一文時，曾經引用過西方女性主義文學論者卡洛琳·郝貝蘭（Carolyn G. Heilbrun）的《朝向雌雄同体的認識》（Toward a Recognition of Androgyny）一書中的説法，做过相当的探討，讀者可以参看，茲不複贅。

25×24

1982—1983

1984

1986

1986—1988

1989

1991

1997

2008

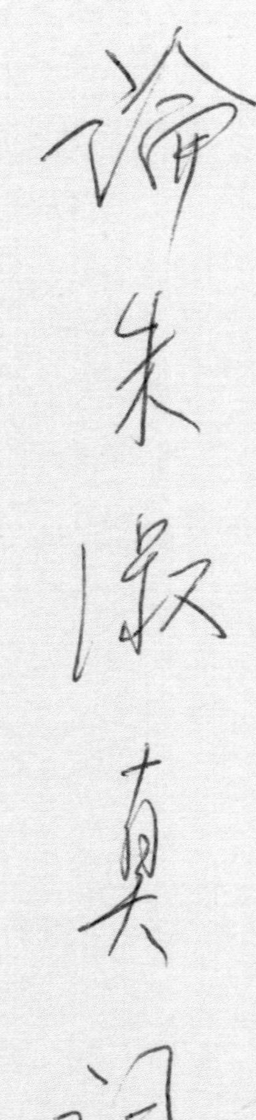
论朱淑真词

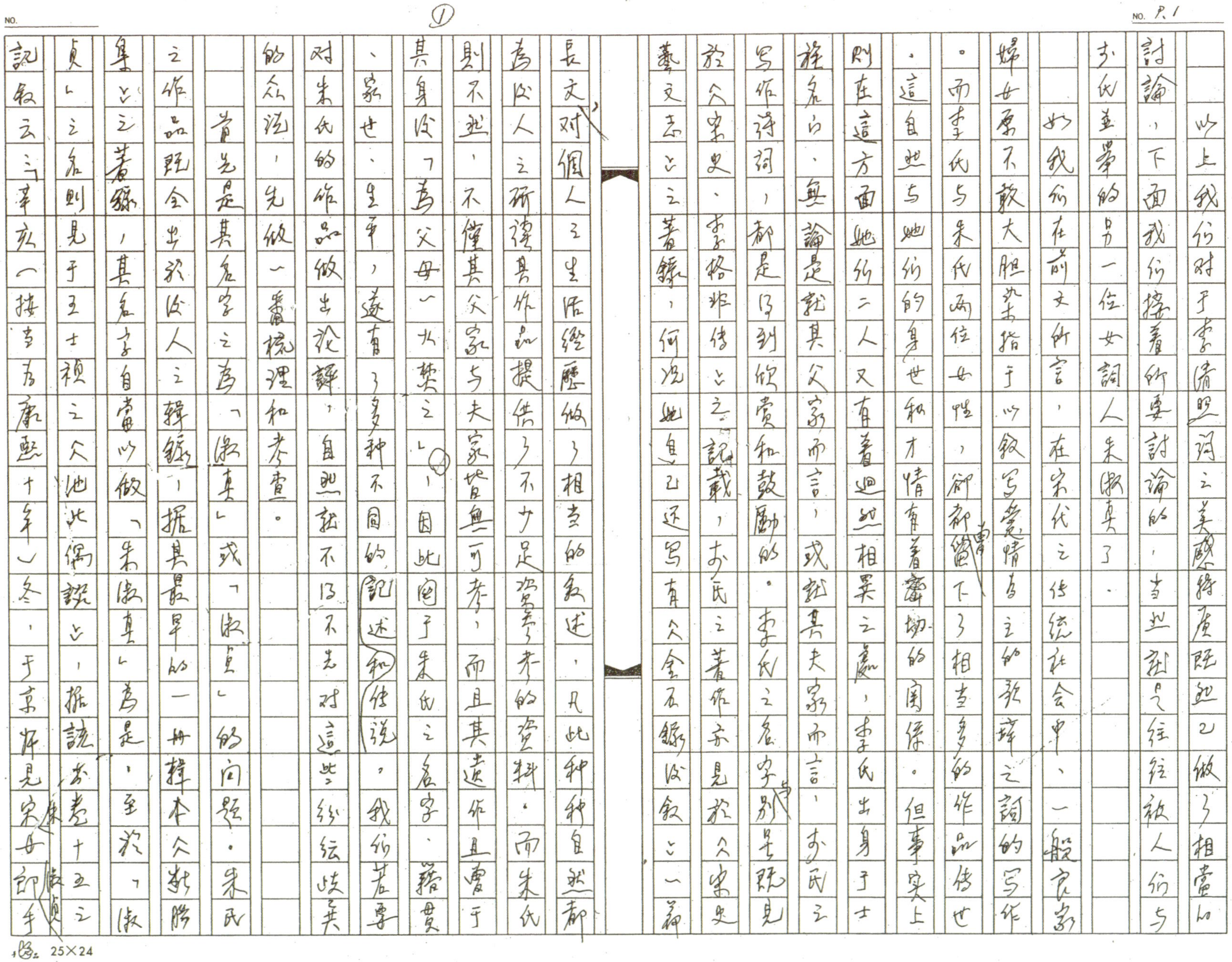
NO. P.1

以上我們對于李清照詞之美感特質既已做了相當的討論，下面我們接着所要討論的，乃是往往被人們與李氏並舉的另一位女詞人朱淑真了。

如我們在前文所言，在宋代之傳統社會中，一般良家婦女原不敢大胆染指于以敘寫愛情為主的歌辭之詞的寫作。而李氏與朱氏兩位女性，卻都留下了相當多的作品傳世。這自然與她們的身世和才情有着密切的關係。但事實上則在這方面她們二人又有着迥然相異之處，李氏出身于士族名門，無論是就其父家而言，或就其夫家而言，李氏之寫作詩詞，都是得到欣賞和鼓勵的。李氏之名字別號既見於《宋史·李格非傳》之記載，而李氏之著作亦見於《宋史·藝文志》之著錄，何況她自己還寫有《金石錄後敘》之一篇

①

長文對個人之生活經歷做了相當的敘述，凡此種種自然都為後人之研讀其作品提供了不少足資參考的資料。而朱氏則不然，不僅其父家與夫家皆無可考，而且其遺作且曾于其身後「為父母一火焚之」，因此留于朱氏之名字、籍貫、家世、生平，遂有了多種不同的記述和傳說。我們若要對朱氏的作品做出評論，自然就不得不先對這些紛紜歧異的說法，先做一番梳理和考查。

首先是其名字之為「淑真」或「淑貞」的問題。朱氏之作品既全出於後人之輯錄，據其最早的一冊輯本《斷腸集》之著錄，其名字自當以做「朱淑真」為是，至於「淑貞」之名則見于王士禎之《池北偶談》，據該書卷十五之記敘云：「辛亥（按當為康熙十年）冬，于京師見宋女郎朱淑貞手

25×24

叶嘉莹先生就朱氏之名是“淑真”还是“淑贞”，朱氏是北宋还是南宋人，朱氏之籍贯，朱氏的家世生平及其婚姻与爱情进行了考证。

NO. 72

者《璐璇香》一卷。又谓《香记》署做"绍定三年春二月望后三日钱唐幽栖居士朱淑贞书"。关于此一《香记》，王士禛早曾有按语（在《池北偶谈》中）云："予向见《断肠集》不载此文，诸家撰宫闺诗集者皆未之载。宋郑世昌、明云间张玄超之家撰，今回文类聚亦未收此"。因此《四库提要》就曾对此一《香记》提出疑问，谓："流传墨迹，千伪一真，此文出淑真与否，无从考证"。至上世纪八十年代末期，有四川大学缪钺教授与我合撰之《词学古今谈》一书时，缪先生曾写有两篇论朱淑真词的文稿，其一题为《论朱淑真生活年代及其〈断肠词〉》，其二题为《朱淑真生活年代考辨》，在第二篇文稿的注释中，缪先生据《四库》馆臣所谓"无从考证"，其实是可以考证的，那就是"绍定"乃是理宗年号，绍定三年是西元1230年，而朱氏最早的辑本《断肠集》前面的魏仲恭之序言则自署其年月为"淳熙壬寅三月望日"，"壬寅"为孝宗淳熙九年是西元之1182年，前后相差有将近五十年之久，是则写《璐璇香》之朱淑贞，与《断肠集》之作者朱淑真固应非一人，其以《璐璇香》为朱淑真所作者，缪先生以为"其说盖不可信"。所以朱氏之名自当以做"淑真"为是。

其次则是朱氏之为北宋人或南宋人之问题，根据《断肠集》最早之辑本前的魏仲恭的序言来看，魏氏自云："比往武陵，见旅邸中好事者往往传诵朱淑真词"，观其口气固应是朱氏殁后不久之情事，魏氏之序写于南宋孝宗淳熙九年，朱氏自当为南宋时人无疑。其所以有北宋之说者，只因朱氏集中载有题为《会魏夫人席上，命小鬟妙舞，曲终

25×24

求诗于予，以「飞尘灌群山」为韵作五绝之记述，原来北宋曾有一位能词的魏夫人，为曾布之妻。曾布为曾巩之弟，哲宗朝曾擢知枢密院。因此明代沈际飞在其《草堂诗馀别集》之批点中，遂指朱集所题中《会魏夫人席上》之魏夫人为「曾子宣丞相内子」，曾子宣即是曾布，「子宣」其字也。其后晚清词学家况周颐承继沈说在其《蕙风词话》中遂谓「淑真为布妻之友，则是北宋人无疑」。且据此臆断世传朱氏《璇玑图记》之「绍定三年」当是「绍圣」之误。此说实不可信。盖以「魏」并非僻姓，朱氏集中尚有《会谢夫人堂》及《答吴夫人》等诗题，可见朱氏本常与诸仕宦人家之夫人有往来，「魏夫人」不过是诸夫人中之一魏姓者而已，岂必为曾布之夫人乎。何况朱氏集中有不少西湖游赏之作，且写有题为《吊林和靖》之诗，更有题为《元夜》之诗多首，其所反映者固然正是南宋定都临安后之情事。至于临安庆赏元宵之盛，我们在前文论李清照之《永遇乐》一词时，已曾叙及。或有人以为朱氏《元夜》诸诗中所叙及如「皇州」「天街」等，乃指北宋都城汴京，殊不知南宋临安元宵庆赏之盛，固正不亚于北宋之汴京也。所以朱氏固应为南宋时人，且较李清照之时代为晚。至于此点，香港的黄嫣梨女士在其《朱淑真及其作品》一书中，对之曾做出了有力的考证。黄氏认为朱氏集中之诗词往往好引用前人语句而变化出之，其中即有不少引用李清照之词句者，如其《西江月·春半》之「绿肥红瘦」乃化用李清照《如梦令》之「绿肥红瘦」，其《自家楼》一诗之「非干病酒与悲秋」乃化用李氏之《凤凰台

25×24

朱淑真《吊林和靖二首》：

其一
不见孤山处士星，
西湖风月为谁清。
当时寂寞冰霜下，
两句诗成万古名。

其二
短蓬载影夜归时，
月白风清易得诗。
不识酌泉拈菊意，
一庭寒翠蔼空祠。

1982—1983
1984
1986
1986—1988
1989
1991
1997
2008

朱淑真《杏花》：

浅注胭脂剪绛绡，
独将妖艳冠花曹。
春心自得东君意，
远胜玄都观里桃。

上憶吹簫」之「非干病酒，不是悲秋」，凡此種種不暇遍舉。何況朱氏集中之〈杏花〉一首，其詩句之「淺注胭脂剪絳綃」云云，固當是引用宋徽宗〈燕山亭〉·北行見杏花之一詞中的「裁剪冰綃，輕疊數重，淡着燕脂勻注」之句。而其〈小雪夜對月賦詩〉一首中之「看來表裏俱澄澈」一句，又分明是引用了南宋詞人張孝祥之〈念奴嬌·過洞庭〉一詞中「素月分輝，明河共影，表裏俱澄澈」之句，張孝祥生于高宗紹興二年（1132），卒于孝宗乾道五年（1169），然則朱淑真之時代固當不僅晚於李清照，而且也晚于張孝祥了。何況朱氏詩中往往有反映現實之作，如其〈苦熱聞田夫語有感〉及〈喜雨〉諸詩，就都表現了她對于苦旱之農民與農事的關懷，但其詩詞中卻並無一篇涉及靖康南渡之亂離的作品，這當然也可以做為她的時代較李清照為晚的另一証明。

再其次我們所要討論的則是朱氏之籍貫的問題。在魏仲恭的《斷腸集·序》之中，本曾有「如其敘述始末，自有臨安王唐佐為之傳」的一句話，只可惜王氏之傳早已亡佚。其後明代之田汝成，在其《西湖遊覽志餘》之卷十三之「衢巷河橋」一則中，曾有「大至若北，通保康巷，元時詩婦朱淑真居此」之記載；又在《西湖遊覽志餘》之卷十六之「香奩艷語」一則中，載有「朱淑真者，錢唐人」之說。而且我們在前文也曾敘及朱氏集中曾寫有關于西湖遊賞之作品甚多，是則朱氏之曾在錢唐附近居住，自當屬于可信之事。至于田汝成之謂朱氏為「元時詩婦」，則應屬于傳

P.5

甫之说。而由此一传甫，亦可推证朱氏固应是南宋以期之
人，而决不可能早至北宋也。其次田汝成之子田艺蘅在其
22 《诗女史》之中，亦沿袭其父之说，谓朱氏为“钱唐人”，
但田艺蘅在其《断肠集》、《纪略》之中，则又有谓朱氏为“浙
23 中海宁人，文公侄女”之一说。而宋代之海宁县原属钱
唐郡，与朱氏为“钱唐人”之说，并不相悖。只不过因其
又增有“文公侄女”之说，遂引起后人不少争议。其后《四
库提要》之曾驳斥此说，谓“《断肠集》之前有《纪略》一
篇，称为文公侄女，然朱子自为新安人，流寓闽中，考年
谱世系，亦别无兄弟著籍海宁，疑依附盛名之辞，未必确
24 也”。因此后人对此一说多不取信。不过近年香港之黄嫣
梨女士在其《朱淑真及其作品》之一书中，对此一说结做了
不少考证，以为据《宋史》、朱熹传之朱子本为徽州婺源人
，又据《宋史·地理志》及《中国古今地名大辞典》，谓
安徽之休宁旧名海宁，而休宁与朱熹本籍之婺源同属徽州
25 ，如此则朱淑真之先世与朱子之先世或者不无关连。又据
况周颐《蕙风词话》卷四所载，况氏自谓曾得“朱淑贞书璇石
”别藏某氏之拓本，又云：“淑贞书银钩精楷，摘录《世说
26 、贤媛》之一则，语多成趣，无非懿行嘉言”。闺内学者黄
爱华撰《朱淑贞籍贯新考》一文，谓当亦是此一拓本，并详
记其内容云：“笔者所见乃完璧。正书三十一行，行二十字
、凡五百四十五字。末有长圆形『淑贞』小朱印一方，及
篆林徐范的印记。自题『古歙朱淑贞录』，又云：“朱淑
贞书于歙州人。歙州本隋置，唐因之，宣和三年改名徽州

25×24

，故朱淑貞署名「古欽」。因了這種種有關朱氏籍貫之說，本來與朱氏詩詞之成就並無必然之關係，至于置之不論，不過私意以為這種種爭議實在都出於一種附會，似不可不對之略加辨明，那就是錄《世說·賢媛》篇之「懿行嘉言」的朱淑貞，也就是在拓本上有自照「古欽朱淑貞」之小朱印的朱淑貞，與《斷腸集》的作者「朱淑真」固本並非一人，我們很難想像一個敢於大膽寫出自己婚外之戀情的背反禮教的女子，竟會以「銀鉤精楷」用心去摘錄《世說·賢媛》篇中所記錄的婦女之「懿行嘉言」，何況「淑貞」與「淑真」之字形與字音雖然都甚為相近，但二者畢竟不同，而抄錄《世說·賢媛》的朱淑貞，則很可能就是前文所曾敘及的寫有《璿璣圖記》的朱淑貞，關於此朱淑貞之並非《斷腸集》之作者的朱淑真，前文辨之已詳，在此就不再贅述了。而被認為是朱熹之姪女的，則很可能正是那一位摘錄《世說·賢媛》之「懿行嘉言」的「古欽朱淑貞」，而並非居住在錢唐的《斷腸集》之作者朱淑真也。

最後我們所要討論的，則是與《斷腸集》之內容及風格有密切之關係的一個重要的問題，那就是朱氏的家世生平及其婚姻與愛情的問題。本來我們現在所能見到的、關於朱氏最早的記述，就是魏仲恭於南宋淳熙年間所寫的《斷腸集·序》，深惜，魏氏之所敘寫，如其自言，乃是得之於「旅邸中好事者」之「傳誦」，所以其中往往有虛妄不實之處。即如其謂朱氏「早歲不幸，父母失審，不能擇伉儷，乃嫁為市井民家妻」云云，因於此種記述之

25×24

不實，我們不須廣加徵引，只就朱氏集中的一些詩作，就
可獲到證明。朱氏蓋亦生於士族之家，其夫也並非「市井
民家」，即如朱氏在寫給她父親的《寄大人二首》中，就
曾有「詩禮聞相遠，琴樽誰是親」之句，在《和前韻見寄
二首》中，亦有「把酒何時共，論文幾日親」之句；另外
在其《得家嫂書》一詩中，也曾有「數行書墨健銀鉤」之
句，可見朱氏的父族自是一個屬於詩禮琴樽長幼男女皆能
文墨的士族之家。至於其夫家之身世雖不可考，但朱氏在
《春日書懷》一詩中，也曾寫有「從宦東西不自由」之句，
可見其夫家固亦當為讀書仕宦之人，而非「市井之民」也。
只不過讀書仕宦之人並不一定都有詩人的清雅之情趣，這
一點應該才是她失意於婚姻的主要原因。所以她在《舟行即
事》七首中，就曾題寫有「山色水光隨地改，共誰裁剪入
新詩」之句，又曾寫有「對景如何可遣懷，與誰江上共詩
裁」之句。而她對於配偶之不滿表現得最為明白真切的，則
是她的題為《愁懷》二首中的第一首詩，詩云：「鷗鷺鴛鴦
作一池，須知羽翼不相宜。東君不與花為主，何似休生連
理枝」。明田汝成《西湖遊覽志餘》卷十六《香奩艷語》
載朱氏此詩，以為「蓋謂其夫之不才，匹配非偶也」。其
後況周頤之《蕙風詞話》引述此詩，而其後二句為「東君
是與花為主，一任多生連理枝」，而且以為此一首詩大似
諷夫納姬之作，更謂「《遊覽志餘》改後二句……以為淑
真厭薄其夫之作，佐證何樂為此，其心地險不可知」。此蓋
由於世人往往將《斷腸集》之作者朱淑真，與《璇璣圖》之

25×24

朱淑真《和前韵见寄二首》：

其一
忽得南来信，
殷勤慰我心。
新诗怜俊逸，
清论忆俗音。
目断乡程远，
楼高客恨深。
三年重会合，
依旧见荆阴。

其二
忆昔江头别，
相看对古津。
去来分橹棹，
南北隔音尘。
把酒何时共，
论文几日亲。
归宁如有约，
彩服共争新。

NO. 28

(37)

之作者朱淑真混為一人，且況氏自謂曾得「朱淑真殘石」，所錄皆為「蕙風所嘉言」，因此況氏遂有意為《斷腸集》之作者朱淑真辯誣，因而其所說遂不免有偏頗之處。近年屈興國先生撰《蕙風詞話輯注》，嘗對況氏所引之朱氏《書懷》詩及田汝成所錄之朱氏《愁懷》詩加以考辨，謂「田汝成所錄朱氏《絮恨》詩，據宋淳熙壬寅（1182）鄭元佐注原刻本，不錄。蕙風所引據明鍾惺《名媛詩歸》，疑鍾氏所據本不同，或有意竄改，未可知也」。屈君所論頗為有見。此蓋由于在傳統文化中，婦女原當以「婦德」為第一，甚至且有「婦女無才便是德」之說，此自為父權與夫權統治下之一般常態。甚至直到晚明時期，周亮工在其《書影》之第一卷之末就載錄有他父親所作的一篇題為《觀宅四十吉

(38)

祥相》的家訓，其中一則就是「婦女不識字」，以為婦女不可令其識字，因為「《列女》、《閨範》之諸書，近日罕見，淫詞豔語，觸目皆是。故寧可使人稱其無才，不可使人稱其無德。」又云：「至世家大族，一二詩章不幸流傳，如列於釋子之後，娼妓之前，豈不可恥」。所以明代以來雖然婦女詩詞之被輯為專集者甚多（關於此點查在下一節討論明清婦女詞作時再為詳論），但凡是在輯錄之標題中帶有「名媛」、「賢媛」、「閨秀」等稱謂者，則其所選錄之女性作者，莫不以標舉德行為先。明代中葉以還，雖因先後有公安、竟陵諸文士之反對偽古，標舉性靈，其「主真」、「主情」之說，對于婦女之創作自然較為有利，於是明代諸士紳之家，其妻、女之工詩能文者，遂亦往

25×24

明代以来，虽然妇女诗词之被辑为专集者甚多，但凡是在辑录之标题中带有“名媛”“贤媛”“闺秀”等称谓者，则其所选录之女性作者，莫不以标举德行为先。明代中叶以还，虽因先后有公安、竟陵诸文士之反对伪古，标举性灵，其“主真”“主情”之说，对于妇女之创作自然较为有利，于是明代诸士绅之家，其妻女之工诗能文者，遂亦往往为世人所艳称。只是当日妇女文学之盛实由于男性士人之倡导，因此对于女性诗词之编选，自不免仍挟有强大的以男性为主的性别文化之观念。而就一般男性的心态而言，则最能使男性动心者，其实基本上固仍然是以容色为主。在其倡导妇女之作时，有色而兼能有才者，固为男性所欣赏之上选；但德行之忠贞则在传统之性别文化中，固仍为男性自我中心之心态中之一种基本要求。

NO. 29

(39)

经为世人之所艳称。只是当日妇女文学之盛实由于男性士人之倡導，因此对于女性诗词之编选，自不免仍挟有强大的以男性为主的性别文化之观念，而就一般男性的心态而言，则最能使男性动心者，其实基本上固仍然是以容色为主；在其倡導妇女之作时，有色而兼能有才者，固为男性所欣赏之上选，但德行之忠贞则在传统之性别文化中，固仍为男性自我中心之心态中之一种基本要求。钟惺虽然节薛名教中之伪善，但事实上则其内心深处固仍存有一种由世俗风习所养成的对女性之忠贞的成见，所以他一方面虽然欣赏如朱淑真一类的才媛，但潜意识中则仍欲以妇德为才媛增色。因而即使是才媛，而若对于为夫之男性有节薛之语，此自为妇德之所不容，这应该才是钟惺在《名媛诗归》之中，何以要将朱淑真《愁怀》一诗之后二句加以窜改的主要原因。至于况周颐氏，则虽为晚清词学之一大家，其词论固不乏精警之见，但况氏毕竟是在悠久之性别文化中长成的士人，因此对于才媛之要求，固仍以兼具妇德者为美，所以况氏乃在《蕙风词话》之中以大力为朱淑真辩诬。既以另一女子朱淑贞手书刻石之「璇玑图记」为朱淑真之手书，又力辨《生查子》之「去年元夜时」一词之为欧阳修所作，以致斤斤于杨慎在《词品》之中以此词为朱淑真所作而有「岂良人家妇所宜邪」的讥评，夫《生查子》之一词之为欧作而非朱作，斯固然矣，但朱氏诗词中之明白写婚外情之作，实有较此《生查子》之一词更为露骨者，所以此种对朱氏诗词加以窜改辩解的牵附之说，实在并不必要。何况钟

25×24

朱淑真《愁怀二首》：

其一
鸥鹭鸳鸯作一池，
须知羽翼不相宜。
东君不与花为主，
何似休生连理枝。

其二
满眼春光色色新，
花红柳绿总关情。
欲将郁结心头事，
付与黄鹂叫几声。

NO. P.10

識之好為竄改，曾早為顧炎武之所譏評，顧氏在其《日知錄》卷十八「鍾惺」一則中，即曾譏鍾氏編《詩歸》之選云「選歷代之詩名曰《詩歸》」……好行小慧，自立新說」，清黃汝成撰《日知錄集釋》曾引顧氏論鍾惺評《左傳》「鄭伯克段」一傳之「誤以大隧之中為句斷」之[illegible]譏鍾氏為「句讀之不析，文理之不通，儼然丹黃甲乙，橫加于經傳」。顧炎武之譏評雖未及鍾氏之妄改朱淑真詩，但鍾氏《名媛詩歸》所載朱氏《愁懷》二首之一的後二句所謂「東君是與花為主，一任多生連理枝」云云，連篇觀之實屬不通，與宋淳熙原刻本之本作「東君不與花為主，何似休生連理枝」之通順自然者，實相差遠甚。唐圭璋先生雖對之未有「有意竄改」為忠厚之論。至于我對朱氏此人《愁懷》一詩之瑣瑣加以辨析，蓋因此一詩中所表現的朱氏對婚姻不滿的態度，實深係於我們對朱詞之美感特質的掌握和評價，所以況周頤氏雖是我夙所尊重的一位前輩詞人和詞學家，但西哲有云「吾愛吾師，吾更愛真理」，而且我以為此種以真理為主之論辯，也才是對「吾師」的一種真正的尊愛，所以下文當我們論及朱詞之美感特質時，我們就還將再徵引況氏的論詞之說來對朱詞加以評賞。

如我們在前文論及李清照詞之所言，李清照這位女詞人的出現，在中國婦女文學史中可以說是一種異數，因為在中國舊傳統中，婦女原是不可以從事文學之寫作的。李氏之出現還不僅是因為她是李格非之女趙明誠之妻，所以在成長和生活中占了優勢，也不僅是因為她身經靖康之難，

25×24

朱淑真之不幸就是她生而为一个自负清才的才女，一意要寻求一个与之相匹配的才郎，而且为了这种寻求，竟然敢于冒天下之大不韪，不仅在行为上对礼妨做出了突破，而且更敢于在作品中做出了大胆的自我表述。最后乃终于为此种追求付出了惨痛的代价，如魏仲恭序言之所云："其死也不能葬骨于地下，如青冢之可吊，并其诗为父母一火焚之。"盖真有如世人所云"死无葬身之地"者矣。

NO. P.11

所以在詞之意境的拓展方面占了優勢，其實更重要的一點，私意以為乃是由於李氏能以寫作為其一畢生的愛好，執著好勝的性格。這正是何以在易安詞之所寫的婦女家庭中，而李氏卻能卓然成家的一個重要的原因。至於朱淑真之所以竟能以作品傳世，則自然也是由於她在某些點的婦女之處，也自有她的一種強烈的自我之追求的緣故。如果說李氏所表現的寫作之自我成就的追求，還是一種屬于身外的追求，那麼朱氏所表現的則是一種完全屬于婦女本身的一種最為基本也最為重要的追求，那就是對愛情的一份真正的愛情的追求。記得早在本文第三節論及宦家婦女之不成家數的哀歌時，我們就早曾提出過男女之不同性別的不同追求，男性以修齊治平為一己終身之志意，此種志

(41)

意自為光明俊偉，無論其得與不得，成與不成，都為世人千古之所稱揚，而女子既被拘限於閨閫之中，不能以修齊治平為事，則其唯一之志意自然就只剩下了尋求得一真正相愛之男子而仰望以終其身了。這正是女子所可能擁有的唯一的志意，而此就正是此種唯一之志意，在傳統的性別文化中卻是決然為社會之所不許的。朱淑真之不幸就是她生而為一個自負清才的才女，一意要尋求一個與之相匹配的才郎，而且為了這種尋求，竟然敢於冒天下之大不韙，不僅在行為上對禮妨做出了突破，而且更敢於在作品中做出了大膽的自我表述。最後乃終于為此種追求付出了慘痛的代價，如魏仲恭序言之所云："其死也不能葬骨於地下，如青塚之可弔，並其詩為父母一火焚之。"蓋真有如世人

(42)

25×24

所云「死無葬身之地」者矣。至于其詩詞之得以流傳，則如魏氏序文所言，實乃由于「好事者」之「往往傳誦朱淑真詞」。而「好事者」之所以傳誦其作品，則據近人郭清寰在其〈從《斷腸集》中所窺見的朱淑真的身世及其行為〉一文中之論述，以為「朱淑真的文名，在當時並不顯著，……然而她的詩詞卻在鄉中也都傳誦。……乃是因為她在人間演了一幕很惹人注意的悲劇。……所謂『好事者』……那當然是好刺探其閨裏事，以備無事聊天的人們所以」朱氏詩詞的美感特質，實在可以說就正來自於這一種寧以身殉的對于愛情之強烈的追求。下面我們就將對朱淑真在詩詞中所表現的此種強烈的追求，略加敘述。

談到朱氏詩詞，本文評說之重點固原在于朱氏詞中所表現的美感特質，但在我們要對朱氏性格中此種強烈之追求一加探索時，我們卻不得不對其詩作略加徵引，這一則固由於朱氏所保留的詩作之數量遠多于其詞作之數量，再則也由於詩與詞二種文學體式而言，詩之為體原以抒寫個人之情意為主，而詞之為體則原本是為流行之曲調所填寫的歌辭，所以黃庭堅才會自稱其詞作為「空中語」。至於女性之詞作則在基本上與男性之詞作有着絕大的差異，男性詞作是為歌伎填寫的應歌之辭，而女性詞作則大多是借流行歌曲而表述的自我的情懷。這在本文前面所討論的歌伎之詞，及不成家數的婦女表敘二節中已足可得到證明。不過歌辭之詞既原有着不少為個人一己之情意的一種傳統，即以最所爭議的那一首〈生查子〉（去年元夜時

NO. 213

」一詞而言，無論其為歐陽修所作或朱淑真所作，其實都可以被視為僅只是艷詞中對元宵佳節中男女幽会之一種普通的描述，而不必一定要指認作者之確有其事也。而詩則不然，詩中所言一般多被認為是作者主觀中之一种自我描述。因此我們要想對朱淑真本身性格中所具含的对愛情之認識追求的特質一加探索時，我們就不得不先對其詩作略加徵引。首先我們要徵引的是朱氏題為《秋日偶成》的一首詩，詩云：

初合雙鬟學畫眉，未知心事屬他誰？待將滿抱中秋月，分付蕭郎萬首詩。

這首詩可以說是充分寫出了一个極富才情之少女，对于欲求得一才郎而以身相許的極為熱切的期待。首句「初合双鬟」正是寫一个及笄之年的初長成的少女，而「學畫眉」則既是寫此一女子對于「天生麗質」的自我珍惜，也是寫此一女子能為悅己者容之對于愛情的自我期待。所以乃有第二句之「未知心事屬他誰」之語，則是正式道出了想要求得一個足以將全身心加以交托之人的期待。第三句「待將滿抱中秋月」正是彰揚著上一句之能有所交托而言，「滿抱」是何等珍重而飽滿的深情，「中秋月」是何等皎潔無瑕疵的圓滿，而下一句之「分付蕭郎萬首詩」則是鄭重寫出了欲將此「滿抱中秋月」之光明圓滿之深情加以奉獻和交付的一個期待中之理想的對象，「蕭郎」在古詩詞中正是一个对有情而多才之男子的泛稱。而此語更在「蕭郎」之下，加以「萬首詩」的要求和期許，足見朱淑真所理想中的對象原該

25×24

朱淑真《秋日偶成》：

初合双鬟学画眉，
未知心事属他谁？
待将满抱中秋月，
分付萧郎万首诗。

朱淑真《湖上小集》：

门前春水碧于天，
座上诗人逸似仙。
白璧一双无玷缺，
吹箫归去又无缘。

NO. 2.14 (47)

是何等俊杰的人物。承如果我们对朱氏诗作一加考查，我们就会发现朱氏原来也确实曾经有所遇合，于此我们再欲引朱氏的一首题为《湖上小集》的诗来做证明，诗云：

门前春水碧于天，坐上诗人逸似仙。白璧一双无玷缺，吹箫归去又无缘。

从诗题来看，所谓「湖上小集」，自应是指一次春日游湖的遇合，如本文在前面叙及朱氏籍贯时之考查，朱氏应住钱塘，其作品中写有关西湖游览之作品甚多。则其在游览中之有所遇合，自然是十分可能的一件事。我们对其遇合虽无从详考，但从其诗中对于此遇合之对象的描述，朱氏所钟情者自然应该是一个「逸似仙」的「诗人」。这与她在前一首《人日偶成》诗中所描述之理想对象，可以说是

(48)

正相吻合。但可惜的是朱氏与此一理想之对象并无姻缘之分，所以乃嗟惜于其「吹箫归去又无缘」也。像朱氏之敢于把自己对一个并无姻缘之分的男子之动心动情，写得如此之明白露骨者，此在中国历代妇女的诗词作品中，可以说是极为罕见的一个特例。而在朱氏之词作中，则更有一首对于与一个男子在游湖时幽会的叙写，那是题为「夏日游湖」的一首《清平乐》，词云：

恼烟撩露，留我须臾住。携手藕花湖上路，一霎黄梅细雨。 娇痴不怕人猜，和衣睡倒人怀。最是分携时候，归来懒傍妆台。

像这种对于并无夫妻名分的男子，而竟然予以叙写「和衣睡倒人怀」的行为，而且更大胆地写之于词，这在宋代之重

25×24

朱淑真《春园小宴》：

春园得对赏芳菲，
步草黏鞋絮点衣。
万木初阴莺百啭，
千花乍坼蝶双飞。
牵情自觉诗毫健，
痛饮惟忧酒力微。
穷日追欢欢不足，
恨无为计锁斜晖。

NO. 7.15

视妇女之贞淑的历史背景中，其在社会之所不容、自然是可以想见的。至于朱氏之所以有如此强烈而大胆地对于爱情的追求，而且如本文在前面所引述，敢于在诗词中对其無才之未嫁表现出强烈的不满，私意以为这一切实在都由于朱氏对于自己之才情的一份自负。朱氏之耽溺于诗词，我们在其《断肠集》中也可以找到不少例证。即如朱氏在其《咏雪》一诗中，就曾写有「自言空有孤吟癖」之句，在其《春园小宴》一诗中，也曾写有「牵情自觉诗毫健」之句，凡此种种都可见出朱氏自己对于吟诗的耽溺和自负。只不过女子既以「無才」为美德，所以朱氏之对于吟咏的耽溺，可能招受到家人的责戒，朱氏在集中曾写有两首题为《自责》的作品，其中一首就曾明白写有「女子弄文诚可罪，那堪咏月更吟风」之句，這两句诗实包含有两层含意，「女子弄文」是第一层「可罪」，「咏月吟风」则应是指写闲情和爱情之作，那自然更是第二层的「可罪」了。而朱氏在如此双重的人责与自责的情况下，居然还能下了数量如此之多的作品，则其在于对「吟咏」之事的耽溺和自负，以及她对于「风月」之情的向往和追求，岂不就可以想见了。而私意以为這两种知性实在应是朱氏之创作的基本动力。至于其作品的美感特质之形成，自然也与她這两种基本动力有着密切的关系。下面我们就将从其写作的基本动力来对其所形成的作品之美感特质一做探求。

在前文中，我们为了说明朱氏在现实生活中的种种情况，曾经征引了朱氏的不少诗作，因此本文之重点乃在于

25×24

NO. 7.16

探討朱氏之作的美感特質，卻也不得不先對其詩作之美感特質略做交代，總體說來，朱氏固應是一個頗具才情的真純而率意的女子。這種性格表現于詩，其風格乃是真率自然，而缺少深厚之意境。這種風格若放在前代詩歌的傳統中來衡量，自不免顯得淺薄空疏，卑不足道。這乃是因為就詩歌而言，原來早就完成了一個以叙寫士人之志意為主的悠久的傳統。而這也就正是何以在詩歌傳統中，一直缺少偉大的女性之作者與作品的主要緣故。但本文既不以探討朱氏詩歌之叙說為主眼，所以此一點自可略過不提。至於就詞而言，則早在《花間集》的作品中，就已經形成了一個以叙寫女性之情思為主的傳統，只不過如我在以前所寫的《論花間詞之女性叙寫及其影響》一文之所言，在《花間集》中全部十八位作者皆為男性！因此其詞作中所叙寫的一些「思婦」「怨婦」之情，遂因其所暗含的「雙重性別」之作用，而使讀者往往產生了託喻之想。不過事實上則在《花間集》中原也有許多以真率自然之口吻直寫男女之歡愛的作品，只不過因為歷代詞學家，往往因為要提高小詞之地位，遂過分提高了《花間集》中溫韋諸家之可以用喻託來解說的一些小詞的意義與價值，而對于其他不可以喻託為說的作品，做了有意的忽略。如今為了要評量朱淑真詞的美感特質，而女性詞作既缺少了雙重性別的特色，難以用喻託為說，因此我乃想藉此機會，對於一些直寫男女歡愛之詞作的美感特質也略加探討。而在此我首先就想先引用一些況周頤的《蕙風詞話》。況氏的《蕙風詞話》在唐圭璋氏所輯編的《詞話叢編》之中，是個人所寫的詞話中數量

总体说来，朱氏固应是一个颇具才情的真纯而率意的女子。这种性格表现于诗，其风格乃是真率自然，而缺少深厚之意境。这种风格若放在前代诗歌的传统中来衡量，自不免显得浅薄空疏，卑不足道，这乃是因为就诗歌而言，原来早就完成了一个以叙写士人之志意为主的悠久的传统。而这也就正是何以在诗歌传统中，一直缺少伟大的女性之作者与作品的主要缘故。

最多的一部词话，其内容牵涉的方面甚广，但也就正因其牵涉之方面甚广，所以一般看来遂显得缺少体系，似不免有驳杂之失，且有时往往依己意为说，未免有失客观理性之公正，就以其公词话之审端论「词非诗余」一则而言，况氏以为此「余」字应「作赢余之余解」，谓「词之情文节奏，并皆有余于诗，故曰『诗余』」，而驳斥世俗「以词为诗之剩义」之说，钱锺书先生在其《谈艺录·补订》中，就曾批评况氏之说，以为乃「续书家自张门面语」，善于「强词夺理」。关于「词」又称「诗余」之为义，早在八十年代初，在我撰写《论词之起源》一篇文稿时，已曾有所讨论，指出其「广义」与「狭义」之多种不同的说法，但却并无况氏所谓之义，则是可以断言的。因此况氏之说乃不免被钱氏讥为「强词夺理」，此自是中国文论中好以主观立说之通病。不过况氏之说有不免驳杂及以己意立说之病，但如果能够细加别择，则私意以为况氏公词话之中实有两段极为重要的论见，分别掌握了早期歌辞之词中所透露和蕴藏的词之为体的两种极为重要的美感特质。现在就让我们先把况氏这两则词话抄录下来一看：

一、作词有三要，曰重、拙、大。

二、吾苍茫独立于寂寞无人之区，忽有匪夷所思之一念，自沉冥杳霭中来。吾于是乎有词，洎吾词成，则于顷者之一念若相属若不相属也。而此一念，方绵邈引演于吾词之外，而吾词不能殚陈，斯为不尽之妙。

私意以为况氏这两段话，实在指出了词这种文体中的最为重要也最具特色的两种特质。先说第二种特质，此种特质所体悟出的乃是词之富于言外之意的一种特美，此种特美原来早自李之仪《跋吴思道小词》提出的「语尽而意不尽，意尽而情不尽」的说法中，就已透露了消息，其后常州词派张惠言所提出的「以道贤人君子幽约怨悱不能自言之情，低徊要眇以喻其致」，周济所提出的「一物一事，引而伸之，触类多通。……意感偶生，假类毕达。……读其篇者，临渊窥鱼，意为鲂鲤。中宵惊电，罔识东西」，以及其后王国维所提出的「词之为体，要眇宜修。能言诗之所不能言，而不能尽言诗之所能言。诗之境阔，词之言长」，其所体悟出来的，就也都是属于此种类型之词的一种特美。近年来我所探讨的也正是词之为体的此一种美感特质。盖以一般人往往多以为小词中所叙写的单纯的男女欢爱之情，未免尚不足道，因而乃欲于小词中所写的男女之情以外，探寻和演绎出一些言外之意蕴，以为如此方可以提高其意义与价值。然而平心而论，则早期五代之词，除去《花间》以之温、韦及南唐之冯、李以外，《花间》所收之大多数作品，实在乃正是只在叙写男女相思爱悦之情，并别无任何深意在其间的。如此说来，则此一类的作品又缘有何深意可言？其体存之美感特质又究竟何在呢？对于此一问题，私意以为况氏所提出的「重、拙、大」之「三要」，乃恰好可以说是一种最好的回答，只不过况氏却又于「重拙大」之后，加上了「南渡诸贤不可及处在是」一语，遂使后人又产生了诸多疑问，即如去修在《蕙风词话诠评》中，就曾提出说「此宋词较南宋词为多朴拙之气，南宋词能朴拙者方为名家。概论南宋，则纤巧者多于北宋。况氏言曰南渡诸贤不可及处在是」。这当然又正是我在前文所提及的「不免有驳杂之失，且有时往往依己意为说，未免有失客观理性」的况氏词说之一般通病。但我却又赞美况氏所提出的「重拙大」之说，确实掌握了词之为体的一种重要的美感特质，只不过私意以为此种美感特质，并不应该如况氏之以「南渡诸贤」为代表，而应以五代之《花间集》中的一些作品为代表。我之为此说，并非信口妄言，前代词人和词学家亦早有注意及之者。即如牛峤《菩萨蛮》之（玉楼冰簟鸳鸯枕）一词结尾之「须作一生拚，尽君今日欢」二句，彭孙遹《金粟词话》就曾赞美此二句曰：「是尽头语，作艳词者，无以复加」。而《栩庄漫记》则曾评此词云：「全词冶艳极矣。……宋人如柳黄诸词，无此古拙之笔也」。足见牛峤此词之佳处，乃正在其古拙。又如欧阳炯之《浣溪沙》（相见休言有泪珠）一词，况氏《蕙风词话》就曾评此词云：「自有艳词以来，殆莫艳于此矣」。又引王鹏运之言云：「半塘僧鹜曰：『奚翅艳而已，直是大且重。苟无《花间》词笔，孰敢为斯语者』。」私意以为况氏引王鹏运之说特别标举出「《花间》词笔」，实在是极可注意的一句话。此盖因男女爱悦之情既根源于人之本性，但在正统之诗文的「言志」与「载道」的传统中，却一直将此种情感目为淫靡，而完全没有被抒写下来的可能性。直到《花间集》的出现，竟公然在其序言中标举出了「庶使

欧阳炯《浣溪沙》：

相见休言有泪珠，酒阑重得叙欢娱。凤屏鸳枕宿金铺。　兰麝细香闻喘息，绮罗纤缕见肌肤。此时还恨薄情无。

朱淑真词的佳处在于其能以女性之敏锐的多情善感的心灵，自然而真率地写出了一份伤春怨别的儿女闲情。

NO. P.222

以毫無拘束地來敘寫閨中男女傷春怨別的哀樂之情的空間，于是其上者乃可以有了「重」、「拙」、「大」之美，而其下者遂不免有了淫靡之病。而且更因其以男性作者而敘寫女性情思，有些作品遂使讀者產生了托喻之想。而若究其本質，則我們當在可以說對于傷春怨別的兒女之情的自然真率的敘寫，應該才正是《花間》詞之最基本的特質。而當我們對《花間》詞之特質有了這種基本認識以後，我們就會發現朱淑真的一些詞作實在可以說就正表現了《花間》詞的這種最基本的特質，雖然朱氏之詞未能具有「重」、「拙」、「大」之美，卻也並無淫靡之病，朱氏之詞的佳處乃正在於其能以女性之敏銳的多情善感的心靈，自然而真率地寫出了一份傷春怨別的兒女閑情。而也就正是此種敘寫，實在才正是《花間》詞之一種最基本的美感特質。前人之評賞朱淑真詞者，自然也早就見到了朱詞的此種特美，即如陳廷焯在其《白雨齋詞話》中就曾謂朱氏之詞「規模唐五代，不失分寸。如『年年玉鏡臺』及『春已半』等篇，殊不讓和凝、李珣輩」。又在《詞則》一書中，將朱氏之詞收錄於《大雅集》中，謂其「規模唐五代，不失分寸，特為詞中正聲」。下面就讓我們抄錄下來幾首朱淑真的詞一看：

一、〈憶秦娥〉正月初六日夜月

彎彎曲。新年新月鉤寒玉。鉤寒玉。鳳鞋兒小，翠眉兒蹙。鬧蛾雪柳添妝束。燭龍火樹爭馳逐。爭馳逐。元宵三五，不如初六。

二、〈謁金門〉

NO.

25×24

NO. P.23

春已半。觸目此情無限。十二闌干閑已遍。愁來天不管。好是風和日暖。輸與鶯鶯燕燕。滿院落花簾不捲。斷腸芳草遠。

三、《生查子》

寒食不多時，幾日東風惡。無緒倦尋芳，閑却鞦韆索。玉減翠裙交，病怯羅衣薄。不忍捲簾看，寂寞梨花落。

四、《清平樂》

風光緊急。三月俄三十。擬欲留連計無及。綠野煙愁露泣。倩誰寄語春宵，城頭畫鼓輕敲。繾綣臨歧囑咐，來年早到梅梢。

五、《蝶戀花·送春》

樓外垂楊千萬縷。欲繫青春，少住春還去。猶自風前飄柳絮。隨春且看歸何處。綠滿山川聞杜宇。便做無情，莫也愁人苦。把酒送春春不語。黃昏却下瀟瀟雨。

六、《鵲橋仙·七夕》

巧雲妝晚，西風罷暑。小雨翻空月墜。牽牛織女幾經秋，尚多少、離腸恨淚。微涼入袂，幽歡生座，天上人間滿意。何如暮暮與朝朝，更改却、年年歲歲。

七、《江城子·賞春》

斜風細雨作春寒。对尊前，憶前欢。曾把梨花，寂寞淚闌干。芳草斷煙南浦路，和別淚，看青山。昨

25×24

宵结得梦夤缘。水云间，悄无言。争奈醒来、愁恨又依然。展转衾裯空懊恼，天易见、见伊难。

八、《生查子·元夕》

去年元夜时，花市灯如昼。月上柳梢头，人约黄昏后。今年元夜时，月与灯依旧。不见去年人，泪湿春衫袖。

八、《清平乐·夏日游湖》

恼烟撩露，留我须臾住。携手藕花湖上路，一霎黄梅细雨。　娇痴不怕人猜，和衣睡倒人怀。最是分携时候，归来懒傍妆台。

关于朱淑真词，整体而言，其风格实在相当一致，表面看来自然都是属于叙写伤春怨别的女子闺情之作，与《花间》词之一般风格，确实极为相近，但仔细体味，我们就会发现其中实有一点绝大的不同之处，那就是《花间》词之作者，全部都是男性，而朱词则是以真正的女性现身说法来自写其闺情者，因此我们首先要区分的就是以男子而写女子之闺情，与女子之自写其闺情，有何种不同的问题。关于此一问题，我想我们可以分作两点来回答：其一是如我在以前论词之作中所提到过的双重性别之问题，失去爱情的思妇，往往可以喻说或使人联想到不得知用的志士才人，如《花间集》中的温庭筠词可为代表。其次则是一些不含人生托喻之想，而纯以男性之观感代言女性之闺情者，此一类作品虽然与纯用男性口吻来写女性之姿色容貌之作有所不同，但在深层意识内，则男性之基本心性固依然

表面看来，朱淑真的词与《花间集》中的词似乎在风格上极为相似，但仔细体味，二者有一点非常大的不同之处：《花间集》中词的作者全部都是男性，是以男子而写女子，而朱淑真的词则是女性的现身说法。

张泌《江城子》：

碧阑干外小中庭，雨初晴，晓莺声。飞絮落花，时节近清明。睡起卷帘无一事，匀面了，没心情。

NO. P.25

隐在。关于此种微妙的区别，我在前面论《良家妇女不成家数的哀歌》一节中，已曾引过《花间集》中男子假闺音之作，与真正的女子的闺音之作，做过比较，以为「一般来说，女性在男性之心目中，永远是一个「他者」(the other)，即使是男性作者尝试用女性之口吻来叙写女性之情思时，事实上在男子内心深处之基本心态中，其所写之女性情思，却也仍然是一个男性所意念之客体(object)，即如薛昭蕴之《浣溪沙》词所写的「钿匣菱花锦带垂」一首中之「约鬟低珥算归期」的女子，或张泌之《江城子》词所写的「碧阑干外小中庭」一首中之「睡起卷帘无一事，匀面了，没心情」的女子，虽然表面上都是用女子口吻所写的闺情之词，但其将女子闺情视为男子所意念之客体的潜意识中之心态，则也仍然是隐然可见的。」而朱淑真词则句句皆出于女子之感受与心情，此二者之主要的分别，一在于男性写女子闺情之作一般多着重于女子所居处之环境，与女子所表现之情态与衣饰的叙写，前举薛昭蕴与张泌的两首词可为明证；至于女子的自写闺情之作，则大多偏重于直写自我之感受与情思，其重点在写景方面则多写春光消逝之速，在写情方面则多写一份怀春之情，而所谓「怀春」者，实在就是对于一份美好的爱情之向往和追寻。在我们前面所举的朱淑真词例中，如其《谒金门》之词开端所写的「春已半，触目此情无限」，《生查子》之词开端所写的「寒食不多时，几日东风恶」，《清平乐》之词开端所写的「风光紧急，三月俄三十」，《蝶恋花》之词开端所写的「楼外垂杨千万缕、

25×24

NO.226

欲挽青春，如"住春还去"诸句，其所表现的就都是对春光流逝之速的锐目与惊心。而春光的流逝之速，虽然也就使女子感到美好的年华与美好的容颜之不能长保，于是自然就引发了女子的伤春之情，于是也就自然有了"断肠芳草远"与"寂寞梨花落"和"芳草也愁人苦"的"断肠""寂寞"的"愁苦"。而这一切感伤，在寂寞又自怜对于爱情之追求的期盼和落空，所以乃有"缱绻临岐嘱咐时，来年早到梅梢"的祝愿。其感情之真纯挚切，自与一般男性作者之以他者的眼光所揣写的闺情有相当的不同。而且朱淑真更把自己个人对爱情的期盼也扩注到了外在的时令与民俗之叙写中，在《鹊桥仙》七夕之一词中，她把自己的"幽欢"与牛女的七夕之会相结合，写出了"何如暮暮与朝朝，更改却、年年岁岁"的一份天人共同的期盼。而由此一词对"幽欢"的叙写，遂引起我又注意到，朱氏写闺情之作更与其他女性作者所写的闺情之作，也有着一点绝大的不同之处，那就是一般女性所写的闺情大多只限于对自己的丈夫的相思和怀念，连她们对于爱情的向往都不敢明白说出之于口，更遑论对于婚外情的"幽欢"之叙写了。因为女子之以贞节为美，在中国有着严格而悠久的传统，一般而言，几乎所有的过去的女性作者，绝少有人敢在自己的诗词中明白自写其"不贞"之情的。因于此点，我在以前论述王清惠之《满江红》（太液芙蓉）一词时，已曾提出过王氏此词结尾处的一个十一个字的长句"问嫦娥于我肯从容同圆缺"，应该一口气读下来，乃是"岂肯"或"不肯"与嫦娥一

25×24

朱淑真《鹊桥仙·七夕》：

巧云妆晚，西风罢暑，小雨翻空月坠。牵牛织女几经秋，尚多少、离肠恨泪。 微凉入袂，幽欢生座，天上人间满意。何如暮暮与朝朝，更改却、年年岁岁。

樣同其思維之意。而且我還要提出來說：「按中國舊傳統之禮教言之，一般婦女的詩詞之作，大都是寫自己的堅貞自誓，而罕見有以不能守節又寫之于作品中的情形，而朱氏之詞乃公然竟有不少自寫其婚外戀情的作品，即如我們在前文所舉引的朱詞〈江城子〉·「賞春」一詞所寫的「展轉衾裯空懊惱，天易見，見伊難」。以及在〈清平樂·夏日遊湖〉之一詞所寫的「嬌癡不怕人猜，和衣睡倒人懷」等，便都是明顯的例證。像這些詞句，蓋皆如前引王鵬運評《花間》之詞所言，「苟無《花間》之詞筆，孰敢為斯語者」，朱詞蓋深受《花間集》之影響，所以才膽敢以一個良家婦女而公然寫出此等婚外戀情之作。不過若以朱詞與《花

間》之詞相較，則又有著明顯的不同，《花間》之詞是以男性作者來敘寫男子與歌伎酒女的戀情，而朱氏則是以一個良家婦女而自寫其婚外之戀情，兩相比較，則《花間》之詞之男性作者自然可以寫出其毫無顧忌毫無保留的「重」、「拙」、「大」之作，而朱氏在婦女中縱然大膽真率，也不了所允許地有如此放縱投注的現實環境，她所能有的只不過是「春寒寂寞中的昨宵一夢」與「和衣睡倒人懷」的片刻「幽歡」而已。本來像這種「昨夢」「幽歡」，若是在一個性格沉隱拘謹的作者寫來，也或者可以寫出一種如況周頤之《蕙風詞話》中所描述的「纏綿」「不盡」之美，不過朱氏之大膽真率的性格，又使她失去了成就此種特美的可能，所以朱氏之詞雖然如陳廷焯之所讚美的「規模唐五代」，不失

朱淑真盖深受《花间集》之影响，所以才胆敢以一个良家妇女而公然写出婚外恋情之作。不过，朱氏纵然大胆真率，也只不过拥有春寒寂寞的昨宵一梦与“和衣睡倒人怀”的片刻“幽欢”而已。

第七章　宋代两位杰出的女词人

1982—1983
1984
1986
1986—1988
1989
1991
1997
2008

1982—1983

1984

1986

1986—1988

1989

1991

1997

2008

432

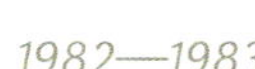

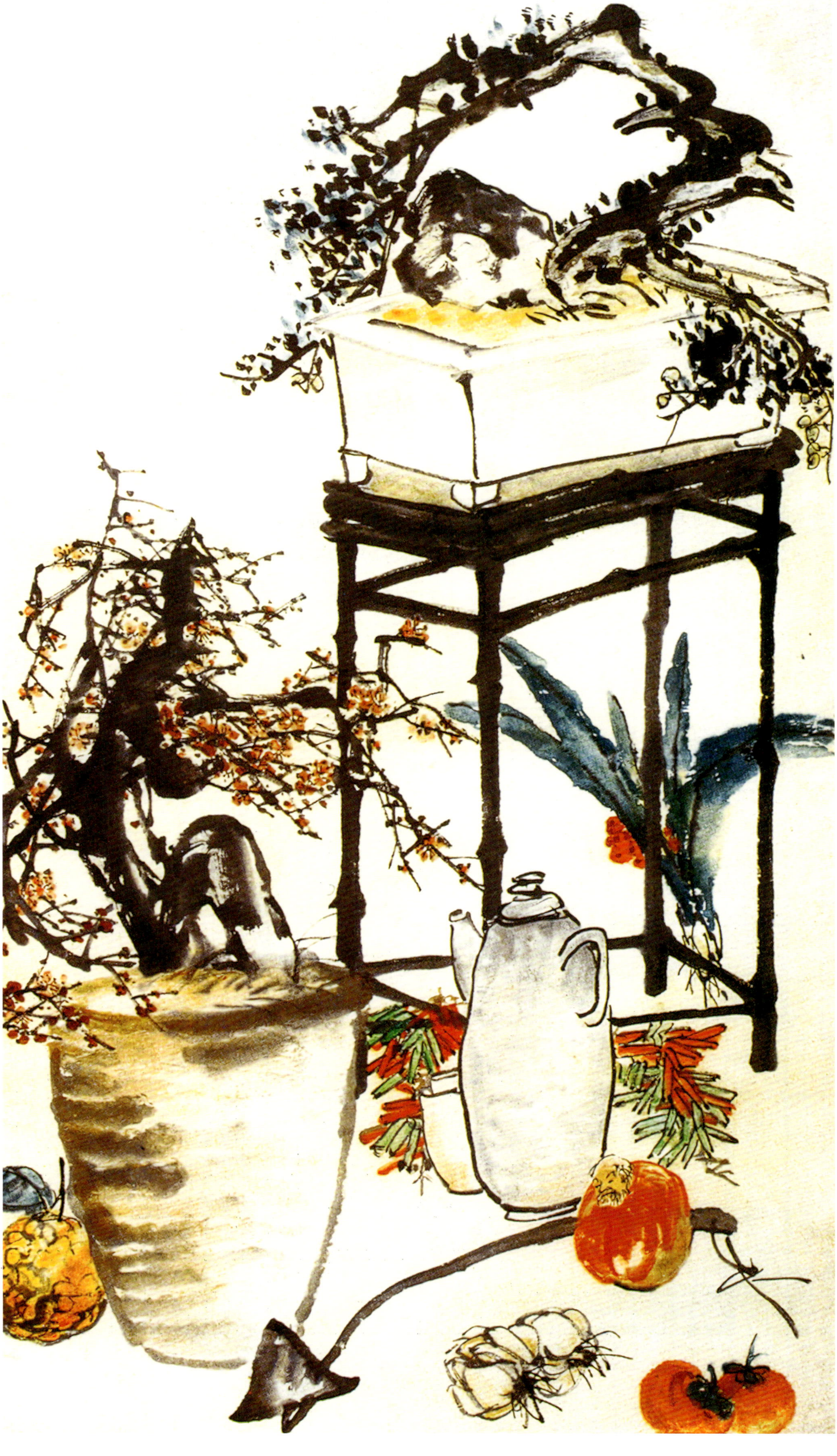

附录

本部分收录叶嘉莹先生早年习作手稿 31 页，其中最早的一页作于 1938 年，其余作于 1941—1943 年。这一时期是叶先生从中学到大学的时代。“七七事变”后，北平沦陷。叶先生的父亲随国民政府南迁大后方，音问断绝，母亲于 1941 年因病去世。在艰苦的沦陷区生活中，叶先生仍坚持读书，幸有伯父伯母照拂，又得遇老师顾随，为以后的研读治学打下了基础。

顾随（1897—1960），字羡季，别号苦水，晚号驼庵，河北清河人。原名顾宝随，其父为前清秀才。顾随五岁入家塾，十八岁考入北洋大学，后转入北京大学英文系，始改今名。毕业后，顾随即投身教育工作，先后在河北女师学院、燕京大学、辅仁大学等校任教，除叶嘉莹先生外，周汝昌、郭预衡、史树青、吴小如等著名学者皆为其弟子。

1942 年秋，叶嘉莹先生升入辅仁大学国文系二年级，修读顾随先生开设的唐宋诗课，顿觉眼界大开，自此凡顾先生所开课程全部选修，毕业后仍常常到老师开课的辅仁大学、中国大学等校旁听，记下八本笔记，虽辗转漂泊，一直保存完好，后交由顾随先生之女顾之京陆续整理出版，使老师的学问得以光大。本书所收录的 31 页叶先生早年习作中，有 15 页为顾随先生批改诗词曲习作。

“入世已拚愁似海，逃禅不借隐为名”，这是 1944 年冬天，二十岁的叶嘉莹先生在沦陷区与老师顾随先生唱和的一组律诗中的一联。2014 年，在叶先生两位友人的资助下，南开大学修筑迦陵学舍，九十岁的叶先生选择这两句作为联语悬挂于迦陵学舍院内月亮门两侧。

透过这组早年习作，可见叶先生学生生涯之点滴，亦可见先生对人世勇于面对和担荷的关怀的心。

送嘉莹南下

顾随

食荼已久渐芳甘，世味如禅彻底参。
廿载上堂如梦呓，几人传法现优昙。
分明已见鹏起北，衰朽敢言吾道南。
此际泠然御风去，日明云暗过江潭。

總而言之，該先是有興趣的，只怕你不能入門，所以小時須要師長領導着，到你找到興趣後的研究，就在你個人了。要興趣深，所得的結果越好。我怕師長領導的你不甘心，要興趣尋不到，成就更談不到了。

說理獨透，體似過來人。

本页手稿为钟一峰先生评阅叶嘉莹先生高一习作，时间为1938年。钟一峰是叶嘉莹先生高中的国文课老师。他鼓励学生写文言文，叶嘉莹先生就把过去给父亲写文言文信时所受到的一些训练，用在了课堂的写作上。

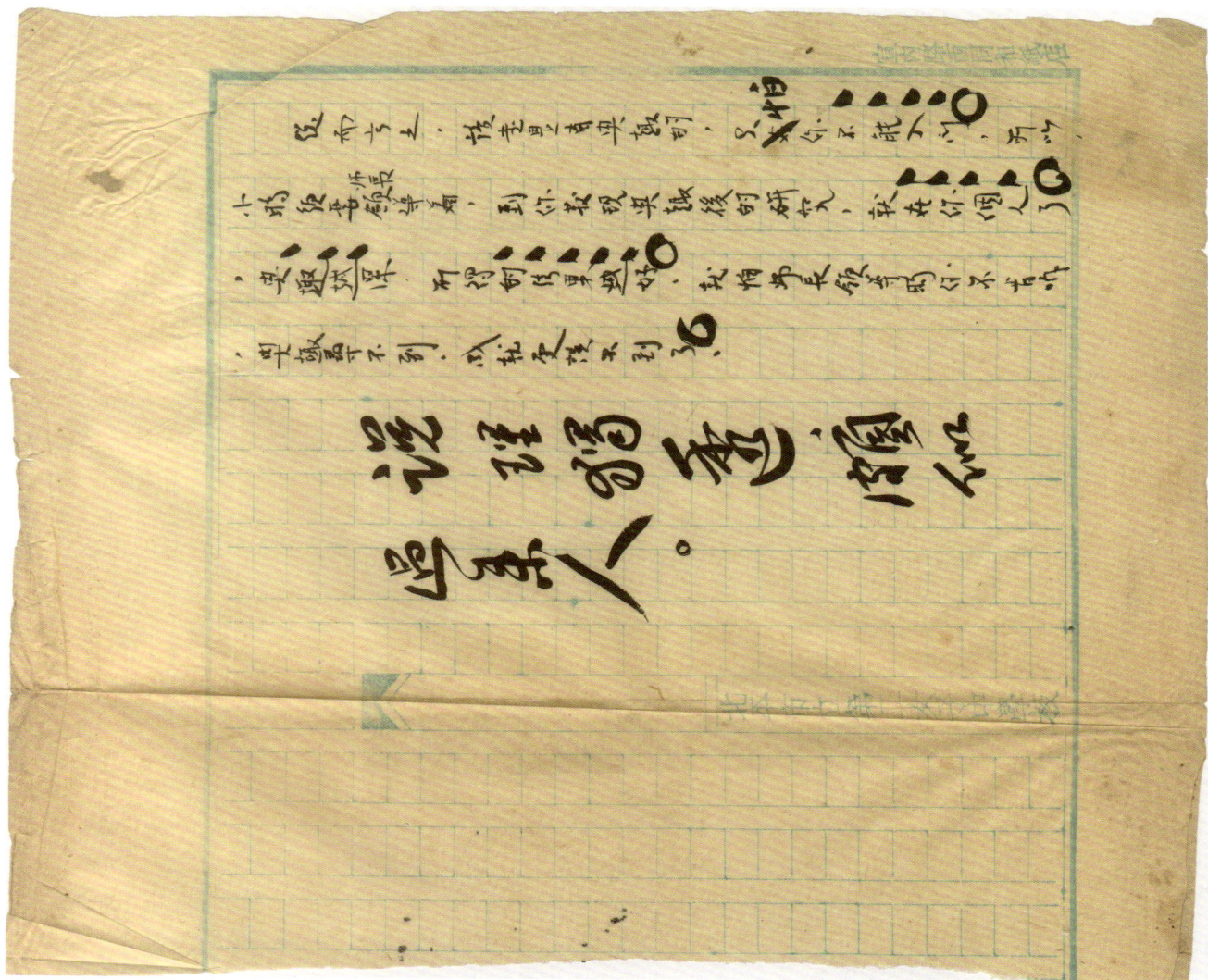

本文约作于1939年。批语有两则，文首为：添一两字，句号改在移字下，较健；文末为：此则入窠臼矣。

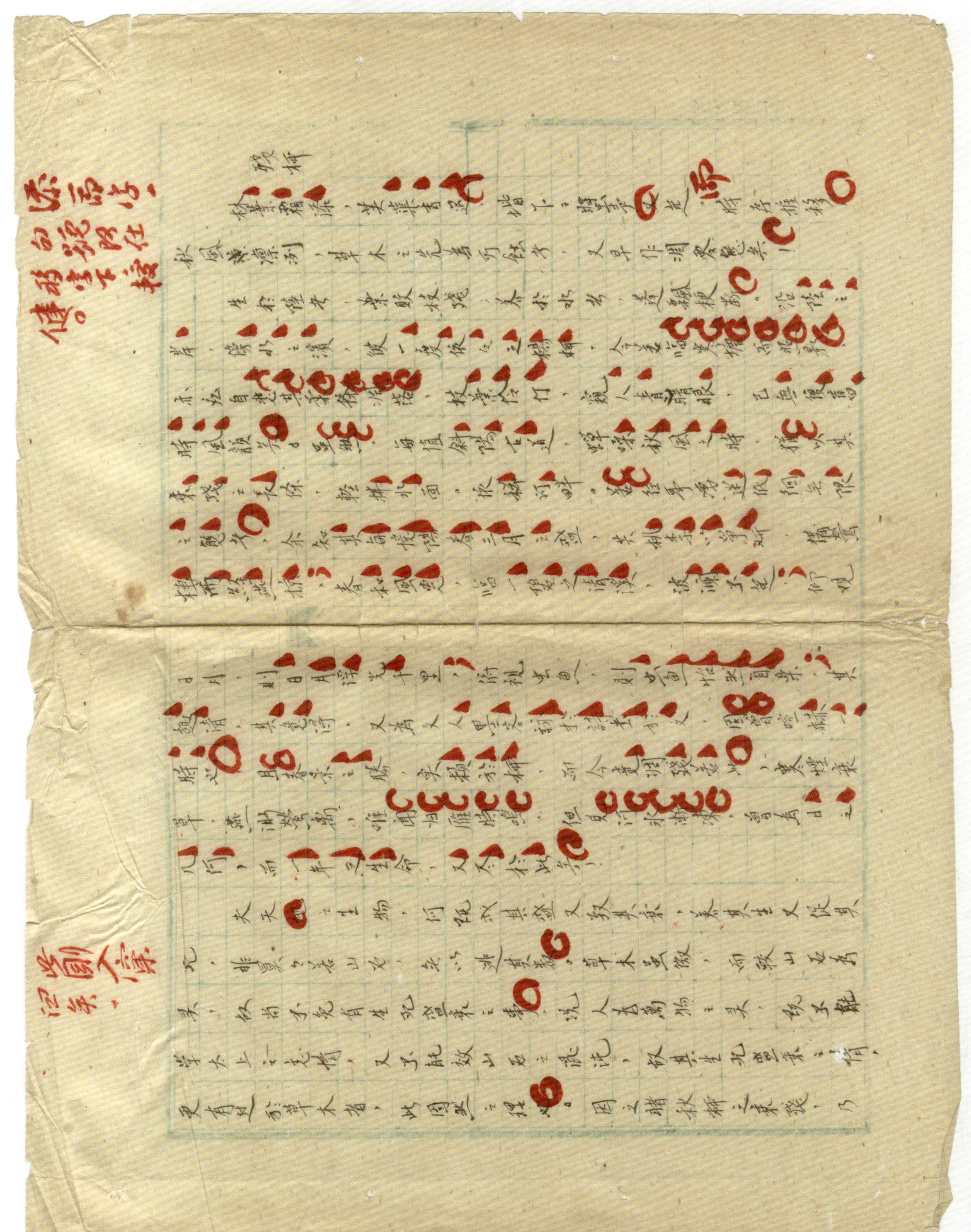

本文题为《悲思赋》，共2页，约作于1941年。

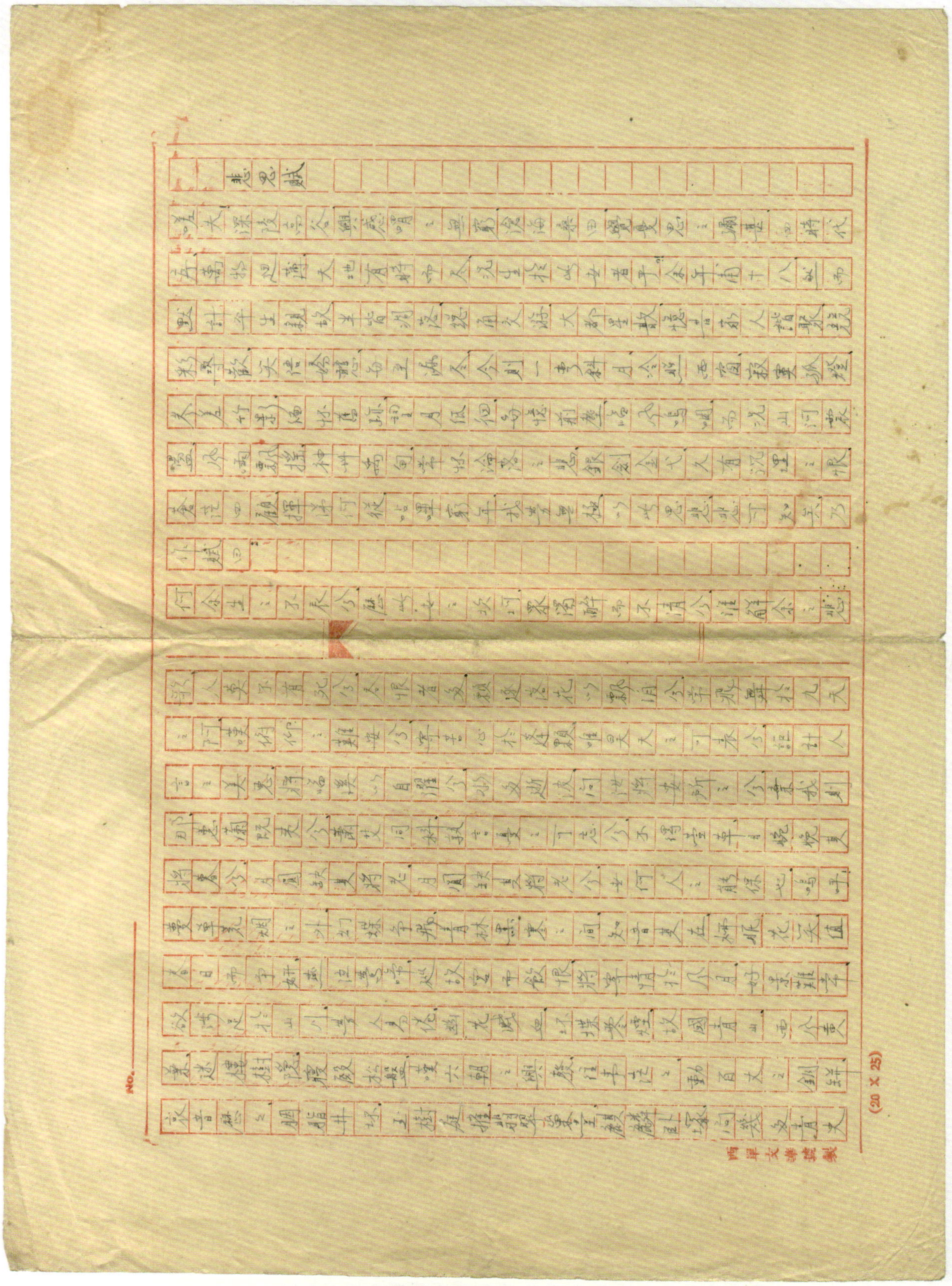

No.

悲思賦

嗟夫深陵高谷興感喟之無窮滄海桑田覺思之痛甚而時代屛萬物迴薄大地有時而冬況生於此世者乎余年甫十八然而默計平生親故半皆凋落總角交游大都星散憶昔家人謂聚競粉學歡笑語嬌憨每至漏盡今則一彎斜月冷照西窗寂寞孤燈參差竹影偏懷舊跡望月低徊每悔前塵臨風嗚咽而況山河裂盪風雨飄搖神州為甸常懷淪落之悲銀劍金弋久有沉埋之恨蒼茫四顧揮涕何從咕嗶窮年我勞無極以此思悲悲可知矣乃作賦曰：

何余生之不辰兮歷此世之坎坷眾濁醉而不清兮誰解余之悲歌人莫不有死兮吞恨者多頹逐落花以飄泊兮學飛舞於九天之阿嘆俯仰之難安兮寄苦心於蓬顆唯昊天之可表兮詎計人言之美惡將臨溪以自濯兮將多逝波向世將安所之兮棄我則那蕙蘭既夷兮蕭艾同科孰言憂之可忘兮不得萱草胡晚晚莫將暮兮月圓缺莫將老月圓缺莫將老兮世何人之能保也嗚呼蔓草荒烟之外幻蝶爭飛青林黑塞之間知音莫在嬋娟花笑值春日而爭妍燕泣鶯啼迴故宮而飲恨將寄情於風月好景難常欲游足於山川美人為倦幽花藏血壞堞殘烟故國青山西風黃葉迷樓樹隱寢殿於盤嗟六朝之興廢往事茫之動百丈之銅鉼哀音戀之胭脂井壞玉樹庭摧翡翠巢空麒麟卧冢問幾多青史

西單文津號製

(20 X 25)

識殫，都換作昏燈笑柄。釋迦輪轉，難清孽海因緣；翁仲衣冠，常灑
神山風雨。推人暮鼓，豈驚塵海之迷執，夢晨鐘，不醒宿酣之酒。駕
言宝筏，從無可渡之人；徑引迷津，不少自沉之鬼。嗟嗟！春蠶九死，
猶抽不尽之絲；精衛三生，尚有未填之海。蘭因絮果，夙債難清；秋
月春風，年華易逝。羨止水之不波，心如古井；擬衝霄而無翼，志慚
鯤鵬。鐵聚九州，鑄成大錯；花拈一笑，轉悟枯禪。已矣乎！哀眾生之
無樂兮，嘆愁憂之多方。踐蒿萊以叢骨兮，常寂寞而荒涼。余亦欲
兼善斯世兮，將普渡而無航。嗟春暮而秋至兮，草木萎能久也。常
戚顏而不釋兮，伊何人之答也。波滔滔兮流不返，逝者如斯兮孰
可挽。鳥將歸兮天欲瞑，且閉閣兮聊安處。心睠睠兮莫我知，恨綿
綿兮與終古。

No.

(20 × 25)

西單文華號製

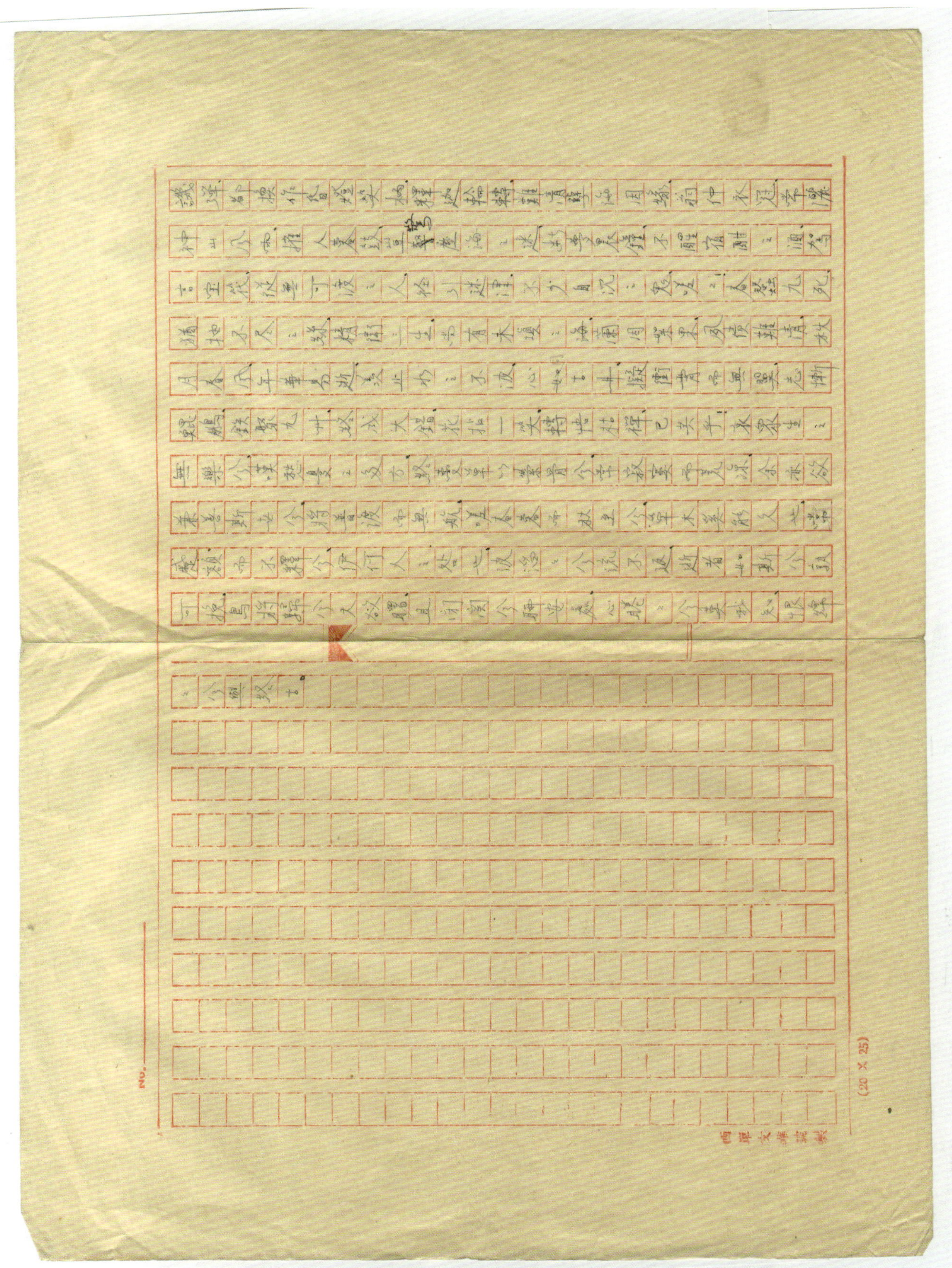

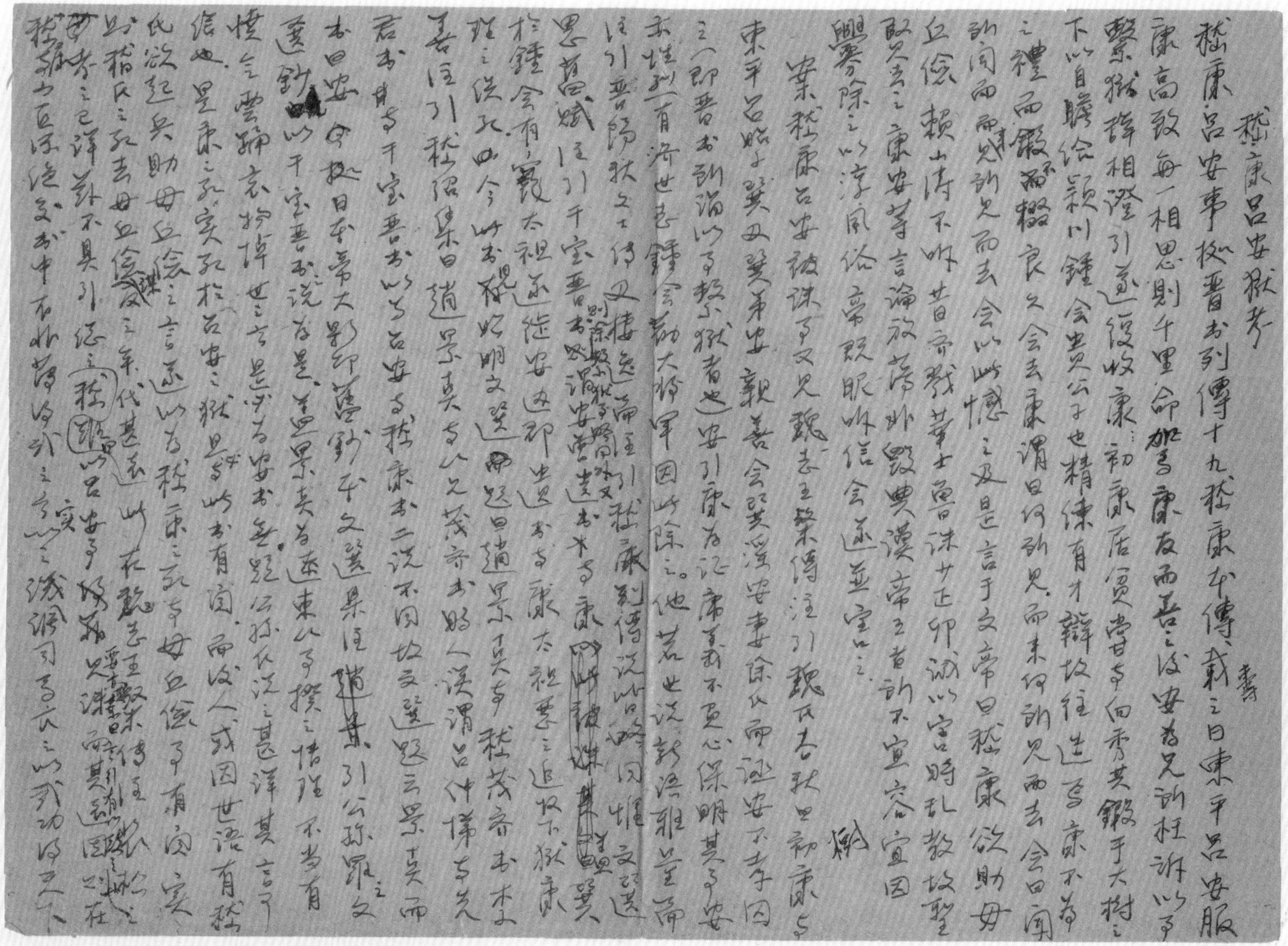

嵇康吕安狱考

嵇康、吕安事，按晋书列传十九嵇康本传，载之曰：东平吕安服康高致，每一相思，则千里命驾，康友而善之。后安为兄所枉诉，以事系狱，辞相证引，遂复收康。（初，康居贫，尝与向秀共锻于大树之下，以自赡给。颍川钟会，贵公子也，精练有才辩，故往造焉。康不为之礼，而锻不辍。良久会去，康谓曰：何所闻而来？何所见而去？会曰：闻所闻而来，见所见而去。会以此憾之。）及是，言于文帝曰：嵇康欲助毋丘俭，赖山涛不听。昔齐戮华士，鲁诛少正卯，诚以害时乱教，故圣贤去之。康、安等言论放荡，非毁典谟，帝王者所不宜容，宜因衅除之，以淳风俗。帝既昵听信会，遂并害之。

案：嵇康吕安被诛事又见魏志王粲传注引魏氏春秋，曰：初，康与东平吕昭子巽及巽弟安亲善。会巽淫安妻徐氏，而诬安不孝，囚之。（即晋书所谓以事系狱者也。）安引康为证，康义不负心，保明其事，安亦[illegible]（有济世志）钟会劝大将军因此除之。他若世说新语雅量篇注引晋阳秋、文士传及嵇康别传，说此[illegible]同，惟文选思旧赋注引干宝晋书[illegible]谓安[illegible]遂书与康[illegible]于钟会有宠，太祖遂徙安边郡，即路与康书，太祖恶之，追收下狱，康理之，俱死。而今此书载昭明文选，题曰与嵇茂齐书，李善注引嵇绍集曰：赵景真与从兄茂齐书，时人误谓吕仲悌与先君书，故具与干宝晋书以为吕安与嵇康书二说不同，故文选题云景真而书曰安。按日本帝大影印旧钞本文选集注，引公孙罗之文选钞，以干宝晋书说为是，且以景真为辽东从事，揆之情理，不当有[illegible]辞世之言，是书为安书无疑。公孙氏说之甚详，其言可信也。是康之死实死于吕安之狱，[illegible]此书有阅。而后人或因世说有嵇氏欲起兵助毋丘俭之言，遂以为嵇康之死乃由毋丘俭事，实则嵇氏之死去毋丘俭[illegible]之年已甚远，此在魏志[illegible]传注[illegible]之已详，兹不具引。[illegible]嵇[illegible]以吕安事[illegible]见诛，而其[illegible]以在嵇氏之[illegible]以[illegible]之[illegible]司马氏之以武功得天下

本文题为《嵇康吕安狱考》，共2页，约作于1941年。

故大将军闻而恶之，又尝以事得罪钟会，故司马昭以钟会之谮而藉端杀之也。

余前论阮籍既竟，因以重有感焉。夫衰季乱世，责人为难，魏晋之际，司马专政，士人之落魄者甚矣，故刘伶阮咸则逃之于酒，阮籍则……非其本心……之情也。若嵇康者，尤有大志，内怀经济之才，外负高名之望，则其为司马氏之所忌也，非一日矣。吕仲悌者，其才稍逊于康，然亦隐然有济世之心，故在康有非汤武之言，在安亦有平除九区之语，标明傲世之意。乱之世而不能隐晦自安，则亦适以速祸而已。孔子曰：隐居以求其志。又曰：贤者避世。既不能避又不能隐，上之不能匡时济国，下之不能全身，而徒以言语文字招祸取患，且嵇吕既亡之后，士大夫之志意念益销沉，虽欲隐居仕有不得者矣。故向秀遂出而仕，是嵇吕之子……然不得不俯首归顺之也。古人有言曰：死有重于泰山，有轻于鸿毛，若嵇吕之死，则非徒无益于时，抑且有害于后，其志意虽可嘉，然而学不足也。虽然，余每读向子期思旧之赋，然则不禁为之感慨嗟息，惜其志而悯其遇焉。呜呼，夫以衰世乱士之不善自处而以……身之志但有危焉，又岂独嵇吕二子为然哉。

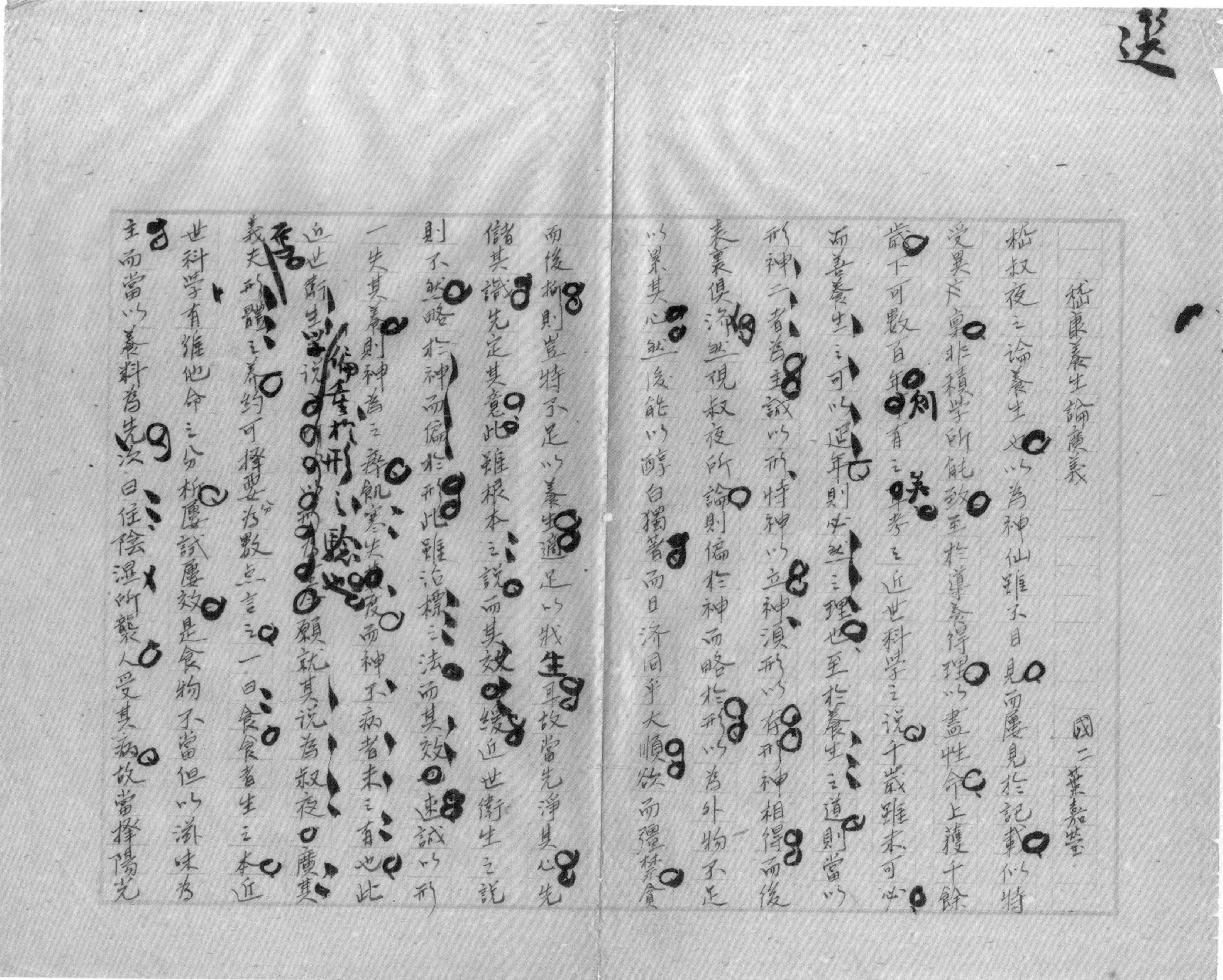
嵇康養生論廣義　國二　葉嘉瑩

嵇叔夜之論養生也，以為神仙雖不目見，而屢見於記載，似特受異氣，稟之自然，非積學所能致。至於導養得理，以盡性命，上獲千餘歲，下可數百年，則有之矣。嗟夫！近世科學之說，千歲雖未可必，而善養生之可以延年則必然之理也。至於養生之道，則當以形神二者為主。誠以形恃神以立，神須形以存，形神相得而後表裏俱濟。然觀叔夜所論，則偏於神而略於形，以為外物不足以累其心，然後能以醇白獨著，而日濟同乎大順，然而彊禁食而後則豈特不足以養生，適足以戕生耳。故當先淨其心，先儲其識，先定其意，此雖根本之說，而其效之緩，近世衛生之說則不然，略於神而偏於形，此雖治標之法，而其效之速，誠以形一失其養，則神為之衰，饑寒失度，而神不病者未之有也。此近世衛生學說偏重於形之驗也，頗就其說為叔夜廣其義。夫形體之養約可擇要分為數点言之。一曰食，食者生之本，近世科學有維他命之分析，屢試屢效，是食物不當但以滋味為主，而當以養料為先。次曰住，陰濕所襲，人受其病，故當擇陽光

本文题为《嵇康养生论广义》，共2页，作于1942年。

葉嘉瑩

充足，而空氣流通之處居之。三曰衣服寒冷暖，周足以病人，而剂度之不合，足以防礙身體之發育，是則尤不可不知者也。四曰眠眠者，所以休養身體及腦力，故睡眠如不足者，精神亦不振。此近世衛生學所以有八小時睡眠之規定也。此外若晨起行柔軟體操，及深呼吸，則又與古人吐納之說暗合。吾人若果能兼取養神養形之法，合而行之，則數百年之壽，正不難得，惜乎能終始行之者鮮耳。

詮理遣法均能有合，詞氣亦舒暢寬博，特嫌偏從實隘之失

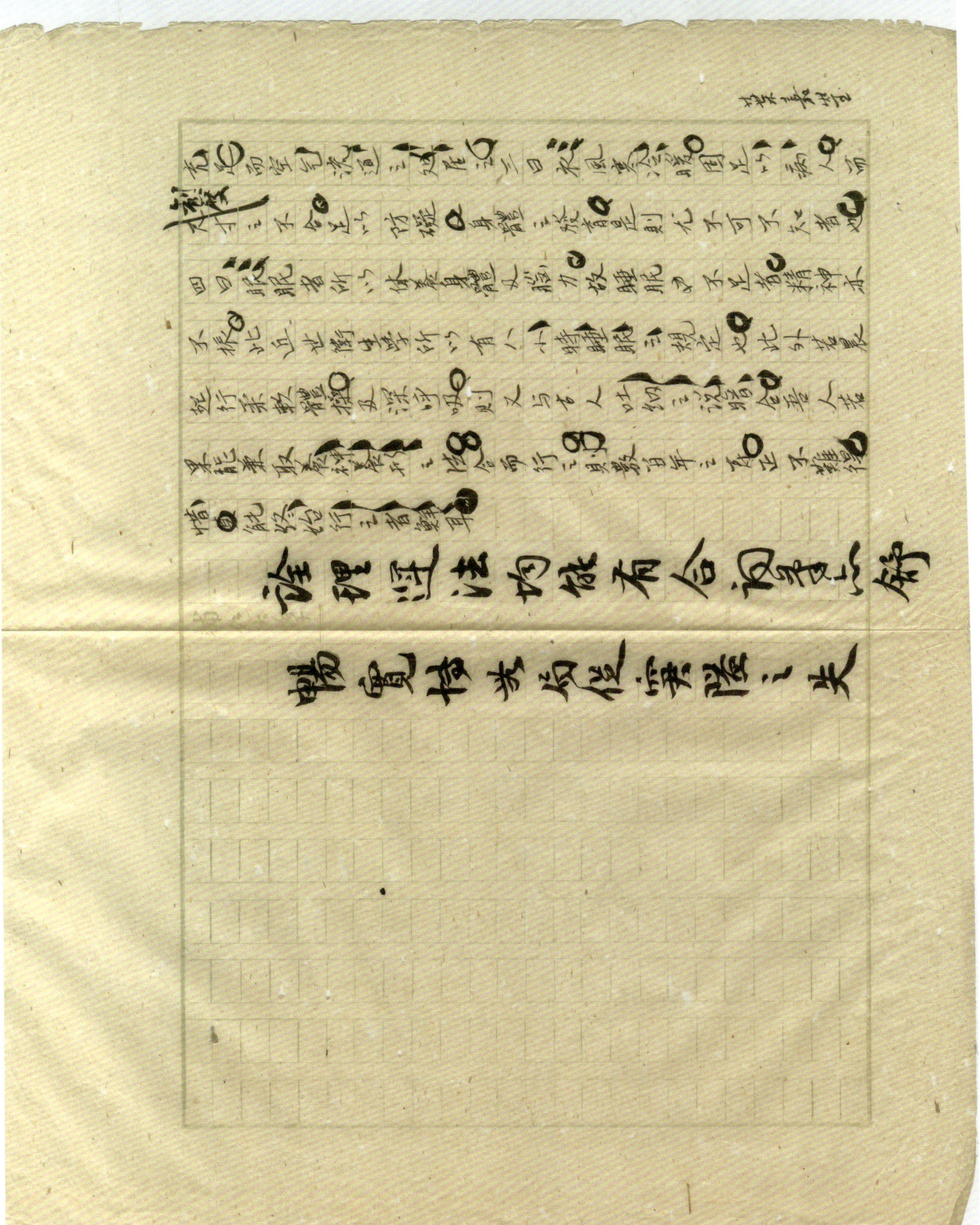

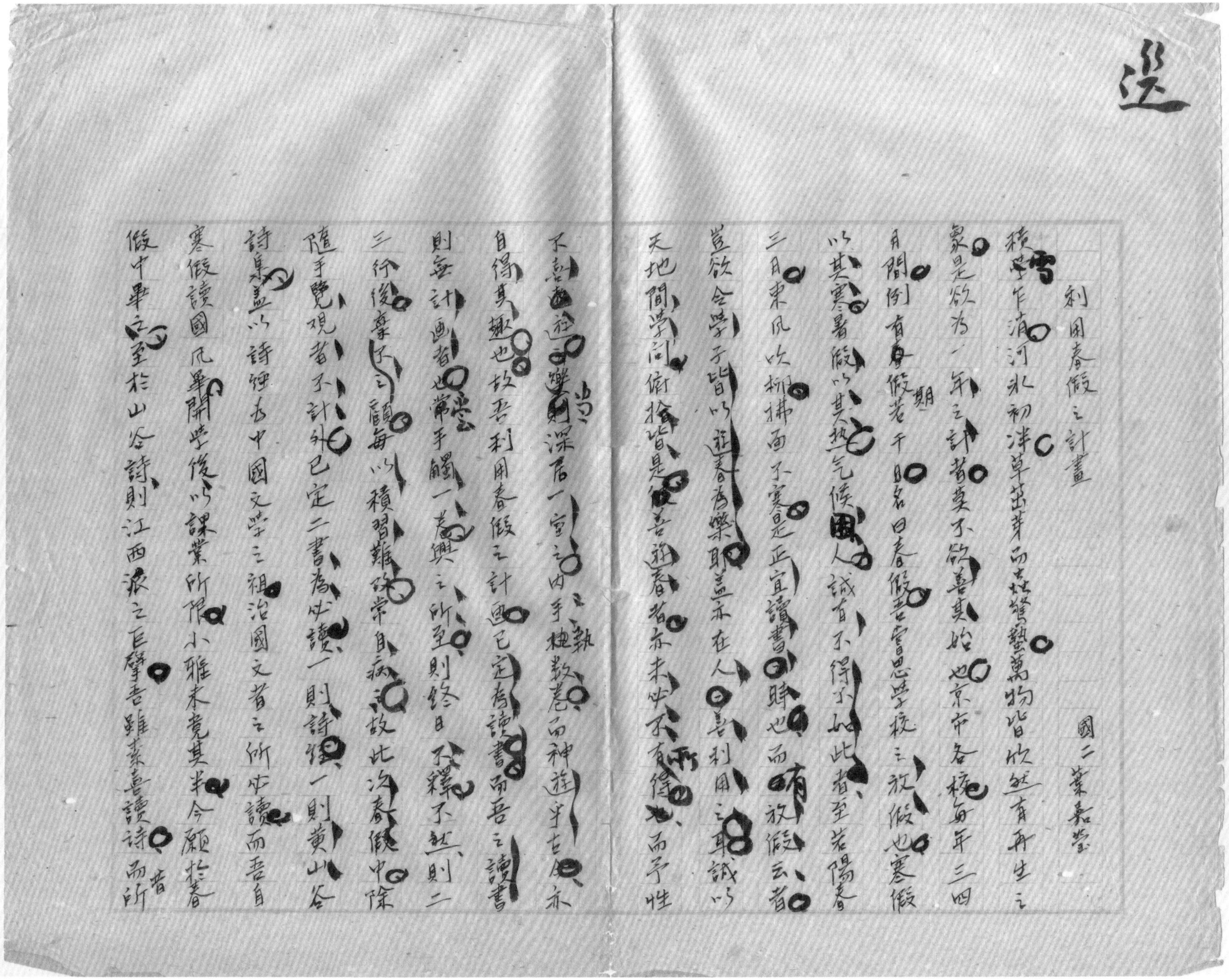
送

利用春假之計畫　國二　葉嘉瑩

積雪乍消，河冰初泮，草茁芽而花結蕊，萬物皆欣然有再生之象，是欲為一年之計者，莫不欲善其始也。京市各校每年三四月間例有假期若干日，名曰春假。吾嘗思學校之放假也，寒假以其寒，暑假以其熱，氣候困人，誠有不得不如此者；至若陽春三月，東風吹拂，拂面不寒，是正宜讀書之時也，而亦放假云者，豈欲令學子皆以遊春為樂耶？蓋亦在人之善利用之耳。誠以天地間學問術藝皆是，善遊春者亦未必不有所得焉，而予性不喜遊，遊則深居一室之內，手執數卷而神遊乎古人，亦自得其趣也。故吾利用春假之計畫已定，為讀書，而吾之讀書則無計畫者也，常手觸一卷，興之所至則終日不釋，不然則二三行後棄之，顧每以積習難除，常自病之，故此次春假中除隨手覽觀者不計外，已定二書為必讀：一則詩經，一則黃山谷詩集。蓋以詩經為中國文學之祖，治國文者之所必讀，而吾自寒假讀國風畢，開學後以課業所限，小雅未竟其半，今願於春假中畢之。至於山谷詩，則江西派之巨擘，吾雖素喜讀詩，而昔所

本文题为《利用春假之计划》，共2页，作于1942年。批语谓此篇笔致历落疏宕，颇无俗韵。

讀以唐人為主，讀宋人詩時蓋少也。近日聞吾師言及詩之鍾
鍊，謂當以江西派為正，因舉山谷、後山諸家。吾非敢志於詩者，
而自幼好之，長而愈甚，豈亦如人之好聲色嗜欲者耶？不敢希
其有所成就也，而暇時一為之，常恐詞不能達意。詩之神韻雖
以唐為勝，而若吾輩初學，則於鍾鍊一途亦未可稍忽也。故
欲於江西諸大家作一窺其奧，則自當以山谷為始，至於
讀之果能有得與否，未敢逆料，惟計畫如此耳。

学致屢落疏宕類共俗韵
自為計畫亦復適當
山谷詩槎枒磥砢數讀得乏
鍛鍊之迹自曾文正提倡後
近五十年詩壇言宗學者撰共不
下數十家 [illegible]
實則自是作詩 [illegible]
共甚會安撰附識數語借
以商榷 [illegible] 不至此

謙則自虛，虛則受益。滄海不擇細流，故能成其大；君子能受盡言，故能成其德。是故一人好善，而天下之衆善集之，是合天下之智德才勇於一人之身，而因以為政，尚何患國之不治而天下之不平也哉？故曰「好善優於天下」，孟子之言，宜可以為萬世法鑑矣。

指出積字謙字以照好善之意，可謂得要。行文清暢不滯，層次井然，佳作也。

選

事出於沉思義歸乎翰藻說　國二　葉嘉瑩

人有名實，物有表裏，文章者豈不然乎。不加之以沉思，則不能得其質；不飾之以翰藻，則不能彰其華。二者固宜如表裏之相副，未可忽其一端者也。誠以有其實而無其表，則實不彰；舍其實而求其表，則實必略。世有主沉思者，徒事詞藻者，則喪其實並喪其表矣。世之主翰藻者，則又曰：實以表而彰，昧其表並晦其實者。之言，蓋兩得之。故蕭統之選序曰：事出於沉思，義歸乎翰藻。所謂相得而益彰者，其斯之謂歟。蓋文之表若不足以副其實，則每以表而累實；實不足以副其表，則又不免於浮華之譏。雖然，經子但主義理，史傳沉思史籍，惟以紀事，不尚翰藻，而皆能亘古長存者，以其皆有經世之用，未可徒以文章繩之也。且人之情性各殊，技能因之而異，或以義蘊宏深為能，或以詞藻華瞻為勝。天下全材，正不易得，惟求其偏而能濟者，斯可也。昭明之選，於詩賦史論等兼取之，初亦未嘗嚴守格也。惟學文者不可不知此一說，而以兼長自勉，然後能相濟而不失之偏，可不慎哉。

多風騷流用華詞拔　樹義亦無偏陂之失
可稱合作

本文题为《事出于沉思义归乎翰藻说》，只1页，作于1942年。“事出于沉思，义归乎翰藻”出自南朝梁萧统《文选序》。

書五代史一行傳後

處穢污而後知白璧之潔，閱榛莽然後知蘭蕙之芳，以五代之亂然後知一行之可貴。歐陽文忠公之所以亟稱之者，其旨亦微矣。若石昂、程福贇、李自倫輩，或以義自守，或以忠獲罪，或以倫紀稱於時。衰亂之世，能得數人、此衰而亦足以抗頹風而振衰世。蓋以國之治亂，關係民俗；民俗美惡，基於人心，人心者四維之端，舉世皆濁，人莫不為其所染，污染既久，其端漸泯，行禽獸之行而不自知，良可悲也。文忠公哀而憫之，故假數人為鏡，以鑒世人，使其已泯者復生，而能返其端，以歸其本。然若鄭遨、張薦明輩，徒以隱逸見稱，以清高自許，不若不足得而稱焉，豈文忠公之意？顧世人皆以隱逸自許耶？孔子曰：吾非斯人之徒與而誰與？今鄭、張不為人而為麋鹿，豈不以麋鹿貴於時之士大夫。數衰季亂世，取捨為難，縱有兼善之心而無兼善之力，掘泥揚波，徒為所污，滔滔者逝而不返，身入狂瀾，亦不過為其所捲，葬身江魚腹中。而逝者不以是而返，濁者不以是而清。若鄭、張二人者，又豈不以救瓦救世為心哉？至不得已而

本文题为《书五代史一行传后》，共2页，作于1942年。“一行”，即某一方面的突出表现。

西木見遊

潔身自保，遁跡乎山林之中，而世之熱中名利者，又或執以聖人之言責之，良可嘆也。處濁亂之世，若屈原之以義見逐，程福贇之以忠致死，吾不敢辱，然雖若彼二人者，不亦已可謂荊榛中之蘭蕙矣哉。

見解超卓，行文亦復慨歎，神似永叔。

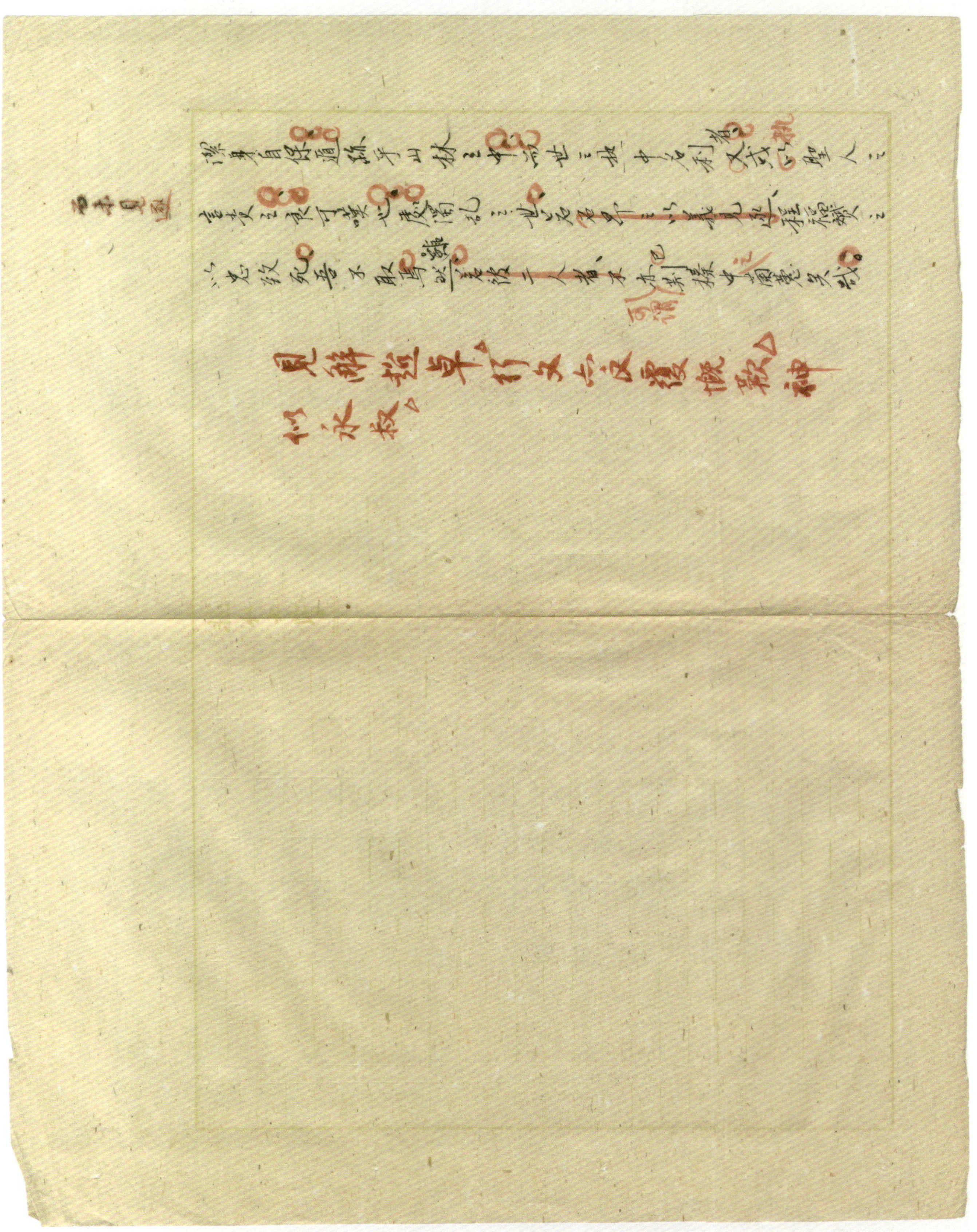

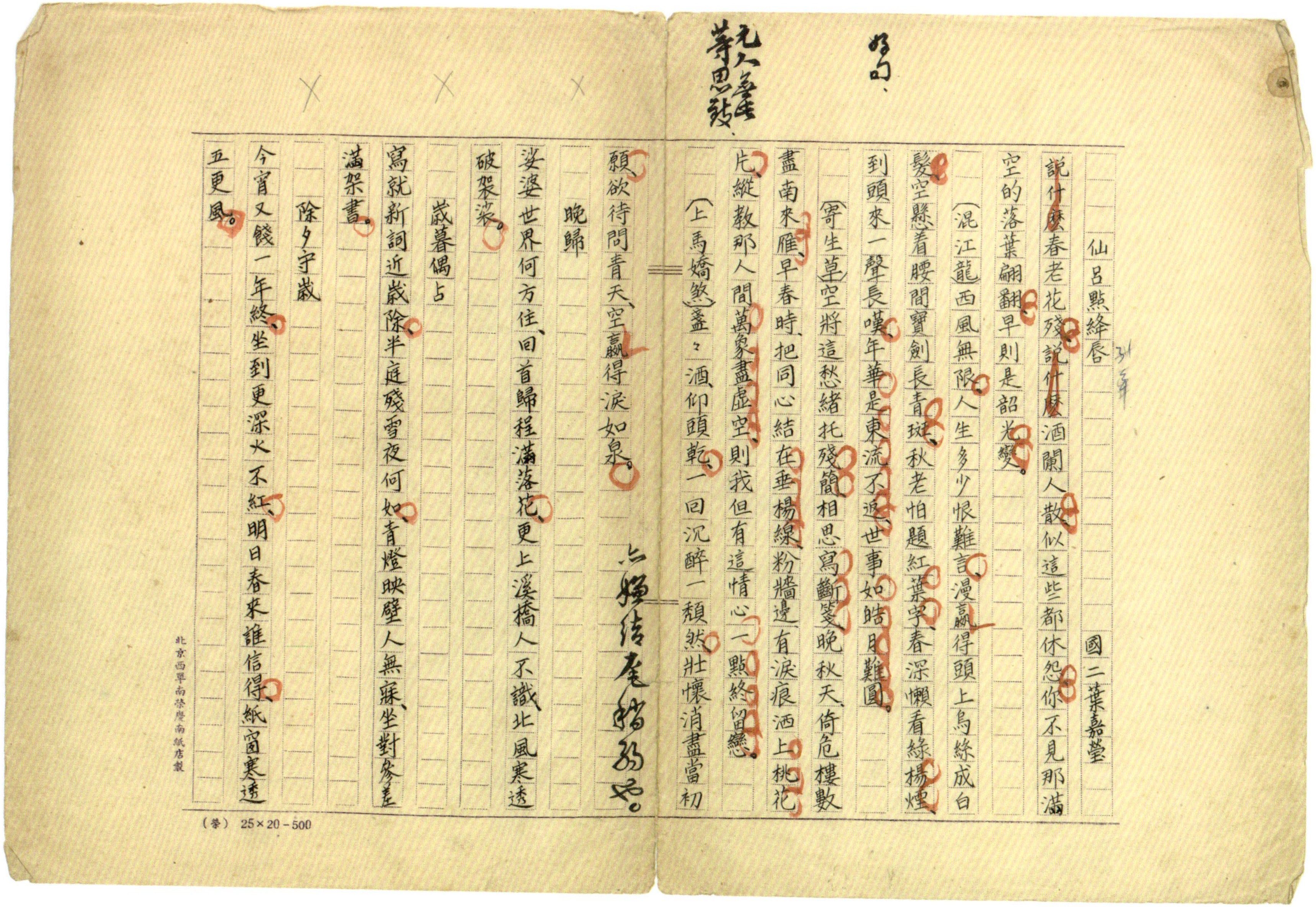

仙吕 點絳唇 别年

國二 葉嘉瑩

說什麼春老花殘，說什麼酒闌人散。似這些都休怨，你不見那滿空的落葉翻，早則是韶光變。

（混江龍）西風無限，人生多少恨難言。漫贏得頭上烏絲成白髮，空懸着腰間寶劍長青斑。秋老怕題紅葉字，春深懶看綠楊煙。到頭來一聲長嘆，年華是東流不返，世事如皓月難圓。

（寄生草）空將這愁緒托殘箋，相思寫斷箋晚秋天。倚危樓數盡南來雁，早春時把同心結在垂楊線，粉牆邊有淚痕洒上桃花片。縱教那人間萬象盡虛空，則我但有這情心一點終留戀。

（上馬嬌煞）盞盞酒，仰頭乾，一回沉醉一頹然，壯懷消盡當初願，欲待問青天，空贏得淚如泉。

好句。

元人無此等思致。

亦嫌結尾稍弱也。

晚歸

娑婆世界何方住，回首歸程滿落花。更上溪橋人不識，北風寒透破袈裟。

歲暮偶占

寫就新詞近歲除，半庭殘雪夜何如。青燈映壁人無寐，坐對參差滿架書。

除夕守歲

今宵又餞一年終，坐到更深火不紅。明日春來誰信得，紙窗寒透五更風。

（拳）25×20-500

〔寄生草〕批语：元人无此等思致。

〔上马娇煞〕结句批语：亦嫌结尾稍弱也。

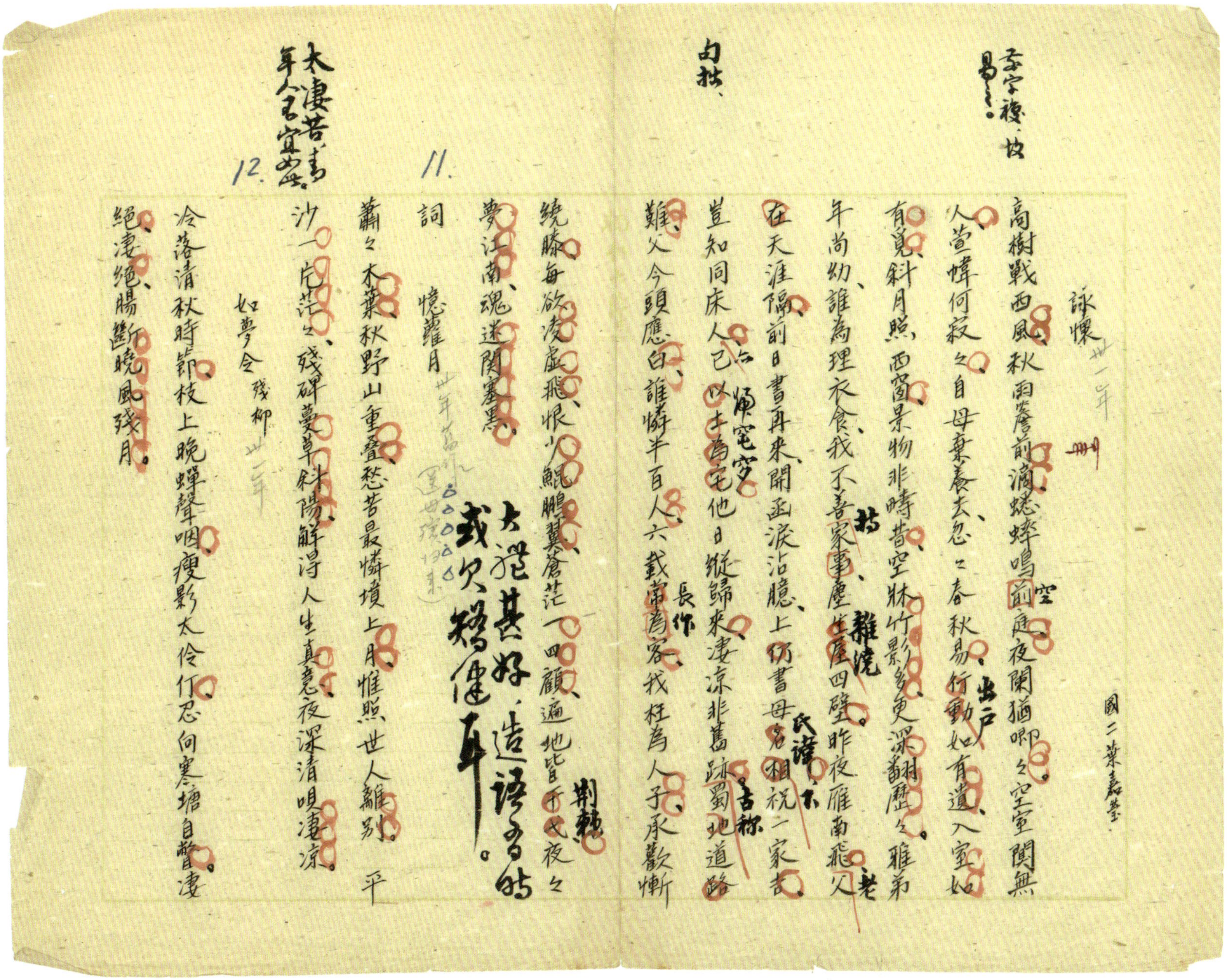
國二葉嘉瑩

詠懷 卅一年

高樹戰西風，秋雨簷前滴。蟋蟀鳴空庭，夜闌猶唧唧。空室闃無人，萱幃何寂寂。自母棄養去，忽忽春秋易。出戶如有遺，入室如有覓。斜月照西窗，景物非時昔。空牀竹影多，更深翻歷歷。雅弟年尚幼，誰為理衣食。我不善家事，塵生四壁。昨夜雁南飛，老父在天涯。隔前日書，再來開函淚沾臆。上有書母名，相祝二家吉。豈知同床人，已以土為宅。他日縱歸來，淒涼非舊跡。蜀地道路難，父今頭應白。誰憐半百人，六載常為客。我枉為人子，承歡慚繞膝。每欲凌虛飛，恨少鯤鵬翼。蒼茫一四顧，遍地皆荆棘。夜夜夢江南，魂迷關塞黑。

大體甚好，造語有時或欠矯健耳。

詞

憶蘿月

蕭蕭木葉，秋野山重疊。愁苦最憐墳上月，惟照世人離別。平沙一片茫茫，殘碑蔓草斜陽。解得人生真意，夜深清唄淒涼。

如夢令 殘柳 卅一年

冷落清秋時節，枝上晚蟬聲咽。瘦影太伶仃，忍向寒塘自瞥。淒絕，淒絕，腸斷曉風殘月。

太淒苦，青年人不宜如此。

《咏怀》批语：大体甚好，造语有时或欠矫健耳。

《忆萝月》批语：太凄苦，青年人不宜如此。

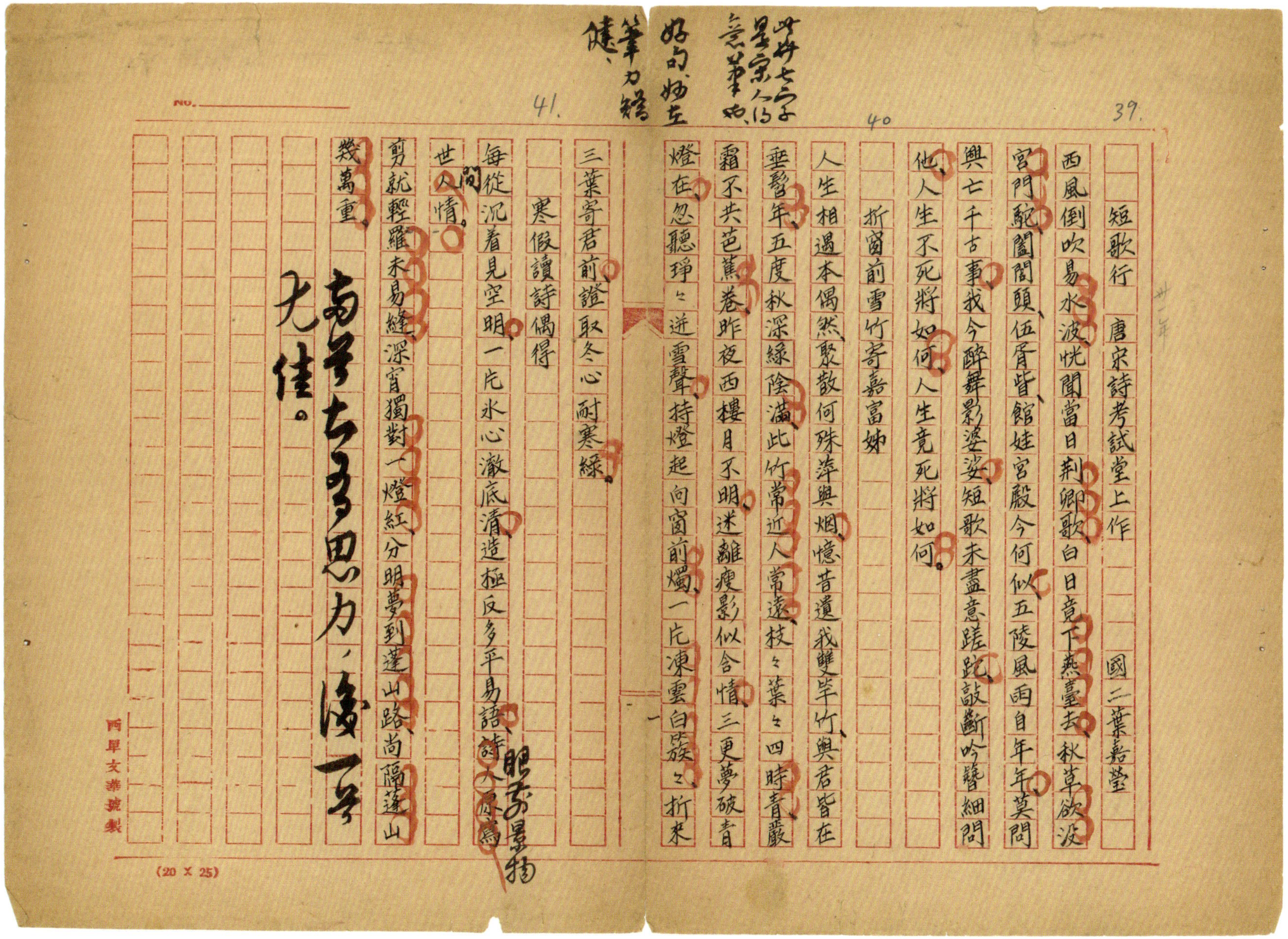
短歌行　唐宋詩考試堂上作　國二葉嘉瑩
西風倒吹易水波，恍聞當日荊卿歌，白日竟下燕臺去，秋草欲没
宮門駝，闔閭頭、伍胥皆，館娃宮殿今何似，五陵風雨自年年。莫問
興亡千古事，我今醉舞影婆娑，短歌未盡意蹉跎，敲斷吟聲細問
他，人生不死將如何，人生竟死將如何。
折窗前雪竹寄嘉富姊
人生相遇本偶然，聚散何殊萍與烟，憶昔遺我雙竿竹，與君皆在
垂髫年，五度秋深綠陰滿，此竹常近人常遠，枝々葉々四時青，嚴
霜不共芭蕉卷，昨夜西樓月不明，迷離瘦影似含情，三更夢破青
燈在，忽聽琤々迸雪聲，持燈起向窗前燭，一片凍雲白簌々，折來
三葉寄君前，證取冬心耐寒綠。
寒假讀詩偶得
每從沉着見空明，一片氷心澈底清，造極反多平易語，詩人原為
世間人情。
剪就輕羅未易縫，深宵獨對一燈紅，分明夢到蓬山路，尚隔蓬山
幾萬重。
此竹七字是宋人得意筆也。
好句，妙在筆力矯健。
兩首甚有思力，後一首尤佳。
No.
(20 X 25)
西單文華號製

《折窗前雪竹寄嘉富姊》“此竹常近人常远”句批语：此竹七字是宋人得意笔也。“持灯起向窗前烛”句批语：好句，妙在笔力矫健。

页末批语：两首甚有思力，后一首尤佳。

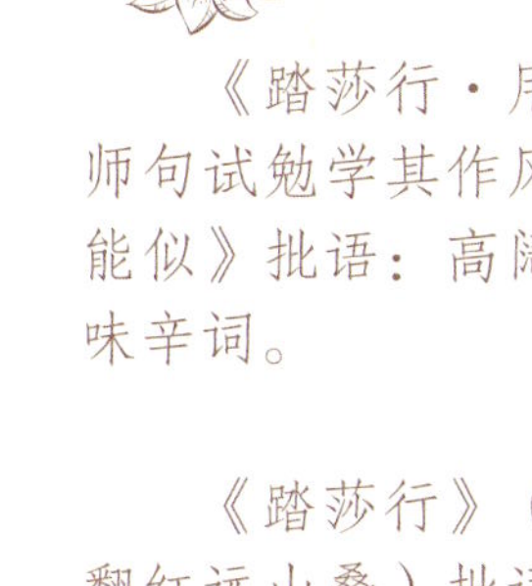

《踏莎行·用羡季师句试勉学其作风苦未能似》批语：高阔大似味辛词。

《踏莎行》（霜叶翻红远山叠）批语：此首较前二作更觉浑成。

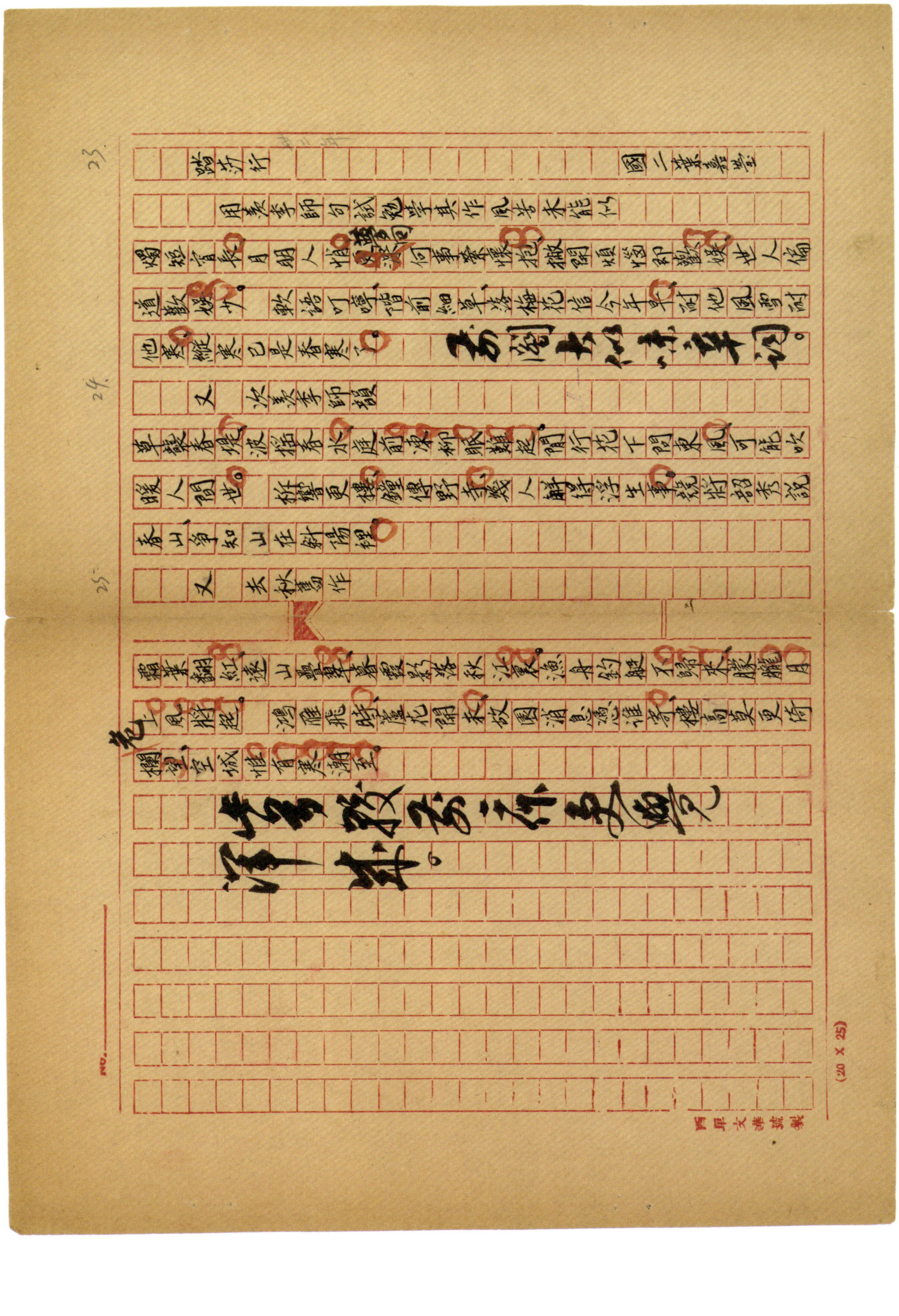

23.

踏莎行　　國二葉嘉瑩

用羨季師句試勉學其作風苦未能似

燭短宵長，月明人悄，夢回何事縈懷抱。撇開煩惱即歡娛，世人偏道歡娛少。　軟語叮嚀，階前細草，落梅花信今年早。耐他風雪耐他寒，縱寒已是春寒了。

高闊大似味辛詞。

24.

又　次羨季師韻

草蘸春堤，波搖春水，庭前凍柳眠難起。閒行花下問東風，可能吹暖人間世。　柝響更樓，鐘傳野寺，幾人解得浮生事。說時都秀說春山，爭知山在斜陽裏。

25.

又　去秋舊作

霜葉翻紅，遠山疊翠，暮靄影落秋江寒。漁舟釣艇不歸來，朦朧月上風檣起。　鴻雁飛時，蘆花開未，故園消息憑誰寄。樓高莫更倚闌望，空城惟有寒潮至。

老

此首較前二作更覺渾成。

NO.

(20 X 25)

［般涉调耍孩儿］批语：尾声稍弱，余俱好。

［塞鸿秋］批语：此章有元人风致。

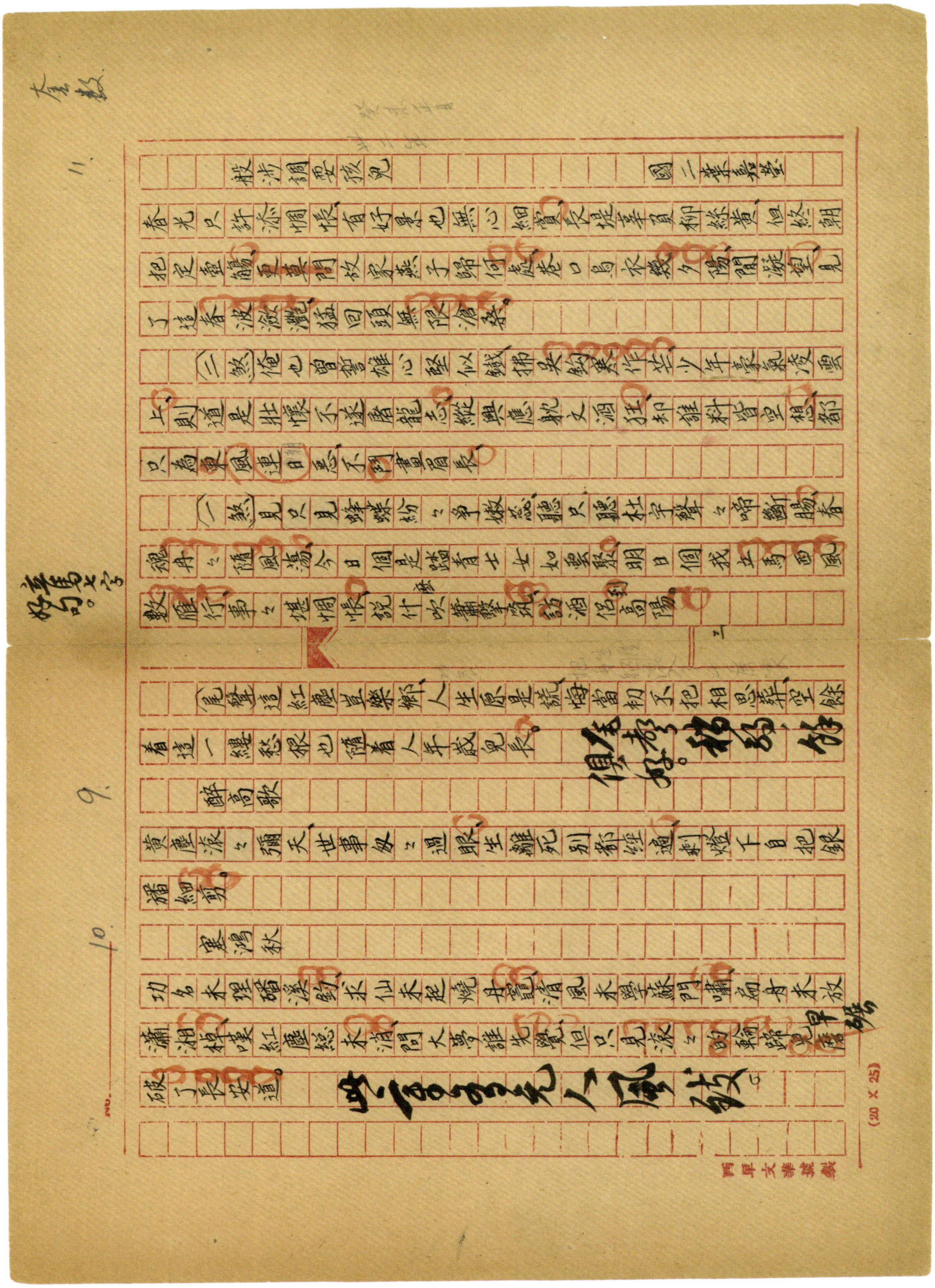
般涉調耍孩兒　國二葉嘉瑩
春光只許添惆悵，有好景也無心細賞。長堤芳草負柳絲黃，但終朝
把定空簾鎖，更莫問故家燕子歸何處老花口鳥不幾夕陽閒凝望見
了這春波瀲灩，猛回頭無限滄桑。
（二煞）俺也曾豪雄心堅似鐵，拂長劍寒作光，少年豪氣凌霄
上。則這是壯懷不遂屠龍志，縱興慨耽文酒狂。卻誰料皆空想，都
只為東風運日，丟不到畫眉長。
（一煞）見只見蜂蝶紛紛爭嫩蕊，聽只聽杜宇聲聲啼斷腸，春
魂身身隨風蕩。今日個且踏青去去，如要聚明日個我上馬西風
數雁行。事事堪惆悵，說什麼吹簫聲咽，訪酒侶到高陽。
（尾聲）這紅塵豈樂鄉，人生原是謊，悔當初不把相思葬，空餘
看這一縷愁根也隨著人年歲兒長。
尾聲稍弱，餘俱好。
醉高歌
黃塵滾滾彌天，世事悠悠過眼，生離死別都經遍，剔燈下自把鏡
播細剪。
塞鴻秋
功名未理磻溪釣，求仙未起燒丹竈，清風未響蘇門嘯，扁舟未放
瀟湘棹。紅塵總未消，問大夢誰先覺，但只見滾滾的輪蹄早踏
破了長安道。
此章有元人風致。

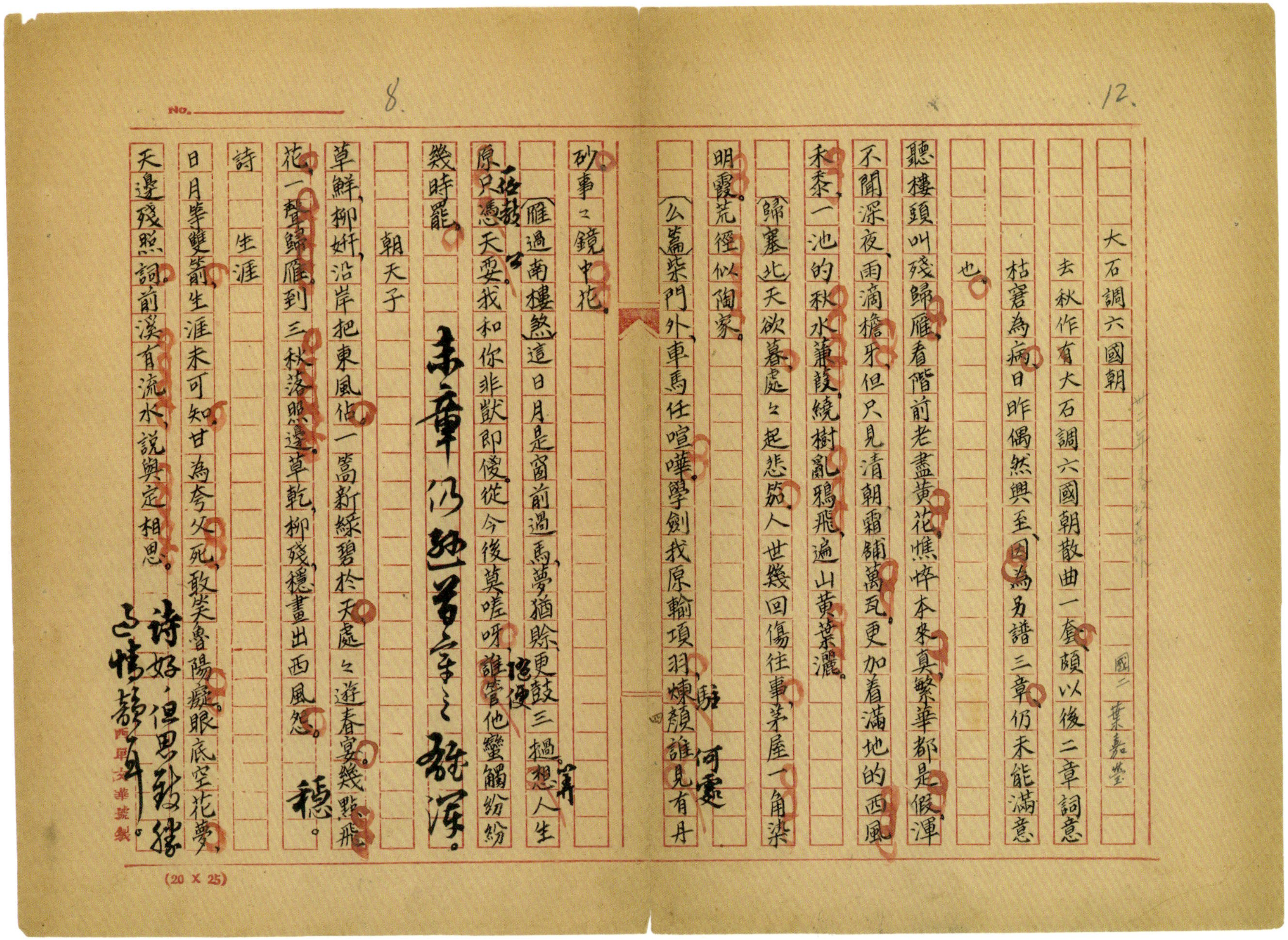

［大石调六国朝］批语：末章仍逊首章之雄浑。

《生涯》批语：诗好，但思致胜过情韵耳。

12.

大石調六國朝　　國二　葉嘉瑩

去秋作有大石調六國朝詞，由一套曲以後二章詞意枯窘為病。日昨偶然興至，因為易譜三章，仍未能滿意也。

聽樓頭叫殘歸雁，看階前老盡黃花。憔悴本無多，算繁華都是假。渾不聞深夜雨滴檐牙，但只見清朝霜鋪萬瓦。更加着滿地的西風，木葉一池的秋水，蒹葭繞樹亂鴉，飛遍山黃葉灑。

露歸塞北天欲暮，處處起悲笳。人世幾回傷往事，年華一角[illegible]明霞，芷花徑似陶家。

（么篇）柴門外，車馬任喧嘩。學劍我原輸項羽，[illegible]誰見有丹砂，事事鏡中花。

雁過南樓，愁這日月走窗前過，馬蹄滴盡殘更鼓，三撾。想人生原只是[illegible]天涯。我和你非歟即[illegible]，從今後莫嗟呀。[illegible]他鸞鳳紛紛幾時罷。

末章仍遜首章之雄渾。

8.

朝天子

草鮮，柳妍，沿岸把東風佔。一番畫影彩[illegible]碧，於天處處遊春宴，幾點飛花一[illegible]歸雁，到三秋落照邊。草乾，柳殘，樓畫出西風怨。

詩　生涯

日月年年雙鬢[illegible]，生涯未可知，甘為杏子[illegible]，死[illegible]天[illegible]陽[illegible]眼底空花夢，天邊殘照詞前淡，盡流水說與定相思。

詩好，但思致勝過情韻耳。

昨夜東風來　　國二　葉嘉瑩

昨夜東風來，綠遍池塘草。侵晨上高樓，極目天涯道。樓下臨碧波，枝頭多啼鳥。桃李正欣榮，鶺鴒鳴何早。芳草易飄零，春華不長好。奄忽西風至，憔悴誰能保。嘆彼世間人，鬱鬱紛相擾。生寄矜察察，死歸不了了。大夢一朝覺，榮名何所寶。不逢赤松子，我亦蹈塵老。

二語幾成格言矣。

曲　水仙子

春來小院杏初花，雨過牆陰草茁芽，看窗前又綠了酴醾架。嘆光陰如過馬，說興亡燕入誰家。粉蝶爭春蕊，遊蜂鬧午衙，子規聲老盡年華。

造語堅實，大似晚元諸大家之作。

園中杏花為風雪所襲

天涯草，生千里，紅杏一枝風雪裡。天涯草青人不歸，紅杏花殘隨逝水。花謝花開年不殊，秦宮漢闕今平蕪。試問五陵原上塚，塚中誰是當年吾。百歲光陰等朝夕，弔花休將淚沾臆。洞庭木葉幾回飛，十二晚峯長歷歷。

思路字法，胎息宋人，頗多是處，惟氣韻略差耳。

［水仙子］批语：造语坚实，大似晚元诸大家之作。

《园中杏花为风雪所袭》批语：思路字法，胎息宋人，颇多是处，惟气韵略差耳。

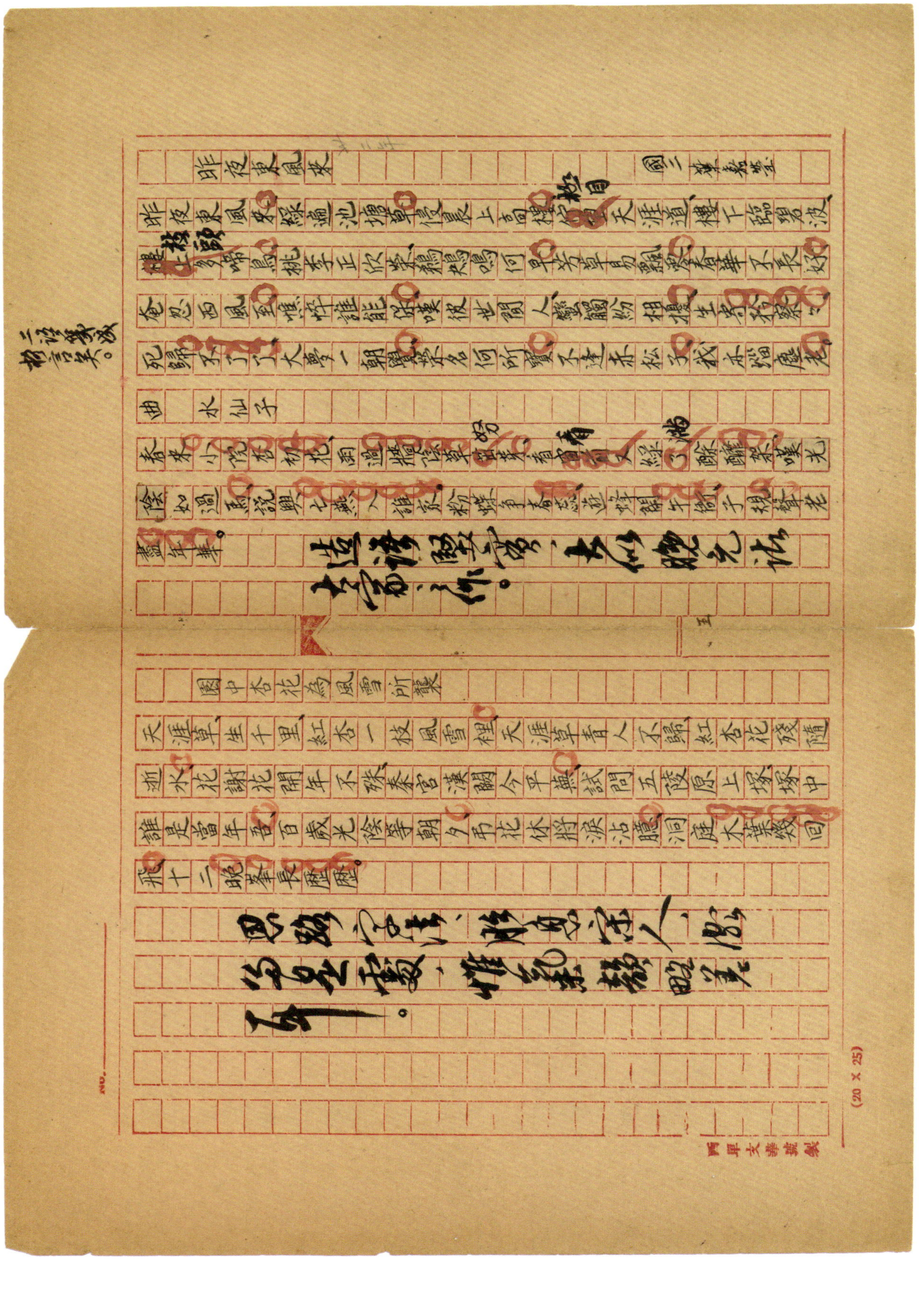

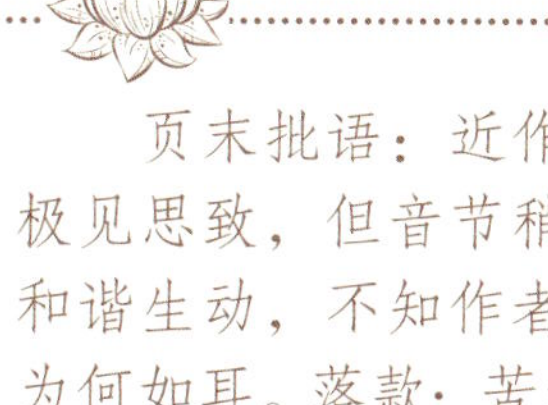

页末批语：近作诗极见思致，但音节稍欠和谐生动，不知作者以为何如耳。落款：苦水。

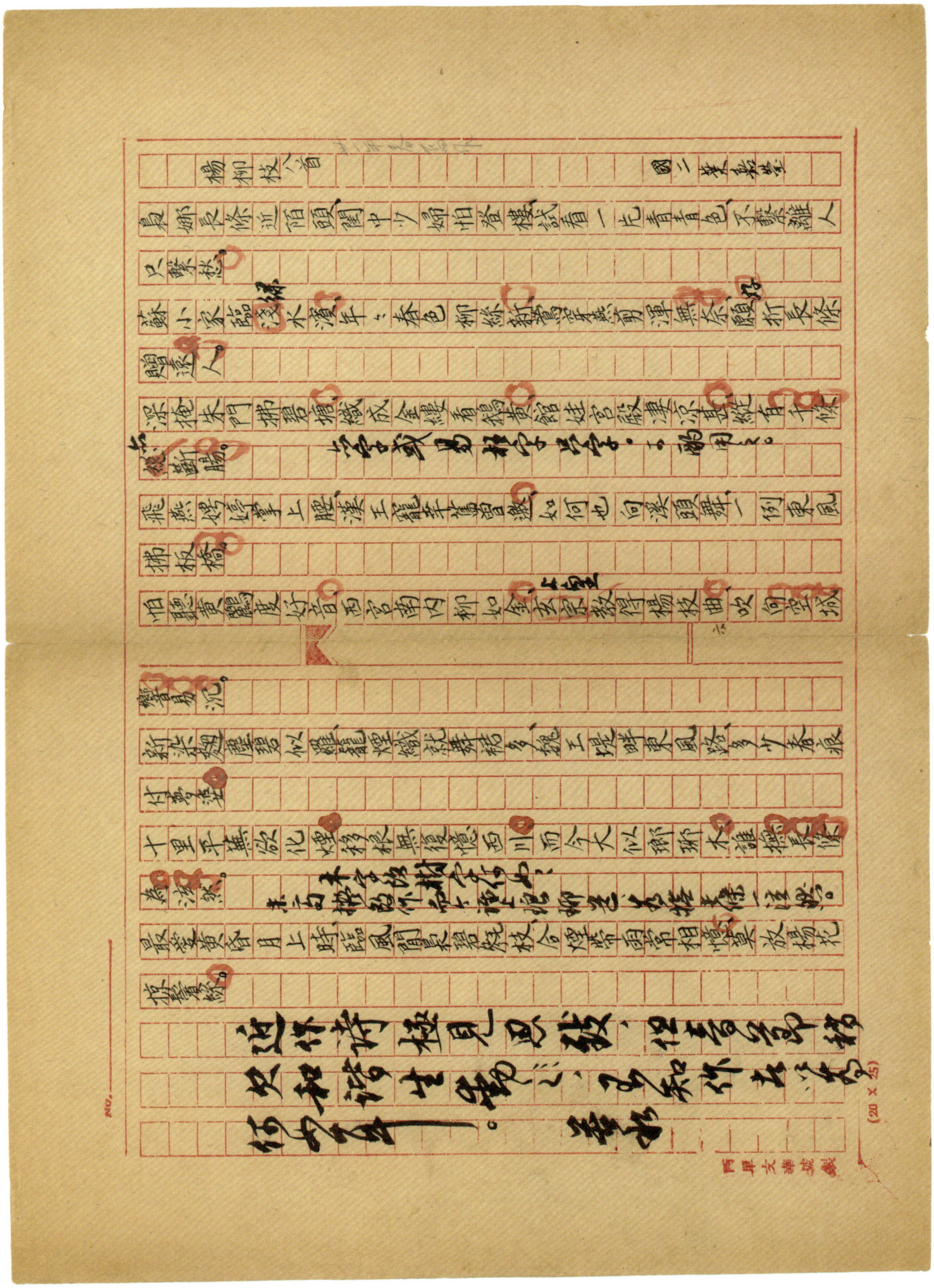

楊柳枝八首　國二　葉嘉瑩

裊娜長條近陌頭，閨中少婦怕登樓。試看一片青青色，不繫離人只繫愁。

蘇小家臨淺（綠）水濱，年年春色柳絲新。鶯穿燕剪渾無奈，願（好）折長條贈遠人。

深掩朱門拂碧塘，織成金縷看鵝黃。館娃宮殿淒涼甚，縱有千條亦斷腸。

亦字或易他字，亦字不可用之。

飛燕娉婷掌上腰，漢王寵幸舊曾邀。如何也向溪頭舞，一例東風拂板橋。

怕聽黃鸝度好音，西宮南內柳如金。玄宗（上皇）教得楊枝曲，吹向空城響易沉。

新染麴塵碧似羅，寵煙織就舞裙多。魏王堤畔東風路，多少春痕付夢波。

十里平蕪欲化煙，移根無復憶西川。而今大似卿卿木，誰撫長條為泫然。

[illegible]

最愛黃昏月上時，臨風閒裊碧絲枝。含煙帶雨常相憶，莫放楊花掠鬢飛。

近作詩極見思致，但音節稍欠和諧生動，不知作者以為何如耳。　苦水

西單文華號製　(20×25)

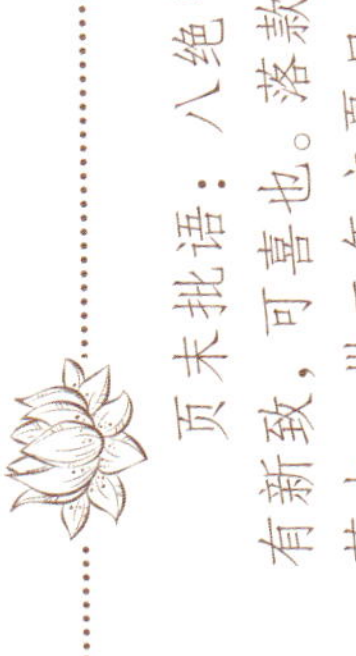

页末批语：八绝皆有新致，可喜也。落款：若水，卅二年立夏日。

春遊雜詠　國二　葉嘉瑩

三月西堤柳半黃，一灣野水漲滄浪。年年不踏香（城）郊土，不道西山爾許青。

「黃」字與「青」字相觸矣。

信步漫看遠山嵐，一片天光入（映）水藍。兩岸人家門半掩，板橋垂柳似江南。

園名諧趣意何如，曲檻鳴泉大可居。時聽微風一惆悵，落花飛下打紅魚。

末句稍嫌纖。

海棠開謝幾回春，耶律祠臨綠水濱。欲問前朝興廢事，祇今惟有燕泥新。

末句自然渾成。

列島湖邊春草青，龍池橋畔水泠泠。空餘碧玉如環句，一代風流憶阮亭。（王漁洋有列島湖光碧玉環之句）

玉泉山水舊知名，的的波光照眼明。不是青龍橋下過，誰知泉水在山清。

霸雨祠前舊酒旗，江山猶是昔人非（剩）。有宮牆三數曲，年年（晚來）空送夕陽歸。

「年年」字與「夕陽」字觸矣。

斜日依山樹影長，昆吾村畔柳行行。吟鞭東指家何處，十載春明夢故鄉。

起二語似不經意，實為佳句。

八絕皆有新致，可喜也。

若水　卅二年立夏日

（20×25）　兩岸文華號製

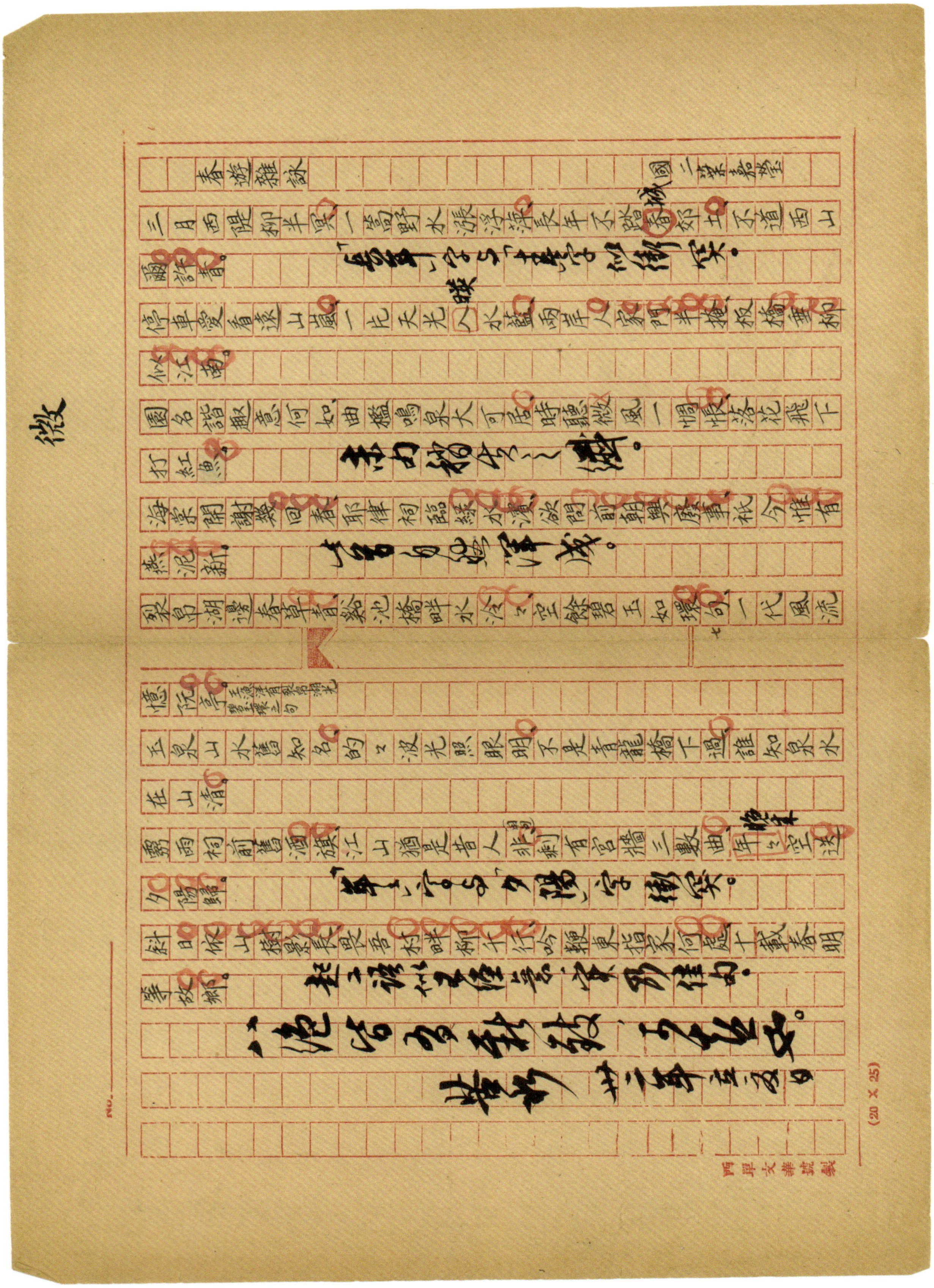

［仙吕赏花时］批语：稳妥，有似明人之作，欠当行者，以少生辣之味耳。

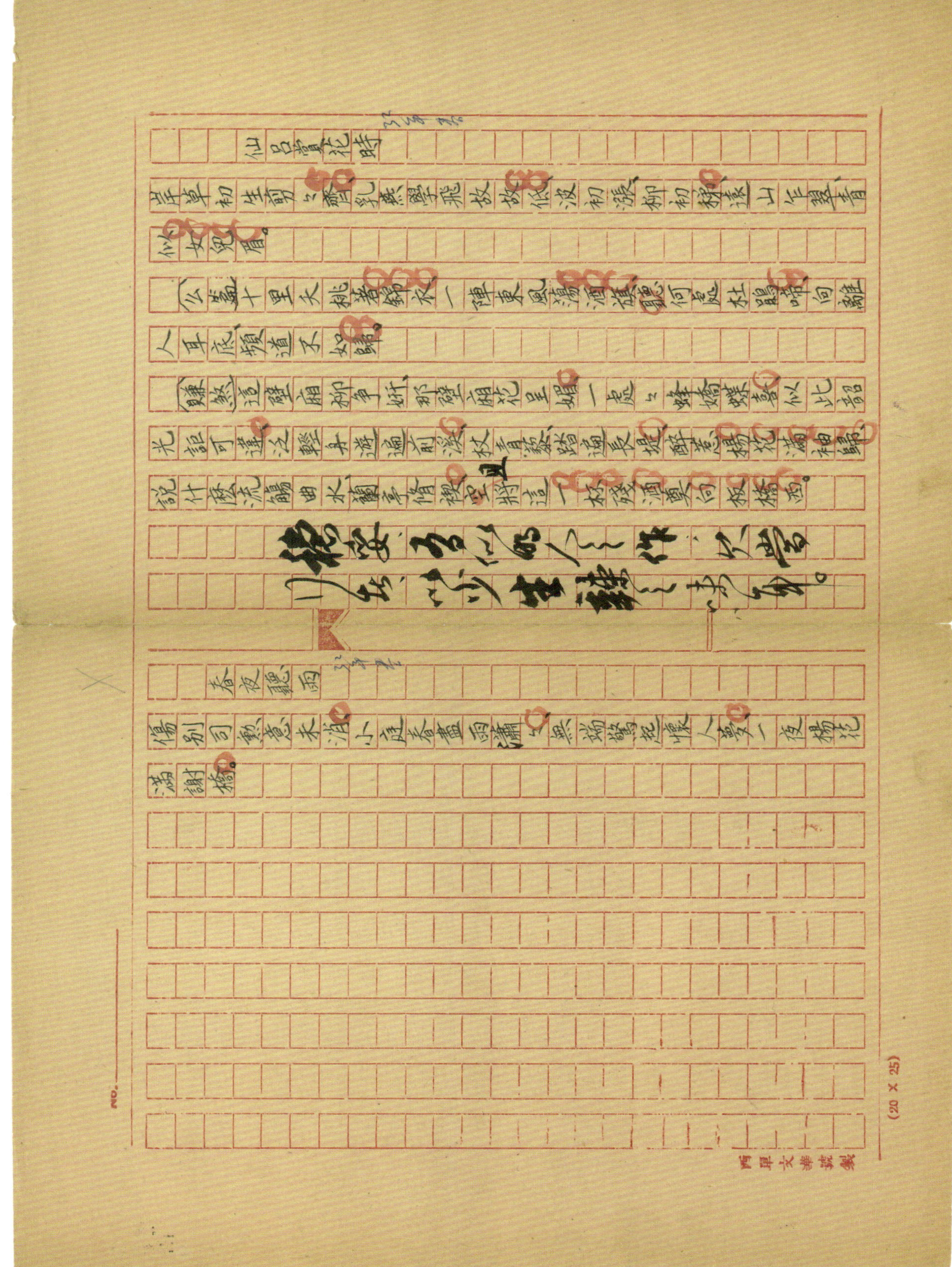
仙呂賞花時

遠草初生剪剪齊，亂燕翠飛故故低。波初漲，柳初綠，遠山乍翠青似女兒眉。

〔么篇〕十里夭桃著錦衣，一陣東風濕酒旗。聽，何處杜鵑啼，向離人耳底，頻道不如歸。

〔賺煞〕這壁廂柳爭妍，那壁廂花呈媚，一處處蜂嬌蝶喜，似此韶光誰可遣？泛輕舟遊遍了前溪，杖青藜踏遍長堤，醉著楊花滿袖歸。說什麽流觴曲水蘭亭修禊，且將這一杯殘酒，奠向板橋西。

穩妥，有似明人之作，欠當行者，以少生辣之味耳。

春夜聽雨

偏別司勳意未消，小庭春盡雨瀟瀟。無端驚起懷人夢，一夜楊花滿謝橋。

页末批语：锤字坚实，想见工夫。但此更希望保存元气也。

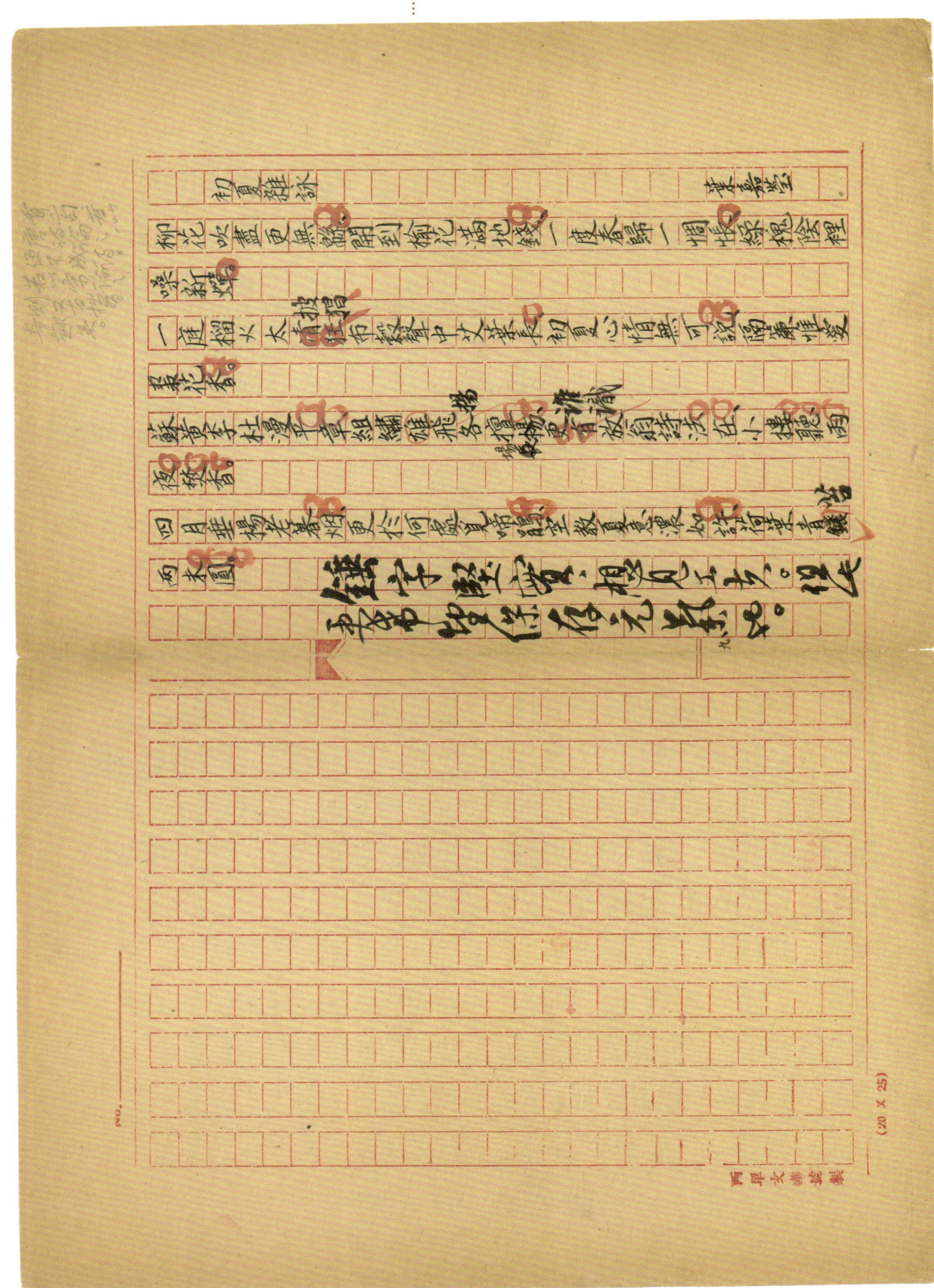

初夏雜詠　葉嘉瑩

柳花吹盡更無踪，開到榆花滿地錢。一度春歸一惆悵，綠槐陰裏噪新蟬。

一庭榴火太披猖，布穀聲中夏漸長。初夏心情無可說，隔簾惟愛棗花香。

蘇辛李杜漫平章，組繡雕飛各擅場。[illegible]詩法在，小樓聽雨夜燈香。

四月垂楊老暮煙，更於何處覓嬋娟。[illegible]何[illegible]雨未圓。

鍾字堅實，想見工夫。但此更希望保存元氣也。

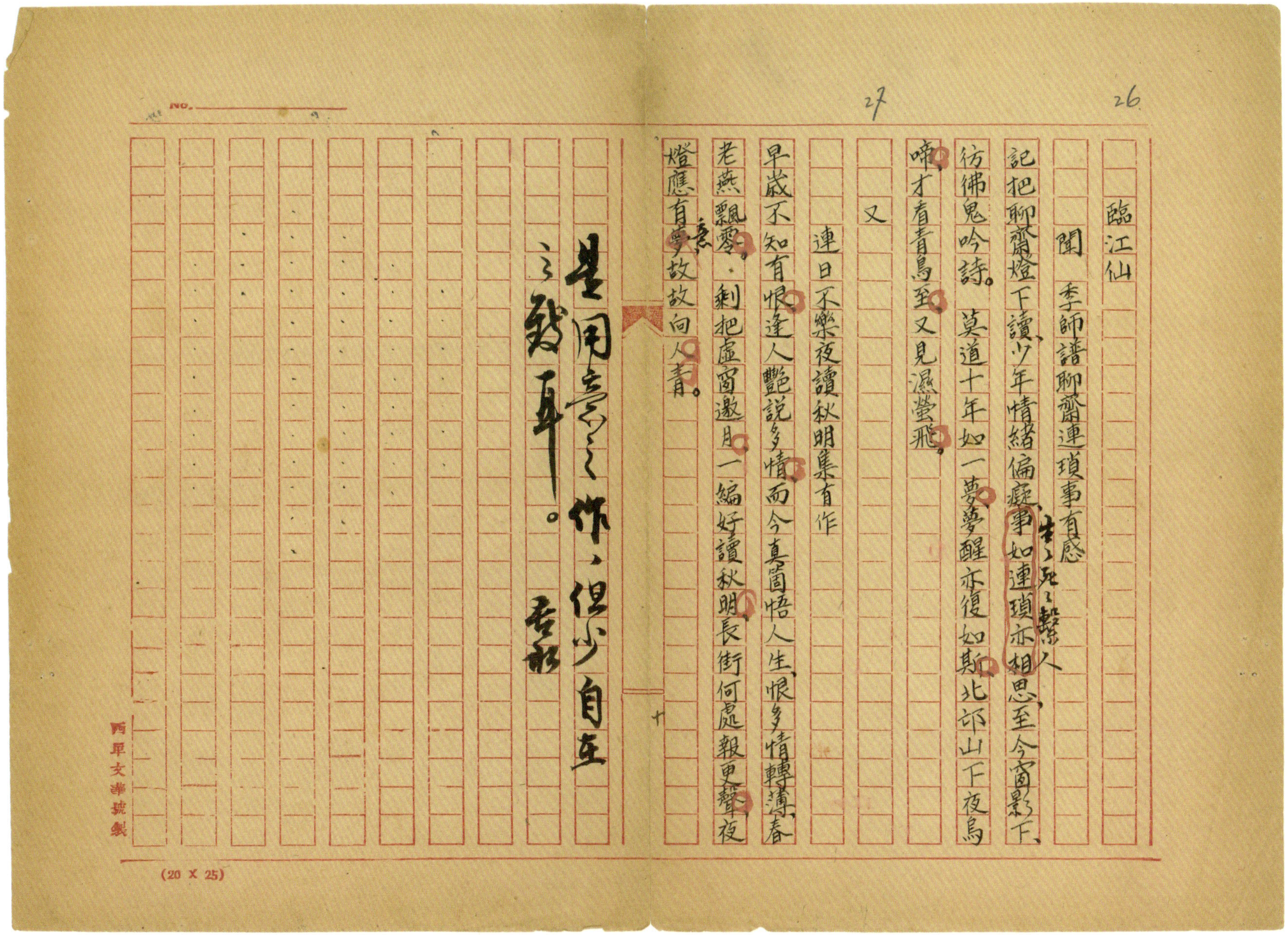

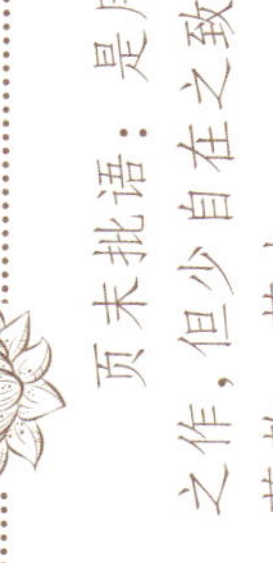

页末批语：是用意之作，但少自在之致耳。落款：苦水。

26

臨江仙

閒　季師讀聊齋連頗事有感

記把聊齋燈下讀，少年情緒偏痴。事如連瑣亦相思，至今窗影下，

彷彿鬼吟詩。莫道十年如一夢，夢醒亦復如斯。北邙山下夜烏

啼，才看青鳥至，又見遲鴻飛。

27

又

連日不樂夜讀秋明集有作

早歲不知有恨，逢人豔說多情。而今真個悟人生，恨多情轉薄，春

老燕飄零。剩把虛窗邀月，一編好讀秋明。長街何處報更聲，夜

燈應有意，故故向人青。

是用意之作，但少自在之致耳。苦水

NO.

(20 X 25)

页末批语：三首俱好。首章飞动中有沉著之致，颇得辛老子笔意。次章最完整。三章稍弱，然亦稳妥。

32. 賀新郎 夜讀稼軒詞說感賦

此意誰能會。向西窗夜燈挑盡，一編相對。時有神光來紙上，恍見笑談風致。應不愧稼軒知己。愛極時將小語讀，笑談間寫出英雄淚。柏樹上，西來意。今宵明月應千里。照長江、一江白水，幾多興廢。無數青山遮不住，江水東流未已。想人世古今同此。把卷空餘千載恨，更無心瑣瑣論文字。寒漏盡，夜風起。

33. 鷓鴣天

香印燒殘心字灰。蟬聲初斷雁聲悲。坐看白日愁依舊，小步秋林懶便回。清夢遠，晚風微。戲拈螺黛點雙眉。階前種得黃花好，獨抱秋情說向誰。

34. 又

欲賦秋情儘費辭。秋情只在碧梧枝。枝頭新月如眉好，枝下寒蛩徹夜嘶。蛩不斷，月移西。新寒襲遍舊羅衣。中宵獨下空庭立，幾點流螢上樹飛。

三首俱好。首章飛動中有沉著之致，頗得辛老子筆意。次章最完整。三章稍弱，然亦穩妥。

叶嘉莹先生大事记及珍贵影像

1924——1953

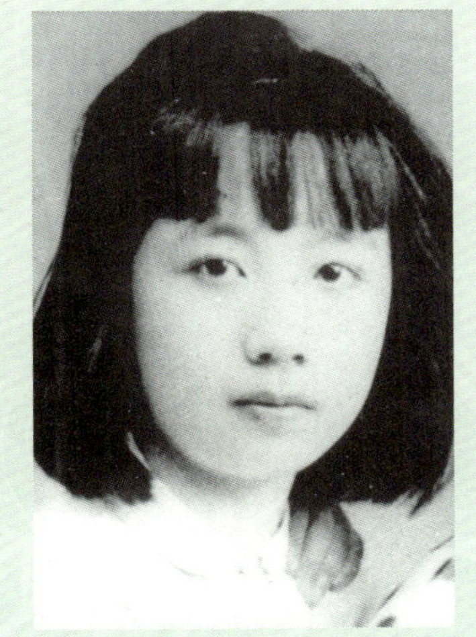

初中毕业

1941年高中毕业前摄于北平

1945年大学毕业获学士学位

1924年，7月2日（农历六月初一），生于北京察院胡同二十三号（旧十三号）四合院祖居旧宅的东厢房。

1927年，父母开始教识汉字，授以四声之辨识。

1930年，从姨母读“四书”，又从伯父诵读唐诗。

1934年，插班考入北京笃志小学五年级。始作绝句、文言文。

1935年，以同等学力考入北京市立女二中。始填词。

1941年，考入北京辅仁大学国文系。10月下旬，母亲病逝。

1942年，听顾随先生讲唐宋诗词课程。诗词创作渐丰，经顾随先生推介首次发表词作于北京报刊，取笔名“迦陵”。

1945年，大学毕业，任佑贞女中、志成女中及华光女中三校国文教师。

1948年，赴上海，3月29日在上海成婚，婚后和丈夫赵钟荪去往南京，后一度任南京私立圣三中学国文教师。11月，随夫工作迁转赴台湾。

1949年，春，开始任台湾彰化女中国文教师。8月，长女言言出生。12月25日，丈夫赵钟荪因“思想问题”被捕，入狱三年。

1950年，6月底7月初，被拘询，后虽因查无实据被释放，但因此失去教职。在亲戚家寄居数月后，经人介绍在台南私立光华女中任国文教师数年。其间撰写《说辛弃疾〈祝英台近〉》一文及《夏完淳》一书。

1952年，赵钟荪获释。

1953年，9月，次女言慧出生。

1954——1969

1954 年，暑期迁居台北，担任台北第二女子中学高中教师，被台湾大学聘为兼职教师。

1955 年，受聘为台湾大学专任教师，长达十四年。

1958 年，被聘为台湾淡江文理学院（后改名为淡江大学）兼任教授，长达十一年。

1961 年，辅仁大学在台湾复校，受聘为兼任教授，长达八年。

1965 年与台大中文系毕业生合影，前排左六为戴君仁，左八为台静农，左十为毛子水，右三为许世瑛，右二为叶嘉莹

1966 年，暑期，应邀赴哈佛大学任访问学者。9 月，赴密歇根大学任客座教授。

1968 年，秋，在美客座讲学期满返台。

1969 年，9 月，赴加拿大温哥华，执教于加拿大不列颠哥伦比亚大学，任客座教授。秋冬之际，陆续接丈夫、女儿及父亲赴温哥华团聚。

1970—1980

1970 年，年初，获聘加拿大不列颠哥伦比亚大学终身教授。12 月，赴加勒比海之贞女岛参加国际学术会议。

1971 年，2 月 10 日，父亲病逝于温哥华。暑期，游访欧洲。

1973 年，赴加拿大渥太华中国大使馆递交回国探亲申请。

1974 年，暑期，回国探亲、旅游，创作 1878 字的七言古风《祖国行长歌》。

1976 年，3 月 24 日，长女夫妇罹车祸同时去世。因用台湾所谓“护照”回国多有不便，遂申请加入加拿大国籍。

1978 年，向中华人民共和国教育部寄出志愿回国教书的申请。

1979 年，回国教书的申请得到批准。3 月，应邀先后在北京大学、南开大学、南京大学讲学。自此，每年都回南开大学讲课，并赴国内多地院校讲授诗词。

1980 年，6 月，赴美国威斯康星大学参加“首届国际《红楼梦》研讨会”，得晤周汝昌先生、冯其庸先生。

1970 年在贞女岛参加学术会议时与哈佛大学亚洲系主任海陶玮教授（右）、法国侯思孟教授（左）合影

20 世纪 70 年代摄于哈佛燕京研究室

1982 年 1 月，结束第二次到南开讲学，离开天津时，南开大学的老师们前来送站

1981—1990

1981 年，4 月，赴成都参加杜甫学会首届年会，与缪钺先生相遇。在京拜会俞平伯先生。

1982 年，在四川大学讲学时与缪钺先生约定合撰《灵谿词说》。

1983 年，春夏之交，在四川大学讲学。冬，在云南大学讲学。

1987 年，2 月，在国家教委礼堂举行唐宋词系列讲座。5 月 31 日，作为顾问出席中华诗词学会成立大会并发言。

1989 年，年初，应邀返台讲学。7 月，至哈佛大学。是年，从加拿大不列颠哥伦比亚大学亚洲学系退休。

1990 年，6 月，参加美国缅因州举行的“北美第一届国际词学会议”。秋，应邀赴台讲学一年。

1981 年与缪钺先生（中）、金启华先生（右）在成都杜甫草堂

20 世纪 80 年代在成都与缪钺先生讨论《灵谿词说》

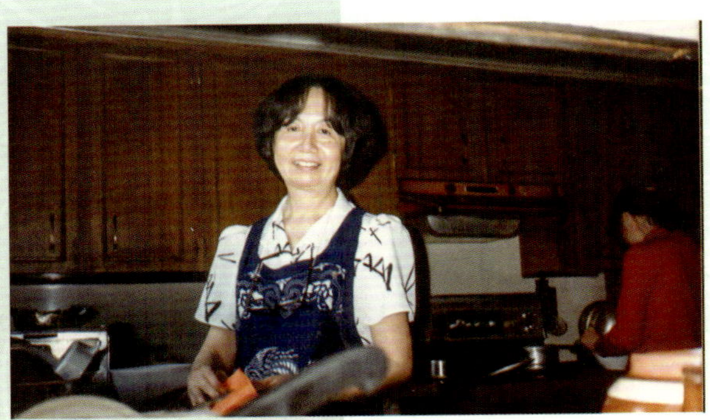

1986 年在温哥华家中

1987 年在国家教委礼堂做唐宋词系列讲座

1988 年在台湾拜访王国维先生长女王东明女士

20 世纪 80 年代拜访蒋天枢先生

1991—2000

1991 年，4 月，在台讲学时接到当选加拿大皇家学会院士的信函。冬，在南开大学专家楼初会杨振宁先生。

1992 年，春夏之交，赴兰州大学讲学。9 月 28 日，应邀赴耶鲁大学讲辛弃疾词。

1993 年，1 月，在南开大学创建中国文学比较研究所。应邀在美国加州万佛圣城讲陶渊明诗。春夏之交，赴蒙特利尔的麦吉尔大学参加加拿大皇家学会院士证书颁发仪式。6 月 25 日，应邀在耶鲁大学参加“妇女与文学”国际会议，并提交论文《朱彝尊〈静志居琴趣〉之“弱德之美”的美感特质》。

1994 年，7 月，被新加坡国立大学聘为客座教授。

1995 年，6 月 29 日，在哈佛大学讲清词之复兴。7 月 15 日至 17 日，应邀赴美国俄勒冈大学讲唐诗课程。《灵谿词说》获教育部“全国高等学校首届人文社会科学研究优秀成果”一等奖。

1996 年，7 月，在美国佛蒙特讲清代史词及文廷式词。9 月中旬，赴乌鲁木齐参加“世纪之交中国古典文学及丝绸之路文明”国际学术研讨会，主讲《花间词》。

1997 年，寒假，在不列颠哥伦比亚大学为留学生子弟讲古诗。3 月至 6 月，应邀至美国明尼苏达大学讲学。捐出自己退休金的一半，共计 10 万美元在南开大学设立“叶氏驼庵奖学金”及“永言学术基金”。开始在南开大学中文系招收硕士研究生。

1998 年，致函国家领导人呼吁重视儿童幼年古典文化教育，获批复。7 月，应温哥华中华文化中心之邀主讲北宋初期晏欧词。

1999 年，10 月，出席南开大学中华古典文化研究所大楼落成典礼。

2000 年，2 月 20 日，在台北出席《叶嘉莹作品集》新书座谈会。11 月，南开大学文学院成立，开始在该院招收博士研究生。

2001—2010

2001年，2月至5月，应邀在美国哥伦比亚大学客座讲学一个学期。

2002年，11月14日，被香港岭南大学授予荣誉博士学位。

2003年，8月，北京祖宅旧居——西城区察院胡同二十三号被拆。

2006年，2月26日，中央电视台《大家》栏目播出叶嘉莹教授专访。

2007年，11月25日，香港凤凰卫视《名人面对面》栏目播出叶嘉莹访谈。

2008年，5月3日，赴渥太华参加长外孙女婚礼。5月24日，丈夫赵钟荪病逝于温哥华。12月20日，被中华诗词学会授予“中华诗词终身成就奖”。

2009年，11月6日至8日，在京参加顾随百年诞辰纪念会，发表演讲《谈〈苦水作剧〉在中国戏曲史上空前绝后的成就》。

2010年，12月1日凌晨，温哥华家中失窃，丢失物品中包括台静农先生书写的一副联语，缪钺先生写的《相逢行》七言长古，以及范曾先生的三幅书画作品。

2003年摄于中华古典文化研究所

2012 年 4 月与学生在 UBC 亚洲系图书馆

2024 年 1 月郝远征拍摄的叶嘉莹先生

2011 年 11 月 9 日在清华大学演讲《我心中的诗词家国》

2011——今

2011 年，主要在南开大学讲学，其间在温哥华举办系列讲座。

2012 年，6 月 15 日，被聘为中央文史研究馆馆员。

2013 年，11 月 25 日至 12 月 8 日，赴台参加“向大师致敬——2013 叶嘉莹”系列活动。12 月 16 日，出席“叶氏驼庵奖学金”颁奖典礼。12 月 20 日，荣获“传播中华文化年度人物”称号。

2014 年，5 月 9 日至 12 日，南开大学与中央文史研究馆联合举办“叶嘉莹教授九十华诞暨中华诗教国际学术研讨会”“叶嘉莹教授手稿、著作暨生平影像展”。7 月 16 日，参加加拿大不列颠哥伦比亚大学亚洲图书馆举办的“叶嘉莹教授手稿、著作暨生平影像展”。

2015 年，1 月 6 日，荣获“2014 中华文化人物”荣誉称号。8 月 20 日，当选为中华诗词学会名誉会长。秋，南开大学与中央文史研究馆联合主办“叶嘉莹教授从教七十周年”系列活动。10 月 17 日，迦陵学舍启用。10 月 18 日，被加拿大阿尔伯塔大学授予荣誉博士学位。

2016 年，将出售北京、天津房产的收入 1857 万元全部捐赠给南开大学，设立“迦陵基金”。

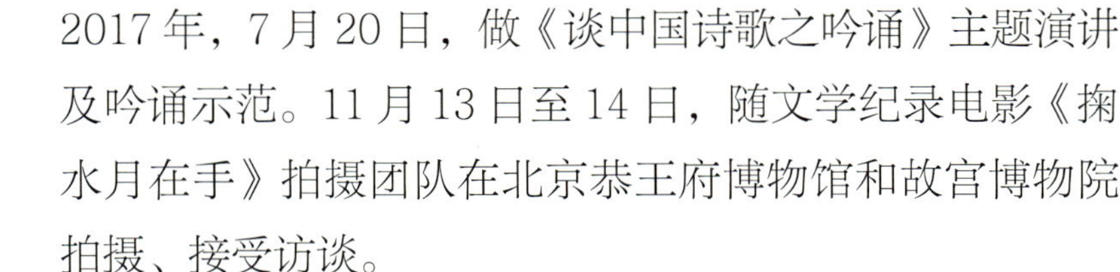

2017 年，7 月 20 日，做《谈中国诗歌之吟诵》主题演讲及吟诵示范。11 月 13 日至 14 日，随文学纪录电影《掬水月在手》拍摄团队在北京恭王府博物馆和故宫博物院拍摄、接受访谈。

2018 年，4 月 17 日，入选“改革开放四十周年最具影响力的外国专家”。9 月 22 日，温家宝同志到南开大学迦陵学舍看望叶嘉莹先生。

2019 年，1 月 29 日，再次向南开大学“迦陵基金”捐款 1711 万元。

2020 年，1 月 3 日，获颁“2019 年度中国政府友谊奖”证书。9 月 10 日，出席文学纪录电影《掬水月在手》教师节特别展映暨“央视新闻公开课”致敬“弱德之美”活动，讲授“开学第一课”。11 月 28 日，《掬水月在手》荣获第三十三届中国电影金鸡奖最佳纪录 / 科教片奖。

2021 年，2 月 17 日，获得“感动中国 2020 年度人物”荣誉。10 月 18 日，获得第六届世界中国学贡献奖。

2023 年，10 月 15 日，出席在南开大学举办的“中华诗教国际学术研讨会”。

2024 年，7 月 6 日，以视频致辞的形式参加“诗话人生”主题直播活动。9 月 11 日，中央广播电视总台《国家记忆》节目播出《教育家精神》第六集，重点介绍了叶嘉莹先生的事迹。

（本文节录自南开大学张静、可延涛所编《迦陵年表》。）

后记

2020年，《叶嘉莹手稿集》出版，全书1函12册，收录叶嘉莹先生1938年至2008年间的手稿55种，时间跨度达70年。其所收手稿种类丰富，涵盖了叶先生学生时代的习作及后来所作论文、杂文等各体文章。此书由熊烨师兄主持，采薇阁策划，巴蜀书社出版。蒙叶先生信任，这几年我有幸协助先生整理积年所存书籍、文稿等资料，故而该书动议之初，叶先生即命我全力协助。我点检迦陵学舍所存手稿，一一扫描，计得1200余页，加上此前整理的叶先生早年习作及2005年先生赠给台湾大学图书馆的12种手稿，构成此书全貌。此套书之意义与价值，在熊烨所撰《叶嘉莹手稿集·前言》中已有详细论说，不再赘述。

关于手稿中隐微的细节，熊烨指出："如偶然出现在稿纸上的长长的斜线，据先生之回忆，竟乃是她深夜属文倦极思睡时留下的印记，这种深微切近的阅读体验，自是除手稿外，其他任何著作都无法呈现的。"扫描过程中，我得以一一翻阅这些手稿，发现有些地方通过裁剪、粘贴、覆盖的方法加以替换，自是因为整页重抄不易，先生又向来惜时如金，所以用这样的方式修改。不过先生做得非常细致，有些即便原件在手，也未能轻易"识破"。读者不妨留意：如果看到某页手稿局部的格子有重叠的地方，或许就是先生修改之处。

在保存文献方面，《叶嘉莹手稿集》居功至伟，惜其卷帙浩繁，流通不易。今年适逢叶先生百岁华诞，巴蜀书社提议从中摘选一部分内容编辑成书，嘉惠学林，得到叶先生的首肯，并再次命我协助此事。经商议，确定以"词学"为主题，熊烨师兄选出《论晏殊词绝句三首及说明》《论晏几道词》《论苏轼词》《论辛弃疾词》《迦陵随笔》《论王国维词》《宋代两位杰出的女词人》七种文稿，前六种均作于20世纪80年代，最后一种作于2008年，论晏殊、晏几道父子的二文编为一章，合计六章，以代表叶嘉莹先生在词史和词学理论两个方面的贡献。后来我又增加《论词学中之困惑与〈花间〉词之女性叙写及其影响》《对传统词学中之困惑的理论反思》二文，编为一章，一方面从内容上补入叶先生对传统词学的理论反思，另一方面从时间上补入90年代的手稿，最终形成这本《叶嘉莹词学手稿集》的面貌。

为便于读者阅读，出版社提议为手稿增加题注，并以札记的形式随文呈现。王雷女士为四川省诗词协会会员、历史学硕士出身，在选题确立后，便动手爬梳整理了大量资料，为除第六章以外的文稿撰写了前言及题注。我接手后，在此基础上重新撰写了各章前言，侧重介绍原文撰写及发表情况，对已有六章的题注进行了修订；补写了第六章的题注，并撰写了后记。所谓题注者，有对文章论点的归纳，有对引文的提示，有对背景知识的补充……如此不拘体例，一方面是为适应原稿的行文及体例，另一方面是因为先生为学纵贯古今、融会中西，行文汪洋恣肆、酣畅淋漓，撰者学识有限，无法在简短的题注中把握先生论学的精义。本书所收的《迦陵随笔》是叶先生援引西方文论，讨论王国维词论及传统词学的系列文章，因古今中外学说相通却并不全同，每个人又各有自己的理解，故先生称自己的论述是一种“似而非是之说”。这里移用先生此一说法，向各位读者说明：本书全部引言、题注虽然都基于叶嘉莹先生的论述，但仅可作为一种“似而非是”的提示来看待，先生之著述早已出版并广为传播，如欲深研先生之学说，请一定直接阅读先生的文章。

叶嘉莹先生晚年几次讲过“西方文论与中国词学”这一题目，2017年曾命我将两次所讲整理成文。本书既以先生的词学研究为主题，全书编订告竣后，我提议并征得先生同意，将《西方文论与中国词学》一文置于篇首代序，展现先生治词的路径与特色。

因本书所收文章中大部分是叶嘉莹先生与缪钺先生合作治词的成果，特在《论辛弃疾词》一文后收录缪先生手书辛弃疾词选 16 页，以纪念二位先生相交论学之深谊。据悉，听此提议后，缪钺先生之孙缪元朗老师欣然应允并提供手稿，在此深致谢忱。书末《附录一 叶嘉莹先生早年习作》收录 31 页手稿，其中 15 页为“顾随先生批改诗词曲习作”，题注中对顾先生评语的辨识参考赵林涛、顾之京二位老师所编《顾随与叶嘉莹》一书，谨致谢意。《附录二 叶嘉莹先生大事记及珍贵影像》的文字部分节录自张静、可延涛编写的《迦陵年表》，感谢二位老师的帮助和支持。从选题到出版的每一个环节，巴蜀书社的同仁为本书倾注了大量心血，在此一并致谢。

相信有更多叶嘉莹先生的手稿存于天地之间，读者若有了解，欢迎提供线索，期待能够进一步汇集整理。

学生　闫晓铮
2024 年 10 月 22 日于迦陵学舍

补记

2012年10月25日晚，叶嘉莹先生在南开大学东方艺术大楼讲《〈迦陵诗词稿〉中的家国沧桑》。那是我第一次现场听叶先生的讲座，先生以自己的诗词为线索讲述了八十余年的家国记忆。当天的场地近似扇形，所以即便是站在最后听讲的我与叶先生的空间距离也并不大，但是在先生的娓娓讲述中，我又觉得台下的我与台上的先生相距那么遥远。这种距离感自然与年龄、阅历有关，想来更是因为先生讲述的风范。那些过往的沧桑事变都是先生切切实实经历过的，她的讲述能够令台下的听众沉浸其中，动情处不禁泪下；但是先生本人似乎又是以一种超然的视角在回看，从前的经历都已转化为支撑自己的力量。“但使珠圆月岂亏”（《高枝》）是我当天印象最深的一句诗，相传海中蚌壳里的珍珠对应天上月相的变化，珍珠圆了，月亮也就圆了。先生说只要自己内心有所持守，内心的“珠”是圆的，天上的月亮又怎会亏损。我以为，对于先生而言，这“珠”就是她的一颗诗心，于是在本子上写下“我想，人应当具备一颗诗心，诗心不灭，人即不死”。

初撰本书后记时，我曾拟记叙从初次听先生讲座到在先生身边工作、学习的情形，写下两段后我又觉得这些多是我个人经历，于本书主旨无涉，便围绕本书内容重新撰写。按照出版排期，本书将于今日下厂印刷，岂料先生竟于昨日辞世。今日津门微雨，入校又见落叶满地，十年来伴先生左右，历历往事皆在眼前，修短随缘，诗心永存！

学生　闫晓铮　泣笔

2024年11月25日于南开大学逸夫图书馆

天津市哲学社会科学规划研究阐释习近平文化思想重大委托项目：
中华诗教当代传承的理论与实践研究（项目编号：TJWHSX2301）
阶段性研究成果

巴蜀書社

叶嘉莹

诗词古本·稿笺别册

诗词古本

总目

珠玉词

[宋]晏殊　撰

毛氏汲古阁刻宋名家词本

珠玉詞

目錄

珠玉詞目錄終

珠玉詞

宋　晏殊　同叔

點絳唇

露下風高井梧宮簟生秋意画堂筵啓一曲呈珠綴　天外行雲欲去凝香袂爐煙起斷腸聲裏斂盡雙蛾翠

浣溪沙　舊刻十三闋攷青杏園林煮酒香是永叔作今刪去

閬苑瑶臺風露秋整鬟凝思捧觥籌欲歸臨别

強遲留　月好謾成孤枕夢酒闌空得兩眉愁此時情緒悔風流

又

三月和風滿上林牡丹妖豔直千金惱人天氣又春陰　爲我轉回紅臉面向誰分付紫臺心有情須殢酒盃深

又

一曲新詞酒一盃去年天氣舊亭臺夕陽西下幾時廻　無可奈何花落去似曾相識燕歸來小園香徑獨徘徊

又

紅蓼花香夾岸稠綠波春水向東流小船輕舫好追遊　漁父酒醒重撥棹鴛鴦飛去却回頭一盃銷盡兩眉愁

又

淡淡梳粧薄薄衣天仙模樣好容儀舊歡前事入顰眉　閑役夢魂孤燭暗恨無消息畫簾垂

且留雙淚説相思

又

小閣重簾有燕過晚花紅片落庭莎曲闌干影入涼波　一霎好風生翠幕幾回疎雨滴圓荷酒醒人散得愁多

又

宿酒纔醒厭玉巵水沉香冷嬾熏衣早梅先綻

日邊枝　寒雪寂寥初散後春風悠颺欲來時
小屏閑放画簾垂

十四　又

綠葉紅花媚曉煙黃蜂金蕊欲披蓮水風深處
嬾回船　可惜異香珠箔外不辭清唱玉樽前
使星歸覲九重天

十五　又

湖上西風急暮蟬夜來清露溼紅蓮少留歸騎

促歌筵　爲別莫辭金盞酒入朝須近玉爐煙
不知重會是何年

十六　又

楊柳陰中駐彩旌芰荷香裏勸金觥小詞流入
管絃聲　只有醉吟寬別恨不須朝暮促歸程
雨條煙葉繫人情

十七　又

一向年光有限身等閑離別易銷魂酒筵歌席
莫辭頻　滿目山河空念遠落花風雨更傷春
不如憐取眼前人

十八　又

玉椀冰寒滴露華粉融香雪透輕紗晚來粧面
勝荷花　鬢嚲欲迎眉際月酒紅初上臉邊霞
一場春夢日西斜

集無　清商怨　向誤入歐集按詩話或問元獻公雁過南雲云云確是公作今增入

關河愁思望處滿漸素秋向晚雁過南雲行人

回淚眼　雙鸞衾裯悔展夜又永枕孤人遠夢
未成歸梅花聞塞管

百十六　菩薩蠻

芳蓮九蕊開新艷輕紅淡白勻雙臉一朵近華
堂學人宮樣粧　著時斟美酒共祝千年壽銷
得曲中誇世間無此花

百十七　又

秋花最是黃葵好天然嫩態迎秋早染得道家

衣淡妝梳洗時　曉來清露滴一一金盃側插
向綠雲鬟便隨王母仙

百十八 又

人人盡道黃葵淡儂家解說黃葵豔可喜萬般
宜不勞朱粉施　摘取承金盞勸我千長算擎
作女真冠試伊嬌面看

百十九 又

高梧葉下秋光晚珍叢化出黃金盞還似去年

珠玉詞　五　汲古閣

時傍闌三兩枝　人情須耐久花面長依舊莫
學蜜蜂兒等閑悠颺飛

六六 訴衷情 舊刻入前放海棠珠綴一重重是子瞻作今刪

青梅煮酒鬬時新天氣欲殘春東城南陌花下
逢著意中人　囘繡袂展香茵叙情親此時拚
作千尺游絲惹住朝雲

六七 又

東風楊柳欲青青煙淡雨初晴惱他香閣濃睡
撩亂有啼鶯　眉葉細舞腰輕宿粧成一春芳
意三月和風牽繫人情

六八 又

芙蓉金菊鬬馨香天氣欲重陽遠村秋色如畫
紅樹間疏黃　流水淡碧天長路茫茫憑高目
斷鴻雁來時無限思量

六九 又

數枝金菊對芙蓉搖落意重重不知多少幽怨

珠玉詞　六　汲古閣

和露泣西風　人散後月明中夜寒濃謝娘愁
臥潘令閑眠心事無窮

七十 又

露蓮雙臉遠山眉偏與淡粧宜小庭簾幙春晚
閑共柳絲垂　人別後月圓時信遲遲心心念
念說盡無憑只是相思

七一 又

秋風吹綻北池蓮曙雲樓閣鮮畫堂今日嘉會

齊拜玉爐煙　斟美酒祝芳筵奉觥船宜春耐
夏多福莊嚴富貴長年

七二 又

世間榮貴月中人嘉慶在今辰蘭堂簾幙高卷
淸唱遏行雲　持玉盞歛紅巾祝千春榴花壽
酒金鴨爐香歲歲長新

七三 又
海棠珠綴一重重清曉近簾櫳
胭脂誰與勻淡偏向臉邊濃
看葉嫩惜花意無窮如花
似葉歲歲年年共占春風

卅六 採桑子

春風不負東君信徧折羣芳燕子雙雙依舊銜

泥入杏梁　須知一盞花前酒占得韶光莫話
匆忙夢裏浮生足斷腸

卅七 又

紅英一樹春來早獨占芳時我有心期把酒攀
條惱絳蕤　無端一夜狂風雨暗落繁枝蝶怨
鶯悲滿眼春愁說向誰

卅八 又

陽和二月芳菲徧暖景溶溶戲蝶遊蜂深入千
花粉豔中　何人解繫天邊日占取春風免使
繁紅一片西飛一片東

卅九 又

櫻桃謝了梨花發紅白相催燕子歸來幾處風
簾繡戶開　人生樂事知多少且酌金盃管咽
絃哀慢引蕭娘舞袖廻

卌 又 石竹

古羅衣上金針樣繡出芳妍玉砌朱欄紫豔紅

英照日鮮　佳人画閣新粧了對立叢邊試摘
嬋娟貼向眉心學翠鈿

四一 又

時光只解催人老不信多情長恨離亭滴淚春
衫酒易醒　梧桐昨夜西風急淡月朧明好夢
頻驚何處高樓雁一聲

四二 又

林間摘徧雙雙葉寄與相思朱槿開時尚有山

擂一兩枝　荷花欲綻金蓮子半落紅衣晚雨
微微待得空梁宿燕歸

五三 酒泉子

三月暖風開却好花無限了當年叢下落紛紛
最愁人　長安多少利名身若有一盃香桂酒
莫辭花下醉芳茵且畱春

五四 又

春色初來徧被紅芳千萬樹流鶯粉蝶鬬翻飛

戀香枝　勸君莫惜縷金衣把酒看花須強飲
明朝後日漸離披惜芳時

百一 望仙門

紫薇枝上露華濃起秋風管絃聲細出簾櫳象
筵中　仙酒斟雲液仙歌轉繞梁虹此時佳會
慶相逢慶相逢歡醉且從容

百二 又

玉壺清漏起微涼好秋光金盃重疊滿瓊漿會
仙鄉　新曲調絲管新聲更颭霓裳博山爐暖
泛濃香泛濃香為壽百千長

百三 又

玉池波浪碧如鱗露蓮新清歌一曲翠眉嚬舞
華茵　滿酌蘭英酒須知獻壽千春太平無事
荷君恩荷君恩齊唱望仙門

一 謁金門

秋露墜滴盡楚蘭紅淚往事舊歡何限意思量

如夢寐　人貌老于前歲風月宛然無異座有
嘉賓樽有桂莫辭終夕醉

廿九 清平樂

春花秋草只是催人老總把千山眉黛埽未抵
別愁多少　勸君綠酒金盃莫嫌絲管聲催兔
走烏飛不住人生幾度三臺

三十 又

秋光向晚小閣初開讌林葉殷紅猶未徧雨後

青苔滿院　蕭娘勸我金巵殷懃更唱新詞暮
去朝來即老人生不飲何爲
廿一 又
春來秋去往事知何處燕子歸飛蘭泣露光景
千畱不住　酒闌人散草草閑堦獨倚梧桐記
得去年今日依前黃葉西風
廿二 又
金風細細葉葉梧桐墜綠酒初嘗人易醉一枕
珠玉詞　十一　汲古閣
小窗濃睡　紫薇朱槿花殘斜陽却照闌干雙
燕欲歸時節銀屏昨夜微寒
廿三 又
紅牋小字說盡平生意鴻鴈在雲魚在水惆悵
此情難寄　斜陽獨倚西樓遥山恰對簾鈎人
面不知何處綠波依舊東流
十九 更漏子
蕣華濃山翠淺一寸秋波如剪紅日永綺筵開

暗隨仙馭來　遏雲聲回雪袖占斷曉鶯春柳
纔送目又顰眉此情誰得知
二十 又
塞鴻高仙露滿秋入銀河清淺逢好客且開眉
盛年能幾時　寶箏調羅袖軟拍碎畫堂檀板
須盡醉莫推辭人生多別離
廿一 又
雪藏梅煙著柳依約上春時候初送鴈欲聞鶯
珠玉詞　十二　汲古閣
綠池波浪生　探花開畱客醉憶得去年情味
金盞酒玉爐香任他紅日長
廿二 又
菊花殘梨葉墮可惜良辰虛過新酒熟綺筵開
不辭紅玉盃　蜀絃高羌管脆慢颭舞娥香袂
君莫笑醉鄉人熙熙長似春
百二 相思兒令
昨日探春消息湖上綠波平無奈繞堤芳草還

向舊痕生　有酒且醉瑤觥更何妨檀板新聲
誰教楊柳千絲就中牽繫人情
百廿三 又
春色漸芳菲也遲日滿煙波正好豔陽時節爭
奈落花何　醉殺擬恣狂歌斷腸中贏得愁多
不如歸傍紗窗有人重畫雙蛾
四三 喜遷鶯
風轉蕙露催蓮鶯語尚綿蠻堯蓂隨月欲團圓
珠玉詞　十三　汲古閣
眞馭降荷蘭　褰油幕調清樂四海一家同樂
千官心在玉爐香聖壽祝天長
四四 又
歌歛黛舞縈風遲日象筵中分行珠翠簇繁紅
雲鬢裊瓏璁　金爐煖龍香遠共祝堯齡萬萬
曲終休解畫羅衣留伴綵雲飛
四五 又
花不盡柳無窮應與我情同觥船一棹百分空

何處不相逢　朱絃悄知音少天若有情應老
勸君看取利名場今古夢茫茫
四六 又
燭飄花香掩爐中夜酒初醒畫樓殘照兩三聲
窗外月朧明　曉簾垂驚鵲去好夢不知何處
南園春色已歸來庭樹有寒梅
四七 又
曙河低斜月淡簾外早涼天玉樓清唱倚朱絃
珠玉詞　十四　汲古閣
餘韻入疎煙　臉霞輕眉翠重欲舞釵鈿搖動
人人如意祝爐香萬壽百千長
四八 撼庭秋
別來音信千里恨此情難寄碧紗秋月梧桐夜
雨幾回無寐　樓高目斷天遙雲黯只堪顦顇
念蘭堂紅燭心長焰短向人垂淚
七四 胡搗練
小桃花與早梅花盡是芳妍品格未上東風先

惜字元作自恻二字

拆分付春消息　佳人釵上玉尊前朵朵穠香
堪惜誰把彩毫描得免恁輕拋擲

百廿 秋蕋香

梅蕋雪殘香瘦羅幙輕寒微透多情只似春楊
柳占斷可憐時候　蕭娘勸我盃中酒翻紅袖
金烏玉兔長飛走爭得朱顏依舊

百廿一 又

向曉雪花呈瑞飛徧玉城瑶砌何人剪碎天邊

桂攲作瑶田瓊蕋　蕭娘斂盡雙蛾翠迴香袂
今朝有酒今朝醉遮莫更長無睡

百四 滴滴金

梅花漏泄春消息柳絲長草芽碧不覺星霜鬢
邊白念時光堪惜　蘭堂把酒留嘉客對離筵
駐行色千里音塵便疎隔合有人相憶

百廿二 燕歸梁

雙燕歸飛遶畫堂似留戀虹梁清風明月好時
光更何況綺筵張　雲衫侍女頻傾壽酒加意
動笙簧人人心在玉爐香慶佳會祝筵長

百廿三 又

金鴨香爐起瑞煙呈妙舞開筵陽春一曲動朱
絃斟美酒泛觥船　中秋五日風清露爽猶是
早涼天蟠桃花發一千年祝長壽比神仙

百卌四 望漢月

千縷萬條堪結占斷好風良月謝娘春晚先多

愁更撩亂絮如雪　短亭相送處長憶得醉中
攀折年年歲歲好時節怎奈有人離別

四九 少年遊

重陽過後西風漸緊庭樹葉紛紛朱闌向曉芙
蓉妖豔特地鬬芳新　霜前月下斜紅淡蕋明
媚欲回春莫將瓊蕚等閑分留贈意中人

五十 又

霜華滿樹蘭凋蕙慘秋豔入芙蓉臙脂嫩臉金

黃輕蕋猶自怨西風　前歡往事當歌對酒無
限到心中更憑朱檻憶芳容腸斷一枝紅

五一 又

芙蓉花發去年枝雙燕欲歸飛蘭堂風軟金爐
香煖新曲動簾帷　家人拜上千春壽深意滿
瓊卮綠鬢朱顏道家裝束長似少年時

五二 又

謝家庭檻曉無塵芳宴祝良辰風流妙舞櫻桃

清唱依約駐行雲　榴花一盞濃香滿爲壽百
千春歲歲年年共歡同樂嘉慶與時新

九七 雨中花

剪翠粧紅欲就折得清香滿袖一對鴛鴦眠未
足葉下長相守　莫傷細條尋嫩藕怕綠刺罥
衣傷手可惜許月明風露好恰在人歸後

六五 迎春樂

長安紫陌春歸早嚲垂楊染芳草被啼鶯語燕
催清曉正好夢頻驚覺　當此際青樓臨大道
幽會處兩情多少莫惜明珠百琲占取長年少

卅四 紅窗聽

淡薄梳粧輕結束天付與臉紅眉綠斷環書素
傳情久許雙飛同宿　一餉無端分比目誰知
道風前月底相看未足此心終擬覓鸞絃重續

卅五 又

記得香閨臨別語彼此有萬重心訴淡雲輕靄

知多少隔桃源無處　夢覺相思天欲曙依前
是銀屏畫燭宵長歲暮此時何計託鴛鴦飛去

百廿六 睿恩新

芙蓉一朵霜秋色迎曉露依依先拆似佳人獨
立傾城傍朱檻暗傳消息　靜對西風脉脉金
蕋綻粉紅如滴向蘭堂莫厭重新免清夜微寒
漸逼

百廿七 又

紅絲一曲傍階砌珠露下獨呈纖麗剪鮫綃碎
作香英分彩線簇成嬌蕊　向晚羣花新悴放
朶朶似延秋意待佳人插向釵頭更裊裊低臨
鳳髻

五五　玉樓春　木蘭花

東風昨夜回梁苑日脚依稀添一線旋開楊柳
綠蛾眉暗拆海棠紅粉面　無情一去雲中鴈
有意歸來梁上燕有情無意且休論莫向酒盃

容易散

五六　又

簾旌浪卷金泥鳳宿醉醒來長瞢鬆海棠開後
曉寒輕柳絮飛時春睡重　美酒一盃誰與共
往事舊歡時節動不如憐取眼前人免使勞魂
兼役夢

五七　又

燕鴻過後鶯歸去細算浮生千萬緒長於春夢
幾多時散似秋雲無覓處　聞琴解佩神仙侶
挽斷羅衣留不住勸君莫作獨醒人爛醉花間
應有數

五八　又

池塘水綠風微暖記得玉真初見面重頭歌韻
響錚琮入破舞腰紅亂旋　玉鉤闌下香階畔
醉後不知斜日晚當時共我賞花人點檢如今
無一半

五九　又

玉樓朱閣橫金鎖寒食清明春欲破窗間斜月
兩眉愁簾外落花雙淚墮　朝雲聚散眞無那
百歲相看能幾箇別來將爲不牽情萬轉千回
思想過

六十　又

朱簾半下香銷印二月東風催柳信琵琶旁畔
且尋思鸚鵡前頭休借問　驚鴻去後生離恨

紅日長時添酒困未知心在阿誰邊滿眼淚珠
言不盡

六一 又

杏梁歸燕雙回首黃蜀葵花開應候画堂元是
降生辰玉盞更斟長命酒　爐中百和添香獸
簾外青蛾回舞袖此時紅粉感恩人拜向月宮
千歲壽

六二 又

紫微朱槿繁開後枕簟微涼生玉漏玳筵初啓
日穿簾檀板欲開香滿袖　紅衫侍女頻傾酒
龜鶴仙人來獻壽歡聲喜氣逐時新青鬢玉顏
長似舊

六三 又

春葱指甲輕攏撚五彩條垂雙袖捲雪香濃透
紫檀槽胡語急隨紅玉腕　當頭一曲情無限
入破錚琮金鳳戰百分芳酒祝長春再拜歛容
擡粉面

六四 又

紅條（絛）約束瓊肌穩拍碎香檀催急袞隴頭嗚咽
水聲繁葉下間關鶯語近　美人才子傳芳信
明月清風傷別恨未知何處有知音長爲此情
言不盡

六六 鳳啣盃

青蘋昨夜秋風起無限個露蓮相倚獨凭朱闌

愁放晴天際空目斷遥山翠　彩箋長錦書細
誰信道兩情難寄可惜良辰好景歡娛地只恁
空顦顇

六七 又　別見壽域詞末句滿眼上有空字方叶

畱花不住怨花飛向南園情緒依依可惜倒紅
斜向一枝枝經宿雨又離披　凭朱檻把金卮
對芳叢惆悵多時何況舊歡新寵阻心期滿眼
是相思

暖凝綬

七七 又

柳條花纇惱青春更那堪飛絮紛紛一曲細絲
清脆倚朱脣斟綠酒掩紅巾 追往事惜芳辰
暫時間畱住行雲端的自家心下眼中人到處
覺尖新

七八 踏莎行

細草愁煙幽花怯露凭闌總是銷魂處日高深
院靜無人時時海燕雙飛去 帶暖羅衣香殘

珠玉詞 二十三 汲古閣

蕙炷天長不禁迢迢路垂楊只解惹春風何曾
繫得行人住

七九 又

祖席離歌長亭別宴香塵已隔猶迴面居人匹
馬映林嘶行人去棹依波轉 画閣魂消高樓
目斷斜陽只送平波遠無窮無盡是離愁天涯
地角尋思徧

八十 又

碧海無波瑶臺有路思量便合雙飛去當時輕
別意中人山長水遠知何處 綺席凝塵香閨
掩霧紅箋小字憑誰附高樓目盡欲黃昏梧桐
葉上蕭蕭雨

八一 又

綠樹歸鶯雕梁別燕春光一去如流電當歌對
酒莫沉吟人生有限情無限 弱袂縈春修蛾
寫怨秦箏寶柱頻移雁樽中綠醑意中人花朝

珠玉詞 二十四 汲古閣

月下長相見

八二 又

小徑紅稀芳郊綠徧高臺樹色陰陰見春風不
解禁楊花濛濛亂撲行人面 翠葉藏鶯朱簾
隔燕爐香靜逐遊絲轉一場愁夢酒醒時斜陽
却照深深院

八三 臨江仙

資善堂中三十載舊人多是凋零與君相見最

傷情一尊如舊聊且話平生　此別要知須強
飲雪殘風細長亭待君歸覲九重城帝宸息舊
朝夕奉皇明

百六

蝶戀花　舊七首攷玉椀氷寒銷暑氣是子瞻作梨葉疎紅蟬韻歇是永叔作今刪去又末二首向另刻鵲踏枝攷是一調今併入仍七首

一霎秋風驚画扇豔粉嬌紅尚折荷花面草際
露埀蟲響徧珠簾不下留歸燕　埽掠亭臺開
小院四坐清歡莫放金盃淺龜鶴命長松壽遠

珠玉詞　二十五　汲古閣

陽春一曲情千萬

百七

又

紫菊初生朱槿墜月好風清漸有中秋意更漏
乍長天似水銀屏展盡遥山翠　繡幕卷波香
引穗急筦繁絃共愛人間瑞滿酌玉盃縈舞袂
南春祝壽千千歲

百八

又　一刻六一詞　一刻東坡詞

簾幕風輕雙語燕午醉醒來柳絮飛撩亂心事
一春猶未見餘花落盡青苔院　百尺朱樓閒
倚徧薄雨濃雲抵死遮人面消息未知歸早晚
斜陽只送平波遠

百九

又

六曲闌干偎碧樹楊柳風輕展盡黄金縷誰把
鈿箏移玉柱穿簾海燕雙飛去　滿眼游絲兼
落絮紅杏開時一霎清明雨濃睡覺來鸎亂語
驚殘好夢無尋處

百十　又

玉椀氷寒銷暑氣碧簟紗厨
向午朦朧睡鶯舌惺鬆如會意
無端画扇驚飛起　雨後初涼
生水際人面荷花的的遥相似眼
看紅房猶抱蕊叢中已結新蓮子

百十一　又

梨葉疎紅蟬韻歇銀漢風高玉
管聲淒切枕簟乍涼銅漏咽
誰教社燕輕離別　草際蟲吟
珠露結宿酒醒來不記歸時
節多少衷腸猶未說朱簾一夜
朦朧月

珠玉詞　二十六　汲古閣

百十二

又　上二首或刻六一詞

南雁依稀廻側陣雪霽牆陰偏覺蘭芽嫩中夜
夢餘消酒困爐香卷穗燈生暈　急景流年都
一瞬往事前歡未免縈方寸臘後花期知漸近
寒梅已作東風信

廿三

又　向另刻鵲踏枝

檻菊愁煙蘭泣露羅幙輕寒燕子雙飛去明月
不諳離恨苦斜光到曉穿朱戶　昨夜西風凋

碧樹獨上高樓望盡天涯路欲寄彩箋　尺素山長水濶知何處

七四　又

紫府羣仙名籍祕五色斑龍暫降人間媚海變桑田都不記蟠桃一熟三千歲　露滴彩旌雲遶袂誰信壺中別有笙歌地門外落花隨水逝相看莫惜尊前醉

百廿八　玉堂春

帝城春暖御柳暗遮空苑海燕雙雙拂颺簾櫳女伴相攜共繞林間路折得櫻桃插髻紅　昨夜臨明微雨新英徧舊藂寶馬香車欲傍西池看觸處楊花滿袖風

百廿九　又

後園春早殘雪尚濛煙草數樹寒梅欲綻香英小妹無端折盡釵頭朶滿把金尊細細傾　憶得往年同伴沉吟無限情惱亂東風莫便吹零落惜取芳菲眼下明

百廿　又

斗城池館二月風和煙暖繡戶珠簾日影初長玉轡金鞍繚繞沙堤路幾處行人映綠楊　小檻朱闌回倚千花濃露香脆管清絃欲奏新翻曲依約林間坐夕陽

八三　漁家傲　舊刻十四首攷粉筆丹青描未得是六一詞刪去

画鼓聲中昏又曉時光只解催人老求得淺歡

風日好齊喝調神仙一曲漁家傲　綠水悠悠天杳杳浮生豈得長年少莫惜醉來開口笑須信道人間萬事何時了

八四　又

荷葉荷花相間鬬紅驕綠掩新粧就昨日小池疎雨後鋪錦繡行人過去頻回首　倚徧朱闌凝望久鴛鴦浴處波文皺誰喚謝娘斟美酒縈舞袖當筵勸我千長壽

八五 又

荷葉初開猶半卷荷花欲拆須微綻此葉此花眞可羨秋水畔青涼綠映紅粧面　美酒一盃留客宴拈花摘葉情無限爭奈世人多聚散頻祝願如花似葉長相見

八六 又

楊柳風前香百步盤心碎點眞珠露疑是水仙開洞府粧景趣紅幢綠蓋朝天路　小鴨飛來

珠玉詞　二十九　汲古閣

稠鬧處三三兩兩能言語飲散短亭人欲去留不住黃昏更下蕭蕭雨

八七 又

粉筆丹青描未得金舒綠綃功難敵誰傍暗香輕採摘風淅淅船頭觸散雙鸂鶒　夜雨染成天水碧朝陽借出胭脂色欲落又開人共惜秋氣逼盤中已有新荷菂

八八 又

葉下鵁鶄眠未穩風翻露颭香成陣仙女出遊知遠近羞借問饒將綠扇遮紅粉　一掬蘂黃霑雨潤天人乞與金英嫩試折亂條醒酒困應有恨芳心易盡情無盡

八九 又

罨画溪邊停彩舫仙娥繡被呈新樣颯颯風聲來一餉愁四望殘紅片片隨波浪　瓊臉麗人青步障風牽一袖低相向應有錦鱗閒倚傍秋水上時時綠柄輕搖颭

九十 又

宿蘂鬬攢金粉鬧青房暗結蜂兒小斂面似啼還似笑天與貌人間不是鉛華少　蘂軟香淸無限好風頭日脚乾催老待得玉京仙子到剛

珠玉詞　三十　汲古閣

向道紅顏只合長年少

九一 又

臉傳朝霞衣剪翠重重占斷秋江水一曲採蓮風細細人未醉鴛鴦不合驚飛起　欲摘嫩條嫌綠刺閒敲画扇偸金蘂半夜月明珠露墜多少意紅腮點點相思淚

九二 又

越女採蓮江北岸輕橈短棹隨風便人貌與花

相鬭豔流水慢時時照影看粧面　蓮葉層層張綠繖蓮房箇箇垂金盞一把藕絲牽不斷紅日晚回頭欲去心撩亂

九三 又

粉面啼紅腰束素當年拾翠曾相過密意深情誰與訴空怨慕西池夜夜風兼露　池上夕陽籠碧樹池中短棹驚微雨水泛落英何處去人不悟東流到了無停住

九四 又

幽鷺慢來窺品格雙魚豈解傳消息綠柄嫩香頻採摘心似織條條不斷誰牽役　粉淚暗和清露滴羅衣染就秋江色對面不言情脉脉煙水隔無人說似長相憶

九五 又 上二首武入六一詞

楚國細腰元自瘦文君膩臉誰描就日夜鼓聲催箭漏昏復晝紅顏豈得長依舊　醉拆嫩房和蕋嗅天絲不斷清香透却傷小闌凝望久風滿袖西池月上人歸後

九六 又

嫩綠堪裁紅欲綻蜻蜓點水魚遊畔一霎雨聲香四散風飃亂高低掩映千千萬　總是凋零終有恨能無眼下生留戀何似折來粧粉面勤看翫勝如落盡秋江岸

二 破陣子

海上蟠桃易熟人間好月長圓惟有擘釵分鈿侶離別常多會面難此情須問天　蠟燭到明垂淚熏爐盡日生煙一點淒涼愁絕意謾道秦箏有剩絃何曾為細傳

三 又

燕子欲歸時節高樓昨夜西風求得人間成小會試把金尊傍菊藂歌長粉面紅　斜日更穿簾幙微涼漸入梧桐多少襟懷言不盡寫向蠻

牋曲調中此情千萬重

四 又

憶得去年今日黃花已滿東籬曾與玉人臨小
檻共折香英泛酒卮長條插鬢垂　人貌不應
遷換珍叢又覩芳菲重把一尊尋舊徑所惜光
陰去似飛風飄露冷時

五 又

湖上西風斜日荷花落盡紅英金菊滿叢珠顆

細海燕辭巢翅羽輕年年歲歲情　美酒一盃
新熟高歌數闋堪聽不向尊前同一醉可奈光
陰似水聲迢迢去未停

九八 瑞鷓鴣 詠紅梅

越娥紅淚泣朝雲越梅從此學妖嚬臘月初頭
庾嶺繁開後特染妍華贈世人　前溪昨夜深
深雪朱顏不掩天眞何時驛使西歸寄與相思
客一枝新報道江南別樣春

百 阮郎歸
南園春半踏青時風和聞馬嘶
青梅如豆柳如眉日長胡蝶飛
花露重艸烟低人家簾幙垂
秋千慵困解羅衣畫梁雙燕歸

九九 又

江南殘臘欲歸時有梅紅亞雪中枝一夜前村
間破瑤英拆端的千花冷未知　丹青改樣勻
朱粉雕梁欲畫猶疑何妨與向冬深密種秦人
路夾仙溪不待夭桃客自迷

七五 殢人嬌

二月春風正是楊花滿路那堪更別離情緒羅
巾掩淚任粉痕霑汗爭奈向千留萬留不住

玉酒頻傾宿眉愁聚空腸斷寶箏絃柱人間後
會又不知何處魂夢裏也須時時飛去

七六 又

玉樹微涼漸覺銀河影轉林葉靜疏紅欲徧朱
簾細雨尚遲留歸燕嘉慶日多少世人良願
楚竹驚鸞秦箏起鴈縈舞袖急翻羅薦雲迴一
曲更輕櫳檀板香炷遠同祝壽期無限

七七 又

二首句詞參錯難讀

一葉秋高向夕紅蘭露墜風月好乍涼天氣長
生此日見人中喜瑞斟壽酒重唱妙聲珠綴
鳳篦移寶鈿衫迴袂簾影動鵲爐香細南眞寶
籙賜玉京千歲良會永莫惜流霞同醉

百卌五 連理枝

玉宇秋風至簾幕生涼氣朱槿猶開紅蓮尚拆
芙蓉含蕋送舊巢歸燕拂高簾見梧桐葉墜
嘉宴凌晨啓金鴨飄香細鳳竹鸞絲清歌妙舞

画呈游藝願百千遐壽比神仙有年年歲歲

百卌六止 又

綠樹鶯聲老金井生秋早不寒不暖裁衣按曲
天時正好況蘭堂逢著壽筵開見爐香縹緲
組繡呈纖巧歌舞誇妍妙玉酒頻傾朱絃翠管
移宮易調獻金盃重疊祝長生永逍遥奉道

百四 長生樂

玉露金風月正圓臺榭早涼天画堂嘉會組繡
列芳筵洞府星辰龜鶴來添福壽歡聲喜色同
入金爐泛濃煙　清歌妙舞急管繁絃榴花滿
酌觥船人盡祝富貴又長年莫教紅日西晚留
著醉神仙

百五 又

閬苑神仙平地見碧海架蓬瀛洞門相向倚金
鋪微明處處天花撩亂飄散歌聲裝眞筵壽賜
與流霞滿瑶觥　紅鸞翠節紫鳳銀笙玉女雙

來近彩雲隨步朝夕拜三清爲傳王母金籙祝
千歲長生

百五 山亭柳 贈歌者

家住西秦賭博藝隨身花柳上鬭尖新偶學念
奴聲調有時高遏行雲蜀錦纏頭無數不負辛
勤　數年來往咸京道殘盃冷炙謾消魂衷腸
事託何人若有知音見採不辭徧唱陽春一曲
當筵落淚重掩羅巾

百十三 拂霓裳

慶生辰慶生辰是百千春開雅宴畫堂高會有諸親鈿函封大國玉色受絲綸感皇恩望九重天上拜堯雲　今朝祝壽祝壽數比松椿斟美酒至心如對月中人一聲檀板動一炷蕙香焚禱仙真願年年今日喜長新

百十四 又

喜秋成見千門萬戶樂昇平金風細玉池波浪

縠文生宿露霑羅幕微涼入畫屏張綺宴傍熏爐蕙炷和新聲　神仙雅會會此日象蓬瀛管絃清旋翻紅袖學飛瓊光陰無暫住歡醉有閒情祝辰星願百千為壽獻瑤觥

百十五 又

笑秋天晚荷花綴露珠圓風日好數行新雁貼寒煙銀簧調脆管瓊柱撥清絃捧觥船一聲聲齊唱太平年　人生百歲離別易會逢難無事日劇呼賓友啓芳筵星霜催綠鬢風露損朱顏惜清歡又何妨沉醉玉樽前

同叔撫州臨川人也七歲能屬文張知白以神童薦真宗召見與千餘人並試廷中神氣不懾援筆立成帝異之使晝讀秘閣書每所諮訪率用寸方小紙細書問之從事仁宗尤加信愛仕至觀文殿大學士以疾請歸留侍經筵及卒帝臨奠猶以不

親視疾為恨特罷朝二日贈謚元獻一時賢士大夫如范仲淹歐陽修等皆出其門擇壻又得富弼楊察賦性剛峻遇人以誠一生自奉如寒士為文贍麗應用不窮尤工風雅閒作小詞其幕子幾道云先公為詞未嘗作婦人語也古虞毛晉記

七月廿四日校凡二抄本其一即底本也章次皆同而此刻獨異據卷首有潛翁手注云依宋刻本云

珠玉詞終

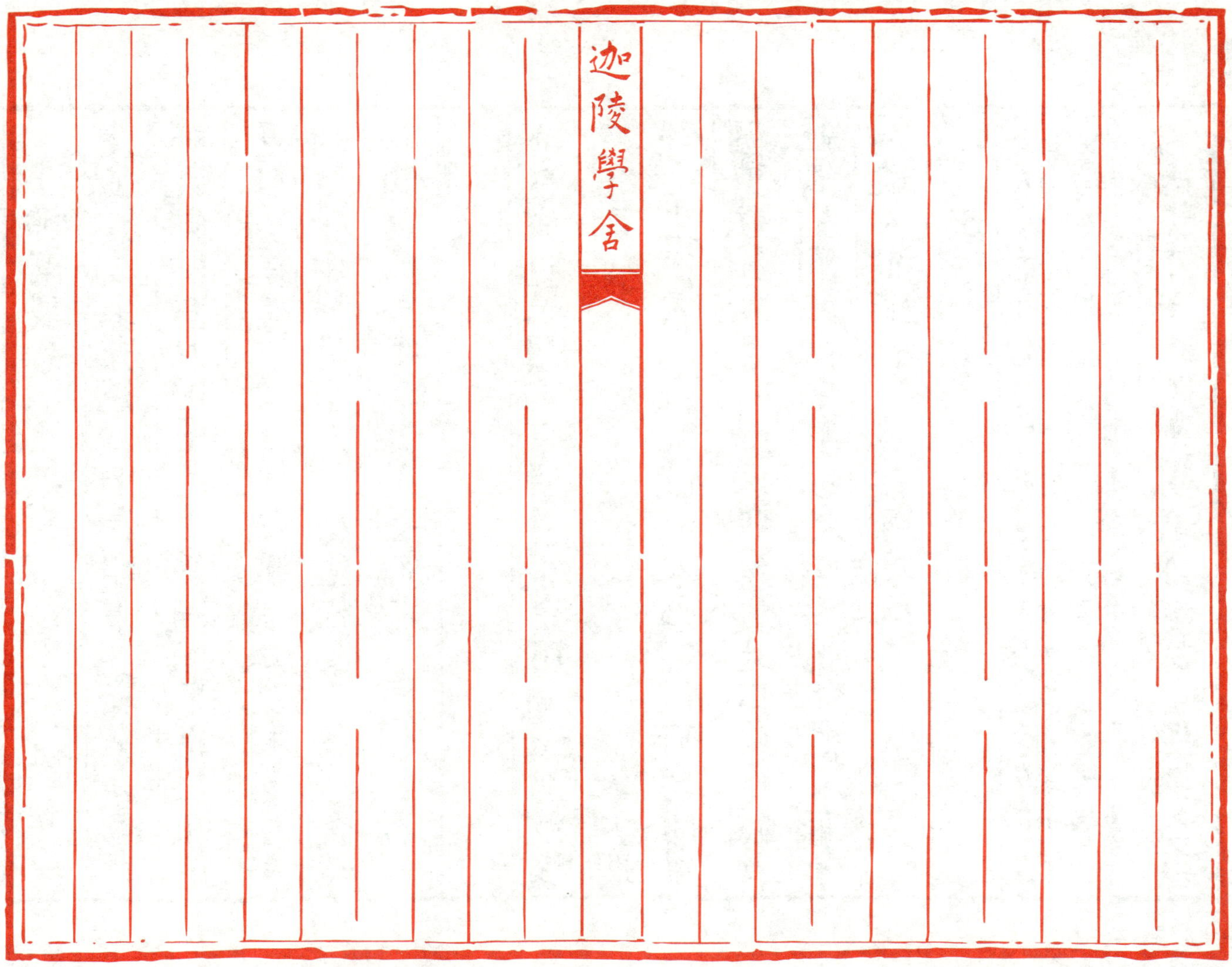

迦陵學舍

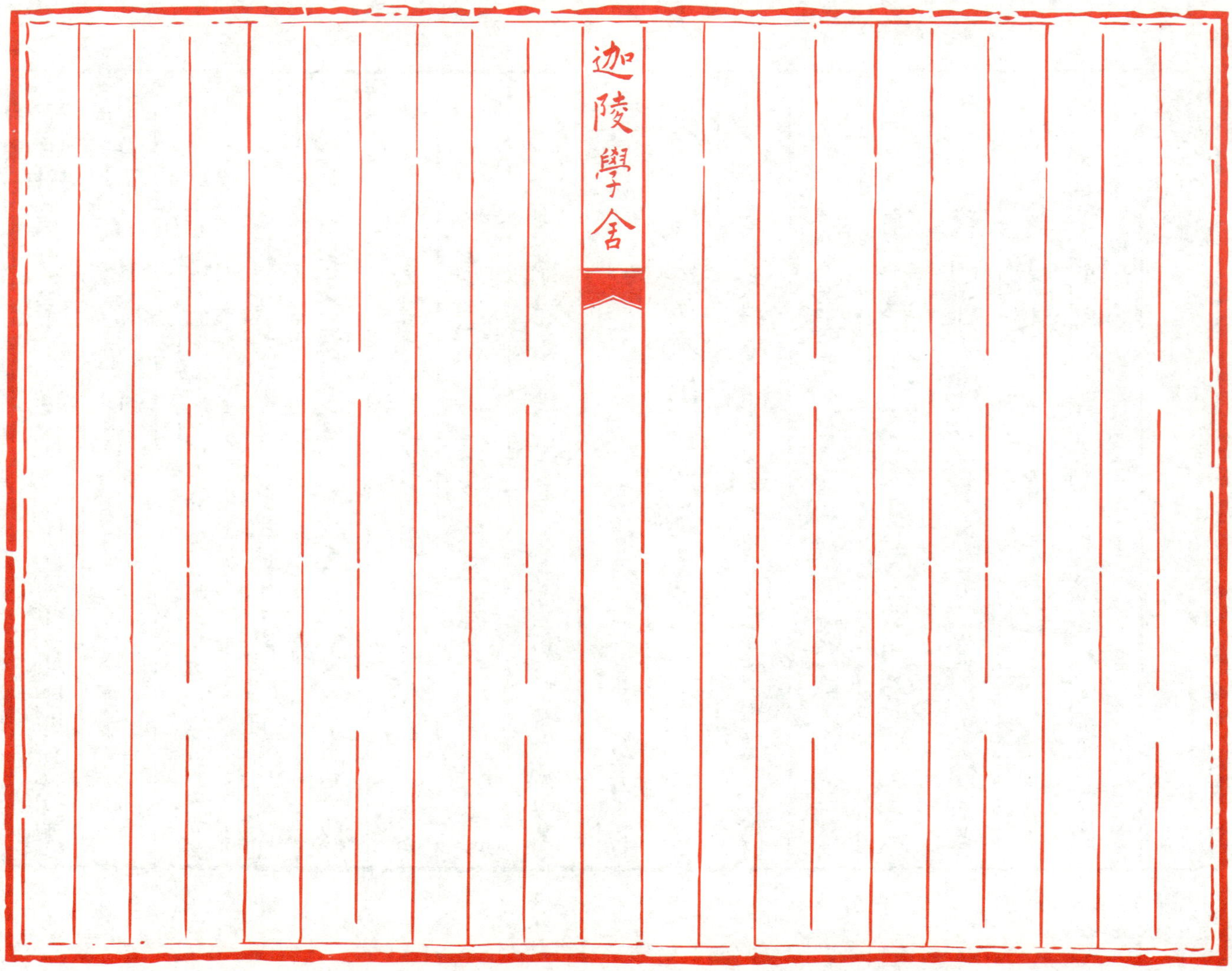

迦陵學舍

迦陵學舍

迦陵學舍

迦陵學舍

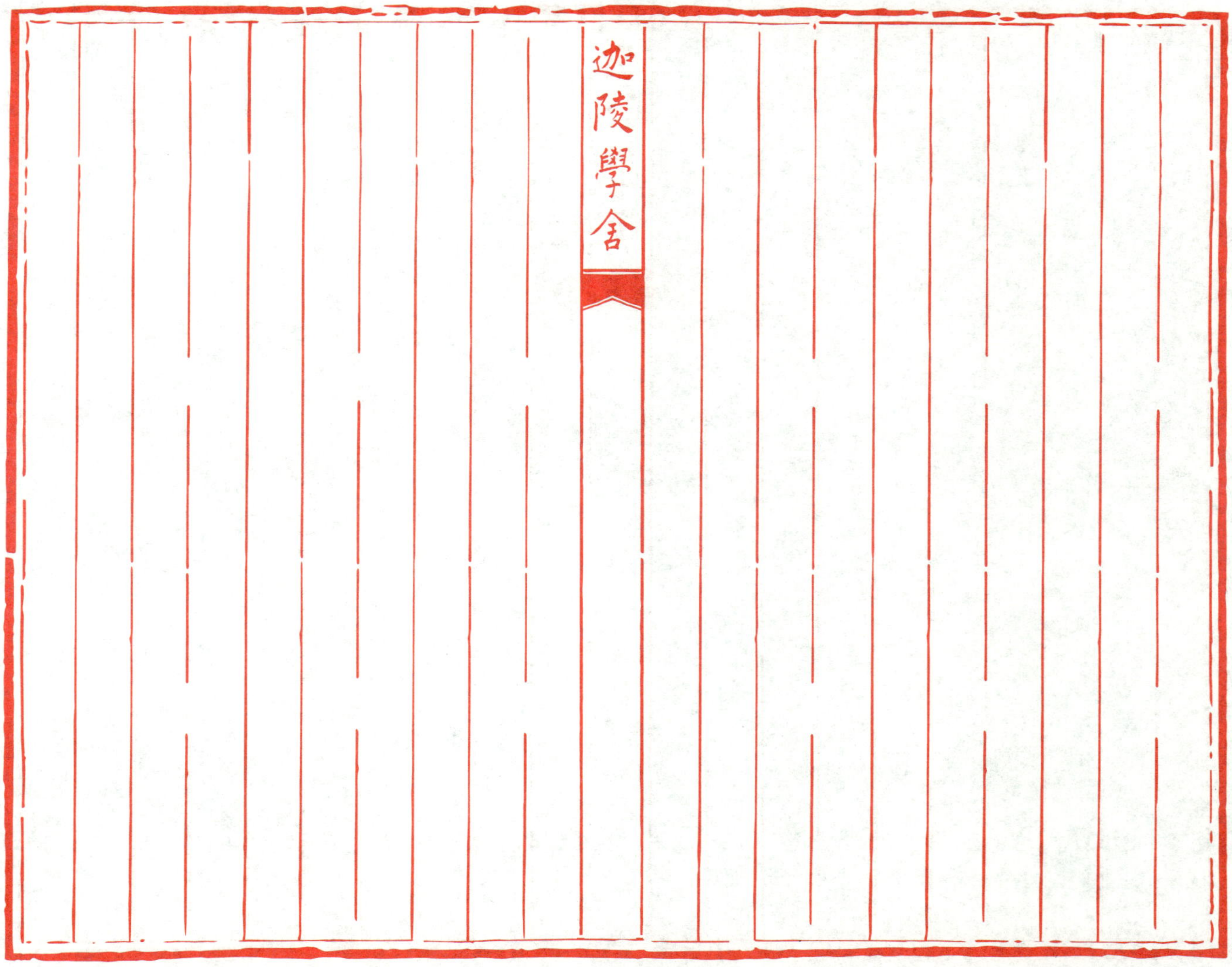

迦陵學舍

迦陵學舍

迦陵學舍

［宋］晏几道 撰

小山词

毛氏汲古阁刻宋名家词本

诗词古本 第二种

小山词 校要重刻

宋名家詞 家塾刊本 第五册

二本卷首俱有山谷道人序

小山詞

目錄

小山詞目錄終

小山詞卷上

宋　晏幾道

臨江仙

鬬草堦前初見穿針樓上曾逢羅裙香露玉釵風靚粧眉沁綠羞豔粉生紅　流水便隨春遠行雲終與誰同酒醒長恨錦屏空相尋夢裏路飛雨落花中

又

身外閑愁空滿眼中歡事常稀明年應賦送君詩細從今夜數相會幾多時　淺酒欲邀誰勸深情唯有君知東溪春近好同歸柳垂江上影梅謝雪中枝

又

淡水三年歡意危絃幾夜離情曉霜紅葉舞歸程客情今古道秋夢短長亭　綠酒尊前清淚陽關疊裏離聲少陵詩思舊才名雲鴻相約處煙霧九重城

又

淺淺餘寒春半雪銷蕙草初長煙迷柳岸舊池塘風吹梅蕋鬧雨細杏花香　月墮枝頭懽意從前虛夢高唐覺來何處放思量如今不是夢眞箇到伊行

又

長愛碧闌干影芙蓉秋水開時臉紅凝露學嬌

啼霞觴熏冷豔雲鬢裊纖枝　煙雨依前時候霜藂如舊芳菲與誰同醉採香歸去年花下客今似蝶分飛

又

旖旎仙花解語輕盈春柳能眠玉樓深處綺窗前夢回芳草夜歌罷落梅天　沉水濃熏繡被流霞淺酌金船綠嬌紅小正堪憐莫如雲易散須似月頻圓

又

夢後樓臺高鎖酒醒簾幕低垂去年春恨却來時落花人獨立微雨燕雙飛　記得小蘋初見兩重心字羅衣琵琶絃上說相思當時明月在曾照彩雲歸

又

東野亡來無麗句于君去後少交親追思往事好沾巾白頭王建在猶見詠詩人　學道深山

空自老留名千載不干身酒筵歌席莫辭頻爭如南陌上占取一年春

蝶戀花

卷絮風頭寒欲盡墜粉飄紅日日香成陣新酒又添殘酒困今春不減前春恨　蝶去鶯飛無處問隔水高樓望斷雙魚信惱亂層波橫一寸斜陽只與黃昏近

又

初撚霜紈生悵望隔葉鶯聲似學秦娥唱午睡醒來慵一餉雙紋翠簟鋪寒浪　雨罷蘋風吹碧漲脉脉荷花淚臉紅相向斜貼綠雲新月上彎環正是愁眉樣

又

庭院碧苔紅葉徧金菊開時已近登高宴日日露荷凋綠扇粉塘煙水澄如練　試倚涼風醒酒面雁字來時恰向層樓見幾點護霜雲影轉

誰家蘆管吹秋怨

又

喜鵲橋成催鳳駕天為歡遲乞與初涼夜乞巧雙蛾加意畫玉鈎斜傍西南掛　分鈿擘釵涼葉下香袖凭肩誰記當時話路隔銀河猶可借世間離恨何年罷

又

碧草池塘春又晚小葉風嬌尚學娥粧淺雙燕

來時還念遠珠簾綉戶楊花滿　綠柱頻移絃
易斷細看秦箏正似人情短一曲啼烏心緒亂
紅顏暗與流年換

又

碾玉釵頭雙鳳小倒暈工夫画得宮眉巧嫩麴
□□羣勝□鴛鴦繡字春衫好　三月露桃春
意早細看花枝人面爭多少水調聲長歌未了
掌中盃盡東池曉

又

醉別西樓醒不記春夢秋雲聚散眞容易斜月
半窗還少睡画屏閒展吳山翠　衣上酒痕詩
裏字點點行行總是凄涼意紅燭自憐無好計
夜寒空替人垂淚

又

欲減羅衣寒未去不卷珠簾人在深深處殘杏
枝頭花幾許啼紅正恨淸明雨　盡日沉香煙

一縷宿酒醒遲惱破春情緒遠信還因歸燕誤
小屏風上西江路

又

千葉早梅誇百媚笑面凌寒內樣粧先試月臉
氷肌香細膩風流新稱東君意　一稔年光春
有味江北江南更有誰相比橫玉聲中吹滿地
好枝長恨無人寄

又

金剪刀頭芳意動綵蕊開時不怕朝寒重晴雪
半消花鬖鬆曉粧呵盡香酥凍　十二樓中雙
翠鳳緲緲歌聲記得江南弄醉舞春風誰可共
秦雲已有鴛屏夢

又

笑豔秋蓮生綠浦紅臉靑腰舊識凌波女照影
弄粧嬌欲語西風豈是繁華主　可恨良辰天
不與纔過斜陽又值黃昏雨朝落暮開空自許

竟無人解知心苦

又

碧落秋風吹玉樹翠節紅旌晚過銀河路休笑星機停弄杼鳳帷已在雲深處　樓上金鍼穿繡縷誰管天邊隔歲分飛苦試等夜闌尋別緒淚痕千點羅衣露

又

碧玉高樓臨水住紅杏開時花底曾相遇一曲

陽春春已暮曉鶯聲斷朝雲去　遠水來從樓下路過盡流波未得魚中素月細風尖垂柳渡夢魂長在分襟處

又

夢入江南煙水路行盡江南不與離人遇睡裏銷魂無說處覺來惆悵銷魂誤　欲盡此情書尺素浮雁沉魚終了無憑據却倚鯤絃無別緒斷腸移破秦箏柱

又

黃菊開時傷聚散曾記花前共說深深願重見金英人未見相思一夜天涯遠　羅袖同心閒結偏帶易成雙人恨成雙晚欲寫彩箋書別怨淚痕早已先書滿

鷓鴣天

彩袖殷懃捧玉鍾當年拚却醉顏紅舞低楊葉樓心月歌盡桃花扇影風　從別後憶相逢幾

回魂夢與君同今宵剩把銀釭照猶恐相逢是夢中

又

一醉醒來春又殘野棠梨雨淚闌干玉笙聲裏鸞空怨羅幙香中燕未還　終易散且長閑莫教離恨損朱顏誰堪共展鴛鴦錦同過西樓此夜寒

又

梅蕋新粧桂葉眉小蓮風韵出瑶池雲隨綠水
歌聲轉雪繞紅綃舞袖垂　傷別易恨歡遲惱
無紅錦爲裁詩行人莫便銷魂去漢渚星橋尚
有期

又

守得蓮開結伴遊約開萍葉上蘭舟來時浦口
雲隨棹採罷江邊月滿樓　花不語水空流年
年判得爲花愁明朝萬一西風勁爭尙朱顏不

奈秋

又

鬬鴨池南夜不歸酒闌紈扇有新濟雲隨碧玉
歌聲轉雪繞紅綃舞袖回　今感舊欲沾衣可
憐人似水東西回頭滿眼凄涼事秋月春風豈
得知

又

當日佳期鵲誤傳至今猶作斷腸仙橋成漢渚
星波外人在鸞歌鳳舞前　歡盡夜別經年別
多歡少奈何天情知此會無長計只尺涼蟾亦
未圓

又

題破香箋小研紅詩多遠寄舊相逢西樓酒面
垂垂雪南苑春衫細細風　花不盡柳無窮別
來歡事少人同憑誰問取歸雲信今在巫山第
幾峯

又

淸潁尊前酒滿衣十年風月舊相知憑誰細話
當時事腸斷山長水遠詩　金鳳闕玉龍墀看
君來換錦袍時姮娥已有慇懃約留著蟾宮第
一枝

又

醉拍春衫惜舊香天將離恨惱疎狂年年陌上
生秋草日日樓中到夕陽　雲渺渺水茫茫征

人歸路許多長相思本是無憑語莫向花箋費
淚行

又

小令尊前見玉簫銀燈一曲太妖嬈歌中醉倒
誰能恨唱罷歸來酒未消　春悄悄夜迢迢碧
雲天共楚宮腰夢魂慣得無拘檢又踏楊花過
謝橋

又

楚女腰肢越女顋粉圓雙蕋髻中開朱絃曲怨
愁春盡淥酒盃寒記夜來　新擲果舊分釵冶
遊音信隔章臺花閒錦字空頻寄月底金鞍竟
未回

又

十里樓臺倚翠微百花深處杜鵑啼慇勤自與
行人語不似流鶯取次飛　驚夢覺弄晴時聲
聲只道不如歸天涯豈是無歸意爭奈歸期未
可期

又

陌上濛濛殘絮飛杜鵑花裏杜鵑啼年年底事
不歸去怨月愁煙長爲誰　梅雨細曉風微倚
樓人聽欲沾衣故園三度羣花謝曼倩天涯猶
未歸

又

曉日迎長歲歲同太平簫鼓間歌鍾雲高未有

前村雪梅小初開昨夜風　羅幙翠錦筵紅釵
頭羅勝寫宜冬從今屈指春期近莫使金尊對
月空

又

小玉樓中月上時夜來唯許月華知重簾有意
藏私語雙燭無端惱暗期　傷別易恨歡遲歸
來何處驗相思沈郎春雪愁銷臂謝女香膏嬾
画眉

又

手撚香箋憶小蓮欲將遺恨倩誰傳歸來獨臥逍遙夜夢裏相逢酩酊天　花易落月難圓只應花月似歡緣秦箏若有心情在試寫離聲入舊絃

又

九日悲秋不到心鳳城歌管有新音風凋碧柳愁眉淡露染黃花笑靨深　初見雁已聞砧綺羅叢裏勝登臨須交月戶纖纖玉細捧霞觴灩灩金

又

碧藕花開水殿涼萬年枝外轉紅陽昇平歌管隨天仗祥瑞封章滿御床　金掌露玉爐香歲華方共聖恩長皇洲又奏圜扉靜十樣宮眉捧壽觴

又

綠橘梢頭幾點春似留香蕊送行人明朝紫鳳朝天路十二重城五碧雲　歌漸咽酒初醺儘將紅淚溼湘帬贛江西畔從今日明月清風憶使君

生查子

金鞍美少年去躍青驄馬牽繫玉樓人繡被春寒夜　消息未歸來寒食梨花謝無處說相思背面鞦韆下

又

輕勻兩臉花淡埽雙眉柳會寫彩箋時學弄朱絃後　今春玉釧寬昨夜羅裙皺無計奈情何且醉金盃酒

又

關山魂夢長魚雁音塵少兩鬢可憐青只爲相思老　歸傍碧紗窗說與人人道眞箇別離難不似相逢好

逢一本作思。

又

墜雨已辭雲流水難歸浦遺恨幾時休心抵秋蓮苦 忍淚不能歌試托哀絃語絃語願相逢知有相逢否

又

一分殘酒霞兩點愁蛾暈羅幙夜猶寒玉枕春先困 心情剪綵慵時節燒燈近見少別離多還有人堪恨

又

輕輕製舞衣小小裁歌扇三月柳濃時又向津亭見 垂淚送行人溼破紅粧面玉指袖中彈一曲清商怨

又

紅塵陌上遊碧柳堤邊住纔趁彩雲來又逐飛花去 深深美酒家曲曲幽香路風月有情時總是相逢處（思）

庭樹

又

長恨涉江遥移近溪頭住閑蕩木蘭舟臥入雙鴛浦 無端輕薄雲暗作廉纖雨翠袖不勝寒欲向荷花語

又

遠山眉黛長細柳腰肢裊粧罷立春風一笑千金少 歸去鳳城時說與青樓道徧看穎川花不似師師好

又

落梅亭榭（庭樹）香芳草池塘綠春恨最關情月過闌干曲 幾時花裏閒看得花枝足醉後莫思家借取師師宿

又

狂花頃刻香晚蝶纏綿意天與短因緣聚散常容易 傳唱入離聲惱亂雙蛾翠游子不堪聞正是衷腸事

又

官身幾日閑世事何時足君貌不長紅我鬢無重綠　榴花滿盞香金縷多情曲且盡眼中歡莫嘆時光促

又

春從何處歸試向溪邊問岸柳弄嬌黃隴麥回青潤　多情美少年屈指芳菲近誰寄嶺頭梅來報江南信

南鄉子

淥水帶青潮水上朱闌小渡橋橋上女兒雙笑靨妖嬈倚著闌干弄柳條　月夜落花朝減字偷聲按玉簫柳外行人回首處迢迢若比銀河路更遙

又

小蕊受春風日日宮花花樹中恰向柳綿撩亂處相逢笑靨傍邊心字濃　歸路草茸茸家在秦樓更近東醒去醉來無限事誰同說著西池滿面紅

又

花落未須悲紅蕊明年又滿枝唯有花間人別後無期水闊山長雁字遲　今日最相思記得攀條話別離共說春來春去事多時一點愁心入翠眉

又

何處別時難玉指偷將粉淚彈記得來時樓上燭初殘待得清霜滿畫闌　不慣獨眠寒自解羅衣襯枕檀百媚也應愁不睡更闌惱亂心情半被閑

又

畫鴨嬾熏香繡茵猶展舊鴛鴦不似同衾愁易曉空床細剔銀燈怨漏長　幾夜月波涼夢魂隨月到蘭房殘睡覺來人又遠難忘更是無情

也斷腸

又

眼約也應虛 昨夜歸來鳳枕孤 且據如今情分
裏相期 只恐多時不似初 深意託雙魚 小剪
蠻箋細字書 更把此情重問得 何如芙結因緣
久遠無

又

新月又如眉 長笛誰教月下吹 樓倚暮雲初見

雁南飛 謾道行人雁後歸 意欲夢佳期 夢裏
關山路不知 却待短書來破恨 應遲 還是涼生
玉枕時

清平樂

留人不住 醉解蘭舟去 一棹碧濤春水路 過盡
曉鶯啼處 渡頭楊柳青青 枝枝葉葉離情 此
後錦書休寄 畫樓雲雨無憑

又

千花百草 送得春歸了 拾蕊人稀紅漸少 葉底
杏青梅小 小瓊閑抱琵琶 雪香微透輕紗 正
好一枝嬌豔 當年獨占韶華

又

煙輕雨小 紫陌香塵少 謝客池塘生綠草 一夜
紅梅先老 旋題羅帶新詩 重尋楊柳佳期 強
半春寒去後 幾番花信來時

又

可憐嬌小 掌上承恩早 把鏡不知人易老 欲占
朱顏常好 畫堂秋月佳期 藏鉤賭酒歸遲 紅
燭淚前低語 綠箋花裏新詞

又

紅英落盡 未有相逢信 可恨流年凋綠鬢 睚得
春酲欲醒 鈿箏曾醉西樓 朱絃玉指梁州 曲
罷翠簾高捲 幾回新月如鈎

又

春雲綠處又見歸鴻去側帽風前花滿路冶葉
倡條情緒　紅樓桂酒新開曾攜翠袖同來醉
弄影娥池水短簫吹落殘梅

又

波紋碧皺曲水清明後折得疎梅香滿袖暗喜
春紅依舊　歸來紫陌東頭金釵換酒銷愁柳
影深深細路花梢小小層樓

又

西池煙草恨不尋芳早滿路落花紅不埽春色
漸隨人老　遠山眉黛嬌長清歌細逐霞觴正
枉十洲殘夢水心宮殿斜陽

又

蕙心堪怨也逐春風轉丹杏牆東當日見幽會
綠窗題徧　眼中前事分明可憐如夢難憑都
把舊時薄倖只消今日無情

又

幺絃寫意意密絃聲碎書得鳳箋無限事猶恨
春心難寄　臥聽疎雨梧桐雨餘淡月朦朧一
夜夢魂何處那回楊葉樓中

又

笙歌宛轉臺上吳王宴宮女如花倚春殿舞綻
縷金衣綫　酒闌画燭低迷彩鴛驚起雙棲月
底三千繡戶雲間十二瓊梯

又

暫來還去輕似風頭絮縱得相逢留不住何況
相逢無處　去時略約黃昏月華却到朱門別
後幾番明月素娥應是消魂

又

雙紋彩袖笑捧金船酒嬌妙如花輕似柳勸客
千春長壽　豔歌更倚疎絃有情須醉樽前恰
是可憐時候玉嬌今夜初圓

又

寒催酒醒曉陌飛霜定背照画簾殘燭影斜月光中人靜　錦衣才子西征萬重雲水初程翠黛倚門相送鸞腸斷處離聲

又

蓮開欲徧一夜秋聲轉殘綠斷紅香片片長是西風堪怨　莫愁家住溪邊採蓮心事年年誰管水流花謝月明昨夜蘭船

又

沉思暗記幾許無憑事菊靨開殘秋少味閑却画欄風意　夢雲歸處難尋微涼暗入香襟猶恨那回庭院依前月淺燈深

又

鸎來燕去宋玉牆東路草草幽歡能幾度便有繫人心處　碧天秋月無端別來長照關山一點厭厭誰會依前凭暖闌干

又

心期休問只有尊前分勾引行人添別恨因是語低香近　勸人滿酌金鐘清歌唱徹還重莫道後期無定夢魂猶有相逢

玉樓春 木蘭花

鞦韆院落重簾暮彩筆閑來題繡戶牆頭丹杏雨餘花門外綠楊風後絮　朝雲信斷知何處應作襄王春夢去紫騮認得舊游踪嘶過画橋東畔路

又

小顰若解愁春暮一笑留春春也住晚紅初減謝池花新翠已遮瓊苑路　湔裙曲水曾相遇挽斷羅巾容易去啼珠彈盡又成行畢竟心情無會處

又

小蓮未解論心素狂似鈿箏絃底柱臉邊霞散酒初醒眉上月殘人欲去　舊時家近章臺住

盡日東風吹柳絮生憎繁杏綠陰時正礙粉牆偷眼覷

又

風簾向曉寒成陣未報東風消息近試從梅蒂紫邊尋更遶柳枝柔處問 來遲不是春無信開曉却疑花有恨又應添得幾分愁二十五絃彈未盡

又

念奴初唱離亭宴會作離聲勾別怨當時垂淚憶西樓溼盡羅衫歌未偏 難逢最是身強健無定莫如人聚散已拚歸袖醉相扶更惱香檀珍重勸

又

玉眞能唱朱簾靜憶上雙蓮池上聽百分蕉葉醉如泥却向斷腸聲裏醒 夜涼水月鋪明鏡更看嬌花閒弄影曲終人意似流波休問心期何處定

又

阿茸十五腰肢好天與懷春風味早畫眉勻臉不知愁殢酒熏香偏稱小 東城楊柳西城草會合花期如意少思量心事薄輕雲綠鏡臺前還自笑

又 已上舊另刻木蘭花今改調同併入

初心已恨花期晚別後相思長在眼蘭衾猶有

舊時香每到夢回珠淚滿 多應不信人腸斷幾夜夜寒誰共暖欲將恩愛結來生只恐來生緣又短

又

離鞍好爲鶯花住占取東城南陌路儘教春思亂如雲莫管世情輕似絮 古來都被虛名誤寧負虛名身莫負勸君頻入醉鄉來此是無愁無恨處

百四 又

一尊相遇春風裏詩好似君人有幾吳姬十五
語如弦能唱當時樓下水　良辰易去如彈指
金盞十分須盡意明朝三丈日高時共拚醉頭
扶不起

百五 又

瓊酥酒面風吹醒一縷斜紅臨晚鏡小顰微笑
盡妖嬈淺注輕匀長淡淨　手挼梅蕊尋香徑

正是佳期期未定春來還爲箇般愁瘦損宮腰
羅帶剩

百六 又

淸歌學得秦娥似金屋瑤臺知姓字可憐春恨
一生心長帶粉痕雙袖淚　從來嬾話低眉事
今日新聲誰會意坐中應有賞音人試問回腸
曾斷未

百七 又

旗亭西畔朝雲住沉水香煙長滿路柳陰分到
画眉邊花片飛來垂手處　粧成儘任秋娘妬
裊裊盈盈當繡戶臨風一曲醉騰騰陌上行人
凝恨去

百八 又

離鸞照罷塵生鏡幾點吳霜侵綠鬢琵琶絃上
語無憑荳蔻梢頭春有信　相思拚損朱顏盡
天若多情終欲問雪窗休記夜來寒桂酒已銷

人去恨

百九 又

東風又作無情計豔粉嬌紅吹滿地碧樓簾影
不遮愁還似去年今日意　誰知錯管春殘事
到處登臨曾費淚此時金盞直須深看盡落花
能幾醉

百十 又

斑騅路與陽臺近前度無題初借問暖風鞭袖

儘鬧垂徽月簾櫳曾暗認 梅花未足憑芳信
絃語豈堪傳素恨翠眉繞似遠山長寄興此愁
顰不盡

百十一 又

紅綃學舞腰肢軟旋織舞衣宮樣染織成雲外
雁行斜染作江南春水淺 露桃宮裏隨歌管
一曲霓裳紅日晚歸來雙袖酒成痕小字香箋
無意展

百十二 又

當年信道情無價桃葉尊前論別夜臉紅心緒
學梅妝眉翠工夫如月畫 來時醉倒旗亭下
知是阿誰扶上馬憶曾挑盡五更燈不記臨分
多少話

百十三 又

採蓮時候慵歌舞永日閑從花裏度暗隨蘋末
曉風來直待柳梢斜月去 停橈共說江頭路

臨水樓臺蘇小住細思巫峽夢回時不減秦源
腸斷處

百十四 又

芳年正是香英嫩天與嬌波長入鬢蕊珠宮裏
舊承恩夜拂銀屏朝把鏡 雲情去住終難信
花意有無休更問醉中同盡一盃歡歸後各成
孤枕恨

百十五 又

輕風拂柳冰初綻細雨銷塵雲未散紅窗青鏡
待妝梅綠陌高樓催送雁 華羅歌扇金蕉醆
記得尋芳心緒慣鳳城寒盡又飛花歲歲春光
常有限

八九 減字木蘭花

長亭晚送都似綠窗前日夢小字還家恰應紅
燈昨夜花 良時易過半鏡流年春欲破往事
難忘一枕高樓到夕陽

九十 又

留春不住恰似年光無味處滿眼飛英彈指東風太淺情　箏絃未穩學得新聲難破恨轉枕花前且伴香紅一夜眠

九一 又

長楊輦路綠滿當年攜手處試逐春風重到宮花花樹中　芳菲還徧今日不如前日健酒罷凄涼新恨猶添舊恨長

九三 洞仙歌

春殘雨過綠暗東池道玉豔藏羞媚頰笑記當時已恨飛鏡歡疎那至此仍苦題花信少　連環情未已物是人非月下疎梅似伊好澹秀色黯寒香粲若春容何心顧閑花凡草但莫使情隨歲華遷便杳隔秦源也須能到

九四 菩薩蠻

來時楊柳東橋路曲中暗有相期處明月好因緣欲圓還未圓　却尋芳草去畫扇遮微雨飛絮莫無情閑花應笑人

九五 又

箇人輕似低飛燕春來綺陌時相見堪恨兩橫波惱人情緒多　長留青鬢住莫放紅顏去占取豔陽天且教伊少年

九六 又

鸎啼似作留春語花飛鬬學回風舞紅日又平

西畫簾遮燕泥　煙花還自老綠鏡人空好香枉去年衣魚箋音信稀

九七 又

春風未放花心吐尊前不擬分明語酒色上來遲綠鬟紅杏枝　今朝眉黛淺暗恨歸時遠前夜月當樓相逢南陌頭

九八 又

嬌香淡染胭脂雪愁春細畫彎彎月花月鏡邊

人淺妝勻未成　佳期應有在試倚鞦韆待滿
地落英紅萬條楊柳風

九九 又

香蓮燭下勻丹雪妝成笑弄金階月嬌面勝芙
蓉臉邊天與紅　玳筵雙揭鼓喚上華茵舞春
淺未禁寒暗嫌羅袖寬

百 又 或刻張子野

哀箏一弄湘江曲聲聲寫盡湘波綠纖指十三

絃細將幽恨傳　當筵秋水慢玉柱斜飛雁彈
到斷腸時春山眉黛低

百一 又

江南未雪梅花白憶梅人是江南客猶記舊相
逢淡煙微月中　玉容長有信一笑歸來近懷
遠上樓時晚雲和雁低

百二 又

相逢欲話相思苦淺情肯信相思否還恐謾相
思淺情人不知　憶曾攜手處月滿窗前路長
到月來時不眠猶待伊

百十六 阮郎歸

粉痕閑印玉尖纖啼紅傍曉奩舊寒新暖尚相
兼梅疎待雪添　春冉冉恨厭厭章臺對卷簾
箇人鞭影弄涼蟾樓前側帽簷

百十七 又

來時紅日弄窗紗春紅入睡霞去時庭樹欲棲

鵶香屏掩月斜　收翠羽整妝華青驪信又差
玉笙猶戀碧桃花今宵未憶家

百十八 又

舊香殘粉似當初人情恨不如一春猶有數行
書秋來書更疎　衾鳳冷枕鴛孤愁腸待酒舒
夢魂縱有也成虛那堪和夢無

百十九 又

天邊金掌露成霜雲隨雁字長綠盃紅袖趁重

一本上卷止

濃字重押有誤 桃

小山詞卷上

柳

眠雨

陽人情似故鄉　蘭佩紫菊簪黃慇懃理舊狂
欲將沉醉換悲涼清歌莫斷腸
百廿　又
曉粧長趂景陽鍾雙蛾著意濃舞腰浮動綠雲
穠櫻脣半點紅　憐美景惜芳容沉思暗記中
春寒簾幙幾重重楊花盡日風
百廿二　浣溪沙
二月春花厭落梅仙源歸路碧桃催渭城絲雨

小山詞　三十五　汲古閣

勸離盃　歡意似雲眞薄倖客鞭搖柳正多才
鳳樓人待錦書來
百廿三　又
臥鴨池頭小苑開晴風吹盡北枝梅長莎軟路
幾縈回　靜選綠陰鶯有意謾隨遊騎絮多才
去年今日憶同來
百廿四　又
二月風和到碧城萬條千縷綠相迎舞煙眠日

樓

笑

過清明　粧鏡巧眉偷葉樣歌臺妍曲借枝名
晚秋霜霰莫無情
百廿五　又
白紵春衫楊柳鞭碧蹄驕馬杏花韉落英飛絮
冶遊天　南陌暖風吹舞榭東城涼月照歌筵
賞心多是酒中仙
百廿六　又
床上銀屏幾點山鴨爐香過瑣窗寒小雲雙枕

小山詞　三十六　汲古閣

恨春閑　惜別謾成良夜醉解愁時有翠牋還
那回分袂月初殘
百廿七　又
綠柳藏烏靜掩關鴨爐香細瑣窗閑那回分袂
月初殘　惜別謾成良夜醉解愁時有翠牋還
欲尋雙葉寄情難
百廿八　又
家近旗亭酒易酤花時長得醉工夫伴人歌扇

百卅 飛鸞臺前暈翠蛾千金新換絳仙螺最難如意爲頻多 幾處睡痕留醉袖一春愁思近橫波 遠山低盡不成歌 按原本以此重見黃山谷故刪

懶粧梳　戶外綠楊春繫馬床頭紅燭夜呼盧
相逢還解有情無

百廿九 又

日日雙眉鬭画長行雲飛絮共輕狂不將心嫁
冶遊郎　濺酒滴殘歌扇字弄花熏得舞衣香
一春彈淚說淒涼

又 百四十一 舊失題 次卷末

樓上燈深欲閉門夢雲歸處不畱痕幾年芳草

憶王孫　白日闌干依舊綠試將前事倚黃昏
記曾來處易銷魂

百卅一 又

午醉西橋夕未醒雨花淒斷不堪聽歸時應減
鬢邊青　衣化客塵今古道柳含春意短長亭
鳳樓爭見路傍情

百卅二 又

一樣宮粧簇彩舟碧團羅扇自障羞水仙時在
鏡中遊　腰自細來多態度臉因紅處轉風流
年年相遇綠江頭

百卅三 又

已拆鞦韆不奈閑却隨蝴蝶到花間旋尋雙葉
插雲鬟　幾摺湘裙煙縷細一鈎羅襪素蟾彎
綠窗紅豆憶前歡

百卅四 又

鬭弄箏絃嬾繫裙鉛華銷盡見天眞眼波低處

事還新　悵恨不逢如意酒尋思難值有情人
可憐虛度鎖窗春

百卅五 又

團扇初隨碧簟收画簾歸燕尚遲畱靨朱眉翠
喜清秋　風意未應迷狹路燈痕猶自記高樓
露花煙葉與人愁

百卅六 又

翠閣朱闌倚處危夜涼閒捻彩簫吹曲中雙鳳

已分飛　綠酒細傾銷別恨紅箋小寫問歸期
月華風意似當時

百卅七 又

唱得紅梅字字香柳枝桃葉盡深藏遏雲聲裏
送離觴　纔聽便拚衣袖溼欲歌先倚黛眉長
曲終敲損燕釵梁

百卅八 又

小杏春聲學浪仙疎梅清唱替哀絃似花如雪

繞瓊筵　腮粉月痕粧罷後臉紅蓮豔酒醒前
今年新調得人憐

百卅九 又

銅虎分符領外臺五雲深處彩旌來春隨紅旆
過長淮　千里袴襦添舊暖萬家桃李間新栽
使星回首是三台

百四十 又

浦口蓮香夜不收水邊風裏欲生秋棹歌聲細

不驚鷗　涼月送歸思往事落英飄去起新愁
可堪題葉寄東樓

百四一 又

莫問逢春能幾回能歌能笑是多才露花猶有
好枝開　綠鬢舊人皆老大紅梁新燕又歸來
儘須珍重掌中盃

百四二 六么令

綠陰春盡飛絮遶香閣晚來翠眉宮樣巧把遠

山學一寸狂心未說已向橫波覺畫簾遮匝新
翻曲妙暗許閑人帶偷掐　前度書多隱語意
淺愁難答昨夜詩有回紋韻險還慵押都待笙
歌散了記取留時霎不消紅蠟閑雲歸後月在
庭花舊闌角

百四三 又

雪殘風信悠颺春消息天涯倚樓新恨楊柳幾
絲碧還是南雲雁少錦字無端的寶釵瑤席彩

絃聲裏拚作尊前未歸客　遥想疎梅此際月
底香英拆別後誰繞前溪手揀繁枝摘莫道傷
高恨遠付與臨風笛儘堪愁寂花時往事更有
多情箇人憶

百四四 又

日高春睡喚起嬾裝束年年落花時候慣得嬌
眠足學唱宮梅便好更嘌銀笙逐黛蛾低緑堪
教人恨却似江南舊時曲　常記東樓夜雪翠

幕遮紅燭還是芳酒盃中一醉光陰促曾笑陽
臺夢短無計憐香玉此歡難續乞求歌罷偕取
歸雲画堂宿

百四五 更漏子

檻花稀池草徧冷落吹笙庭院人去日燕西飛
燕歸人未歸　數書期尋夢意彈指一年春事
新悵望舊悲涼不堪紅日長

百四六 又

柳間眠花裏醉不惜繡裙鋪地釵燕重鬢蟬輕
一雙梅子青　粉箋書羅袖淚還有可憐新意
遮悶緑掩羞紅晚來團扇風

百四七 又

柳絲長桃葉小深院斷無人到紅日淡緑煙晴
流鶯三兩聲　雪香濃檀暈少枕上臥枝花好
春思重曉妝遲尋思殘夢時

百四八 又

露華高風信遠宿醉画簾低捲梳洗倦冶遊慵
緑窗春睡濃　綵條輕金縷重昨日小橋相送
芳草恨落花愁去年同倚樓

百四九 又

出牆花當路柳借問芳心可否紅解笑緑能顰
千般惱亂春　北來人南去客朝暮等閒攀折
憐晚秀惜殘陽情知枉斷腸

百五十 又

欲論心先掩淚零落去年風味閑臥處不言時
愁多只自知　到情深俱是怨惟有夢中相見
猶似舊奈人禁偎人說寸心

百五十七　御街行

年光正似花梢露彈指春還暮翠眉仙子望歸
來倚徧玉城珠樹豈知別後好風涼月往事無
尋處　狂情錯向紅塵住忘了瑤臺路碧桃花
蕊已應開欲伴彩雲飛去回思十載朱顏青鬢

枉被浮名誤

百五十八　又

街南綠樹春饒絮雪滿遊春路樹頭花豔雜嬌
雲樹底人家朱戶北樓閑上疎簾高卷直見街
南樹　闌干倚盡猶慵去幾度黃昏雨晚春盤
馬踏青苔曾傍綠陰深駐落花猶在香屏空掩
人面知何處

百五十九　浪淘沙

高閣對橫塘新燕年光柳花殘夢隔瀟湘綠浦
歸帆看不見還是斜陽　一笑解愁腸人會蛾
妝藕絲衫袖鬱金香曳雪牽雲留客醉且伴春
狂

百六十　又

小綠間長紅露蕊煙叢花開花落昔年同惟恨
花前攜手處往事成空　山遠水重重一笑難
逢已拚長在別離中霜鬢知他從此去幾度春

風

百六十一　又

麗曲醉思仙十二哀絃穠蛾疊柳臉紅蓮多少
雨條煙葉恨紅淚離筵　行子惜流年鶗鴂枝
邊吳堤春水艤蘭船南去北來今漸老難負尊
前

百六十二　又

翠幕綺筵張淑景難忘陽關聲巧遶雕梁美酒

十分誰與共玉指持觴　曉枕夢高唐略話衷腸小山池院竹風涼明夜月圓簾四捲今夜思量

百六五 訴衷情

種花人自蘂宮來牽衣問小梅今年芳意無數何似應枝開　憑寄語謝瑶臺客無才粉香傳信玉盞開筵莫待春回

百六六 又

小山詞　四十五　汲古閣

淨揩妝臉淺勻眉衫子素梅兒苦無心緒梳洗閑淡也相宜　雲態度柳腰肢入相思夜來月底今日尊前未當佳期

百六七 又

渚蓮霜曉墜殘紅依約舊秋同玉人團扇恩淺一意恨西風　雲去住月朦朧夜寒濃此時還是淚墨書成未有歸鴻

百六八 又

憑觴靜憶去年秋桐落故溪頭詩成自寫紅葉和恨向東流　人脉脉水悠悠幾多愁雁書不到蝶夢無憑謾倚高樓

百六九 又

小梅風韵最妖嬈開處雪初消南枝欲附春信長恨隴人遥　閑記憶舊江皐路迢迢暗香浮動疏影橫斜幾處溪橋

百七十 又

小山詞　四十六　汲古閣

長因蕙草記羅裙緑腰沉水熏闌干曲處人靜曾共倚黄昏　風有韻月無痕暗消魂擬將幽恨試寫殘花寄與朝雲

百七一 又

御紗新製石榴裙沉香慢火熏越羅雙帶宮樣飛鷺碧波紋　隨錦字疊香芸寄文君繫來花下解向尊前誰伴朝雲

百七二 又

都人離恨滿歌筵清唱倚危絃星屏別後千里
重見是何年　驄騎穩繡衣鮮欲朝天北人歡
笑南國悲涼迎送金鞭

二百卅五 碧牡丹

翠袖疎紈扇涼葉催歸燕一夜西風幾處傷高
懷遠細菊枝頭開嫩香還徧月痕依舊庭院事
何限　悵望秋意晚離人鬢華將換靜憶天涯
路比此情猶短試約鸞箋傳素期良願南雲應

有新雁

二百四一 望僊樓

小春花信日邊來未上江梅先拆今歲東君消
息還自南枝得　素衣染盡天香玉酒添成團
色一自故溪疎隔腸斷長相憶

二百四九 行香子

晚綠寒紅芳意匆匆惜年華今與誰同碧雲零
落數字征鴻看渚蓮凋宮扇舊怨秋風　流波

墜葉佳期何在想天教離恨無窮試將前事閒
倚梧桐有銷魂處明月夜粉屏空

百七六 點絳唇

花信來時恨無人似花依舊又成春瘦折斷門
前柳　天與多情不與長相守分飛後淚痕和
酒占了雙羅袖

百七七 又

明月征鞭又將南陌垂楊折自憐輕別拚得音

塵絕　杏子枝邊倚徧闌干月依前缺去年時
節舊事無人說

百七八 又

碧水東流謾題涼葉津頭寄謝娘春意臨水顰
雙翠　日日驪歌空費行人淚成何計未知濃
醉閒掩紅樓睡

百七九 又

妝席相逢旋勻紅淚歌金縷意中曾許欲共吹

騰　當　摟　歡　亭

花去　長愛荷香柳色殷橋路留人住淡煙微
雨好箇雙棲處
百八十 又
湖上西風露花啼處秋香老謝家春草唱得清
商好　笑倚蘭舟轉盡新聲了煙波渺暮雲稀
少一點凉蟾小
百八二 少年遊
綠勾闌畔黃昏淡月攜手對殘紅紗窗影裏朦

小山詞　四十九　汲古閣

朧春睡繁杏小屏風　須愁別後天高海闊何
處更相逢幸有花前一盃芳酒歸計莫匆匆
百八三 又
西溪丹杏波前媚臉珠露與深勻南橋翠柳煙
中愁黛絲雨惱嬌顰　當年此處聞歌殢酒曾
對可憐人今夜相思水長山遠閒臥送殘春
百八四 又
離多最是東西流水終解兩相逢淺情終似行

雲無定猶到夢魂中　可憐人意薄于雲水佳
會更難重細想從來斷腸多處不與這番同
百八五 又
西樓別後風高露冷無奈月分明飛鴻影裏搗
衣砧外總是玉關情　王孫此際山重水遠何
處賦西征金閨魂夢枉叮嚀尋盡短長亭
百八六 又
雕梁燕去裁詩寄遠庭院舊風流黃花醉了碧

小山詞　五十　汲古閣

梧題罷閒臥對高秋　繁雲破後分明素月涼
影掛金鈎有人凝澹倚西樓新樣兩眉愁
百八七 虞美人
閑敲玉鐙隨堤路一笑開朱戶素雲凝澹月嬋
娟門外鴨頭春水木蘭船　吹花拾蕊嬉遊慣
天與相逢晚一聲長笛倚樓時應恨不題紅葉
寄相思
百八八 又

飛花自有牽情處不向枝邊墜隨風飄蕩已堪
愁更伴東流流水過秦樓　樓中翠黛含春怨
閑倚闌干遍自彈雙淚惜香紅暗恨玉顏光景
與花同

百八九 又

曲闌干外天如水昨夜還曾倚初將明月比佳
期長向月圓時候望人歸　羅衣著破前香在
舊意誰教改一春離恨嬾調絃猶有兩行閑淚

寶箏前

百九十 又

疎梅月下歌金縷憶共文君語更誰情淺似春
風一夜滿枝新綠替殘紅　蘋香已有蓮開信
兩槳佳期近採蓮時節定來無醉後滿身花影
倩人扶

百九一 又

玉簫吹徧煙花路小謝經年去更教誰畫遠山

眉又是陌頭風細惱人時　時光不解年年好
葉上秋聲早可憐蝴蝶易分飛只有杏梁雙燕
每來歸

百九二 又

秋風不似春風好一夜金英老更誰來凭曲闌
干唯有雁邊斜月照關山　雙星舊約年年在
笑盡人情改有期無定是無期說與小雲新恨
也低眉

百九三 又

小梅枝上東君信雪後花期近南枝開盡北枝
開長被隴頭遊子寄春來　年年衣袖年年淚
堪爲今朝意問誰同是憶花人賺得小鴨眉黛
也低顰

百九四 又

溼紅箋紙回紋字多少柔腸事去年雙燕欲歸
時還是碧雲千里錦書遲　南樓風月長依舊

別恨無端有倩誰橫笛倚危欄今夜落梅聲裏
怨關山

百九五 又

一絃彈盡仙韶樂曾破千金學玉樓銀燭夜深
深愁見曲中雙淚落千金　從來不奈離聲怨
幾度朱絃斷未知誰解賞新音長是好風明月
暗知心

百九六 採桑子

鞦韆散後朦朧月滿院人閑幾處離闌一夜風
吹杏粉殘　昭陽殿裏春衣就金縷初乾莫信
朝寒明日花前試舞看

百九七 又

花前獨占春風早長愛江梅秀豔清盃芳意先
愁鳳管吹　尋香已落閑人後此恨難裁更晚
須來却恐初開勝未開

百九八 又

蘆鞭墜徧楊花陌晚見珍珍疑是朝雲來作高
唐夢裏人　應憐醉拂樓中帽長帶歌塵試拂
香茵畱解金鞭贐過春

百九九 又

日高庭院楊花轉閑淡春風昨夜匆匆顰入遙
山翠黛中　金盆水冷菱花淨滿面殘紅欲洗
猶慵絃上啼烏此夜同

百六四 又

日高庭院楊花轉閑淡春風鶯語惺憁似笑金
屏昨夜空　嬌慵未洗勻粧手閑印斜紅新恨
重重都與年時舊意同

二百 又

征人去日慇懃囑莫負心期寒雁來時第一傳
書慰別離　輕風織就機中素淚墨題詩欲寄
相思日日高樓看雁飛

二百一 又

花時惱得瓊枝瘦半被殘香睡損梅粧紅淚今
春第一行　風流笑伴相逢處白馬遊韁芙折
垂楊手撚芳條說夜長

二百二 又

春風不負年年信長趁花期小錦堂西紅杏初
開第一枝　碧簫度曲留人醉昨夜歸遲恨短
憑誰鬻語慇懃月落時

二百三 又

秋來更覺銷魂苦小字還稀坐想行思怎得相
看似舊時　南樓把手憑肩處風月應知別後
除非夢裏時時得見伊

二百四 又

誰將一點凄涼意送入低眉畫箔閒垂多是今
宵得睡遲　夜痕記盡窗間月曾誤心期準擬
相思還是窗間記月時

二百五 又

宜春苑外樓堪倚雪意方濃雁影冥濛正共銀
屏小景同　可無人解相思處昨夜東風梅蕊
應紅知在誰家錦字中

二百六 又

白蓮池上當時月今夜重圓曲水蘭船憶伴飛
瓊看月眠　黃花綠酒分攜後淚溼吟箋舊事
年年時節南湖又採蓮

二百七 又

高吟爛醉淮西月詩酒相留明日歸舟碧藕花
中醉過秋　文姬贈別雙團扇自寫銀鉤散盡
離愁攜得清風到別州

二百八 又

前歡幾處笙歌地長負登臨月幌風襟猶憶西
樓著意深　鶯花見盡當時事應笑如今一寸
愁心日日寒蟬夜夜砧

二百九 又

無端惱破桃源夢明月青樓玉膩花柔不學行
雲易去留　應嫌衫袖前香冷重傍金虬歌扇
風流遮盡歸時翠黛愁

二百十　又

年時此夕東城見歡意匆匆明日還重却在樓
臺縹緲中　垂螺拂黛清歌女曾唱相逢秋月
春風醉枕香衾一歲同

二百十一　又

雙螺未學同心綰已占歌名月白風清長倚昭
華笛裏聲　知音敲盡朱顏改寂寞時情一曲
離亭借與青樓忍淚聽

二百十二　又

西樓月下當時見淚粉偷勻歌罷還顰恨隔爐
煙看未眞　別來樓外垂楊縷幾換青春倦客
紅塵長記樓中粉淚人

二百十三　又

非花非霧前時見滿眼嬌春淺笑微顰恨隔重
簾看未眞　殷勤借問家何處不在紅塵若是
朝雲宜作今宵夢裏人

二百十四　又

當時月下分飛處依舊淒涼也會思量不道孤
眠夜更長　淚痕搵徧鴛鴦枕重繞迴廊月上
東窗長到如今欲斷腸

二百十五　又

湘妃浦口蓮開盡昨夜紅稀嬾過前溪閑艤扁
舟看鴈飛　去年謝女池邊醉晚雨霏微記得
歸時旋折新荷盖舞衣

二百十六　又

別來長記西樓事結徧蘭衿遺恨重尋絃斷相
如綠綺琴　何時一枕逍遙夜細話初心若問
如今也似當年著意深

二百十七　又

紅窗碧玉新名舊猶綰雙螺一寸秋波千斛明珠覺未多　小來竹馬同遊客慣聽清歌今日蹉跎惱亂工夫暈翠蛾

百六三 又二百十八 又　此闋舊刻醜奴兒另編亦稍有異同日日作閑道閑倚作方看應從作可憐

昭華鳳管知名久長閉簾櫳日日春慵閑倚庭花暈臉紅　應從金谷無人後此會相逢三弄臨風送得當筵玉醆空

二百十九 又

金風玉露初涼夜秋草窗前淺醉閑眠一枕江風夢不圓　長情短恨難憑寄枉費紅箋試拂么絃却恐琴心可倩傳

二百廿 又

心期昨夜尋思徧猶負慇勤齊斗堆金難買丹誠一寸眞　須知枕上尊前意占得長春寄語東鄰似此相看有幾人

二百廿一 踏莎行

柳上煙歸池南雪盡東風漸有繁華信花開花謝蝶應知春來春去鶯能問　夢意猶疑心期欲近雲箋字字縈方寸宿粧曾比杏腮紅憶人細把香英認

二百廿二 又

宿雨收塵朝霞破暝風光暗許花期定玉人呵手試粧時粉香簾幙陰陰靜　斜雁朱絃孤鸞綠鏡傷春誤了尋芳信去年今日杏牆西啼鶯喚得閑愁醒

二百廿三 又

綠徑穿花紅樓壓水尋芳誤到蓬萊地玉顏人是蕊珠仙相逢展盡雙蛾翠　夢草閑眠流觴淺醉一春總見瀛洲事別來雙燕又西飛無端不寄相思字

二百廿四 又

雪盡寒輕月斜煙重清懽猶記前時共迎風朱

戸背燈開拂簷花影侵簾動　繡枕雙鴛香苞
翠鳳從來往事都如夢傷心最是醉歸時眼前
少箇人人送

二百廿六　畱春令

画屏天畔夢囘依約十洲雲水手撚紅箋寄人
書寫無限傷春事　別浦高樓曾謾倚對江南
千里樓下分流水聲中有當日凭高淚

二百廿七　又

採蓮舟上夜來陡覺十分秋意懊惱寒花暫時
香與情淺人相似　玉蘂歌清招晚醉戀小橋
風細水溼紅裙酒初消又記得南溪事

二百廿八　又

海棠風橫醉中吹落香紅強半小粉多情怨飛
絮何細把殘春看　一抹濃檀秋水畔縷金衣
新換鸚鵡盃深豔歌遲更莫放人腸斷

二百廿九　清商怨

庭花香信尚淺最玉樓先暖夢覺春衾江南
依舊遠　回紋錦字暗剪謾寄與也應歸晚要
問相思天涯猶自短

二百卅六　長相思

長相思長相思若問相思甚了期除非相見時
長相思長相思欲把相思說似誰淺情人不
知

二百卅七　醉落魄

滿街斜月垂鞭自唱陽關徹斷盡柔腸思歸切
都爲人人不許多時別　南橋昨夜風吹雪短
亭下征塵歇歸時定有梅堪折欲把離愁細撚
花枝說

二百卅八　又

鸞孤月缺兩春惆悵音塵絕如今若負當時節
信道懽緣狂向衣襟結　若問相思何處歇相
逢便是相思徹儘饒別後畱心別也待相逢細

青

把相思說
二百卅九 又
天教命薄青樓占得聲名惡對酒當歌尋思著
月戸星窗多少舊期約　相逢細語初心錯兩
行紅淚尊前落霞觴且共深深酌惱亂春宵翠
被都閑却
二百四十 又
休休莫莫離多還是因緣惡有情無奈思量著

月夜佳期近寫香箋約　心心口口長恨昨分
飛容易當時錯後期休似前歡薄買斷青樓莫
放春閑却
二百四三 西江月
愁黛顰成月淺啼妝印得花殘只消鴛枕夜來
閑曉鏡心情便嬾　醉帽簷頭風細征衫袖口
香寒綠江春水寄書難攜手佳期又晚
二百四四 又

南苑垂鞭路冷西樓把袂人稀庭花猶有鬢邊
枝且插殘紅自醉　画幕涼催燕去香屏曉放
雲歸依前青枕夢回時試問閑愁有幾
二百四五 武陵春
綠蕙紅蘭芳信歇金蕊正風流應為詩人多怨
秋花意與銷愁　梁王苑路香英密長記舊嬉
遊曾看飛瓊戴滿頭浮動舞梁州
二百四六 又

九日黃花如有意依舊滿珍叢誰似龍山秋興
濃吹帽落西風　年年歲歲登高節懽事旋成
空幾處佳人此會同今在淚痕中
二百四七 又
煙柳長堤知幾曲一曲一魂銷秋水無情天共
遥愁送木蘭橈　熏香繡被心情嬾期信轉迢
迢記得來時倚画橋紅淚滿鮫綃
二百四八 解佩令

玉階秋感年華暗去掩深宮團扇無情緒記得當時自剪下機中輕素點丹青画成秦女　涼襟猶在朱絃未改忍霜紈飄零何處自古悲涼是情事輕如雲雨倚幺絃恨長難訴

九二 泛清波摘遍

催花雨小著柳風柔都似去年時候好露紅煙綠盡有狂情鬬春早長安道秋千影裏絲管聲中誰放豔陽輕過了倦客登臨暗惜花光陰恨

多少　楚天渺歸思正如亂雲短夢未成芳草空把吳霜鬢華自悲清曉帝城杳雙鳳舊約漸虛孤鴻後期難到且趁朝花夜月翠尊頻倒

（一本無花字）

（一本下卷始）

（按山谷作前段結句亦宜作七字）

百廿一 歸田樂

試把花期數便早有感春情緒看即梅花吐願花更不謝春且長住只恐去　春去花開還不語此意年年春會否絳唇青鬢漸少花前語對花又記得舊會遊處門外垂楊未飄絮

百五一 河滿子

對鏡偷勻玉筯背人學寫銀鉤繫誰紅豆羅帶角心情正著春遊那日楊花陌上多時杏子牆頭　眼底關山無奈夢中雲雨空休問看幾許憐才意兩蛾藏盡離愁難拚此回腸斷終須銷定紅樓

百五二 又

綠綺琴中心事齊紈扇上時光五陵年少渾薄

倖輕如曲水飄香夜夜魂銷夢峽年年淚盡啼湘　歸雁行邊遠字驚鸞舞處離腸蕙樓多少鉛華在從來錯倚紅妝可羨鄰姬十五金釵早嫁王昌

百五三 于飛樂

曉日當簾睡痕猶占香腮輕盈笑倚鸞臺暈殘紅勻宿翠滿鏡花開嬌蟬鬢畔插一枝淡蕋疎梅　每到春深多愁饒恨妝成懶下香階意中

草紅花綠宜作草綠花紅方叶

人從別後縈繫情懷良辰好景相思字喚不歸
來
百五四 愁倚闌令
憑江閣看煙鴻恨春濃還有當年聞笛淚灑東
風　時候草紅花綠斜陽外遠水溶溶渾似阿
蓮雙枕畔畫屏中
百五五 又
花陰月柳梢鶯近清明長恨去年今夜雨灑離

亭　枕上懷遠詩成紅箋紙小砑吳綾寄與征
人教念遠莫無情
百五六 又
春羅薄酒醒寒夢初殘欹枕片時雲雨事已關
山　樓上斜日闌干樓前路曾試雕鞍拚卻一
襟懷遠淚倚闌看
百七三 破陣子
柳下笙歌庭院花間姊妹秋千記得青樓當日

關字上疑脫一字

長

事寫向紅窗夜月前憑誰寄小蓮　絳蠟等閑
陪淚吳蠶到了纏綿綠鬢能供多少恨未肯無
情比斷絃今年老去年
百七四 好女兒
綠徧西池梅子青時儘無端盡日東風惡更霏
微細雨惱人離恨滿路春泥　應是行雲歸路
有閑淚灑相思想旗亭望斷黃昏月又依前誤
了紅箋香信翠袖歡期

百七五 又
酌酒殷懃儘更留春忍無情便賦餘花落待花
前細把一春心事問箇人人　莫似花開還謝
願芳意且常新倚嬌紅待得歡期定向水沉煙
底金蓮影下睡過佳辰
百八二 兩同心
楚鄉春晚似入仙源拾翠處隨流水踏青路暗
惹香塵心心在柳外青帘花下朱門　對景且

醉芳樽莫話銷魂好意思曾同明月愁滋味最
是黃昏相思處一紙紅箋無限啼痕

二百廿五 滿庭芳

南苑吹花西樓題葉故園歡事重重凭闌秋思
閑記舊相逢幾處歌雲夢雨可憐流水各西東
別來久淺情未有錦字繫征鴻 年光還少味
開殘檻菊落盡溪桐謾留得尊前淡月西風此
恨誰堪共說清愁付綠酒盃中佳期在歸時待

把香袖看啼紅

二百廿九 風入松

柳陰庭院杏梢牆依舊巫陽鳳簫已遠青樓在
水沉難復暖前香臨鏡舞鸞離照倚箏飛雁辭
行 墜鞭人意自悽涼淚眼回腸斷雲殘雨當
年事到如今幾處難忘兩袖曉風花陌一簾夜
月蘭堂

二百卅 又

心心念念憶相逢別恨誰濃就中懊惱難拚處
是擘釵分鈿匆匆却似桃源路失落花空記前
蹤 彩箋書盡浣溪紅深意難通強懽殢酒圖
消遣到醒來愁悶還重若是初心未改多應此
意須同

二百卅二 秋蕊香

池苑清陰欲就還傍送春時候眼中人去歡難
偶誰共一盃芳酒 朱闌碧砌皆如舊記攜手

有情不管別離久情在相逢終有

二百卅三 又

歌徹郎君秋草別恨遠山眉小無情莫把多情
惱第一歸來須早 紅塵自古長安道故人少
相思不比相逢好此別朱顏應老

二百卅四 思遠人

紅葉黃花秋意晚千里念行客飛雲過盡歸鴻
無信何處寄書得 淚彈不盡臨窗滴就硯旋

研墨漸寫到別來此情深處紅箋爲無色

二百四二 鳳孤飛

一曲画樓鐘動宛轉歌聲緩綺席飛塵塵滿更少待金蕉暝　細雨輕寒今夜短依前是粉牆別館端的懽期應未晚奈帰雲難管

二百五十 慶春時

倚天樓殿昇平風月彩仗春移鸞絲鳳竹長生調裏迎得翠輿帰　雕鞍遊罷何處還有心期

濃熏翠被深停画燭人約月西時

又

梅梢已有春來音信風意猶寒南樓暮雪無人共賞闌却玉欄干　慇懃今夜涼月還似眉彎尊前爲把桃根麗曲重倚四絃看

喜團圓

危樓靜鎖窗中遥岫門外垂楊珠簾不禁春風度解偸送餘香　眠思夢想不如雙燕得到蘭房別來只是憑高淚眼感舊離腸

憶悶令

取次臨鸞匀画淺酒醒遲來晚多情愛惹閑愁長黛眉低斂　月底相逢見有深深良願願期信似月如花須更教長遠

梁州令

莫唱陽關曲淚溼當年金縷離歌自古最消魂于今更在魂銷處　南橋楊柳多情緒不繫行

人住人情却似飛絮悠揚便逐春風去

燕帰來

蓮葉雨蓼花風秋恨幾枝紅遠煙收盡水溶溶飛雁碧雲中　衷腸事魚箋字情緒年年相似凭高雙袖晚寒濃人在月橋東

補亡一編補樂府之亡也叔原往者浮沉酒中病世之歌詞不足以析醒解愠試續南部諸賢餘緒作五七字語期以自娛不

記

獨敘其所懷兼寫一時盃酒間聞見所同遊者意中事嘗思感物之情古今不易竊以謂篇中之意昔人所不遺第于今無傳爾故今所製通以補亡名之始時沈十二廉叔陳十君寵家有蓮鴻蘋雲品清謳娛客每得一解即以草授諸兒吾三人持酒聽之爲一笑樂已而君寵疾廢臥家廉叔下世昔之狂篇醉句遂與兩家歌兒酒使

俱流轉于人間自爾郵傳滋多積有竄易七月已巳爲高平公綴緝成編追維往昔過從飲酒之人或壠木已長或病不偶考其篇中所紀悲歡合離之事如幻如電如昨夢前塵但能掩卷憮然感光陰之易遷嘆境緣之無實也

諸名勝詞集刪選相半獨小山集直逼花間字〻娉〻嫋〻如攬嬙施之袂恨不能

起蓮鴻蘋雲按紅牙板唱和一過晏氏父子具足追配李氏父子云古虞毛晉記

辛亥七月廿二日校凡三抄本其一即底本也章次皆同而此刻自玉樓春後即顛倒錯亂不知何故內一本分二卷自歸田樂以下為下卷其本極佳得脫謬字極多惜下卷已逸去耳

六月十一日讀

己巳四月廿七日從孫氏舊錄本校孫本凡二卷其次序如硃筆所標云　毛扆

小山詞終

巴蜀书社

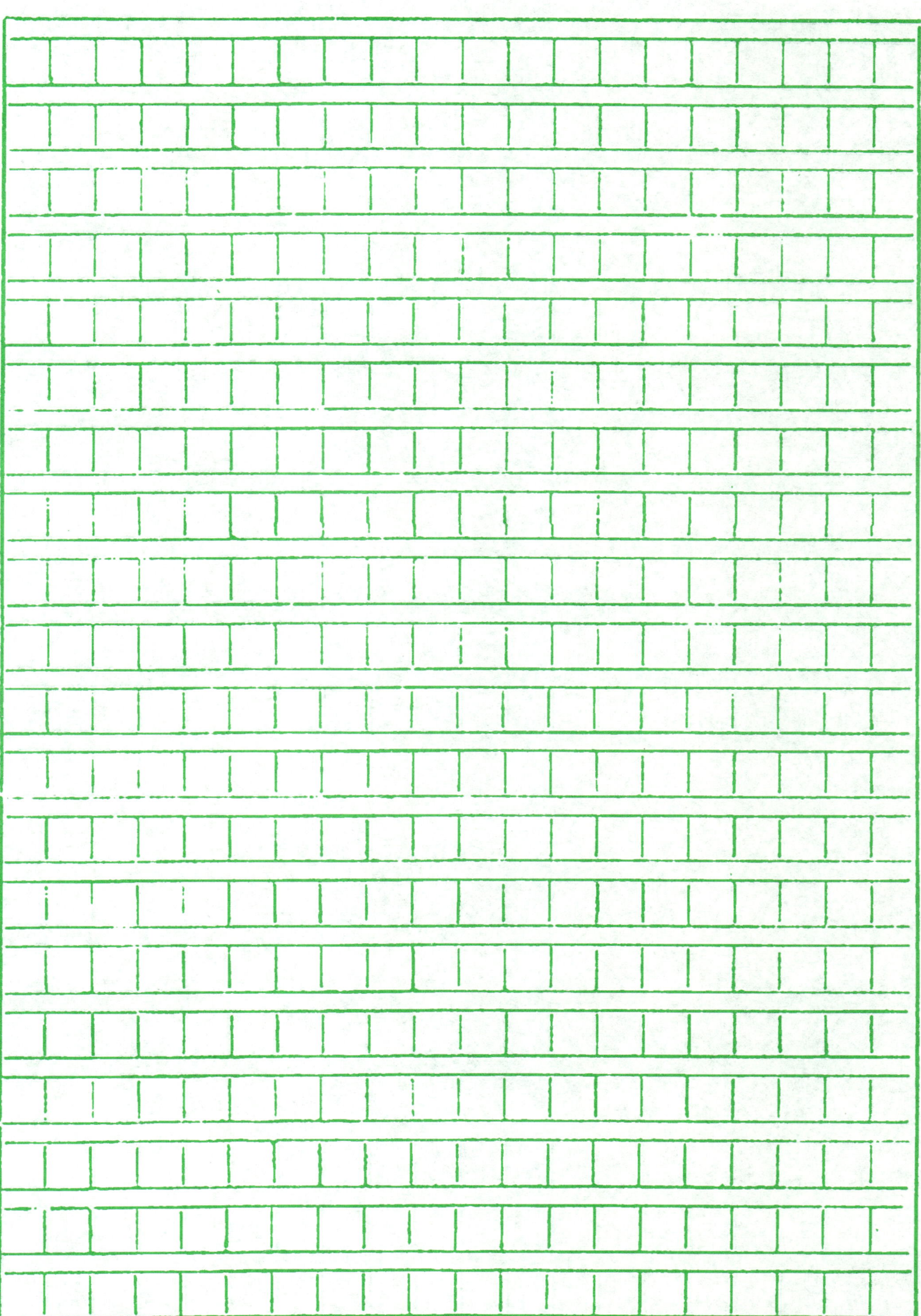

巴蜀书社

巴蜀书社

巴蜀书社

漱玉词

［宋］李清照　撰

毛氏汲古阁刻本

诗词古本　第三种

漱玉詞

目録

漱玉詞　目録　一　汲古閣

附

金石錄後序

漱玉詞

宋　李氏　清照

鳳凰臺上憶吹簫 閨情

香冷金猊被翻紅浪起來慵自梳頭任寶奩塵滿日上簾鈎生怕離懷別苦多少事欲說還休新來瘦非干病酒不是悲秋　休休這回去也千萬遍陽關也則難留念武陵人遠煙鎖秦樓惟有樓前流水應念我終日凝眸凝眸處從今

又添一段新愁

聲聲慢 秋情

尋尋覓覓冷冷淸淸淒淒慘慘戚戚乍煖還寒時候最難將息三杯兩盞淡酒怎敵他曉來風急鴈過也正傷心却是舊時相識　滿地黃花堆積憔悴損如今有誰堪摘守着牕兒獨自怎生得黑梧桐更兼細雨到黃昏點點滴滴這次第怎一箇愁字了得

壺中天慢（春情）

蕭條庭院又斜風細雨重門須閉寵柳嬌花寒食近種種惱人天氣險韻詩成扶頭酒醒別是閒滋味征鴻過盡萬千心事難寄　樓上幾日春寒簾垂四面玉欄杆慵倚被冷香銷新夢覺不許愁人不起清露晨流新桐初引多少遊春意日高煙斂更看今日晴未

漁家傲（記夢）

天接雲濤連曉霧星河欲轉千帆舞彷彿夢魂歸帝所聞天語殷勤問我歸何處　我報路長嗟日暮學詩謾有驚人句九萬里風鵬正舉風休住蓬舟吹取三山去

一剪梅（別愁）

紅藕香殘玉簟秋輕解羅裳獨上蘭舟雲中誰寄錦書來鴈字回時月滿西樓花自飄零水自流一種相思兩處閑愁此情無計可消除才下眉頭却上心頭

如夢令（酒興）

常記溪亭日暮沈醉不知歸路興盡晚回舟誤入藕花深處爭渡爭渡驚起一行鷗鷺

又

昨夜雨踈風驟濃睡不消殘酒試問卷簾人却道海棠依舊知否知否應是綠肥紅瘦

醉花陰（九日）

薄霧濃雲愁永晝瑞腦銷金獸時節又重陽玉枕紗厨半夜凉初透　東籬把酒黄昏後有暗香盈袖莫道不消魂簾卷西風人似黄花瘦

怨王孫（春暮）

夢斷漏悄愁濃酒惱寶枕生寒翠屏向曉門外誰掃殘紅夜來風　玉簫聲斷人何處春又去忍把歸期負此情此恨此際擬託行雲問東君

又（春暮）

帝里春晚重門深院草綠堦前暮天雁斷樓上遠信誰傳恨綿綿　多情自是多沾惹難拚捨又是寒食也鞦韆巷陌人靜皎月初斜浸梨花

蝶戀花 離情

暖雨和風初破凍柳潤梅輕已覺春心動酒意詩情誰與共淚融殘粉花鈿重　乍試夾衣金縷縫山枕敧斜枕損釵頭鳳獨抱濃愁無好夢夜闌猶剪燈花弄

浣溪沙 春暮

樓上晴天碧四垂樓前芳草接天涯勸君莫上最高梯　新筍看成堂下竹落花都上燕巢泥忍聽林表杜鵑啼

又

髻子傷春慵更梳晚風庭院落梅初淡雲來往月疎疎　玉鴨薰爐閑瑞腦朱櫻斗帳掩流蘇遺犀還解辟寒無

又

繡面芙蓉一笑開斜飛寶鴨襯香腮眼波纔動被人猜　一面風情深有韻半牋嬌恨寄幽懷月移花影約重來

武陵春 春晚

風住塵香花已盡日晚倦梳頭物是人非事事休欲語淚先流　聞說雙溪春尚好也擬泛輕舟只恐雙溪舴艋舟載不動許多愁

點絳唇 閨思

寂寞深閨柔腸一寸愁千縷惜春春去幾點催花雨　倚遍闌干祇是無情緒人何處連天芳草望斷歸來路

雨中花 閨情

素約小腰身不奈傷春疎梅影下晚粧新裊裊娉婷何樣似一縷輕雲　歌巧動朱唇字字嬌嗔桃花深徑一通津悵望瑤臺清夜月還送歸

輪

附

金石錄後序

予以建中辛巳歸趙氏時丞相作吏部侍郎家素貧儉德甫在太學每朔望謁告出質衣取半千錢步入相國寺市碑文果實歸相對展玩咀嚼後二年從官便有窮盡天下古文奇字之志傳寫未見書買名人書畫古奇器有持徐熙牡

丹圖求錢二十萬留信宿計無所得捲還之夫婦相向惋悵者數日及連守兩郡竭俸入以事鉛槧每獲一書即日勘校裝緝得名畫彝器亦摩玩舒卷摘指疵病盡一燭爲率故紙札精緻字畫全整冠於諸家每飯罷坐歸來堂烹茶指堆積書史言某事在某書某卷第幾葉第幾行以中否勝負爲飲茶先後中則舉否大笑或至茶覆懷中不得飲而起凡書史百家字不刓缺

本不誤者輒市之儲作副本靖康丙午德甫守淄川聞虜犯京師盈箱溢篋戀戀悵悵知其必不爲己物建炎丁未奔太夫人喪南來既長物不能盡載乃先去書之印本重大者畫之多幅者器之無款識者已又去書之監本者畫之平常者器之重大者所載尚十五車連艫渡淮江其青州故第所鎖十間屋期以明年具舟載之又化爲煨燼己酉歲六月德甫駐家池陽獨赴

行都自岸上望舟中告別予意甚惡呼曰如傳聞城中緩急奈何遙應曰從衆必不得已先棄輜重次衣衾次書冊次卷軸次古器獨宗器者可自負抱與身俱存亡勿忘之徑馳馬去秋八月德甫以病不起時六宮往江西予遣二吏部所存書二萬卷金石刻二千本先往洪州至冬虜陷洪遂盡委棄所謂連艫渡江者又散爲雲煙矣獨餘輕小卷軸寫本李杜韓柳集世說鹽

鐵論石刻數十副軸鼎鼐十數及南唐書數箧偶在臥内巋然獨存上江既不可往乃之台温之衢之越之杭寄物於嵊縣庚戌春官軍收叛卒悉取去入故李將軍家巋然者十失五六猶有五七簏挈家寓越城一夕爲盜穴壁負五簏去盡爲吳説運使賤價得之僅存不成部秩殘書策數種忽閲此書如見故人因憶德甫在東萊靜治堂裝標初就芸籤縹帶束十卷作一帙

日校二卷跋一卷此二千卷有題跋者五百二卷耳今手澤如新墓木已拱乃知有有必有無有聚必有散亦理之常又胡足道所以區區記其終始者亦欲爲後世好古博雅者之戒云龍舒郡庫刻其書而此序不見洪容齋見元藁於王順伯因爲拈出易安作序時紹興四年也

李易安賀人孿生啓中有云無午未二時之分有伯仲兩楷之似既繫臂而繫足實難弟而難兄玉刻雙璋錦挑對褓註云任文二子孿生德卿生于午道卿生于未張伯楷仲楷兄弟形狀無二白汲兄弟毋不能辨以五色縄一繫于臂一繫于足漱玉集不載此啓見文粹補遺

趙明誠幼時其父將爲擇婦明誠晝寢夢誦一書覺來惟憶三句云言與司合安上已脫芝芙草拔以告其父其父爲解曰汝殆得能文詞婦也言與司合是詞字安上已脫是女字芝芙草拔是之夫二字非謂汝爲詞女之

夫乎後李翁以女女之卽易安也果有文章

易安結褵未久明誠卽負笈遠游易安殊不忍別覓錦帕書一剪梅詞以送之

易安以重陽醉花陰詞函致明誠明誠嘆賞自愧弗逮務欲勝之一切謝客忘食忘寢者三日夜得五十闋雜易安作以示友人陸德夫德夫玩之再三曰只三句絕佳明誠詰之答曰莫道不消魂簾捲西風人似黃花瘦政

易安作也

宋人中塡詞李易安亦稱冠絕使在衣冠當與秦七黃九爭雄不獨雄於閨閣也其詞名漱玉集尋之未得聲聲慢一詞最爲婉妙荃翁張端義貴耳集云此詞首下十四箇疊字乃公孫大娘舞劒手本朝非無能詞之士未曾有下十四箇疊字者乃用文選諸賦格守着牕兒獨自怎生得黑此黑字不許第二人

押又梧桐更兼細雨到黃昏點點滴滴四疊字又無斧痕婦人中有此殆間氣也晚年自南渡後懷京洛舊事賦元宵永遇樂詞云落月鎔金暮雲合璧已自工緻至於染柳烟輕吹梅笛怨春意知幾許氣象更好後疊云于今憔悴風鬟霜鬢怕見夜間出去皆以尋常言語度入音律鍊句精巧則易平淡入妙者難山谷所謂以故爲新以俗爲雅者易安先

得之矣

張子韶對策有桂子飄香之語趙明誠妻李氏嘲之曰露花倒影柳三變桂子飄香張九成

黃蒔陶云漱玉集三卷馬端臨云別本分五卷今二卷孜法宋元雜記大意合詩詞雜著爲漱玉集別黃金集爲三卷并輕重第　國朝朝請雅如聞傳先

生尚說未見其全湮沒不彰久耶庚午仲秋余從選鄉覓得宋詞世錄種乃洪武三年抄本訂正已闕名字中有漱玉斷腸二冊雖卷帙無多參諸花庵草堂所選諸作已淨其半惜寶物急合梓之以公同好未幾蜜石錄後序所見易安居士文妙能以雄於一代才媛魚悅南渡後諸儒腐氣上返觀宜金石錄附

送予案頭二罕傳看湖南毛晉跋

漱玉詞　十二　汲古閣

漱玉詞

迦陵學舍

迦陵學舍

迦陵學舍

迦陵學舍

迦陵學舍

迦陵學舍

迦陵學舍

迦陵學舍

［宋］朱淑真　撰

断肠词

毛氏汲古阁刻本

诗词古本　第四种

紀畧

淑真浙中海寧人文公姪女也文章幽豔才色娟麗實閨閣所罕見者因匹偶非倫弗遂素志賦斷腸集十卷以自解臨安王唐佐為傳以述其始末吳中士大夫集其詩二百餘篇宛陵魏仲恭為之序

斷腸詞　汲古閣

斷腸詞

目錄

斷腸詞目錄終

斷腸詞

宋　朱氏　淑眞

憶秦娥 正月初六夜月

彎彎曲。新年新月鈎寒玉。鈎寒玉。鳳鬟兒小。翠眉兒蹙。鬧蛾雪柳添粧束。燭龍火樹爭馳逐。元宵三五。不如初六。

浣溪沙 清明

春巷夭桃吐絳英。春衣初試薄羅輕。風和煙煖燕巢成。小院湘簾閑不捲。曲房朱戶悶長扃。惱人光景又清明。

又 春夜

玉體金釵一樣嬌。背燈初解繡裙腰。衾寒枕冷夜香銷。深院重關春寂寂。落花和雨夜迢迢。恨情和夢更無聊。

生查子

寒食不多時。幾日東風惡。無緒倦尋芳。閑却鞦

䪗索 玉減翠裙交病怯羅衣薄不忍捲簾看寂莫梨花落

又 世傳大曲十首朱淑真生查子居第八調入大石此曲是也集中不載今收入此

年年玉鏡臺梅蘂宮粧困今歲未還家怕見江南信 酒從別後疎淚向愁中盡遙想楚雲深人遠天涯近

又 元夕○見升菴詞品

去年元夜時花市燈如晝月上柳梢頭人約黃昏後 今年元夜時月與燈依舊不見去年人淚溼春衫袖

謁金門

春已半觸目此情無限十二闌干閒倚遍愁來天不管 好是風和日煖輸與鶯鶯燕燕滿院落花簾不捲斷腸芳草遠

江城子 賞春

斜風細雨作春寒對尊前憶前歡曾把梨花寂莫淚闌干芳草斷煙南浦路和別淚看青山 昨宵結得夢夤緣水雲間悄無言爭奈醒來愁恨又依然展轉衾裯空懊惱天易見見伊難

減字木蘭花 春怨

獨行獨坐獨倡獨酬還獨臥佇立傷神無奈春寒著摸人 此情誰見淚洗殘粧無一半愁病相仍剔盡寒燈夢不成

眼兒媚

遲遲風日弄輕柔花徑暗香流清明過了不堪回首雲鎖朱樓 午窗睡起鶯聲巧何處喚春愁綠楊影裏海棠亭畔紅杏梢頭

鷓鴣天

獨倚闌干晝日長紛紛蜂蝶鬭輕狂一天飛絮東風惡滿路桃花春水香 當此際意偏長萋萋芳艸傍池塘千鍾尚欲偕春醉幸有荼蘼與

海棠

清平樂

風光緊急、三月俄三十、擬欲留連計無及、綠野烟愁露泣、倩誰寄語春宵、城頭画鼓輕敲、繾綣臨岐囑付、來年早到梅梢

又 夏日遊湖

惱烟撩露、留我須臾住、攜手藕花湖上路、一霎黃梅細雨、嬌癡不怕人猜、隨羣暫遣愁懷、最

是分攜時候、歸來嬾傍粧臺、

點絳唇 向誤刻木蘭花

黃鳥嚶嚶、曉來却聽丁丁木、芳心已逐、淚眼傾珠斛、見自無心、更調離情曲、鴛幃獨、望休窮目、回首溪山綠、

又 冬

風勁雲濃、暮寒無奈侵羅幙、髻鬟斜掠、呵手梅粧薄、少飲清歡、銀燭花頻落、恁蕭索、春工已覺、點破梅香萼、

蝶戀花 送春

樓外垂楊千萬縷、欲繫青春少住、春還去、猶自風前飄柳絮、隨春且看歸何處、綠滿山川聞杜宇、便做無情、莫也愁人苦、把酒送春春不語、黃昏却下瀟瀟雨、

菩薩蠻 秋

秋聲乍起梧桐落、蛩吟唧唧添蕭索、欹枕背燈

眠、月和殘夢圓、起來鈎翠箔、何處寒砧作、獨倚小闌干、偪人風露寒、

又

山亭水榭秋方半、鳳幃寂莫無人伴、愁悶一番新、雙蛾只舊顰、起來臨繡戶、時有疎螢度、多謝月相憐、今宵不忍圓、

又 木樨

也無梅柳新標格、也無桃李妖嬈色、一味惱人

香羣花爭敢當、情知天上種、飄落深岩洞、不管月宮寒、將枝比竝看、

又 詠梅

溼雲不渡、溪橋冷、蛾寒初破霜鈎影、溪下水聲長、一枝和月香、 人怜花似舊、花不知人瘦、獨自倚闌干、夜深花正寒、

鵲橋仙 七夕

巧雲粧晚西風罷暑、小雨翻空、月墜牽牛織女、幾經秋、尚多少離腸恨淚、 微涼入袂幽歡生座天上人間滿意何如暮暮與朝朝更改却年年歲歲

念奴嬌 催雪

冬晴無雪、是天心未肯化工非拙、不放玉花飛墮、地留在廣寒宮闕、雲欲同時、霰將集處、紅日三竿揭、六花剪就、不知何處施設、 應念隴首寒梅花開無伴、對景真愁絕、待出和羹金鼎手為把玉鹽飄撒、溝壑皆平乾坤如画、更吐冰輪潔、梁園燕客夜明不怕燈滅、

又

鵝毛細剪是瓊珠密灑、一時堆積、斜倚東風渾漫漫、頃刻也須盈尺、玉作樓臺、鉛鎔天地、不見遥岑碧、佳人作戲、碎揉些子拋擲、 爭奈好景難留、風儹雨僽、打碎光凝色、總有十分輕妙態、誰似舊時憐惜、擔閣梁吟、寂寞楚舞、笑捏獅兒隻、梅花依舊、歲寒松竹三益、

卜算子 詠梅

竹裏一枝梅、映帶林逾靜、雨後清奇画不成、淺水横疎影、 吹徹小單于、心事思重省、拂拂風前度暗香、月色侵花冷、

柳梢青 詠梅

玉骨冰肌、爲誰偏好、特地相宜、一味風流、廣平休賦、和靖無詩、 倚窗睡起春遲、困無力、菱花

笑窺嚼蕊吹香眉心點處鬟畔簪時

又

凍合疎籬、半飄殘雪斜臥枝低、可便相宜、煙藏脩竹月在寒溪、 亭亭竚立移時、揀瘦損無妨爲伊、誰賦才情畫成幽思、寫入新詞、

又

雪舞霜飛隔簾疎影微見橫枝不道寒香解隨羌管吹到屏幃 箇中風味誰知睡乍起烏雲甚欹嚼蕊粧英淺蘸輕笑酒半醒時

淑真詩集膾炙海內久矣其詩餘僅見三闋于草堂集又見一闋于十大曲中何落落如晨星也兹獲斷腸詞一卷凡十有六調幸覩全豹矣先輩拈出元夕詩詞以爲白璧微瑕惜哉湖南毛晉識

斷腸詞 終

巴蜀书社

巴蜀書社

巴蜀书社

巴蜀書社

诗词古本

第五种

稼轩长短句

［宋］辛弃疾 撰

元大德三年广信书院刻本

余素不解詞而所藏宋元諸名家詞獨富如汲古閣珍藏秘本書目中所載原稿皆在焉然皆精抄舊抄而無有宋元槧本頃從郡故家得此元刻稼軒詞而歎其珍秘無匹也稼軒詞卷帙多寡不同以此十二卷者為最善毛氏亦從此鈔出惜其行款體例有不同耳澗蘋據毛抄以增補闕葉非憑空撰出者可比而洞僊歌中缺一字抄本亦無因以墨釘識之其十一卷中四之五一葉亦即是卷七之八一葉之例非文有脫落而故强就之也是書得此補足幾還舊觀至于是書精刻純乎元人松雪翁書而俗子不知妄為描寫可謂浮雲之污甚至強作解事校改原文如卷十中為人慶八十席上戲作有云人間八十最風流長貼在兒兒額上校者云下兒字當作孫澗蘋以為兒兒或是奴家之稱二語之意當以八字作眉字解知此則改兒為孫豈不大可笑乎本擬滅此幾字恐損古書故凡遇俗手描寫處皆不滅其痕後之明眼人當自領之

嘉慶己未　黄丕烈識

稼軒長短句目錄

稼軒長短句目錄

稼軒長短句卷之一

哨遍

秋水觀

蝸角鬬爭左觸右蠻一戰連千里君試思方寸此心微總虛空并包無際喻此理何言泰山毫末從來天地一稊米嗟小大相形鳩鵬自樂之二蟲又何知記跖行仁義孔丘非更殤樂長年老彭悲火鼠論寒氷蠶語熱定誰同異 噫貴賤隨時連城纔

換一羊皮誰與齊萬物莊周吾夢見之正商略遺篇翩然顧笑空堂夢覺題秋水有客問洪河百川灌雨涇流不辨涯涘於是焉河伯欣然喜以天下之美盡在己渺滄溟望洋東視逡巡向若驚嘆謂我非逢子大方達觀之家未免長見悠然笑耳 此堂之水幾何其但清溪一曲而已

用前韻

一壑自專五柳笑人晚乃歸田里問誰知幾者動之微望飛鴻冥冥天際論妙理濁醪正堪長醉從今自釀躬耕米嗟美惡難齊盈虛如代天耶何必人知試回頭五十九年非似夢裏歡娛覺來悲夔乃憐蚿穀亦亡羊算來何異 嘻物諱窮時豐狐文豹罪因皮富貴非吾願皇皇乎欲何之正萬籟都沉月明中夜心彌萬里清如水却自覺神游歸來坐對依稀淮岸江涘看一時魚鳥忘情喜會我已忘機更忘已又何

曾物我相視非魚濠上遺意要是吾非子但教河伯休慙海若小大均為水耳世間喜愠更何其笑先生三仕三已

趙昌父之祖季思學士退居鄭圃有亭名魚計守文炳通為作古賦今昌父之弟成父於所居鑿池築亭榜以舊名昌父為成父作詩屬余賦詞余為賦哨遍

莊周論於蟻弃知於魚得計於

羊弃意其義美矣然上文論虱
託於豕而得焚羊肉為蟻所慕
而致殘下文將併結二義乃獨
置豕虱不言而遽論魚其義無
所從起又間於羊蟻兩句之間
使羊蟻之義離不相屬何耶其
必有深意存焉顧後人未之曉
耳或言蟻得水而死羊得水而
病魚得水而活此最穿鑿不成
義趣余嘗反覆尋繹終未能得
意安必有能讀此書而了其義
者他日倘見之而問焉姑先識
余疑於此詞云爾

池上主人人適忘魚魚適還忘水洋洋乎
翠藻青萍裏想魚兮無便於此嘗試思莊
周正談兩事一明豕虱一羊蟻說蟻慕於
羶於蟻弃知又說於羊弃意甚虱焚於豕
獨忘之却驟說於魚為得計千古遺文我
不知言以我非子　子固非魚噫魚之為
計子焉知河水深且廣風濤萬頃堪依有
網罟如雲鵜鶘成陣過而留泣計應非其
外海茫茫下有龍伯飢時一啖千里更任
公五十犗為餌使海上人人厭腥味似鵾
鵬變化能幾東遊入海此計直以命為嬉
古來謬算狂圖五鼎烹死指為平地嗟魚
欲事遠遊時請三思而行可矣

六州歌頭

屬得疾暴甚醫者莫曉其狀小
愈困臥無聊戲作以自釋

晨來問疾有鶴止庭隅吾語汝只三事太
愁予病難扶手種青松樹礙梅塢妨花逕
纔數尺如人立却須鋤　秋水堂前曲沼
明於鏡可燭眉鬚被山頭急雨耕壟灌泥
塗誰使吾廬映污渠　嘆青山好簷外竹
遮欲盡有還無刪竹去吾乍可食無魚愛
扶疏又欲為山計千百慮累吾軀　凡病

此吾過矣子奚如口不能言臆對蚤廬扁
藥石難除有要言妙道（事見七發）往問北山愚
庶有瘳乎

蘭陵王

賦一丘一壑

一丘壑老子風流占却茅簷上松月桂雲
脉脉石泉逗山脚尋思前事錯惱煞晨猿
夜鶴終須是鄧禹輩人錦繡麻霞坐黄閣
長歌自深酌看天闊鳶飛淵静魚躍西
風黄菊香噴薄悵日暮雲合佳人何處紉
蘭结佩帶杜若入江海曾約　遇合事難
托莫擊磬門前荷蕢人過仰天大笑冠簪
落待説與窮達不須疑着古来賢者進亦
樂退亦樂

己未八月二十日夜夢有人以石
研屏見饋者其色如玉光潤可愛
中有一牛磨角作鬭狀云湘潭里
中有張其姓者多力善鬭號張

難敵一日與人搏偶敗忿赴河而
死居三日其家人来視之浮水上
則牛耳自後並水之山往往有此
石或得之里中輒不利夢中異
之為作詩數百言大抵皆取古
之怨憤變化異物等事覺而忘
其言後三日賦詞以識其異

恨之極恨極銷磨不得萇弘事人道後来
其血三年化為碧鄭人緩也泣吾父攻儒
助墨十年夢沈痛化予秋柏之間既為實
相思重相憶被怨結中腸潛動精䰟望
夫江上巖巖立嗟一念中變後期長絶君
看啓母憤所激又俄頃為石　難敵最多
力甚一忿沉淵精氣為物依然困鬭牛磨
角便影入山骨至今雕琢尋思人世只合
化夢中蝶

賀新郎

賦水仙

雲臥衣裳冷看蕭然風前月下水邊幽影
羅襪生塵凌波去湯沐煙波萬頃愛一點
嬌黃成暈不記相逢曾解佩甚多情爲我
香成陣待和淚收殘粉 靈均千古懷沙
恨記當時匆匆忘把此僊題品烟雨淒迷
僝僽損翠袂搖搖誰整謾寫入瑤琴幽憤
絃斷招魂無人賦但金杯的皪銀臺潤愁
殢酒又獨醒

賦海棠

著厭霓裳素染臙脂苧羅山下浣沙溪渡
誰與流霞千古醞引得東風相誤從史入
吳宮深處鬢亂釵橫渾不醒轉越江刻地
迷歸路煙艇小五湖去 當時倩得春留
住就錦屏一曲種種斷腸風度纔是清明
三月近須要詩人妙句笑援筆慇懃爲賦
十樣蠻牋紋錯綺粲珠璣淵擲驚風雨重
喚酒共花語

賦滕王閣

高閣臨江渚訪層城空餘舊迹黯然懷古
畫棟朱簾當日事不見朝雲暮雨但遺意
西山南浦天宇脩眉浮新綠映悠悠潭影
長如故空有恨奈何許 王郎健筆誇翹
楚到如今落霞孤鶩競傳佳句物換星移
知幾度夢想珠歌翠舞爲徙倚闌干凝竚
目斷平蕪蒼波晚快江風一瞬澄襟暑誰
共飲有詩侶

賦琵琶

鳳尾龍香撥自開元霓裳曲罷幾番風月
最苦潯陽江頭客畫舸亭亭待發記出塞
黃雲堆雪馬上離愁三萬里望昭陽宮殿
孤鴻沒絃解語恨難說 遼陽驛使音塵
絕瑣窗寒輕攏慢撚淚珠盈睫推手含情
還却手一抹梁州哀徹千古事雲飛煙滅
賀老定場無消息想沉香亭北繁華歇彈
到此爲嗚咽

又

柳暗凌波路送春歸猛風暴雨一番新綠千里瀟湘蒲萄漲人解扁舟欲去又檣燕留人相語艇子飛來生塵步唾花寒唱我新番句波似箭催鳴櫓　黃陵祠下山無數聽湘娥泠泠曲罷為誰情苦行到東吳春已暮正江闊潮平穩渡望金雀觚稜翔舞前度劉郎今重到問玄都千樹花存否愁為倩么絃訴

陳同父自東陽來過余留十日與之同游鵝湖且會朱晦庵於紫溪不至飄然東歸既別之明日余意中殊戀戀復欲追路至鷺鷥林則雪深泥滑不得前矣獨飲方村悵然久之頗恨挽留之不遂也夜半投宿吳氏泉湖四望樓聞鄰笛悲甚為賦乳燕飛以見意又五日同父書來索詞心所同然者如此可發千里一笑

把酒長亭說看淵明風流酷似臥龍諸葛何處飛來林間鵲蹙踏松梢殘雪要破帽多添華髮賸水殘山無態度被疏梅料理成風月兩三鴈也蕭瑟　佳人重約還輕別悵清江天寒不渡水深冰合路斷車輪生四角此地行人銷骨問誰使君來愁絕鑄就而今相思錯料當初費盡人間鐵長夜笛莫吹裂

同父見和再用韻答之

老大那堪說似而今元龍臭味孟公瓜葛我病君來高歌飲驚散樓頭飛雪笑富貴千鈞如髮硬語盤空誰來聽記當時只有西窗月重進酒換鳴瑟　事無兩樣人心別問渠儂神州畢竟幾番離合汗血鹽車無人顧千里空收駿骨正目斷關河路絕我最憐君中宵舞道男兒到死心如鐵看試手補天裂

用前韻贈金華杜仲高

細把君詩說恍餘音鈞天浩蕩洞庭膠葛千丈陰崖塵不到唯有層氷積雪乍一見寒生毛髮自昔佳人多薄命對古來一片傷心月金屋冷夜調瑟　去天尺五君家別看乘空魚龍慘淡風雲開合起望衣冠神州路白日消殘戰骨嘆夷甫諸人清絶夜半狂歌悲風起聽錚錚陣馬簷間鐵南共北正分裂

三山雨中游西湖有懷趙丞相經始

翠浪吞平野挽天河誰來照影臥龍山下煙雨偏宜晴更好約略西施未嫁待細把江山圖畫千頃光中堆灔澦似扁舟欲下瞿塘馬中有句浩難寫　詩人例入西湖社記風流重來手種綠陰成也陌上遊人誇故國十里水晶臺榭更復道橫空清夜粉黛中洲歌何曲問當年魚鳥無存者堂上燕又長夏

和前韻

覓句如東野想錢塘風流處士水仙祠下更憶小孤烟浪裏望斷彭郎欲嫁是一色空濛難畫誰解胷中吞雲夢試呼來草賦看司馬須更把上林寫　雞豚舊日漁樵社問先生帶湖春漲幾時歸也爲愛琉璃三萬頃正臥水亭煙榭對玉塔微瀾深夜鴈鶩如雲休報事被詩逢敵手皆勍者春草夢也宜夏

又和

碧海成桑野笑人間江翻平陸水雲高下自是三山顏色好更着雨婚煙嫁料未必龍眠能畫擬向詩人求幼婦倩諸君妙手皆談馬須進酒爲陶寫　回頭鷗鷺瓢泉社莫吟詩莫抛尊酒是吾盟也千騎而今遮白髮忘却滄浪亭榭但記得灞陵呵夜我輩從來文字飲怕壯懷激烈須歌者蟬噪也綠陰夏

別茂嘉十二弟鵜鴂杜鵑實兩
種見離騷補注
綠樹聽鵜鴂更那堪鷓鴣聲住杜鵑聲切
啼到春歸無尋處苦恨芳菲都歇算未抵
人間離別馬上琵琶關塞黑更長門翠輦
辭金闕看燕燕送歸妾　將軍百戰身名
裂向河梁回頭萬里故人長絕易水蕭蕭
西風冷滿坐衣冠佀雪正壯士悲歌未徹
啼鳥還知如許恨料不啼清淚長啼血誰
共我醉明月

題趙兼善龍圖東山小魯亭
下馬東山路恍臨風周情孔思悠然千古
寂寞東家丘何在縹渺危亭小魯試重上
巖巖高處更憶公歸西悲日正濛濛陌上
多零雨嗟費却幾章句　謝公雅志還成
趣記風流中年懷抱長攜歌舞政爾良難
君臣事晚聽秦箏聲苦快滿眼松篁千畝
把佀渠垂功名淚筭何如且作溪山主雙

白鳥又飛去
題傅君用山園
曾與東山約爲儵魚從容分得清泉一勺
堪笑高人讀書處多少松窗竹閣甚長被
遊人占却萬卷何言達時用士方窮早與
人同樂新種得幾花藥　山頭怪石蹲秋
鶚俯人間塵埃野馬孤撐高攫拄杖危亭
扶未到已覺雲生兩腳更換却朝來毛髮
此地千年曾物化莫呼猿且自多招鶴吾
亦有一丘壑

用韻題趙晉臣敷文積翠巖余
謂當築陂於其前
拄杖重來約到東風洞庭張樂滿空簫勺
巨海拔犀頭角出東向北山高閣尚依舊
爭前又却老我傷懷登臨際問何方可以
平哀樂唯是酒萬金藥　勸君且作橫空
鶚便休論人間腥腐紛紛烏攫九萬里風
斯在下翻覆雲頭雨腳快直上崑崙濯髮

好卧長虹陂十里是誰言聽取雙黃鶴推翠影浸雲壑

韓仲止判院山中見訪席上用前韻

聽我三章約用世說語有談功談名者舞談經深酌作賦相如親滌器識字子雲投閣算枉把精神費却此會不如公榮者莫呼來政爾妨人樂醫俗士苦無藥　當年衆鳥看孤鶚意飄然橫空直把曹吞劉攫者我

山中誰來伴須信窮愁有脚似剪尽還生僧髮自斷此生天休問倩何人說與乘軒鶴吾有志在丘壑

邑中園亭僕皆為賦此詞一日獨坐停雲水聲山色競來相娛意溪山欲援例者遂作數語庶幾彷彿淵明思親友之意云

甚矣吾衰矣悵平生交遊零落只今餘幾白髮空垂三千丈一笑人間萬事問何物能令公喜我見青山多嫵媚料青山見我應如是情與貌略相似　一尊搔首東窗裏想淵明停雲詩就此時風味江左沈酣求名者豈識濁醪妙理回首叫雲飛風起不恨古人吾不見恨古人不見吾狂耳知我者二三子

再用前韻

鳥倦飛還矣笑淵明缾中儲粟有無能幾蓮社高人留翁語我醉寧論許事試沽酒

重斟翁喜一見蕭然音韻古想東籬醉卧參差是千載下竟誰似　元龍百尺高樓裏把新詩殷勤問我停雲情味北夏門高從拉攞何事須人料理翁曾道繁華朝起塵土人言寧可用顧青山與我何如耳歌且和楚狂子

題傅巖叟悠然閣

路入門前柳到君家悠然細說淵明重九晚歲淒其無諸葛惟有黄花入手更風雨

東籬依舊陡頓南山高如許是先生拄杖
歸來後山不記何年有　是中不減康廬
秀倩西風為君喚起翁能來否鳥倦飛還
平林去雲自無心出岫賸準備新詩幾首
欲辨忘言當年意慨遙遙我去羲農久矣
下事可無酒

用前韻再賦

附後俄生柳嘆人生不如意事十常八九
右手淋浪才有用閑却持螯左手謾贏得

傷今感舊投閣先生惟寂寞笑是非不了
身前後持此語問烏有　青山幸自重重
秀開新來蕭蕭木落頗堪秋否總被西風
都瘦損依舊千嵒萬岫把萬事無言搔首
翁比渠儂人誰好是我常與我周旋久寧
作我一杯酒

嚴和之好古博雅以嚴本莊姓
取蒙莊子陵四事曰濮上曰濠
梁曰齊澤曰嚴瀨為四圖屬余
賦詞予謂蜀君平之高揚子雲
所謂雖隋和何以加諸者班孟
堅獨取子雲所稱述為王貢諸
傳序引不敢以其姓名列諸傳
尊之也故余以謂和之當併圖
君平像置之四圖之間庶幾嚴
氏之高節備焉作乳燕飛詞使
歌之

濮上看垂釣更風流羊裘澤畔精神孤矯

楚漢黃金公卿印比着漁竿誰小但過眼
纔堪一笑惠子焉知濠梁樂望桐江千丈
高臺好煙雨外幾魚鳥　古來如許高人
少細平章兩翁似與巢由同調已被堯知
方洗耳畢竟塵污人了要名字人間如掃
我憂蜀莊沈冥者解門前不使徵車到君
為我畫三老

和徐斯遠下第謝諸公載酒韻

逸氣軒眉宇似王良輕車熟路驊騮欲舞

我覺君非池中物咫尺蛟龍雲雨時應命
猶須天賦蘭佩芳菲無人問嘆靈均欲向
重華訴空壹鬱共誰語　兒曹不料揚雄
賦怪當年甘泉誤說青葱玉樹風引船回
滄溟闊目斷三山伊阻但笑指吾廬何許
門外蒼官三百輩盡堂堂八尺鬚髯古誰
載酒帶湖去

稼軒長短句卷之二

念奴嬌

書東流村壁

野棠花落又匆匆過了清明時節剗地東
風欺客夢一夜雲屏寒怯曲岸持觴垂楊
繫馬此地曾輕別樓空人去舊遊飛燕能
說　聞道綺陌東頭行人曾見簾底纖纖
月舊恨春江流不斷新恨雲山千疊料得
明朝尊前重見鏡裏花難折也應驚問近
來多少華髮

登建康賞心亭呈史留守致道

我來弔古上危樓贏得閑愁千斛虎踞龍
蟠何處是只有興亡滿目柳外斜陽水邊
歸鳥隴上吹喬木片帆西去一聲誰噴霜
竹　卻憶安石風流東山歲晚淚落哀箏
曲兒輩功名都付與長日惟消棋局寶鏡
難尋碧雲將暮誰勸杯中綠江頭風怒朝
來波浪翻屋

西湖和人韻

晚風吹雨戰新荷聲亂明珠蒼璧誰把香奩收寶鏡雲錦周遭紅碧飛鳥翻空遊魚吹浪慣趁笙歌席坐中豪氣看君一飲千石　遙想處士風流鶴隨人去已作飛僊伯茆舍疎籬今在否松竹已非疇昔欲說當年望湖樓下水與雲寬窄醉中休問斷腸桃葉消息

和韓南澗載酒見過雪樓觀雪

兔園舊賞悵遺蹤飛鳥千山都絕縞帶銀杯江上路惟有南枝香別萬事新奇青山一夜對我頭先白倚岩千樹玉龍飛上瓊闕　莫惜霧鬢雲鬟試教騎鶴去約尊前月自與詩翁磨凍硯看掃幽蘭新闋便擬明年人間揮汗留取層冰潔此君何事晚來曾爲腰折

賦雨巖効朱希真體

近來何處有吾愁何處還知吾樂一點淒涼千古意獨倚西風寥闊並竹尋泉和雲種樹喚做真閒客此心閒處未應長藉丘壑　休說往事皆非而今云是且把清樽酌醉裏不知誰是我非月非雲非鶴露冷松梢風高桂子醉了還醒却北窗高臥莫教啼鳥驚着

雙陸和陳仁和韻

少年橫槊氣憑陵酒聖詩豪餘事袖手旁觀初未識兩兩三三而已變化須臾鷗翻

石鏡鵲抵星橋外摇殘秋練玉砧猶想纖指堪笑千古爭心等閒一勝拚了光陰費老子忘機渾謾與鴻鵠飛來天際武媚宮中韋娘局上休把興亡記布衣百萬看君一笑沉醉

賦白牡丹和范先之韻

對花何似似吳宮初教翠圍紅陣欲笑還愁羞不語惟有傾城嬌韻翠蓋風流牙籤名字舊賞那堪省天香染露曉來衣潤誰

愁　最愛弄玉團酥就中一朶曾入揚州詠華屋金盤人未醒燕子飛來春盡最憶當年沉香亭北無限春風恨醉中休問夜深花睡香冷

和信守王道夫席上韻

風狂雨横是邀勒園林幾多桃李待上層樓無氣力塵滿闌干誰倚就火添衣移香傍枕莫捲朱簾起元宵過也春寒猶自如此為問幾日新晴鳩鳴屋上鵲報簷前

稼軒詞二　四

喜揩拭老來詩句眼要看拍堤春水月下憑肩花邊繫馬此興今休矣溪南酒賤光陰只在彈指

戲贈善作墨梅者

江南盡處墮玉京仙子絕塵英秀彩筆風流偏解寫姑射冰姿清瘦笑殺春工細窺天巧妙絕應難有丹青圖畫一時都愧凡陋　還似籬落孤山嫩寒清曉祇欠香沾袖淡竚輕盈誰付與弄粉調朱纖手疑是

花神揭來人世占得佳名久松篁佳韻倩君添做三友

韻梅

踈踈淡淡問阿誰堪比天真顏色笑殺東君虛占斷多少朱朱白白雪裏溫柔水邊明秀不借春工力骨清香嫩迥然天與奇絕　書記寶籞寒輕瑣窗人睡起玉纖輕摘漂泊天涯空瘦損猶有當年標格萬里風烟一溪霜月未怕欺他得不如歸去閬

稼軒詞二　五

風有箇人惜

瓢泉酒酣和東坡韻

倘來軒冕問還是今古人間何物舊日重城愁萬里風月而今堅壁藥籠功名酒爐身世可惜蒙頭雪浩歌一曲坐中人物三傑　休嘆黃菊凋零孤標應也有梅花爭發醉裏重揩西望眼惟有孤鴻明滅萬事從教浮雲來去枉了衝冠髮故人何在長庚應伴殘月

再用韻和洪莘之通判丹桂詞

道人元是道家風来作烟霞中物翠幰裁犀遮不定紅透玲瓏油壁借得春工惹將秋露薰做江梅雪我評花譜便應推此為傑　憔悴何處芳枝十郎手種看明年花發坐斷虚空香色界不怕西風起滅別駕風流多情更要簪滿嫦娥髪苐開折盡玉斧重倩脩月

又

洞庭春晚舊傳恐是人間尤物收拾瑤池傾國艷朱向朱欄一壁遶戶龍香隔簾鶯語料得肌如雪月妖眞態是誰教避人傑酒羅歸對寒窗相留昨夜應是梅花發賦了高唐猶想像不管孤燈明滅半面難期多情易感愁點星星髪繞梁聲在為伊忘味三月

趙晋臣敷文十月望生日自賦詞屬余和韻

看公風骨似長松磊落多生奇節世上兒曹都蓄縮凍芋旁堆秋瓞結屋溪頭境隨人勝不是江山别紫雲如陣妙歌爭唱新闋　尊酒一笑相逢與公臭味菊茂蘭須悦天上四時調玉燭萬事宜詢黄髪看取東歸周家弟父手把元龜說祝公長似十分今夜明月

和趙國興知録韻

為沽美酒過溪来誰道幽人難致更覺元

龍樓百尺湖海平生豪氣自嘆年来看花索句老不如人意東風歸路一川松竹如醉　怎得身似莊周夢中胡蝶花底人間世記取江頭三月暮風雨不為春計萬斛愁来金貂頭上不抵銀缾貴無多髪我此篇聊當賓戲

重九席上

龍山何處記當年高會重陽佳節誰與老兵供一笑落帽參軍華髪莫倚忘懷西風

也解點檢尊前客淒涼今古眼中三兩飛蝶　須信采菊東籬高情千載只有陶彭澤愛說琴中如得趣絃上何勞聲切試把空杯翁還肯道何必杯中物臨風一笑請翁同醉今夕

用韻荅傅先之提舉

君詩好處似鄒魯儒家還有奇節下筆如神強押韻遺恨都無毫髮炙手炎來掉頭冷去無限長安客丁寧黃菊未消勾引蜂

蝶　天上絳闕清都聽君歸去我自癯山澤人道君才剛百鍊美玉都成泥切我愛風流醉中傾倒丘壑胸中物一杯相屬莫孤風月今夕

賦傅巖叟香月堂兩梅

未須草草賦梅花多少騷人詞客揔被西湖林處士不肯分留風月疎影橫斜暗香浮動把斷春消息試將花品細參今古人物　看取香月堂前歲寒相對楚兩龔之潔自與詩家成一種不係南昌仙籍怕是當年香山老子姓白來江國謫僊人字太白還又名白

余既為傅巖叟兩梅賦詞傅君用席上有請云家有四古梅今百年矣未有以品題乞援香月堂例欣然許之且用前篇體製戲賦

是誰調護歲寒枝都把蒼苔封了茅舍疎

籬江上路清夜月高山小摸索應知曹劉沈謝何況霜天曉芬芳一世料君長被花惱　惆悵立馬行人一枝最愛竹外橫斜好我向東鄰曾醉裏喚起詩家二老拄杖而今婆娑雪裏又識商山皓請君置酒看渠與我傾倒

沁園春

帶湖新居將成

三徑初成鶴怨猿驚稼軒未來甚雲山自

許平生意氣衣冠人笑抵死塵埃意倦須還身閑貴早豈為蒓羹鱸鱠哉秋江上看驚弦雁避駭浪船回　東岡更葺茅齋好都把軒窗臨水開要小舟行釣先應種柳疏籬護竹莫礙觀梅秋菊堪餐春蘭可佩留待先生手自栽沉吟久怕君恩未許此意徘徊

送趙景明知縣東歸再用前韻

佇立瀟湘黃鵠高飛望君未來快東風吹斷西江對語急呼斗酒旋拂塵埃却怪英姿有如君者猶欠封侯萬里哉空贏得道江南佳句只有方回　錦帆畫舫行齋悵雪浪黏天江影開記我行南浦送君折柳君逢驛使為我攀梅落帽山前呼鷹臺下人道花須滿縣栽都休問看雲霄高處鵬翼徘徊

戊申歲奏邸忽騰報謂余以病掛冠因賦此

老子平生笑盡人間兒女怨恩況白頭能幾定應獨往青雲得意見說長存抖擻衣冠憐渠無恙合掛當年神武門都如夢算能爭幾許雞曉鐘昏　此心無有新冤況抱甕年來自灌園但凄涼顧影頻悲往事殷勤對佛欲問前因却怕青山也妨賢路休鬬尊前見在身山中友試高吟楚些重與招魂

期思舊呼奇獅或云碁師皆非也余考之荀卿書云孫叔敖期思之鄙人也期思屬弋陽郡此地舊屬弋陽縣雖古之弋陽期思見之圖記者不同然有弋陽則有期思也橋壞復成父老請余賦作沁園春以證之

有美人兮玉佩瓊琚吾夢見之問斜陽猶照漁樵故里長橋誰記今古期思物化蒼茫神遊彷彿春與猿吟秋鶴飛還驚笑向

睛波忽見千丈虹霓　覺來西望崔嵬更
上有青楓下有溪待空山自薦寒泉秋菊
中途卻送桂棹蘭旌萬事長嗟百年雙鬢
吾非斯人誰與歸憑闌久正清愁未了醉
墨休題

答余叔良

我試評君君定何如玉川似之記李花初
發乘雲共語梅花開後對月相思白髮重
來畫橋一望秋水長天孤鶩飛同吟處看
佩搖明月衣捲青霓　相君高節崔嵬是
此處耕巖與釣溪被西風吹盡村簫社鼓
青山留得松蓋雲旗弔古愁濃懷人日暮
一片心從天外歸新詞好似淒涼楚些字
字堪題

答楊世長

我醉狂吟君作新聲倚歌和之算芬芳定
向梅間得意輕清多是雪裹尋思朱雀橋
邊何人會道野草斜陽春燕飛都休問甚

元無霽雨卻有晴霓　詩壇千丈崔嵬更
有筆如山墨作溪看君才未數曹劉敵手
風騷合受屈宋降旗誰識相如平生自許
慷慨須乘駟馬歸長安路問垂虹千柱何
處曾題

靈山齊庵賦時築偃湖未成

疊嶂西馳萬馬回旋衆山欲東正驚湍直
下跳珠倒濺小橋橫截缺月初弓老合投
閑天教多事檢校長身十萬松吾廬小在
龍蛇影外風雨聲中　爭先見面重重看
爽氣朝來三數峰似謝家子弟衣冠磊落
相如庭戶車騎雍容我覺其間雄深雅健
如對文章太史公新堤路問偃湖何日煙
水濛濛

弄溪賦

有酒忘杯有筆忘詩弄溪奈何看從橫斗
轉龍蛇起陸崩騰決去雪練傾河嫋嫋東
風悠悠倒影搖動雲山水又波還知否欠

菖蒲攅港緑竹緣坡 長松誰剪嵯峩笑
野老来芸山上禾算只因魚鳥天然自樂
非關風月閑處偏多芳草春深佳人日莫
濯髪滄浪獨浩歌裴回久問人間誰侶老
子婆娑

期思卜築

一水西来千丈晴虹十里翠屏喜草堂經
歲重来杜老斜川好景不負淵明老鶴高
飛一枝投宿長笑蝸牛戴屋行平章了待

十分佳處着箇茅亭 青山意氣崢嶸似
為我歸来嫵媚生解頻教花鳥前歌後舞
更催雲水莫送朝迎酒聖詩豪可能無勢
我乃而今駕馭卿清溪上被山靈却笑白
髪歸耕

將止酒戒酒杯使勿近

杯汝来前老子今朝點檢形骸甚長年抱
渴咽如焦釜于今喜瞌氣似奔雷汝說劉
伶古今達者醉後何妨死便埋渾如許嘆

汝於知己真少恩哉 更憑歌舞為媒筭
合作人間鴆毒猜況怨無小大生於所愛
物無美惡過則為災與汝成言勿留亟退
吾力猶能肆汝杯杯再拜道麾之即去招
亦須来

城中諸公載酒入山予不得以
止酒為解遂破戒一醉再用韻

杯汝知乎酒泉罷侯鴟夷乞骸更高陽入
謁都稱虀臼杜康初笙正得雲雷細數從

前不堪餘恨歲月都將麴糵埋君詩好似
提壺却勸沽酒何哉君言病宜無媒似
壁上雕弓蛇暗猜記醉眠陶令終全至樂
獨醒屈子未免沉菑欲聽公言慙非勇者
司馬家兒解覆杯還堪笑借今宵一醉為
故人来 用邴原事

壽趙茂嘉郎中時以置兼濟倉
賑濟里中除直秘閣

甲子相高亥首曾疑絳縣老人看長身玉

立鶴般風度方頤鬚傑虎樣精神文爛卿
雲詩凌鮑謝筆勢駸駸更右軍渾餘事羨
僊都夢覺金闕名存　門前父老忻忻煥
奎閣新褒詔語溫記他年帷幄須依日月
只今劍履快上星辰人道陰功天教多壽
看到貂蟬七葉孫君家裏是幾枚丹桂幾
樹靈椿

　和吳子似縣尉

我見君來頓覺吾廬溪山美哉悵平生肝
膽都成楚越只今膠漆誰是陳雷搔首踟
躕愛而不見要得詩來渴望梅還知否快
清風入手日看千回　直須抖擻塵埃人
怪我柴門今始開向松間乍可從他喝道
庭中且莫踏破蒼苔豈有文章謾勞車馬
待喚青芻白飯來君非我任功名意氣莫
恁徘徊

稼軒長短句卷之二

稼軒長短句卷之三

　水調歌頭

　　舟次揚州和楊濟翁周顯先韻

落日塞塵起胡騎獵清秋漢家組練十萬
列艦聳層樓誰道投鞭飛渡憶昔鳴髇血
污風雨佛貍愁季子正年少匹馬黑貂裘
　今老矣搔白首過揚州倦游欲去江上
手種橘千頭二客東南名勝萬卷詩書事
業嘗試與君謀莫射南山虎直覓富民侯

　又

落日古城角把酒勸君留長安路遠何事
風雪敝貂裘散盡黃金身世不管秦樓人
怨歸計狎沙鷗明夜扁舟去和月載離愁
　功名事身未老幾時休詩書萬卷致身
須到古伊周莫學班超投筆縱得封侯萬
里憔悴老邊州何處依劉客寂寞賦登樓
　淳熙丁酉自江陵移帥隆興到
官之三月被召司馬監趙卿王

漕餞別司馬賦水調歌頭席間
次韻時王公明樞密薨坐客終
夕為興門戶之歎故前章及之

我飲不須勸正怕酒尊空別離亦復何恨
此別恨匆匆頭上貂蟬貴客苑外麒麟高
塚人世竟誰雄一笑出門去千里落花風
孫劉輩能使我不為公余髮種種如是
此事付渠儂但覺平生湖海除了醉吟風
月此外百無功毫髮皆帝力更乞鑑湖東

淳熙己亥自湖北漕移湖南周
總領王漕趙守置酒南樓席上
留別

折盡武昌柳掛席上瀟湘二年魚鳥江上
笑我往來忙富貴何時休問離別中年堪
恨憔悴鬢成霜絲竹陶寫耳急羽且飛觴
序蘭亭歌赤壁繡衣香使君千騎鼓吹
風采漢侯王莫把離歌頻唱可惜南樓佳
處風月已淒涼在家貧亦好此語試平章

盟鷗

帶湖吾甚愛千丈翠奩開先生杖屨無事
一日走千回凡我同盟鷗鷺今日既盟之
後來往莫相猜白鶴在何處嘗試與偕來
破青萍排翠藻立蒼苔窺魚笑汝癡計
不解舉吾杯廢沼荒丘疇昔明月清風此
夜人世幾歡哀東岸綠陰少楊柳更須栽

湯朝美司諫見和用韻為謝

白日射金闕虎豹九關開見君諫疏頻上

談笑挽天回千古忠肝義膽萬里蠻煙瘴
雨往事莫驚猜政恐不免耳消息日邊來
笑吾廬門掩草徑封苔未應兩手無用
要把蟹螯杯說劍論詩餘事醉舞狂歌欲
倒老子頗堪哀白髮寧有種一一醒時栽

嚴子文同傅安道和前韻因再
和謝之

寄我五雲字恰向酒邊開東風過盡歸鴈
不見客星回均道瑣窗風月更著詩翁杖

穫合作雪堂猜（子文作雪齋寄書云近以旱無以延客）歲旱
莫留客霖雨要渠来　短燈檠長劒鋏欲
生苔雕弓掛壁無用照影落清杯多病関
心藥裹小摘親鉏菜甲老子政須哀碌雨
北窗竹更倩野人栽

和趙景明知縣韻

官事未易了且向酒邊来君如無我問君
懷抱向誰開但放平生丘壑莫管傍人嘲
罵深藝要驚雷白髮還自笑何地置衰頹

五車書千石飲百篇才新詞未到瓊瑰
先夢滿吾懷已過西風重九且要黄花入
手詩興未関梅君要花滿縣桃李趁時栽

壽趙漕介庵

千里渥洼種名動帝王家金鑾當日奏草
落筆萬龍蛇帶得無邊春下等待江山都
老教看鬓方鴉莫管錢流地且擬醉黄花
喚雙成歌弄玉舞緑華一觴為飲千歲
江海吸流霞聞道清都帝所要挽銀河仙

浪西北洗胡沙回首日邊去雲裹認飛車

和王正之右司吴江觀雪見寄

造物故豪縱千里玉鸞飛等閑更把萬斛
瓊粉蓋玻瓈好卷垂虹千丈只放冰壺一
色雲海路應迷老子舊游處回首夢耶非
謫仙人鷗鳥伴兩忘機掀髯把酒一笑
詩在片帆西寄語煙波舊侶聞道蓴鱸正
美休裂芰荷衣上界足官府汗漫與君期

九日遊雲洞和韓南澗尚書韻

今日復何日黄菊為誰開淵明謾愛重九
胷次正崔嵬酒亦關人何事政自不能不
爾誰遣白衣来醉把西風扇隨處障塵埃
為公飲須一日三百杯此山高處東望
雲氣見蓬萊翳鳳驂鸞公去落佩倒冠吾
事抱病且登臺歸路踏明月人影共徘徊

再用韻呈南澗

千古老蟾口雲洞插天開漲痕當日何事
洶湧到崔嵬攫土摶沙兒戲翠谷蒼崖幾

變風雨化人来萬里須臾耳野馬騣空埃
笑年来蕉鹿夢畫蛇杯黄花憔悴風露
野碧漲荒萊此會明年誰健後日猶今視
昔歎彝只空臺愛酒陶元亮無酒正徘徊
再用韻李子永提幹
君莫賦幽憤一語試相開長安車馬道上
平地起崔嵬我愧淵明久矣猶借此翁湔
洗素壁寫歸来斜日透虚隙一線萬飛埃
斷吾生左持蟹右持杯買山自種雲樹

二十七年 稼軒詞卷三 六

山下斸煙萊百鍊都成繞指萬事直須稱
好人世幾輿臺劉郎更堪笑剛賦看花回
慶韓南澗尚書七十
上古八千歲纔是一春秋不應此日剛把
七十壽君侯看取垂天雲翼九萬里風在
下與造物同游君欲計歲月嘗試問莊周
醉淋浪歌窈窕舞温柔從今杖屨南澗
白日為君留聞道鈞天帝所頻上玉巵春
酒冠蓋擁龍樓快上星辰去名姓動金甌

席上用黄德和推官韻壽南澗
上界足官府公是地行僊青氊劍履舊物
玉立近天顔莫怪新来白髮恐是當年柱
下道德五千言南澗舊活計猿鶴且相安
歌秦缶寶康瓠世皆然不知清廟鍾磬
零落有誰編莫問行藏用舍畢竟山林鍾
鼎底事有虧全再拜荷公賜雙鶴一千年
公以雙鶴見壽
和信守鄭舜舉蔗庵韻

二六十一 稼軒詞二 七

萬事到白髮日月幾西東羊腸九折岐路
老我慣經從竹樹前溪風月雞酒東家父
老一笑偶相逢此樂竟誰覺天外有冥鴻
味平生公與我定無同玉堂金馬自有
佳處着詩翁好鎖雲煙窗户怕入丹青圖
畫飛去了無蹤此語更癡絕真有虎頭風
送信守王桂發
酒罷且勿起重挽使君鬚一身都是和氣
别去意何如我輩情鍾休問父老田頭說

尹溪落獨憐渠秋水見毛髮千尺定無魚
望清闕左黃閣右紫樞東風桃李陌上
下馬拜除書盃指吾生餘幾多病妨人痛
飲此事正愁予江湖有歸鴈能寄草堂無

送鄭厚卿赴衡州

寒食不小住千騎擁春衣衡陽石鼓城下
記我舊停驂襟以蕭湘桂嶺帶以洞庭青
草紫蓋屹西南文字起騷雅刀劍化耕蚕
看使君於此事定不凡奮髯抵几堂上尊

俎自高譚莫信君門萬里但使民歌五袴
歸詔鳳皇銜君去我誰飲明月影成三

提幹李君索余賦秀野綠遶二詩
余詩尋醫久矣姑合二榜之意賦
水調歌頭以遺之然君才氣不減
流輩豈求田問舍而獨樂其身耶

文字覷天巧亭榭定風流平生丘壑歲晚
也作稻粱謀五畝園中秀野一水田將綠
遶穲稏不勝秋飯飽對花竹可是便忘憂

吾老矣探禹穴欠東遊君家風月幾許
白鳥去悠悠插架牙籤萬軸射虎南山一
騎容我攬鬚不更欲勸君酒百尺臥高樓

元日投宿博山寺見者驚歎其老

頭白齒牙缺君勿笑衰翁無窮天地今古
人在四之中臭腐神奇俱盡貴賤賢愚等
耳造物也兒童老佛更堪笑談妙說虛空
坐堆隘行答颯立龍鍾有時三盞兩盞
淡酒醉蒙鴻四十九年前事一百八盤狹

路拄杖倚牆東老境竟何似只與少年同

送楊民瞻

日月如磨蟻萬事且浮休君看簷外江水
滾滾自東流風雨瓢泉夜半花草雪樓春
到老子已菟裘歲晚問無恙歸計橘千頭
夢連環歌彈鋏賦登樓黃雞白酒君去
村社一番秋長劍倚天誰問夷甫諱人堪
笑西北有神州此事君自了千古一扁舟

送施樞密聖與帥江西信之識云

水打烏龜石方人也大奇實施字
相公倦台鼎要伴赤松游高牙千里東下
笳鼓萬貔貅試問東山風月更著中年絲
竹留得謝公不孺子宅邊水雲影自悠悠
占古語方人也正黑頭穹龜突兀千丈
石打玉溪流金印沙堤時節畫棟珠簾雲
雨一醉早歸休賤子親再拜西北有神州
壬子三山被召陳端仁給事飲餞
席上作

長恨復長恨裁作短歌行何人為我楚舞
聽我楚狂聲余既滋蘭九畹又樹蕙之百
畮秋菊更餐英門外滄浪水可以濯吾纓
一杯酒問何似身後名人間萬事毫髮
常重泰山輕悲莫悲生離別樂莫樂新相
識兒女古今情富貴非吾事歸與白鷗盟
題張晉英提舉玉峯樓
木末翠樓出詩眼巧安排天公一夜削出
四面玉崔嵬疇昔此山安在應為先生見

晚萬馬一時來白鳥飛不盡却帶夕陽回
勸公飲左手蟹右手杯人間萬事變滅
今古幾池臺君看莊生達者猶對山林臯
壤哀樂未忘懷我老尚能賦風月試追陪
三山用趙丞相韻答帥幙王君且
有感於中秋近事併見之末章
說與西湖客觀水更觀山淡粧濃抹西子
喚起一時觀種柳人今天上對酒歌翻水
調醉墨捲秋瀾老子興不淺歌舞莫教閑

看樽前輕聚散少悲歡城頭無限今古落
日曉霜寒誰唱黃雞白酒猶記紅旗清夜
千騎月臨關莫說西州路且盡一杯看
即席和金華杜仲高韻併壽諸友
惟釀乃佳耳
萬事一杯酒長嘆復長歌杜陵有客剛賦
雲外築婆娑須信功名兒輩誰識年來心
事古井不生波種種看余髮積雪就中多
二三子問丹桂倩素娥平生螢雪男兒

無奈五車何看取長安得意莫恨春風看盡花柳自蹉跎今夕且懽笑明月鏡新磨

醉吟

四坐且勿語聽我醉中吟池塘春草未歇高樹變鳴禽鴻鴈初飛江上蟋蟀還來床下時序百年心誰要卿料理山水有清音懽多少歌長短酒淺深而今已不如昔後定不如今閑處直須行樂良夜更教秉燭高會惜分陰白髮短如許黄菊倩誰簪

題趙晋臣敷文真得歸方是閑堂二

十里深窈窕萬瓦碧參差青山屋上流水屋下綠横溪真得歸來笑語方是閑中風月剩費酒邊詩點檢笙歌了琴罷更圍棋王家竹陶家柳謝家池知君勳業未了不是枕流時莫向癡兒說夢且作山人索價頗恠鶴書遲一事定嗔我已辦北山移

賦傳巖叟悠然閣

歲歲有黄菊千載一東籬悠然政須兩字長笑退之詩自古此山元有何事當時纔見此意有誰知君起更斟酒我醉不須辭回首處雲正出鳥倦飛重來樓上一句端的與君期都把軒窗寫遍更使兒童誦得歸去來兮辭萬卷有時用植杖且耘耔

題吴子似縣尉瑱山經德堂堂陸象山所名也

喚起子陸子經德問何如萬鍾於我何有不負古人書聞道千章松桂剩有四時柯

葉霜雪歲寒餘此是瑱山境還似象山無耕也餒學也祿孔之徒青衫畢竟升斗此意政關渠天地清寧高下日月東西寒暑何用著工夫兩字君勿惜借我榜吾廬

賦松菊堂

淵明最愛菊三徑也栽松何人收拾千載風味此山中手把離騷讀遍自掃落英餐罷杖屨曉霜濃皎皎太獨立更挿萬芙蓉水潺湲雲澒洞石巃嵸素琴濁酒喚客

端有古人風却拴青山能巧政爾橫看成
嶺轉面已成峰詩句得活法日月有新功

將遷新居不成戲作時以病止酒
且遣去歌者末章及之

我亦卜居者歲晚望三閭昂昂千里泛泛
不作水中鳧好在書攜一束莫問家徒四
壁往日置錐無借車載家具家具少於車
舞烏有歌亡是飲子虛二三子者愛我
此外故人疎幽事欲論誰共白鶴飛來似

可忽去復何如衆鳥欣有托吾亦愛吾廬

趙昌父七月望日用東坡韻敘太
白東坡事見寄過相褒借且有秋
水之約八月十四日臥病博山寺
中因用韻為謝兼寄吳子似

我志在寥闊疇昔夢登天摩娑素月人世
俛仰已千年有客驂鸞並鳳云遇青山赤
壁相約上高寒酌酒援北斗我亦虱其間
少歌曰神甚放形則眠鴻鵠一再高舉

天地睹方圓欲重歌兮夢覺推枕惘然獨
念人事底虧全有美人可語秋水隔嬋娟

題永豐楊少游提點一枝堂

萬事幾時足日月自西東無窮宇宙人是
一粟太倉中一葛一裘經歲一缽一瓶終
日老子舊家風更著一杯酒夢覺大槐宮
記當年嚇腐鼠嘆冥鴻衣冠神武門外
驚倒幾兒童休說須彌芥子看取鯤鵬斥
鷃小大若為同君欲論齊物須訪一枝翁

席上為葉仲洽賦

高馬勿捶面千里事難量長魚變化雲雨
無使寸鱗傷一壑一丘吾事一斗一石皆
醉風月幾千場鬚作蝟毛磔筆作劍鋒長
我憐君癡絕似顧長康綸巾羽扇顛倒
又似竹林狂解道長江如練准備傳雲堂
上千首買秋光怨調為誰賦一斛貯檳榔

玉蝴蝶

追別杜仲高

古道行人來去香紅滿樹風雨殘花望斷
青山高處都被雲遮客重來風流觴詠春
已去光景桑麻苦無多一條垂柳兩箇啼
鴉 人家疎疎翠竹陰陰綠樹淺淺寒沙
醉兀籃輿夜來豪飲太狂些到如今都齊
醒卻只依舊無奈愁何試聽呵寒食近也
且住爲佳

杜仲高書來戒酒用韻

貧賤偶然渾似隨風簾幙籬落飛花空使

兒曹馬上羞面頻遮向空江誰捐玉珮寄
離恨應折疎麻暮雲多佳人何處數盡歸
鴉 儂家生涯蠟屐功名破甑交友摶沙
往日曾論淵明似勝卧龍些算從來人生
行樂休更說日飮亡何快斟呵裁詩未穩
得酒良佳

稼軒長短句卷之三

稼軒長短句卷之四

滿江紅

建康史帥致道席上賦

鵬翼垂空笑人世蒼然無物又還向九重
深處玉階山立袖裏珍奇光五色他年要
補天西北且歸來談笑護長江波澄碧
佳麗地文章伯金縷唱紅牙拍看檣前飛
下日邊消息料想寶香黃閣夢依然畫舫
清溪笛待如今端的約鍾山長相識

中秋寄遠

快上西樓怕天放浮雲遮月但喚取玉纖
橫管一聲吹裂誰做冰壺涼世界最憐玉
斧修時節問嫦娥孤令有愁無應華髮
雲液滿瓊杯滑長袖舞清歌咽嘆十常八
九欲磨還缺但願長圓如此夜人情未必
看承別把從前離恨總成歡歸時說

中秋

美景良辰算只是可人風月況素節揚輝

長是十分清徹著意登樓瞻玉兔何人張
幙遮銀闕倩蜚廉得得為吹開憑誰說
弦與望從貟缺今與昨何區別羨夜來手
把桂花堪折安得便登天柱上從容陪伴
酬佳節更如今不聽麈談清愁如髮

又

點火櫻桃照一架荼蘼如雪春正好見龍
孫穿破紫苔蒼壁乳燕引雛飛力弱流鶯
喚友嬌聲怯問春歸不肯帶愁歸腸千結

層樓望春山疊家何在煙波隔把古今
遺恨向他誰說蝴蝶不傳千里夢子規叫
斷三更月聽聲聲枕上勸人歸歸難得

暮春

可恨東君把春去春來無迹便過眼等閑
輸了三分之一晝永暖翻紅杏雨風晴扶
起垂楊力更天涯芳草最關情烘殘日
湘浦岸南塘驛恨不盡愁如織算年年辜
負對他寒食便恁歸來能幾許風流早已
非疇昔憑畫欄一線數飛鴻沉空碧

又

家住江南又過了清明寒食花徑裏一番
風雨一番狼籍紅粉暗隨流水去園林漸
覺清陰密算年年落盡刺桐花寒無力
庭院靜空相憶無說處閑愁極怕流鶯乳
燕得知消息尺素如今何處也綵雲依舊
無蹤跡謾教人羞去上層樓平蕪碧

贛州席上呈太守陳季陵侍郎

落日蒼茫風纔定片帆無力還記得眉來
眼去水光山色倦客不知身遠近佳人已
卜歸消息便歸來只是賦行雲襄王客
些箇事如何得知有恨休重憶但楚天特
地暮雲凝碧過眼不如人意事十常八九
今頭白髮江州司馬太多情青衫濕

賀王帥宣子平湖南寇

笳鼓歸來舉鞭問何如諸葛人道是匆匆
五月渡瀘深入白虎風生貔虎譟青溪路

斷鼪鼯泣早紅塵一騎落平岡捷書急
三萬卷龍頭客渾未得文章力把詩書馬
上笑驅鋒鏑金印明年如斗大貂蟬却自
兜鍪出待刻公勳業到雲霄浯溪石

又

漢水東流都洗盡髭胡膏血人盡說君家
飛將舊時英烈破敵金城雷過耳談兵玉
帳冰生頰想王郎結髮賦從戎傳遺業
腰間劍聊彈鋏尊中酒堪爲別況故人新

擁漢壇旌節馬革裹屍當自誓蛾眉伐性
休重說但從今記取楚樓風裴臺月

江行簡楊濟翁周顯先

過眼溪山怪都似舊時曾識還記得夢中
行遍江南江北佳處徑須携杖去能消幾
緉平生屐笑塵勞三十九年非長爲客
吳楚地東南坼英雄事曹劉敵被西風吹
盡了無塵跡樓觀纔成人已去旌旗未卷
頭先白嘆人間哀樂轉相尋今猶昔

又

敲碎離愁紗窗外風搖翠竹人去後吹簫
聲斷倚樓人獨滿眼不堪三月暮舉頭已
覺千山綠但試把一紙寄來書從頭讀
相思字空盈幅相思意何時足滴羅襟點
點淚珠盈掬芳草不迷行客路垂楊只礙
離人目最苦是立盡月黃昏闌干曲

又

倦客新豐貂裘敝征塵滿目彈短鋏青蛇

三尺浩歌誰續不念英雄江左老用之可
以尊中國嘆詩書萬卷致君人翻沉陸
休感慨澆醽醁人易老歡難足有玉人憐
我爲簪黃菊且置請纓封萬戶竟須賣劍
酬黃犢甚當年寂寞賈長沙傷時哭

又

風捲庭梧黃葉墜新涼如洗一笑折秋英
同賞弄香挼蘂天遠難窮休久望樓高欲
下還重倚擁一襟寂寞淚彈秋無人會

今古恨沉荒壘悲歡事随流水想登樓青
鬢未堪憔悴極目煙横山數點孤舟月淡
人千里對嬋娟從此話離愁金樽裏

冷泉亭

直節堂堂看夹道冠纓拱立漱翠谷群仙
東下佩環聲急誰信天峰飛墮地傍湖千
丈開青壁是當年玉斧削方壷無人識
山木潤琅玕濕秋露下瓊珠滴向危亭横
跨玉淵澄碧醉舞且摇鸞鳳影浩歌莫遣

魚龍泣恨此中風物本吾家今為客

再用前韻

照影溪梅悵絶代佳人獨立便小駐雍容
千騎羽觴飛急琴裏新聲風響佩筆端醉
墨鴉棲壁是史君文度舊知名今方識
高欲臥雲還濕清可漱泉長滴快晚風吹
帽満懐空碧寳馬嘶歸紅旆動龍團試水
銅瓶泣怕他年重到路應迷桃源客

席間和洪景盧舍人兼司馬漢章
大監

天與文章看萬斛龍文筆力闘道是一詩
曾换千金顔色欲説又休新意思強啼偷
笑真消息算人人合與共乘鸞鑾坡客
傾國艶難再得還可恨還堪憶看書尋舊
錦衫裁新碧鶯蝶一春花裏活可堪風雨
飄紅白問誰家却有燕歸梁香泥濕

送湯朝美司諫自便歸金壇

瘴雨蠻煙十年夢樽前休説春正好故園

桃李待君花發兒女燈前和淚拜雞豚社
裏歸時節看依然舌在齒牙牢心如鐵
活國手封侯骨騰汗漫排閶闔待十分做
了詩書勳業當日念君歸去好而今却恨
中年別笑江頭明月更多情今宵缺

送李正之提刑入蜀

蜀道登天一杯送繡衣行客還自嘆中年
多病不堪離別東北看驚諸葛表西南更
草相如檄把功名收拾付君侯如椽筆

兒女淚君休滴荊楚路吾能說要詩新準備廬山山色赤壁磯頭千古浪銅鞮陌上三更月正梅花萬里雪深時須相憶

送信守鄭舜舉被

湖海平生算不負蒼髯如戟聞道是君王着意太平長策此老自當兵十萬長安正在天西北便鳳凰飛詔下天來催歸急車馬路兒童泣風雨暗旌旗濕看野梅官柳東風消息莫向蔗庵追語笑只今松竹無顏色問人間誰管別離愁杯中物

和楊民瞻送祐之弟還侍浮梁

塵土西風便無限淒涼行色還記取明朝應恨今宵輕別珠淚爭垂華燭暗雁行欲斷哀箏切看扁舟幸自澁清溪休催發白石路長亭側千樹柳千絲結怕行人西去棹歌聲闋黃卷莫教詩酒污玉階不信仙凡隔但從今伴我又隨君佳哉月

游南巖和范先之韻

笑指洪崖問千丈翠巖誰削依舊是西風白鳥北村南郭似整復斜僧屋亂欲吞還吐林煙薄覺人間萬事到秋來都搖落呼斗酒同君酌更小隱尋幽約且丁寧休負北山猿鶴有鹿從渠求鹿夢非魚定未知魚樂正仰看飛鳥却應人回頭錯

和范先之雪

天上飛瓊畢竟向人間情薄還又跨玉龍歸去萬花搖落雲破林梢添遠岫月明屋

角分曾闊記少年駿馬走韓盧掀東郭吟凍雁嘲飢鵲人已老歡猶昨對瓊瑤滿地與君酬酢最愛霏霏迷遠近却收擾擾還空闊待羔兒酒罷又烹茶揚州鶴

病中俞山甫教授訪別病起寄之

曲几團蒲記方丈君來問疾更夜雨匆匆別去一杯南北萬事莫侵閑鬢髮百年正要佳眠食最難忘此語重殷勤千金直西崦路東巖石攜手處今塵迹望重來猶有

舊盟如日莫信蓬萊風浪隔垂天自有扶摇力對梅花一夜苦相思無消息

餞鄭衡州厚卿席上再賦

莫折荼蘼且留取一分春色還記得青梅如豆共伊同摘少日對花渾醉夢而今醒眼看風月恨牡丹笑我倚東風頭如雪榆莢陣菖蒲葉時節換繁華歇算怎禁風雨怎禁鵜鴂老冉冉寸花共柳是栖栖者蜂和蝶也不因春去有閑愁因離别

送徐衡仲撫幹

絶代佳人曾一笑傾城傾國休更嘆舊時青鏡而今華髮明日伏波堂上客老當益壯翁應説恨苦遭鄧禹笑人來長寂寂詩酒社江山筆松菊逕雲煙屐怕一觴一詠風流絃絶我夢横江孤鶴去覺來却與君相别記功名萬里要吾身佳眠食

又

紫陌飛塵望十里雕鞍綉轂春未老已驚臺榭瘦紅肥緑睡雨海棠猶倚醉舞風楊柳難成曲問流鶯能説故園無曾相熟巖泉上飛鳧浴巢林下棲禽宿恨荼蘼開晚謾翻船玉蓮社豈堪談昨夢蘭亭何處尋遺墨但羈懷空自倚秋千無心蹴

盧國華由閩憲移漕建安陳端仁給事同諸公餞别余爲酒困卧青涂堂上三鼓方醒國華賦詞留别席上和韻青涂端仁堂名也

宿酒醒時算只有清愁而已人正在青涂堂上月華如洗紙帳梅花歸夢覺蓴羹鱸鱠秋風起問人生得意幾何時吾歸矣君若問相思事料長在歌聲裏這情懷只是中年如此明月何妨千里隔顧君與我如何耳向樽前重約幾時來江山美

和盧國華

漢節東南看駟馬光華周道須信是七閩還有福星來到庭草自生心意足榛陰不

動秋光好問不知何處着君侯蓬萊島還自笑人今老空有恨縈懷抱記江湖十載厭持旌纛漫落我材無所用易除殆類無根潦但欲搜好語謝新詞羞瓊報

山居即事

幾箇輕鷗來點破一泓澄緑更何處一雙鸂鶒故來争浴細讀離騷還痛飲飽看脩竹何妨肉有飛泉日日供明珠五千斛春雨滿秧新穀閑日永眠黄犢看雲連麥隴雪堆蠶簇若要足時今足矣以為未足何時足被野老相扶入東園枇杷熟

和傅巖叟香月韻

半山佳句最好是吹香隔屋又還怪冰霜側畔蜂兒成簇更把香來薰了月却教影去斜侵竹似神清骨冷住西湖何由俗根老大穿坤軸枝夭嫋蟠龍斛快酒兵長俊詩壇高築一再人來風味惡兩三杯後花緣熟記五更聯句失彌明龍嘴燭

壽趙茂嘉郎中前章記兼濟倉事

我對君侯怪長見兩眉陰德還夢見玉皇金闕姓名仙籍舊歲炊煙渾斷破公扶起千人活筭胸中除却五車書都無物山左右溪南北花遠近雲朝夕看風流杖屨蒼髯如戟種柳已成陶令宅散花更論維摩室勸人間且住五千年如金石

呈趙晉臣敷文

老子平生元自有金盤華屋還又要萬間寒士眼前突兀一舸歸來輕似葉兩翁相對清如鵠道如今吾亦愛吾廬多松菊人道是荒年穀還又似豐年玉甚等閑却為鱸魚歸速野鶴溪邊留杖屨行人牆外聽絲竹問近來風月幾篇詩三千軸

游清風峽和趙晉臣敷文韻

兩峽嶄巖問誰占清風舊築更滿眼雲來鳥去澗紅山緑世上無人供笑傲門前有客休迎肅怕淒涼無物伴君時多栽竹

風采妙凝氷玉詩句好餘膏馥嘆只今人
物一夔應是人似秋鴻無定住事如飛彈
須圓熟笑君侯陪酒又陪歌陽春曲

木蘭花

席上送張仲固帥興元

漢中開漢業問此地是耶非想劍指三秦
君王得意一戰東歸追亡事今不見但山
川滿目淚霑衣落日胡塵未斷西風塞馬
空肥 一篇書是帝王師小試去征西更

草草離筵匆匆去路愁滿旌旗君思我迴首
處正江涵秋影鴈初飛安得車輪四角不
堪帶減腰圍

滁州送范倅

老來情味減對別酒怯流年況屈指中秋
十分好月不照人圓無情水都不管共西
風只管送歸船秋晚蓴鱸江上夜深兒女
燈前 征衫便好去朝天玉殿正思賢想
夜半承明留教視草卻遣籌邊長安故人

問我道愁腸殢酒只依然目斷秋霄落鴈
醉來時響空弦

題上饒郡圃翠微樓

舊時樓上客愛把酒對南山笑白髮如今
天教放浪來往其間登樓更誰念我卻迴
頭西北望層欄雲雨珠簾畫棟笙歌霧鬢
風鬟 近來堪入畫圖看父老頌公懽甚
拄笏悠然朝來爽氣正爾相關難忘使君
後日便一花一草報平安與客攜壺且醉

鴈飛秋影江寒

寄題吳克明廣文菊隱

路傍人怪問此隱者姓陶不甚黃菊如雲
朝吟暮醉喚不回頭縱無酒成悵望只東
籬搔首亦風流與客朝餐一笑落英飽便
歸休 古來堯舜有巢由江海去悠悠待
說與佳人種成香草莫怨靈脩我無可無
不可意先生出處有如丘聞道問津人過
殺雞為黍相留

中秋飲酒将旦客謂前人詩詞有
賦待月無送月者因用天問體賦

可憐今夕月向何處去悠悠是別有人間那邊纔見光影東頭是天外空汗漫但長風浩浩送中秋飛鏡無根誰繫姮娥不嫁誰留　謂經海底問無由恍惚使人愁怕萬里長鯨從横觸破玉殿瓊樓蝦蟆故堪浴水問云何玉兔解沉浮若道都齊無恙云何漸漸如鉤

稼軒長短句卷之四

稼軒長短句卷之五

水龍吟

登建康賞心亭

楚天千里清秋水隨天去秋無際遥岑遠目獻愁供恨玉簪螺髻落日樓頭斷鴻聲裏江南游子把吳鈎看了欄干拍徧無人會登臨意　休說鱸魚堪鱠儘西風季鷹歸未求田問舍怕應羞見劉郎才氣可惜流年憂愁風雨樹猶如此倩何人喚取紅巾翠袖揾英雄淚

甲辰歲壽韓南澗尚書

渡江天馬南來幾人真是經綸手長安父老新亭風景可憐依舊夷甫諸人神州沉陸幾曾回首算平戎萬里功名本是真儒事公知否　況有文章山斗對桐陰滿庭清晝當年墮地而今試看風雲奔走綠野風煙平泉草木東山歌酒待他年整頓乾坤事了為先生壽

次韻南澗用前韻為僕壽僕與公生日相去一日再和以壽南澗

玉皇殿閣微涼看公重試薰風手高門畫戟桐陰閶道青青如舊蘭佩空芳蛾眉誰妒無言搔首甚年年却有呼韓塞上人爭問公安否　金印明年如斗向中州錦衣行晝依然盛事貂蟬前後鳳麟飛走富貴浮雲我評軒冕不如杯酒待從公痛飲八千餘歲伴莊椿壽

盤園任子嚴安撫挂冠得請客以高風名其堂書來索詞為賦

斷崖千丈孤松挂冠更在松高處平生袖手故應休矣功名良苦笑指兒曹人間醉夢莫嗔驚汝問黃金餘幾旁人欲說田園計君推去嘆息薌林舊隱對先生竹窗松戶一花一草一觴一詠風流杖屨野馬塵埃扶搖下視蒼然如許恨當年九老圖中忘却畫盤園路

寄題京口范南伯知縣家文官花花先白次緋次紫唐會要載學士院有之

倚欄看碧成朱等閒褪了香袍粉上林高選匆匆又換紫雲衣潤幾許春風朝薰莫染為花忙損笑舊家桃李東塗西抹有多少淒涼恨　擬倩流鶯說與記榮華易消難整人間得意千紅百紫轉頭春盡白髮憐君儒冠曾誤平生官冷算風流未減年年醉裏把花枝問

題雨巖巖類今所畫觀音補陀巖中有泉飛出如風雨聲

補陀大士虛空翠巖誰記飛來處蜂房萬點似穿如礙玲瓏窗戶石髓千年已垂末落嵯峋冰柱有怒濤聲遠落花香在人疑是桃源路　又說春雷鼻息是臥龍彎環如許不然應是洞庭張樂湘靈來去我意長松倒生陰壑細吟風雨竟茫茫未曉只

憑白髮是開山祖

瓢泉

稼軒何必長貧放泉簷外瓊珠瀉樂天知命古來誰會行藏用舍人不堪憂一瓢自樂賢哉回也料當年曾問飯蔬飲水何為是棲棲者　且對浮雲山上莫匆匆去流山下蒼顏照影故應零落輕裘肥馬遶齒冰霜滿懷芳乳先生飲罷笑挂瓢風樹一鳴渠碎問何如啞

用瓢泉韻戲陳仁和兼簡諸葛元亮

且督和詞

被公驚倒瓢泉倒流三峽詞源瀉長安紙貴流傳一字千金爭舍割肉懷歸先生自笑又何廉也但衔杯莫問人間豈有如孺子長貧者　誰識稼軒心事似風乎舞雩之下回頭落日蒼茫萬里塵埃野馬更想隆中卧龍千尺高吟纔罷倩何人與問雷鳴瓦釜甚黄鍾啞

用些語再題瓢泉歌以飲客聲韻甚諧客皆為之釂

聽兮清珮瓊瑤些明兮鏡秋毫些君無去此流昏漲膩生蓬蒿些虎豹甘人渴而飲汝寧猿猱些大而流江海覆舟如芥君無助狂濤些　路險兮山高些塊予獨处無聊些冬槽春盎歸來為我製松醪些其外芳芬團龍片鳳煮雲膏些古人兮既往嗟予之樂樂簞瓢些

過南劍雙溪樓

舉頭西北浮雲倚天萬里須長劍人言此地夜深長見斗牛光焰我覺山高潭空水冷月明星淡待燃犀下看憑欄卻怕風雷怒魚龍慘　峽束蒼江對起過危樓欲飛還斂元龍老矣不妨高卧冰壺涼簟千古興亡百年悲笑一時登覽問何人又卸片帆沙岸繫斜陽纜

愛李延年歌淳于髡語合為詞庶

幾亂唐神女洛神賦之意云
昔時曾有佳人翩然絕世而獨立未論一
顧傾城再顧又傾人國寧不知其傾城傾
國佳人難再得看行雲行雨朝朝暮暮陽
臺下襄王側　堂上更闌燭滅記主人留
髡送客合尊促坐羅襦襟解微聞薌澤當
此之時止乎禮義不淫其色但啜其泣矣
啜其泣矣又何嗟及
別傳先之提舉時先之有召命

只愁風雨重陽思君不見令人老行期定
否征車幾兩去程多少有客書來長安卻
早聲去傳聞追詔問歸來何日君家舊事直
須待為霖了從此蘭生蕙長吾誰與玩茲
芳草自憐拙者功名相避去如飛鳥只有
良朋東阡西陌安排似巧到如今巧處依
前又拙把平生笑
又
老來曾識淵明夢中一見參差是覺來幽

恨停觴不御欲歌還止白髮西風折腰五
斗不應堪此問北窗高臥東籬自醉應別
有歸來意　須信此翁未死到如今凜然
生氣吾儕心事古今長在高山流水富貴
他年直饒未免也應無味甚東山何事當
時也道為蒼生起
摸魚兒
淳熙己亥自湖北漕移湖南同官
王正之置酒小山亭為賦

更能消幾番風雨匆匆春又歸去惜春長
怕花開早何況落紅無數春且住見說道
天涯芳草無歸路怨春不語算只有殷勤
畫簷蛛網盡日惹飛絮　長門事準擬佳
期又誤蛾眉曾有人妒千金縱買相如賦
脈脈此情誰訴君莫舞君不見玉環飛燕
皆塵土閑愁最苦休去倚危欄斜陽正在
煙柳斷腸處
觀潮上葉丞相

望飛來半空鷗鷺須臾動地鼙鼓截江組練驅山去鏖戰未收貔虎朝又暮情慣得吳兒不怕蛟龍怒風波平步看紅旆驚飛跳魚直上蹙踏浪花舞　憑誰問萬里長鯨吞吐人間兒戲千弩滔天力倦知何事白馬素車東去堪恨處人道是屬鏤怨憤終千古功名自誤謾教得陶朱五湖西子一舸弄煙雨

雨巖有石狀甚怪取離騷九歌名曰山鬼因賦摸魚兒改名山鬼謠

問何年此山來此西風落日無語看君似是羲皇上直作太初名汝溪上路算只有紅塵不到今猶古一杯誰舉笑我醉呼君崔嵬未起山鳥覆杯去　須記取昨夜龍湫風雨門前石浪掀舞四更山鬼吹燈嘯驚倒世間兒女依約處還問我清游杖屨公良苦神交心許待萬里攜君鞭笞鸞鳳誦我遠遊賦石浪菴外巨石也長三十餘丈

西河

送錢仲耕自江西漕移守婺州

西江水道似西江人淚無情都解送行人月明千里從今日日倚高樓傷心煙樹如薺　會君難別君易草草不如人意十年著破繡衣茸種成桃李問君可是厭承明東方鼓吹千騎　對梅花更消一醉看明年調鼎風味老病自憐憔悴過吾廬定有幽人相問歲晚淵明歸來未

永遇樂

送陳仁和自便東歸陳至上饒之一年得子甚喜

紫陌長安看花年少無限歌舞白髮憐君尋芳較晚卷地驚風雨問君知否鴟夷載酒不似丹砂自誤細思量悲歡夢裏覺來總無尋處　芒鞋竹杖天教還了千古玉溪佳句落魄東歸風流贏得掌上明珠去起看清鏡南冠好在拂了舊時塵土向君

道雲霄萬里這回穩步

梅雪

按底寒梅一枝雪裏直恁愁絕問訝無言依稀似妬天上飛英白江山一夜瓊瑤萬頃此段如何妬得細看來風流添得自家越樣標格 晚來樓上對花臨鏡學作半粧顏著意爭妍那知却有人妬花顏色無情休問許多般事且自訪梅踏雪待行過溪橋夜半更邀素月

三四十五 稼軒詞卷五 十

戲賦辛字送茂嘉十二弟赴調

烈日秋霜忠肝義膽千載家譜得姓何年細參辛字一笑君聽取艱辛做就悲辛滋味總是辛酸辛苦更十分向人辛辣椒桂搗殘堪吐 世間應有芳甘濃美不到吾家門戶比著兒曹纍纍却有金印光垂組付君此事從今直上休憶對床風雨但贏得鞾紋縐面記余戲語

檢校停雲新種杉松戲作時欲作親舊報書紙筆偶為大風吹去末章因及之

投老空山萬松手種政爾堪嘆何日成陰吾年有幾似見兒孫晚古來池館雲煙草棘長使後人悽斷想當年良辰已恨夜闌酒空人散 停雲高處誰知老子萬事不關心眼夢覺東窗聊復爾耳起欲題書簡霎時風怒倒翻筆硯天也只教吾懶又何事催詩急雨片雲斗暗

三四十二 稼軒詞卷五 十一

京口北固亭懷古

千古江山英雄無覓孫仲謀處舞榭歌臺風流總被雨打風吹去斜陽草樹尋常巷陌人道寄奴曾住想當年金戈鐵馬氣吞萬里如虎 元嘉草草封狼居胥贏得倉皇北顧四十三年望中猶記烽火揚州路可堪回首佛貍祠下一片神鴉社鼓憑誰問廉頗老矣尚能飯否

歸朝歡

靈山齋庵菖蒲港皆長松茂林
獨野櫻花一株山上盛開照映
可愛不數日風雨摧敗殆盡意
有感因効介庵體為賦且以菖
蒲緑名之丙辰歲三月三日也

山下千林花太俗山上一枝看不足春風
正在此花邊菖蒲自蘸清溪緑與花同草
木同誰風雨飄零速莫悲歌夜深巖下驚
動白雲宿　病怯殘年頻自卜老愛遺篇
難細讀苦無妙手畫於菟人間雕刻真成
鵠夢中人似玉覺來更憶腰如束許多愁
問君有酒何不日絲竹

寄題三山鄭元英巢經樓樓之側
有尚友齋欲借書者就齋中取讀
書不借出

萬里康成西走蜀藥市船歸書滿屋有时
光彩射星躔何人汗簡讎天禄好之寧有
足請看良賈藏金玉記斯文千年未喪四

壁閒絲竹　試問辛勤携一束何似牙籤
三萬軸古來不作借人癡有朋只就雲窗
讀憶君清夢熟覺來笑我便便腹倚危樓
人間誰舞掃地八風曲

題趙晉臣敷文積翠巖

我笑共工缘底怒觸斷巍巍天一柱補天
又笑女媧忙却將此石投閑處野煙荒草
路先生柱杖來看汝倚蒼苔摩挲試問千
古幾風雨　長被兒童敲火苦時有牛羊
磨角去霍然千丈翠巖屏鏘然一滴甘泉
乳結亭三四五會相煖熱携歌舞細思量
古來寒士不遇有時遇

丁卯歲寄題眉山李參政石林

見說岷峨千古雪都作岷峨山上石君家
右史老泉公千金費盡勤收拾一堂真石
室空庭更與添突兀記當時長編筆硯日
日雲烟濕　野老時逢山鬼泣誰夜持山
去難覓有人依樣入明光玉堦之下巖巖

立琅玕無數碧風流不數平原物欲重吟
青蔥玉樹須倩子雲筆

一枝花

醉中戲作

千丈擎天手萬卷懸河口黃金腰下印大
如斗更千騎弓刀揮霍遮前後百計千方
久似鬬草兒童贏箇他家偏有　算枉了
雙眉長恁皺白髮空回首那時閑說向山
中友看丘隴牛羊更辨賢愚否且自栽花

柳怕有人來但只道今朝中酒

喜遷鶯

謝趙晉臣敷文賦芙蓉詞見壽用
韻為謝

暑風涼月愛亭亭無數綠衣持節掩冉如
羞參差似妒擁出芙蕖花發步襯潘娘堪
恨貌比六郎誰潔添白鷺晚晴時公子佳
人並列　休說搴木末當日靈均恨與君
王別心阻媒勞交疏怨極恩不甚兮輕絕

千古離騷文字芳至今猶未歇都休問但
千杯快飲露荷翻葉

瑞鶴仙

壽上饒倅洪莘之時攝郡事且將
赴漕舉

黃金堆到斗怎得似長年畫堂勸酒蛾眉
最明秀向水沉煙裏兩行紅袖笙歌擁就
爭說道明年時候被姮娥做了慇懃仙桂
一枝入手　知否風流別駕近日人呼文

章太守天長地久歲上延翁壽記從來人
道相門出相金印纍纍儘有但直須周公
拜前魯公拜後

賦梅

鴈霜寒透幙正護月雲輕嫩冰猶薄溪奩
照梳掠想含香弄粉艷妝難學玉肌瘦弱
更重重龍綃襯著倚東風一笑嫣然轉盼
萬花羞落　寂寞家山何在雪後園林水
邊樓閣瑤池舊約鱗鴻更仗誰托粉蝶兒

只解尋桃覔柳開遍南枝未覺但傷心冷
落黄昏數聲畫角

南劒雙溪樓

片帆何太急望一點須臾去天咫尺舟人
好看客似三峽風濤嵯峨劒戟溪南溪北
正遐想幽人泉石看漁樵指點危樓却羡
舞筵歌席　嘆息山林鍾鼎意倦情遷本
無欣戚轉頭陳迹飛鳥外晚烟碧問誰憐
舊日南樓老子最愛月明吹笛到而今撲
面黄塵欲歸未得

聲聲慢

滁州作奠枕樓和李清宇韻

征埃成陣行客相逢都道幻出層樓指點
簷牙高處浪涌雲浮今年太平萬里罷長
淮千騎臨秋凭欄望有東南佳氣西北神
州　千古懷嵩人去還笑我身在楚尾吴
頭看取弓刀陌上車馬如流從今賞心樂
事剩安排酒令詩籌華胥夢願年年人似
舊游

嘲紅木犀余兒時嘗入京師禁中凝碧池因書當時所見

開元盛日天上栽花月殿桂影重重十里
芬芳一枝金粟玲瓏管絃凝碧池上記當
時風月愁儂翠華遠但江南草木煙鎖深
宫　只為天姿冷澹被西風醖釀徹骨香
濃枉學丹蕉葉底偷染妖紅道人取次裝
束是自家香底家風又怕是為淒涼長在
醉中

送上饒黄倅秩滿赴調

東南形勝人物風流白頭見君恨晚便覺
君家叔度去人未遠長憐士元驥足道直
須別駕方展問箇裏待怎生銷殺胸中萬
卷　況有星辰劒履是傳家合在玉皇香
案零落新詩我欠可人消遣留君再三不
住便直饒萬家淚眼怎抵得這眉間黄色
一點

隱括淵明停雲詩

停雲靄靄八表同昏盡日時雨濛濛搔首
良朋門前平陸成江春醪湛湛獨撫恨彌
襟閑飲東窗空延佇恨舟車南北欲往何
從　嘆息東園佳樹列初榮枝葉再競春
風日月于征安得促席從容翻翻何處飛
鳥息庭柯好語和同當年事問幾人親友
似翁

稼軒長短句卷之六

八聲甘州

壽建康帥胡長文給事時方閱
折紅梅之舞且有錫帶之寵

把江山好處付公來金陵帝王州想今年
燕子依然認得王謝風流只用平時尊俎
彈壓萬貔貅依舊鈞天夢玉殿東頭　看
取黃金橫帶是明年準擬丞相封侯有紅
梅新唱香陣卷溫柔且畫堂通宵一醉待
從今更數八千秋公知否邦人香火夜半
纔收

夜讀李廣傳不能寐因念晁楚
老楊民瞻約同居山間戲用李
廣事賦以寄之

故將軍飲罷夜歸來長亭解雕鞍恨灞陵
醉尉匆匆未識桃李無言射虎山橫一騎
裂石響驚弦落魄封侯事歲晚田園　誰
向桑麻杜曲要短衣匹馬移住南山看風

涼慷慨譚笑過殘年漢開邊功名萬里甚
當時健者也曾閑紗窗外斜風細雨一陣
輕寒

雨中花慢

登新樓有懷趙昌甫徐斯遠韓
仲止吳子似楊民瞻

舊雨常来今雨不来佳人偃蹇誰留幸山
中芋栗今歲全收貧賤交情落落古今吾
道悠悠恠新来却見文反離騷詩發秦州

功名只道無之不樂那知有更堪憂怎
奈向兒曹抵死喚不回頭石卧山前認虎
蟻喧床下聞牛為誰西望憑闌一餉却下
層樓

吳子似見和再用韻為别

馬上三年醉帽吟鞍錦囊詩卷長留悵溪
山舊管風月新收明便關河杳杳去應日
月悠悠笑千篇索價未抵蒲桃五斗涼州
停雲老子有酒盈罇琴書端可銷憂渾

未解傾身一飽淅米矛頭心似傷弓寒雁
身如喘月吳牛曉天涼夜月明誰伴吹笛
南樓

漢宮春

立春

春已歸来看美人頭上裊裊春幡無端風
雨未肯收盡餘寒年時燕子料今宵夢到
西園渾未辦黃柑薦酒更傳青韭堆盤
却笑東風從此便薰梅染柳更沒些閑閑

時又来鏡裏轉變朱顏清愁不斷問何人
會解連環生怕見花開花落朝来塞雁先
還

即事

行李溪頭有釣車茶具曲几團蒲兒童認
得前度過者籃輿時時照影甚此身徧滿
江湖悵野老行歌不住定堪與語難呼
一自東籬搖落問淵明歲晚心賞何如梅
花政自不惡曾有詩無知爲㕥酒待重教

蓮社人沽空悵望風流已矣江山特地愁
予

會稽蓬萊閣懷古

秦望山頭看亂雲急雨倒立江湖不知雲
者為雨雨者雲乎長空萬里被西風變滅
須臾回首聽月明天籟人間萬竅號呼
誰向若耶溪上倩美人西去麋鹿姑蘇至
今故國人望一舸歸歟歲云暮矣問何不
鼓瑟吹竽君不見王亭謝館冷煙寒樹啼
烏

會稽秋風亭觀雨

亭上秋風記去年嫋嫋曾到吾廬山河舉
目雖異風景非殊功成者去覺團扇便與
人疎吹不斷斜陽依舊茫茫禹跡都無
千古茂陵詞在甚風流章句解擬相如只
今木落江冷眇眇愁余故人書報莫因循
忘却蓴鱸誰念我新涼燈火一編太史公
書

答李兼善提舉和章

心似孤僧更茂林脩竹山上精廬維摩定
自非病誰遣文殊白頭自昔嘆相逢語密
情疎傾蓋處論心一語只今還有公無
寫喜陽春妙句被西風吹墮金玉鏗如夜
來歸夢江上父老歡予荻花深處喚兒童
吹火烹鱸歸去也絕交何必更脩山巨源
書

答吕子似總幹和章

達則青雲便玉堂金馬窮則茅廬遺逸小
大自適鵬鷃何殊君如星斗燦中天密密
疎疎蒹葭外自舊螢火清光暫有還無
千古季鷹猶在向松江道我問訊何如白
頭愛山下去翁定嗔予人生謾爾豈食魚
必鱠之鱸還自笑君詩頻覺胷中萬卷藏
書

滿庭芳

和洪丞相景伯韻

傾國無媒入宮見妬古來顰損娥眉看公
如月光彩衆星稀袖手高山流水聽羣蛙
鼓吹荒池文章手直須補衮藻火粲宗彝
痴兒公事了吴蠶纏繞自吐餘絲幸一
枝粗穩三徑新治且約湖邊風月功名事
欲使誰知都休問英雄千古荒草沒殘碑

和洪丞相景伯韻呈景盧内翰

急管哀絃長歌慢舞連娟十樣宮眉不堪
紅紫風雨曉稀稀惟有楊花飛絮依舊是

萍滿方池酴醾在青虬快剪插遍古銅彝
誰將春色去鸞膠難覓絃斷朱絲恨牡
丹多病也費醫治夢裏尋春不見空腸斷
怎得春知休惆悵一觴一詠須刻右軍碑

游豫章東湖再用韻

柳外尋春花邊得句怪公喜氣軒眉陽春
白雪清唱古今稀曾是金鑾舊客記鳳凰
獨遶天池揮毫羅天顏有喜催賜尚方彝
公在詞掖嘗拜尚方寶彝之賜只今江遶上鈞天夢覺清

泪如絲算除非痛把酒療花治明日五湖
佳興扁舟去一笑誰知溪堂好且拚一醉
倚杖讀韓碑堂記公所製

和章泉趙昌父

西崦斜陽東江流水物華不為人留崢然
一葉天下已知秋屈指人間得意問誰是
騎鶴揚州君知我從來雅興未老已滄洲
無窮身外事百年能幾一醉都休恨兒
曹抵死謂我心憂況有溪山杖屨阮籍輩

須我來遊還堪笑機心早覺海上有鷗鷺

六么令

用陸氏事送玉山令陸德隆侍親
東歸吳中

酒羣花隊攀得短轅折誰憐故山歸夢千
里蓴羹滑便整松江棹點檢能言鴨故人
歡接醉懷霜橘墮地金阑醒時覺　長喜
劉郎馬上肯聽詩書說誰對叔子風流直
把曹劉壓更看君侯事業不負平生學離

觴悲怯送君歸後細寫茶經煮香雪

再用前韻

倒冠一笑華髮玉簪折陽關自来凄斷却怪歌聲滑放浪兒童歸舍莫惱比隣鴨水連山接看君歸興如醉中醒夢中覺 江上吾儂問我一一煩君說尊酒頻空賸欠眞珠壓手把漁竿未穩長向滄浪學問愁誰怯可堪楊柳先作東風滿城雪

醉翁操

頃余從范先之求觀家譜見其冠冕蟬聯世載勳德先之甚文而好脩意其昌未艾也當寧慶勳臣子孫無見仕者命官之先是屢詔甄録元祐黨籍家合是二者先之應仕矣將告諸朝行有日請余作詩以贈屬余避謗持此戒甚力不得如先之之請又念先之與余遊八年日從事詩酒間意相得歡甚於其別也何獨能恝然顧先之長於楚詞而妙於琴輒擬醉翁操爲之詞以叙別異時先之綰組東歸僕當買羊沽酒先之爲鼓一再行以爲山中盛事云

長松之風如公肯余從山中人心與吾兮誰同湛湛千里之江上有楓噫送子于■望君之門兮九重女無悅己誰適爲容不龜手藥或一朝兮取封昔與遊兮皆童

我獨窮兮今翁一魚兮一龍勞心兮忡忡噫命與時逢子取之食兮萬鍾

醜奴兒近

博山道中效李易安體

千峰雲起驟雨一霎兒價更遠樹斜陽風景怎生圖畫青旗賣酒山那畔別有人家只消山水光中無事過這一夏 午醉醒時松窗竹户萬千瀟洒野鳥飛来又是一

般閑暇却怪白鷗覰着人欲下未下舊盟都在新來莫是别有說話

洞僊歌

壽葉丞相

江頭父老說新來朝野都道今年太平也見朱顏緑鬢玉帶金魚相公是舊日中朝司馬　遥知宣勸處東閤華燈别賜僊韶接元夜問天上幾多春只似人間但長見精神如畫好都取山河獻　君王看父子貂蟬玉京迎駕

紅梅

氷姿玉骨自是清涼■此度濃粧為誰改向竹籬茅舍幾誤佳期招伊怪滿臉顏紅微帶　壽陽粧鑑裏應是承恩纖手重勻異香在怕等閑春未到雪裏先開風流煞說與羣芳不解更總做北人未識伊據品調難作杏花看待

訪泉於期思得周氏泉為賦

飛流萬壑共千巖争秀孤負平生弄泉手嘆輕衫短帽幾許紅塵還自喜濯髮滄浪依舊　人生行樂耳身後虛名何似生前一杯酒便此地結吾廬待学淵明更手種門前五柳且歸去父老約重來問如此青山定重來否

浮石山莊余友月湖道人何同叔之别墅也山類羅浮故以名同叔嘗作遊山次序榜示余且索詞為賦洞僊歌以遺之同叔頃遊羅浮遇一老人厖眉幅巾語同叔云當有晚年之契蓋僊云

松關桂嶺望青葱無路費盡銀鉤榜佳處悵空山歲晚窈窕誰來須着我醉卧石樓風雨　僊人瓊海上握手當年笑許君攜來山去劖疊嶂卷飛泉洞府凄涼又却怕先生多取怕夜半羅浮有時還好長把雲煙

再三遮住

開南溪初成賦

婆娑欲舞怪青山歡喜分得清溪半篙水記平沙鷗鷺落日漁樵湘江上風景依然如此　東籬多種菊待學淵明酒興詩情不相似十里漲春波一棹歸來只做箇五湖范蠡是則是一般弄扁舟爭知道他家有箇西子

趙晋臣和李能伯韻屬余同和

趙以兄弟有職名為寵詞中頗叙其盛故末章有裂土分茅之句

舊交貧賤太半成新貴冠蓋門前幾行李看匆匆西笑爭出山來憑誰問水草何如遠志　悠悠今古事得喪乘除莫四朝三又何異任軒天事業冠古文章有幾箇笙歌晚歲况滿屋貂蟬未為榮記裂土分封是公家世

丁卯八月病中作

賢愚相去算其間能幾差以毫釐繆千里細思量義利舜跖之分孳孳者等是雞鳴而起　味甘終易壞歲晚還知君子之交淡如水一餉聚飛蚊其響如雷深自覺昨非今是羞安樂窩中泰和湯更劇飲無過半醺而已

驀山溪

停雲竹逕初成

小橋流水欲下前溪去喚起故人來伴先生風煙杖屨行穿窈窕時歷小崎嶇斜帶水半遮山翠竹栽成路　一尊遐想剩有淵明趣山上有停雲看山下濛濛細雨野花啼鳥不肯入詩來還一似笑翁詩句沒安排處

趙昌父賦一丘一壑格律高古因效其體

飯疏飲水客莫嘲吾拙高處看浮雲一丘

壑中閒甚樂功名妙手壯也不如人今老矣尚何堪堪釣前溪月　病來止酒辜負鸕鷀杓歲晚念平生待都與鄰翁細說人間萬事先覺者賢乎深雪裏一枝開春事梅先覺

最高樓

醉中有索四時歌為賦

長安道投老倦遊歸七十古來稀藕花雨濕前湖夜桂枝風澹小山時怎消除須殢酒更吟詩　也莫向竹邊辜負雪也莫向柳邊辜負月閒過了總成癡種花事業無人問惜花情緒只天知笑山中雲出早鳥歸遲

和楊民瞻席上用韻賦牡丹

西園買誰載萬金歸多病勝遊稀風斜畫燭天香夜涼生翠蓋酒酣時待重尋居士譜謫僊詩　看黃底御袍元自貴看紅底狀元新得意如斗大笑花癡漢妃翠被嬌無奈吳娃粉陣恨誰知但紛紛蜂蝶亂笑春遲

送丁懷忠教授入廣渠赴調都下久不得書或謂從人辟置或謂徑歸閩中矣

相思苦君與我同心魚沒雁沈沈是夢他松後追軒冕是化為鶴後去山林對西風直悵望到如今　待不飲奈何君有恨待痛飲奈何吾又病君起舞試重斟蒼梧雲外湘妃淚鼻亭山下鷓鴣吟早歸來流水外有知音

慶洪景盧內翰七十

金閨老眉壽正如川七十且華筵樂天詩句香山裏杜陵酒債曲江邊問何如歌窈窕舞嬋娟　更十歲太公方出將又十歲武公方入相留盛事看明年直須腰下添金印莫教頭上欠貂蟬向人間長富貴地行僊

聞前岡周氏旌表有期
君聽取尺布尚堪縫斗粟也堪舂人間朋
友猶能合古來兄弟不相容棣華詩悲二
叔弔周公　長歎息脊令原上急重歎息
豆萁煎正泣形則異氣應同周家五世將
軍後前岡千載義居風看明朝丹鳳詔紫
泥封
　客有敗棊者代賦梅
花知否花一似何郎又似沈東陽瘦稜稜

地天然白冷清清地許多香笑東君還又
向北枝忙　著一陣霎時間底雪更一箇
缺些兒底月山下路水邊牆風流怕有人
知處影兒守定竹旁廂且饒他桃李趁少
年場
　用韻答趙晉臣敷文
花好處不趁綠衣郎縞袂立斜陽面皮兒
上因誰白骨頭兒裏幾多香儘饒他心似
鐵也須忙　甚喚得雪來白倒雪更嗖得

月來香殺月誰立馬更窺牆將軍止渴山
南畔相公調鼎殿東廂忒高才經濟地戰
爭場
　名了
吾衰矣須富貴何時富貴是危機暫忘設
醴抽身去未曾得米棄官歸穆先生陶縣
令是吾師　待葺箇園兒名佚老更作箇
亭兒名亦好閑飲酒醉吟詩千年田換八
百主一人口插幾張匙便休休更說甚是

和非
　上西平
　會稽秋風亭觀雪
九衢中杯逐馬帶隨車問誰解愛惜瓊華
何如竹外靜聽窣窣蟹行沙自憐是海山
頭種玉人家　紛紛鬬嬌如絮才整整又
斜斜要圖畫還我漁蓑凍吟應笑羔兒無
分謾煎茶起來極目向彌茫數盡歸鴉
　送杜叔高

恨如新新恨了又重新看天上多少浮雲江南好景落花時節又逢君夜來風雨春歸似欲留人　樽如海人如玉詩如錦筆如神能幾字盡殷勤江天日莫何時重與細論文綠楊陰裏聽陽關門掩黃昏

稼軒長短句卷之七

新荷葉

和趙德莊韻

人已歸來杜鵑欲勸誰歸綠樹如雲等閑付與鶯飛兔葵燕麥問劉郎幾度沾衣翠屏幽夢覺來水遶山圍　有酒重携小園隨意芳菲往日繁華而今物是人非春風半面記當年初識崔徽南雲雁少錦書無箇因依

再和前韻

春色如愁行雲帶雨纔歸春意長閑遊絲盡日低飛閑愁幾許更晚風特地吹衣小窗人靜棊聲似解重圍　光景難携任他鶗鴂芳菲細數從前不應詩酒皆非知音絃斷笑淵明空撫餘徽停杯對影待邀明月相依

再題傅巖叟悠然閣

種豆南山零落一頃為萁歲晚淵明也吟

草盛苗稀風流剗地向尊前采菊題詩悠
然忽見此山正遶東籬　千載襟期高情
想像當時小閣横空朝来翠撲人衣是中
真趣問騁懷遊目誰知無心出岫白雲一
片孤飛

　趙茂嘉趙晉臣和韻見約初秋
　訪悠然再用韻

物盛還衰眼看春葉秋萁貴賤交情翟公
門外人稀酒酣耳熱又何須幽憤裁詩茂

林脩竹小園曲逕疎籬　秋以為期西風
黄菊開時拄杖敲門任他顛倒裳衣去年
堪笑醉題詩醒後方知而今東望心隨去
鳥先飛

　上巳日吾子似謂古今無此詞
　索賦

曲水流觴賞心樂事良辰蘭蕙光風轉頭
天氣還新明眸皓齒看江頭有女如雲折
花歸去綺羅陌上芳塵　能幾多春試聽

啼鳥殷勤對景興懷向来哀樂紛紛且題
醉墨似蘭亭列敘時人後之覽者又將有
感斯文

　徐思上巳乃子似生日因改定

曲水流觴賞心樂事良辰今幾千年風流
禊事如新明眸皓齒看江頭有女如雲折
花歸去綺羅陌上芳塵　絲竹紛紛楊花
飛鳥銜巾爭似羣賢茂林脩竹蘭亭一觴
一詠亦足以暢敘幽情清歡未了不如留

住青春

　御街行
　　無題

闌干四面山無數供望眼朝與暮好風催
雨過山来吹盡一簾煩暑紗廚如霧簟紋
如水别有生涼處　冰肌不受鉛華污更
旋旋真香聚臨風一曲最妖嬌唱得行雲
且住藕花都放木犀開後待與乘鸞去

　山中問盛復之提幹行期

山城甲子冥冥雨門外青泥路杜鵑只是
等閑啼莫被他催歸去垂楊不語行人去
後也會風前絮　情知夢裏尋鵷鷺玉殿
追班處怕君不飲太愁生不是苦留君住
白頭笑我年年送客自喚春江渡

祝英臺近

晚春

寶釵分桃葉渡烟柳暗南浦怕上層樓十
日九風雨斷腸片片飛紅都無人管更誰

勸啼鶯聲住　鬢邊覷應把花卜歸期才
簪又重數羅帳燈昏哽咽夢中語是他春
帶愁來春歸何處却不解帶將愁去

與客飲瓢泉客以泉聲喧靜爲
問余醉未及答或者以蟬噪林
逾靜代對意甚美矣翌日爲賦
此詞以褒之

水從橫山遠近柱杖占千頃老眼羞明水
底看山影試教水動山搖吾生堪笑似此

箇青山無定　一瓢飲人間翁愛飛泉來
尋箇中靜遶屋聲喧怎做靜中境我眠君
且　歸休維摩方丈待天女散花時問

婆羅門引

別杜叔高叔高長於楚詞

落花時節杜鵑聲裏送君歸未消文字湘
纍只怕蛟龍雲雨後會渺難期更何人念
我老大傷悲　已而已而算此意只君知
記取岐亭買酒雲洞題詩爭如不見纔相

見便有別離時千里月兩地相思

用韻別郭逢道

綠陰啼鳥陽關未徹早催歸歌珠淒斷纍
纍回首海山何處千里共襟期嘆高山流
水絃斷堪悲　中心悵而似風雨落花知
更擬傳雲君去細和陶詩見君何日待瓊
林宴罷醉歸時人爭看寶馬來思

用韻答傳先之時傳宰龍泉歸

龍泉佳處種花滿縣却東歸腰間玉若金

纍須信功名富貴長與少年期悵高山流
水古調今悲　卧龍暫而算天上有人知
最好五十學易三百篇詩男兒事業看一
日須有致君時端的了休便尋思

　用韻答趙晉臣敷文

不堪鶗鴂早教百草放春歸江頭愁殺吾
纍却覺君侯雅句千載共心期便留春甚
樂樂了須悲　瓊而素而被花惱只鶯知
正要千鍾角酒五字裁詩江頭日暮道繡

斧人去未多時還又要玉殿論思

　趙晉臣敷文張燈甚盛索賦偶
　憶舊游未章因及之

落星萬點一天寶焰下層霄人間疊作僊
鼇最愛金蓮側畔紅粉梟花梢更鳴鼉擊
鼓噴玉吹簫　曲江畫橋記花月可憐宵
想見閑愁未了宿酒纔消東風搖蕩似楊
柳十五女兒腰人共柳那箇無聊

　千年調

開山徑得石壁因名曰蒼壁事
出望外意天之所賜邪喜而賦

左手把青霓右手挾明月吾使豐隆前導
叫開閶闔周遊上下徑入寥天一覽玄圃
萬斛泉千丈石　鈞天廣樂燕我瑤之席
帝飲予觴甚樂賜汝蒼壁嶙峋突兀正在
一丘壑余馬懷僕夫悲下恍惚

　庶庵小閣名曰卮言作此詞以
　嘲之

卮酒向人時和氣先傾倒最要然然可可
萬事稱好滑稽坐上更對鴟夷笑寒與熱
揔隨人甘國老　少年使酒出口人嫌拗
此箇和合道理近日方曉學人言語未會
十分巧看他門得人憐秦吉了

　粉蝶兒

　和趙晉臣敷文賦落梅

昨日春如十三女兒學繡一枝枝不教花
瘦甚無情便下得雨僝風僽向園林鋪作

地衣紅縐。而今春似輕薄蕩子難久記前時送春歸後把春波都釀作一江醇酎約清愁楊柳岸邊相候

千秋歲

金陵壽史帥致道時有版築役

塞垣秋草又報平安好尊俎上英雄表金湯生氣象珠玉霏譚笑春近也梅花得似人難老　莫惜金尊倒鳳詔看看到留不住江東小試容帷幄去整頓乾坤了千百歲從今盡是中書考

江神子

和人韻

膭雲殘日弄陰晴晚山明小溪橫枝上綿蠻休作斷腸聲但是青山山下路青到處總堪行　當年綵筆賦蕪城憶平生若為情試把靈槎歸路問君平花底夜深寒較甚須拚却玉山傾

又

梨花着雨晚來晴月朧明淚縱橫繡閣香濃深鎖鳳簫聲未必人知春意思還獨自遶花行　酒兵昨夜壓愁城太狂生轉關情寫盡胷中磈磊未全平却與平章珠玉價看醉裏錦囊傾

和陳仁和韻

玉簫聲遠憶驂鸞幾悲歡帶羅寬且對花前痛飲莫留殘歸去小窗明月在雲一縷玉千竿　吳霜應點鬢雲斑綺窗閑夢連環說與東風歸興有無間芳草姑蘇臺下路和淚看小屏山

又

寶釵飛鳳鬢驚鸞望重歡水雲寬腸斷新來翠被粉香殘待得來時春盡也梅結子笋成竿　湘筠簾卷淚痕斑珮聲閑玉垂環箇裏溫柔容我老其間却笑平生三羽箭何日去定天山

和人韻

梅梅柳柳鬬纖穠亂山中為誰容試着春
衫依舊怯東風何處踏青人未去呼女伴
認驕驄　兒家門戶幾重重記相逢畫樓
東明日重來風雨暗殘紅可惜行雲春不
管裙帶褪鬢雲鬆

　博山道中書王氏壁

一川松竹任橫斜有人家被雲遮雪後踈
梅時見兩三花比着桃源溪上路風景好
不爭些　旗亭有酒徑須賒晚寒咱怎禁

二十卅廿　稼軒詞上　一　孔

他醉裏匆匆歸騎自隨車白髮蒼顏吾老
矣只此地是生涯

　鬧蟬蛙戲作

簟鋪湘竹帳籠紗醉眠些夢天涯一枕驚
回水底沸鳴蛙借問喧天成鼓吹良自苦
為官哪　心空喧靜不爭多病維摩意云
何掃地燒香且看散天花斜日綠陰枝上
噪還又問是蟬麼

　送元濟之歸豫章

亂雲擾擾水潺潺笑溪山幾時閑更覺桃
源人去隔仙凡桃源乃王氏酒壚與濟之作別處萬壑千
巖樓外雪瓊作樹玉為欄　倦遊回首且
加餐短篷寒畫圖間見說嬌顰擁髻待君
看二月東湖湖上路官柳嫩野梅殘

　賦梅寄余叔良

暗香橫路雪垂垂晚風吹曉風吹花意爭
春先出歲寒枝畢竟一年春事了緣太早
却成遲　未應全是雪霜姿欲開時未開

二五十五　稼軒詞上　十二

時粉面朱脣一半點臙脂醉裏謗花花莫
恨渾冷澹有誰知

　別吳子似未寄潘德久

看君人物漢西都過吾廬笑譚初便說公
卿元自要通儒一自梅花開了後長怕說
賦歸歟　而今別恨滿江湖怎消除算何
如杖屨當時閑早放教踈今代故交新貴
後渾不寄數行書

　侍者請先生賦詞自壽

兩輪屋角走如梭太忙些怎禁他擬倩何人天上勸羲娥何似從容來少住傾美酒聽高歌 人生今古不消磨積教多似塵沙未必堅牢剗地事堪嗟莫道長生學不得學得後待如何

和李能伯韻呈趙晉臣

五雲高處望西清玉階升棣華榮築屋溪頭樓觀畫難成長夜笙歌還起問誰放月又西沈 家傳鴻寶舊知名看長生奉嚴

宸且把風流水北畫耆英趁尺西風詩酒社石鼎句要彌明

青玉案

元夕

東風夜放花千樹更吹落星如雨寶馬雕車香滿路鳳簫聲動玉壺光轉一夜魚龍舞 蛾兒雪柳黃金縷笑語盈盈暗香去衆裏尋他千百度驀然迴首那人却在燈火闌珊處

感皇恩

滁州壽范倅

春事到清明十分花柳喚得笙歌勸君酒酒如春好春色年年依舊青春元不老君知否 席上看君竹清松瘦待與青春鬬長久三山歸路明日天香襟袖更持金盞起為君壽

又

七十古來稀人人都道不是陰功怎生到

松姿雖瘦偏耐雪寒霜曉看君雙鬢底青青好 樓雪初晴庭闈嬉笑一醉何妨玉壺倒從今康健不用靈丹仙草更看一百歲人難老

慶嬸母王恭人七十

七十古來稀未為希有須是榮華更長久滿床靴笏羅列兒孫新婦精神渾似箇西王母 遙想畫堂兩行紅袖妙舞清歌擁前後大男小女逐箇出來爲壽一箇一百

歲一杯酒

讀莊子聞朱晦菴即世

按上數編書非莊即老會說忘言始知道萬言千句不自能忘堪笑今朝梅雨霽青天好　一壑一丘輕衫短帽白髮多時故人少子雲何在應有玄經遺草江河流日夜何時了

壽鉛山陳丞及之

富貴不須論公應自有且把新詞祝公壽

當年儒桂父子同攀希有人言金殿上他年又　冠冕在前周公拜手同日催班魯公後此時人羨綠鬢朱顏依舊親朋來賀喜休辭酒

行香子

三山作

好雨當春要趁歸耕況而今已是清明小窗坐地側聽簷聲恨夜來風夜來月秋來雲　花絮飄零鶯燕丁寧怕妨儂湖上閑

行天心肯後費甚心情放霎時陰霎時雨霎時晴

山居客至

白露園蔬碧水溪魚笑先生釣羅還鋤小窗高臥風展殘書看北山移盤谷序輞川圖　白飯青芻赤脚長鬚客來時酒盡重沽聽風聽雨吾愛吾廬嘆苦無心剛自瘦此君疎

博山戲呈趙昌甫韓仲止

少日嘗聞富不如貧貴不如賤者長存由來至樂總屬閑人且飲瓢泉弄秋水看停雲　歲晚情親老語彌真記前時勸我殷勤都休殢酒也莫論文把相牛經種魚法教兒孫

雲巖道中

雲岫如簪野漲挼藍向春闌綠醒紅酣青裙縞袂兩兩三三把麴生禪玉版句一時參　拄杖彎環過眼嶔巖岸輕烏白髮鬖

鬖他年來種萬桂千杉聽小綿蠻新格磔舊呢喃

一剪梅

游蔣山呈葉丞相

獨立蒼茫醉不歸日暮天寒歸去來兮探梅踏雪幾何時今我來思楊柳依依 白石岡頭曲岸西一片閑愁芳草萋萋多情山鳥不須啼桃李無言下自成蹊

中秋無月

憶對中秋丹桂叢花在杯中月在杯中今宵樓上一樽同雲濕紗窗雨濕紗窗 渾欲乘風問化工路也難通信也難通滿堂惟有燭花紅杯且從容歌且從容

踏莎行

庚戌中秋後二夕帶湖篆岡小酌

夜月樓臺秋香院宇笑吟吟地人來去是誰秋到便淒涼當年宋玉悲如許 隨分杯盤等閑歌舞問他有甚堪悲處思量却也有悲時重陽節近多風雨

賦木犀

弄影闌干吹香巖谷枝枝點點黃金粟未堪收拾付熏爐窗前且把離騷讀 奴僕葵花兒曹金菊一秋風露清涼足傍邊只欠個姮娥分明身在蟾宮宿

賦稼軒集經句

進退存亡行藏用舍小人請學樊須稼衡門之下可棲遲日之夕矣牛羊下 去衛靈公遭桓司馬東西南北之人也長沮桀溺耦而耕丘何爲是栖栖者

和趙國興知錄韻

吾道悠悠憂心悄悄最無聊處秋光到西風林外有啼鴉斜陽山下多衰草 長憶商山當年四老塵埃也走咸陽道爲誰書到便幡然至今此意無人曉

稼軒長短句卷之七

稼軒長短句卷之八

定風波

少日春懷似酒濃插花走馬醉千鍾老去
逢春如病酒唯有茶甌香篆小簾櫳　卷
盡殘花風未定休恨花開元自要春風試
問春歸誰得見飛燕來時相遇夕陽中

大醉歸自葛園家人有痛飲之
戒故書于壁

昨夜山翁倒載歸兒童應笑醉如泥試與

扶頭渾未醒休問夢魂猶在葛家溪　欲
覓醉鄉今古路知處溫柔東畔白雲西起
向綠窗高處看題徧劉伶元自有賢妻

用藥名招婺源馬荀仲游雨嵓
馬善醫

山路風來草木香雨餘涼意到胡床泉石
膏肓吾已甚多病隄防風月費篇章　孤
負尋常山簡醉獨自故應知子草玄忙湖
海早知身汗漫誰伴只甘松竹共淒涼

藥名

仄月高寒水石鄉倚空青碧對禪房白髮
自憐心似鐵風月使君子細與平章　平
昔生涯筇竹杖來往却慚沙鳥笑人忙便
好剩留黃絹句誰賦銀鉤小草晚天涼

施樞密聖與席上賦

春到蓬壺特地晴神仙隊裏相公行翠玉
相扶呼小字須記笑簪花底是飛瓊　擬
是傾城來一處誰妬誰攜歌舞到園亭柳

妬腰肢花妬艷聽看流鶯直是妬歌聲

席上送范先之遊建鄴

聽我尊前醉後歌人生無奈別離何但使
情親千里近須信無情對面是山河　寄
語石頭城下水居士而今渾不怕風波借
使未成鷗鳥伴經慣也應學得老漁蓑

三山送盧國華提刑約上元
重來

夬目猶堪話別離老來怕作送行詩極目

南雲無鴈過君看梅花也解寄相思　無
限江山行未了父母不須和淚看旌旗後
會丁寧何日是須記春風十里放燈時

用韻時國華置酒歌舞甚盛

莫望中州嘆黍離元和聖德要君詩老去
不堪誰似我歸卧青山活計費尋思　誰
築詩壇高十丈直上看君斬將更搴旗歌
舞正濃還有語記取鬢鬚不似少年時

自和

金印纍纍佩陸離河梁更賦斷腸詩莫攜
旌旗真箇去何處玉堂元自要論思　且
約風流三學士同醉春風看試幾搶旗從
此酒酣明月夜耳熱那邊應是說儂時

賦杜鵑花

百紫千紅過了春杜鵑聲苦不堪聞却解
啼教春小住風雨空山招得海棠魂　恰
似蜀宮當日女無數猩猩血染赭羅巾畢
竟花開誰作主記取大都花屬惜花人

再用韻和趙晋臣敷文

野草閑花不當春杜鵑却是舊知聞謾道
不如歸去住梅雨石榴花又是離魂　前
殿羣臣深殿女赭袍一點萬紅巾莫問興
亡今幾主聽取花前毛羽已羞人

破陣子

爲范南伯壽時南伯爲張南軒
辟宰盧溪南伯遲遲未行因作
此詞勉之

擲地劉郎玉斗挂帆西子扁舟千古風流
今在此萬里功名莫放休君王三百州
燕雀豈知鴻鵠貂蟬元出兜鍪却笑盧溪
如斗大肯把牛刀試手不壽君雙玉甌

爲陳同甫賦壯詞以寄之

醉裏挑燈看劍夢回吹角連營八百里分
麾下炙五十絃翻塞外聲沙場秋點兵
馬作的盧飛快弓如霹靂弦驚了却
君王天下事贏得生前身後名可憐白髮

生

贈行

少日春風滿眼而今秋葉辭柯便好消磨
心下事也憶尋常醉後歌新來白髮多
明日扶頭顛倒倩誰伴舞婆娑我定思君
拚瘦損君不思兮可柰何天寒將息呵

趙晉臣敷文幼女縣主覓詞

菩薩叢中惠眼碩人詩裏娥眉天上人間
眞福相畫就描成好靨兒行時嬌更遲

勸酒偏他最劣笑時猶有些癡更着十年
君看取兩國夫人更是誰發勸秋水詞

峡石道中有懷吳子似縣尉

宿麥畦中雉鷕柔桑陌上蠶生騎火須防
花月暗玉唾長攜綵筆行隅牆人笑聲
莫說弓刀事業依然詩酒功名千載圖中
今古事萬石溪頭長短亭小塘風浪平時脩
圖經築亭堠

臨江僊

探梅

老去惜花心已懶愛梅猶遶江村一枝先
破玉溪春更無花態度全是雪精神　賸
向空山餐秀色為渠着句清新竹根流水
帶溪雲醉中渾不記歸路月黃昏

醉宿崇福寺寄祐之弟祐之以
僕醉先歸

莫向空山吹玉笛壯懷酒醒心驚四更霜
月太寒生被翻紅錦浪酒滿玉壺冰　小

陸未須臨水笑山林我輩鍾情今宵依舊
醉中行試尋殘菊處中路候淵明

再用韻送祐之弟歸浮梁

鍾鼎山林都是夢人間寵辱休驚只消閑
處過平生酒杯秋吸露詩句夜裁冰　記
取小窗風雨夜對牀燈火多情問誰千里
伴君行曉山眉樣翠秋水鏡般明

又

小靨人憐都惡瘦曲眉天與長顰沉思歡

事惜腰身枕添離別淚粉落却深勻　翠
袖盈盈渾力薄玉笙嫋嫋愁新夕陽依舊
倚曲塵桑紅苔蘚碧深院斷無人

又

逗曉鶯啼聲昵昵掩關高樹冥冥小渠春
浪細無聲井床聽夜雨出蘚轆轤青　碧
草旋荒金谷路烏絲重記蘭亭強扶殘醉
遶雲屏一枝風露濕花重入疎櫺

即席和趙南澗韻

風雨催春寒食近平原一片丹青溪頭喚

渡柳邊行花飛胡蝶亂桑嫩野蠶生　綠
野先生閑袖手却尋詩酒功名未知明日
定陰晴今宵成獨醉却笑衆人醒

為岳母壽

住世都知菩薩行儒家風骨精神壽如山
岳福如雲金花湯沐誥竹馬綺羅羣　更
願升平添喜事大家禱祝殷勤明年此地
慶佳辰一杯千歲酒重拜太夫人

和信守王道夫韻謝其為壽時
僕作閩憲

記取年年為壽客只今明月相隨莫教絃
管便生衣引壺觴自酌須富貴何時　入
手清風詞更好細書白璽烏絲海山問我
幾時歸棗瓜如可啖直欲覓安期

又

春色饒君白髮了不妨倚綠偎紅翠鬟催
喚出房櫳垂肩金縷窄醮甲寶杯濃　睡

起鴛鴦飛燕子門前沙暖泥融畫樓人把
玉西東舞低花外月唱澈柳邊風

又

金谷無煙宮樹綠嫩寒生怕春風博山微
透暖薰籠小樓春色裏幽夢雨聲中　別
浦鯉魚何日到錦書封恨重重海棠花下
去年逢也應隨分瘦忍淚覓殘紅

戲為期思詹老壽

手種門前烏桕樹而今千尺蒼蒼田園只

是舊耕桑盃盤風月夜簫鼓子孫忙　七
十五年無事客不妨兩鬢如霜綠窗剗地
調紅粧更從今日醉三萬六千場

又

手撚黃花無意緒等閑行盡回廊卷簾芳
桂散餘香枯荷難睡鴨疏雨暗池塘　憶
得舊時携手處如今水遠山長羅巾浥淚
別殘粧舊歡新夢裏閑處却思量

和葉仲洽賦羊桃

憶醉三山芳樹下幾曾風韻忘懷黃金顏
色五花開味如盧橘甜貴似荔枝來　聞
道商山餘四老橘中自釀秋醪試呼名品
細推排重重香腑臏偏襯聖賢杯

又

冷鴈寒雲渠有恨春風自滿余懷更教無
日不花開未須愁菊盡相次有梅來　多
病近來渾止酒小槽空壓新醅青山却自
要安排不須連日醉且進兩三杯

侍者阿錢將行賦錢字以贈之

一自酒情詩興懶舞裙歌扇闌珊好天良
夜月團團杜陵真好事留得一錢看　歲
晚人欺程不識怎教阿堵留連楊花榆莢
雪漫天從今花影下只看綠苔圓

諸葛元亮席上見和再用韻

款語南堂新瓦響三更急雨珊珊交情莫
作碎沙團死生貧富際試向此中看　記
取他年耆舊傳與君名字牽連清風一枕
晚涼天覺來還自笑此夢倩誰圓

壬戌歲生日書懷

六十三年無限事從頭悔恨難追已知六
十二年非只應今日是後日又尋思　少
是多非惟有酒何須過後方知從今休似
去年時病中留客飲醉裏和人詩

窄樣金杯教換了房櫳試聽珊珊莫教秋
扇雪團團古今悲笑事長付後人看　記
取桔槔春雨後短畦菊艾相連拙於人處

巧於天君看除地水難得正方圓（右再用圓字韻）

戲為山園蒼壁解嘲

莫笑吾家蒼壁小稜層勢欲摩空相知惟有主人翁有心雄泰華無意巧玲瓏　天作高山誰得料解嘲試倩楊雄君看當日仲尼窮從人賢子貢自欲學周公

簪花屢墮戲作

鼓子花開春爛熳荒園無限思量今朝拄杖過西鄉急呼桃葉渡為看牡丹忙　不管昨宵風雨橫依然紅紫成行白頭陪奉少年場一枝簪不住推道帽簷長

又

醉帽吟鞭花不住却招花共商量人生何必醉為鄉從教斟酒淺休更和詩忙　一斗百篇風月地饒他老子當行從今三萬六千場青青頭上髮還作柳絲長

昨日得家報牡丹漸開連日少雨多晴常年未有僕留龍安蕭寺諸君亦不果來豈牡丹留不住為可恨耶因取來韻為牡丹下一轉語

秪恐牡丹留不住與春約束分明未開微雨半開晴要花開定準又更與花盟　魏紫朝來將進酒玉盤盂樣先呈鞓紅似向舞腰橫風流人不見錦繡夜間行

又

老去渾身無著處天教只住山林百年光景百年心更歡須歎息無病也呻吟　試向浮瓜沈李處清風散髮披襟莫嫌淺後更頻斟要他詩句好須是酒杯深

停雲偶作

偶向停雲堂上坐曉猿夜鶴驚猜主人何事太塵埃低頭還說向被君又還來　多謝北山山下老殷勤一語佳哉借君竹杖與芒鞋徑須從此去深入白雲堆

蝶戀花

和趙景明知縣韻

老去怕尋年少伴畫棟朱簾風月無人管公子看花朱碧亂新詞攪斷相思怨涼夜愁腸千百轉一鴈西風錦字何時遣畢竟啼烏才思短唤回曉夢天涯遠

和楊濟翁韻首句用丘宗卿書中語

點檢笙歌多釀酒胡蝶西園暖日明花柳醉倒東風眠畫錦覺來小院重携手可

惜春殘風又雨收拾情懷閑把詩僝僽楊柳見人離别後腰肢近日和他瘦

從楊濟翁韻餞范南伯知縣歸京口

淚眼送君傾似雨不折垂楊只倩愁隨去有底風光留不住烟波萬頃春江艣老馬臨流癡不渡應惜障泥忘了尋春路身在稼軒安穩處書來不用多行數

席上贈楊濟翁侍兒

小小年華才月半羅幕春風幸自無人見剛道羞郎低粉面旁人瞥見回嬌盼昨夜西池陪女伴柳困花慵見說歸來晚勸客持觴渾未慣未歌先覺花枝顫

用趙文鼎提舉送李正之提刑韻送鄭元英

莫向樓頭聽漏點說與行人默默情千萬總是離愁無近遠人間兒女空恩怨錦繡心胷冰雪面舊日詩名曾道空梁燕傾

蓋未償平日願一杯早唱陽關勸

客有燕語鶯啼人乍遠之句用為首句

燕語鶯啼人乍遠却恨西園依舊鶯和燕笑語十分愁一半翠圍特地春光暖只道書來無過鴈不道柔腸近日無腸斷柄玉莫搖湘淚點怕君唤作秋風扇

送祐之弟

衰草斜陽三萬頃不算飄零天外孤鴻影

幾許淒涼須痛飲行人自向江頭醒　會
少離多看兩鬢萬縷千絲何況新來病不
是離愁難測整被他引惹其他恨

元日立春

誰向椒盤簪綵勝整整韶華爭上春風鬢
往日不堪重記省為花長把新春恨　春
未來時先借問晚恨開遲早又飄零近今
歲花期消息定只愁風雨無憑準

月下醉書雨巖石浪

九畹芳菲蘭佩好空谷無人自怨蛾眉巧
寶瑟泠泠千古調朱絲絃斷知音少　冉
冉年華吾自老水滿汀洲何處尋芳草喚
起湘纍歌未了石龍舞罷松風曉

用前韻送人行

意態憨生元自好學畫鴉兒舊日偏他巧
蜂蝶不禁花引調西園人去春風少　春
已無情秋又老誰管閑愁千里青青草今
夜倩簪黃菊了斷腸明日霜天曉

又

洗盡機心隨法喜看取尊前秋思如春意
誰與先生寬髮齒醉時惟有歌而已　歲
月何須溪上記千古黃花自有淵明比高
臥石龍呼不起微風不動天如醉

又

何物能令公怒喜山要人來人要山無意
恰似哀箏絃下齒千情萬意無時已　自
要溪堂韓作記今代機雲好語花難比老

眼狂花空處起銀鈎未見心先醉

小重山

席上和人韻送李子永提幹

旋製離歌唱未成陽關先畫出柳邊亭中
年懷抱管絃聲難忘處風月此時情　夜
雨共誰聽儘教清夢去兩三程商量詩價
重連城相如老漢殿舊知名

三山與客泛西湖

綠漲連雲翠拂空十分風月處著衰翁垂

楊影斷岸西東　君恩重教且種夫容十里水晶宮有時騎馬去笑兒童殷勤却謝打頭風船兒住且醉浪花中

末利

倩得薰風染綠衣國香收不起透冰肌略開些箇未多時窗兒外却早被人知　越惜越嬌癡一枝雲鬢上那人宜莫將他去比荼䕷分明是他更韻些兒

南鄉子

隔戶語春鶯纔掛簾兒斂袂行漸見凌波羅襪步盈盈隨笑隨顰百媚生　着意聽新聲盡是司空自教成今夜酒腸難道窄多情莫放紗籠蠟炬明

舟行記夢

欹枕艣聲邊貪聽咿啞聒醉眠夢裏笙歌花底去依然翠袖盈盈在眼前　別後兩眉尖欲說還休夢已闌只記埋寃前夜月相看不管人愁獨自圓

慶前岡周氏旌表

無處著風光天上飛來詔十行父老懽呼童稚舞前岡千載周家孝義鄉　草木盡芬芳更覺溪頭水也香我道烏頭門側畔諸郎準備他年畫錦堂

送趙國宜赴高安戶曹　趙乃茂嘉郎中之子茂嘉嘗為高安幕官題詩甚多

日日老萊衣更解風流蠟鳳嬉膝上放教文度去須知要使人看玉樹枝　剩記乃

翁詩綠水紅蓮覓舊題歸騎春衫花滿路相期秉燭流觴曲水時

登京口北固亭有懷

何處望神州滿眼風光北固樓千古興亡多少事悠悠不盡長江滾滾流　年少萬兜鍪坐斷東南戰未休天下英雄誰敵手曹劉生子當如孫仲謀

稼軒長短句卷之八

稼軒長短句卷之九

鷓鴣天

離豫章别司馬漢章大監

聚散悤悤不偶然二年歷遍楚山川但將痛飲酬風月莫放離歌入管絃　縈綠帶點青錢東湖春水碧連天明朝放我東歸去後夜相思月滿船

和張子志提舉

别恨粧成白髮新空教兒女笑陳人醉尋夜雨旗亭酒夢斷東風輦路塵　騎騄駬躡青雲看公冠佩玉階春忠言句句唐虞際便是人間要路津

又

栲姐風流有幾人當年未遇已心親金陵種柳歡娛地庾嶺逢梅寂寞濱　罇似海筆如神故人南北一般春玉人好把新粧樣淡畫眉兒淺注唇

代人賦

晚日寒鴉一片愁柳塘新綠却溫柔若教眼底無離恨不信人間有白頭　腸已斷淚難收相思重上小紅樓情知已被山遮斷頻倚闌干不自由

又

陌上柔桑破嫩芽東鄰蠶種已生些平岡細草鳴黃犢斜日寒林點暮鴉　山遠近路橫斜青旗沽酒有人家城中桃李愁風雨春在溪頭薺菜花

又

撲面征塵去路遙香篝漸覺水沉銷山無重數週遭碧花不知名分外嬌　人歷歷馬蕭蕭旗旌又過小紅橋愁邊剩有相思句搖斷吟鞭碧玉梢

又

唱徹陽關淚未乾功名餘事且加餐浮天水送無窮樹帶雨雲埋一半山　今古恨幾千般只應離合是悲歡江頭未是風波

惡別有人間行路難

鵝湖道中

一榻清風殿影涼涓涓流水響回廊千章雲木鈎輈叫十里溪風穲稏香　衝急雨趂斜陽山園細路轉微茫倦途却被行人笑只為林泉有底忙

鵝湖歸病起作

枕簟溪堂冷欲秋斷雲依水晚来收紅蓮相倚渾如醉白鳥無言定自愁　書咄咄

且休休一丘一壑也風流不知筋力衰多少但覺新来懶上樓

又

指點齋樽特地開風帆莫引酒船回方驚共折津頭柳却喜重尋嶺上梅　催月上喚風来莫愁餅罄恥金罍只愁畫角樓頭起急管哀絃次第催

又

着意尋春懶便回何如信步兩三杯山纔好處行還倦詩未成時雨早去聲催　攜竹杖更芒鞋朱朱粉粉野蒿開誰家寒食歸寧女笑語柔桑陌上来

又

翠木千尋上薜蘿東湖經雨又增波只因買得青山好却恨歸来白髮多　明畫燭洗金荷主人起舞客齋歌醉中只恨歡娛少無奈明朝酒醒何

又

困不成眠奈夜何情知歸未轉愁多暗將往事思量遍誰把多情惱亂他　些底事誤人哪不成真箇不思家嬌癡却妬香香睡喚起醒鬆說夢些

鄭守厚卿席上謝余伯山用其韻

夢斷京華故倦遊只今芳草替人愁陽關莫作三疊唱越女應須為我留　看逸韻自名流青衫司馬且江州君家兄弟真堪

笑箇箇能修五鳳樓

和人韻有所贈

趁得春風汗漫游見他歌後怎生愁事如芳草春長在人似浮雲影不留 眉黛斂眼波流十年薄倖謾揚州明朝短棹輕衫夢只在溪南罨畫樓

徐衡仲撫幹惠琴不受

千丈陰崖百丈溪孤桐枝上鳳偏宜玉音落落雖難合橫理庚庚定自奇山谷聽摘阮歌云立壁庚庚有橫理 人散後月明時試彈幽憤淚空垂不如却付騷人手留和南風解慍詩

二卅九 辛詞九 七

用前韻和趙文鼎提舉賦雪

莫上扁舟訪剡溪淺斟低唱正相宜從教犬吠千家白且與梅成一段奇 香暖處酒醒時畫簷玉筋已偷垂笑君解釋春風恨借拂蠻牋只費詩

重九席上

戲馬臺前秋鴈飛管絃歌舞更旌旗要知黃菊清高處不入當年二謝詩 傾白酒遶東籬只於陶令有心期明朝九日渾瀟灑莫使樽前欠一枝

又

有甚閑愁可皺眉老懷無緒自傷悲百年旋逐花陰轉萬事長看鬢髮知 溪上枕竹間棋怕尋酒伴懶吟詩十分筋力誇強健只比年時病起時

送范先之秋試

二十五 辛詞九

白苧千袍入嫩涼春蠶食葉響迴廊禹門已準桃花浪月殿先收桂子香 鵬北海鳳朝陽又攜書劍路茫茫明年此日青雲上却笑人間舉子忙

又

一夜清霜變鬢絲怕愁剛把酒禁持玉人今夜相思不想見頻將翠枕移 真箇恨未多時也應香雪減些兒菱花照面須頻記曾道偏宜淺畫眉

送歐陽國瑞入吳中

莫避春陰上馬遲春來未有不陰時人情展轉閑中看客路崎嶇倦後知　梅似雪柳如絲試聽別語慰相思短蓬吹飯鱸魚熟除却松江枉費詩

又

木落山高一夜霜北風驅鴈又離行無言每覺情懷好不飲能令興味長　頻聚散試思量為誰春草夢池塘中年長作東山恨莫遣離歌苦斷腸

席上再用韻

水底明霞十頃光天教鋪錦襯鴛鴦最憐楊柳如張緒却笑蓮花似六郎　方竹簟小胡床晚來消得許多涼背人白鳥都飛去落日殘鴉更斷腸

石門道中

山上飛泉萬斛珠懸崖千丈落鼪鼯已通樵逕行還礙似有人聲聽却無　閑略彴遠浮屠溪南修竹有茅廬莫嫌杖屨頻來往此地偏宜着老夫

敗棋罰賦梅雨

漠漠輕陰撥不開江南細雨熟黃梅有情無意東邊日已怒重驚忽地雷　雲柱礎水樓臺羅衣費盡博山灰當時一識和羹味便道為霖消息來

黃沙道中即事

句裏春風正剪裁溪山一片畫圖開輕鷗自趁虛船去荒犬還迎野婦回　松共竹翠成堆要擎殘雪鬬疎梅亂鴉畢竟無才思時把瓊瑤蹴下來

元溪不見梅

千丈水溪百步雷柴門都向水邊開亂雲賸帶炊烟去野水閑將日影來　穿窈窕過崔嵬東林試問幾時栽動搖意態雖多竹點綴風流却欠梅

戲題村舍

雞鴨成群晚未收桑麻長過屋山頭有何
不可吾方羨要底都無飽便休　新柳樹
舊沙洲去年溪打那邊流自言此地生兒
女不嫁余家即聘周

春日即事題毛村酒壚

春日平原薺菜花新耕雨後落群鴉多情
白髮春無奈晚日青帘酒易賒　閑意態
細生涯牛欄西畔有桑麻青裙縞袂誰家
女去趁蠶生看外家

睡起即事

水荇參差動綠波一池蛇影噤群蛙因風
野鶴飢猶舞積雨山梔病不花　名利處
戰爭多門前蠻觸日干戈不知更有槐安
國夢覺南柯日未斜

又

石壁虛雲積漸高溪聲遶屋幾週遭自從
一雨花零落卻愛微風草動搖　呼玉友
薦溪毛殷勤野老苦相邀杖藜忽避行人
去認是翁來卻過橋

送元濟之歸豫章

敧枕婆娑兩鬢霜起聽簷溜碎喧江那邊
玉筋銷啼粉這裏車輪轉別腸　詩酒社
水雲鄉可堪醉墨幾淋浪畫圖恰似歸家
夢千里河山寸許長

尋菊花無有戲作

掩鼻人間臭腐場古來惟有酒偏香自從
來住雲煙畔直到而今歌舞忙　呼老伴
共秋光黃花何處避重陽要知爛熳開時
節直待西風一夜霜

席上吳子似諸友見和再用韻
答之

翰墨諸公久擅場胷中書傳許多香都無
絲竹銜杯樂卻看龍蛇落筆忙　閑意思
老風光酒徒今有幾高陽黃花不怯西風
冷只怕詩人兩鬢霜

又

自古高人最可嗟只因疏懶取名多居山
一似庚桑楚種樹真成郭橐駝　雲子飯
水精瓜林間携客更烹茶君歸休矣吾忙
甚要看蜂兒晚趁衙

三山道中

抛却山中詩酒窠却來官府聽笙歌閑愁
做弄天來大白髮栽埋日許多　新劍戟
舊風波天生予懶柰予何此身已覺渾無
事却教兒童莫恁麼

二、北六　長句十九　上一　祝

又

點盡蒼苔色欲空竹籬茅舍要詩翁花餘
歌舞歡娛外詩在經營慘澹中　聽軟語
笑襄容一枝斜墜翠鬟鬆淺顰深笑誰堪
醉看取蕭然林下風

用前韻賦梅三山梅開時猶有

青葉余時病齒

病繞梅花酒不空齒牙牢在莫欺翁恨無
飛雪青松畔却放疏花翠葉中　冰作骨

玉為容常年宮額鬢雲鬆直須爛醉燒銀
燭橫笛難堪一再風

又

桃李漫山過眼空也曾惱損杜陵翁若將
玉骨冰姿比李蔡為人在下中　尋驛使
寄芳容隴頭休放馬蹄鬆吾家籬落黃昏
後剩有西湖處士風

有感

出處從來自不齊後車方載太公歸誰知

二百十三　長句廿　上一　祝

寂寞空山裏却有高人賦采薇　黃菊嫩
晚香枝一般同是採花時蜂兒辛苦多官
府胡蝶花間自在飛

讀淵明詩不能去手戲作小詞

以送之

晚歲躬耕不怨貧隻雞斗酒聚比鄰都無
晉宋之間事自是羲皇以上人　千載後
百篇存更無一字不清真若教王謝諸郎
在未抵柴桑陌上塵

又

髮底青青無限春落紅飛雪謾紛紛萬花也伴秋光老何似尊前見在身 書萬卷筆如神眼看同輩上青雲箇中不許兒童會只怨功名更逼人

戊午拜復職奉祠之命

老退何曾說着官今朝放罪上恩寬便支香火真祠俸更綴文書舊殿班 扶病脚洗衰顔快從老病借衣冠此身忘世渾容易使世相忘却自難

和趙晉臣敷文韻

綠鬢都無白髮侵醉時拈筆越精神愛將無語追前事更把梅花比那人 回急雪遏行雲近時歌舞舊時情君侯要識誰輕重看取金杯幾許深

和傅先之提舉賦雪

泉上長吟我獨清喜君來共雪爭明已驚並水鷗無色更怯行沙蟹有聲 添爽氣動雄情奇因六出憶陳平却嫌鳥雀投林去觸破當樓雲母屏

博山寺作

不向長安路上行却教山寺厭逢迎味無味處求吾樂材不材間過此生 寧作我豈其卿人間走遍却歸耕一松一竹真朋友山鳥山花好弟兄

不寐

老病那堪歲月侵霎時光景直千金一生不負溪山債百藥難治書史淫 隨巧拙任浮沉人無同處面如心不妨舊事從頭記要寫行藏入笑林

有客慨然談功名因追念少年時事戲作

壯歲旌旗擁萬夫錦襜突騎渡江初燕兵夜娖銀胡𩎟漢箭朝飛金僕姑 追往事嘆今吾春風不染白髭鬚却將萬字平戎策換得東家種樹書

祝良顯家牡丹一本百朵

占斷雕欄只一株春風費盡幾工夫天香
夜染衣猶濕國色朝酣酒未蘇 嬌欲語
巧相扶不妨老幹自扶踈恰如翠幙高堂
上来看紅衩百子圖

賦牡丹主人以謗花索賦解嘲

翠蓋牙籤幾百株楊家姊妹夜游初五花
結隊香如霧一朵傾城醉未蘇 閑小立
困相扶夜来風雨有情無愁紅慘綠今宵
看却似吳宮教陣圖

再賦

濃紫深黄一畫圖中間更有玉盤盂先裁
翡翠裝成蓋更點臙脂染透酥 香瀲灩
錦模糊主人長得醉工夫莫携弄玉欄邊
去羞得花枝一朵無

又

去歲君家把酒杯雪中曾見牡丹開而今
紈扇薰風裏又見踈枝月下梅 歡幾許

醉方回明朝歸路有人催低聲待向他家
道帶得歌聲滿耳来

壽吳子似縣尉時攝事城中

上巳風光好放懷故人猶未看花回茂林
映帶誰家竹曲水流傳第幾杯 揺錦繡
寫瓊瑰長年富貴屬多才要知此日生男
好曾有周公祓禊来

寄葉仲洽

是處移花是處開古今興廢幾池臺背人
翠羽偷魚去抱蘂黄鬚趁蝶来 掀老甕
撥新醅客来且盡兩三杯日高盤饌供何
晚市遠魚鮭買未回

登一丘一壑偶成

莫殢春光花下遊便須準備落花愁百年
雨打風吹却萬事三平二滿休 將擾擾
付悠悠此生於世百無憂新愁次第相抛
舍要伴春歸天盡頭

和吳子似山行韻

誰共春光管日華　朱朱粉粉野蒿花　閒愁投老無多子　病酒而今較減些　山遠近　路橫斜　正無聊處管絃譁　去年醉處猶能記　細數溪邊第幾家

過峽石用韻答吳子似

嘆息頻年廪未高　新詞空賀此丘遥　遥知醉帽時時落　見說吟鞭步步摇　乾玉唾　秃錐毛　只今明月費招邀　最憐烏鵲南飛句　不解風流見二喬

吳子似過秋水

秋水長廊水石間　有誰來共聽潺湲　羡君人物東西晉　分我詩名大小山　窮自樂　晚方閑　人間路窄酒杯寬　看君不了癡兒事　又似風流靖長官

和章泉趙昌父

萬事紛紛一笑中　淵明把菊對秋風　細看爽氣今猶在　惟有南山一似翁　情味好　語言工　三賢高會古來同　誰知止酒停雲老　獨立斜陽數過鴻

瑞鷓鴣

京口有懷山中故人

暮年不賦短長詞　和得淵明數首詩　君自不歸歸甚易　今猶未足足何時　偷山定向山中老　此意須教鶴輩知　聞道只今秋水上　故人曾榜北山移

京口病中起登連滄觀偶成

聲名少日畏人知　老去行藏與願違　山草舊曾呼遠志　故人今又寄當歸　何人可覓安心法　有客來觀杜德機　卻笑使君那得似　清江萬頃白鷗飛

又

膠膠擾擾幾時休　一出山來不自由　秋水觀中山月夜　停雲堂下菊花秋　隨緣道理應須會　過分功名莫強求　先自一身愁不了　那堪愁上更添愁

乙丑奉祠歸舟次餘干賦

江頭日日打頭風憔悴歸來邴曼容鄭賈正應求死鼠葉公豈是好真龍 孰居無事陪犀首未辦求封遇萬松枉裂千年曹孟德夢中相對也龍鍾

又

期思溪上日千回樟木橋邊酒如杯人影不隨流水去醉顏重帶少年來 疎蟬響澁林逾靜冷蝶飛輕菊半開 不是長卿終慢世只緣多病又非才

稼軒長短句卷之十

玉樓春

席上贈别上饒黄倅 巃嵸雨巖堂名通判 雨當時民謠吏垂頭亦渠攝郡時事

往年巃嵸堂前路路上人誇通判雨去年拄杖過瓢泉縣吏垂頭民歎語 學窺聖處文章古清到窮時風味苦尊前老淚不成行明日送君天上去

效白樂天體

少年才把笙歌盞夏日非長秋夜短因他老病不相饒把好心情都做懶 故人别後書來勸乍可停杯強喫飯云何相見酒邊時却道達人須飲滿

用韻答葉仲洽

狂歌擊碎村醪盞欲舞還憐衫袖短心如溪上釣磯閑身似道旁官堠嬾 山中有酒提壺勸好語憐君堪鮓飯至今有句落人間渭水秋風黄葉滿 諺云饞如鷄子懶如堠子

用韻荅吳子似縣尉

君如九醖臺粘醆我似茅柴風味短幾時秋水美人来長恐扁舟乘興嬾　高懷自飲無人勸馬有青芻奴白飯向来珠履玉簪人頗覺斗量車載滿

客有遊山者忘攜具而以詞来索酒用韻以荅余時以病不往

山行日日妨風雨風雨晴時君不去墻頭塵滿短轅車門外人行芳草路　城南東

野應𩬊句好記琅玕題字處也應竹裏着何廚已向甕間防吏部

再和

人間反覆成雲雨鳧鴈江湖来又去十千一斗飲中僊一百八盤天上路　舊時楓落吳江句今日錦囊無着處看封關外水雲侯剩按山中詩酒部

戲賦雲山

何人半夜推山去四面浮雲猜是汝常時相對兩三峯走徧溪頭無覓處　西風瞥起雲橫度忽見東南天一柱老僧拍手笑相誇且喜青山依舊住

用韻荅傅巖叟葉仲洽趙國興

青山不解乘雲去怕有愚公驚着汝人間踏地出租錢借使移將無着處　三星昨夜光移度妙語来題橋上柱黃花不插滿頭歸定倩白雲遮且住

又

無心雲自来還去元共青山相爾汝霎時迎雨障崔嵬雨過却尋歸路處　侵天翠竹何曾度遥見屹然星砥柱今朝不管亂雲深来伴僊翁山下住

又

瘦筇倦作登高去却怕黃花相爾汝嶺頭拭目望龍安更在雲烟遮斷處　思量落帽人風度休說當年功紀柱謝公直是愛東山畢竟東山留不住

又

風前欲勸春光住春在城南芳草路未隨
流落水邊花且作飄零泥上絮　鏡中已
覺星星誤人不負春春自負夢回人遠許
多愁只在梨花風雨處

又

三三兩兩誰家女聽取鳴禽枝上語提壺
沽酒已多時婆餅焦時須早去　醉中忘
却來時路借問行人家住處只尋古廟那

邊行更過溪南烏桕樹

寄題文山鄭元英巢經樓

悠悠莫向文山去要把襟裾牛馬汝遙知
書帶草邊行正在雀羅門裏住　平生插
架昌黎句不似拾柴東野苦侵天且擬鳳
凰巢掃地從他鸜鵒舞

樂令謂衛玠人未嘗夢擣齏餐
鐵杵乘車入鼠穴以謂世無是
事故也余謂世無是事而有是理
樂而謂無猶云有也戲作數語
以明之

有無一理誰差別樂令區區猶未達事言
無處未嘗無試把所無憑理說　伯夷飢
採西山蕨何異擣齏餐杵鐵仲尼去衛又
之陳此是乘車穿鼠穴

隱湖戲作

客來底事逢迎晚竹裏鳴禽尋未見日高
猶苦聖賢中門外誰酣蠻觸戰　多方為

渴泉尋徧何日成陰松種滿不辭長向水
雲來只怕頻頻魚鳥倦

有自九江以石中作觀音像持
送者因以詞賦之

琵琶亭畔多芳草時對香爐峯一笑偶然
重倚玉溪東不是白頭誰覺老　補陀大
士神通妙影入石頭光了了看來持獻可
無言長似慈悲顏色好

乙丑京口奉祠西歸將至僊人磯

江頭一帶斜陽樹揔是六朝人住處悠悠
興廢不關心惟有沙洲雙白鷺 僊人磯
下多風雨好卸征帆留不住直須抖擻盡
塵埃却趁新凉秋水去

鵲橋僊

為人慶八十席上戲作

朱顔暈酒方瞳點漆閑傍松邊倚杖不須
更展畫圖看自是箇壽星模樣 今朝盛
事一杯深勸更把新詞齊唱人間八十最

風流長貼在兒兒額上 下兒字當作孫

和范先之送祐之弟歸浮梁

小窓風雨從今便憶中夜笑談清軟啼鴂
裏柳自無聊更管得離人腸斷 詩書事
業青氊猶在頭上貂蟬會見莫貪風月臥
江湖道日近長安路遠

壽余伯熙察院

豸冠風采綉衣聲價曾把經綸少試看看
有詔日邊来便入侍明光殿裏 東君未

老花明柳媚且引玉舟沈醉好將三萬六
千場自今日從頭數起

己酉山行書所見

松岡避暑茅簷避雨閑去閑来幾度醉扶
怪石看飛泉又却是前回醒處 東家娶
婦西家歸女燈火門前笑語釀成千頃稻
花香夜夜費一天風露

慶岳母八十

八旬慶會人間盛事齊勸一杯春釀臙脂

小字點眉間猶記得舊時宮樣 綵衣更
着功名富貴直過太公以上大家着意記
新詞遇着箇十年便唱

贈鷺鷥

溪邊白鷺来吾告汝溪裏魚兒堪數主人
憐汝汝憐魚要物我欣然一處 白沙遠
浦青泥別渚剩有鰕跳鰍舞聽君飛去飽
時来看頭上風吹一縷

席上和趙晉臣敷文

少年風月少年·歌舞老去方知堪羡嘆折腰五斗賦歸來問走了羊腸幾遍 高車駟馬金章紫綬傳語渠儂穩便問東湖帶得幾多春且看淩雲筆健

西江月

江行采石岸戲作漁父詞

千丈懸崖削翠一川落日鎔金白鷗來往本無心選甚風波一任 別浦魚肥堪鱠前村酒美重斟千年往事已沈沈閑管興亡則甚

壽范南伯知縣

秀骨青松不老新詞玉佩相磨靈槎準擬泛銀河剩摘天星幾箇南伯去歲七月生子 奠枕樓頭風月駐春亭上笙歌留君一醉意如何金印明年斗大

和楊民瞻賦丹桂韻

宮粉厭塗嬌額濃粧要壓秋花西真人醉憶儂家飛佩丹霞羽化 十里芬芳未足一亭風露先加杏腮桃臉費鉛華終慣秋蟾影下

癸丑正月四日自三山被召經從建安席上和陳安行舍人韻

風月亭危致爽管絃聲脆休催主人只是舊情懷錦瑟旁邊須醉 玉殿何須儂去沙堤政要公來看看紅藥又翻階趁取西湖春會

用韻和李兼濟提舉

且對東君痛飲莫教華髮空催瓊瑰千字已盈懷消得津頭一醉 休唱陽關別去只今鳳詔歸來五雲兩兩望三台已覺精神聚會

三山作

貪數明朝重九不知過了中秋人生有得許多愁只有黃花如舊 萬象亭中殢酒九僊閣上扶頭城鴉喚我醉歸休細雨斜風時候

夜行黄沙道中

明月別枝驚鵲清風半夜鳴蟬稻花香裏說豐年聽取蛙聲一片 七八箇星天外兩三點雨山前舊時茆店社林邊路轉溪橋忽見

春晚

賸欲讀書已嬾只因多病長閑聽風聽雨小窗眠過了春光太半 往事如尋去鳥清愁難解連環流鶯不肯入西園去喚晝梁飛燕

木犀

金粟如來出世蘂宮仙子乘風清香一袖意無窮洗盡塵緣千種 長為西風作主更居明月光中十分秋意與玲瓏折却今宵無夢

壽祐之弟時新居落成

畫棟新垂簾幕華燈未放笙歌一杯瀲灩泛金波先向太夫人賀 富貴吾應自有功名不用渠多只將綠鬢抵羲娥金印須教斗大

遣興

醉裏且貪歡笑要愁那得工夫近來始覺古人書信著全無是處 昨夜松邊醉倒問松我醉何如只疑松動要來扶以手推松曰去

和趙晉臣敷文賦秋水瀑泉

八萬四千偈後更誰妙語披襟紉蘭結佩有同心喚取詩翁來飲 鏤玉裁冰著句高山流水知音胸中不受一塵侵却怕靈均獨醒

悠然閣

一柱中擎遠碧兩峰旁倚高寒橫陳削就短長山莫把一分增減 我望雲煙目斷人言風景天慳被公詩筆盡追還重上層梯一覽

示兒曹以家事付之

萬事雲烟忽過百年蒲柳先衰而今何事最相宜宜醉宜遊宜睡　早趁催科了納更量出入收支乃翁依舊管些兒管竹管山管水

又

粉面都成醉夢霜髯能幾春秋來時誦我伴牢愁一見尊前似舊　詩在陰何側畔字居羅趙前頭錦囊來往幾時休已遣蛾眉等候

朝中措

醉歸寄祐之弟

籃輿嫋嫋破重岡玉笛兩紅粧這裏都愁酒盡那邊正和詩忙　為誰醉倒為誰歸去都莫思量白水東邊籬落斜陽歌下牛羊

又

綠萍池沼絮飛忙花入蜜脾香長怪春歸何處誰知箇裏迷藏　殘雲賸雨些兒意思直恁思量不是流鶯驚覺夢中啼損紅粧

又

夜深殘月過山房睡覺北窗涼起遶中庭獨步一天星斗文章　朝來客話山林鍾鼎那處難忘君向沙頭細問白鷗知我行藏

為人壽

年年黃菊灔秋風更有拒霜紅黃似舊時宮額紅如此日芳容　青青未老尊前要看兒輩平戎試釀西江為壽西江綠水無窮

又

年年金蘂灔西風人與菊花同霜鬢經春重綠僊姿不飲長紅　焚香度日儘從容笑語調兒童一歲一杯為壽從今更數千鍾

九日小集時楊世長將赴南宮

年年團扇怨秋風愁絕寶杯空山下臥龍手度臺前戲馬英雄　而今休也花殘一似人老花同莫怪東籬韻減只今丹桂香濃

清平樂

博山道中即事

柳邊飛鞚露濕征衣重宿鷺窺沙孤影動應有魚鰕入夢　一川明月踈星浣沙人影娉婷笑背行人歸去門前稚子啼聲

又

茅簷低小溪上青青草醉裏吳音相媚好白髮誰家翁媪　大兒鋤豆溪東中兒正織雞籠最喜小兒亡賴溪頭看剝蓮蓬

獨宿博山王氏菴

遶床饑鼠蝙蝠翻燈舞屋上松風吹急雨破紙窗間自語　平生塞北江南歸來華髮蒼顏布被秋宵夢覺眼前萬里江山

檢校山園書所見

連雲松竹萬事從今足拄杖東家分社肉白酒床頭初熟　西風梨棗山園兒童偷把長竿莫遣旁人驚去老夫靜處閑看

又

斷崖松竹竹裏藏冰玉路轉清溪三百曲香滿黃昏雪屋　行人繫馬踈籬折殘猶有高枝留得東風數點只緣嬌嫩春遲

為兒鐵柱作

靈皇醮罷福祿都來也試引鵷雛花樹下斷了驚驚怕怕　從今日日聰明更宜潭妹嵩兒看取辛家鐵柱無災無難公卿

木犀

月明秋曉翠蓋團團好碎剪黃金敎恁小都著葉兒遮了　打來休似年時小窗能

有高低無頓許多香處只消三兩枝兒

再賦

東園向曉陣陣西風好喚起儂人金小小翠羽玲瓏裝了　一枝枕畔開時羅幃翠幙低低些地十分遮護打窗早有蜂兒

憶吳江賞木犀

少年痛飲憶向吳江醒明月團團高樹影十里水沈烟冷　大都一點宮黃人間直恁芬芳怕是秋天風露染教世界都香

壽信守王道夫

此身長健還却功名願枉讀平生三萬卷滿酌金杯聽勸　男兒玉帶金魚能消幾許詩書料得今宵醉也兩行紅袖爭扶

壽趙氏則提刑時新除且素不喜飲

詩書萬卷合上明光殿棲上文書看未遍眉裏陰功早見　十分竹瘦松堅看君自是長年若解尊前痛飲精神便是神僊

題上盧橋

清泉奔快不管青山礙十里盤盤平世界更着溪山襟帶　古今陵谷茫茫市朝往往耕桑此地居然形勝似曾小小興亡

又

清詞索笑莫厭銀杯小應是天孫新與巧剪恨裁愁句好　有人夢斷關河小窗日飲亡何想見重簾不卷淚痕滴盡湘娥

呈趙昌甫時僕以病止酒昌甫作詩數篇未及之

雲烟草樹山北山南雨溪上行人相背去唯有啼鴂一處　門前萬斛春寒梅花可煞摧殘使我長忘酒易要君不作詩難

書王德由主簿扇

溪回沙淺紅杏都開遍鸂鶒不知春水暖猶傍垂楊春岸　片帆千里輕舟行人想見歌眠誰似先生高舉一行白鷺青天

好事近

中秋席上和王路鈐

明月到今宵長是不如人約想見廣寒宮殿正雲梳風掠　夜深休更喚笙歌簷頭雨聲惡不是小山詞就這一場寥索

送李復州致一席上和韻

和淚唱陽關依舊字嬌聲穩回首長安何處怕行人歸晚　垂楊折盡只啼鴂把離愁句引却笑遠山無數被行雲低損

席上和王道夫賦元夕立春

綵勝鬭華燈平把東風吹却喚取雪中明
月伴使君行樂　紅旗鐵馬響春氷老去
此情薄惟有前村梅在倩一枝隨着

和城中諸友韻

雲氣上林梢畢竟非空非色風景不隨人
去到而今留得　老無情味到篇章詩債
怕人索却笑近来林下有許多詞客

句十　十四

稼軒長短句卷之十

稼軒長短句卷之十一

菩薩蠻

金陵賞心亭為葉丞相賦

青山欲共高人語聮翩萬馬来無數煙雨
却低回望来終不来　人言頭上髮總向
愁中白拍手笑沙鷗一身都是愁

用前韻

錦書誰寄相思語天邊數徧飛鴻數一夜
夢千回梅花入夢来　漲痕紛樹髮霜落

稼軒上　一　同

瀟湘白心事莫驚鷗人間千萬愁

又

江搖病眼昏如霧送愁直到津頭路歸念
樂天詩人生足別離　雲屏深夜語夢到
君知否玉觔莫偷垂斷腸天不知

書江西造口壁

鬱孤臺下清江水中間多少行人淚西北
望長安可憐無數山　青山遮不住畢竟
江流去江晚正愁余山深聞鷓鴣

又

西風都是行人恨馬頭漸喜歸期近試上
小紅樓飛鴻字字愁　闌干閑倚處一帶
山無數不似遠山橫秋波相共明

又

功名飽聽兒童說看公兩眼明如月萬里
勒燕然老人書一編　玉階方寸地好趂
風雲會他日赤松游依然萬戶侯

送祐之弟歸浮梁

無情高是江頭柳長條折盡還依舊木葉
下平湖雁來書有無　雁無書尚可好語
憑誰和風雨斷腸時小山生桂枝

送鄭守厚卿赴闕

送君直上金鑾殿情知不久須相見一日
甚三秋愁來不自由　九重天一笑定是
留中了白髮少經過此時愁奈何

送曹君之莊所

人間歲月堂堂去勸君快上青雲路聖處
一燈傳工夫螢雪邊　麴生風味惡辜負
西窗約沙岸片帆開寄書無雁來

席上分賦得櫻桃

香浮乳酪玻璃盌年年醉裏嘗新慣何物
比春風歌脣一點紅　江湖清夢斷翠籠
明光殿萬顆瀉輕匀低頭愧野人

賦摘阮

阮琴斜挂香羅綬玉纖初試琵琶手桐葉
雨聲乾真珠落玉盤　朱絃調未慣笑倩

春風伴莫作別離聲且聽雙鳳鳴

雪樓賞牡丹席上用楊民瞻韻

紅牙籤上羣僊格翠羅蓋底傾城色和雨
淚闌干沈香亭北看　東風休放去怕有
流鶯訴試問賞花人曉妝匀未匀

和盧國華提刑

旌旗依舊長亭路尊前試點鶯花數何處
捧心顰人間別樣春　功名君自許少日
聞雞舞詩句到梅花春風十萬家（時羈中有放自便者）

贈張鑒道服為别且令餽河豚

萬金不換囊中術上鑒元自能鑒國軟語到更闌綈袍范叔寒　江頭楊柳路馬踏春風去快趁雨三杯河豚欲上来

趙晉臣席上時張菩提葉燈趙茂嘉扶病携歌者

看燈元是菩提葉依然會說菩提法法似一燈明須臾千萬燈　燈邊花更滿誰把空花散說與病維摩而今天女歌

題雲巖

稼詞十一　四之五

遊人占却巖中屋白雲只在簷頭宿啼鳥苦相催夜深歸去来　松篁通一徑噤哆山花冷今古幾千年西鄉小有天

重到雲巖戲徐斯遠

君家玉雪花如屋未應山下成三宿啼鳥幾曾催西風猶未来　山房連石徑雲臥衣裳冷倩得李延年清歌送上天

畫眠秋水

葛巾自向滄浪濯朝来漉酒那堪着高樹莫鳴蟬晚涼秋水眠　竹床纔幾尺上有華胥國山上明飛泉夢中琴斷絃

卜算子

脩竹翠羅寒遲日江山暮幽逕無人獨自芳此恨知無數　只共梅花語嬾逐游絲去着意尋春不肯香香在無尋處

為人賦荷花

紅粉靚梳粧翠蓋低風雨占斷人間六月涼明月鴛鴦浦　根底藕絲長花裏蓮心

稼詞十一　六

苦只為風流有許愁更襯佳人步

聞李正之茶馬訃音

欲行且起行欲坐重来坐坐坐行行有倦時更枕閑書臥　病是近来身嬾是從前我靜掃瓢泉竹樹陰且恁隨緣過

飲酒敗德

盜跖儻名丘孔子還名跖跖聖丘愚直到今美惡無真實　簡策寫虛名螻蟻侵枯骨千古光陰一霎時且進杯中物

用莊語

一以我為牛一以我為馬人與之名受不辭善學莊周者　江海任虛舟風雨從飄瓦醉者乘車墜不傷全得於天也

又

夜雨醉瓜廬春水行秧馬點檢田間快活人未有如翁者　掃禿兎毫錐磨透銅臺瓦誰伴揚雄作解嘲烏有先生也

又

珠玉作泥沙山谷量牛馬試上纍纍丘壠看誰是強梁者　水浸淺深簷山壓高低瓦山水朝來笑問人翁早歸來也

又

千古李將軍奪得胡兒馬李蔡為人在下中却是封侯者　芸草去陳根筧竹添新瓦萬一朝家舉力田舍我其誰也

同韻答趙晋臣敷文趙有真得歸方是閑堂

百郡怯登車千里輸流馬乞得膠膠擾擾身却笑區區者　野水玉鳴渠急雨珠跳瓦一榻清風方是閑真是歸來也

又

萬里籋浮雲一噴空凡馬嘆息曹瞞老驥詩伏櫪如公者　山鳥哢窺簷野鼠飢翻瓦老我癡頑合住山此地菟裘也

齒落

剛者不堅牢柔底難摧挫不信張開口了

看舌在牙先墮　已闕兩邊廂又豁中間箇說與兒曹莫笑翁狗竇從君過

飲酒成病

一箇去學仙一箇去學佛仙飲千杯醉似泥皮骨如金石　不飲便康強佛壽須千百八十餘年入涅槃且進杯中物

飲酒不寫書

一飲動連宵一醉長三日廢盡寒溫不寫書富貴何由得　請看塥中人塥似當時

筆萬札千書只恁休且進杯中物

醜奴兒

醉中有歌此詩以勸酒者聊隱括之

晚來雲淡秋光薄落日晴天落日晴天堂上風斜畫燭烟

從渠去買人間恨字字都圓字字都圓腸斷西風十四絃

尋常中酒扶頭後歌舞支持歌舞支持誰把新詞喚住伊

臨岐也有旁人笑笑已爭知笑已爭知明月樓空燕子飛

書博山道中壁

烟蕪露麥荒池柳洗雨烘晴洗雨烘晴一樣春風幾樣青

提壺脫袴催歸去萬恨千情萬恨千情各自無聊各自鳴

此生自斷天休問獨倚危樓獨倚危樓不信人間別有愁　君來正是眠時節君且歸休君且歸休說與西風一任秋

又

少年不識愁滋味愛上層樓愛上層樓為賦新詞強說愁　而今識盡愁滋味欲說還休欲說還休卻道天涼好箇秋

又

近來愁似天來大誰解相憐誰解相憐又把愁來做箇天　都將今古無窮事放在愁邊放在愁邊卻自移家向酒泉

和鉛山陳簿韻二首

鵝湖山下長亭路明月臨關明月臨關幾陣西風落葉乾　新詞誰解裁冰雪筆墨生寒筆墨生寒會說離愁千萬般

年年索盡梅花笑疏影黃昏疏影黃昏香滿東風月一痕　清詩冷落無人寄雪艷冰魂雪艷冰魂浮玉溪頭煙樹村

浣溪沙

未到山前騎馬回風吹雨打已無梅共誰
消遣兩三杯　一似舊時春意思百無是
處老形骸也曾頭上戴花來

黄沙嶺

寸步人間百尺樓孤城春水一沙鷗天風
吹樹幾時休　突兀趁人山石很朦朧避
路野花羞人家平水廟東頭

壽内子

壽酒同斟喜有餘朱顔却對白髭鬚兩人

百歲恰乘除　婚嫁剩添兒女拜平安頻
拆外家書年年堂上壽星圖

瓢泉偶作

新葺茆簷次第成青山恰對小窗横去年
曾共燕經營　病却杯盤甘止酒老依香
火苦翻經夜來依舊管絃聲

壬子春赴閩憲别瓢泉

細聽春山杜宇啼一聲聲是送行詩朝來
白鳥背人飛　對鄭子眞巖石卧赴陶元
亮菊花期而今堪誦北山移

常山道中即事

北隴田高踏水頻西溪禾早已嘗新隔墙
沽酒煮纖鱗　忽有微涼何處雨更無留
影霎時雲賣瓜人過竹邊村

偕杜叔高吴子似宿山寺戲作

花向今朝粉面匀柳因何事翠眉顰東風
吹雨細於塵　自笑好山如好色只今懷
樹更懷人閑愁閑恨一番新

又

歌串如珠箇箇匀被花勾引笑和顰向來
驚動畫梁塵　莫倚笙歌多樂事相看紅
紫又拋人舊巢還有燕泥新

又

父老爭言雨水匀眉頭不似去年顰殷勤
謝却甑中塵　啼鳥有時能勸客小桃無
賴已撩人梨花也作白頭新

别杜叔高

這裏裁詩話別離那邊應是望歸期人言心
急馬行遲　去雁無憑傳錦字春泥抵死
污人衣海棠過了有荼蘼

席上趙景山提幹賦溪臺和韻

臺倚崩崖玉滅瘢青山却作捧心顰遠林
烟火幾家村　引入滄浪魚得計展成寥
闊鶴能言幾時高處見層軒

又

妙手都無斧鑿瘢飽參佳處却成顰恰如

春入浣花村　筆墨今宵光有豔管絃從
此悄無言主人席次兩眉軒

種松竹未成

草木於人也作疏秋來咫尺異榮枯空山
歲晚孰華予　孤竹君窮猶抱節赤松子
嫩已生鬚主人相愛肯留無

種梅菊

百世孤芳肯自媒直須詩句與推排不然
喚近酒邊來　自有陶潛方有菊若無和
靖即無梅祇今何處向人開

別成上人并送性禪師

梅子生時到幾回桃花開後不須猜重來
松竹意徘徊　慣聽禽聲應可譜飽觀魚
陣已能排晚雲挾雨喚歸來

添字浣溪沙

答傅巖叟酬春之約

豔杏妖桃兩行排莫携歌舞去相催次第
未堪供醉眼去年栽　春意纔從梅裏過
人情都向柳邊來咫尺東家還又有海棠

開

用前韻謝巖叟瑞香之惠

句裏明珠字字排多情應也被春催怪得
名花和淚送雨中栽　赤腳未安芳斛穩
娥眉早把橘枝來報道錦熏籠底下麝臍
開

三山戲作

記得瓢泉快活時長年耽酒更吟詩驀地

提將来訴送老頭皮遶屋人扶行不得閑
怎學得鷓鴣啼却有杜鵑能勸道不如歸

又

日日閑看燕子飛舊巢新壘畫簾低玉階
今朝推戊巳住衘泥　先自春光留不住
那堪更着子規啼一陣晚香吹不断落花
溪

與客賣山茶一朶忽墮地戲作

酒面低迷翠被重黃昏院落月朦朧墮髻
啼粧孫壽醉泥秦宮　試問花留春幾日
略無人管雨和風瞥向綠珠樓下見殘
紅

簡傳巖叟

總把平生入醉鄉大都三萬六千場今古
悠悠多少事莫思量　微有寒些春雨好
更無尋處野花香年去年来還又笑燕飛
忙

用前韻謝傳巖叟餽名花鮮葦

楊柳温柔是故鄉紛紛蜂蝶去年場大率
一春風雨事最難量　滿把攜来紅粉面
堆盤更覺紫芝香幸自麹生閑去了又教
忙　續止酒

病起獨坐停雲

强欲加餐竟未佳只宜長伴病僧齋心似
風吹香篆過也無灰　山下朝来雲出岫
隨風一去未曾回次第前村行雨了合歸
来

虞美人

賦荼蘼

羣花泣盡朝来露爭怨春歸去不知庭下
有荼蘼偷得十分春色怕春知　淡中有
味清中貴飛絮殘紅避露華微浸玉肌香
恰似楊妃初試出蘭湯

壽趙文鼎提舉

翠幃羅幙遮前後舞袖翻長壽紫髯冠佩
御爐香看取明年歸奉萬年觴　今宵也

上蟠桃席咫尺長安日寶烟飛焰萬花濃
試看中間白鶴駕僊風

用前韻

一杯莫落他人後富貴功名壽胸中書傳
有餘香看寫蘭亭小字記流觴　問誰分
我漁樵席江海清閑日看看天上拜恩濃
却怕畫樓無處著春風

賦虞美人草

當年得意如芳草日日春風好拔山力盡
忽悲歌飲罷虞兮從此奈君何　人間不
識精誠苦貪看青青舞驀然斂袂却亭亭
怕是曲中猶帶楚歌聲

浪淘沙

山寺夜半聞鍾

身世酒杯中萬事皆空古來三五箇英雄
雨打風吹何處是漢殿秦宮　夢入少年
叢歌舞匆匆老僧夜半誤鳴鍾驚起西窗
眠不得捲地西風

二十五　稼軒詞二　十八

賦虞美人草

不肯過江東玉帳匆匆只今草木憶英雄
唱著虞兮當日曲便舞春風　兒女此情
同往事朦朧湘娥竹上淚痕濃舜蓋重瞳
堪痛恨羽又重瞳

送吳子似縣尉

金玉舊情懷風月追陪扁舟千里興佳哉
不似子猷行半路却棹船回　來歲菊花
開記我清杯西風雁過瑣山臺把似倩他
書不到好與同來

減字木蘭花

僧窗夜雨茶鼎熏爐宜小住却恨春風勾
引詩來惱殺翁　狂歌未可且把一尊料
理我我到亡何却聽儂家陌上歌

又

昨朝官告一百五年村父老更莫驚疑剛
道人生七十稀　史君喜見恰限華堂開
壽宴問壽如何百代兒孫擁太婆

一八十四　稼軒詞十一　十六

長沙道中壁上有婦人題字若
有恨者用其意為賦

盈盈淚眼往日青樓天樣遠秋月春花輸
與尋常姊妹家　水村山驛日暮行雲無
氣力錦字偷裁立盡西風鴈不來

稼軒長短句卷之十一

稼軒長短句卷之十二

南歌子

世事從頭減秋懷澈底清夜深猶遶枕邊
聲試問清溪底事未能平　月到愁邊白
雞先遠處鳴是中無有利和名因甚山前
未曉有人行

獨坐蔗菴

玄入參同契禪依不二門細看斜日隙中
塵始覺人間何處不紛紛　病笈春先到
閑知懶是真百般啼鳥苦撩人除卻提壺
此外不堪聞

新開池戲作

散髮披襟處浮瓜沉李杯涓涓涼水細侵
階鑿箇池兒喚箇月兒來　畫棟頻搖動
紅蕖盡倒開鬬勻紅粉照香腮有箇人人
把做鏡兒猜

醉太平

態濃意遠眉顰笑淺薄羅衣窄絮風軟鬢

雲欺翠卷 南園花樹春光暖紅香徑裏
榆錢滿欲上秋千又驚嬾且歸休怕晚

漁家傲

為余伯熙察院壽信之讖云水
打烏龜石三台出此時伯熙舊
居城西直龜山之北溪水齧山
足矣意伯熙當之耶伯熙學道
有新功一日語余云溪上嘗浮
異石有文隱然如記姓名且有

長生等字余未之見也因其生
朝姑摭二事為詞以壽之

道德文章傳幾世到君合上三台位自是
君家門戶事當此際龜山正抱西江水
三萬六千排日醉鬢毛只恁青青地江裏
石頭爭獻瑞分明是中間有箇長生字

錦帳春

席上和杜叔高

春色難留酒杯常淺更舊恨新愁相間五

更風十里夢看飛紅幾只這般庭院 幾
許風流幾般嬌嬾問相見何如不見燕飛
忙鶯語亂恨重簾不捲翠屏平遠

太常引

建康中秋夜為呂潛叔賦

一輪秋影轉金波飛鏡又重磨把酒問姮
娥被白髮欺人奈何 乘風好去長空萬
里直下看山河斫去桂婆娑人道是清光
更多

壽趙南澗尚書

君王著意履聲間便令押紫宸班今代又
尊韓道吏部文章泰山 一杯千歲問公
何事早伴赤松閑功業後來看似江左風
流謝安

賦十四絃

儕機似欲織纖羅髣髴度金梭無奈玉纖
何却彈作清商恨多 朱簾影裏如花半
面絕勝隔簾歌世路苦風波且痛飲公無

渡河

壽趙晋臣敷文彭溪晋臣所居

論公耆德舊宗英吳季子百餘歲奉使老於行更看舞聽歌最精　須同衛武九十入相菉竹自青青富貴出長生記門外清溪姓彭

東坡引

玉纖彈舊怨還敵綉屏面清歌目送西風鴈鴈行吹字斷鴈行吹字斷　夜深拜月瑣窻西畔但桂影空階滿翠帷自掩無人見羅衣寬一半羅衣寬一半

又

君如梁上燕妾如手中扇團團清影雙雙伴秋來腸欲斷秋來腸欲斷　黄昏淚眼青山隔岸但咫尺如天遠病來只謝傍人勸龍華三會願龍華三會願

又

花梢紅未足條破驚新綠重簾下徧闌干干曲有人春睡熟有人春睡熟鳴禽破夢雲偏目蹙起來香腮褪紅玉花時愛與愁相續羅裙過一半羅裙過一半

夜游宫

苦俗客

幾箇相知可喜才厮見說山說水顛倒爛熟只這是怎奈向一回說一回美　有箇尖新底說底話非名即利說得口乾罪過你且不罪俺略起去洗耳

戀綉衾

無題

夜長偏冷添被兒枕頭兒移了又移我自是笑別人底却元來當局者迷　如今只恨因緣淺也不曾底死恨伊合下手安排了那筵席須有散時

杏花天

病來自是於春懶但別院笙歌一片蛛絲網遍玻璃盞更問舞裙歌扇　有多少鶯

愁蝶怨甚夢裏春歸不管楊花也笑人情
淺故故沾衣撲面

又

牡丹昨夜方開徧畢竟是今年春晚荼蘼
付與薰風管燕子忙時鶯嬾　多病起日
長人倦不待得酒闌歌散副能得見茶甌
面却早安排腸斷

嘲牡丹

牡丹比得誰顏色似宮中太真第一漁陽

鼙鼓邊風急人在沉香亭北　買栽池館
多何益莫虛把千金拋擲若教解語應傾
國一箇西施也得

唐河傳

傚花間體

春水千里孤舟浪起夢携西子覺來村巷
夕陽斜幾家短墻紅杏花　晚雲做造些
兒雨折花去岸上誰家女太顛狂那邊柳
綿被風吹上天

醉花陰

為人壽

黃花謾說年年好也趁秋光老綠鬢不驚
秋若鬬尊前人好花堪笑　蟠桃結子知
多少家住三山島何日跨飛鸞滄海飛塵
人世因緣了

品令

族姑慶八十來索俳語

更休說便是箇住世觀音菩薩甚今年容

貌八十歲見底道纔十八　莫獻壽星香
燭莫祝靈椿龜鶴只消得把筆輕輕去十
字上添一撇

惜分飛

翡翠樓前芳草路寶馬墜鞭暫駐最是周
郎顧幾度歌聲誤　望斷碧雲空日暮流
水桃源何處聞道春歸去更無人管飄紅
雨

柳梢青

和范先之席上賦牡丹

姚魏名流年年攬斷雨恨風愁解釋春光剩須破費酒令詩籌　玉肌紅粉溫柔更染盡天香未休今夜簪花他年第一玉殿東頭

三山歸途代白鷗見嘲

白鳥相迎相憐相笑滿面塵埃華髮蒼顏去時曾勸聞早歸來　而今豈是高懷為千里蓴羹計哉好把移文從今日日讀取千回

辛酉生日前兩日夢一道士話長年之術夢中痛以理折之覺而賦八難之辭

莫鍊丹難黃河可塞金可成難休辟穀難吸風飲露長忍飢難　勸君莫遠遊難何處有西王母難休采藥難人沈下土我上天難

河瀆神

女城祠効花間體

芳草綠萋萋斷腸絕浦相思山頭人望翠雲旗蕙肴桂酒君歸　惆悵畫簷双燕舞東風吹散靈雨香火冷殘簫鼓斜陽門外今古

武陵春

桃李風前多嫵媚楊柳更溫柔喚取笙歌爛熳遊且莫管閑愁　好趁晴時連夜賞雨便一春休草草杯盤不要收纔曉又扶頭

又

走去走來三百里五日以為期六日歸時已是疑應是望多時

鞭箇馬兒歸去也心急馬行遲不免相煩喜鵲兒先報那人知

謁金門

遮素月雲外金蛇明滅翻樹啼鴉聲未徹雨聲驚落葉　寶炬成行嫌熱玉腕藕絲

誰雪添水高山絃斷絕怒蛙聲自咽

又

山吐月畫燭從教風滅一曲瑤琴纔聽徹
金蕉三兩葉　驟雨微涼還熱似欠舞瓊
歌雪近日醉鄉音問絕有時清淚咽

又

歸去未風雨送春行李一枕離愁頭激尾
如何消遣是　遙想歸舟天際綠鬢瓏璁
慵理好夢未成鶯喚起彩香猶有殢

辛詞三　十

酒泉子

流水無情潮到空城頭盡白離歌一曲怨
殘陽斷人腸　東風官柳舞雕牆三十六
宮花濺淚春聲何處說興亡燕雙雙

霜天曉角

吳頭楚尾一棹人千里休說舊愁新恨長
亭樹今如此　宦遊吾倦矣玉人留我醉
明日落花寒食得且住為佳耳

又

暮山層碧掠岸西風急一葉軟紅深處應
不是利名客　玉人還佇立綠窗生怨泣
萬里衡陽歸恨先倩雁寄消息

點絳唇

留博山寺聞光風主人微恙而
歸時春漲斷橋

隱隱輕雷雨聲不受春回護落梅如許吹
盡牆邊去　春水無情礙斷溪南路憑誰
許寄聲傳語沒箇人知處

辛詞十二　十一

又

身後虛名古來不換生前醉青鞋自喜不
踏長安市　竹外僧歸路指霜鐘寺孤鴻
起丹青手裏剪破松江水

生查子

山行寄楊民瞻

昨宵醉裏行山吐三更月不見可憐人一
夜頭如雪　今宵醉裏歸明月關山笛收
拾錦囊詩要寄楊雄宅

民瞻見和再用韻

誰傾滄海珠歎弄千明月喚取酒邊來軟語裁春雪　人間無鳳凰空費穿雲笛醉裏卻歸來松菊陶潛宅

有覓詞者為賦

去年燕子來繡戶深深處花徑得泥歸都把琴書汙　今年燕子來誰聽呢喃語不見捲簾人一陣黃昏雨

獨遊西巖

溪邊照影行天在清溪底天上有行雲人在行雲裏　高歌誰和余空谷清音起非鬼亦非僊一曲桃花水

又

青山招不來偃蹇誰憐汝歲晚太寒生喚我溪邊住　山頭明月來本在天高處夜夜入清溪聽讀離騷去

又

青山非不佳未解留儂住赤腳踏層冰為愛清溪故　朝來山鳥。勸上山高處我意不關渠自要尋詩去　啼

簡吳子似縣尉

高人千丈崖太古儲冰雪六月火雲時一見森毛髮　俗人如盜泉照影都昏濁高處掛吾瓢不飲吾寧渴

和趙晉臣敷文春雪

漫天春雪來纔抵梅花半最愛雪邊人楚些裁成亂　雪兒偏解歌只要金杯滿誰

道雪天寒翠袖闌干暖

又

梅子褪花時直與黃梅接烟雨幾曾開一春江裏活　富貴使人忙也有閑時節莫作路旁花長教人看殺

題京口郡治塵表亭

悠悠萬世功矻矻當年苦魚自入深淵人自居平土　紅日又西沈白浪長東去不是望金山我自思量禹

尋芳草　調陳華叟憶内

有得許多泪更閑却許多鴛被枕頭兒放處都不是舊家時怎生睡　更也没書来那堪被鴈兒調戯道無書却有書中意排幾箇人人字

阮郎歸

耒陽道中為張處父推官賦

山前燈火欲黄昏山頭来去雲鷓鴣聲裏數家村瀟湘逢故人　揮羽扇整綸巾少年鞍馬塵如今憔悴賦招魂儒冠多悞身

昭君怨

豫章寄張守定叟

長記瀟湘秋晚歌舞橘洲人散走馬月明中折芙蓉　今日西山南浦畫棟朱簾雲雨風景不爭多奈愁何

送晁楚老遊荊門

夜雨剪殘春韭明日重斟别酒君去問曹瞞好公安　試看如今白髮却為中年離别風雨正崔嵬早歸来

又

人面不如花面花到開時重見獨倚小闌干許多山　落葉西風時候人共青山都瘦說道夢陽臺幾曾来

烏夜啼

山行約范先之不至

江頭醉倒山公月明中記得昨宵歸路笑兒童　溪欲轉山已斷兩三松一段可憐風月欠詩翁

先之見和復用韻

人言我不如公酒杯中更把平生湖海問兒童　千尺蔓雲葉亂繫長松却笑一身纏繞似衰翁

又

晚花露葉風條燕高高行過長廊西畔小紅橋　歌再唱人再舞酒才消更把一杯重勸摘櫻桃

一落索

羞見鑑鸞孤却倩人梳掠一春長是為花愁甚夜夜東風惡　行遶翠簾珠箔錦牋誰託玉觴淚滿却停觴怕酒似郎情薄

信守王道夫席上用趙達夫賦金林檎韻

錦帳如雲處高不知重數夜深銀燭淚成行算都把心期付　莫待燕飛泥污問花花訴不知花定有情無似却怕新詞妬

二九文　辛詞十二　十六

如夢令賦梁燕

燕子幾曾歸去只在翠巖深處重到畫梁間誰與舊巢為主深許深許聞道鳳凰來住

憶王孫

登山臨水送將歸悲莫悲兮生別離不用登臨怨落暉昔人非惟有年年秋鴈飛

大德己亥中吕月刊畢于廣信書院後學孫粹然同職張公俊

稼軒長短句卷之十二

文獻通攷稼軒詞四卷陳氏曰信州本十二卷視長沙為多此元大德間所刊以卷數攷之蓋出於信州本宋史藝文志云辛弃疾長短句十二卷亦即此也嘉慶己未蕘圃買得於骨董肆內缺三葉出舊藏汲古閣抄本命予補足因檢卷中所有之字集而為之所無者僅十許字耳既成遂識數語於後　七月廿二日　澗蘋書

嘉慶庚申十月長洲陶梁觀

十月四日嘉定瞿中溶同觀

光緒癸未秋日試東昌畢登楊氏海原閣向鳳阿舍人借讀是書閱二年乙酉九月歸之書此以志眼福　汪鳴鑾

光绪十有三年九月临桂王鹏运借校汲古阁本吴县许玉瑑同观并识

迦陵學舍

迦陵學舍

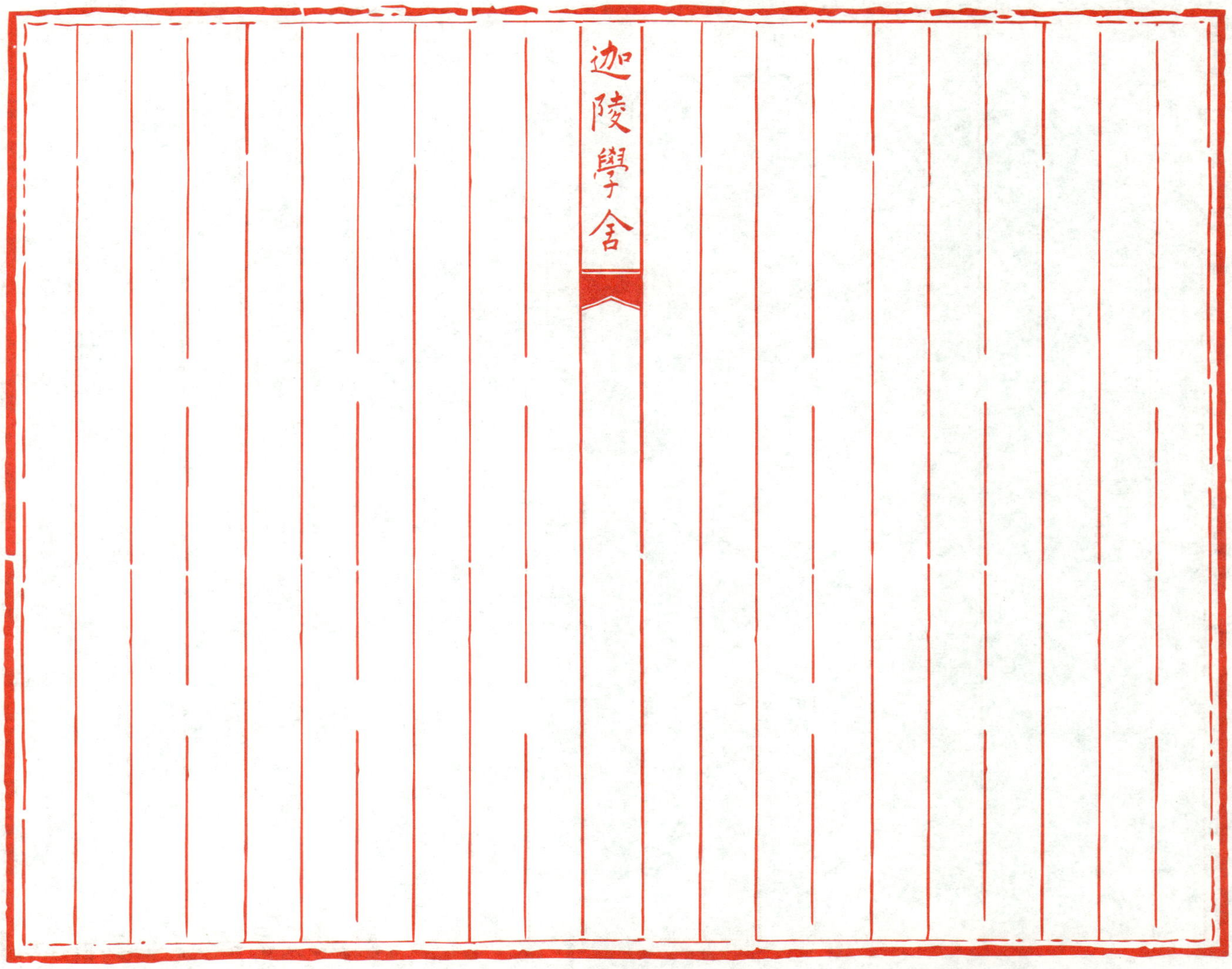

迦陵學舍

迦陵學舍

迦陵學舍

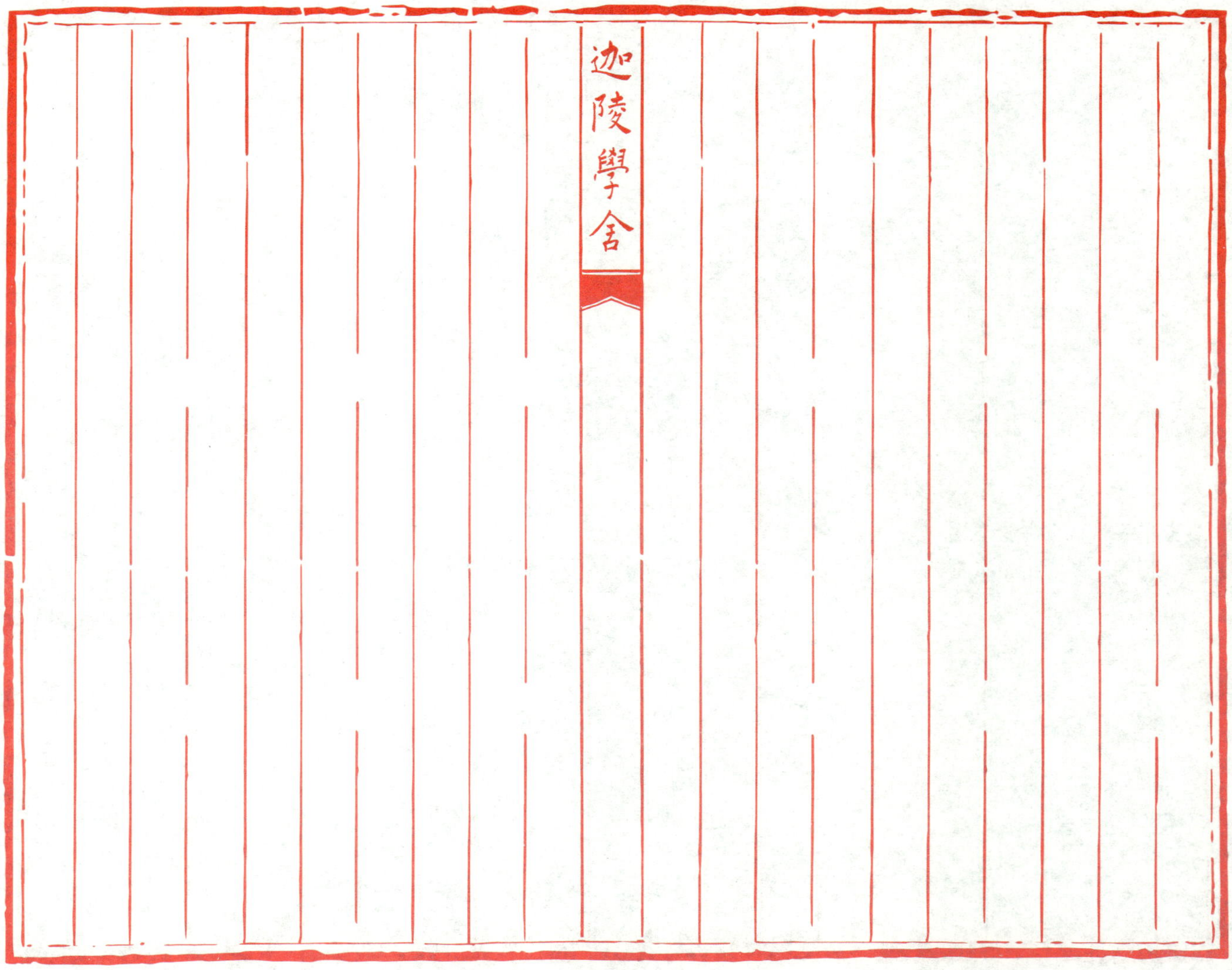

迦陵學舍

迦陵學舍

迦陵學舍

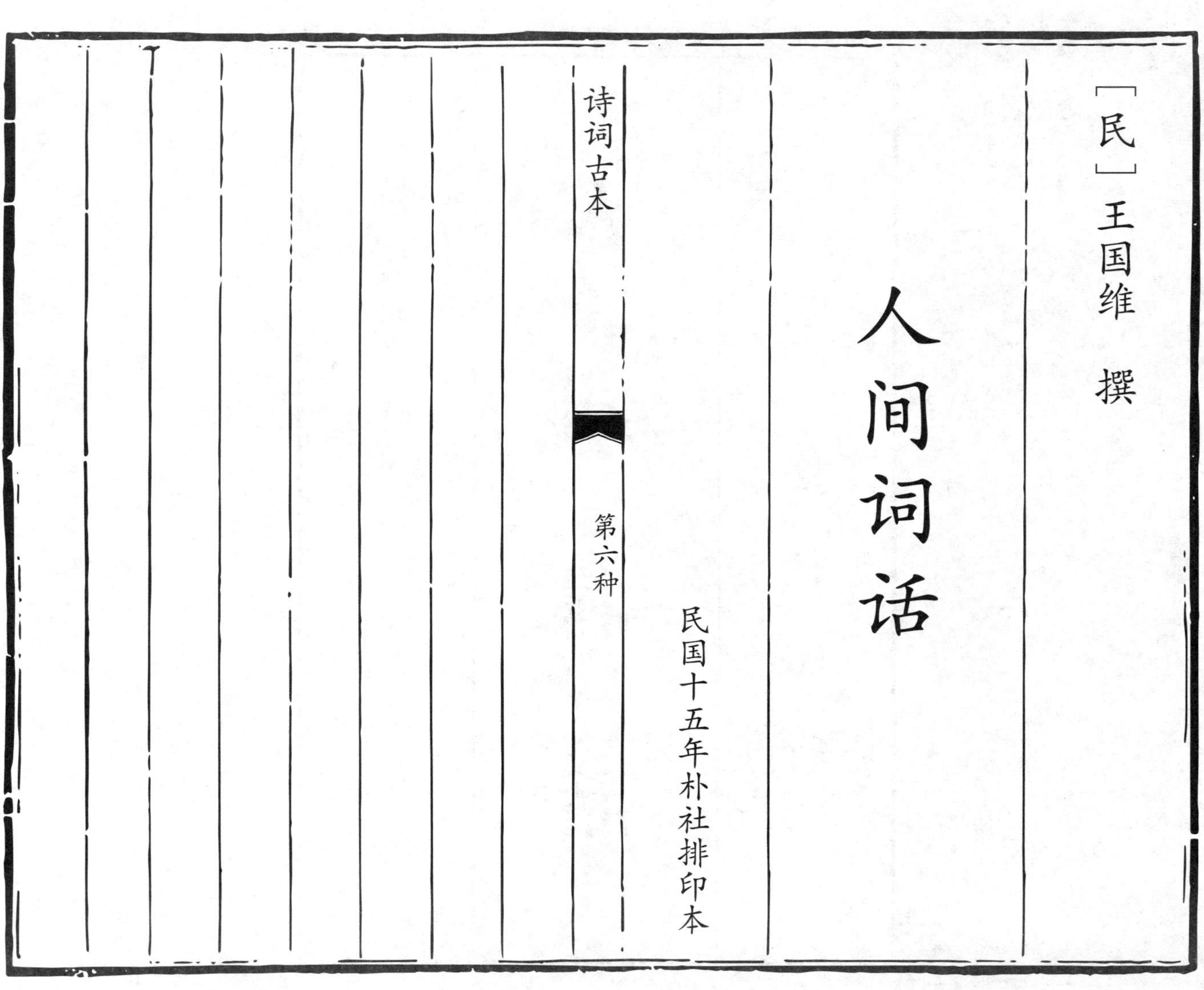

人间詞話

王静安先生著

王静安先生著

人間詞話

樸社印行

重印人間詞話序

作文藝批評，一在能體會，二在能超脫。必須身居局中，局中人知甘苦；又須身處局外，局外人有公論。此書論詩人之素養，以爲「入乎其內，故能寫之；出乎其外，故能觀之。」吾於論文藝批評亦云然。

自來詩話詞多，能兼此二妙者寥寥；此重刊人間詞話之意義也。雖只薄薄的三十頁，而此中所蓄幾全是深辨甘苦愜心貴當之言，固非胸羅萬卷者不能道。讀者宜深加玩味，不以少而忽之。

其實書中所暗示的端緒，如引而中之，正可成一龐然巨帙，特其耐人尋味之力或頓減耳。明珠翠羽，俯拾卽是，莫非瓌寶；裝成七寶樓臺，反添蛇足矣。此日記短札各體之所以爲人愛重，不因世間曾有masterpieces，而遂銷聲匿跡也。

作者論詞標舉「境界，」更辨詞境有隔不隔之別；而謂南宋遜於北宋，可與頡頏者惟辛幼安一人耳，……凡此等評衡論斷之處，俱持平入妙，銖兩悉稱，良無閒然。頗思得暇引申其義，却恐「佛頭着糞，」遂終於不爲；而綴此短序以介紹於讀者。

一九二六，二，四，平伯記。

人間詞話

詞以境界爲最上。有境界則自成高格，自有名句。五代北宋之詞所以獨絕者在此。

有造境，有寫境，此理想與寫實二派之所由分。然二者頗難分別，因大詩人所造之境必合乎自然，所寫之境亦必鄰於理想故也。

有有我之境，有無我之境。「淚眼問花花不語，亂紅飛過秋千去。」「可堪孤館閉春寒，杜鵑聲裏斜陽暮。」有我之境也：「采菊東籬下，悠然見南山。」「寒波澹澹起，白鳥悠悠下。」無我之境也：有我之境，以我觀物，故物皆著我之色彩。無我之境，以物觀物，故不知何者爲我，何者爲物。古人爲詞，寫有我之境者爲多。然未始不能寫無我之境，此在豪傑之士能自樹立耳。

無我之境，人唯于靜中得之。有我之境，于由動之靜時得之。故一優美，一宏壯也。

自然中之物互相關係，互相限制。然其寫之于文學及美術中也，必遺其關係限制之處。故雖寫實家亦理想家也。又雖如何虛構之境，其材料必求之于自然，而其構造亦必從自然之法律。故雖理想家亦寫實家也。

境非獨謂景物也，喜怒哀樂亦人心中之一境界。故能寫眞景物眞感情者，謂之有境界。否則謂之無境界。

「紅杏枝頭春意鬧，」著一鬧字而境界全出。「雲破月來花弄影，」著一弄字而境界全出矣。

境界有大小，不以是而分優劣。「細雨魚兒出，微風燕子斜」何遽不若「落日照大旗，馬鳴風蕭蕭？」「寶簾閒挂小銀鉤」何遽不若「霧失樓臺，月迷津渡」也？

嚴滄浪詩話謂「盛唐諸公唯在興趣，羚羊挂角，無跡可求。故其妙處透澈玲瓏，不可湊拍，如空中之音，相中之色，水中之影，鏡中之象，言有盡而意無窮。」余謂北宋以前之詞亦復如是。然滄浪所謂興趣，阮亭所謂神韻，猶不過道其面目，不若鄙人拈出境界二字爲探其本也。

太白純以气象勝，「西風殘照，漢家陵闕」寥寥八字，遂關千古登臨之口。後世唯范文正之漁家傲，夏英公之喜遷鶯，差足繼武，然气象已不逮矣。

張皋文謂飛卿之詞深美閎約，余謂此四字唯馮正中足以當之。劉融齋謂飛卿精豔絕人，差近之耳。

「畫屏金鷓鴣，」飛卿語也，其詞品似之。「絃上黃鶯語，」端己語也，其詞品亦似之。正中詞品，若欲于其詞句中求之，則「和淚試嚴妝」殆近之歟。

南唐中主詞「菡萏香銷翠葉殘，西風愁起綠波間，」大有衆芳蕪穢，美人遲暮之感。乃古今獨賞其「細雨夢回鷄塞遠，小樓吹徹玉笙寒。」故知解人正不易得。

溫飛卿之詞，句秀也。韋端己之詞，骨秀也。李重光之詞，神秀也。

詞至李後主而眼界始大，感慨遂深，遂變伶工之詞而爲士大夫之詞。周介存置諸溫韋之下，可謂顛倒黑白矣。「自是人生長恨水長東，」「流水落花春去也，天上人間，」金荃浣花能有此气象耶？

詞人者，不失其赤子之心者也。故生于深宮之中，長于婦人之手，是後主爲人君所短處，亦即爲詞人所長處。

客觀之詩人不可不多閱世，閱世愈深則材料愈豐富，愈變化，水滸傳紅樓夢之作者是也。主觀之詩人不必多閱世，閱世愈淺則性情愈眞，李後主是也。

尼采謂一切文學，余愛以血書者。後主之詞眞所謂以血書者也。宋道君皇帝燕山亭詞亦略似之。然道君不過自道身世之戚，後主則儼有釋迦基督擔荷人類罪惡之意，其大小固不同矣。

馮正中詞雖不失五代風格，而堂廡特大，開北宋一代風气，與中後二主詞皆在花閒範圍之外，宜花閒集中不登其隻字也。

正中詞除鵲踏枝菩薩蠻十數闋最煊赫外，如醉花閒之「高樹鵲啣巢，斜月明寒草，」余謂韋蘇州之「流螢渡高閣，」孟襄陽之「疏雨滴梧桐，」不能過也。

歐九浣溪沙詞「綠楊樓外出秋千，」晁

補之謂只一出字，便後人所不能道。余謂此本于正中上行杯詞「柳外秋千出畫牆，」但歐語尤工耳。

梅舜俞蘇幕遮詞「落盡梨花春事了，滿地斜陽，翠色和煙老。」劉融齋謂少游一生似專學此種。余謂馮正中玉樓春詞「芳菲次弟長相續，自是情多無處足，罇前百計得春歸，莫為傷春眉黛促，」永叔一生似專學此種。

人知和靖點絳脣，舜俞蘇幕遮，永叔少年游三闋為詠春草絕調，不知先有正中「細雨濕流光」五字，皆能攝春草之魂者也。

詩蒹葭一篇最得風人深致。晏同叔之「昨夜西風凋碧樹，獨上高樓，望盡天涯路，」意頗近之。但一灑落，一悲壯耳。

「我瞻四方，蹙蹙靡所騁，」詩人之憂生也。「昨夜西風凋碧樹，獨上高樓，望盡天涯路，」似之。「終日馳車走，不見所問津，」詩人之憂世也。「百草千花寒食路，香車繫在誰家樹」

似之。

古今之成大事業大學問者必經過三種之境界:「昨夜西風凋碧樹,獨上高樓,望盡天涯路」此弟一境也。「衣帶漸寬終不悔,爲伊消得人憔悴,」此弟二境也。「衆裏尋他千百度,回頭驀見那人正在燈火闌珊處,」此弟三境也。此等語皆非大詞人不能道。然遽以此意解釋諸詞,恐晏歐諸公所不許也。

永叔「人間自是有情癡,此恨不關風與月,直須看盡洛城花,始與東風容易別,」於豪放之中有沈著之致,所以尤高。

馮夢華宋六十一家詞選序例謂淮海小山古之傷心人也,其淡語皆有味,淺語皆有致。余謂此唯淮海足以當之。小山矜貴有餘,但可方駕子野方回,未足抗衡淮海也。

少游詞境最爲淒惋,至「可堪孤館閉春寒,杜鵑聲裏斜陽暮,」則變而淒厲矣。東坡賞其後二語,猶爲皮相。

「風雨如晦，鷄鳴不已，」「山峻高以蔽日兮，下幽晦以多雨，霰雪紛其無垠兮，雲霏霏而承宇，」「樹樹皆秋色，山山盡落暉，」「可堪孤館閉春寒，杜鵑聲裏斜陽暮，」气象皆相似。

昭明太子稱陶淵明詩跌宕昭彰，獨超衆類，抑揚爽朗，莫之與京。王無功稱薛收賦韻趣高奇，詞義晦遠，嵯峨蕭瑟，眞不可言。詞中惜少此二種气象，前者唯東坡，後者唯白石，略得一二耳。

詞之雅鄭，在神不在貌。永叔少游雖作豔語，終有品格，方之美成，便有淑女與倡伎之別。

美成深遠之致不及歐秦，唯言情體物窮極工巧，故不失爲弟一流之作者。但恨創調之才多，創意之才少耳。

詞忌用替代字。美成解語花之「桂華流瓦，」境界極妙，惜以桂華二字代月耳。夢窗以下，則用代字更多。其所以然者，非意不足，則語不妙也。蓋意足則不暇代，語妙則不必代。此少游之「小樓連苑綉轂雕鞍」所以爲東坡所譏也。

沈伯時樂府指迷云：「說桃不可直說破桃，須用紅雨劉郎等字；說柳不可直說破柳，須用章臺灞岸等字。」若惟恐人不用代字者。果以是爲工，則古今類書具在，又安用詞爲耶？宜其爲提要所譏也。

美成青玉案詞「葉上初陽乾宿雨，水面清圓，一一風荷舉，」此眞能得荷之神理者。覺

白石念奴嬌惜紅衣二詞猶有隔霧看花之恨。

東坡水龍吟咏楊花，和均而似原唱，章質夫詞，原唱而似和均，才之不可強也如是。

詠物之詞自以東坡水龍吟爲最工。邦卿雙雙燕次之。白石暗香疏影，格調雖高，然無一語道著，視古人「江邊一樹垂垂發」等句何如耶？

白石寫景之作如「二十四橋仍在波心蕩，冷月無聲，」「數峰清苦，商略黃昏雨，」「高樹

晚蟬說西風消息，」雖格韻高絕，然如霧裏看花，終隔一層。梅溪夢窗諸家寫景之病，皆在一隔字。北宋風流，渡江遂絕，抑眞有運會存乎其間耶？

問隔與不隔之別。曰：陶謝之詩不隔，延年則稍隔矣；東坡之詩不隔，山谷則稍隔矣。「池塘生春草」「空梁落燕泥」等二句，妙處唯在不隔。詞亦如是。即以一人一詞論，如歐陽公少年游詠春草上半闋云：「闌干十二獨凭春，晴碧遠連雲，二月三月，千里萬里，行色苦愁人。」語語都在目前，便是不隔。至云：「謝家池上，江淹浦上，」則隔矣。白石翠樓吟：「此地宜有詞仙，擁素雲黃鶴，與君游戲。玉梯凝望久，嘆芳草萋萋千里。」便是不隔。至「酒祓清愁，花消英气，」則隔矣。然南宋詞雖不隔處，比之前人，自有淺深厚薄之別。

「生年不滿百，常懷千歲憂。晝短苦夜長，何不秉燭遊？」「服食求神仙，多爲藥所誤。不如飲美酒，被服紈與素。」寫情如此，方爲不隔。「采菊東籬下，悠然見南山。山气日夕佳，飛鳥相與還。」「天似穹廬，籠蓋四野。天蒼蒼，野茫茫，風吹草低見牛羊。」寫景如此，方爲不隔。

古今詞人格調之高無如白石。惜不于意境上用力，故覺無言外之味，絃外之響，終不能與于第一流之作者也。

南宋詞人，白石有格而無情，劍南有气而乏韻，其堪與北宋人頡頏者，唯一幼安耳。近人祖南宋而祧北宋，以南宋之詞可學，北宋不可學也。學南宋者不祖白石，則祖夢窗，以白石夢窗可學，幼安不可學也。學幼安者率祖其粗獷滑稽，以其粗獷滑稽處可學，佳處不可學也。幼安之佳處在有性情，有境界；即以气象論，亦有傍素波干青雲之概。寧後世齷齪小生所可擬耶？

東坡之詞曠，稼軒之詞豪。無二人之胸襟而學其詞，猶東施之效捧心也。

讀東坡稼軒詞，須觀其雅量高致，有伯夷柳下惠之風。白石雖似蟬蛻塵埃，然終不免局促轅下。

蘇辛詞中之狂，白石猶不失爲狷，若夢窗梅溪玉田草窗中麓輩，面目不同，同歸于鄉愿而已。

稼軒中秋飲酒達旦，用天問體作木蘭花慢以送月曰：「可憐今夜月，向何處去悠悠？是別有人間，那邊才見，光景東頭。」詞人想像，直

悟月輪遶地之理，與科學家密合，可謂神悟。

周介存謂「梅溪詞中喜用偷字，足以定其品格。」劉融齋謂「周旨蕩而史意貪。」此二語令人解頤。

介存謂「夢窗詞之佳者如水光雲影，搖蕩綠波，撫玩無極，追尋已遠。余覽夢窗甲乙丙丁稾中實無足當此者；有之，其「隔江人在雨聲中，晚風菰葉生秋怨」二語乎。

夢窗之詞，余得取其詞中之一語以評之，

曰：「映夢窗淩亂碧。」玉田之詞，余得取其詞中之一語以評之，曰：「玉老田荒。」

「明月照積雪，」「大江流日夜，」「中天懸明月，」「黃河落日圓，」此種境界，可謂千古壯觀。求之于詞，唯納蘭容若塞上之作如長相思之「夜深千帳燈，」如夢令之「萬帳穹廬人醉，星影搖搖欲墜，」差近之。

納蘭容若以自然之眼觀物，以自然之舌言情。此由初入中原，未染漢人風气，故能眞切如此。北宋以來，一人而已。

陸放翁跋花間集，謂「唐宋五代詩愈卑，而倚聲輒簡古可愛。能此不能彼，未可以理推也。」提要駁之，謂「猶能舉七十斤者，舉百斤則蹶，舉五十斤則運掉自如。」其言甚辨。然謂詞必易於詩，余未敢信。善乎陳臥子之言曰：「宋人不知詩而强作詩，故終宋之世無詩。然其歡愉愁苦之致，動于中，而不能抑者，類發於詩餘，故其所造獨工。五代詞之所以獨勝，亦以此也。

四言敝而有楚辭，楚辭敝而有五言，五言敝而有七言，古詩敝而有律絕，律絕敝而有詞。蓋文體通行既久，染指遂多，自成習套。豪傑之士亦難于其中自出新意，故遁而作他體，以自解脫。一切文體所以始盛中衰者，皆由于此。故謂文學後不如前，余未敢信。但就一體論，則此說固無以易也。

詩之三百篇十九首，詞之五代北宋，皆無題也；非無題也，詩詞中之意不能以題盡之也。自花庵草堂每調立題，并古人無題之詞亦爲作題。如觀一幅佳山水，而即曰此某山某水，可乎？詩有題而詩亡，詞有題而詞亡。然中材之士鮮能知此而自振拔者矣。

大家之作，其言情也必沁人心脾，其寫景也必豁人耳目，其辭脫口而出，無矯揉妝束之態。以其所見者眞，所知者深也。詩詞皆然。持此以衡古今之作者，可無大誤矣。

人能于詩詞中不爲美刺投贈之篇，不使

隸事之句，不用粉飾之字，則于此道已過半矣。以長恨歌之壯采，而所隸之事只「小玉雙成」四字，才有餘也。梅村歌行，則非隸事不辦。白吳優劣，即于此見。不獨作詩爲然，塡詞家亦不可不知也。

近體詩體製，以五七言絕句爲最尊；律詩次之；排律最下，蓋此體于寄興言情兩無所當，殆有均之駢體文耳。詞中小令如絕句，長調似律詩，若長調之百字令沁園春等，則近于排律矣。

詩人對宇宙人生須入乎其內，又須出乎其外。入乎其內，故能寫之，出乎其外，故能觀之。入乎其內，故有生氣，出乎其外，故有高致。美成能入而不能出，白石以降，于此二事皆未夢見。

詩人必有輕視外物之意，故能以奴僕命風月。又必有重視外物之意，故能與花鳥共憂樂。

「昔爲倡家女，今爲蕩子婦。蕩子行不歸，

空牀難獨守。」「何不策高足，先據要路津？無爲久貧賤，轗軻長苦辛。」可謂淫鄙之尤。然無視爲淫詞鄙詞者，以其眞也。五代北宋之大詞人亦然。非無淫詞，讀之者但覺其親切動人；非無鄙詞，但覺其精力彌滿。可知淫詞與鄙詞之病，非淫與鄙之病，而游詞之病也。「豈不爾思，室是遠而，」而子曰「未之思也。夫何遠之有？」惡其游也。

「枯藤老樹昏鴉，小橋流水平沙，古道西風瘦馬，夕陽西下，斷腸人在天涯。」此元人馬東籬天淨沙小令也。寥寥數語，深得唐人絕句妙境。有元一代詞家，皆不能辦此也。

白仁甫秋夜梧桐雨劇，沈雄悲壯，爲元曲冠冕。然所作天籟詞粗淺之甚，不足爲稼軒奴隸。創者易工，而因者難巧歟？抑人各有能有不能也。讀者觀歐秦之詩遠不如詞，足透此中消息。

光緒庚戌九月脫稿於京師宣武城南寓

盧　國維記

人間詞話終

民國十五年二月出版

實價貳角

著作者　王國維

出版者　樸社

總發行所　北京景山東街十七號　樸社出版經理部

總代售處　北京景山東街十七號　景山書社

定價貳拾六錢

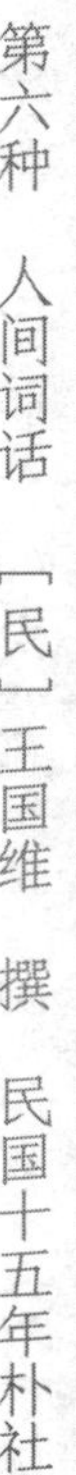

巴蜀书社

巴蜀书社

巴蜀書社

巴蜀書社

巴蜀书社